KB066381

콘돌의 마지막 날들

LAST DAYS OF THE CONDOR

by James Grady ⓒ 2015
All rights reserved.

Korean translation copyright ⓒ 2017 by Openhouse for Publishers Co., Ltd.
Korean translation rights arranged with InkWell Management, LLC through
EYA(Eric Yang Agency).

이 책의 한국어판 저작권은 EYA(Eric Yang Agency)를 통한 InkWell Management, LLC 사와의
독점 계약으로 (주)오픈하우스포퍼블리셔스에 있습니다. 저작권법에 의하여 한국 내에서 보호
를 받는 저작물이므로 무단전재 및 복제를 금합니다.

콘돌의
마지막 날들

LAST DAYS OF THE CONDOR

제임스 그레이디 지음
윤철희 옮김

오픈하우스

내일을 향해 달려가는
데스먼드 잭 그레이디에게

일러두기

1. 본문의 괄호는 모두 옮긴이주이다.
2. 외국 인명, 지명은 외래어표기법을 따르되 일부는 관용적인 표기를 따랐다.
3. 책, 신문, 잡지는 『 』, 영화, TV 프로그램은 「 」, 노래 제목은 〈 〉로 묶어 표기했다.

격찬의 대상들

콘돌이 날아오르게 도와준 경이로운 예술가들과 동료들, 내게 영감을 주신 분들, 더불어 충성스러운 팬들과 친구들과 믿음직한 정보 제공자들. 그 모든 분들께 감사드리며, 다음 분들께는 더욱 특별한 감사 인사를 드린다. 잭 앤더슨, 릭 애플게이트, 제임스 뱀포드, 리처드 벡텔, 데이비드 블랙, 하인드 부탈랸테, 잭슨 브라운, 버팔로 스프링필드, L.C., 마이클 칼라일, 트레이시 채프먼, 티나 첸, 스티븐 쿤츠, 시티즌 코프, 디노 드 로렌티스, 넬슨 드밀, 샐리 덴튼, 샐리 딜로우, 톰 도허티, 도어스, 페이 더너웨이, 밥 딜런, 진 에쉬, 밥 글리슨, 보니 골드스테인, H.G., 네이선 그레이디, 레이첼 그레이디, 존 그리샴, 프랑수아 구에리프, 줄리앙 구에리프, 잔 귀온, 제프 헤로드, 세이모어 허쉬, 존 리 후커, 리처드 휴고, 스티븐 헌터, 킹스턴 트리오, 스털링 로렌스, L.M., 리 멧카프, 론 마디지언, 마크 매저티, 메일 멜로이, 『뉴욕 타임스』, 로이 오비슨, J.P., 조지 펠레카노스, 오토 펜즐러, 세바 페차니, 월터 핀커스, 시드니 폴락, 켈리 퀸, 데이비드 레이피엘, 로버트 레드포드, 『리바쥬 느와르(Rivages Noir)』, 클리프 로버트슨, S.J. 로잔, 데르야 사마디, 로베르토 산타치아라, 로렌조 셈플 주니어, 이본느 셍, 데이비드 헤일 스미스, 브루스 스프링스틴, 스틸리 댄, 제프 스테인, 버피 포드 스튜어트, 존 스튜어트, 로저 스트롤, 막스 폰 시도우, 사이먼 타사노, 리처드 톰슨, 셜리 트월먼, 폴 빈야드, B.W., 제스 월터, 팀 와이너, 레스 휘튼, 데이비드 우드, 빌 우드, 야드버즈, 제시 콜린 영, 『워싱턴 포스트』, 워렌 제본, 안란 장.

1

"여기서 무슨 일인가가 벌어지고 있어."

-버팔로 스프링필드, 〈내 생각은 그래(For What It's Worth)〉

워싱턴 D.C.의 비 내리는 월요일 저녁. 어딘가에 취직해서 일하고 있다는 것을 보여주려는 목적으로 다니는 직장에서 퇴근하는 그가 존 애덤스 빌딩(John Adams Building, 미국 의회도서관에 있는 도서관 건물 세 동 중 하나)의 후문 밖으로 걸음을 내딛으며 후드를 뒤집어쓸 때, 위장 팀이 그를 발견하고는 추적을 시작했다.

흰색 차.

흰색 차가 위장 팀이라는 걸 보여주는 *첫째 표식:* 선팅한 창문과 앞 유리.

둘째 표식: 빗방울이 백발로 덮인 그의 머리를 감싼 파란색 등산용 코트 후드를 툭툭 두드릴 때 자동차 엔진이 느닷없이 부르릉거렸다. 그는 의사당 구역에서 시작해서 캐피톨 힐의 주택가를 관통하며 이어지는, 타운하우스들이 줄지어 늘어선 도로인 A 스트리트 SE와 써드(Third) 스트리트가 만나는 모퉁이에 불법 주차된 흰색 차를 발견했다.

셋째 표식: 비의 오싹한 한기 덕에, 그는 부르릉거리는 흰색 차 뒤에서 뿜어지는 매연의 회색 줄기를 볼 수 있었다. 차는 주차된 자리에서 빠져나와 교통 행렬 속으로 들어가지 않았다. 와이퍼도 작동시키지 않은 채 주차

9

된 자리에 그대로 있는 동안, 천국에서 흘리는 눈물이 선팅한 앞 유리에 점을 찍어대고 있었다.

넷째 표식: 근처에 있는 가정집에서 흰색 차로 서둘러 달려가는 사람이 아무도 없었다. 길에 고인 빗물을 첨벙거리면서 빗줄기를 뚫고 차로 달려가 배우자의 환영 키스를 받는, 퇴근하는 직장인이 아무도 없었다.

다섯째 표식: 그는 위장 팀의 존재를 느꼈다. 중국의 무술인들은 사냥꾼의 눈이 갖는 무게에 대해, 적의 기(氣)가 가하는 압박감을 느끼는 것에 대해 이야기한다. 케빈 파웰(『콘돌의 6일』에 등장하는 캐릭터)―그는 CIA의 후원을 받은 이란의 샤(Shah)가 실권하고 소련이 아프가니스탄을 침공하던 해(1979년)에 암스테르담의 매음굴에서 목이 따였다―은 자신의 배짱에, 자신의 느낌에 주의를 기울여야만 한다고 주장했었다. 그러지 않았다가는 한밤중에 어느 길거리에서 난도질을 당하거나 쇠로 만들어진 창문 없는 방에서 비명을 지르며 깨어나게 될 거라면서. D.C.의 그 월요일 저녁에, 싸늘한 봄비를 맞으며 딱딱한 시멘트 위에 선 백발 남자는 그가 느끼는 잔뜩 흥분된 기분의 의미가 무엇인지 잘 알고 있었다.

하나, 둘, 셋, 넷, 다섯. 한 손에 있는 손가락 개수와 같다. 위장 팀이 휘두를 손에 있는 손가락 개수와 같다.

그는 지식과 비밀을 담은 여섯 개 층과 지하층들로 구성된, 하얀 석재로 지은 애덤스 빌딩 앞을 지나는 인도를 따라 왼쪽을 바라봤다. 등 뒤에 있는, 금속을 짜 맞춰 만든 황동 문은 자동차가 들이받거나 거대한 고릴라가 문을 두들겨대는 충격도 견뎌낼 수 있을 법했다.

남자 한 명이 애덤스 빌딩을 지나가려는 듯이 써드 스트리트를 걸어내려 왔다. 백인, 검은 머리, 30대 후반, 황갈색 코트 아래 화이트 칼라의 정장과 타이 차림, 뜀박질 용도로 만들어진 게 아닌 갈색 구두. 갈색 장갑을 낀 손으로 검정 우산을 든 그는 다른 손에 든 휴대전화를 얼굴에 바짝 밀착시키며 말했다. "당신 어디 있는 건데?"

위장 팀이 동원한 커뮤니케이션 술책일 수도 있었다.

거짓 전화 통화를 하면서 전송하는 데이터.

그렇지만 백발 남자는 그렇게 생각하지 않았다. *지나치게 불필요한 짓이야.*

정장 차림에 타이를 매고 휴대전화와 우산을 든 남자가 가까이 걸어왔다. 이제는 그와 거의 직각을 이루는 위치에 섰다. 갈색 구두가 딛는 걸음 하나하나가 어둠이 내린 축축한 인도에 고인 웅덩이에 파문을 일으켰다.

휴대전화로 통화하는 정장과 타이 차림의 남성에게 낯선 이들의 행렬이 가세했다. 모두들 월요일 저녁 퇴근길에 어딘가로 향하는 무고한 미국인처럼 보였다.

당신을 노리는 위장 팀이 당신을 암살하려고 거기에 있다면, 그들로부터 도망치는 것보다 그들의 암살 행위가 대중에게 노출됐을 때 그들이 치러야 할 비용이 잔뜩 늘어나도록 만드는 게 때로는 더 나은 대안이 될 수 있다.

후드가 달린 파란색 등산 코트를 입은 백발 남자는 코트 주머니에 두 손을 넣은 채 애덤스 빌딩에서 점점 멀어졌다. 잰걸음으로 걷되, 뛰지는 않았다. 그는 행인 여덟 명이 이룬 행렬에 합류했다. 그중 다섯은 우산을 쓰고 걸었다. 파란 펭귄처럼, 그는 우산을 든 집단의 복판을 향해 비뚤비뚤한 경로를 밟으면서 인파 속을 이리저리 누볐다—무고한 행인들을 사상자로 만드는 건 노출에 따른 비용을 더 많이 치르게 만드는 짓이다—.

영리한 행보였다.

그가 미끄러져 들어간 낯선 무리가 위장 팀의 일당이 아닌 한에는.

이스라엘인들은 2010년에 두바이의 어느 호텔 객실에서 하마스 (Hamas) 간부 한 명을 암살하기 위해 29명으로 구성된 위장 팀을 활용했었다.

물론, 위장 팀의 임무가 반드시 암살이나 단순한 감시 행위만으로 국한되는 건 아니었다. 우산을 쓰고 워싱턴 D.C.의 캐피톨 힐 인도를 그와 함께 걷는 낯선 사람들. 지금 그를 에워싼 이들은 그를 낚아채는 납치범 무리가 될 수도 있었다.

하지만 성처럼 생긴 하원(下院)의 사무용 빌딩 세 동에서 시작되는 펜실베이니아 애비뉴의 레스토랑이 즐비한 거리를 향해 행진하는 동안, 그와 함께 걷는 행인 중 어느 누구도 *사냥꾼* 냄새를 풍기지 않았다. 그는 다른 애들과 함께 학교로 걸어가던 6학년 때 기억을 불현듯 떠올렸다. 그는 자전거가 풍기는 냄새를 기억하고 있었다.

우리는 모두 자전거를 탄 꼬맹이들이었어, 그는 생각했다. *새 떼하고 비슷했지.*

우산을 든 낯선 이들이 우주의 변화를 감지하고는 우르르 다른 쪽으로 방향을 튼다면 어떻게 해야 할지 그는 궁금했다. *아냐, 그들과 함께 있겠다고 달려가서는 안 돼.* 두 무릎과 등, 총알 파편들이 박혀 있는 왼쪽 어깨가 그로 하여금 몸을 제대로 놀리지 못하도록 작당하기 이전에 장거리 조깅을 하며 누렸던 즐거움을 그는 여전히 기억하고 있었지만 말이다.

그 시절에, 수소폭탄이라는 축복을 받은 이 나라를 통치하는 권력자들이 백악관에서 행해진 오럴섹스를 놓고 언쟁을 벌이는 동안, 그는 워싱턴을 가로지르고 있었다. 출근길에 조깅을 하며 느꼈던 아픔과 통증들은, 그가 더 이상 *재미와 피트니스를 위한 뜀박질을 할 수 없다는* 뜻으로 해독됐다. 그는 그렇게 진전된 상황을 순순히 받아들였다.

하지만 오럴섹스를 기억하는 것처럼, 그는 황급히 도망가는 상황에서 근처에 꼬마가 있을 경우 자신의 생존 가능성이 더 높아진다는 사실도 기억하고 있었다. 베이루트의 저격수들은 구조하러 오는 사람들을 유혹하기 위해 어린아이에게 부상을 입히는 걸 우선시하기 때문이다. 달려. 그러면 저 출입문에 닿을 수 있을 거야. 그 출입문이 오늘 밤에 당신이 있는 써드 스트리트 SE와 인디펜던스 애비뉴의 교차 지점 대신에, 그때 그곳에 있었더라면 좋았을 텐데. 당신한테는 자전거가 없다. 거기에는 몸을 숨길 출입문도 없고, 길거리 바리케이드에서 불타는 고무 타이어가 내뿜는 검은 연기의 악취도 없다.

집중해. 지금 너는 여기에 있어. 이건 현재 상황이라고. 워싱턴 D.C.야. 비 내리는 쌀쌀한 저녁이야.

현실을 고수해.

너는 현실을 고수할 수 있어.

그렇고말고.

저기에 너를 잡으려는 위장 팀이 있어.

자긍심을 어느 정도 가지도록 해. 그들이 그걸 위해 일하게 만들어. 그게 무엇이든지 간에.

써드 스트리트 SE는 북적이는 펜실베이니아 애비뉴에서 시작되는 일방통행 경로로, D.C. 외곽으로 향하는 인디펜던스 애비뉴를 지나가면서 그 길에 오른 사람들에게 D.C.를 빠져나간다는 환상을 제공한다. 써드 스

트리트의 애덤스 빌딩 쪽 길가와 건너편 도로 양쪽에는 주차된 자동차들
이 줄지어 서 있다. 건너편 도로는 타운하우스들 앞에 있는데, 이 주택들
은 두 블록 떨어진 곳에 자신들의 공적인 사무실을 둔 의원들을 위한 정치
행위위원회의 보금자리 역할을 하는 경우가 잦다. 의원들은 그들이 공식
적인 직무를 벌이는 곳을 떠나 4분만 걸으면 선거 자금을 끌어모으기 위
한 전화 통화를 합법적으로 할 수 있는 민간 소유의 부동산으로 이동할 수
있다. 어떤 차가 —저걸 위장 팀이 모는 흰색 차라고 치자— 인디펜던스 애
비뉴에서 한 블록 위에 있는 A 스트리트에서 애덤스 빌딩을 바라보는 식
으로 주차돼 있다면, 그 차는 주차된 자리를 떠날 때 반드시 우회전을 해
야만 한다. 우회전만이 유일하게 합법적인 선택이다. 거기에 차를 세우는
건, 감시 위치에서 차를 꺼낸 그들이 써드 스트리트 아래쪽으로 방향을 틀
어 운전을 하면 역주행을 하는 셈이 된다는 걸 뜻했다. 그런데 그게 그가
항상 집으로 걸어가는 경로였다. 그래서 위장 팀은 그가 걷는 예측 가능한
경로를 잘 알고 있었다. 그들은 그런 종류의 —활동 요령에 정통한, 정보를
사전에 잘 보고받은 종류의— '그들'이었다. 그가 그들 앞을 지나쳐 걸어가
지 않을 거라는 걸, 과거에 특별한 사건이 벌어졌던 곳과 가까운 A 스트리
트 SE의 인도에 발을 올려놓지는 않을 거라는 —그럴 수 없을 거라는— 것
을 그들은 잘 알고 있었다. 퇴근한 그가 도보로 이동하며 인디펜던스 애비
뉴로 향하고 있다는 걸 일단 알게 된다면, 그들의 흰색 차는 우회전을 할
것이다. 그를 미행하고 있는 게 아니라는 듯이 일방통행 교통 흐름에 합류
할 것이다.

　그러고 나서 블록을 빙빙 돌 것이다. 러시아워라는 교통 상황과 비 오는
날씨를 감안하면, 그들은 펜실베이니아 애비뉴와 써드 스트리트 SE의 교

차 지점에 있을 가능성이 컸다. 그렇다면, 그들은 그가 술집과 레스토랑이 늘어선 펜실베이니아의 메인 스트리트 쪽으로 방향을 틀거나 위쪽에 있는 인디펜던스를 걷는 통상적인 경로를 계속 밟는 걸 때맞춰 지켜보게 될 것이다. 그가 D.C.를 벗어나려는 차량들의 흐름과 함께 걸어갈 가능성도 있다. 그래서 그를 쫓아 서행하던 흰색 차는 앞 유리로 그를 계속 볼 수 있도록 길가에 개구리 주차(보도 위에 어느 한쪽의 차바퀴를 올려놓는 주차)를 할 수도 있다. 그가 집에 가는 내내 그를 지켜볼 수 있다.

만약의 경우에 대비해 그를 도보로 추적하는 요원을 붙였을 수도 있다. 그래도 그는 뒤돌아보지 않았다.

그러는 대신, 그는 맥주나 홀짝일 정도의 형편밖에 안되는 의회 직원들과 샴페인을 물처럼 흘려버릴 형편이 되는 로비스트 양쪽 모두가 손님으로 들락거릴 수 있는 레스토랑과 체인스토어 커피숍, 술집이 내뿜는 밝은 빛을 유심히 살폈다. 그는 9·11 이후에 세워진, 노란 전구들이 설치된 거대한 교통 표지판 쪽으로 될 수 있는 한 멀리까지 고개를 돌렸다. 표지판에 그려진 고집스러운 화살표가 모든 트럭은 하원의 사무용 빌딩들과 의회의 상징인 의사당 건물 사이에 있는 펜실베이니아 애비뉴의 경로에서 벗어나라고 지시하고 있었다.

그는 번쩍거리는 우회 표지판 옆에 주차된 순찰차 곁에 의회 경찰이 비를 맞으며 서 있는 걸 봤다. 우회하라는 경고에 불복종한 트럭이 정신 나간 바보가 운전하는 신문 운송 트럭이건, 시내의 블록 두 개를 완전히 파괴할 만큼 강력한 혼합물 안에 비료를 가득 싣고 달리는 자살 폭탄 테러범이 빌린 트럭이건 그 경관에게는 상관없을 터였다. 경관은 살상 지역 안에서 위험을 감수하는 위치를 고수하면서 그 트럭이 미국 정부의 핵심부를 폭발로 날려버리기 전에 트럭의 타이어를 사격하려고 애쓸 필요가 자신에게 있다는 걸 잘 알았다.

백발 남자는 순찰차 밖에 있는 경찰관과 노란 우회 화살표를 지나면서 주위를 유심히 살폈다. 그는 앙상한 나무들을 훑고 두 블록 떨어진 곳을 보면서 혼잣말을 중얼거렸다. 의사당 끄트머리가 보였다. 빗줄기 속에서 하얗고 매끄러운 의사당의 돔을 상상해봤다.

워터게이트 이전에, 그리고 이후로도 한동안, FBI는 민간 상업용 빌딩들이 있는 펜실베이니아 애비뉴의 첫 번째 블록에 비밀 기지를 유지했었다. 의사당 구역을 응시하다 몸을 돌린 그가 본 건물이 그거였다. FBI의 그 옛 소굴은 지하에 문이 항상 닫혀 있는 차고가 있는, 정면이 납작한 콘크리트 건물이었다. 그가 그 건물에 대해 알게 된 건 이 인생이 시작됐을 때였다. 3층짜리 회색 건물이 FBI 소속이라는 얘기가 많은 의원과 직원들을 비롯한, 캐피톨 힐에서 일하는 온갖 종류의 사람들 사이에서 입소문으로 떠돌았다. 그들 중에 의회, 그리고 세계의 모퉁이에 있는 빌딩에 대해 FBI에 문의할 정도의 배짱과 권력을 가진 사람이 있을 경우, FBI가 공식적으로 내놓은 반응은 그 지부는 '통역 센터'라는 거였다.

물론 그렇겠지, 그는 생각했다. 그런데 그 건물이 어떻게 통역을 하지?

그는 교통신호를 지키며 그의 현재 직장이 위치해 있는 블록의 모퉁이에 섰다. 인디펜던스 애비뉴 아래쪽을 향해 선 그는 파란 후드를 쓴 고개를 시야 끄트머리에 흰색 차가 있는 교통 행렬이 보이기에 충분할 정도까지만 돌렸다.

그가 직면한, 걷지 말라는 교통신호는 걷는 사람을 형상화한 오렌지색 막대 그림 이미지를 구성하는 직선들과 숫자가 줄어드는 오렌지색 플래시들로 빛났다.

30…… 29…… 28……

1998년에 몬태나 출신의 혈혈단신 총잡이가 미국 의회로 진입하는 길을 확보하려고 애쓰며 총질하던 와중에 의회 경찰 두 명이 목숨을 잃었다. 그 총잡이는 광란을 벌이러 가는 길에 백발 남자가 지금 서 있는 거리의 건너편에 있는, 비주류 정치집단의 40년 된 타운하우스 본부를 방문했었다. 편집증적 정신분열증 진단을 받은 총잡이가 그 정치집단에게 원한 게 무엇이었는지는 알려지지 않았지만, 그가 그들에게 매혹됐던 건 사실이었다. 이후로 다른 곳으로 이사를 간 정치집단의 존경받는, 하지만 이제는 고인이 된 창립자는 침대 발치에 아돌프 히틀러의 실물 크기 검정 금속 조각상을 모셨고, 그 집단은 무비스타 스티브 맥퀸의 목숨을 구하는 데 실패한 가짜 암 치료제를 공개적으로, 하지만 불법적으로 판매했다.

3…… 2…… 1…… 신호등에서 걸어도 된다는 신호가 반짝거리며 흰색 막대 그림으로 그려진 인물을 석방했다.

자네가 지금 가고 있는 곳에 무사히 도착하기를 바라네. 여덟 블록에 걸친 여정에 나선 백발 남자가 인디펜던스 애비뉴를 따라가는 차량들과 도로를 건너는 동안, 신호등 속에 있는 흰색 막대 그림 인물에게 텔레파시를 보냈다.

교차로를 바라본 시야의 *끄트머리*에 빨간 불빛과 공회전하는 흰색 차를 반사하는, 비에 젖은 캄캄한 거리가 보였을 때도 그는 움찔하지 않았다.

다음 모퉁이인 포스(Fourth) 스트리트에서 그는 파란불을 따라 오른쪽으로 갔다가 거리를 가로질러 건넜다. 예전에 그 일이 일어났던 곳으로 이어지는, 등 뒤에 있는 그 거리의 위쪽을 쳐다보지 않았다. 흰색 차가 가는

17

길이 차량 두어 대에 의해 막혔기를 바라면서도, 굳이 흰색 차를 보려고 샛길을 쳐다보지도 않았다. 그 차가 엔진 회전속도를 올리고 미끄러운 거리를 요란하게 질주해서는 파란 후드를 뒤집어쓴 인물을 힘껏 받아 그를 죽음으로 몰아넣거나 치명적인 바퀴 아래로 밀어 넣는 일이 없기를 희망했다.

차로 사람을 치어 죽이는 건 힘든 일이다.

흰색 차에 탄 위장 팀은, 임무를 수행하면서 정당하게 감수할 수 있는 리스크를 어느 정도까지 할당받았을까?

그는 도로 경계석에 도착했다. 그는 평소 다니던 경로인 왼쪽으로 방향을 틀면서 뒤를 돌아보지 않았다.

놈들이 네 눈의 무게를 파악하게끔 놔두지 마.

두 블록을 지났을 때 비가 그쳤다. 그는 지난 세기에 J. 에드거 후버가 파머 습격(Palmer Raids, 1919년과 1920년에 미국 법무부가 급진 좌파와 무정부주의자를 체포해서 추방하려고 감행한 일련의 습격들)이 벌어지는 동안에, 그리고 좌익 체제 전복 세력 사냥에 직접 나서기 이전 시절에 청과상 배달부로 일한 곳인 이스턴 마켓의 길고 낮은 건물들 앞을 묵묵히 걸었다.

그가 홀로 외로운 걸음을 내딛는 동안 차들이 쌩쌩 지나갔다. 귀가하는 시민들.

네 블록을 지나 일레븐스(Eleventh) 스트리트 모퉁이에 가까이 갔을 때, 그는 흰 모자에 진청색 스웨터를 입은 해군 장교가 동네 세탁소를 떠나는 걸 봤다. 인근에 있는 해병대 사령관 관사에 주둔한 병력들의 세탁물을 자주 다루는 곳이었다. 아프가니스탄에서 총에 맞은 해병 상병을 안았던 기억이 문득 떠올랐다. 그의 목숨을 구해준 남자, 그 청년은 풀썩 주저 앉아 꾸르륵 소리를 내며, 자신이 구한 미국인 동포에 대한 진실을 알지도 못한 채로, 오클라호마에 있는 가족에게 무슨 말을 전하기도 전에 눈을 감았다.

그날 저녁에 세탁소에서 나온 해군 장교는 비어 있는 유아용 카시트가 장착된 미니밴을 몰고 떠났다.

백발 남자는 창살이 쳐진 세탁소 창문에 걸린 빨간 네온사인을 주목했다.

수선

내 인생을 그럴 수 있다면 얼마나 좋을까.

그는 모퉁이를 막 지난 곳에 있는 주소에 집중했다. 309번지, 파란 벽돌로 지은 2층짜리 타운하우스, 청록색 현관문까지 이어지는 검정 금속 계단 네 단. 한 계단 한 계단 올라 *마침내* 현관문에 도착한 그는 열쇠 구멍에 열쇠를 밀어 넣다가 뒤를 돌아보며 4시 방향부터 8시 방향까지를 확인했다.

흰색 차가 그를 천천히 지나쳐 달리더니 거리 건너편의 주차 공간 중 하나로 느릿느릿 유턴을 해서 들어갔다. 색을 넣은 앞 유리는 그가 서 있는 현관 계단 쪽을 향해 있었다.

흰색 차의 엔진이 꺼졌다.

흰색 차에서 아무도 내리지 않았다. 선팅한 창문도 열리지 않았다.

청록색 문에 열쇠를 넣어 자물쇠를 딴 그는 손잡이를 돌렸다. 그의 눈이 허벅지 높이에서 아래로 펄럭이며 떨어지는 물건을 포착했다. 날마다 훔쳐온 나뭇잎을 문짝과 문설주 사이에 넣고 문을 닫을 때, 나뭇잎을 끼워 넣는 위치는 그가 손을 아래로 뻗어도 남들이 그가 무슨 짓을 하는지 볼 수 없을 만큼 최대한 낮은 위치였다. 지난여름, D.C.의 록 크릭 공원에서 미친 듯이 성장한 사슴들이 아직 난입하지 않았는데도 이 동네의 관목들이 야금야금 먹어치워지고 있다는 걸 이웃들이 알아차리지나 않을지 그는 걱정했었다.

하지만 그에게 그런 사실을 언급한 사람은 한 명도 없었다. 심지어 자기 집 앞뜰의 낮은 검은색 철제 펜스 안쪽에 깽깽거리는 더럽기 짝이 없는 백구와 함께 서 있는 일이 잦은 이웃집의 산발한 마녀조차 이렇게 외쳤었다. "*여기하고 노스캐롤라이나는 비슷한 구석이 전혀 없어요.*" 그녀는 틀렸다. 그러나 다른 모든 사람들처럼, 그는 그녀의 오류를 바로잡아주려는 위험은 절대로 감수하지 않았다.

오늘 아침에 꽂아둔 찢어진 나뭇잎이 문설주에서 펄럭이며 떨어져 나왔다.

그렇지만 이 나뭇잎은 교체된 것일 수도 있다.

여전히 누군가가 이 문을 열었을 수 있다. 놈들이 집 안에 있을 수 있다. *망할 놈들.*

그는 집 안에 들어갔다. 힘껏 닫은 문을 등으로 눌렀다. 그에게 집을 임대해준 여주인의 소굴을 지는 해가 분홍빛으로 물들였다. 집에 있는 가구들은 보스턴에 새로 생긴 연방정부의 GS 보험 및 연금 일자리에 취직이됐다는 통고를 불과 17일 전에야 받은 집주인이 서둘러 이사할 때 남겨놓고 간 거였다. 그녀는 새 가구를 구입하는 데 드는 비용을 면밀하게 계산한 끝에 이 가구들을 남겨놓았다. 그를 담당한 정착 전문가(Settlement Specialist)는 그가 서류를 소각하는 곳인 벽난로 위에 배달시킨 평면 TV를 걸라고 고집했다. 그는 겨울철 동안 웨스트버지니아에서 와서 시내를 돌아다니는 픽업 트럭들에게서 구입한 소나무 장작들도 벽난로에 태웠다. 녹색 소파는 집주인 거였고, 그가 자는 곳인 2층 앞쪽 침실의 황동 침대도 마찬가지였다. 집 안에 있는 나머지 내용물은 이랬다. 의자 두 개, 이것 약간과 저것 조금, 벽에 걸린 무엇, 스피커 달린 위성 라디오, 그의 소유물인 이런저런 물건들.

창살 달린 창문을 통해 들어오는 분홍 빛줄기 속에서 그를 공격하는 사람은 아무도 없었다.

아직까지는.

벽을 공유하는 이 연립주택은 너비가 여섯 걸음에 길이가 스물 한 걸음이었다. 현관문에서 부엌에 이르는 여정에 나서려면, 그가 샤워하고 자는 곳으로 이어지는 계단의 아래에 있는 화장실을 한 번 우회해야 한다. 그는 부엌으로 걸어가면서 눈높이에 있는 갈색 나무 계단을 훑어봤다. 거기에 묶여 있는 깨끗한 치실 한 가닥이 지나가는 신발 때문에 끊어지거나 밀쳐지지 않았다는 게 눈에 띄었다.

아니면, 그 치실은 교체된 것일 수도 있다.

놈들의 실력이 그 정도로 뛰어나다면, 그 정도로 치밀한 놈들이라면, 그래서 위층에 있는 침실이나 쓰레기 가득한 뒷방에서 그를 기다리고 있거나 벽장에 숨어 있다면, 젠장…… 그는 *이미 제거된 존재나 다름없는 신세였다.*

그는 아래층 화장실을 확인했다. 변좌(便座)는 올려져 있었다. 세면대 위 거울은 얼쩡거리는 그의 모습만 반사하고 있었다. 그는 백발을 덮고 있던 파란 후드를 밀어서 벗었다.

부엌에서 그를 기다리는 사람은 아무도 없었다. 뒷방은 여전히 닫혀 있었고, 집 바깥쪽의 철창 달린 문들은 제자리에 잠겨 있었다. 검정 철창 밖에서는 울타리를 두른 자그마한 뒤뜰에 있는, 나무로 짠 판판한 덱(deck)이 기다리고 있었다. 뒤뜰에는 덱 가운데에 뚫은 네모난 틈에 심은, 허리 높이까지 자란 단풍나무 말고는 아무것도 없었다. 풍상에 시달린 회색 뒷문에 설치된 후크형 걸쇠는 제자리에 있는 듯 보였지만, 골목에 있는 그 나무 울타리를 지나는 행인이라면 누구나 그런 보안장치는 장난감이나 다름없다는 걸 잘 알고 있었다.

정보국에서는 그가 집에 칼을 보유하는 걸 허용했다.

조리용으로.

살림살이를 장만하려고 국가안전보장국(NSA)의 공식 본부가 있는 D.C.와 볼티모어 사이에 있는 포트 미드(Ft. Meade)의 PX를 방문했을 때, 정착 전문가는 그의 쇼핑카트를 채우면서 무심한 어투로 그가 칼을 가질 필요가 있다는 걸 언급했었다. 그는 스테이크 나이프 한 세트 말고도, '칼을 꽂을' 일자형 구멍이 있는 부엌 조리대, 나이프 샤프너와 고기의 살을 뜨는 양날 칼, 칼날이 톱니 모양인 브레드 나이프, 엄청나게 큰 이등변 삼각형 날이 있는 정통 프랑스 스타일의 고기용 나이프, 알라모 요새(the Alamo)와 짐 보위(Jim Bowie, 1836년에 알라모 요새에서 멕시코군과 싸우다 전사한 미국의 개척자로, 그의 이름을 딴 독특한 모양의 칼을 사용한 인물)를 연상시키는 정육점용 칼을 보유하고 있었다.

그는 그런 칼 중 하나를 움켜쥐는 걸 거부하고는, 불행한 운명을 맞은 바보처럼 거실 소파에 앉아 *기다리고* 있었다.

그의 파란색 등산용 코트는 흠뻑 젖어 있었다. 그는 한기 때문에 몸을 떨었다. 코트를 벗은 그가 거실로 발걸음을 옮겼다.

소변을 보려고 화장실에 들렀다. 불안해서 소변을 보는 게 아니라고 혼 잣말을 했다.

젖은 코트를 거실 옷걸이에 걸 때 물 내려가는 소리가 멈추는 걸 들었다.

그들이 저 밖에 있다. *당연히 그들이 저 밖에 있다!*

하지만 그들은 오늘 밤에는 오지 않을지도 모른다.

영원히 오지 않을지도 모른다.

위장 팀은 그저 자리에 앉아 감시만 하는 술래일지도 모른다. 그렇지 않다면……

청록색 현관문을 노크하는 소리가 우렁차게 울려 퍼졌다.

2

"우리는 모른다는 것을 모른다."
-도널드 럼스펠드 전 미국 국방부 장관

페이 도지어는 워싱턴 D.C. 일레븐스 스트리트 SE에 주차한 차의 조수석 문을 천천히 닫았다. 허벅지 중간까지 내려오는 검정 코트의 단추를 끄르는 동안 현관문이 청록색인 파란 벽돌 타운하우스에서 눈을 떼지 않았다. 그녀는 아무것도 쥐고 있지 않은 양손의 근육을 풀었다. 소지하고 있는 것만으로도 마음이 편안해지는 작은 금속 덩어리의 묵직함이 오른쪽 엉덩이에 느껴졌다.

그녀의 파트너인 피터는 운전석 문을 요란하게 닫으면서도 누가 그 소리를 듣는 건 아닐지 걱정하지 않았고, 차를 돌아 그에게로 걸어오는 그녀의 모습을 보려고 저녁의 어스름 속을 신속하게 살피지도 않았다. 안쪽 호주머니에 책보다 큰 무엇인가가 불룩 튀어나온 황갈색 레인코트 차림인 그는 은색 서류 가방을 들고 있었다.

"명심해." 그가 페이에게 말했다. "이번에는 자기가 선두에 서는 거야."

"왜 이 사람이죠?" 그녀가 집을 응시하면서, 집에 접근할 각도를 계산하면서 물었다. "왜 지금인 거예요? 이 사람은 오늘 작전할 대상자 명단에 들어 있지 않잖아요."

"우리가 방금 전에 D.C. 라인 너머 프린스 조지 카운티(워싱턴 D.C.와 이웃해 있는 메릴랜드 주의 카운티)에서 지 아들놈 대학 들어가는 문제를 졸라 걱정하던 탈레반 자식을 상대하는 일을 마친 직후에, 거기하고 기지 사이에 있는 이 인간이 우리 스크린에 떴어. 그래서…… 예방주사 한 대 맞아두는 거야. 지금 맞아두는 편이 나을지도 몰라." 피터가 말했다.

같은 나뭇가지에 내려앉으려는 매 두 마리처럼, 두 남녀는 파란 벽돌집을 향해 함께 도로를 건넜다.

"자기는 오늘 밤에 이것보다 나은 할 일이 딱히 없는 것 같은데, 맞지?" 그가 말했다.

그러고는 깔깔댔다.

저 인간이 알고 있는 것 같군, 페이는 생각했다. 그도 더 나은 일이 없다는 것을, 세상의 어느 누구도 그런 일이 없다는 것을, 어느 누구도 그럴 수 없다는 것을 그녀는 알고 있었다.

피터가 말했다. "이 친구는 조심해, 초짜."

"내가 언제 초짜가 된 거죠?"

"자기는 여기 바깥에서 나랑 함께 있을 때면 초짜야. 자기가 이번 임무에서 선두에 서는 건 내가 그러라고 했기 때문이야. 자기가 머리 올릴 때가 됐기 때문이라고."

"당신도 참 매력이 철철 넘치는 분이네요."

"그렇다고들 하더군."

그들은 청록색 현관문이 달린 파란 벽돌집이 있는 거리 쪽 인도에 도착했다.

"잘 들어." 스스로 요청하지도 않았고 절대로 바란 적도 없던, 초짜는

25

아닌 파트너에게 그가 말했다. "서두르지 마. 영리하게, 철저하게, 제대로 해."

"그러고는," 캐피톨 힐 변두리에 있는 좁다란 연립주택으로 이어지는 네 단의 검정 철제 계단에 그들이 당도했을 때 그가 덧붙였다. "보고서 작성할 때도 똑같이 하는 거야."

"잠깐요, 내가 그러는 동안 당신은 무슨 일을 할 건데요?"

"내 보고서 작성하고, 내 식별자(identifier) 만들고, 오프라인에서 내 연공서열에 어울리는 시간을 보내는 거지. 자기가 말했듯이, 자기는 오늘 밤의 나머지 시간에 할 만한 딱히 더 좋은 일이 하나도 없으니까." 그가 미소를 지었다.

"나는 그런 말한 적 없어요." 그녀가 왼손 손바닥을 내렸다. 그녀의 손바닥은 피터 같은 전문가가 아닌 다른 사람은 그 자리에 멈추라는 신호를 못 보고 지나칠 법한 위치에 있었다.

피터가 검정 철제 계단에서 물러섰다. 그가 파란 벽돌 타운하우스의 두 층에 있는 모든 창문 안쪽의 움직임을 맨눈으로 포착할 수 있게 해주는 위치에 섰다. 그곳에서 확보된 시야에는 검정 철제 계단에 선 그녀도 포함됐다.

그녀가 청록색 현관문을 노크했다.

3

"……달아난 아메리칸 드림."

-브루스 스프링스틴, 〈본 투 런(Born to Run)〉

이게 네가 사는 방식이거나 죽는 방식이야.

현관문을 노크하는 소리에 대답해.

그 청록색 나무판이 빙그르 돌아가 열리면서 세계가 물밀 듯 밀려왔고, 그들이 그의 시야를 채웠다.

현관 계단에 서 있는 여자.

검정 금속 펜스 안에 있는, 흙과 돌로 만든 코딱지만 한 앞뜰에 위치한 남자.

이게 초인종을 누르고는 총질을 해대는 작전이라면 총을 쏘는 건 여자 몫일 것이다.

하지만 그녀는 현관에 그냥 서 있다. 그녀의 녹색 눈에 그의 모습이 반사되고 있다.

여자는 서른 살쯤 돼 보인다. 그보다 더 먹었을지도 모른다. 검정 코트는 단추를 채우지 않았다. 예쁘지만, 군중 속에서 그녀만 두드러져 보일 정도의 미모는 아니다. 갈색 머리는 스타일을 꾸미기에 충분할 정도로 길지만, 상대방의 손에 쉽게 잡힐 정도로 길지는 않다. 온갖 인종이 뒤섞인 현대 미국의 특징이 담긴 계란형 얼굴. 화장기 없는 입술 위에 다시 제자리를 잡는 작업을 받은 것처럼 보이는 코. 두 어깨는 군인의 어깨처럼 보인다. 두 손을 양 옆구리에 올리고 있다. 오른손은 총을 쥐는 손이라는 걸 보여준다. 반지는 없다. 짙은 색 바지. 뜀박질이나 발차기를 하기에 적합한 실용적인 검정 신발.

그녀가 도시의 거리에 내리는 비의 냄새가 나는 이 일몰 속에서 기다리고 있었다.

제일 힘든 일.

기다림.

적절한 순간을 위한 기다림. 적절한 움직임. 곧 등장할 표적을 위한 기다림.

그녀의 백업을 맡은 남자가 목을 가다듬었다. 눈에 익어. 저 남자는…… 여자보다 나이가 많은, 쉰 살쯤 된 대머리 백인 남자. 황갈색 레인코트 아래에 있는 몸은 대체로 근육질이다. 왼손에는 은색 금속 서류 가방을 들고 있고, 오른손을 옆구리에 올리고 있다. 그는 백업 위치에 서 있다. 그의 시선은 그녀를 지나 청록색 문을 연 사람이 누구건, 또는 집의 전면 창문들에서 움직이는 사람이 누구건 그 사람을 향하고 있다. 그런데 그가 목을 가다듬는 방식은 두 사람 중에서 그가 보스임을 보여준다. 아니면 아마도……

현관의 검정 철제 계단에 선 여자가 물었다. "안녕하세요?"

여자에게 진실을 말해. "글쎄요, 잘 모르겠군요."

"들어가도 될까요?"

그녀를 백업하는 남자가 덧붙였다. "들어오지 말라는 말은 할 수 없어요."

"그렇게 말할 수도 있소만, 그런다고 나한테 득 될 게 뭐가 있겠소?" 그는 거실로 뒷걸음질 쳤다.

그들이 그를 따랐다. 황갈색 코트를 입은 남자가 나머지 세계로 이어지는 문을 닫았다.

여자가 거짓 웃음을 지었다. "젠장, 우리가 사람을 제대로 찾았기를 바라요. 당신 이름이……?"

"나는 늘 로널드라는 본명을 싫어했소. 한동안은 나를 조(Joe)라고 생각했어요. 가끔은 라울이나 닉, 자크…… 그리고 신쇼우 같은 이상한 이름일 거라고 생각해요."

대머리 남자가 말했다. "그 인간을……"

피터! 대머리 남자의 이름은 피터야!

"……콘돌이라고 불러."

그건 사실이야.

백발 남자가 말했다. "그 이름은 순전히 운이 좋았던 덕에 얻은 거요."

"왜죠?" 그녀가 물었다.

"정보국은 코드네임을 로테이션시키니까요. 나보다 앞선 콘돌은 워터게이트의 절도범인 프랭크 스터지스였소. 그다음이 나였죠. 그 시절에 그런 코드네임을 가진 나는 내가 두 사람인 것처럼 느꼈어요. 하나는 평범한 나였고, 다른 하나는 나보다 더 잘생기고 더 영리하면서 알맞은 여자를 차지하는 내 인생의 영화 버전하고 비슷했어요. 내가 갇혀 있는 동안, 코드네임이 로테이션됐어요. 콘돌이라는 이름을 받은 그 친구한테 무슨 일이 생겼는데, 정보국에서는 나한테 무슨 일이 생겼는지는 알려주지 않을 거요. 하지만 정보국에서는 콘돌을 나한테 다시 배정했어요."

"지금 이 자리에서," 그녀가 물었다. "당신의 작전명은 뭔가요?"

"빈(Vin)이요."

"왜 빈이죠?"

「황야의 7인」. 스티브 맥퀸이 연기한 캐릭터 이름이 빈이었소. 내가 거짓말을 하는 거라면, 쿨한 거짓말쟁이인 편이 어떨까 싶군요."

"내 이름은 페이 도지어예요. 당신을 무슨 이름으로 불러줬으면 하나요? 콘돌이랑 빈 중에서?"

"마음 내키는 대로 부르도록 해요."

대머리 피터가 은색 서류 가방을 바닥에 놓더니 황갈색 레인코트에서 아이패드를 꺼냈다. "훈련 기억하죠?"

"당신은 내 재소개(Reintroduction) 정착 이후 처음으로 실시한 가정 평가 방문 때 왔던 사람이로군요."

페이가 물었다. "저 남자, 그때도 매력적이었나요?"

"머리카락이 더 있었소."

"나는 그때도 대머리였어. 머리가 얼마나 남아 있었냐면…… *됐어, 신경 쓰지 마.*"

페이는 콘돌/빈의 얼굴에 *한 건 했다는* 분위기의 미소가 언뜻 스치고 지나가는 걸 포착했다.

피터가 백발 남자에게 말했다. "신발 벗고 뒤꿈치 붙이고 똑바로 서요. 머리를 당신의 고급 라디오 옆에 있는 비어 있는 벽에 바짝 기대고."

검정 양말을 신은 두 발로 나무 바닥을 꼭 눌러. 몸무게를 줄이면서 키도 줄이려고 무릎을 풀거나 엉덩이를 구부리는 걸 들키면 안 돼. 신발을 신지 않으면 그렇게 돼. 벽돌 벽이 머리를 비벼대는군.

대머리 피터가 벽에 등을 댄 남자를 정밀하게 촬영하려고 아이패드를 들었다.

"그 자세 그대로." 피터가 말했다. "미터법으로 계산하면……"

아이패드가 플래시를 터뜨리며 사진을 찍었다.

"자, 우향우." 피터가 말했다. "얼굴을 라디오 쪽으로 향하고."

페이가 물었다. "라디오 좋아하나 봐요? NPR(미국의 공영 라디오방송) 뉴스 방송 들어요?"

플래시!

"나는 운이 좋아요. 위성방송을 수신하는 라디오를 살 형편이 되거든요."

"그녀한테 클롱(clong)들 얘기도 해주지 그래." 아이패드를 든 대머리 남자의 목소리에는 무시하는 분위기가 팽배했다. "외계에서 오는 메시지들 말이야. 그리고 다른 어깨도 벽으로 돌려요."

"그녀는 그게 무엇인지 알아요."

"아니, 모르는데요."

"당신은 분명 알아요. 당신이 무슨 일인가를 하면서 또는 무슨 생각을 하면서 어딘가에 있어요. 당신은 아마 운전 중일 거예요. 어떤 노래가 나오는데, 그 노래가 그 순간에 당신이 있는 곳에서 벌어지는 일하고 딱맞아떨어지는 거예요. 우주가 그 상황에 정확하게 딱 맞는 메시지를 방송하고 있는 거예요. 그 순간에는 모든 게 메시지를 직관적으로 보여주고, 완벽한 느낌을 전달해요…… 바로 그거예요!"

플래시!

"그게 클롱이에요. 나는 라디오로 듣는 뉴스는 좋아하지 않아요. 나한테 *세상의 참된 모습*을 알려주는 건 투명한 존재예요. 클롱들이 아니에요.

우주에서 들려오는 노래들은 나한테 무엇인가를 보여줘요. 무엇인가가 될수 있는 것들이 줄지어 서 있는 걸, 나와 우리에 대한 무엇인가를 보여줘요. 시처럼, 영화나 소설처럼요."

"하지만 특정 종류의 라디오방송은 당신의 실제 생활에 대한 거잖아요." 그녀는 주장했다.

"그렇죠."

피터가 투덜거렸다. "그는 머릿속에서 목소리들을 듣는 대신에 클롱들을 듣는 거야."

콘돌이 말했다. "당신이 세상 전부를 이해하는 걸 돕는 게 뭐요?"

"나한테 물은 거야?" 피터가 아이패드를 들었다. "나는 프로그램을 따르는 것뿐이야."

그녀가 빈에게 물었다. "직장에서는 무슨 문제 없나요?"

"출근해요. 거기 있는 일들을 해요. 집에 와요."

"혹시나 해서 말인데," 그녀가 그에게 말했다. "당신한테 불만이 제기됐다는 기록은 없어요."

"그런데도 당신들이 여기 있잖아요." 그는 미소를 지었다. "당신들은 일이 마음에 드나요?"

"일부보다는 더 마음에 들어요."

"자기들 일을 좋아하는 일부 사람들보다 더라는 건가요, 아니면 당신이 했던 일부 일보다 더라는 건가요?"

"아무렴 어때요." 그녀는 부엌을 향해 한가로이 걸었다.

대머리 피터는 테이프로 붙인 신문 기사와 사진, 잡지에서 뜯어낸 컬러 사진들, 용광로로 던져질 운명인 책들에서 찢어낸 시구와 문단들, 이제는 명줄이 다한 매체에 속한 레코드 앨범 커버들을 오려낸 것들과 앨범에 삽입됐던 속지들로 덮인 벽을 응시했다. 그가 아이패드를 높이 올렸다.

플래시! 그는 벽을 따라가며 일을 해나갔다. 플래시!

오케이! 괜찮아. 판에 박힌 일이야. 그냥 늘 하는 일이라고. 미치광이가 콜라주해서 연출한 벽. 마구잡이로 만들어낸 기괴한 모습. 교과서에 실릴 법한 예측 가능한 행위. 눈여겨봐야 할 건 하나도 없어. 분석해야 할 것도 하나도 없고.

신발 신고, 그녀를 따라가!

페이는 부엌의 냉장고 안을 들여다봤다.

"우유, 신선했으면 좋겠네요. 오렌지 주스, 이건 좋군요. 먹다 남은 음식을 담은 스티로폼 박스들, 버터. 바닐라 요거트는 냉장고에 있는 그래놀라에 부어 먹으려는 거예요? 블루베리도 있고, 빵은 맛이 간 것 같은데요. 쌀밥이 든 1인용 상자들은 내다버려도 괜찮겠죠? 중국 음식을 많이 먹네요."

"우리 모두 그렇잖아요."

그녀가 뒷문의 창살들 틈바구니로 보이는 목재 덱을 응시했다.

그녀가 말했다. "당신은 몸매를 잘 유지하는 것 같네요."

타일 바닥이 네 얼굴로 질주해오는 걸 보고는 거기서 다시 펄쩍 뛰어올라봐. 네 두 팔이 화끈거리지. 옥살이를 하는 동안 팔굽혀펴기를 하고 또 하고 또 해봐.

그러고 있는데 아직까지는 살인이 일어나지 않은 병원의 주간 휴게실에서 빅터가 다가와 말해. "근육이 중요한 게 아니라 자네의 근본이 중요한 거야. 주먹이 아니라 단전이 중요한 거야."

페이는, 그게 저 여자의 작전명이 아니라 진짜 이름이라면, 페이는 창살

33

너머로 보이는 펜스 안의 덱을 향해 고개를 숙이고는 진심에서 우러난 호기심을 보였다.

"당신이 태극권을 수련하는 데가 저기인가요?"

"저긴 내가 자세를 수련하는 곳이에요. 나는 내가 할 수 있는 모든 태극권을 '수련해요.'"

"지금처럼 말인가요?"

그녀에게 무응답이라는 공허감을 안겨줘.

그녀가 말했다. "위층을 보여줘요. 아니, 당신이 앞장서요."

그들은 부엌으로 가는 길에 또다시 플래시를 터뜨리는 피터를 지나쳤다.

"침대는 늘 당신이 정리하나요?" 그녀가 위층에 있는 그의 어수선한 방을 힐끔 본 후 물었다. 그녀는 그가 그를 하늘로 날아오르게 만드는 꿈들을 꾸는 곳인 황동 침대가 있는 방으로 이동했다.

"누가 나를 위해 그 일을 해주겠소?" 그가 어깨를 으쓱했다. "그건 감금 생활의 규칙이에요. 거기서 생활했다는 걸 보여주는 징후 중 하나죠."

그녀는 벽장에 걸려 있는 그의 옷을 살폈다. 피터는 그것들도 촬영할 것이다.

그런 후, 그녀는 그를 욕실로 이끌었다. 샤워기가 달린 욕조 위의 봉에 파란 수건이 걸려 있었다. 변좌는 올려져 있었다. 그녀는 세면대 위에 있는 약품 수납장의 거울 달린 문을 열었다.

"젠장."

처방받은 약병들이 약품 수납장의 선반 두 곳에 용감한 병사들로 구성된 분대처럼 도열해 있었다. '-진스(zines)'와 '-민(mine)'으로 끝나는 단어들이 레이블로 붙어 있는 약병들. 'x'가 많이 포함된 이름을 가진 약들.

콜레스테롤로 막힌 혈관을 청소해주는 걸로 유명한 약. 파란 약. 하얀 약. 럭비공 모양의 약. 겔정. 딱딱하고 노랗고 둥근 약. 녹색 구체들.

그녀는 처방약이 든 병 하나를 가리켰다. "TV 광고를 보니까 이건 해가 지는 동안 욕조에 발가벗고 나란히 앉은 남녀를 위한 약이라고 하더군요."

"1일 용량은 우리처럼 특정한 문제를…… 화장실 문제를 가진 사람들을 위한 용도이기도 해요."

"정말요?" 그녀는 눈길로 그를 몰아붙였다. "그 여자분, 이름이 뭐죠?"

"그 여자는 없어요."

"아니면, 그 남자거나. 내 말은……"

"로맨스는 약을 삼키는 것만큼 쉽지는 않아요."

"얘기해봐요." 그녀가 눈빛을 부드럽게 풀었다. "지금 아무도 없다면, 마지막 그 사람은 누구였나요?"

루비가 입술을 오므린다. "쉬이잇."

"잘 모르겠어요."

페이가 말했다. "화장실을 항상 가야 할 필요가 있는 사람들을 위한 약도 있네요. 의사들은 당신이 늘 최상의 모습을 보이기를 원하나 보네요."

"그럼요, 응당 그래야 하잖아요."

그녀는 그를 쳐다봤다. 약으로 구성된 군대를 다시 돌아봤다. 그녀의 눈이 약품 수납장 문 안에 붙은 차트를 훑었다. "하루에 먹는 약이 열세 가지나 되네요."

"*모두들 취해 있어야 해요(Everybody must get stoned).*" 그는 그녀를 쳐다봤다. 그녀는 젊은 나이인데도 밥 딜런 노래의 가사를 알고 있었다.

"의사들이 치료하지 않고 있는 당신의 병도 있나요?"

"암이나 그와 비슷한 암살범들이 있어요."

"암살범에 대한 생각을 많이 하나요?"

"진심인가요? 그 질문 말이에요? 정말로 순전히 당신이 궁금해서 묻는 건가요?"

피터의 육중한 발걸음이 욕실 밖에 있는 계단에 쿵쾅거렸다.

그녀가 물었다. "당신이 받은 진단명이 뭐가요?"

"외상 후 스트레스 장애, 편집성 정신병, 망상, 정신이상, 불안, 우울증, 재발성 일시적 기능 장애, 유동적 정체성 통합."

"그 의미는?"

"때때로 나는 영화 속에 있는 것 같아요. 시간 감각을 잃어요. 기억을 통제할 수가 없어요. 약, 프로그램, 당신들…… 그 모든 게 내가 계속 망각 상태를 유지하면서 다음 작업으로 이동하게끔 도움을 줘요."

"그게 어떻게 작동하고 있나요?"

"문득 어떤 생각들이 불현듯 떠올라요. 꿈들. **유령들**. 하지만 나는 생활은 제대로 해나가요. 일반 대중처럼 생활할 수 있어요."

그들은 피터가 플래시를 터뜨리며 데이터를 업로드하려고 어수선한 뒷방에 들어오는 소리를 들었다.

"이름들이 떠다녀요." 콘돌이 그녀에게 말했다. 빈이 그녀에게 말했다. "케빈 파월처럼요. 그가 어떻게 죽었는지를 당신에게 말해줄 수 있지만, 그가 어떤 사람이었는지는…… 모르겠어요. CIA의 비밀 정신병원에 나하고 같이 갇혀 있던 빅터하고 다른 친구 네 명은 기억하지만, 정보국에서 내가 모신 첫 보스가 누구였는지는 기억이 안 나요. 17부 9과라고 불리는 어디인가를 위해 책들을 읽었던 건 기억하지만, 거기서 일어난 무슨 사건인가는 생각할 수가 없어요. *내가 그 일에 대해 생각하게 만들지를 않아요.* 그 커다랗고 흐릿한 기억은 내가 작년에 풀려나면서 끝났어요. 그전에 나를 찾아왔던 건…… 나한테 알몸을 보여준 첫 여자는 기억하지만, 내가 죽인 여자는 기억나지 않아요. 가끔 살인에 대한 생각을 할 때면 남자 화장실 냄새가 떠올라요. 베이루트의 골목들을 기억해요. 암스테르담의 술집들. 정글에 있는 공항. 브루클린의 간이식당. LA의 고속도로. 총질을 당한 것. 응사한 것. 사람 목을 꺾는 방법. 듀이 십진분류법. 대실 해밋을 정치적 좌파로 만든 계기가 된 사건. 거짓말과 조롱하는 웃음소리와 내가 이름을 기억하지 못하는 어떤 도시의 거리를 걸어 내려가는 동안 내 뒷목을 기어 다닌 벌레들, 그리고 1911년형 콜트 자동 45구경이 내가 선택한 무기라는 것은 기억해요."

"최근에 무슨 변화라도 있었나요?"

거짓말을 해. "항상 똑같아요. 괜찮아요. 내가 계속 그 약물(drug)들을 먹는 한에는요."

"약(medicine)들이요." 그녀가 그의 말을 바로잡았다.

"약은 우리 몸을 더 낫게 해주려는 것들 아닌가요?"

그녀는 어깨를 으쓱했다. 하지만 그의 질문은 그녀를 그처럼 미소 짓게 만들었다.

그가 말했다. "진단에 따르면, 나한테 가장 좋은 건 내가 모르는 걸 내가 모른다는 걸 모르는 거예요."

"하지만 당신은 무엇이 현실인지는 알잖아요."

"당신이 그렇게 말한다면 그런 거겠죠. 나는 내가 실제로 여기 있다는 걸, 또는 내가 실제로 일하고 있다는 걸 알아요. 하지만 가끔은…… 가끔씩 나는 공원 벤치에 앉아 있어요. 푸른 하늘, 나무들. 아무 소리도 들리지 않아요. 차가 쌩하고 지나가는 소리 정도만 들려요. 사람의 땀 냄새 같은 게 나요. 나는 무릎에 아이패드를 올려놓고 있어요. 태블릿 화면으로 나는 드론이 보고 있는 걸 봐요. 방송 중이에요. 구름 몇 조각. 청아한 공기. 내가 보는 화면이 하늘에서 뚝 떨어져요. 건물들이 윤곽이 뚜렷해지면서 커지다가, 스크린 한복판이 갑자기 클로즈업되면서 공원과 벤치가 등장해요. 내가 현재 위치에 계속 앉아 있을 수 있는지 여부를, 내가 지금 아이패드 스크린으로 보는 게 드론이 보는 내 모습이라는 걸 나는 그 찰나의 순간에 알 수 있어요."

여자가 입을 벌린 채 너를 응시하고 있어.

대머리 피터가 욕실 밖에서 알루미늄 서류 가방을 쾅 하고 내려놨다.

그가 말했다. "데이터 촬영할 수 있게 밖으로 좀 나와주겠어?"

복도에서, 페이는 침실을 가리킨 후 쓰레기를 모아놓은 방을 가리켰다. "집에서 컴퓨터를 하나도 보지 못했어요. 컴퓨터를 갖고 있나요? 랩톱은요? 태블릿은요? 일기장이나 꿈을 기록해두는 공책이나……"

"아뇨, 나는 현재 상태에 순응하고 있어요. 그리고 당신도 내 휴대전화가 곤경에 처한 요원용 회선(Agent In Trouble Line)에 전화를 걸기에 충분한 정도로만 스마트하다는 걸 알잖아요. 더불어 당신들은 통화 기록도 모두 다 갖고 있잖아요."

욕실 안쪽에서 플래시가 터졌다!

"이봐, 콘돌!" 피터가 소리쳤다. "소변검사에서 무슨 결과가 나올지 알지? 그러니까 우리한테 말해봐. 지금도 여전히 스미스소니언에 가서 그 인류학자한테서 마리화나를 사고 있나?"

플래시!

"야훼(Jah)께서 주시는 거요."

피터가 욕실에서부터 짓고 나온 큰 웃음에 콘돌의 말에 공감한다는 기미는 전혀 없었다. "당신 딱 걸렸어. 딱 걸려서 한 방에 훅 가는 거야."

"그러면 우리 모두 더 조심하는 게 나을 것 같군요."

페이가 물었다. "마리화나는 무슨 용도로 피우는 거죠?"

"나는 취해 있어요. 내 나름의 관점에서는요. 으음, 최소한 내 나름의 약물들의 관점에서는요. 가끔씩 레드와인도 두어 잔 마셔요. 하지만 그건 거의 의사들 지시에 따른 거예요. 미국을 대표하는 내 혈관들을 청소하려고요."

"그래서 어쩌라고." 피터가 바닥에 있는 은색 서류 가방을 열면서 말했다. "바지 내려. 당신이 해야 할 일을 하고 있다는 걸 내가 확신할 수 있도록. 나를 위해 이 플라스틱 컵을 채우란 말이야."

피터는 시료 컵의 하얀 레이블에 검정 매직펜으로 '콘돌'이라고 적었다.

"미안하지만, 당신들 노크에 대답하기 직전에 화장실에 다녀왔어요."

"이 씹새(motherfucker)가!" 피터가 말했다.

"나한테 하는 소리인가요?(Are you talking to me?, 영화 「택시 드라이버」에 나오는 대사)"

페이가 피식하고 웃음을 지었다.

그녀도 그 영화를 아는 걸까? 아니면 그 웃음은 그냥 너를 보고 지은 걸까? 아니면 이건 모두 현기증 나는 데이터가 너에게 주는 자극에 불과할 뿐일까?

피터는 그가 면담하러 찾아온 남자를 향해 목말라하는 시료 컵을 흔들었다. "부엌 스토브에 식은 커피가 담긴 유리 포트가 있더군. 오늘 아침에 내린 커피 같았어. 내가 전자레인지로 그걸 한 컵 데울 거야. 그러면 당신은 그걸 잽싸게 마시는 거야. 컵에 담긴 커피가 얼마나 뜨겁건 상관없이 말이야. 그런 다음에 우리가 떠날 수 있게 이 컵을 가득 채우란 말이야!"

"우유."

"뭐?" 피터가 물었다.

"나는 커피에 우유 넣는 걸 좋아해요. 커피를 재빨리 마시는 데는 시간이 그리 오래 걸리지 않을 거요."

"씹새." 피터가 쿵쾅거리며 계단을 내려갔다.

빈이 말했다. "씹새. 나한테 저런 자식들이 있었는지 궁금하군요."

그가 눈을 깜빡거렸다. 그가 그녀를 응시했다. "당신은 내 자식일 수도 있었겠군요."

"당신은 우리 아버지랑 하나도 안 닮았어요."

"왜 그런 거죠?"

"당신은 여기에 있으니까요." 그녀가 말했다. 그녀는 지나치게 빨리 눈길을 다른 곳으로 돌렸다. "피터한테 가봐야 돼요."

"내가 이런 걸 물어도 되는지 모르겠지만, 조직 내에서 당신의 자격은 그의 자격과 엇비슷한가요?"

"어떨 거 같아요?" 그녀가 물었다.

"그는 국토안보부(Homeland Security) 소속이에요. 그가 거기 소속된 지가 얼마나 오래됐는지는 중요하지 않아요. 당신은…… 회사(the Firm) 소속이죠. 내 옛날 회사. CIA."

"우리는 둘 다 국토안보부의 국가자원활동사업부(NROD, National Resources Operations Division) 소속이에요."

"당신은 거기를 선택해서 간 건가요?"

"아래로 내려가요, 우리." 페이가 말했다.

"그리고 가자는 말이 나와서 말인데," 그녀가 취한 움직임의 관성이 그를 그가 있던 곳에서 잡아당기는 동안 그녀가 덧붙였다. "차는 어디에 주차해놨나요?"

"내 석방 조건이 차를 보유하는 걸 허용하지 않는다는 걸 알잖아요." 그가 층계 위에서 말했다. "운전면허가 그런 상태라서 나는 주머니에 휴대할 수 있는 물건들만 갖고 다녀요. 하지만 내가 운전을 했었다는 건 기억해요. 차가 도로에 생긴 빙판에서 옆으로 미끄러졌어요."

"나도 그런 적 있어요."

그들은 계단을 쿵쾅거리며 내려갔다.

"당신은 운이 좋네요." 거실에 그들만 서 있었을 때 그녀가 말했다. "지하철역이 근처에 있잖아요."

"블루 라인(Blue Line) 역이에요."

"그래요. 그런데 그 라인의 행선지가……"

"나는 블루 라인 타는 걸 좋아하지 않아요."

삐! 주방의 전자레인지에서 소리가 났다.

"그러면……"

"블루 라인은 우울해요(blue). 나는 레드 라인(Red Line)이 좋아요."

그녀는 두 눈을 감았다. 손가락 끝으로 콧날을 문질렀다. 그녀의 손톱 중에 매니큐어를 바른 손톱은 하나도 없었다. 그녀에게서는 향수 향도 전혀 나지 않았다. 그녀가 두 눈을 크게 떴다.

"눈이 피곤한가요?"

그녀는 어깨를 으쓱했다.

"유리에 선팅을 했는데도 당신들 흰색 차가 빛을 잘 반사시키지 못하나 보군요?" 콘돌이 물었다.

그러자 페이가 말했다. "우리 차는 흰색이 아닌데요."

4

"좀비 잼버리(Zombie Jamboree)."
-킹스턴 트리오

페이는 청록색 문을 열고는 땅거미가 지는 표적 지역으로 걸음을 내디
뎠다.

제일 안전한 시나리오는 그녀가 거리의 이쪽을 걸어서 내려가는 거였
다. 도로 경계석을 따라 잠들어 있는 자동차들 덕에, 한 블록 아래에 있는
도로 건너편에 주차된, 창문에 선팅을 한 흰색 차와 그녀 사이에는 그녀의
몸을 보호할 수 있는 약간의 금속 덩어리들이 놓여 있었다.

그녀는 검정 철제 계단에서 내려서서 주차된 두 대의 차 사이로 미끄러
져 들어갔다.

그녀는 피터가 그녀를 엄호하고 있는 위치-그는 파란 벽돌집의 정면을
향한 2층 침실 창문의 차가운 유리 뒤에 웅크리고 있었다-에서 내뱉는 욕
설들이 귀에 들린다고 생각했다.

흰색 차를 향해 대각선 방향으로 성큼성큼 다가가려고 일레븐스 스트
리트 위를 걷는 동안, 그녀는 피터가 항상 자신에게 제일 안전한 시나리오
를 택해왔다고 판단했다. 흰색 차와 그녀 사이의 거리가 차량 열한 대
거리에서 이제는 아홉 대 정도로 좁혀졌다.

그녀는 차에 시동을 거는 소리를 들었다.

양손은 계속 내리고 있어! 그녀는 자신에게 명령했다.

파워 스티어링이 칭얼거렸다. 타이어가 울부짖었다.

흰색 차가 용(龍)의 노란 눈을 켰다.

그녀는 헤드라이트에 붙잡힌 사슴처럼 얼어붙었다.

흰색 차가 맞은편 도로 경계석에 주차된 자리에서 급히 빠져나오더니 유턴을 해서 180도 방향으로 속도를 높여 사라졌다. 빨간 미등이 다가오는 밤 속으로 자취를 감췄다.

페이는 내리고 있던 오른손에 감추고 있던 아이폰의 스톱 표시를 엄지로 누르고는 흰색 차를 가리켰다.

"헛짓거리 한 거야." 5분 후, 따뜻한 커피 냄새가 나는 부엌에서 그녀의 휴대전화로 재생되는 화면을 바라보던 피터가 그녀에게 말했다.

인도를 허리 높이에서 찍은 흔들리는 화면…… 그녀가 사이로 미끄러져 들어간 주차된 차들…… 거리 건너편에 잠들어 있는 동네 차량들의 기다란 행렬…… 앙상한 나무들과 옥상을 보여주는 2초간의 거친 숏, 주차된 차들을 향해 급격히 돌아가는 화면…… 눈을 멀게 만드는 노란 헤드라이트와 흐릿한 흰색 형체, 빠르게 멀어지는 빨간 미등들.

콘돌이 입을 열었다. "흰색 차는 뭔가 중요한 차예요. 그리고 실제로 존재하는 차라는 게 밝혀졌어요."

"실제?" 피터가 말했다. "당신은 흰색 차가 집까지 당신을 따라왔다고 말하지만 우리는 그걸 보지 못했어. 그렇다면, 와, 확률이 어떻게 되지? 흰색 차가 건물 입구에 실제로 주차했다가…… 떠날 확률이."

콘돌은 여자를 쳐다봤다. "당신 생각은 어떤가요?"

"내 생각은, 나도 모르겠다는 거예요." 그녀가 대답했다.

"그건 뭐가 중요한 차예요."

"아하, 그렇지." 피터가 말했다. "어쩌면 기지로 돌아가는 길에 그녀에게 실행 가능한 데이터가 클롱으로 찾아올 거야. 나는 말이야, 나는 당신이 우리가 현관문을 노크하기 전에 약초들을 한 방 때렸다고 생각해. 자, 이제 이 컵 받아 들고 바지 내리고 우리한테 샘플을 주시지 그래. 우리가 어서 떠날 수 있도록 말이야."

"그리고 이건 공식적으로 하는 말인데," 콘돌이 컵을 건네받는 동안 그가 덧붙였다. "감사하기 그지없는 국가를 대표한 우리들이 선생님을 위해 해드릴 일이 또 있습니까?"

콘돌이 말했다. "당신들은 이미 나한테 해줘야 할 일을 했습니다."

그가 페이에게 말했다. "나는 별 상관없지만, 당신이 굳이 나를 지켜볼 필요까지는 없어요."

바지 단추를 끄른 그는 바지가 부엌 바닥에 떨어지게 놔뒀다.

그녀는 두 남자를 떠나, 벽에 테이프로 붙어 있거나 압정으로 꽂힌 찢어진 신문과 책 페이지, 자질구레한 장신구들의 대형을 통과해 거실로 돌아갔다.

두 남자가 그녀 곁으로 왔을 때, 어쩌면 그녀가 나중에 직접 콘돌을 상대해야만 한다는 걸 잘 알고 있기에, 그녀는 콘돌이 빈으로 어렴풋이 변신하게끔 놔뒀다. 그녀는 그를 백발 남자로 봤다. 남자의 파란 두 눈은 정보국이 그의 활동 지수를 높이려고 레이저 수술로 고쳐준 것일 거라고 그녀는 짐작했다. 강렬한 광대뼈, 깔끔한 턱선. 그녀가 말했던 것처럼 잘 어울리는 외모였지만, 그 외모는 풍상으로 점철된 60년 세월을 보여주고 있었다. 그런데도 그의 내면에서는 전기가 찌지직거렸다. *그는 그가 받은 진단 명들을 넘어서는 존재일까?*

"빈," 그녀가 말했다. "내 국토안보부 명함을 벽난로 선반에 올려놨어요."

피터는 그의 은색 서류 가방을 챙겼다. "그는 곤경에 빠진 요원용 전화번호하고 상담 번호를 그가 사용할 수 있는 것보다 더 많이 갖고 있어. 게다가 정신과 팀 모니터도 받고 있고. 이제 가자고."

"흰색 차를 다시 보면," 조급해하는 대머리 피터가 그녀를 잡아당길 때 그녀가 말했다. "그것 말고도 다른 걸 보면…… *전화하세요.*"

그녀는 청록색 문이 등 뒤에서 쾅 하고 닫히는 소리를 듣자마자 빈을 떠나면서 지은 진심 어린 미소를 잃었다. 그녀는 피터의 황갈색 레인코트 뒤를 따라갔다.

페이는 파트너에게 호통을 쳤다. "도대체 왜 그러는 거예요! 저 사람한테 왜 그렇게 못되게 구는 거냐고요?"

피터는 도로 한가운데에서 걸음을 멈췄다. 그는 그녀를 향해 몸을 획 돌렸다. 그의 서류 가방이 은빛 줄기로 밤을 갈랐다. "세상에는 두 종류의 사람만 있어."

"개소리 마요! 세상에는 사람들 수만큼 많은 종류의 사람이 있어요. 당신이 저 남자한테 한 얼간이 같은 짓으로 우리 업무를 정당화하겠답시고 '우리와 나머지 모두'라는 헛소리로 나를 설득하려 들지는 말란 말이에요!"

"내가 하려던 말은, 우리 업무를 하다 보면 세상에는 단지 두 종류의 사람만 남게 된다는 거였어. 맛이 가버린 요원들하고 자기 일 말고 나머지 세상사에는 눈곱만치도 신경 쓰지 않는 요원들. 우리는 국가 안보에 졸라 중요한 사람들이야. 우리는 소련을 져버리고 이 나라로 온 노인네들을 확인해. 소련이라는 나라가 지상에서 사라진 지가 자기가 살아온 기간만큼이나 지났는데도 말이야. 6년 전에 모로코에서 우리에게 넘어온 알카에다 요원이 이제는 우리가 모르는 얘기를 우리한테 하나도 해주지 못하면서 엉덩이 뭉개고 앉아서는 수표를 잘 수령하고 있는지 여부도 확인하지. 그런데 지금, 자기는 내가 저기서 콘돌과 봤던 것들을 잔뜩 신경 쓰고 있어."

피터가 벗어진 머리를 절레절레 저었다. "그건 조직에서 나한테 고문관 딱지를 붙인다는 걸 뜻해. 한 번 고문관이면 영원히 고문관이야. 오호통재라, 내가 고문관이라니…… 자기는 무슨 짓을 했기에 여기에 온 거야, 응? 엉뚱한 일에 신경을 썼나?" 그가 말했다.

"아마 내 감독 요원한테 총을 쐈을 걸요."

"내가 자기 일에 신경을 쓰는 것처럼," 그가 그녀에게 말했다. "자기도 이제는 자기 일에 그렇게 할 수 있어. 젠장, 자기는 콘돌처럼 옛날 옛적에 미치광이 세상으로 떠난 약쟁이한테 에너지를 허비하느라 너무 바쁘단 말이야."

"당신도 약품 수납장을 봤잖아요. 그는 약 기운에 취해 있는 상태를 넘었어요."

"그 작자한테는 다행한 일이지. 그는 다리도, 팔도, 가운데 달린 물건도 말짱하잖아. 그는 급여에다 상이 요원 수당을 가져갈 정도로 말짱한 작자야. 그리고 우리 팀은 그가 말짱한지 보려고 그를 확인하고 있고."

그가 집게손가락으로 그녀에게 삿대질을 했다. "그런데 나하고 자기는 누가 확인해줄까?"

"그는 그런 대접을 받을 만한 사람일 거예요. 일부 임무를 망쳤을 때 그런 자격을 얻었을 거예요."

"그렇지 않다면," 대머리 피터가 말했다. "우리는 콘돌이 개판을 치지 못하도록 그를 돌봐주고 있는 거야. 나는 그 작자 일에는 눈곱만치도 신경 쓰지 않으니까, 그 작자도 엿이나 먹으라고 해. 나는 약쟁이가 품는 환상들을 상냥하게 상대하지는 않을 거야."

그가 그녀에게 등을 돌리고는 차로 걸어갔다. 차 열쇠는 그가 갖고 있었다.

"세상에는 세 종류의 사람이 있어요." 페이가 어둠 속에서 그에게 말했다. "살아 있는 *사람, 죽어 있는 사람, 지긋지긋한 사람.* 당신이 어떤 사람인지 짐작해봐요. 그게 우리 시대의 중대사니까요. 영화, TV, 정치적 메타포, 뉴욕의 패션쇼들. 당신은 '*세상사에는 조금도 신경 쓰지 않는*' 좀비예요."

"그래." 대머리 피터가 말했다. "그리고 세상에는 우리 같은 사람이 참 많아. 그러니 이제는 차에 타기나 하셔."

5

"자신을 샌드맨이라고 부르는 알록달록한 옷을 입은 광대······"
-로이 오비슨, 〈꿈속에서(In Dreams)〉

콘돌은 벽난로 위의 대형 스크린 TV에 비친 자신의 모습을 응시했다.
그 어두운 스크린이 유령들과 함께 흘렀다.

그는 여자 스파이가 두고 간 명함을 들여다봤다. 페이 도지어. *여기에
있는 그녀의 데이터 중에 진실이 있을까?*

그녀와 그녀의 대머리 파트너는 그의 벽을 봤다. 플래시를 터뜨려 찍
은 사진들을 업로드했었다.

플래시처럼 번쩍거리는 기억들이 콘돌의 정신을 어지럽게 만들면서 그
를 미국의 어딘가에 있는 창고로 데려갔다.

땀 냄새를 풍기는 레슬링 매트가 깔린 방이 있는 곳으로.

소음을 차단하는 칸막이가 된 사격실 안에서, 그가 스케줄에 따라 사격
하던 곳으로.

사이공(Saigon, 현재의 호찌민)에서 심장에 상처를 입은 흐릿한 형체의
남자가 퀴퀴한 냄새가 나는 위층 사무실에 비어 있는 책상들과 침묵하는
타자기들 사이에 서 있는 곳으로. 김이 나는 흰색 스티로폼 커피 잔을 손
에 든 남자가 20대의 콘돌에게 말했었다. "자네 비밀들을 사방이 훤히 보

이는 곳에 숨겨두고 사는 법을 배우도록 해. 그것들을 찾으러 간 못돼먹은 놈들이 아무것도 찾아내지 못하도록 말이야."

그러더니 그 남자는 펄펄 끓는 커피를 콘돌의 얼굴에 끼얹었다.

2013년 워싱턴의 비 내리는 밤에, 그의 임대한 집에서, 그 생각을 하던 콘돌은 자기도 모르게 움찔했다.

그는 벽에 테이프로 붙여둔 기묘한 것들 –신문에 실린 사진들, 책이나 잡지에서 잘라낸 페이지들– 사이에 그가 감춰둔 걸 살폈다. 기억의 편의를 위해 그는 '정보 표식들'에 작은 삼각형 모양으로 구멍을 뚫었었다. 벽돌에 붙어 있는 다른 기사들에도 구멍이 있었지만, 점 세 개로 구성된 표식만이 겉으로 보면 정신 나간 벽처럼 보이는 곳에 그가 감춰둔 단서였다.

그 단서가 뜻하는 바가 무엇인지를 알 수만 있다면 얼마나 좋을까.

은빛 보름달이 뜬 파란 하늘을 나는 검정 프레데터(Predator) 드론을 찍은 『뉴욕 타임스』 사진에는 이런 설명이 달려 있었다. "우리의 다른 덜 치명적인 하이테크 장난감들처럼, 무인기들은 즉각적인 만족감에 중독된 우리의 욕구를 충족시킨다."

책에서 잘라낸, 검정 후드를 쓴 영국 SAS 코만도가 1980년에 테러리스트에게 점령된 런던의 이란 대사관 옥상 벽 위를 훔쳐보는 사진.

9·11의 연기가 피어오르는 세계무역센터.

3미터 떨어져 있는 사람들이 서로의 눈이나 카메라에 간신히 보일 정도로 짙은 베이징의 스모그 속에서 의료용 마스크를 쓰고 태극권을 수련하는 중국 시민들을 보여주는 2013년도 신문 사진.

정신 사나운 SF 쿵푸 격투를 벌이는 검정 가죽 트렌치코트 차림의 주인공을 보여주는, 영화 리뷰에 실린 흑백사진.

'브루스의 도(The Tao of Bruce)'는 미국의 두 지배 정당이 벌이는 격렬한 전투들을 초월한다고 주장하는 브루스 스프링스틴을 다룬 『워싱턴 포스트』 기사.

아랍의 봄이라 불린, 길거리에서 자기 몸에 스스로 쏟아 부은 가솔린에서 피어난 오렌지색 화염에 휩싸인 채 달려가는 남자를 찍은 통신사의 스냅사진.

미술품들을 찍은 신문 사진들. 에드워드 호퍼가 그린 외로운 미국의 주유소, 다른 화가가 그린 검은 머리를 어깨 위로 늘어뜨리고는 얼굴이 홍조로 물든 어느 여성의 초상화.

이미지를 수월하게 연상하게 만드는 사진. 비상하는 콘돌을 찍은 신문 사진.

그럴 수 있다면 얼마나 좋을까.

그가 먹다 남긴 중국 음식을 전자레인지에 돌려 골판지와 콩죽 비슷한 맛이 나는 식사를 할 때, 그를 빈이라고 부르자.

그는 물 한 잔과 면도날을 들고 위층으로 갔다.

깨끗한 치실로 만든 보안장치를 계단에 맸다—엉성한 바리케이드지만, 암살자가 도착했다는 걸 알리는 소음을 내면서 암살자를 깜짝 놀라게 만들지도 모른다—.

빈은 그날 밤에 먹을 몫으로 처방받은 약들을 깎기 위해 면도날을 사용했다. 국토안보부의 NROD가 실행하는 소변 테스트에서 그 약물들의 수치가 낮은 편이기는 하지만 적절한 수준에는 해당한다는 합격 통지를 받을지도 모른다는 데 운을 건 그의 도박이었다. 그들은 그가 마리화나 사용 여부를 감추려는지 여부를, 또는 테이저 건과 구속복을 강요했을 때 다른 일탈 행위들을 했는지 여부를 테스트했다. 칼질로 깎은 약들을 삼키고 나머지는 변기에 넣고 물을 내렸다. 포토맥 강으로 이어지는 하수관 끝에서 헤엄치는 물고기들에게 양심의 가책을 느끼면서.

콘돌은 화장실 세면대에서 시선을 들었다.

약물 치료의 효과가 점차 줄어들면서, 화장실 거울에 반사된 얼굴이 어쩐 일인지 그의 얼굴로 변해가고 있는 게 보였다. 그는 자신의 두 눈을 봤다. 그 어느 때보다 넓은 검정 동공이 한복판에 자리한, 흉터가 있는 파란 구체들을 속이 들여다보이지 않는 흰자위가 감싸고 있었다.

6

"우리는 우리가 리드하는 상황만 취급해."
-스티브 맥퀸, 「황야의 7인」

주먹 쥔 손에 플래시 드라이브를 감춘 페이는 표적을 찾아 큐비클(cubicle, 칸막이로 갇힌 작은 방)로 구성된 미로 같은 연옥층(limbo level)을 돌아다녔다.

이 층의 공식적인 명칭은 이랬다. 국가정보국의 태스크포스 엄브렐러를 위한 상황 센터(the Situation Center for Task Force Umbrella of the Office of the Director of National Intelligence, the SC for TFU of ODNI). 국가정보국의 태스크포스 엄브렐러를 위한 상황 센터는 워싱턴 D.C.에 있는 국가정보국 콤플렉스 제드(Complex Zed) 빌딩 4층을 가득 채웠는데, 이 건물은 1년 등록금이 페이가 다닌 주립대학의 2년 치 비용을 초과하는 사립 고등학교와 매장들이 줄지어 선, 위스콘신 애비뉴가 관통하는 '어퍼 조지타운' 번화가에서 그리 멀리 떨어져 있지 않았다.

사람들은 여기를 연옥층이라고 부른다.

그녀도 늘 그렇게 불렀었다. CIA에 있을 때도 그랬었다.

나는 지금 연옥에 있어, 창문도 없는 이 동굴에서 머리 위에 비추는 조명을 받으며 표적을 찾아다니는 동안 그녀는 생각했다. 녹색 큐비클로 구성된 벽 꼭대기에서 파란색 번개가 규칙적으로 번쩍거렸다. 파란 번개들이 야곱의 사다리처럼 순식간에 천장으로 올라갔는데, 야곱의 사다리와 다른 점이라면 호르몬 과다 때문에 기진맥진한 10대들의 지적 호기심을 자극하게끔 설계됐다는 점뿐이었다. 이 파란 번개들은 큐비클 안에 있는 컴퓨터에 적대적인 빛줄기들이 비춰지는 걸 막아준다. 연옥층은 프랑켄슈타인 박사의 실험실처럼 윙윙거리고 찌지직거린다. 큐비클이라는 우리에 갇힌 사무직 노동자들을 감싼 동굴의 스모그 곳곳으로 전화(電化)된 오존이 퍼져나간다.

연옥층은 미국의 공인된 정보기관 열여섯 곳의 업무 흐름도에서 제외된 부서들을 수용한다. 관료제가 그어놓은 경계선을 넘나드는 직무를 담당하는 요원들을 두루뭉술하게 모아놓은 것이다. 책상 10여 개가 PITS(Personnel In Transition Stations, 발령 대기 인원)에게 할당돼 있다. 이 책상들은 가끔은 비밀리에 존재하는 승진의 사다리를 타고 올라가는 일부 요원이나 분석관, 간부에게 주어지지만, 대체로 임무를 수행하다 극도로 피로해진 요원이나 임무를 망친 요원, 또는 옳은 일을 했지만 자기 입장을 방어하는 데는 실패한 반항아들이 연금을 받기 전에 마지막으로 머물다 가는 자리로 배정되는 경우가 더 잦았다.

나는 적어도 PITS가 되는 신세는 면했어, 페이는 생각했다.

지금까지는 말이야.

움켜쥔 손에 감춘 플래시 드라이브가 불타는 듯 달아올랐다.

그녀가 귀양살이를 하는 곳인, 연옥층 작업 현장의 한구석을 채운 국가자원활동사업부는 겉모습만 보면 스미스소니언박물관에 전시된 입체 모형과 비슷했다. 페이와 다른 현장 요원 19명이 공유하는 작업용 책상 12개로 구성된 수사 팀의 복제 모형을 플라스틱 벽이 감싸고 있었다. 더불어 플라스틱 벽이 둘러쳐진, 지휘소 '내부 사무실'이 있었다. 지휘소에 있는 간부 두 명은 반역자들, 콘돌 같은 PINSS(Persons In Need of Security Supervision, 보안 감독 필요 인물), 그리고 9·11 이후 탄생한 괴물 기관인 국토안보부로 통합된 CIA와 국가정보국, FBI, NSA, 비밀경호국, 국방정보국(DIA), 마약단속국(DEA) 같은 기관들이 떠넘긴 잡다하면서도 따분한 업무들을 모니터하는 걸 책임졌다.

그녀는 책상에 놓인 컴퓨터에 뜬 시간을 힐끗 봤다. 저 밖 현실 세계에 있는 워싱턴 D.C.의 오후 7시 22분. 오후 9시까지 98분 남았다.

해낼 수 있어. 알렉스만 찾아낸다면 여전히 해낼 수 있어.

그녀는 파란 번개가 꺼진 큐비클 안에서 그를 발견했다.

"잠깐 시간 돼요?" 페이가 흰 셔츠에 줄무늬 타이, 카키색 바지 차림의 숱이 적은 빨강머리 남자 옆에 털썩 앉으며 말했다.

"정말로 잠깐이면 가능해." 알렉스가 큐비클에 있는 컴퓨터에 하드 드라이브를 설치하느라 사용한 장비들을 꾸리며 말했다. "나 찾는 전화가 미친 듯이 와서 말이야!"

"잘됐네요."

"이봐, 내가 후진하다 들이받은 쓰레기통은 여전히 잘 사용되고 있어. 그 옆을 지나는 길에 내가 직접 확인해봤어."

"끝내주네요. 나는……"

"무슨 짓을 하다 여기 오는 신세가 됐는지 말하고 싶어 죽을 지경이지?"

"아뇨. 내가 당신한테 할 수 있는 말이라고는 여기서 벗어나려면 내 파트너를 잘 간수할 필요가 있다는 거예요."

그녀는 플래시 드라이브를 그녀의 교관인 알렉스에게 건넸다. 그녀는 지난주에 연옥층을 돌아다니다 CIA 기술 서비스 팀의 훈련 강의를 맡았던 알렉스를 발견했다.

"휴대폰으로 찍은 동영상이에요. 흰색 차가 급히 유턴을 했어요. 헤드라이트 때문에 번호판이 희미하게 보이지만, 차가 멀어지는 동안 어쩌면 미등의 빨간 불빛 사이에서……"

알렉스가 작업을 끝내는 데는 4분이 걸렸다. 시간의 대부분은 소프트웨어를 국가 안보용 기밀 그리드(grid, 컴퓨터의 처리 능력을 한곳으로 집중시킬 수 있는 인터넷망)에서 이 큐비클 컴퓨터의 새 하드 드라이브로 가져오는 데 쓰였다.

"버지니아 주 번호판이네." 그가 스크린에 뜬 강화된 이미지를 응시하며 말했다. "내가 버지니아 살잖아. 자네도 거기 살면 나한테 그렇다고 얘기해도 괜찮아. 그건 자네 본명이나 그런 것하고는 달라서……"

새 윈도우가 컴퓨터 스크린에 떴다. 작성 완료된 정부 양식.

"이상한데." 알렉스가 말했다. "차량국 서류에는 녹색 지프 체로키 번호판이라고 돼 있어. 자네가 여기 찍은 흰색 닛산이 아니라."

페이는 휴대전화를 움켜쥐려는 충동을 억눌렀다.

흰색 차는 우리가 —누군가가— 거기 있었다는 걸 알았어. 차를 몰고 떠났지. 그 차가 설령 거기로 돌아온다고 하더라도, 안전하다는 확신이 서기 전까지는 돌아오지 않을 거야. 그러니까 시간을, 나—우리—콘돌은 시간을 벌었어.

그는 어떤 적대 세력도 관심을 보이지 않는 노쇠한 미치광이라고, 그녀는 혼잣말을 했다.

내가 규정을 위반한다면, 내 감독 요원인 피터가 공식적인 보고를 올리기 전에 그를 우회하는 경로를 택해서 보고를 올린다면, 그러니까 내가 그의 이름으로 시스템에 접속해서 번호판이 이상하다는 이유로 경보 상황을 발령시킨다면…… 첫째, 내 현재 상황을 감안하면, 어느 누구도 자기들 보신하는 일 이외의 다른 일은 하려 들지 않을 것이다. 둘째, 내가 또 다른 사고를 칠 경우, 나는 그나마 운이 좋을 경우 PITS 신세가 되는 정도에 그칠 것이다.

더불어 그녀에게는 *그때까지* 84분밖에 없었다.

페이가 F409 SIDER(Subject In Domicile Evaluation Report, 거주지 내 관찰 대상 평가 보고서)의 작성을 완료하는 데 23분이 걸렸다. 그녀는 파트너인 피터가 선호하는, 그의 아이디가 등록돼 있고 그의 문체가 기록돼 있는 데스크톱을 이용했다. 콘돌이 가끔씩 비이성적인 행위를 하기는 하지만 정신은 명료하고 사회생활을 문제없이 수행할 수 있다는 내용, 콘돌의 소변 샘플의 등록 번호, 심지어 그들이 나눈 마리화나에 대한 논의를 입력했고, 권고 사항 칸에는 흰색 차와 그 차 번호판의 이상한 점에 대해 콘돌이 보이는 '편집증 가능성'을 기술한 후 이렇게 입력했다. *"내 파트너인 페이 도지어 요원이 수상쩍은 차량을 관측하고 조회해본 결과, 그녀는 이 대상자를 적대적으로 감시하는 무리가 존재할 가능성이 있으니 즉시 보안 대책을 강화하고 후속 조치를 취해야 마땅하다고 강력히 권고한다."* 데스크톱 마우스를 몇 번 클릭하자 콘돌과 그의 집을 아이패드로 찍은 사진들, 흰색 차를 찍은 동영상, 차량국 서류들이 첨부됐다.

그녀는 전자 보고서를 마지막으로 한 번 더 읽었다.

그녀가 감당하지 못할 곤경에 그녀를 몰아넣을 만한 건 하나도 보이지 않았다.

받을 주소로 적절한 보고서 제출 대상들을 지정하고, 그녀 자신의 NROD 이메일 계정과 CIA 계정을 참조로 지정했다. 더불어 그녀가 호러 쇼를 연출한 후, 그녀가 정보국에서 고작 안보부의 NROD와 연옥층에 특별 파견되는 처벌만 받을 수 있도록 분투해준, 그녀의 전설적인 CIA 상사의 계정도 참조로 지정했다. 대머리 피터 요원의 이메일 계정도 참조로 지정하면서, 그녀는 그가 자기 이름으로 공식적으로 작성된 이 보고서가 그의 전화기에 수신됐을 때 어느 술집 의자에서 몸을 돌려 전화기를 확인해 볼지 궁금했다. 그녀가 권고한 사항 때문에 그가 그녀에게 어떤 불쾌한 짓을 할지는 두 사람 사이의 일로만 남을 터였다. 그가 이런 일에는 상응하는 보복을 하는 게 옳다고 믿는다면 말이다. 만약 그런 일이 일어난다면, 그 보복은 그의 흔적이 하나도 묻어 있지 않은, 순전히 우연히 일어난 일인 것처럼 그녀에게 닥칠 것이다. 하지만 그게 어떻게 그렇게 된 일인지는 두 사람 모두 알아차릴 것이다.

그녀는 빛을 발하는 컴퓨터 스크린에 뜬 텍스트를 응시했다.

F409 SIDER에 지명된 이름이 '콘돌'인지 확인했다.

'발송' 버튼을 클릭했다.

보고서가 어둠 속을 날아가는 총알처럼 사이버 공간으로 발사됐다.

업무를 마무리하고 연옥층을 떠나 엘리베이터를 타고 1층으로 내려가서 출구의 보안 검사를 통과한 후, 트럭 진입 방지용 시멘트 화분들과 밤의 진군을 저지하는 감시용 조명들이 설치된 석조 광장과 콤플렉스 제드를 분리시키는 플렉시글라스 벽에 뚫린 회전문을 서두르지 않는 척 지나려면 5분이 필요했다.

보안 카메라들은 그녀가 건물을 떠나 직원용 주차장 맨 아래층에 있는 차로 걸어가는 모습을 기록했다. 그녀는 감시에 맞서려는 행동이라는 게 명백하게 보이는 몸놀림은 하나도 취하지 않았다. 그녀는 미국의 중산층을 대표하는 차량인 적갈색 포드를 몰고 주차장을 떠났다.

49분. 49분 남았어.

페이는 베세즈다 란디아(Bethesda-landia)로 알려진, 컵케이크 상점들과 예술영화관 체인, 요가센터들이 있는 상업 구역의 가장자리에 놓인 아파트에 살았다. '란디아'라는 속어 접미사는, 중산층에 속하지만 고루한 지역인 메릴랜드 주의 베세즈다 교외가 벨트웨이(Beltway, 워싱턴 D.C. 주위를 둘러싼 순환도로) 내부의 무척이나 호화로운 지역들 중 하나로 변모한 21세기 초입에 생명력을 얻었다. 변호사와 로비스트와 기업가와 미디어 스타들은 마틴 루터 킹의 암살 때문에 일어난 폭동의 상흔이 남아 있는 미국의 수도를 *암살 시도를 이겨낸* 로널드 레이건 대통령 시대 때부터 고액 연봉자들이 사는 소도시로 바꿔놓았는데, 21세기 초입은 그런 변화의 주체들을 모두 수용하기에는 조지타운과 D.C. 북서부 지역이 지나치게 북적거렸을 때였다.

그녀는 운전하는 동안 미러들을 꼼꼼히 살폈다.

빨간불은 무시했다. 굳이 할 필요가 없는 급한 좌회전을 했고, 우회전을, 또다시 좌회전을 했다. 골목길을 빠른 속도로 달려가며 녹색 대형 쓰레기통을 지나쳤다. 첨단기술 전문가 알렉스가 정보국 차량을 대형 쓰레기통 두 개를 향해 후진시키는 바람에 연옥층으로 좌천되는 값비싼 대가를 치렀을 때와 비슷하게 말이다. 그는 그의 수업을 듣고 있던 태국 출신 육군 장교들, 그리고 요원 선발을 위해 그의 어시스턴트로 가장한 케이스 오피서(case officer, 요원을 선발하고 그들의 활동을 관리하는 정보기관 요원)와 함께 태국식 식당에서 맥주를 너무 많이 마신 참이었다.

페이의 자동차 미러들에서 그녀의 뒤를 따르는 노란 눈을 한 위장 팀 괴물들의 모습은 하나도 볼 수 없었다.

보안 카메라는 38분을 남겨놓은 시점에 그녀가 아파트 건물의 지하 주차장으로 차를 몰고 들어온 걸 기록했다. 그녀는 2층에 있는 그녀의 주차 공간에 포드를 후진시키고는 자동차 전자 키의 잠금 버튼을 눌렀다. 자동차를 모아놓은 콘크리트 헛간의 퀴퀴한 가솔린 냄새가 나는 불빛 사이를 당당한 걸음으로 가로지른 그녀는 엘리베이터를 타고 로비로 올라갔다. 그녀는 우편함에서 아무것도 찾지 못했다. 그렇다고 해서, 그녀가 우편함을 확인하지 않는다면 수상쩍게 보일지도 몰랐다.

페이의 짐작은 옳았다. 안내 데스크에는 아무도 없었다. 야간 경비원인 압둘라 씨는 아마도 관리인의 컴퓨터로 몰래 가서는 소말리아에 있는 그의 가족과 관련한 뉴스를 검색하는 중일 것이다. 그의 가족들은 가뭄과 기아, 해적, 아랍에미리트연합으로부터 자금을 받고 워싱턴 D.C.에 자체 로펌을 가진 해적 격퇴군, 무슬림 근본주의자인 혁명가들, 소말리아인들이 '핑크 하우스'라고 부르는 모가디슈 공항의 철조망으로 둘러싸인 공간에서 CIA와 아웃소싱 계약을 맺은 하청 업체들에게 훈련받은, 파란 헬멧을 쓴 아프리카연합 평화유지군 1만 2천 명에게 갇혀 있는 신세였다.

그녀는 로비에서 다른 사람을 전혀 보지 못했다. 그녀가 엘리베이터를 지나 계단통으로 걸어가는 동안 정문용, 로비용, 후문용 보안 카메라들이 그 모습을 기록했다. 그녀의 모습을 통상적인 수준에서 분석할 경우, 그녀는 운동할 필요성을 느낀 사무직 노동자라는 결론이 나올 것이다.

계단통의 보안 카메라들은 콘크리트 계단의 첫 층계와 옥상 출입문이 있는 꼭대기 층계만 커버했다. 그녀는 날쌔게 층계 두 층을 올랐다. 심장이 거세게 쿵쾅거렸지만 계단을 뛰어올랐기 때문에 그런 건 아니었다. 그녀는 매일 출근 전에 공원의 6마일 코스를 달린 다음, 아파트의 아홉 층 계단을 뛰어 오르내렸다. 페이는 콘크리트 블록을 쌓아 만든 벽의 4층과 5층 사이에서 뜀박질을 멈췄다. 휴대전화를 이용해서 집에 있는 컴퓨터에 접속했다. 그녀는 그녀의 집 출입문과 원룸아파트의 거실에 설치된 유리로 된 슬라이딩 도어 발코니를 겨냥하고 있는 동작 탐지기와 연결시켜둔 컴퓨터 카메라의 로그 기록을 확인했다. '움직임 없음.' 휴대전화 스크린을 통해서 본 컴퓨터 카메라는 잠긴 그녀의 아파트 출입문 내부와 침입자가 한 명도 없는 그늘진 거실을 보여줬다.

그녀는 집으로 갔다. 슬그머니 안으로 들어갔다. 모든 게 조용했다. 어두웠다.

페이는 발코니의 잠긴 슬라이딩 유리문 너머에 있는, 도시의 반짝거리는 불빛들이라는 산탄총 세례를 받은 자줏빛 밤을 응시했다. 그 어둠 속에서 상상력을 발휘한 그녀는 그날 이른 시간에 운전해서 지나친 곳인 링컨 기념관과 백악관, 국회의사당이 내뿜는 은은한 광채를 볼 수 있었다. 언젠가 그녀가 쫓겨나는 신세를 면했던 회사의 본부도 볼 수 있었다.

스위치가 지금, 여기의 빛을 밝혔다. 개러지 세일 몇 곳에서 산 카우치와 의자, 커피 테이블. 침실 문 위를 채운 턱걸이용 막대.

시계는 8시 31분을 가리켰다. 그때까지 29분.

샤워를 감행해.

그녀는 검정 코트를 의자에 던지고는 어두운 욕실로 서둘러 들어가 불을 켠 다음, 뜀박질이나 발차기에 적합한 신발을 벗었다. 그녀의 오른쪽 엉덩이에 있던, 권총집에 든 40구경 글록은 뚜껑을 닫은 변기의 뒤쪽에 놓았다. 그녀는 총의 자루가 열려 있는 샤워 욕조 쪽을 향하게 놨다. 휴대전화와 신분증은 세면대 위에 놓았다. 그녀는 블라우스 단추를 끌렀다.

욕실 거울이 그녀의 이미지를 포착했다. 그녀는 검은색 브래지어를 하고 있었다. 두꺼운 분홍빛 흉터가 그녀의 흉골에서 오른쪽 엉덩이까지 그어져 있었다. 바지는 쉽게 열렸다. 마지막 수술을 받고 1년이 지난 지금도 그녀는 여전히 바지를 헐렁하게 입는 걸 좋아했다. 바지가 바닥으로 떠밀려 내려갔다. 그녀는 하늘에 있는 보스 몇 명에게 *검정 비키니 속옷이야말로 사무실에 적합한 진정으로 전문적인 복장*이라고, 발차기를 할 때 몸에 엉킬 가능성이 낮다고 주장하는 자신의 모습을 상상하며 킥킥거렸다. 그녀가 거울을 향해 자신만만한 모습을 보이는 동안 검정 팬티가 벗겨졌다. 검정 브래지어, 두꺼운 비단 커튼 장식 띠 같은 두 팔, 매끄러운 복부, 그 흉터.

그녀는 브래지어의 후크를 풀었다. 떨어지게 놔뒀다.

이게 나야.

단발머리. 어떻게 보일지가 아니라 어떻게 보느냐에만 특화된 녹색 눈동자. 결코 입 밖에 내는 걸 허락받지 못할 말들에만 특화된 입. *목에는 주름이 하나도 없어, 엄마하고는 다르게. 아직까지는 그래. 앞으로도 그럴 거야……* 어떤 사내들은 지나치게 작다고 생각하지만 겪어본 후에는 생각을 달리 먹을 가슴. 그녀는 아파트의 한기 때문에 젖꼭지가 오므라지는 걸 느꼈다.

샤워기를 끝까지 틀었다. 뜨거운 걸 참았다. 증기와 습기 속에서, 그녀가 해야만 하는 일, 그리고 콘돌 아니면 빈이라는 이름을 가진 노인에 대한 생각을 없애려고 애썼다. 샤워기 핸들을 돌렸다. 차가운 물이 쏟아지면서 그녀의 집중력이 높아졌다.

흰색 수건으로 몸을 말리며 욕조 안에 선 그녀는 욕조 위 수건걸이에 수건을 던져 걸고는 욕조에서 걸어 나와 바지를 입고 블라우스에 부드럽게 몸을 밀어 넣은 후 단추 네 개를 목까지 채웠다. 맨 위 단추는 끌러둬.

그녀는 검정 브래지어와 팬티를 세탁물 바구니에 던졌다.

구두는 침실에 던졌다. 구두가 벽에 부딪히고 바닥에 떨어지는 둔탁한 소리가 들렸다.

욕실 거울을 응시했다.

너다워지도록 해.

하지만 립글로스를 약간 바르는 건 잘못된 일은 아닐 터였다.

그녀가 립글로스 튜브를 돌려 부드러운 립글로스를 입술에 대는 걸 거울이 지켜봤다.

욕실 불을 끄자 거울에 비친 모습이 시커먼 형체가 돼버렸다.

신분증과 총을 집어든 그녀는 그것들을 침대 옆에 있는 침실용 탁자의 서랍에 넣었다. 서랍을 밀어서 닫았다. 끝까지 확실하게 닫았다.

벽장에 있는 손잡이가 권총 모양인 검정 산탄총은 생각하지 마. 침대 다른 쪽 아래에 붙여놓은 글록도, 부엌에서 빠르게 거머쥐려고 숨겨놓은 총신이 짧은 38구경 리볼버나 카우치 아래에 묶어둔 9밀리미터 베레타도 생각하지 마.

너는 이걸 네 손으로 직접 해야 해.

9시까지 9분 남았다.

그가 늦으면 어떻게 하지? 그런 상황은 너에게 무슨 말을 해줄까? 그건 무슨 의미일까?

네가 이걸 해내지 못하면 어떻게 하지?

그녀에게는 이 일을 굳이 해야 할 필요가 전혀 없었다.

그녀의 왼손이 침실의 문설주로 움직였다. 그녀는 문설주가 댄스 스튜디오의 거울에 설치된 바(bar)나 되는 양 척추를 곧게 세우고는 써드 포지션(Third Position, 발끝을 좌우 반대 방향으로 돌리고 뒤꿈치를 포개어 붙이는 자세)으로 몸을 한껏 세웠다. 그러고는 그 자세를 유지하면서 오른팔이 머리 위에서 우아한 반달형 곡선을 그리게끔 놔두고는, 두 무릎을 굽혀 똑바로 몸을 낮춰 맨발 뒤꿈치가 그랑 쁠리에(Le Grand Plié, 무릎을 크게 구부리는 발레 동작)로 침실 카펫을 누르게 만들었다. 몸을 깊이 웅크린 그녀는 넓적다리 안쪽 근육이 당겨졌다가 느슨해지는 걸 느꼈다. 그러다 발레 동작에 따라 몸을 세운 그녀가 두 손으로 기습을 감행했다. 보이지 않는 공격자가 내지르는 주먹을 움켜쥐고 당기는 동시에 손바닥으로는 그가 한껏 뻗은 팔꿈치를 강타했다.

침실용 탁자 위의 디지털시계가 8시 53분을 알렸다.

7분.

거실에 있는 램프는 빛보다는 어둠을 더 많이 발산했다. 있으나 마나 한 불빛이 스토브 위에 있는, 금속 후드 아래의 흰색 전구에서 나왔다.

페이는 세계로 향해 난 문의 자물쇠를 풀었다.

거칠게 달려드는 침입자에게 압도당하는 일이 생기지 않도록 문에서 충분히 멀찌감치 떨어진 곳에 섰다.

유리로 된 벽 너머에서 흘러오는 쪽빛 밤의 흐름 속에 섰다.

잠기지 않은 나무 문을, 문에서 달랑거리는 사슬을 응시했다.

너는 너의 문을 통해 들어올 누군가를 기다리며 인생을 허비했어.

그녀가 거기 서 있는 동안 똑딱거리는 세계가 서서히 사라졌다. 그녀는 복식호흡을 시도했다. 시계를 보지 않으려고 했다. *기다리려고 했다.*

노크 소리. 한 번, 두 번, *세 번.* 부드러우면서도 강한 소리.

그녀는 목 근육부터 양 옆구리에 있는 빈손들까지 근육을 바짝 당겼다.

"들어와." 그녀가 말했다.

문이 열렸다. 그가 거기 서 있었다. 복도의 노란 불빛을 등지고 서 있었다.

그가 말했다. "내 타이밍 어때?"

"드디어 여기에 왔군." 페이가 말했다.

BOLO(Be On Look Out for, 요주의 인물) 데이터. 남성, 백인, 30대 초반, 188센티미터, 80킬로그램. 너무 이른 나이에 가늘어지고 있는 캘리포니아 서퍼 스타일의 금발, 잘생긴 독수리 같은 얼굴, 학구적인 이미지를 주는 파란 눈동자 위의 안경, 하지만 근육질의 우아한 생김새.

그녀는 거짓으로 명랑한 어조를 꾸며냈다. "문 닫아. 그리고 잠가."

그는 심지어 문에 사슬까지 걸었다.

그가 신은 '정부 소속 법률가' 비슷한 검정 구두는 일주일 전에 광을 낸 게 마지막이었다. 그의 진청색 정장은 클래식한 파란 드레스셔츠와 목줄처럼 달랑거리는 빨간 천 타이를 근사하게 보완해줬다.

타이를 맨 남자를 상대할 때 제일 좋은 움직임은 그에게 가까이, 당신 팔 길이의 절반쯤 되는 거리까지 접근하는 것이다. 미소. 헐겁게 쥔 두 손에 그 타이를 자연스럽게 밀어 넣고는 상대를 존경하는 듯한 자세로 그걸 남자의 가슴까지 들어올린다. 타이를 움켜쥐고 몸을 돌려 수그린 후 그걸 어깨 너머로 당기고, 그러는 동안 엉덩이를 그를 향해 세게 미는 동시에 타이를 바닥으로 급하게 당겨서 그를 앞으로/아래로 넘긴다. 유도의 양팔업어치기 기술처럼 당신의 등 너머로 젖혀진 그는 관성에 따라 앞으로 날아가서 당신 발치에 요란하게 떨어질 가능성이 높다. 그러면 당신의 두 무릎을 그의 가슴에 떨어뜨리면 된다. 당신의 무릎이 그의 심장을 파열시키지는 못하더라도, 그가 머리에 받은 충격과 현기증, 그리고 턱 막힌 호흡 덕에 한 손으로 타이의 매듭을 움켜쥘 수 있다. 그러는 동안 주먹에 당신의 몸무게를 실어 그의 목을 압박하고, 다른 손으로는 타이의 처진 끄트머리를 당긴다. 그의 얼굴이 보랏빛으로 변한다. 목을 조르는 타이가 제대로 혈관을 확실히 묶어 맸을 경우, 그를 구해줄 공기가 17초만 차단되면 그는 의식을 잃게 된다.

다른 옵션들로는 벨 울리기가 포함된다. 타이를 재빨리 움켜쥐고 당겨서는 그가 몸을 굽혀 아래로 향하는 동안 그를 강타하는 것이다. 하지만 이 공격에서는 무릎이 얼굴을 강타하는 걸 놓치기 쉽다. *배후 교살 테크닉*은 실패할 가능성이 크다. 당신이 상대를 깔끔하게 해치울 가능성보다 그가 몸을 돌려 가한 역습에 당신이 맛이 가버리는 위치에 놓일 가능성이 크다.

그렇기는 해도, 남자의 타이를 움켜쥐면 이미 절반은 성공한 셈이다.

그는 자신의 두 눈을 페이로 채우고는 말했다. "당신, 월요일은 어땠어?"

"늘 똑같지, 뭐."

"나는 좋았던 척할게."

그는 그녀의 맨발이 조용히 그에게 다가오는 걸 지켜봤다. 아홉 걸음 떨어진 거리로, 여덟 걸음 떨어진 곳으로.

"당신을 보는 건," 그가 말했다. 두 사람은 여섯 걸음, 다섯 걸음 앞에 떨어져 있다. "그건 좋은 정도가 아냐. 제일 좋은 거지."

페이가 두 팔을 그의 정장 코트 밑으로 넣었다. 아무것도 없는 벨트를 따라간 두 손이 그의 등뼈에서 만날 때까지 넣었다. 그녀의 얼굴이 그를 눌렀다. 그녀의 머리가 그의 타이 매듭에, 울 같은 냄새가 나는 빨간 천 타이에 다다랐다. 그리고 냄새. 그녀는 그의 냄새를, 그의 열기를, 그의 살갗을 맡을 수 있었다.

두 팔이 그녀를 감쌌다. 강하게, 간절하게.

그녀가 물었다. "당신이 여기 오는 걸 본 사람 있어?"

"온 세상이 다 봤으면 싶어."

그녀가 아무 말도 하지 않자 그가 말했다. "자기들이 나를 봤다는 걸 아는 사람을 한 명도 못 봤어."

"누구한테 말한 적 있어?" 그녀가 물었다.

"당신의 거래 조건을 나는 잘 알아." 그가 말했다.

'당신의'…… 소유격 형용사를 내세운 영리한 주장.

페이는 TV 게임쇼 사회자를 흉내 냈다. "정답은?"

그는 두 사람이 서로의 얼굴을 쳐다볼 수 있을 때까지 충분히 먼 거리로 그녀를 이동시켰다.

그가 말했다. "우리의 존재는 우리 두 사람의 비밀이야."

그런 후 그는 그녀에게 키스했다. 입술을 연 그녀가 혀로 그의 혀를 치고 혀를 그의 입 안에 넣었을 때 그가 놀랐다는 걸 ─기뻐하는 걸─ 느꼈다. 영겁 같은 시간이 흘러 그녀가 얼굴을 그의 얼굴에서 떼어냈을 때, 그녀의 두 손은 여전히 그의 양 옆구리를 붙잡고 있었고, 두 사람의 가슴은 거세게 들썩였다. 그가 오른손으로 그녀의 볼을 만지며 말했다. "그래서 당신은 오늘 밤이 특별해야만 한다는 거야?"

그는 그녀가 고개를 끄덕이며 말하는 걸 지켜봤다. "한 번."

"그냥 일회용 스페셜이 아니라," 그가 말했다. "우리는……"

그녀가 입술을 오므렸다. "쉿."

그녀의 두 손이 그의 등뼈에서 미끄러져 나와 그의 정장 코트 아래에서 파란 셔츠 양옆으로 움직였다.

"뭘 좀 알아봐야겠어." 그녀가 말했다.

"뭘?"

페이의 손가락이 그의 타이를, 빨간 천 타이를 찾아냈다. 그걸 잡았다. 쓰다듬었다.

"내가 당신을 믿을 수 있는지를."

"나는……"

모아진 그녀의 손가락들이 그의 문장을 짧게 끊으려고 타이를 가볍게 잡아당겼다.

그녀가 말했다. "문제는 당신이 아니라 나야. 나 자신이 내가 당신을 믿는 걸 허용하는지 확인해봐야만 해."

"더 이상 뭘……"

그녀의 손가락이 그의 입술을 덮었다. 이제는 그가 '쉿'이라고 말해야 한다는 것처럼. 그녀가 그의 셔츠 옷깃 쪽으로 손가락을 움직였다. 그녀는 그의 파란 눈동자가 미니멀리스트 분위기를 풍기는 안경테 뒤에서 춤추는 걸 지켜봤다. 다른 사람들 같으면 바보같이 보였겠지만 그의 눈동자들이 추는 춤은……

딱 알맞아.

그는 그녀가 타이 매듭을 푸는 걸 느끼며 눈을 깜빡거렸다.

재빠른 손놀림과 함께 그의 목에서 타이가 벗겨졌다.

몸을 돌린 그녀가 그에게서 멀리로 걸어갔다. 맨발에다 손에 쥔 빨간 타이를 달랑거리며.

그녀가 그가 있었던, 그들이 전에 있었던 문 열린 침실로 걸어가는 동안, 그래, 그래, 그리고 그래. 하지만 지금은……

그가 그녀가 지나온 자리를 따라오는 걸 그녀는 느꼈다. 그녀가 블라우스 단추를 끌러 블라우스가 떨어지게 놔둘 때, 침실에 도착한 그녀가 맨 등을 보일 때 그의 두 눈이 불타오르는 걸 느꼈다. 그녀는 바지를 풀고는 바지에서 걸어 나왔다. 그가 뒤에 가까이 있다는 걸, 그의 두 눈이 그녀의 맨 엉덩이를 본다는 걸 알았다. 언젠가 그녀가 웃는 모습을 보이지 않으려고 배를 깔고 누웠을 때, 그가 엉덩이의 곡선을 따라 손을 놀리며 "*내 온 세상을 담은 지구본 같다*"고 말한 적이 있었다. 그런 후 그의 입술이 그녀의 *거기*를 눌렀다.

침실용 탁자 위에 놓인 램프가 빛으로 발갛게 상기됐다.

알몸으로 무릎을 꿇은 그녀가 침대 머리의 검정 철판으로 나아갔다. 그의 신발이 바닥을 누르는 소리가 들렸다. 그녀가 타이의 두꺼운 끝을 검정 철판에 단단히 묶는 동안 그의 바지 지퍼가 열리는 소리가 들렸다. 그녀는 그에게 계속 등을 돌린 채로 눈보라 속에서 마구 요동치는 야생마를 담은, 포스터 크기의 적갈색 예술사진 액자를 달아놓은 벽을 바라보며 침대 위에 무릎을 꿇었다. 그녀는 빨간 타이의 가느다란 끝을 E&E(Escape&Evasion, 탈출 및 도피) 코스에서 배운 고리 형태로 만들어 자신의 양 손목을 묶었다. 그녀는 이로 마지막 고리를 팽팽하게 당겼다.

결박돼 혼자서는 타이를 풀 수 없는 그녀는 고개를 돌렸다. 결박이 짧은 탓에 그녀는 등을 빳빳이 세워야 했다. 그녀가 그의 앞에서 발가벗은 채로 거기에 누워 있었다.

그가 옷을 벗었다. 안경을 어딘가에 놨다. 그녀를 놀라움 가득한 눈으로 응시했다.

그가 말했다. "무얼……"

"이제 당신의 진짜 모습을 보여봐." 그녀가 말했다. "원하는 걸 뭐든 해봐. 나를 열 받게 만들지 않을 일을 하거나 나를 행복하게 만들 거라 생각하는 일을 하는 게 아니라. 나에 대해서는 잊어. 망할, 나를 갖으란 말이야. 나는 묶여 있어. 내가 당신에게 이래라저래라 지시를 하거나 당신을 막을 수 없다는 걸 내가 알아야만 하기 때문이야. 나한테 사람을 믿는 능력이 여전히 있는지를 알아야만 해. 나를 조금의 가망도 없고 선택의 여지도 없는 상태로 묶어버려서 말이야."

그가 침대의 그녀 옆에, 그녀가 몸을 세우고는 알몸으로 누운 오른쪽 옆에 올랐다. 그녀의 두 손은 그녀의 머리 위에 있는 침대에 묶여 있었다.

그가 그녀에게 키스했다. 그녀가 그에게 키스로 화답했다.

그녀가 느낀 욕구 중에, 그녀가 알아야만 하는 걸 얻으러 가는 길에 그녀가 취할 수 있는 걸 취해서는 안 된다고 말하는 건 하나도 없었다.

깊고 축축한 키스, 진실을 파악하려고 상대의 입과 얼굴과 목을 괴롭히는 키스. *그가 내 목을 키스하고 있어. 아래로, 그래 좋아. 나를 쥐어짜고 있어. 엄청나게 좋지는 않아. 그래도 좋아. 나는, 쥐어짜고, 오! 그가 입으로 그녀의 젖꼭지를 빨았다. 그의 혀가 그걸 문질렀다. 한껏, 축축하게. 그녀의 가슴 사이에서 아래로 향하는 그의 키스가 흉터를 지날 때, 흉터에 대한 생각을 그리 깊이 하지는 않으면서도 흉터가 있다는 사실을 무시하지도 않았을 때, 그러고는 그가 그녀의 사타구니를 넓게 벌리는 동안 그녀가 그의 금발 머리를 봤을 때 그녀는 한껏 젖어 있었다.

강한 바람처럼 몸을 돌린 페이는 그가 그녀를 침대 모서리로 미는 걸 느끼고는 지켜봤다. 그는 머리 위에 묶인 그녀의 두 손을 침대에서 빼내 그녀의 몸을 쭉 편 후, 그녀의 몸을 돌려 그녀가 똑바로 눕도록, 두 다리가 침대 모서리 너머에서 달랑거리도록 만들었다. 그리고 그가 그녀의 두 다리 사이에 무릎을 꿇었다. 오, 오, 그래, 그의 입, 그의 혀, 그리고 그의 두 손이 내 몸에, 축축한 불길이 내 가슴들을 어루만져. 심장이 터질 것 같아. 그의 손은 멈추지 않을 거야. 멈추지 않아……

그녀는 자신이 지르는 비명을 들었다. 목구멍의 저 아래에서 끌어올리는 짐승의 울부짖음을. 다시, 또다시……

그런 후 그가 침대로 올라왔다.

그녀를 밀었다.

그녀를 굴렸다.

침대 쪽으로 얼굴을 향한 그녀는 묶은 손목을 배로 깔고 누워 있었다.

그런 후, 오, 그가 그녀를 오른쪽으로 굴렸다. 그녀를 누르고는 그녀에게 키스했다. 우리를 맛봐, 그래. 그녀의 왼 다리가 그의 다리에 올려진 후, 아래로 내려간 그의 손이 그녀의 다리를 높이 올려 그의 몸이 들어갈 길을 안내했다. 그녀의 엉덩이를 감싼 그가 그녀를 힘껏 잡아당기며 깊이 들어갔다.

그가 왼손으로 그녀의 입을 눌렀다.

그래서 그녀는 비명을 지를 수가 없었다.

침대에 묶였어. 나는 바보야. 그를 공격할 수가 없어. 그가 내 안에 깊이 들어왔어. 깊숙이 들어왔어. 나를 가까이로 당기고 있어. 그의 두 손이 내 엉덩이를 축축하게 강하게 그에게로 당기고 있어. 싸울 수가 없어······

그가 말했다. "사랑해."

그녀의 세계가 팽팽 돌았다. 그녀는 그의 한 손이 그녀의 입을 누르는 걸, 감시병을 완벽하게 제거하려는 듯 그가 손을 모아 쥐었다는 걸 느꼈다. 그녀의 척추를 강하게 누르는 탓에 그녀는 다른 데로 눈길을 던질 수가 없었다. 그의 다른 손이 그녀의 엉덩이를 자신에게로 잡아당겼다. 그녀는 자유로이 몸을 돌릴 수가 없었다. 두 다리를 써서, 오오······

그의 파란 눈에서 시선을 돌릴 수가 없었다. "당신을 사랑해. 당신이 무엇을 하고 싶건 해야 할 일이 무어라고 생각하건, 당신은 아무 말도 할 수 없어. 겁이 나더라도, 무슨 말을 해야 할지 모르더라도. 당신은 그걸 당신한테서 멀리 떼어버릴 만큼 나를 믿기 때문이야. 내가 당신이 거절할지도 모른다고 무서워하는 일을 억지로라도 하게끔 만들 정도로 당신은 나를 믿어. 하지만 당신은 거절할 수 없어. 당신이 지르는 비명을 아무도 듣지 못할 테니까. 당신이 하고 싶은 말이 무엇이건, 당신은 준비가 돼 있지 않아. 너무 일러. 너무 많아. 지금은 분명히 아냐. 그러니까 내가 당신 입에서 손을 치운 다음에, 당신은 할 말이 하나도 없는 거야. 나는 내가 그러고 싶을 때가 되면, 하고 싶은 말이 내 입에서 불쑥 튀어나올 때가 되면 말을 할 거야. 나는 당신을 사랑하는 일에 완전히 묶여 있으니까. 하지만 당신은 나를 사랑한다는 말도, 사랑하지 않는다는 말도 나한테 할 수 없어. 지금은 안 돼. 그럴 수 있는 날이 올 거야. 하지만 지금 당신은 자신이 누군가를 ―나를― 사랑할 수 있다는 걸 알게 됐어. 내가 당신을 사랑하기 때문이야. 사랑해!"

그는 한 손으로는 그녀를 질식시키려는 듯 그녀의 입을 척추 쪽으로 밀었고, 다른 손으로는 그녀가 밀어대는 엉덩이를 자신 쪽으로 당겼다. 그가 '사랑해'라는 말을 주문처럼, 빠르게 더 빠르게 울부짖었을 때, 그는 그녀가 절정에 오르고 또 올랐다는 걸 느낀 게 분명했다. 그녀가 그의 입을 막은 손에 맞서 비명을 지르고 그녀의 영혼이 약한 소리를 내뱉었을 때, 그는 마침내 언어의 차원을 뛰어넘은 울부짖음을 내뱉었다.

끝났다. 광기는 사라지고 근육들은 느긋해졌다. 그녀의 다리는 그의 몸 위에 무겁게 걸렸고, 그의 왼손은 이제 그녀의 오른뺨을 감쌌으며, 그의 엄지는 그녀의 부어오른 입술들을 어루만졌다.

그녀는 손의 결박을 푸는 법을 그에게 가르쳐야 했다.

그러면서 두 사람은 폭소를 터뜨렸고, 그 폭소는 그들에게 세상 모든 것을 안겨줬다. 둘은 서로를 껴안으며 침대로 미끄러져 누웠다. 그녀는 그의 가슴을 베고 누웠다. 그녀는 그의 심장박동을 하나도 놓치지 않고 들으려는 듯 오른뺨을 그의 살에 올려놓았다.

그가 그녀의 이마에 입을 맞췄다. 그녀의 머리에서 코코넛 샴푸 냄새가 났다.

그들은 서로를 가볍게 안았다. 그들은 서로를 영원히 안았다.

그의 이름은 크리스 하비다.

"걱정하지 마." 그가 말했다. "사랑은 치명적이지 않으니까."

페이가 말했다. "아니, 사랑은 치명적인 게 확실해."

7

"사랑은 치명적인 게 확실해."

-페이 도지어

"지금이야, 지금!" 이튿날 아침에 콘돌이 잠에서 깰 때 유령들이 그에게 고함을 쳤다.

그는 침대에서 나왔다.

창문의 흰색 커튼을 느슨하게 풀었다.

워싱턴의 새벽. 그의 집을 지나치는 차량들의 헤드라이트가 여전히 빛을 뿜어냈다. 갈매기 그림자가 아침 햇살을 받는 거리 건너편 타운하우스 단지 벽 위를 스쳐 지나갔다. 이웃집 개가 조깅하는 사람을 보고 짖어댔다. 차 한 대가 빵빵거렸다.

세 블록 떨어진 곳에 있는, 빨간 벽돌 벽이 둘러쳐진, 블록 한 개 사이즈의 해병대 사령관용 막사에서 부는 기상나팔 소리를 들었다고 빈은 상상했다. 해병대는 여름철이면 그곳에서 금요일 밤마다 공개 퍼레이드를 주최한다. 밴드들이 나팔과 스네어 드럼(군대용 작은 북)으로 애국적인 열기가 넘치는 군가들을 연주한다. 말쑥한 흰 모자와 황갈색 셔츠, 화사한 파란 바지 차림을 한 용감하고 영민한 남녀들의 행렬. 그들은 시간이라는 모닥불 위에서 부글부글 끓는, 저가로 납품 받은 검은색 냄비에 숟가락을 두

74

드리는 정치적 마녀들의 장단에 맞춰 행진한다. 액체가 끓는 걸 지켜보다 다 끓은 액체를 홀짝이는 마녀들의 행동은 성조기에 덮인 관들이 네브래스카 주 비버 크로싱으로 가야 할지, 뉴멕시코 주 콘시퀀시스로 가야 할지, 몬태나 주 셸비로 가야 할지를 결정하는 데 도움을 준다.

2층 침실 창문의 차가운 유리창 너머에 도사리고 있는 흰색 차는 없었다.

그들이 보이지 않는다는 건 길거리에서 적절한 행동을 취하는 상대방의 요령이 엄청나게 좋다는 걸 뜻한다.

아니면, 그들이 저기에 있지 않은 것일 수도 있어, 콘돌은 생각했다. *그것도 아니면, 무슨 일인가가 벌어졌던 거야.*

오늘이야. 일은 오늘 벌어질 거야.

콘돌은 흰색 커튼이 창문으로 다시 떨어지게 놔뒀다.

욕실을 사용할 때는 몽롱하게나마 제정신을 유지하게 해주는 수납장의 거울을 들여다보지 않았다.

무슨 일이 닥치건, 볼일을 봐야 할 때는 볼일을 봐야만 해.

그는 손을 씻는 동안에도 거울을 쳐다보지 않았다.

그는 변기 물이 쏴 하고 내려가는 소리와 함께 욕실을 떠났다.

그는 순찰을 나선 해병처럼 계단을 내려왔다. 청록색 문은 여전히 닫혀 있다. 거실에 도사리고 있는 닌자는 없다. 비밀의 벽에는 흐트러진 흔적이 전혀 없는 것 같다. 아래층 욕실에서 기다리는 흡혈귀는 없다. *거울은 쳐다보지 마!* 뒷문 창살 틈으로 확인해본 결과, 압력 처리를 가한 옅은 색 목재로 만든 덱을 둘러싼, 비바람에 시달린 회색 나무 울타리에 숨은 매복자는 한 명도 없었다. 외로운 단풍나무 한 그루뿐이었다.

그는 스위치를 켰다. *기적이다.* 빛이 당도했다. 그는 물을 채운 찻주전자를 가스스토브에 올렸다. 스토브에서 확 소리와 함께 파란 불꽃이 피어올랐다. 빈은 그가 먹을 커피를 갈았다. 앞서 끓이고 남은 찌꺼기를 쓰레기통에 던져 넣고는 커피포트에 새 커피를 채웠다. 옷을 갈아입으러 맨발로 위층으로 돌아갔다. 그동안 물이 끓었다.

보온내의 상의 위에 찢어진 검정 스웨트셔츠, 회색 스웨트팬츠를 입고 흰 양말과 창이 딱딱한 검정 중국식 쿵푸용 신발을 신은 백발 남자는 휘파람 부는 주전자를 구하러 아래층으로 돌아가는 동안 나무 계단에서 미끄러지지 않도록 조심해야만 했다.

커피 잔은 나중에 가져와.

너의 두 손을 전략적으로 채울 수 없다면, 두 손을 확실히 전술적으로 비워두도록 해.

그는 자물쇠를 잽싸게 풀고는 청록색 문을 재빨리 열었다.

아무도 그에게 총을 쏘지 않았다.

거리 양쪽에 주차된 차들에, 이웃집 창문에, 옥상에 몸을 웅크린 감시자도 전혀 눈에 띄지 않았다. 메트로 버스가 큰 소리를 내며 지나갔다. 통근자들. 시민들.

『워싱턴 포스트』와 『뉴욕 타임스』를 싼 얇은 비닐봉지가 현관 계단에 놓여 있었다. 그는 그것들을 안으로 들여오고는 청록색 문을 잠갔다. 신문을 부엌에 있는 조찬용 바에 올려놨다. 항생제를 투여받은 젖소에서 짜낸 우유가 담긴 통을 꺼내려고 냉장고 문을 열었을 때에도 냉장고는 폭발하지 않았다. 그는 우유를 컵에 따르고 커피를 붓고, 컵을 바에 놓았다. 비닐봉지에서 『포스트』와 『타임스』를 흔들어 꺼냈다. 위성 수신기를 켜자 라디오가 고인이 된 워렌 제본의 노래 〈변호사들과 총들과 돈(Lawyers, Guns and Money)〉을 요란하게 쏟아냈다. 그리고……

민간인 복장을 한 해병 정찰대 소령이 D.C.의 어느 방에서 신문 더미를 움켜쥔다. 니카라과에서 전쟁이 벌어지고 있다는 건 온 세상이 다 안다. L.A.에서 살해된 비밀 요원. 해병대는 네가 존재한다는 걸 몰라. 너는 그의 그림자 백업이야. 그런데 왜, 왜 우리가 신문에 실린 '오늘의 운세' 쪽지를 읽고 있는 거지?

이봐! 빈은 그새 유령들에 대해 생각했다. 당신들 누구야?

그러나 그것들은 유령처럼, 그의 커피 잔에 서린 김처럼 사라졌다.

약이 효험을 발휘하지 못하고 있는 게 분명하다.

예스!

그는 뉴스를 읽었다. 오, 세상에. 현실이어야 할 일들과 죽었어야 할 사람에 대한 보도들에서 그는 자기 이름을 찾지 못했다. 커피 두 잔째를 비웠다. 이미 멸종된 신문 만화를 앞으로도 보지 못할 거라는 걸 알았다. 화장실을 -평소처럼- 두 번 더 다녀왔다. 그리고 아래층 거울은 절대로 쳐다보지 않았다. 눈길을 살짝 던지는 것조차 하지 않았다.

집 뒤쪽의 덱에서, 그는 태극권의 흐름에 몸을 맡겼다. 그를 둘러싼 싸늘한 공기에서 도시의 골목과 비슷한 냄새가 났지만, D.C.의 악취는 콘돌의 벽돌 벽에 테이프로 고정시킨 점 세 개 뚫린 사진 속의 베이징처럼 사람의 목을 조르는 스모그는 아니다. 그의 단전에서 시작된 태극의 움직임이 콘돌의 두 팔과 두 손을 재빨리 움직였고, 밖으로는 제(擠) 자세-밀기 자세-를 취하게 만들었다.

빅터는 병원에서 이렇게 말하곤 했다. "힘은 골반에서 생기는 거야."

그의 앞에서 두 다리를 쫙 벌린 웬디의 알몸을 밀쳐대는 골반들. 그가 등을 대고 누웠을 때 웬디가 말한다. "그들은 당신에게 거짓말을 했어. 나는 머리에 총을 맞고 죽었어." 두 눈을 감은 그녀가 속삭인다. "마음대로 해! 당신은……"

사라졌다. 여기서, 지금, 매번. 그녀가 정말로 사라졌다.

하지만 그녀를 다시 보게 돼서 좋았다. 그녀가 누구건 간에.

그 기억이 샤워하는 콘돌을 사로잡았다. W. 이름이 웨스인 해병 소령. 웬디와 웨스. 웬디는 오래전에 세상을 떠났다. 웨스는…… 웨스가 언제……

물을 쏟아내는 샤워기의 김 속에서 그의 지식이 형성한 구름들이 흩어졌다. 샤워기 아래에 서서 비누와 혼자만 쓰는 안전면도기로 면도를 하니까 기분이 좋았다. 이제는 생각만큼 터프하지 않았던 간호보조원 두 명이 감시하던 공용 욕실의 거울 달린 세면대 중 하나에서 손잡이가 파란 일회용 면도기로 면도를 하지 않아도 됐다. 콘돌은 아침에 먹는 정신병 약과 불안증 약–그것들이 진짜로 그런 약이라면–을 깎아내는 걸 바꿀 방법을 고려해봤다.

안 돼. 지금 돌아가기에는 너무 늦었어.

그는 제정신을 유지시켜주는 복용약을 3분의 2 크기가 될 때까지 면도 날로 깎아냈다.

깔끔한 보온내의 위에 걸칠 옷으로 파란 셔츠를 선택했다. 그의 바지는 모두 검은색이었다. 검은 바지는 그가 우유부단한 모습을 보이거나 꼴불견 패션으로 허우적대지 않도록 도와줬다.

회색 양말. 뜀박질이나 발차기에 적합한 검정 신발.

아래층으로 걸어가. 라디오에 귀를 기울여. 비밀의 벽을 응시해.

아무것도 없었다. 속삭임도 없었다. 클롱도 없었다.

"으음, 엉망이군." 그가 그의 빈집을 향해 속삭였다.

어제 일기예보는 화창할 거라고 했지만 실제로는 비가 내렸다. 오늘 예보는 비가 올 거라고 했지만 햇살이 밝았다. 그는 검정 가죽 스포츠 재킷을 입는 걸 생각해봤다. 그를 담당한 정착 전문가는 그 재킷이 비밀 유지를 위한 가이드라인을 벗어난다고, 지나치게 화려하다고, 그를 누군가와 비슷하게 보이게 만든다고, 그를…… 강렬하게 보이게 한다고 주장했었다.

"맞는 말이에요." 그는 그녀에게 말하고는 했다.

그녀는 자기주장을 강하게 밀어붙이지는 않기로 결정했다.

그리고 그날 아침, 그는 그 옷 대신 회색 울 스포츠 재킷을 입기로 결정했다. 엉뚱한 벨을 울리고 싶지는 않아.

문단속을 마친 콘돌은 집을 떠나 걸어서 출근했다. 화요일 오전 7시 42분이었다.

미친 여자의 개가 그를 보고 짖을 때 그는 일레븐스 스트리트와 인디펜던스 애비뉴의 모퉁이를 돌고 있었다. 좌회전을 한 그는 그가 수백 번이나 터벅거렸던, 전날 밤 인도를 걸었던 발걸음을 되짚어갔다.

파리, 하트웰(Hartwell)이 자갈 깔린 도로 건너편 8시 방향 20미터 뒤에서 너에게 몰래 접근하고 있다. 그가 그래서는 안 될 지점에서 갑자기 강타를 날렸다. 그가 실력이 형편없는 똘마니여서 다행이다. 당신은 그의 존재를 알아차린다. 그는 혼자다. 그가 별도로 휴대한 무기는 없다. 그리고 당신은 미국 대사관에 갈 수가 없다. 절대로 갈 수가 없다. 그들은 당신에게 피신처를 내주지 않을 것이다. 대사관 벽은 빨강과 하양, 독립 200주년 기념 파랑으로 덮여 있다. 그리고 당신은 여기 밖에서 프랑스 인

상주의의 소용돌이를 더 빨리 관통하고 있다. 하트웰이 당신 뒤에서 굶주린 발걸음을 내딛을 때마다 광신도 같은 그의 눈에서 불길을 내뿜으면서 소리친다. "네놈이 누구인지 알아, 개새끼야!"

이제 여기, 성채처럼 생긴 건물인 애덤스 빌딩의 거대한 출입구에 선 흰 셔츠 차림의 의회도서관 경찰은 황동 명찰을 차고 있다. 스콧 브래들리.

경찰이 차고 있는 권총집에 넣어둔 9밀리미터 권총을 당신은 마음만 먹으면 손에 넣을 수 있다.

그렇지만, 그러지 마.

"안녕하세요, 빈." 스콧 브래들리 경관이 인사한다.

콘돌은 오늘이 그냥 또 다른 하루인 양 그에게 미소를 보냈다. 주머니를 비웠다. 삐 소리를 내지 않고 금속 탐지기와 폭발물 탐지기가 설치된 아치형 입구를 통과했다. 소지품을 모은 다음에 엘리베이터로 걸어가서 아래로 내려가기 위해 하나밖에 없는 황동 버튼을 눌렀다. 그러고 나서야 그는 브래들리 경관이 겉으로 노출된 제1방어선으로 서 있는, 높은 곳에 조명을 달고 열린 출입구에 서 있는 검정 기둥을 돌아봤다. 유령은 보이지 않았다.

브래들리 경관이 찬 배지가 유령들을 막을 수 있는 것처럼 보인다.

그를 콘돌이라고 불러. 빈이라고 불러. 그는 아래로 내려가는 엘리베이터에 홀로 올랐다.

갈색 불연성 철제 문짝 뒤에 그의 지하 사무실이 기다리고 있었다. 그는 디지털 록에 암호를 입력해서 문을 열었다. 그가 입력한 암호는 의회도서관의 중앙 보안 컴퓨터로 전송된다. 그 컴퓨터는 국토안보부의 NROD에 연결돼 있다. 그래서 그 데이터는 대머리 피터, 그리고 그의 딸이 아니었던 여자 페이에게 흘러간다.

그의 시계가 오전 7시 58분을 가리켰다. 그때까지 두 시간 남짓 남았다.

내가 운이 좋을 경우에.

콘돌은 그의 지하 사무실의 열린 출입구에 섰다. 목공소에서 슬쩍해온 고무 쐐기를 찾으려고 안쪽 선반에 손을 뻗었다. 복도를 환히 볼 수 있도록 문을 활짝 열어 쐐기로 받쳤다. 사무실 불을 켰다.

의회도서관의 정규직 직원들은 이곳을 사망의 동굴이라고 불렀다.

그가 흠집투성이인 회색 철제 책상을 옮기는 걸 환경미화원들이 도왔다. 그 덕에 그는 왼쪽에 있는 인터넷 접속이 제한된 컴퓨터 뒤에 앉게 됐다. 오른쪽에는 카트 두 개가 있었다. 사무실 안의 모든 물건은 그가 거기 앉아 있는 동안에 누가 사무실 앞을 지나가는지 또는 누가 그에게 돌진하려고 시도하는지 그가 응시할 수 있도록 배치됐다.

문이 닫히지 않게 쐐기로 문을 받치는 행위만으로도 그의 마음속에 앞이 시원하게 뚫린 소방 도로가 만들어졌다는 사실 따위에 신경 쓰는 사람은 아무도 없었다.

어떤 면에서 보면 우리가 총에 맞는 건 대단히 기분 좋은 일이라서 그러지 말라고 금지할 수가 없다.

오전 8시. 지하에 있는 사망의 동굴. 그때까지 두 시간.

무늬 없는 소나무 궤짝들이 그의 책상 주위에 가슴 높이의 벽을 쌓았다. 어떤 날에는 궤짝이 50짝이나 있었다. 콘돌은 소나무 냄새를 좋아했다. 궤짝에 담긴 내용물에서 나는 곰팡이와 먼지 냄새, 썩은 곳에서 풍기는 악취들을 숲의 향기가 덮어버리는 걸 감사하게 생각했다.

책들.

책이 가득 담긴 옅은 흰색 소나무 궤짝들.

민간에 매각된 공군 기지에서 가져온 책들. 더 이상 존재하지 않는 적대국 소련의 기지에서 가까운 곳에 있는 독일 육군 기지에서 가져온 책들. 북부 초원지대에 흩어져 있는 작동 정지된 대륙간탄도탄 사일로(silo, 저장소)에서 가져온 책들. 보안 심사를 거쳐 반입된 외부 세계에 대한 지식들이 반항적으로 자행하는 탈출보다 더 가혹한 합법적인 고문으로 여겨지는, 존재 자체가 비밀인 군 교도소에서 가져온 책들. CIA의 임시 기밀 센터와 근무 기지에서 가져온 책들. 미국의 주도적인 모르몬교 일부다처제 종파의 교인 9천 명의 주거지이기도 한 유타의 산맥에서 공사 중인, 30억 달러를 상회하는 비용이 투입된 비밀 NSA 스파이 데이터 센터에서 이미 재활용된 전적이 있는 오바마 시대의 책들. 테러리스트의 소굴을 급습한 특공대가 포획해서 담아온 책들. CIA의 뒷정리 요원(closer)들이 죽은 스파이들이 남긴 유품에서 회수해온 책들.

그렇다고 아무 책이나 다 여기 오는 것은 아니다.

소설, 단편집, 시나리오, 거의 읽지 않은 시집.

실제로 존재하지는 않았던 것에 대한 책들―그래도 어쩌면, *정말로 어쩌면*, 진실이었던 책들―.

역사책, 기술 매뉴얼, 전기, 실용서, TV에서 유명한 작가들이 발표한 *내가 실제로 겪었다고 말하는 일들과 그것들의 의미에 대한* 선언문, 앵무새처럼 종알대는 낯선 이들이 지은 자기 동기부여 매뉴얼, 신앙심이나 영민한 통찰력을 담은 두툼한 책과 다른 논픽션들은 꼼꼼한 심사를 거친 후에 'R&R(Review&Resolution, 검토 및 결정)'이라는 절차를 거쳐 자취를 감췄다.

의회도서관 지하의 사망의 동굴에 있는 콘돌에게 오는 건 비명을 지르는 걸 멈출 수가 없는 영혼에 의해 대기 중으로 소용돌이쳐 나온 이야기들이었다.

　실수가 저질러졌던 거야. 분명해.

　콘돌은 쇠지레로 궤짝을 열었다가 *레코드* 앨범이라고 불리는 지난 세기의 유물 더미를 발견한 적이 여러 번 있었다. 판지로 만든 재킷에 담긴, 납작하고 시커먼 석유 기반의 디스크들은 미국의 대다수 가정이 더 이상은 보유하고 있지 않은 기술로만 접근이 가능한 청각적 콘텐츠를 담고 있었다. 가끔씩 그는 자신이 그것들의 내용은 자세히 알지만 출처가 어디인지는 모른다는 걸 발견하고는 울부짖고는 했다. 클롱들이 그를 사로잡았다. 그는 싱어송라이터의 앨범 재킷 사진이나 그의 두 눈을 사로잡은 광경을 가위로 오려내고는 했다. 그는 그런 사진들을 바지 뒷주머니에 숨기고 보안 탐지기 아치를 조심스레 통과해서 집으로 걸어왔다. 그러고는 훔친 사진들을 그의 집 안 벽에 붙어 있는 신문에서 구조해낸 내용물과 R&R 궤짝들에서 역시 가위로 훔쳐낸 산문이나 시구들 옆에 테이프로 붙였다.

　통상적으로 쓰레기통으로 직행하는 게 결론인 R&R 절차에서 살아남은 잡지들도 가끔 있었다. 콘돌은 혁명이 파리의, 프라하의, 멕시코시티의, 테네시 주 멤피스의 거리를 불타게 만든 1968년도에 나온 풍자지 『매드(Mad)』에서 '스파이 대 스파이(the Spy vs. Spy)' 만화 페이지를 찢어냈다. 비밀 병원인 레이븐스(Ravens)를 퇴원해서 이 일을 맡은 지 두 달째 됐을 때, 콘돌은 『플레이보이』 잡지-센터폴드(centerfold, 잡지의 중간에 그림이나 사진을 접어서 넣은 페이지)에 화장을 한 관능적인 육신을 보여주는 여성의 누드사진을 싣는 출판물- 더미를 궤짝에서 꺼냈다. 그런 사진 중 다수는 이미 그런 잡지에서 찢겨져나간 상태였지만, 살아남은 이미지 하나가 그의 눈에 꽂혔다. 1970년대의 미녀를 10년 후에 '재방문'해서 찍은 4분의 1페이지 크기의 컬러 스냅사진이었다. 여자는 황동 침대에 몸을 기대고 있고, 그 뒤에 있는 거울은 숙성된 꿀 같은 머리카락, 달덩이같이 휘어진 엉덩이 위의 검정 가터벨트, 과장된 뾰족구두를 신은 댄서처럼 긴 다리에 신겨진 검정 스타킹을 비추고 있었다. 무거운 가슴과 적갈색으로 무성한 아랫도리의 그곳이 보였다. 그녀의 두 눈이 그녀를 바라보고 있는 사람을 살펴보는 동안, 그녀는 활짝 웃고 있었다.

콘돌은 그 사진을 벽돌 벽에, 신문에서 얻은 예술사진과 꽤나 떨어진 곳에 테이프로 붙였다. 예술사진은 소박한 민소매 파란 블라우스에 검정 머리를 늘어뜨리고는 얼굴에 뭐라 규정할 수 없는 분홍빛의 혼란함을 표출한 외로운 여자의 사진이었다.

한쪽 이미지는 너무 많이 드러내고, 한쪽 이미지는 너무 적게 드러내는군. 둘 사이의 공간은 너를 미치게 만들기에 충분해.

그럼에도, 그는 그 사진들을 훔쳤고, 두 사진 모두에 비밀스러운 구멍 세 개를 뚫었다. '주의 요망!'

그러나 그건 그의 직무가 아니었다.

그들이 콘돌에게 하라고 지시한 일은 각각의 책을, 각각의 폐기된 비전을 훑어보라는 거였다. 그러고는 심장이 두어 번쯤 뛸 동안에 그 책을 어떤 카트에 넣을지 결정하라는 거였다.

카트 A는 '영구 보관'행이었다.

카트 B는 포로들을 펄프 기계로 운반했다.

콘돌은 언젠가 운송 팀을 설득해서 카트 B를 처리하는 현장에 따라간

적이 있었다. 쥐가 날 정도로 좁은 트럭 앞자리에 두 남자와 함께 앉아 37분을 운전해 갔는데, 두 남자는 프로 미식축구에 대해, 해군이 얼마나 망가졌는지에 대해, 지금은 해군의 최고 전성기가 아니라는 것에 대해, 그리고 그들 사이에 앉아 있는 *이 망할 놈의 이방인*과 함께 언제 담배를 피울 수 있을지에 대해 논쟁을 벌였다. 갈매기들이 지상의 꽉 찬 매립지 위를, 환경 측면에서 펄프 공장의 입지로 적합해 보이는 불모지 위를 맴돌았다. 콘돌은 그가 카트 B에 던져 넣은 책들이 입을 쩍 벌린 녹색 철제 아가리로 버려지는 걸 지켜봤다. 그것들에 화학물질이 뿌려지고 윙윙거리는 장비가 그것들을 요란하게 으스러뜨리는 소리를 들었다. 끈적거리는 물질로 변해 다른 트럭에 실린 통들에 부어진 그것들은 다른 곳으로 운반되어 무엇인지 모를 것으로 변했다.

규정은 콘돌이 영구 보관용으로 골라내는 책이 일주일에 카트 A 하나를 넘기지 못하도록 정해져 있었다.

그는 불운한 책들로 카트 B를 채우는 게 괴로웠다. 지시받은 대로 책들의 페이지를 휙휙 넘겼다. 그 책이 북 코드의 열쇠로 사용됐었음을 보여주는 표식들을 찾아봤다. 페이지에 낙서처럼 적힌 스파이의 메모가 있는지, 또는 그들이 거기에 넣어놓고 잊어버린 기밀 서류가 있는지 훑어봤다. 그는 성장소설과 사기꾼의 허풍, 음담패설, 느와르 무용담, 영혼을 드러내는 고전, 경찰 이야기, 대체 역사 판타지나 SF, 대통령의 잃어버린 사랑을 다룬 풍만한 가슴이 등장하는 로맨스들 사이에서 *보안 리스크 지수*(security risk quotient)를 곰곰이 생각했다. *정세를 올바르게 이해했다는* 명성을 가진, 스파이 활동에 필요한 지식을 드러냈거나 창작해냈다는 명성을 가진, 비밀들을 공유했다는 명성을 가진 책들은 카트 A의 구원을 받을 수 있었다.

콘돌은 주중 평일에는 항상 궤짝들을 열었다.

"당신은 독자예요." 정착 전문가가 말했었다. "이건 당신이 처음으로 했던 스파이 직무와 비슷해요."

"이건 CIA가 지어낸 일이 아니기 때문에 그들은 내가 어디에 있는지 안다는 뜻인가요?"

그녀는 미소를 지었다.

그러고는 그가 키보드로 의회도서관 직원 파일에 거짓을 입력하는 걸 도왔다.

자, 이제 때가 됐어!

젠장, 사망의 동굴의 열린 문을 프레임 삼아 책상에 앉은 그가 화요일 오전에 나타난 새 유령들에게 말했다. 9시 51분에 그는 고향인 소도시에 돌아온 총잡이에 대한 소설을 카트 B에 던지고는 열린 문밖을 응시했다.

그는 기다리는 중이다.

또각또각 소리를 내는 힐들이 그가 앉은 벽의 다른 쪽 복도에서 다가왔다. 그의 왼쪽에서, 심장이 있는 쪽에서. 발소리가 점점 커졌고, 열린 문을 통해 보이는 그의 시야에 가까워졌다.

그녀가 왔어.

너는 전에도 이런 적이 있었어.

지금 여기에서 스파이인 당신은 그녀의 데이터를 추적하며 몇 시간을 보낸다. 그녀에 대해 아는 게 많아질수록, 당신은 알아야 할 필요성을 더 느낀다. 그녀는 쉰세 살이다. 용띠다. 결혼한 적이 없고, 딸린 식구도 없다. 그건 *말이 되지 않아.* 의회도서관에 고용된 지는 18년 됐고, 스미스소니언에도 3년간 파견됐었다. 그녀의 이력서 첫 줄에 이렇게 적혀 있다. '그녀는 젊고 영리하며 교육을 잘 받았을 때 상원 직원으로 5년간 일했고, 택시 승객들이 그녀를 넋 놓고 바라볼 때 그녀는 인도 위에서 방향을 갑자기 틀었다. 그녀는 아직 개발되지 않은 황폐한 지역에 있는 아파트를 임대했다. 그녀는 이 도서관에 재직하는 동안 두 차례 승진했다.'

그녀의 또각거리는 힐이 열린 문 너머의 시야로 들어온다.

회색 모근에서 나온 곱슬머리 금발이 이마의 V자형 헤어라인에서부터 몸에 꼭 맞는 그녀의 사무실용 검정 드레스의 가슴에 닿는 지점까지 떨어져 내려왔다. 감청색 트렌치코트는 어깨에 멘 가방의 끈 아래에 헐렁하게 걸쳐져 있었다. 그녀의 허리는 그녀가 줄일 수 있는 수준의 사이즈보다는 두툼했고, 검정 스타킹을 신은 두 다리에는 요가로 단련된 근육이 있었으며, 늘씬한 두 팔과 검정 구두는 메트로놈처럼 앞뒤로 왔다 갔다 했다. 얼굴은 선이 부드러운 가느다란 직사각형 모양이었고, 피부는 햇빛을 끌어당기는 볕에 그을린 피부였다. 그녀가 미소를 지으면 화장기 없는 커다란 입과 두툼한 입술이 보기 싫게 변했다. 그녀의 두 눈은 정면을 똑바로 쳐다봤다. 당신이 아니라.

그녀가 당당한 걸음으로 열린 문을 통과했다. 시야 밖으로 사라졌다.

힐이 복도 바닥에 또각거렸다. 엘리베이터가 움직이는 소리가 났다.

당신은 거기 앉아 있다.

다시금.

여전히.

지금 알아내지 않으면 영원히 실패할 거야.

빈은 책상 뒤에서 급히 몸을 일으켰다. 엘리베이터가 닫히는 걸 때맞춰 보려고 사망의 동굴에서 황급히 튀어나갔다. 황동으로 된 버튼을 손가락으로 딱따구리처럼 눌러댔다. 그의 눈이 자석에 당겨지듯 엘리베이터 위에 있는 층 표시 막대로 향했다. 'G'라는 불이 들어왔다.

맞은편 엘리베이터가 열리는 소리가 났다.

빈은 그 엘리베이터로 뛰어 들어가 'G' 표시가 된 버튼을 눌렀다. 이제……

그녀가 저기 있다! 보안검색대를 통과한 그녀가 감청색 트렌치코트에 몸을 밀어 넣었다.

빈이 그녀와 그녀의 동료들 뒤로 걸어갈 때 그녀가 말했다. *"나는 추운 게 싫어."*

그녀가 높은 곳까지 뚫려 있는 뒷문 밖으로 나가고 있다.

콘돌은 그녀가 애덤스 빌딩의 U자 모양 진입로 끄트머리에서 오른쪽으로 방향을 트는 걸 보려고 실외의 싸늘한 봄 공기 속으로 나갔다.

거리 건너편에 주차된 흰색 차는 없었다.

거리에서 행동하는 상대방의 요령이 엄청나게 좋기 때문에 그들이 보이지 않는 거야.

그녀는 카페와 술집들이 늘어선 펜실베이니아 애비뉴 쪽으로 걸어가고 있다.

빈은 뛰지 않으려고 애썼다. 그가 기억할 수 있는 게 무엇이건 자신은 이 일을 하려고 태어났다는 걸 그는 잘 알았다.

그녀의 뒤에 가까이 갔다. 그녀가 교통신호를 받았다. 선으로 그려진 흰색 남자가 자신이 얻은 자유를 뽐내는 보행신호를 받았다. '당신은 엿이나 먹어'라는 노란색 신호를 받은 빈은 도로 건너편으로 허둥지둥 건너갔다.

감청색 코트를 입고 곱슬머리 금발을 들썩거리는 그녀에게서 스무 걸음, 열다섯 걸음쯤 떨어져 있는 동안, 펜실베이니아 애비뉴를 건넌 그녀가 스타벅스의 벨 달린 문을 연다.

커피로군, 빈은 생각했다. *그녀는 커피를 사러 가고 있어.*

세상이 그녀의 주위로 흘러갔다. 백발 남자가 인도에 가만히 서 있는 동안, 관광객과 경찰들이 그 앞에서 잠시 멈칫했다가 그를 지나쳐 걸어갔다. 그는 완벽한 표적이나 다름없는 신세다.

그는 딸랑거리는 벨이 달린 스타벅스의 문을 열었다.

10시, 커피 마실 시간. 하지만 카운터의 줄에 서 있는 건 그녀뿐이었다.

사파이어 같은 파란 눈이 그를 향해 번개처럼 환하게 반짝거렸다.

그녀가 말했다. "이따금 그 담벼락 밖으로 나오지 않으면 당신은 미쳐버릴 거예요."

"비명을 지르는 건 도움이 안 돼요." 빈이 말했다.

"당신은 다섯 달 동안 나를 눈여겨봤어요. 그런데 그게 당신이 할 수 있는 최선인가요?"

에스프레소 머신이 쉬익 소리를 냈다.

그가 말했다. "당신은 당신이 줄 수 있는 걸 줬어요."

"그러면 당신이 얻을 수 있는 걸 얻도록 해요." 그녀의 미소는 서글퍼 보였다. "그것도 나쁘지 않아요."

"도서관을 위해 카탈로그로 작성하는 그 옛날 영화들에서 당신은 무엇을 보나요?"

그녀는 두툼하고 부드러운 입술들 사이로 단어들을 속삭였다. "당신이 보지 못하는 것들이요."

카운터 반대편에서 흰색 블라우스 위에 녹색 앞치마를 걸친 젊은 바리스타가 그들을 향해 걸어왔다. 바리스타의 부모는 엘살바도르의 광포한 우익 군대를 피해 도망 온 사람들이었다. 그들의 딸은 현재 이 캐피톨 힐 스타벅스에서 8킬로미터 떨어진 교외에 있는 그녀 가족의 거주지를 지배하고 있는 난민들이 낳은, 국제적인 MS 13 갱이 두려웠다. 갱들은 피해자와 자원자에게 몰래 접근하려고 자체 웹사이트와 페이스북 타투를 활용했다. 그래서 피해자는 그 일이 벌어질 때까지는 무슨 일이 벌어지는지 전혀 몰랐다. 금발을 유지하려고 염색약을 사느라 드러그스토어에 돈을 쓰는 미국 여자에게 바리스타가 말했다. "주문하신 카푸치노 여기 있습니다, 손님."

　손님은 금발 여자에게 조금 전과는 다른 미소를 건넸다. 그녀는 김이 나는 하얀 종이컵을 바리스타에게서 받아서 스타벅스의 출입문으로 걸어갔다.

　몸을 돌린 그녀가 그녀를 지켜보는 남자를 바라보며 말했다. "그래서 당신 이름은 뭔가요?"

　"빈은 어떨까요?"

　"빈은 어떻냐고요?"

　그는 고개를 으쓱했다. "나는…… 내가 전에 나에 대해 했던 말이 모두 옳은 말은 아니었어요."

　"고백이 더 이상 인상적으로 들리지 않네요." 그녀가 그에게 말했다.

　"당신에게 강한 인상을 심어주는 건 중요하지 않아요. 참된 모습을 보이는 게 중요하죠."

　그에게 그녀의 사파이어 같은 눈빛이 쏟아졌다.

그녀가 말했다. "이따금은 당신이 비명을 지르는 게 당신이 거기에 있다는 걸 알 수 있게 해줘요."

사파이어가 깜빡거렸다.

그녀가 말했다. "빈이라고 했죠? 아무렴, 그렇겠죠."

몸을 돌린 그녀가 출구 위에 있는 벨이 딸랑거리는 소리와 함께 카페를 떠났다.

"무엇을 도와드릴까요, 손님?" 바리스타는 참을성 많은 프로의 태도를 유지했다.

"저 여자분이 주문한 걸 주세요." 빈은 영화를 보는 일을 하는 이 금발 여성을 쫓지 않았다.

어떤 모호한 본능이 *지금 지나치게 대담하게 행동했다가는 원하는 결과를 결코 얻지 못할지도 모른다*고 그에게 말했다.

더불어 그를 노리는 위장 팀이 활동 중이라면, 그는 그녀를 그들이 겨냥한 총의 십자선에 놓이게 만들 수도 있었다.

검정 지젤 부츠를 신고 스타벅스 창밖에 선 그녀가 두 손과 얼굴을 유리에 누르고는 비명을 지른다.

'*무엇이 미안한지, 왜 미안한지는 모르지만, 어쨌든 미안해요!*'의 물결이 빈을 일터로 몰아갔다.

김이 오르는 하얀 컵을 들고 카운터로 돌아온 바리스타가 남자가 사라졌다는 걸 미처 깨닫기도 전에 말했다. "주문하신 커피 여기 있습니다, 손님."

그녀가 이후에 벌어진 일에 대해 아는 것이라고는 이상한 남자가 *사라졌다*는 게 전부였다.

그의 앞에 놓인 텅 빈 인도가 스타벅스에서 사망의 동굴로 돌아오는 그를 안내했다. 그는 도서관 카페테리아에서 점심을 먹으면서 그녀가 평소 앉는 테이블에서 그녀를 볼 수 있기를 바랐지만, 그러지 못할 거라는 걸 그는 잘 알고 있었고, 그의 판단은 옳았다. 그는 그의 사무실에 앉아 열린 문을 응시했다. 5시가 됐다. 애덤스 빌딩의 현관·계단에 발을 내디뎠다.

흰색 차는 없다.

새로 등장한 유령들은 없다.

그의 회색 울 스포츠 재킷이 저녁의 한기가 그의 뼛속으로 파고들지 못하게 막아줬다. 콘크리트가 그에게 허용된 집 쪽으로 그의 검정 신발을 밀어냈다. 인디펜던스 애비뉴를 달리는 차들이 빠르게 그를 지나쳤다. 다가오는 어둠을 살피기 위해 헤드라이트들이 켜졌다. 공기에서는 봄 냄새가 났다. 위장 팀은 없다. 그를 따라붙은 똘마니들은 없다. 옥상에 배치된 저격수는 없다. 흰색 차는 없다. 지금은 흰색 차가 없지만, 어제는 한 대 있었다.

당연히 어제는 있었지. 분명히 있었지.

그가 청록색 현관문을 열었을 때 보호용으로 쑤셔 넣은 녹색 나뭇잎이 떨어졌다.

응당 그래야 하는 것처럼.

모든 게 안전하다면 당연히 그래야 하는 것처럼.

콘돌은 거실에 들어섰다. 등 뒤에서 문이 닫혔다. 안전한 곳과 그렇지 않은 곳의 경계선을 봤을 때, 그는 자신이 다시 환각을 보고 있는 거라고 생각했다.

대머리 비밀 요원 피터가 벽난로 앞 마룻바닥에 힘없이 앉아 있었다.

그의 두 팔은 콘돌이 장작을 태우곤 하는 곳에 활짝 펼쳐져 있었다.

그의 두 손은 벽난로에 못 박혀 있었고, 꿰뚫린 손바닥에서는 피가 흘러내리고 있었다. 벽난로 선반에 손을 박는 데 사용된 건 콘돌의 부엌에 있는 칼 세트에서 가져온 칼이었다.

사망한 요원이 스포츠 재킷과 황갈색 레인코트 안에 입은 흰 셔츠는 피에 흠뻑 젖어 있었다.

킬러는 *아마도* 대머리 피터를 벽난로에 못 박기 전에 축축한 짙은 색 넥타이의 매듭 위에 있는 진홍색 자상(刺傷)을 따라 그의 목을 베었을 것이다.

암살자는 아마도 피터를 십자가형에 처한 *다음에* 피터의 두 눈을 파냈을 것이다.

그를 빈이라고 불러. 콘돌이라고 불러. 평범한 화요일에 퇴근해서 귀가했다가 칼로 벽난로에 못 박힌, 피에 젖은 미국인 요원을 발견한 그 남자를 말이야.

빈은 십자가형에 처해진 남자를, 시체의 벌어진 입을, 빨개진 두 뺨을, 피투성이의 검정 구멍들을 남기고 파내진 두 눈을 봤다.

콘돌은 갓 솟아난 진홍색 눈물이 졸졸 흘러내리는 걸 봤다.

8

"공포가 이어지는 느린 퍼레이드……"
-잭슨 브라운, 〈닥터 마이 아이즈(Doctor My Eyes)〉

콤플렉스 제드를 향해 광장을 가로질러 걸어가는 페이 입장에서 지금은 정말로 화창하고 아름다운 봄철의 화요일 아침이었다. 그녀는 바로 그 순간에 콘돌이 스타벅스에서 그의 마음을 어느 여성에게 바치고 있다는 걸 몰랐다. 하지만 조금만 있으면 그녀가 연옥층을 마구 뒤흔들어놓을 거라는 건 알고 있었다. 그리고……

그녀를 향해 광장을 가로질러 오는 사람이 있었다. 다부진 체격, 햇볕에 탄 피부, 검은 머리카락을 가진 남자.

"여기서 뭐하시는 거예요?" 페이가 물었다.

여자가 남자를 포옹하지 않는 건 순전히 제드의 보안 카메라들 때문이라는 걸 두 사람 다 알고 있었다.

"자네를 보니 좋군, 페이." 새미가 말했다. 그가 그녀에게 아버지가 딸에게 지을 법한 자애로운 미소를 보였다. "자네 출근 방해해서 지각하게 만들고 싶지는 않아."

"걱정 마세요." 그녀가 말했다. "아침 조깅이 평소보다 오래 걸렸다고 말하면 돼요."

94

"그랬었나?"

"아뇨." 게으른 걸 감추려는 용서할 만한 거짓말. 그녀는 그날 아침에는 조깅을 하지 않았었다.

"사람들한테는 우리가 우연히 만난 거라고 얘기하면 돼. 그게 자연스럽 잖아. 그리고 자네는 혐의를 벗었어."

"내가 연옥층에서 벗어나는 건가요? 현장으로 복귀하는 거예요?"

"흠 잡힐 일 없이 깨끗하니까 혐의를 벗은 거야." 그가 말했다.

"그 얘기는 여기에 저 때문에 오신 게 아니라는 말이군요?"

"그래서 온 거였으면 싶어." 그가 아침나절의 햇빛을 받는 광장을 둘러 봤다. 거기에 있는 사람들을 둘러봤다. "RTD 기억해?"

"실시간 훈련(Real-Time Drills)이죠."

"보스턴에서 폭탄 테러(이 소설의 시간적 배경인 2013년 4월에 보스턴 마라톤 대회 도중 발생한 폭탄 테러)가 발생하기 전부터 우리는 필수적으로 리스크를 감당해야 했어. 무작위로 선택한 날짜. 긴급 경보 발령. 요원들이 얼마나 더 잘 행동할 수 있을지 확인하려고 설계된 일부 게임 시나리오 가 실행되는 현장으로 긴급 출동. 정오 무렵이면 모든 위기를 제거한, 자 기 총알 값 해내는 동부 해안 헤드헌터들이 자네 빌딩에 와 있을 거야. 하 지만 표적으로 삼은 회의실 테이블 아래에 있는 진짜 폭탄 하나가 쾅 하고 터지면 오늘은 악당들한테는 끝내주는 날이 될 거야."

새미가 한숨을 쉬었다. "아, 그리고, 내가 아는 가장 매력적인 동료를 우 연히 마주치기는 했지. 그 여자는 뒷골목에서도 일을 벌이겠냐는 얘기에 오케이라고 말하는 여자이기도 하거든."

"카메라만 없었다면," 페이는 미소를 지었다. "당신을 쓰러뜨렸을 거예요."

"*ABC,*" 새미가 활짝 웃었다. "항상 방어 태세를 갖춰라(Always Be Covered)."

도박을 해보는 거야, 두 사람이 일터로 걸어가는 동안 그녀는 생각했다. 그녀는 옆에 있는 남자에게 말했다. "우리 업계에 오래 계셨죠?"

"내가 베이루트에서 꼬맹이였을 때는 자네가 그런 질문을 던질 일이 없었을 거야."

"루머, 전설, 속삭임. 당신은 그것들에 정통한 분이시잖아요."

검정 유리벽이 새미 그리고 단발머리에 바지와 작전화(Op shoes) 차림을 한 젊은 여자의 이미지를 반사시켰다. 새미는 유리벽에 난 보안 출입문에서 팔 길이만큼 떨어진 지점에서 걸음을 멈췄다.

그가 말했다. "아침에 민감한 사람은 세 유형밖에 없어. *남자, 여자……*"

"그리고 *애들.*" 페이가 말을 대신 마무리 지었다. "애들하고 얘기하고 싶지는 않아요."

그녀가 말했다. "미국 정부가 작전을 벌였다는 사실을 부인하는 지역에서 곤경에 처하게 되자 자기 자신을 드론으로 공격하라고 요청했다는 요원에 대한 루머들이 있어요."

"우리는 스파이야, 페이. 루머를 퍼뜨리기 시작하는 건 우리 업무 중 하나야."

"이봐요, 새미. 질문한 사람은 저예요."

"자네가 무슨 얘기를 들었건," 그녀의 친구이자 예전 상사가 말했다. "그런 일이 일어났다는 건, 그런 요원 얘기는…… 랭글리 외벽에 무명 스타들 중 하나로 이름이 오른 그에 대해서는 잊도록 해. 그는 의회가 수여하는 명예훈장을 받게 될 거야. 아니면 완전히 정신 나간 작자거나." 새미가 덧붙였다. 그가 웃으며 말했다. "그러고는 지금은 저세상 사람이 됐지."

봄날 아침, 새미의 호흡은 아주 자연스러웠다. 그는 자기 손이 그녀의 팔을 만지게 놔뒀다. 멘토가 제자를 어루만지는 손길. 부드럽고 세심한 손길. 악의 없는 순수한 손길.

그가 그녀의 녹색 눈동자를 똑바로 쳐다봤다. "그런 걸 물어보는 이유가 있나?"

"내가 상대하는 사람의 정체가 뭔지를 모르겠어요." 페이가 말했다. "상대가 뭔가 특별한 사람이라면, 그를 정직하게 대할 작정이에요."

"내 마음속에는 결코 한 점의 의혹도 없어." 새미가 그녀가 들어가도록 문을 붙잡아주며 말했다.

그녀가 강력한 비판을 받지는 않았던 여덟 달 전의 그날, 상원 정보위원회의 방음 설비가 된 플렉시글라스 '어항' 회의실에서 그가 그녀를 위해 문을 붙잡아줬던 것처럼. 그때 그날 아침에 새미는 테이블 건너편에 앉은 상원의원 두 명에게서 눈길을 돌렸다. CIA와 국가정보국에서 각각 참석한 부국장들이 의자에 앉은 페이를 보며 말했다. "밖으로 나가줘요, 페이 요원."

그러자 그가 일어나 그녀를 위해 문을 잡아줬다.

그녀가 입은 상처에는 특별한 보살핌과 배려가 필요할지도 모른다는 듯이.

새미는 미묘한 감정을 사랑하는 사람이었다.

그녀는 상원의 특별 정보위원회를 위한 그 어항을, 창문 없는 사무실 단지 깊숙한 곳에 있는 그 어항을 떠났다. 그녀가 어항과 위원회 입구 밖에 서 있는 곳에는 아마도 10여 개의 큐비클과 다른 간부용 사무실들이 기다리고 있었다. 미국이 전쟁을 벌이는 상황에서 정보기관 커뮤니티의 활동을 계속 파악하는 일을 담당하는 의회에 소속된 감시 인력보다 CIA 태스크포스에서 서류 작업을 하는 인력이 더 많다.

페이는 눈을 돌려 어항을 힐끗 봤다. *나한테 어떤 결정을 내릴지, 나를 놓고 어떤 결정을 내릴지 결정하는, 사무용 정장을 입은 낯선 사람 네 명과 함께 있는 새미.*

왼쪽을 바라본 그녀는 하얀 스티로폼 컵을 들고 커피 바 옆에 서 있는 그를 봤다.

그녀는 전에도 그를 본 적이 있었다. 새미와 스파이 기관 간부 두 명, 양쪽 정당에서 한 명씩 참석한 상원의원들이 함께 한 그날 아침 회의 석상에 있던 상원 직원 다섯 중 한 명. 그리고 그녀. 파리에서 벌어진 사건에 대한 '기밀' 수준의 브리핑을 위해 참석한 그녀. 그런 후 그 남자는 다른 상원 직원들과 함께 밖으로 내보내졌다. 정족수를 이룬 상원의원 두 명이 파리의 *자갈 깔린 거리(le rue de cobblestones)*에서 일어난 유혈 사태와 관련한 미국 스파이들의 '1급 비밀' 버전 브리핑을 받는 동안, 페이와 새미는 여전히 그 자리에 있었다.

그리고 나도(et moi), 페이는 생각했다.

그녀는 그 상원 직원을 바라봤다. 금발에 회색 정장을 입은 키가 크고 평범한 남자. 그녀 또래.

저 남자는 엿이나 먹으라고 해. 의사들도 엿 먹고. 나는 커피가 필요해.

그녀가 커피포트 옆에 있는 스티로폼 컵에 1달러짜리 지폐를 집어넣고 그녀의 컵을 채우는 동안에도 그는 물러서지 않았다. 아니, 그는 더 가까이 왔다. *위원회의 금속 탐지기를 믿는 건 엿 같은 일이라고 생각하는 그*

녀는 그가 감추고 있는 무기가 없는지 눈을 부릅뜨고 그를 쳐다봤지만, 그의 컵에 든 건 물밖에 없다는 걸 확인했다.

그녀는 오래 데워진 커피의 탄 냄새에도 불구하고 그에게서 좋은 냄새가 난다는 걸 인정해야 했다. 그녀는 불안감에 흘린 땀에 젖어 있었다. 그녀는 좀처럼 뿌리지 않는 향수가 라일락 향기를 뿜어서 땀 냄새를 덮어주기를 바랐다. 안경을 쓴 그가 턱으로 어항 안의 의원들과 스파이 간부들을 가리켰다.

"그러니까," 그가 말했다. "내가 나온 후에, 당신들은 저기서 무슨 말을 했나요?"

"지금 진심으로 묻는 거예요?"

"당신이 CIA라는 걸 알아요. 그러니까 나는 무척이나 충격적인 말이라서 상대가 진심에서 우러난 반응을 보여줄 만한 말을 해야만 하겠죠." 그가 그녀에게 말했다. "실제로 벌어지고 있는 일과 관련해서 꺼낼 수 있는 얘기들이 다 바닥났어요. 그래서 우리는 유체이탈 스타일의 수다에 의지해야 해요. 당신 부모님은 롤링 스톤스하고 비틀스 중에서 어느 쪽의 팬인지 같은 안전한 질문을 묻는 걸로 시작하는 수다 말이에요."

"당신들이 지껄이는 수다는 그런 식이에요?"

"나는 우리의 수다를 떨었으면 하고 바라요. 그러니까 맞아요. 내가 당신에게 달리 무슨 말을 할 수 있겠어요?"

"나한테 작업 거는 거예요(Are you hitting on me)?"

"내가 당신을 때리려고(hit) 애쓰면, 당신은 내 팔을 여섯 군데쯤 부러뜨리겠죠."

"고작 두 군데쯤일 거예요."

99

"자제해줘서 고마워요." 그가 허공으로 양손을 으쓱하더니 파란 눈동자로 미소를 지었다. "그리고 내가 당신한테 작업을 걸지 않는 동안에도, 작업 그 자체로만 보면, 그러려는 의도는 명백히 커지고 있어요."

"그 자체로만 보면요?"

"미안해요. 나는 초조해지면 가끔 이런 식으로 딱딱하게 말하곤 해요."

"내가 당신을 초조하게 만들었어요?"

"당신을 본 순간부터요."

"좋은 뜻으로 한 말이어야 할 거예요."

"당신이 질타를 견뎌내는 방식이 매력적이었어요. 여기에 온 당신은 뚜벅뚜벅 걸어 나와서는 모든 걸 감내하고 있어요. 그리고 그 일에 충실했고요. 그 일이 무엇이었는지는 몰라도." 그가 엷은 황갈색 정장에서 튀어나온 손을 흔들었다. "나는 그 모습에 뿅 가고 말았어요."

"그래서 나를 설득하기로 결정한 건가요?"

"아이디어가 하나 있어요. 당신 얼티미트 하나요?"

"뭐요?"

"얼티미트 프리스비(Ultimate Frisbee)요. 미식축구하고 비슷해요. 플라스틱 원반을 갖고 한다는 것만 다르죠. 마리화나 피우는 약쟁이들이 하는 스포츠예요."

페이가 물었다. "그러니까 당신은 약쟁이인가요? 나도 그런 사람이라고 생각하는 거예요?"

"나는 불시에 약물 검사를 받는 연방 공무원이에요. 어제 일들은 다 과거지사가 됐어요. 우리가 그 일들을 잊어버리는 일은 없겠지만요."

"단순한 게임이에요." 그가 말했다. "던지고 받고 달리는 게 다예요. 몸을 부딪칠 일은 없어요."

"규칙은요?" 그녀가 물었다.

"신사도." 그가 대답했다.

"대학교 2학년들이나 하는 취미처럼 들리네요."

그는 턱으로 자신들이 심각하다는 걸 보여주려고 얼굴을 찡그린 상원 의원들이 있는 어항을 가리켰다. "나는 이 언덕에서 저 사람들이 허공에 던져대는 건 무엇이건 여기저기로 쫓아다니며 온종일을 보내요. 그러니까 깨끗한 공기를 가로지르며 달리는 동안 뭔가 현실적인 걸 던지고 받는 건…… 그래요, 그러고 나면 기분이 무척 좋아요. 그리고 나는 2학년 딱지 뗀 지 한참 됐어요."

"어떤 방법으로요?" 어항은 쳐다보지 마!

그가 깔깔거렸다. 그냥…… 그렇게 했다. 폭소를 터뜨렸다. 대놓고 큰 소리로.

그가 말했다. "우리, 어떤 날에는 그걸 논쟁 대상으로 삼아보죠."

"반드시 와야 해요." 그가 말했다.

"뭐라고요?"

"지금 같은 9월에 희한한 태풍이 닥치지만 않는다면, 내일 밤 7시쯤에 내셔널 몰 아래쪽, 국립 미술관 서쪽 별관 옆에 있는 잔디밭에서 게임을 해요."

"내가 그 게임을 하기를 바라는 거예요?"

"당신이 자신한테 기회를 줬으면 해서요."

"당신은 정말 친절한 사람이군요." 그녀는 쓴 커피를 벌컥벌컥 마셨다. 흰 컵을 쓰레기통에 던졌다. 더 이상은 어항에서 무슨 일이 벌어지고 있는

지를 무시하는 척할 수가 없었다.

"나는 크리스예요." 그가 말했다. "크리스 하비."

그녀가 그의 곁을 걸어서 떠났다.

그때 그가 말했다. "당신 이름을 물어봐도 되나요?"

페이는 몸을 돌리지 않았다. 그녀의 내일을 가둬둔 어항을 지켜봤다.

그놈의 어항은 내 오늘도 가두고 있어. 일곱 달이 지난 화요일인 지금, 그녀는 그때를 떠올렸다. 그 시점은 콘돌이 스타벅스를 떠나 비어 있는 인도를 통해 사무실로 돌아올 때, 그리고 그녀가 큐비클로 붐비는, 파란 번개가 번쩍이는 연옥층을 가로질러 NROD의 깨끗한 벽이 쳐진 울타리에 들어서는 순간이었다.

"피터 어디 있어요?" 그녀가 여섯 명쯤 되는 남녀 동료에게 물었다.

"파트너 분실했나?" 해리스가 거짓을 말하는 눈빛을 던지며, 그가 실제보다 더 많은 걸 알고 있다고 떠들어대는 비방조의 눈빛을 던지며 말했다.

저놈은 총알도 아까운 놈이야. 페이는 비어 있는 데스크톱 컴퓨터를 차지하고는 온라인 근무자 명단을 확인했다가 얼굴을 찡그렸다. 내부 사무실에 있는 보스 두 명 중 한 명이 보였다.

컴퓨터에 머리를 바짝 붙이고는 말했다. "왜 내 파트너가 오늘 아침에 행정 업무를 부여받은 거죠?"

사람들에게 자기를 팸(Pam)이라고 부르라고 고집하는 부서의 공동 지휘관이 컴퓨터를 확인하고는 어깨를 으쓱했다. "데이터 처리 과정에 사소한 문제들이 생겼겠지, 뭐."

"나 때문인 건가요?" 페이가 물었다.

"왜, 자네 뭐 잘못한 거 있어?"

페이가 으쓱거리는 팸에 화답하며 말했다. "아뇨. 저를 잘 아시잖아요, 보스."

페이는 보스 팸이 떠나면서 하는 소리를 들었다. "아니, 난 자네 몰라."

아니, 페이에게 새미가 기적을 일으킨 다음 날 밤에 얼티미트 프리스비 게임을 하러 갈 계획은 없었다. 새미는 상원 감독위원회의 관련자 모두를 보호하는 동시에 그녀를 결국 콤플렉스 제드에 있는 국토안보부의 NROD로 파견 보낸 몇 가지 합의를 도출해냈었다. 그러고 나서 이튿날, 그녀는 새로 얻은 베세즈다의 아파트에 그냥 머무르면서 다시금 익숙해질 필요가 있는 정치적 메트로폴리스의 가을 잎을 응시하고 있을 수만은 없었다.

그녀는 자주 그러는 것처럼 늦은 러닝을 하러 갔다. 하지만 그날 저녁, 그녀와 그녀의 배낭은 거리의 감시망을 무사통과했다. 그녀는 베세즈다 메트로 역까지만 달린 후 열차를 잡아탔다. 블루 라인으로 환승한 후 잔디가 무성한 내셔널 몰에서 프리스비 선수들을 발견한 그녀는 그들에게 걸어가면서 그녀를 지켜보는 ―그러다 프리스비를 놓치는― 그를 봤다. 스웨트셔츠 아래에서 뭔가를 꺼낸 그녀가 자전거 자물쇠로 나무에 고정시킨 배낭에 그걸 집어넣었다.

그가 소리쳤다. "그녀는 우리 편이야!"

하지만 선수들이 이리저리 교체되면서 그는 그녀에게 기회를 주지 못했고, 그래서 그들은 상대편이 됐다. 수술 이후에 턱걸이와 러닝을 거듭한 결과 그녀의 몸은 전보다 좋아졌지만, 그는 주저 없이 그녀를 상대로 거친 플레이를 펼쳤다.

그가 숨을 고르는 동안 그의 옆에 선 그녀가 물었다. "그래, 이게 사람들이 하는 짓인가요?"

"어떤 사람들이요?" 그가 헉헉거렸다.

"우리 또래 사람들이요. 평범한 사람들."

"평범한 사람은 세상에 없어요. 당신도 알잖아요." 그가 말했다.

누군가가 "고(Go)!" 하고 외쳤다. 그들은 워싱턴의 저녁 하늘 아래에서 푸른 잔디밭을 앞뒤로 뛰어다녔다. 아이보리색 의사당 돔이 그들이 뛰어다니는 들판의 한쪽 너머 두 블록쯤에 솟아 있었다. 한편, 반대쪽 사이드 라인에서 400미터 거리에는 꼭대기에 깜빡거리는 빨간 조명들이 있는 워싱턴 기념탑이 솟아 있었다.

페이는 사람들에게 내세울 거짓말을, 오하이오에서 발급받은 운전면허증을 이미 갖고 있었다. 하지만 워싱턴에 흔해 빠진 *"무슨 일 하세요?"* 라는 결정적인 질문을 어느 누구도 그녀에게 던지지 않았다.

그녀는 생각했다. *저들은 그들에게 지워진 고된 현실에서부터 여기까지 자수성가해온 사람들이야.*

그럼에도, 그녀는 게임을 하는 많은 선수들이 의회 보좌관들일 거라고 추측했다. 저 곱슬머리 미남은 거대 통신회사에 다니고, 저 여자는 로스쿨 합격 소식이 오기를 기다리는 웨이트리스이며, 다른 두 여자는 D.C.의 일부 법률 공장에 있는 자기들 책상으로 돌아가 한밤중까지 일해야 하는 고용 변호사 일을 이미 시작했을 것이다.

마지막 게임이 끝난 후, 페이는 낯선 이들과 함께 차를 타고 사람들이 결정한 버거와 맥주를 파는 술집으로 갔다. 그녀는 그가 그녀를 다른 사람들에게서 자연스럽게 떼어내는 수완을 부리는 모습을 묵묵히 지켜봤다. 결국, 맥주가 세 잔째 돌았을 때, 그와 그녀는 그들이 하는 얘기를 아무도 들을 수 없는 주크박스 바의 끄트머리에 앉아 있었다.

"멋진 이동 전략이었어요." 그녀가 그에게 말했다. 크리스에게 말했다. 크리스 하비에게 말했다.

"나는 최선을 다한 작업을 한 끝에 여기에 온 거예요." 그가 말했다.

"당신을 다른 데로 데려가지는 않을 거예요."

"우리가 이미 있는 곳 말고 다른 데를 말하는 거로군요." 그가 어깨를 으쓱했다. "그렇다면 당신에게 최악의 얘기를 들려주는 편이 낫겠네요."

그가 유치원에 다닐 때 그의 아버지가 한밤중에 샌프란시스코의 안개 속으로 걸어 나갔다가 결코 되돌아오지 않았는데, 결국 또 다른 가족이 고등학교 2학년인 크리스와 그의 누이, 어머니에게 자신들의 남편이자 아버지의 부고를 보내왔다는 얘기. 스탠포드에 다니는 동안 동이 트기 전에 제과점 배달 트럭을 모는 바람에, 그가 얻을 수 있는 외부 일자리에 대한 로스쿨 규정을 초과했던 얘기. 그가 제 발로 걸어서는 사고 현장을 떠나지 못했던 차량 사고와, 브라운대학에서 받는 학부 장학금의 부족분을 메우는 데 도움을 준 여름철 캘리포니아 주 고속도로 일꾼으로 당한 두어 번의 '멍청한' 사고들, 여자들을 상대로 벌인 구체적으로 밝힐 수 없는 '촌스러운' 행동들에 대한 얘기. 그의 친구에게 앙심을 품은 친구의 전 여자 친구가 그의 면전에서 휴대전화로 친구를 마약 딜러라고 거짓으로 고발한 직후에 그가 경찰이 급습하기 일보 직전에 아파트에 들어가 친구가 비축해 둔 LSD를 변기에 넣고 물을 내렸던 얘기.

"아참, 나는 스물한 살이 되기 전까지는 숫총각이었어요." 그가 페이에게 말했다.

그는 어깨를 으쓱했다. "상황을 제대로 이해하고 싶었거든요."

"그 여자한테 무슨 일이 생긴 건가요?"

"더 나은 일들이요." 그는 자신의 마지막 맥주라고 말했던 잔을 비웠다.

"그리고 나머지 얘기는, 글쎄요, 당신은 벌써 내 배경을 확인해봤을 테니까."

"그런 일은 비공식적으로 신세를 진 동료가 생겼을 때나 하는 거예요."

"당신한테 변호사가 필요하지 않다는 건 분명하죠."

"그래요. 필요 없어요." 그녀는 의자에서 일어나 배낭을 멨다. 스웨트셔츠 아래로 다시 밀어 넣지 않은, 권총집에 든 권총의 무게가 느껴졌다.

그녀가 말했다. "내 이름은 페이 도지어예요."

"그게 진짜 당신 이름인가요?"

그녀는 그에게 미소를 남겨두고는 홀로 밤의 어둠 속으로 들어갔다.

페이는 그녀가 콘돌을 만난 밤의 이튿날인 화요일 오전에 혼자서 작업을 했다. NROD 요원들이 시간차를 두고 교대 근무를 했고 그녀의 근무시간이 오전 10시에 시작된다는 걸 감안하면, '오전'은 어디까지나 상대적인 용어였다. 그녀는 아프가니스탄에서 미군 병사들의 통역으로 일하며 3년을 보내는 동안 단 한 번의 배신행위도 하지 않았고 영웅적인 행동을 여러 차례 했던 청년의 이웃들을 이민국이 왜 받아들여야 하는지에 대한 열정적인 보고서를 작성했다. 그 청년이 원하는 거라고는 이웃집 아가씨와 결혼해서 캔자스에서 자유로이 사는 게 전부였다.

그녀는 오후 1시 23분에 온라인 근무자 명단을 확인했다.

피터는 여전히 '행정 업무' 상태였다.

더불어 그는 NU/UC(No Unauthorized/Unnecessary Contact, 미승인/불필요한 접촉 금지) 상태였다.

규정에 따르면, 그는 매 두 시간마다 자신의 상태 확인(Status Confirm) 문자를 보내야 했다.

NROD에 새로 온 사람 좋은 요원 중 한 명인, 예리한 전직 브루클린 경찰 데이비드가 말했다. "그가 지금 한다는 행정 업무가 음주 문제 때문에 그를 호출한 내사 업무가 아니기를 바랍니다."

"우리는 그걸 내사 업무라고 부르지 않아요." 그들이 컴퓨터 모니터를 바라보는 동안 페이가 말했다. "전문직 책임 사무소라고 부르죠."

"오호라, 그게 '우리가' 부르는 이름인가요?"

"나는 스파이예요." 그녀가 데이비드에게 말했다. "고자질하는 쥐새끼가 아니라요."

프리스비 게임을 하고 처음 맞는 월요일 밤에, 크리스 하비는 퇴근해서 U 스트리트─지미 카터 시대에 대단히 암울하던 동네에서 오바마 시대에 대단히 시크한 동네로 변모한 지역─에 임대한 아파트로 돌아왔다가 '내 이름은 페이 도지어예요'가 거실에 서 있는 걸 발견했다.

"당신 자물쇠를 떼어냈어요." 그가 무슨 말을 할 수 있기도 전에 그녀가 말했다. "당신 거처를 수색할 수도 있었지만 그러지 않았어요. 앞으로 그러지 않을 거고요. 당신한테 거짓말을 하느니 아무 말도 안 하는 쪽을 택할 거예요. 당신도 나한테 똑같이 해줬으면 해요."

9월의 그 주는 쌀쌀했다. 그녀는 꾀죄죄한 청바지 차림이었다. 지저분한 낡은 스웨터와, 그녀가 칸다하르에서 입수한, 패치가 하나도 달려 있지 않은 녹색 나일론 항공 재킷. 그녀는 새로 지급받은 글록으로 묵직한 허리밴드 권총집을 끌러, 그걸 그의 소파에 딸린 싸구려 탁자의 책 무더기 위에 놓았다.

"저 총이 나랑 함께 다녀요." 그녀가 말했다.

그녀는 울 스웨터를 벗느라 고생했다.

그녀는 그녀가 가진 것 중에서 가장 꼴불견이고 가장 어울리지 않는 운동용 브래지어를 입고 있었다.

그날 밤, 그녀의 흉터는 여전히 분홍빛으로 일그러져 있었고 성나 있었다.

"이것도 나예요. 어쩌다 이 흉터가 생겼는지는 절대 얘기하지 않을 거예요. 그래도 당신이 볼 수 있듯 큰 흉터예요. 크죠? 의학적으로는 100퍼센트 회복됐다고 하더라도, 나는 내 임무를 망쳤고, 이 흉터는 내 신세를 조졌어요."

그녀는 그가 파란 눈동자를 다른 곳으로 돌리지 않는 걸 지켜봤다.

한마디도 하지 않은 그의 입.

페이는 말했다. "저 문으로 그냥 걸어 나갈 수도 있어요. 후회하지 않으면서, 분통을 터뜨리지도 않으면서, 눈물을 흘리지도 않으면서, 그냥 가버릴 수 있어요. 그러지 않는다면, 나는 여기 머무를 수 있고, 우리는 우리가 볼 수 있는 걸 함께 볼 수 있을 거예요."

그가 방을 가로질러 그녀에게 갔다. 두 손으로 그녀의 얼굴을 감쌌다.

그가 말했다. "가지 말고 있어요. 당신은 벌써 내 자물쇠를 망가뜨렸으니까."

'그걸 절대로 잊지 않을 거야'라고 페이는 크리스가 그녀의 입을 막았던, 그런 다음…… 그 일이 있던 밤이 지난 이튿날 저녁 5시 28분에 생각하고 있었다. 그녀는 눈을 깜빡이며 다시 컴퓨터 모니터에 집중했다. 그녀는 모든 현장 요원에게 접속 권한이 부여된, A/A(Actions/Alerts, 작전/경보) 일일 리뷰를 스크롤로 내렸다.

"A/A는 전날 밤에 약 먹은 사람들을 모아서 줄 세우는 경찰서의 일일 라인업하고 비슷해요." 전직 브루클린 경찰 데이비드는 A/A 시스템을 그렇게 묘사했었다.

"모든 게 디지털이고, 온라인이고, 항상 작동한다는 것만 다를 뿐이죠." 페이는 대꾸했다.

그 화요일의 오후 5시 29분에 페이는 캘리포니아 남부 해안에 평소 주기보다 다섯 배 넘는 빈도로 밀려 올라온 굶주린 바다사자 새끼들이 어떻게 테러리스트와 연관된 독성학 분석을 통과했는지에 대한, 따라서 이 사건 증후의 TSR(Threat Spectrum Rating, 위험 스펙트럼 등급)이 데이터로 등급을 매기는 TSR 레벨 100등급 중 6등급에서 1등급으로 떨어졌다는 내용의 LA발 기밀 A/A 보고를 읽었다.

"도지어!" 부지휘관 랠프가 NROD의 요원실 특별석에 설치된 그의 특별석 문간에서 소리를 질렀다. "이리 들어와! 데이비드……"

그는 전직 브루클린 경찰에게도 소리를 질렀다.

"해리스." 걸레를 물고 사는 재수 없는 인간을 지휘관이 소리쳐 불렀다. "자네도."

페이가 다른 요원들보다 먼저 보스 랠프 앞에 당도했다.

"19분 전에……" 보스가 말했다. "피터가 두 시간 마다 주기적으로 해야 하는 상태 확인을 하지 않았어. 고맙게도 그가 파견된 행정 업무 담당관이 그에게 유예 시간 15분을 주고는 그 사실을 시스템에 업로드하기 전에 나한테 전화를 걸어 귀띔해줬지. 모두 알잖아. 피터가 가끔씩…… 그 대머리가 일을 대충대충 할 수도 있다는 걸."

해리스는 음주 문제를 비난조로 들먹이기 시작했다. 전직 경찰 데이비드가 팔꿈치로 조용히 그의 옆구리를 찔렀다.

"'나는 스타다'라는 피터의 새 NU/UC 상태는 엿이나 먹으라고 그러고는," 그의 보스가 말했다. "그에게 전화를 걸었는데 음성사서함으로 직행하더군. 그의 전화기의 GPS를 확인했는데……"

보스가 페이에게 초점을 맞췄다. "그의 위치가 자네 둘이 어제 면담했던 PINSS의 캐피톨 힐 주소로 나왔어."

"콘돌." 페이가 속삭였다. *30분 전에 퇴근했어. 아마 걸어서 집으로 갔을 거야.*

보스가 말했다. "피터가 왜 그 사람의 후속 작업을 하는지 알았으면 좋겠어. 하지만 내가 시스템에 로그인해서 찾아낸 건 그게 다야. 그는 밖에 있어. 그리드를 들이받으면서. 그리고 우리는……"

보스는 사무실 바깥벽에 줄지어 걸려 있는 디지털시계 중 가장 가까운 시계를 살폈다.

"우리는 그 친구를 보호해주면서 거기로 향하는 대응 팀들보다 선수를 쳐야 해. *지금* 밖에 차를 대기시키라는 명령을 내렸어. 그렇기 때문에 이론적으로만 보면 우리는 이 사건에서는 규정에 따라 현장으로 향하는 확인 팀을 이미 앞서 있는 셈이야. 우리 팀이 피터가 싸놓은 똥을 치우는 거야. *이봐!*"

페이가 보스가 데이비드와 해리스에게 그녀와 같이 가라고 지시하기도 전에 문을 박차고 나갔다.

두 사람이 엘리베이터에서 그녀를 따라잡았다. 1층의 메인 로비에 내려간 그들은 건물 밖에 사이좋게 무리를 지어 서서 저녁으로 뭘 먹을지를 두고 시답잖은 소리나 해대는 동료들을 빠른 걸음으로 지나쳤다.

새미가 헤드헌터들로 구성된 그 그룹의 변두리에 서 있었다.

페이가 엘리베이터에서 내리는 모습을 본 그가 미소를 지었다.

그는 그녀의 안색을 봤다.

그녀가 그를 보는 걸 봤다.

그녀가 벨트 버클 옆에 오른손 주먹을 고정시키는 걸 봤다. 물불 안 가리는 *상태.*

새미는 그녀를 포함한 총잡이 삼총사가 배지(badge)들이라는 걸 사방에 외쳐대며 대기 중인 세단을 향해 성큼성큼 걷는 걸 보면서 동료들에게 말했다. "제일 가까운 데로 가지."

"그리고 제군들," 그가 그의 말 한 마디 한 마디를 귀담아듣는, 남녀 무리를 향해 덧붙였다. "아직은 맥주 마시기에는 이른 시간이라고 생각해."

"경보 게임은 끝났다고 생각했는데요!" 헤드헌터 중 한 명이 말했지만, 그는 자기 입 밖에 그 말이 뱉어지는 동안 리더의 의견에 맞서는 실수를 저지른 그에게 동료들이 쏘아대는 열기를 느꼈다.

새미가 말했다. "자네는 게임이 끝나는 게 언제인지를 전혀 모르는군."

5시 33분에 국토안보부 NROD 세단이 도로 경계석을 떠났다. 페이가 운전을 했고, 전직 경찰 데이비드가 조수석에 탔으며, 해리스가 뒷자리에 몸을 묻었다.

"지금은 러시아워야!" 해리스가 소리쳤다. "록 크릭 파크웨이(Rock Creek Parkway)는 탈 수 없어!"

데이비드가 휴대전화를 거치대에 올려놨다. 출동 기능과 더불어 GPS를 스피커로 확인하기 위해서였다.

5시 41분. 그들은 코네티컷 애비뉴와 네브래스카 애비뉴에서 빨간불을 무시하고는 미국에 마지막으로 남은 최상급 독립서점 옆을 고속으로 지나쳤다.

보스의 목소리가 전화기에서 흘러나왔다. "팀은 들어라. 시스템이 사건 가능 경보를 울렸을 때 자네들 목적지의 좌표와 콘돌 식별자에서 기밀 프로토콜이 자동으로 활성화됐다. 지금 현장에 가장 가까이 있는 타격 팀은 프로토콜이 호출한 것이다. 출동한 팀이 자네들보다 먼저 현장에 도착해 있을 것이다."

"그들에게 백업 역할을 하라고 지시하세요!" 페이가 소리를 질렀다. "내가…… 우리가 거기 가기 전까지는 얌전히 있으라고요!"

"이해했다. 하지만…… 나한테 그런 지시를 내릴 권한이 있는지는 확실치 않다."

페이는 차 그릴에 있는 빨간 비상등과 사이렌의 스위치를 켰다. 데이비드가 자석의 힘으로 빙빙 돌아가는 비상등을 꺼내 차 지붕에 올려놨다.

"도대체 무슨 일이 벌어지는 거야?" 캐피톨 힐로 이어지는, D.C.의 부유층을 가로질러 늘어선 차량들이 이룬 쇳덩어리 강물에 그들이 사이렌을 울려 만들어낸 틈바구니를 통과하며 질주할 때, 해리스가 뒷자리에서 고함을 쳤다.

"나도 몰라요!" 페이가 맞받아쳤다. "창문에 선팅한 흰색 차가 있는지 주의해서 살펴봐요!"

앞에 선 차량들이 사이렌에 빠르게 반응을 보였지만, 워싱턴의 러시아워 교통은 그런 반응들을 게걸스레 집어삼켰다. 그날의 다른 시간대였다면, 비상등과 사이렌의 도움을 받은 그들은 마지막 통화를 한 뒤로 11분 만에 일레븐스 스트리트 SE에 있는 목적지에 도착했을 것이다.

17분이 걸렸다. 그 와중에도 페이는 닥칠 수 있는 모든 위험을 감수했고 해리스는 비명을 질러댔다. "조심해! 조심하라고!"

그들이 탄 차가 오후 6시 1분에 청록색 현관문 밖에 도착했다. 페이는 네 블록 떨어진 곳에서 사이렌을 죽였지만, 그들이 뿜어내는 빨간 조명은 저녁 햇살에 물든 타운하우스 행렬 안에서 리드미컬하게 번쩍거렸다.

"해리스, 뒷골목으로 가요. 회색 나무 울타리로. 당신이 커버할 수 있는 곳에 위치해요. 누구도 통과시키지 마요. 나나 데이비드를 제외한 모두를 말하는 거예요. 가요! 달려요, 30초 줄게요!"

울타리가 쳐진 옆집 앞뜰에서 개가 짖었다.

왈왈거리는 더러운 백구.

총을 꺼냈다. 데이비드도 그렇게 했다. 데이비드도 이전에 저 집에 와본 게 분명했다. 눈곱만큼도 신경을 안 쓴 나처럼 실수를 저질렀을 것이다. 두 손을 쓰는 전투형 그립으로 글록을 잡아 앞으로 뻗었다. 운 좋게도 민간인은 한 명도 없었다. 청록색 문을 바라본다. 건물 앞쪽의 두 층 창문에는 흰색 커튼이 드리워져 있다.

"왈! 왈왈!"

인도를 향해 턱으로 신호를 보낸다. 데이비드가 그 포스트로 이동한다. 행동 요령을 잘 알기에 창문들에 눈을 고정한 채로……

"꼼짝 마!" 전직 브루클린 경찰이 고함을 지른다.

페이가 황급히 몸을 돌린다.

남성, 백인, 20대 후반, 총, 총을 가졌어. 검정 자동 권총이 나를 겨냥하고 있어!

"국토안보부입니다." 청바지에 파란 나일론 윈드브레이커를 입은 낯선 남자가 소리쳤다. "내 재킷 뒤에 노란 이니셜이 있어요! 당신이 페이죠! 도지어 요원! 나는 프로토콜입니다!"

그녀는 자신의 총신 너머로 그를 봤다. 그의 총구가 그녀의 얼굴을 겨냥한 걸 봤다.

"왈! 왈!"

프로토콜은 키가 크고 호리호리했다. 지저분한 황동색 염소수염을 기르고 머리는 짧게 쳤다. 꾀죄죄하게 차려입은 서퍼처럼 보였다.

그가 급히 몸을 돌렸다. 총을 청록색 문에 겨눴다.

네 총을 그에게 계속 겨눠.

왜 그렇게 해야 하지? 페이는 생각한다. 하지만 그녀는 자신의 본능을 따른다.

프로토콜이 말한다. "저기가 거기죠, 맞죠?"

그가 말한다. "내 파트너가 우리 비상 팀을 골목에 배치하고 있어요. 철저하고 안전하게요."

잠시 말을 멈추고, 귀를 기울인다. 와이어리스 이어폰.

프로토콜이 말한다. "우리 요원 두 명이 연결돼 있어요."

데이비드의 벨트에 걸려 있는, 스피커를 켜놓은 전화기에서 해리스의 목소리가 그걸 확인해준다.

페이는 자신의 글록을 콘돌의 집 쪽으로 돌렸다.

프로토콜이 말했다. "당신, 아니면 나?"

페이는 청록색 문을 향해 나아가는 자신의 조준기를 따라갔다.

9

"……어떤 사나운 짐승."

-윌리엄 버틀러 예이츠, 『재림(The Second Coming)』

당신의 벽난로 위에 목을 베인 미국 스파이가 당신의 칼에 의해 십자가형을 당한 채 앉아 있다.

시커먼 눈물이 그의 텅 빈 눈구멍에서 흘러내린다. *갓 흘린 피야. 얼마 안 됐어.* **도망쳐!**

도시 건너편의 콤플렉스 제드에서는 페이 도지어가 A/A를 검토하고 있었다. 그녀는 캘리포니아 남부 해안에 밀려 올라온 굶주린 바다사자들의 위험 스펙트럼 등급에 대해 배웠다.

청록색 문이 달린 D.C. 가정집 밖에 내린 황혼 속에서, 이웃집의 더러운 백구가 다시 한 번 짖어대며 의기양양하게 '자신의' 앞 베란다를 걸었다. 감히 자신의 구역에 다가오려는 인간을 동굴 같은 옆집으로 성공적으로 몰아넣었다.

쉬!

침묵. *여기에는 당신 말고는 아무도 살지 않아. 부엌에는 아무도 없어. 위층에는 아무도 없어.*

어떤 종류의 위장 팀이 밖에서 지켜보고 있는 걸까?

115

콘돌은 고개를 저었다.

흠잡을 데 없는 타이밍. T.O.D(Time Of Death, 사망 시간)가 정보국에 알려져 있는 내 스케줄과 일치해.

피터, 시체는 피터였다. 대머리, 피터를 열 받게 만든 대머리. 많은 것이 그를 열 받게 만들었었다.

벽 높은 곳까지 튄 피는 없다. 그러니 칼을 마구 휘두르는 사무라이가 한 짓은 아니다.

그림을 그려봐.

피터는 의식을 잃었다. 살인자는 그를 벽난로로 끌고 간다. 아마도 그를 먼저 끝장낸 다음에 십자가형에 처했을 것이다. 살인자가 작전 시나리오를 충실히 따르면서 처리한 일이라고 하더라도, 어쨌든 상황을 제대로 활용한 천재적인 솜씨다.

미치광이에게 누명을 씌우는 중이라면 정신 나간 누명을 설계하라.

갓 난도질된 시체에서는 김이 모락모락 나는 햄 같은 냄새가 난다. 안으로 불어넣은 숨결이 빠져나가는 중인 뜨뜻한 비치볼처럼 느껴진다. 콘돌은 죽은 남자의 허리에 두 손을 밀어 넣었다.

권총집…… 비었다.

그러니 공식적으로, 당신은 그의 권총을 취했다.

당신은, 이제 분명, 무장을 한 위험인물이다. 훈련을 잘 받은 발광하는 살인자.

도망자—당신—에 대한 행동과학 프로필이 신속하게 나올 것이다. "피해자를 십자가형에 처한 것은 심각한 정신병적 변화를 보여준다. 두 눈을 파낸 것은 용의자가 누군가에게 목격되는 걸 원치 않는다는 뜻이다. 그리고 그를 뒤쫓는 듯 보이는 사람은 누구건 공격할 것이다."

'발견 즉시 사격'이라는 작전 지시가 내려지지는 않을 것이다.

하지만 현장 상황에 따라서는 그런 조치가 상황에 적합한 요령 좋은 행보가 될 것이다.

암살 아티스트는 살해당한 남자의 눈으로 무슨 짓을 했을까?

미신을 숭배하는 심리를 다루는 분석가는 이렇게 말할 것이다. "그것들은 트로피입니다. 또는 성적이 매겨진 시험지를 모으는 꼬마처럼 그가 폐기하는 방법을 알지 못하는 대상입니다."

그들이 너에게서 두 눈을 찾아내거나, 또는 그것들을 너하고 연관 짓는다면……

그러니 아티스트 암살자는 여전히 활동 중이다. 누군가가 -아무나- 당신을 체포하거나 총으로 쓰러뜨린 후에 당신에게 심어놓을 눈알들을 주머니 가득 가진 채로. 그게 뜻하는 바는……

그는 지금 그에게 누명을 씌우려고 작동하는 기계의 내부에 있다.

그래서 그는 대머리 피터를 여기로 불러들일 수 있었다.

회사가 너를 검거하기 전까지 너한테 남은 시간이 얼마나 될까?

도시 건너편 국가정보국 콤플렉스 제드의 연옥층에서 NROD 부지휘관이 유리벽으로 둘러싸인 사무실 문간에 서서 소리를 질렀다. "도지어! 이리 와봐. 데이비드, 해리스! 자네들도."

콘돌은 십자가 형태로 못 박힌 시체의 나머지 부분을 확인했다.

공식적으로는 그의 손에 들어간 것으로 기록될, 그렇기 때문에 그를 실질적인 위험인물로 만들어버릴, 발목에 찬 백업용 권총은 없었다. 죽은 남자의 전화기, 아마도 GPS 칩들이 내장돼 있을 신분증, 신용카드, 현금은 잊어라. 그것들을 잊어야 사람들이 당신을 패닉 상태에 빠져버린 놈으로, 쓸 만한 자원을 찾으려고 희생자의 소지품을 뒤적거리지는 않은 놈으로 볼 것이다.

대머리에다 두 눈이 파이고 목을 베인 미국인 요원이 당신의 벽난로 위에 당신의 칼로 못 박힌 채 앉아 있다.

너 정말 좆된 거야.

저항하다가 목숨을 잃는 길에 올라선 거야.

아니면, 쾅! 특별 입원. 재판도 없이, 어느 정신병원 병실에 영원히 갇히게 될 것이다.

도시 건너편의 콤플렉스 제드 로비에서, 헤드헌터 리더 새미가 제자 중 한 명이 유리벽 너머의 거리에 대기 중인 차량으로 팀과 함께 서둘러 이동하는 걸 본다. 새미를 알아본 그녀가 허리 벨트 옆에 오른손 주먹을 고정시킨다. *물불 안 가리는 상태.*

콘돌은 부엌으로 뛰어가 냉장고와 조리대 사이에 손을 넣어 캔버스 천 쇼핑백을 움켜쥐고는 거실로 다시 뛰어왔다.

그가 멈춰 섰다. 그의 콜라주 벽을 응시했다. 삼각형 표시가 된 이미지들을.

내가 말하려고 애쓰는 걸 내게 말해줘!

아무 말도 없었다. 그는 아무 말도 듣지 못했다.

삐걱거리는 보드도 없다.

이웃집 개가 짖는 소리도 없다.

유령들도 없다. 클롱들도 없다. 집 바깥의 저녁 길거리에서 시간이 쌩하고 지나가는 소리만 들릴 뿐이다.

빈은 후드가 달린 파란 레인코트를 거실 벽걸이에서 움켜쥐었다. 위층으로 향하는 동안 어둠 속에서 빗물이 아닌 무엇인가가 튀는 소리를 감지했지만, 묶어놓은 치실이 끊어졌는지 여부를 확인하는 작업은 무시했다. *킬러들은 사라져서 그들의 길을 가고 있다.*

침실 벽장에 쌓인 판지로 만든 상자 세 개는 빈의 쓸모없는 물건들을 담고 있다. 내용물 대부분은 그 물건의 출처를 아는 사람에게서, 그 물건을 가져온 이유를 아는 사람에게서 얻어온 것들이다. 하지만 가운데 상자는……

무게가 18킬로그램 정도 나간다. 안에는 그가 관심을 가질 만하다고 판단되는 책들이 들어 있다. 그리고 빵 덩어리 크기의 뭔가 무거운 것을 감싼 검정 가죽 집업 보머(zip-up bomber) 재킷이 있었다. 그는 재킷을 벗겨서 검정 회반죽으로 만든 말타의 매(the Maltese Falcon) 조각상을 드러냈다. 하지만 그딴 새에 관심을 가질 사람이 세상에 어디 있겠는가. 그는 지저분한 검정 가죽 재킷을 풀었다. 바로 그것이 깨지기 쉬운 보물을 감싼 패딩처럼 보이게끔 만들어서 그가 숨기려던 비밀이었다.

적어도, 그는 그의 집에 불법 침입해서 살림살이를 뒤척거리는 다람쥐들이 그렇게 생각했으면 하고 바랐었다.

이 재킷을 아이패드로 찍은 사진은, 이걸 입은 빈의 모습을 찍은 사진은 없다. BOLO 경보용으로 쓸 데이터는 없다.

콘돌은 검정 가죽 보머 재킷을 쇼핑백에 쑤셔 넣었다.

상자들을 다시 쌓았다. 서랍에서 보온내의 상의와 하의를 움켜쥐었다. 깨끗한 양말도.

욕실 거울에 비친 네 모습을 살펴봐.

겁에 잔뜩 질려 있군.

다시금.

"그래." 콘돌이 그의 이미지에게, 유령들에게 말했다. "하지만 나도 그 때는 젊었었어."

오줌약과 진통제, 베타차단제(고혈압 치료제), 흥분한 심장을 위한 유아용 아스피린, 멀티비타민이 든 병을 움켜쥐어. 그것들하고 저용량 바륨(신경안정제)을 쇼핑백에 떨어뜨려. 충분히 오래 살려면 잠이 필요할 거야. 칫솔도 가져가야지.

줄지어 선 향정신성 진정제들이 콘돌을 응시했다.

그들이 진짜로 존재하는 너를 죽이게 만들도록 해.

빈은 약품 수납장 문을 쾅 하고 닫았다.

욕실 세면대 아래에 손을 넣어 노란 고무장갑을 움켜쥐었다.

PINSS가 재정착한 가정이라면 어느 곳에서건 완벽하게 소지가 허용되는 필수품인, 두툼한 립스틱 튜브 크기의 검정 금속 플래시인 맥라이트(Maglite)를 챙기는 걸 잊지 마.

콘돌은 스텝 스툴(step stool, 계단 같은 발판이 붙어 있는 의자)을 층계 꼭대기에 비어 있는 하얀 벽으로 밀어붙였다. 그곳은 그가 작전 대비 규정에 위배되는, 예를 들어, 매그넘을 소지한 리 마빈과 짙은 색 금발의 앤지 디킨슨이 등장하는 「포인트 블랭크」 같은 영화 포스터나 사진을 걸까 하는 유혹을 자주 느끼는 곳이었다. 그도 아니면, 스미스소니언 선물 가게에서 관광객들이 구입하는 사전트(Sargent)의 '베니스 거리의 아가씨(Girl in the Street of Venice)' 같은 예술 복제품을 걸면 어떨까. 검정 숄을 두른 하얀 드레스 차림의 흑발 여성이 두 남자 앞을 걸어서 지나치는데 남자

120

한 명이 머리를 곧추세우고는······

집중해!

빈은 욕실에 걸린 검정과 빨강이 섞인 체크무늬 목욕 가운에서 천으로 된 벨트를 잡아 뺐다. 겉보기에는 아무렇지도 않아 보이는 이 가운을 그는 순전히 벨트 때문에 구입했었다. 그리고 벨트는 *제 몫을 해낼 것이다.*

그는 허리에 찬 가죽 벨트를 쇼핑백의 캔버스 손잡이에 꿰었다. 그래서 이제 그의 벨트는 쇼핑백을 나르는 일과 그의 바지를 붙들어 매는 일 두 가지를 모두 수행했다.

빈은 신발을 벗었다. 그러고는 신발들이 목둘레에서 달랑거리도록 하려고 신발 끈을 묶었다.

목욕 가운 벨트의 한쪽 끝을 스텝 스툴의 널판에 묶었다. 그런 후, 가운 벨트의 다른 쪽 끝을 왼쪽 발목 주위에 묶으면서 벨트의 나머지 부분을 가급적 많이 남겼다.

깜빡할 뻔했잖아!

콘돌이 던진 그의 휴대전화가 복도에 털썩 떨어진 후 침실 옆 바닥으로 미끄러졌다.

노란 고무장갑을 꼈다.

"왈! 왈왈왈!"

집 밖······ 이웃집의 요란한 백구. *누구를 보고 짖는 걸까?*

콘돌은 텅 빈, 새하얀 벽 옆에 놓인 스텝 스툴에 올라가 위로 손을 뻗었다.

노란 고무장갑을 낀 두 손은 천장에 있는 하얀 패널에 얼룩 하나 남기지 않았다. 패널을 밀어 콘돌이 서 있는 복도와 집 지붕 사이에 있는 좁은 공간으로 들어가는 입구를 열었다.

"왈! 왈왈!"

입구의 테두리를 움켜쥔 빈은 왼발로 몸을 세웠다. 목욕 가운 벨트를 묶고 등 뒤로 쇼핑백을 멘 그는 양말을 신은 오른발을 비어 있는 하얀 벽에 갖다 대고 심호흡을 했다.

위에 있는 좁은 공간을 향해 몸을 밀어 올렸다. 팔꿈치로 통로의 프레임 위에서 체중을 지탱한 그가 스텝 스툴의 발판에 묶여 있는 왼 다리를 쭉 뻗었다.

스툴을 묶고 있는 콘돌의 몸이 트랩도어(trapdoor, 바닥이나 천장에 설치된 작은 문) 입구에서, 마룻바닥 위에서 달랑거렸다.

"왈왈!"

청록색 현관문 밖에서, 무엇인가가 또는 누군가가 깽깽대는 백구를 미쳐 날뛰도록 몰아가고 있었다. 콘돌은 트랩도어를 지붕 쪽으로 밀어 열었다.

시원한 공기가 땀투성이인 그의 얼굴로 몰려왔다.

그는 도시의 하늘을 향해 재빨리 움직였다. 발목에 묶은 스툴을 들어 올렸다. 얼룩이 묻지 않은, 네모난 하얀 천장 패널을 제자리로 돌려놓았다.

나무가 쪼개지는 소리. 누군가가 아래층 현관문에 발길질을 했다.

콘돌은 조용히 트랩도어를 닫았다.

"왈왈왈왈 왈!"

노란 장갑을 벗어. 그것들을 바지에서 풀어낸 쇼핑백에 쑤셔 넣어. 가운 벨트를 왼쪽 발목에서 끌러. 신발을 신어.

아래에 있는 골목에서, 그리고 그의 오른쪽 멀리에서 경찰차의 빨간 조명이 회전했다. 왼쪽으로 가.

워싱턴은 콜롬비아 특구와 메릴랜드 주, 버지니아 주 같은 다양한 법적

관할구역의 경계선에 의해서보다는, 자가용과 트럭과 버스 들이 쌩쌩 달리는 도시를 에워싼 8차선 벨트웨이 내부에 있는 구조물들에 의해 더 많은 것이 정의되는 수평적인 도시다. 법에 의해 하얀 대리석으로 건조된 워싱턴 기념탑보다 높이 솟구치는 이 도시의 21세기의 수직적 성장은, 어떤 건물이 됐건, 더 이상은 개성이 뚜렷한 교외 지역이 아닌 외딴 지역들에서 시작된다.

콘돌은 도시의 꼭대기를 달려서 가로질렀다.

발을 헛디디면서도 달리기를 멈추지 않는 그의 오른쪽으로 의사당 돔의 수평선이 보였다. 시내 중심부의 대부분과 비슷하게, 계속 이어지는 타운하우스들이 그가 사는 동네를 채웠다. 그는 방화벽에 걸려 발을 헛디디면서도 굴뚝들을 지나 블록의 끄트머리로 향했다.

그 블록의 마지막 집. 그 집의 주인은 지하실이 있는 이 3층짜리 부동산을 아파트로 개조하면서, 꼭대기에 있는 두 집의 뒤쪽에 화재 대피용 철제 비상계단을 설치했다. 비상계단은 높은 나무 울타리 내부에 있는 코딱지만 한 뒤뜰 테라스를 향해 지그재그 형태로 나 있었다. 골목 멀리까지 뻗어 있는 다른 건물들이 그의 집이 있는 쪽을 돌아보는 콘돌의 시야를 막았다. 골목에서는 경찰들의 빨간 조명이 고동쳤다.

너는 그들을 볼 수 없고, 그들은 너를 볼 수 없어.

비상계단이 출렁거렸지만, 그는 위쪽 층계 두 개를 내려가는 데 성공했다.

어깨 주위에 쇼핑백을 메고 회색 스포츠 재킷을 입은 백발 남자가 비상계단의 바닥 철제 가로대를 두 손으로 붙들고 달랑거렸다.

떨어지게 놔줘.

선선한 봄 공기 속으로 추락해.

좁디좁은 잔디밭에 풀썩 떨어져.

온몸이 다 아팠다. 기어오르고 매달리는 바람에 어깨가 아팠다. 두 팔이 따가웠다. 다리…… *세상에, 오른쪽 무릎!* 삐걱거리며 착지한 탓에 뼈와 치아가 덜컥거렸다. 심장은 안 된다는 말을 거듭 외치며 갈비뼈를 향해 쿵 쾅거렸다. 그냥 거기에 계속 누워 있고만 싶었다. 그래도 빈은 휘청거리며 일어났다.

사이렌이 아련하게 흐느꼈다.

쇠창살들이 그가 있는 뒤뜰에서 아파트로 들어가는 문을 보호했다. 다른 출구는 사람 키 높이의 나무 울타리에 난 문이었다. 그는 골목으로 뛰어나갈 수도 있었다.

빨간 조명들이 빙빙 도는 그곳에서 나를 겨냥하고 있는 누군가의 조준기 속으로?

콘돌은 접이식 의자를 거리 쪽에 쳐진 울타리로 힘껏 밀어붙였다.

한 번 더 올라갔다. 한 번 더 떨어졌다.

그의 집 현관 계단에서 보는 시야에서는 차단된, 그리고 그가 달려온 타운하우스 블록 옆의 뒷골목에서 보는 시야에서는 차단된 인도에 그가 쿵 하고 떨어졌을 때, 사이렌이 가까이에서 비명을 질렀다. 거리를 건넜다. 골목의 오른쪽 아래쪽으로는 눈길을 던지지 않았다.

그들을 보는 네 시선으로 그들의 시선을 끌어당기지는 마.

아무도 그에게 총을 쏘지 않았다. 아무도 멈추라고 외치지 않았다. 뜀박질하는 발소리는 전혀 없었다.

비상경계지역에서 벗어나.

거기에 가지 마.

어느 타운하우스의 정원에 있는 벽감에 몸을 숨긴 콘돌은 검정 가죽 재킷을 풀었다. 회색 덕트 테이프를 L자 모양으로 붙여 수선한 보드라운 황갈색 안감을 겉으로 드러냈다. 테이프를 떼어낸 그는 안감과 바깥쪽 검정 가죽 사이로 손을 밀어 넣었다.

돈을 찾아냈다. 1달러짜리부터 20달러짜리까지 지폐들을 액면가에 따라 분류한 납작한 지폐 뭉치 네 개. 거의 1년 가까이 모은 돈. 은행 계좌 잔고에 그가 지출한 비용을 더한 액수를 지나치게 상회하지 않는 액수. 그래서 그를 주시하는 이들에게 회계 감사에 착수해야 한다는 경보를 발령하지 않을 만한 액수. 웨이터들에게 팁을 조금씩 덜 주면서 챙긴 달러. 영수증을 발행하지 않는 품목들, 즉 집에서 기른 토마토와 갓 딴 복숭아, 흰 옥수수를 사면서, 그리고 빈의 집에서 네 블록 떨어진 이스턴 마켓 어물전에서 무지개송어를 담은 봉지들을 사면서 조금씩 훔쳐낸 에이브러햄 링컨의 초상화가 있는 5달러. 그가 크리스마스 종을 울리는 구세군 전사들의 냄비에 돈을 넣는 걸 위장 팀들이 볼 수 있던 그 순간에, 냄비에 넣던 지폐를 손바닥에 붙여서 몰래 꺼낸 20달러. 빈은 그의 은닉처에 저장할 훔친 돈의 한도를 정했었다. *네가 그은 한도가 너라는 존재를 말해주는 거야.* 의회도서관의 모르는 여직원이 엘리베이터에 올라 그의 옆에 섰을 때, 그는 그녀의 열린 지갑 사이로 팔랑거리는 20달러 지폐를 낚아채려고 손을 집어넣지는 않았다. 그날 밤 벽감에 선 그는 다람쥐들이 그의 거처를 수색했더라도 그가 비밀리에 모은 자금을 한 푼도 훔치지 못했을 거라는 걸 잘 알고 있었다. 그는 그의 블랙 진 주머니에 327달러를 쑤셔 넣었다.

얼마나 오래 활동하기에 충분한 현금일까? 미국 주요 도시에서 24시간 정도?

콘돌은 고개를 저었다. 내가 처음에 이런 처지였을 때 얼마나 오래 버텼었지?

그는 가죽 재킷 안감에서 D.C.의 버스와 지하철을 탈 때 사용하는 스마트립(SmarTrip) 카드를 찾아냈다. 스마트립은 스파이 활동에 유용한 성공적인 상품이었다. 그는 이 카드를 드러그스토어에서 샀는데, 당시에 점원은 목이 터져라 울어대는 갓난아기를 안은 정신 나간 어머니 때문에 넋이 빠진 상태였다. 조명을 환하게 밝힌 매장에는 그들밖에 없었다. 그가 30달러를 주고 구입한 게 무엇인지를 확인하려는 위장 팀은 없었다.

드러그스토어. 콘돌은 현금이 잔뜩 들어 있는 바지 주머니에 스마트립을 넣으면서 생각했다.

나인스(Ninth)와 펜실베이니아 SE의 북쪽 블록 곳곳에 퍼져 있는 마라 드러그스 슈퍼 스토어가 그 화요일 저녁에 이중유리로 된 출입문 위에 내건 '봄철 바겐세일!' 현수막으로 콘돌을 환영했다. 그는 탈취제가 뿌려지면서 만들어진 스모그 속으로 미끄러져 가며 보안 카메라를 의식하며 계속 고개를 숙이고 있었다. 감동이 전혀 느껴지지 않는 음악이 천장에서 쏟아졌다.

나를 눈여겨보지 마. 그는 통로를 내려가는 동안 빨간 플라스틱 쇼핑 카트를 힘껏 움켜쥐는 것으로 몸이 떨리는 걸 막았다. 카트에 물건을 담는 동안, 그는 보안 검색을 위해 쇼핑백 입구를 훤히 열어뒀다. 좀도둑이라면서 나를 멈춰 세우지는 마.

계절용품 염가 처분 통로에서:

· 워싱턴 레드스킨스 로고가 박힌 밤색과 금색이 섞인 야구 모자

· 안감을 대지 않은 XXL 크기의 밤색 나일론 레드스킨스 재킷

· 엄마나 아빠의 뛰는 심장 아래에 유아를 묶을 수 있도록 설계된 배낭형 캥거루 러브 베이비 캐리어

의료 장비 통로에서:

· 무좀과 악취를 제거하는, 쿠션 있는 신발 깔창 세 짝

· 잘 봐줘야 고인이 된 위대한 록 싱어 로이 오비슨을 떠올리게 만드는, 자외선 보호 기능은 없는, 테가 네모나고 큼지막한 검정 플라스틱 선글라스

· '레몬 프레시 저자극성' 유아용 물수건이 담긴 청록색 플라스틱 박스

식료품 및 잡화 통로에서:

· 가장 가볍고 저렴한 플라스틱 생수병

· '프로틴' 바 네 개

· '신축성 좋고 잘 달라붙는' 플라스틱 랩 중에서 가장 가느다란 롤

· 가장 작은 투명 '매직' 테이프 한 개

미용용품 통로에서:

· 1달러 은화 크기의 코팅된 화장용 면봉 12팩

· 그가 이 매장에서 본 유일한 날붙이인 앙증맞은 큐티클 가위

· 손바닥 크기의, 우리가 지금까지 내놓은 것 중에 가장 짙은 색인 힙걸즈(HipGirlz) 액체 커버업 메이크업베이스 세 병…… 아니, 3.98달러짜리 두 병

콘돌은 계산대 쪽으로 쇼핑 카트를 밀었다. 백발 여성이 같은 계산대로 느릿느릿 걸어왔다. 한 손에 검정 지팡이를 든 그녀는 다른 손에는 전자레인지용 팝콘을 쥐고 있었고, 귀에는 보청기를 끼고 있었다.

저 여자에게 편승해서 몸을 숨기도록 해.

"이리 와요." 그는 지팡이를 든 여성에게 말하면서 그의 카트를 체크아웃 라인에 있는 그녀 앞으로 민 다음에 손에서 팝콘을 낚아챘다. "당신을 위해 내가 그걸 사리다."

"뭐라고요?" 백발 여성이 물었다.

하지만 콘돌은 대답도 하지 않은 채 그녀의 팝콘을 체크아웃의 컨베이어 벨트에 던져 넣고는 그가 고른 물품들을 그 뒤에 쌓으며 계산대 직원에게 속삭였다. "우리 집사람이 팝콘을 무척 좋아한다오."

"그러네요." 직원은 자기 일에 눈을 고정한 채 말했다.

우리를 쳐다보지도 않는군, 콘돌은 생각했다. *우리는 50대 이상 카테고리에 해당하는 사람들이야. 그러니 매장 입장에서는 투명인간이나 다름없는 존재들이지.*

이제 '단독 도망자인 너'는 여기 절대 없었던 거야. 지금 여기에는 검정 지팡이를 짚고 귀가 잘 들리지 않으면서 팝콘을 지독히도 좋아하는 백발 여자의 백발 남편이 있어.

콘돌은 점원에게 현금을 건네고 거스름돈을 받았다. 구입한 물품들을 채운 커다란 흰색 비닐봉투를 움켜쥐고는 카트를 정문 쪽으로 밀었다.

지팡이를 짚고 뒤에 선 백발 여성을 불렀다. "어서 와요, 여보."

제발, 제발, 제발……

그는 그녀의 지팡이가 그의 뒤를 따라 슬라이딩 유리문을 통과해 일몰

속으로 나오면서 내는 탁, 탁, 탁 소리를 들었다. 그녀가 그를 공격하려 한다거나 하는 낌새는 느끼지 못했다.

"누군지는 몰라도," 그와 함께 인도에 선 백발 여성이 말했다. "왕년에 나를 데려가려면 팝콘 따위로는 어림없어요."

콘돌은 그녀에게 팝콘을 건넸다.

"우리 집에 스카치가 있는데," 그녀가 말했다. "당신 생각은 어때요?"

그녀는 그보다 열 살쯤 많아 보였다. 록큰롤 시대가 열리기 전에 성년이 된 세대. 두려움 따위는 그녀의 뒤쪽 저 멀리에 찍힌 발자국에 남겨둔 연령대. 그때를 기다리며 조용하게 홀로 살아온 사람.

"급히 가야 할 데가 있어서요." 그가 그녀에게 말했다. "하지만 당신은 정말 아름답네요."

그는 의사당의 돔을 향해 펜실베이니아 애비뉴를 서둘러 걸었다. 24시간 녹화하는 보안 카메라를 사용하는 은행 ATM들이 있는 캐피톨 힐의 상업 구역에 들어서기 전, 에잇스(Eighth) 스트리트에서 오른쪽으로 방향을 틀었다. 양손에 쇼핑백을 든 그는 주차 중인 SUV의 좌석에 갓난아기를 앉혀둔 어머니 옆을 걸어서 지나쳤다. *차를 얻어 타겠다고 그들을 납치하지는 마.*

하늘이 빨개졌다. 벽돌 타운하우스 두 채 사이에 통로가 있는 걸 발견한 그는 그곳으로 슬며시 들어갔다. 여기서 소변을 보면 경찰에 신고가 들어갈 수도 있었다. 그런데도 그는 벽돌로 된 통로 입구를 등지고 섰다. 그의 생명을 담은 물줄기가 동그란 빗물 배수관으로 졸졸 흘러들어갔다.

화장실에 가야 할 때.

거기에는 가지 마.

그는 가게에서 붙인 가격표를 레드스킨스 모자에서 떼어내고는 모자를 머리에 썼다. 펑퍼짐한 밤색 나일론 윈드브레이커를 회색 스포츠 재킷 위에 걸쳤다. 저녁 시간인 지금, 지나치게 큰 로이 오비슨 선글라스를 썼다가는 과하게 주목을 받게 될 거라고 계산했다.

사방이 다 아팠다. 머리가 욱신거렸다. 두 발이 아팠다. 그는 자신의 맥박이 지나치게 빠를 때 속도에 비해 50퍼센트에 불과할 정도로 느리다는 걸 느꼈다. 드러그스토어에서 산 생수를 한 모금 마시면서 진통제를 먹었다. 그가 싼 오줌과 축축한 시멘트와 벽돌에서 풍기는 냄새가 그가 서 있는 통로에 진동했다.

여기 머물 수는 없어.

머물지 마. 가, 거기로.

빈은 유령들의 소리에 귀를 막았다. 그러고는 양손에 무거운 쇼핑백을 들고 통로를 떠났다. 스포츠 팬 한 명이 에잇스 스트리트 북쪽으로 느릿느릿 걸어갔다. 인디펜던스 애비뉴를 건너, 그가 두 시간도 채 지나지 않은 시점에 퇴근해서 귀가할 때 밟았던 경로를 택했다.

여기가 당신 인생의 거리야. 고향은 아니지만, 당신은 이 도시를 집이라고 불러도 될 만한 곳으로 만들었어. 그들이 당신이 그렇게 하도록 놔뒀을 때. 당신이 도망자 신세가 아니었을 때.

핏빛 하늘 아래의 워싱턴 D.C.

그는 써드와 A, SE에서 다섯 블록 떨어진 애덤스 빌딩으로 나아갔다.

오래전에 흰색 차가 저 모퉁이에 주차돼 있었다.

빈은 그가 공식적으로는 안전했던 그 시절에는 A 스트리트에 발을 들여놓을 수가 없었다.

이제 그는 *거기*를 걸었다.

하얀 치장벽토를 바른 3층짜리 타운하우스가 A와 포스 스트리트 SE의 모퉁이를 채웠다. 그 건물은 타운하우스들로 이뤄진 이 지역에 오래전부터 섞여들었었다. 건물의 크기, 그리고 2층에 있는 검정 나무 현관문으로 이어지는 검정 철제 계단 옆의 하얀 벽에 설치된 황동 명판 말고는 딱히 기억할 만한 게 없었다. 모든 창문이 블라인드로 덮여 있다. 가정용 주택이 아닌 게 분명한 이 건물을 들락거리는 사람은 아무도 없는 듯 보였다. 낮은 검정 철제 펜스가 모비딕의 색깔을 띤 이 빌딩을 둘러쌌다.

빈은 흰색 타운하우스가 있는 거리 건너편 모서리에 섰다.

시간이 서서히 줄어드는 걸 느꼈다. 그의 머릿속에서 부는 바람의 소리를 들었다. 냄새를 맡았다.

화약. 땀. 피. 예쁜 여자에게서 나는 향기. 그 여자 이름이……

그 여자 이름이 뭐였지? 그들 모두의 이름이, 죽은 사람들 이름이 뭐였지?

그게 그가 콘돌이 됐을 때 일이었다.

오래전. 어제. 오늘 아침.

그는 타운하우스의 흰 벽에 설치된 황동 명판을 응시했다.

지금 거기에 적힌 내용은 중요치 않았다. 사실이 아니었다. *거짓말이었다.*

거기 적힌 내용은 영원토록 미국문학사협회였다.

그런데 그것 역시도 거짓이었다.

그 시절은 그가 결코 떨쳐버릴 수 없던 그림자처럼 때맞춰 그의 뒤로 사라졌다.

그는 손에 쇼핑백을 들고 포스 스트리트를 걸어 올라가 이스트 캐피톨 (East Capitol)을 건넜다. 왼쪽으로 어렴풋이 보이는 의사당 건물을 흘깃

봤다. 진홍색으로 물들어 있었다. 그러다가 그가 거리를 건너는 그 잠깐 사이에 어둠이 떨어지자 전기 조명이 들어왔다. 그러자 의사당이 상아색 두개골처럼 빛을 발했다.

이 으스스한 화요일 밤을 뚫고 걸어.

유니언 역에서 멀리 떨어진 곳을 걸어. 시내에서 벗어나는 기차가 있고, 지하에는 지하철이 있으며, 뉴욕시티로 가는 버스가 있고, 레스토랑과 푸드 코트와 쉴 수 있는 의자가 있고, 너를 찍는 보안 카메라들이 대리석 벽 높은 곳에서 회전하고 있는 유니언 역에서 떨어진 곳을 걸어.

그가 구부정한 자세로 지나치는 타운하우스가 있는 거리로 어둠이 내렸다. 타운하우스의 창문 너머로 자신이 짓는 미소 뒤에서 느끼는 감정이 무엇인지 가늠하느라 애쓰는 젊은 연인이 보였다. 처음으로 아기를 낳은 부모가 그들의 미래를 저당 잡은 조막만 한 사람에게 음식 한 수저를 먹이 려고 어르고 있었다. 사무직 전사들은 정치적 양심과 권력, 지위, 배당금으로 점철된 커리어와 그들을 연결시켜주는 휴대전화를 얼굴에 대고 거실을 서성였다. 한때는 모르는 사이였던 다섯 명이 모여 사는 그룹하우스의 사람들은 값비싼 커피를 서빙하는 일로만 돈을 벌 수 있는 오늘이 그들의 내일은 아닐 거라고 서로에게 장담하고 있었다.

실제 인생, 콘돌은 생각했다. *그걸 시도해봤어야 했어.*

하지만 그는 그가 한 선택들의 총합에 대해 누군가를 비난하며 몇 년을 보낸 터였다.

이 블록 끄트머리에 있는 자동차 헤드라이트는 뭔가가 잘못됐어.

콘돌은 코가 얼얼할 정도로 악취가 나는 회색 고무 쓰레기통 옆에서 걸음을 멈췄다. 차가 속도를 높이지는 않으면서 슬금슬금 가까워지는 동안,

타운하우스가 이룬 도시 속 협곡을 헤드라이트들이 채웠다.

그는 몸을 급히 돌려 회색 고무 쓰레기통 두 개 옆에 그의 쇼핑백을 쌓았다. 그 덕에 수월하게 몸을 날린 그는 쓰레기통 뒤에서 몸을 말았다.

노란 눈들이 평범한 타운하우스 앞에 앉아 있는 고무 쓰레기통 두 개 쪽으로 속도를 늦추고 내려왔다. 차 엔진의 부르릉 소리가 우르릉 수준으로 커졌다.

별 사람들 아니야, 주차할 자리를 찾거나 잃어버린 개를 찾는 중일 거야. 콘돌은 혼잣말을 했다.

슬금슬금 지나치는 차에서 본 광경은 거리를 느릿하게 걷는 사람을 하나도 보여주지 않았다. 달음박질쳐 도망가는 사람도, 뒤돌아보는 사람도 없었다. 꽉 찬 회색 쓰레기통 꼭대기에는 생쥐 한 마리도 보이지 않았다.

짙은 색 세단. 앞자리에 있는 시커먼 거구 둘.

움직이지 마. 숨 쉬지 마. 그들이 그냥 지나가도록 그들에게 시선을 두지 마.

빨간 미등들이 가다가…… 가다가…… 모퉁이를 돌고…… 사라졌다.

그게 올바른 행보였는지 너는 절대 알지 못할 거야.

그는 계속 걸었다. 열두 개의 블록을 지나는 동안 사이렌 소리는 하나도 듣지 못했다. 회전하는 빨간 조명도 보지 못했다. 맥도널드와 버거킹, 대각선 방향에 있는 다국적 석유회사의 프랜차이즈 주유소 네온 불빛을 만나기 전까지, 그가 건넌 뉴욕 애비뉴에 설치된 바리케이드는 하나도 없었다. 두개골 모양의 의사당 돔을 세계의 나머지 지역과 연결해주는, 남북으로 뚫린 고동치는 4차선 혈관인 노스 캐피톨(North Capitol) 스트리트에 가까워졌을 때, 빈은 연료가 필요했다.

도박을 해. 어두운 밤, 작전본부에서 3.2킬로미터 떨어진 곳. 당신은 스포츠 위장복을 입었고 꼬리표가 달려 있지 않으니까 밝은 조명이 가득한 노스 캐피톨 상업지역을 느릿느릿 걸어도 괜찮아.

빈은 수표를 현금으로 바꿔주는 가게 앞을 걸어서 지났다. 가게 정면의 전망창 안을 들여다봤다. 정부의 잉여물자인 금속 책상, 교회 파산 세일에서 가져왔음 직한 테이블, 앞에 아무도 앉아 있지 않은 데스크톱 컴퓨터 두 대, 갈색 머리의 20대 중반 여자의 얼굴을 환하게 비추는 랩톱 컴퓨터 한 대가 공간을 드문드문 차지하고 있었다. 늦게까지 일하는군. 그녀 뒤에 있는, 현기증 날 정도로 파란 벽에 걸린 포스터의 하얀 글자들은 공공신탁 프로젝트의 로고와 함께 이런 문구를 보여준다.

오늘 우리는 물고기를 놓치고 있습니다. 내일은?

콘돌은 걸음을 계속 내디뎌서는 세계를 구하는 일을 하는 것처럼 자기 일에 골몰해 있는 젊은 여성의 시야에서 벗어났다.
왼쪽, 왼쪽, 왼쪽, 오른쪽, 왼쪽……
에이, 젠장.
우리가 돌아왔어!
빈은 다음 모퉁이에 있는 테이크아웃 레스토랑의 노란 불빛에 초점을 맞췄다. 전망창 위에 빨간 네온사인이 걸려 있었다.

풀 드래곤 염(FULL DRAGON YUM)

그 중국 음식 테이크아웃 식당에 들어가. 노란 스포트라이트가 비추는 네모난 매장 안으로 들어가. L자 형태의 전망창 때문에 순찰하며 지나가는 차들에 당신 모습이 노출될 거야. 김이 모락모락 나는 느낌이 났다. 바깥의 습하고 차가운 기운을 누르는 따뜻함이 느껴졌고, 땀과 기름, 간장, 그리고 아마도 한쪽 벽에 있는 쓰레기통에서 나는 무엇인가의 냄새가 났다. 쓰레기통 안에 검정 비닐봉지가 들어 있는 게 보였다. 쓰레기통 위에는 푸 영(Foo Yung)과 로메인(Lo Mein) 같은 레이블이 붙은 음식을 찍은 빛바랜 컬러사진 열네 장이 걸려 있었다. 냄비와 팬 들로 덮인 스토브, 좀도둑의 손이 닿을 수 없는 곳에 소프트드링크 병을 쌓아둔 냉장고와 손님들을 분리시키는 방탄 플렉시글라스를 마주해. 하얀 옷을 입은 요리사가 머리에 그물을 쓰고는 플렉시글라스와 당신에게 등을 돌리고 있어. 그래서 손님을 맞는 일은 검은 눈동자로 당신을 잡아먹으려고 드는, 꽃무늬 블라우스를 입고 햇볕에 탄 얼굴에 긴장된 표정을 짓고 있는 카운터 여자의 몫이야.

방탄 파티션 너머에서 당신이 날아다니는 날벌레를 지켜보는 걸 여자가 지켜본다.

날벌레가 벽에 걸린 비프 위드 브로콜리(Beef With Broccoli)의 사진 위를 기어 다녔다.

빈은 요란한 소리를 내는 스피커 슬롯으로 다가갔다. 비프 위드 브로콜리를 주문했다. 배에서 나는 꼬르륵 소리를 들은 그는 소고기 볶음밥도 추가했다. 블랙 진 주머니에 든 현금이 줄어드는 걸 알지만, 그럼에도 진짜 오렌지 주스를 담고 있어서 비타민 C를 비롯한 실제 영양소를 약간 함유하고 있다고 광고하는 플라스틱 병에 든 음료도 하나 주문했다.

중국 여자는 그를 보고 그가 한 주문을 그대로 복창했다. 그가 고개를 끄덕이자, 여자가 빈이 생각하기에 표준 중국어인 것 같은 말로 하얀 옷을 입은 요리사에게 고함을 쳤다.

당신이 플렉시글라스를 관통해서 그들을 쏠 수 없다면, 그들도 당신을 쏠 수 없다.

손님이 앉아서 한동안 머무를 수 있게 해주려는 의자도 없었고 테이블도 없었다. 바깥에서는 차들이 시내를 쌩하고 가로질렀다.

"하이!" 검정 눈의 여자가 플렉시글라스 건너편에 섰다. 그녀는 고정해 놓은 손을 한 번 돌리기만 하면 식탁 회전판 위에 놓여 있는 갈색 종이 봉지들을 파티션을 관통시켜 얼룩이 잔뜩 묻은 플렉시글라스 너머로 이동시킬 수 있었다.

빈은 여자가 대금 지불용 슬롯을 통해 그에게 소리치는 가격에 딱 맞은 액수의 돈을 꺼냈다.

잠깐.

추가로 1달러 지폐를 꺼낸 그는 벽 앞에 놓은 쓰레기통을 가리켰다. "저 검정 쓰레기봉투를 다섯 장 사고 싶어요. 큼지막한 30갤런들이로요."

여자의 이마에 주름이 잡혔다. 여자가 발을 곧추세우고 밖을 내다봤다. 두 손으로 카운터를 누르면서 몸을 한껏 내미는 여자를 보면서 콘돌은 그의 내면에도 여전히 그 정도의 힘이 있을지 여부가 걱정됐다. 여자는 재킷 위에 재킷을 또 걸쳐 입고 그녀에게 조금의 진심도 전달하지 못하는 미소를 띤 채로 대기하는 남자의 옆에 놓여 있는 쇼핑백 두 개를 봤다.

여자가 그에게 말했다. "당신, 산지아쿠안(san jia quan)이군요."

여자가 몸을 돌리더니 냉장고 뒤로 사라졌다.

한 손에 검정 비닐 뭉치를 쥐고 돌아온 그녀가 회전판 위에 있는 갈색 종이봉투 옆에 그 쓰레기봉투 묶음을 올려놓고는 방탄 파티션 너머에서 기다리는 빈의 손을 향해 판을 돌렸다.

"돈은 넣어둬요." 여자가 말했다. "살다 보면 누구나 때로는 *고생하다 넋을 놓아버린 개* 신세가 되기도 하니까요."

그는 여자에게 팁을 억지로 주는 것보다 나은 방안을 알았다. 그는 이번에는 여자가 믿음을 가질 만한 미소를 보였다. 여자의 얼굴은 계속 굳어 있었다. 그가 식당 문을 나설 때까지 여자의 검은 두 눈이 그를 계속 따라왔다.

그는 그가 좋아하는 허구의 캐릭터–생쥐 스튜어트 리틀(Stuart Little)–처럼 북쪽으로 터벅터벅 걸었다. 주민용 인도 위를 느릿느릿 걸었다. 그가 지나쳐 간, 담보로 잡혔다가 금융기관에 넘어간 주택 두 채에는 그 주택들을 다른 용도로는 사용하지 못하도록 지나치게 확실하게 못질이 돼 있었다. 코딱지만 한 집 앞 잔디밭에 꽂힌 생일파티용 바람개비가 볶음밥 냄새가 나는 차가운 봄날 밤의 공기 속에서 천천히 회전했다.

거리 한 곳 아래에 있는 오른쪽 경사지에 벽돌로 지은 고등학교가 보였다. 학교 바로 앞에는 경찰차 한 대가 주차돼 있었다. 경찰차는 주변을 감시하기 위해 엔진을 공회전시키고 있었다. 정문에 설치된 금속 탐지기 내부에서 내일 아침이 나오기를 기다리는 무장 경찰 같았다.

가로등이 검정 철제 펜스에 둘러싸인 언덕마루에 모인 나무의 실루엣을 보여줬다. 사슬이 쳐진 출입문 창살 위에서 아치형으로 장식된 금속 글자는 이렇게 말했다.

에버우드 묘지

현관문 표지판에는 이렇게 적혀 있었다. '무단 침입자는 모두 고발합니다.'

이 망자의 정원은 노스 캐피톨 스트리트를 굽어보는 도시의 네모난 블록 10여 개에 걸쳐 있었다. 의회로 통근하는 사람들이 날마다 차를 몰고 그 앞을 지나갔다. 콘돌이 그의 약물-치료약-을 받으려고 잠깐씩 보내졌던 곳인 베테랑 센터로 가는 버스도 그랬다.

내가 여전히 아까 그 중국 여자만큼 강할 수 있다면 얼마나 좋을까.

콘돌은 입구 창살들 사이로 쇼핑백을 밀어 넣었다. 그것들을 위로 던졌다가는 내용물이 모두 입구의 아스팔트 도로로 쏟아질 터였다.

이제는 선택의 여지가 없어. 저녁은 창살 건너편에서 먹는 거야. 네 장비들을 갖고.

그는 점프를 했다. 온 힘을 다해 창살 가장 높은 곳을 움켜쥐고는 창살 너머로 몸을 날렸다.

다시금 그는 땅바닥 위에서 달랑거렸다. 또 한 번 손을 놓았다. 이번 추락은 그에게 약간의 충격만 줬다.

빈은 모자를 고쳐 썼다. 쇼핑백 두 개를 한 손에 잡은 그는 다른 손으로는 어둠을 밝히려고 창백한 빛의 깔때기를 내보내는 맥라이트를 들었다.

안개. 흐릿한 줄기들이 플래시 불빛 속에서 뱀처럼 꿈틀거린다.

느낌. 얼굴의 습기.

냄새. 젖은 풀. 돌멩이들과 포장도로. 식어가는 볶음밥에서 나는 냄새.

소리. 멀리서 나는, 차들이 시내를 달리는 소리. 나무들이 바스락거리는 소리. 받침대 위에서 날개를 활짝 펴고는 사람들에게 손짓하며 나팔을 부는 석조(石造) 천사들이 내는 침묵.

검정 영구차가 다니기에 충분한 너비의 포장도로를 당신이 비춘 플래시 불빛 뒤에서 걷도록 해. 가족 소유 묘지들을 지나는, 대리석 판이 깔린 경로를 되는대로 택해서 걷도록 해. 어머니. 사랑하는 남편. 금지옥엽 같은 딸. 참전용사. 석조 십자가와 천사들을 얹은 묘비들 가운데에서, 빈은 3미터 높이의 석조 오벨리스크 10여 개를 봤다. 그리 멀지 않은 내셔널 몰에서 하늘을 향해 170미터나 솟아 있는 워싱턴 기념탑의 축소 모형이었다.

달빛은 그에게 한 점도 떨어지지 않았다. 하늘에 점을 찍는 별도 없었다. 안개가 그를 감쌌다. 보이지 않는 검정 철제 펜스 너머 멀리에서 희미하게 보이는 가로등을 그는 가끔 잠깐씩 봤다. 그의 시야는 대체로 맥라이트가 비추는 거리까지만으로 국한됐다. 손에 든 빛이 깜빡거리는 동안 저격수들이 어둠 속에서 기다리고 있을지도 모른다는 걱정은 하지 않았다.

신발들이 고리 모양으로 나 있는 검은 포장도로에 깔린 자갈들을 밟았다.

그가 다가간 장비 보관소는 모두 문이 잠겨 있었다. 정면에 지하 납골당이 있는 인공 언덕을 발견했지만, 돌로 된 그 피신처에는 튼튼한 맹꽁이자물쇠가 걸려 있는 철제문과 창살, 사슬들이 설치돼 있었다. 안에 갇힌 죄수들의 탈출을 저지하기 위해서였다.

안개와 어둠 속에서 동양식 정자가 어렴풋이 보였다. 핸드볼 코트 크기의 둥그런 바닥 주위에 확 트인 벽이 있었고, 상부에는 지붕 두 층이 팬케이크처럼 쌓여 있었다. 아래에 있는 큰 지붕과 위에 있는 작은 지붕 사이에는 다가오는 아침이 햇빛을 밀어 넣을 수 있도록 해주는 공간이 있었다. 바닥과 아래로 기울어진 길은 포장돼 있었다. 자갈이 깔린 일본식 정원의 명판에는 이렇게 적혀 있었다.

흩어진 기억들의 자유 정원

여기가 사람들이 화장한 유해를 바람에 맡기는 곳이다.

불타버린 스파이처럼.

정자 바닥에서, 빈은 파란 레인코트를 둥글게 말고는 그 위에 앉았다. 식은 비프 위드 브로콜리와 볶음밥을 먹으려고 플라스틱 포크를 사용할 때, 그의 맥라이트는 깔때기 형태의 시야를 만들어냈다. 그는 오렌지주스를 모두 마셨다. 물은 배급제로 나눠 마시도록 해. 플래시는 그를 정자 끝으로 안내했다. 그 덕에 그는 어둠에 묻힌 풀잎의 바다에다 변을 볼 수 있었다.

그는 정자 지붕 아래에 잠자리를 마련했다. 포장된 바닥 위에 쓰레기봉투 두 장을 세로로 펼치고는 그 위에 피터의 아이패드 사진에 찍힌 피가 흩뿌려진 파란 레인코트와 그가 그날 일하러 갈 때 입었던 회색 스포츠 재킷을 올렸다.

춥군. 봄인 건 분명한데, 밤중에 한데는 추워.

맥라이트의 불빛 속에서 빈은 양말만 남기고는 옷을 벗었다.

유령들이 경박한 스트립쇼를 조롱했다. "하하하, 하하하하……"

콘돌은 보온내의를 입고는, 셔츠와 블랙 진을 다시 입고 신발을 다시 신었다. 병에 담긴 생수 한 모금을 소변을 보는 데 필요한 약과 심장진정제, 흥분을 가라앉히는 바륨, 그를 신음하게 만드는 통증을 죽이기 위한 진통제를 마시는 데 썼다. 검정 가죽 항공 재킷의 지퍼를 채우고 밤색 나일론 미식축구 재킷을 그 위에 걸친 그는 천으로 된 쇼핑백으로 만든 캠핑용 침대와 캥거루 러브 베이비 캐리어를 베개 삼아 몸을 눕혔다. 검정 비닐 쇼핑백 하나에 두 다리와 발을 밀어 넣고, 또 다른 쓰레기봉투를 몸통 위에 올리고는 노란 고무장갑을 꼈다.

콘돌은 맥라이트를 껐다.

밤색 모자를 눌러 쓰고는 챙이 하늘을 곧장 가리키도록 바닥에 등을 대고 누웠다.

표적이 된 내 실루엣은 어둠 속에서 등을 대고 누운 오리 모양일 게 분명해.

빈은 처음으로 그 소리를 들었다.

그의 위에 있는 금속 지붕들을 후두둑 갈기는 소리를.

후두둑 소리가 별들이 총알 수천 발을 기총 소사하는 듯한 드럼 소리로 변하고 있었다.

그러더니 멀리 떨어진 오클라호마에서 괴물 토네이도가 밀어낸 듯한 바람이 사방에서 몰려왔다. 밤이 폭우에 밀려 문을 여는 동안, 서늘한 바람, 차가운 바람, 그러고는 축축한 바람이 그의 몸을 지나치고 그를 올라탔다.

"네놈들이 여기서 이렇게 나를 갖고 놀면서 엿을 먹이는구나!" 콘돌이 고함을 쳤다. 빈이 고함을 쳤다. 이 폭풍우 몰아치는 밤에 저 밖에 있는 온갖 낙원을 향해. "다른 때를 골라서 나를 울먹이게 만들 수는 없었던 거냐?"

10

"⋯⋯떨어질 거야."

-밥 딜런, 〈세찬 비가 쏟아질 거야(A Hard Rain's A-Gonna Fall)〉

페이는 피터가, 그녀의 파트너-얼간이인 건 분명하지만 어쨌든 *파트너*-가 주방용 칼들에 의해 십자가 형태로 박혀 있는 벽돌 벽난로 맞은편의 흰 벽에 몸을 기대고 있었다. 그는 목을 베었기에 말을 할 수 없었고, 두 눈은 어딘가를 응시하지 못하도록 도둑맞았다.

내 실수야. 그런데 이 사건 중 어느 정도가 내 실수지?

집 밖에서는 이웃집 개가 끊임없이 짖어댔다. "왈왈! 왈!"

벽에 기대. 쓰러지지는 않을 거야. 그냥 벽에 기대. 숨을 쉬어.

그녀는 시계로 눈을 떨어뜨렸다. 6시 42분. 밖은 여전히 밝다.

소속 표시가 없는 차량 위에 놓인 비상 조명이 이 집을 향해 빨간 빛을 강하게 두들겨댔다.

"왈!"

하얀 플래시들. 권총을 소지한 또 다른 인물들이 망할 놈의 주방용 칼에 의해 벽난로 위에 못 박힌 살해된 남자의 사진을 휴대전화로 찍으며 여기 모여 있다.

우리 중 한 명.

페이의 본능은 그녀의 인생을 새롭게 정의한 공포를 응시하지 말라고, 그러는 대신 똑같은 재단사가 지은 것일 수도 있는 정장을 입고 속삭여대는 세 남자와 한 여자의 무리에 집중하라고 말했다. 이리저리 이동하는 군중 속에서, 페이는 그녀의 운명을 결정할 권한이 자신들에게 있다고 생각하는 보스 4인조에게서 눈을 떼지 않았다.

"왈왈!"

새미.

쇼핑몰에서 산 것 같은 바지와 황갈색 윈드브레이커를 입은 그가 하나같이 그의 차림새와 크게 다르지 않은 외출복을 입은 남자 셋과 여자 둘과 함께 청록색 문으로 들어오고 있다. 그는 페이의 앞을 지나가는 순간에도, 지휘부 무리가 사방이 꽉 막힌 동그라미 형태로 서 있는 쪽으로 행진하는 동안에도 벽에 등을 기대고 있는 페이를 향해 근심 어린 시선을 던졌다.

"왈왈!"

새미가 요구했다. "'예스'입니까, '노'입니까?"

흑인 간부가 새미를 쳐다봤다. "뭐라고요?"

"여러분은 이 질문에 대한 결정을 지금 당장 내려야 합니다." 새미가 말했다. "'예스'라면, 나와 내 부하들은 이 현장의 관할권을 넘겨받아 모든 걸 책임질 겁니다. 그렇게 놔두지 못하겠다면, '노'인 거죠."

립스틱을 씹어 먹은 것 같은, 무리 중 유일한 여성이 얼굴을 청룡도처럼 둥글게 찌푸리고는 새미에게 말했다. "지금 상대가 누구인지 알면서 그런 얘기를 하는 건가요?"

"그럼요, 당신은 이 사건이 우리 정보국에 악영향을 끼친다는 걸 잘 알기 때문에 여기에 뛰어든 우리 CIA 부국장이죠. 말하자면…… 할란!"

페이는 새미가 이끄는 그룹 중에서 새미의 호명에 응답한 키 크고 마른 남자와 같이 일한 적이 있었다. "옙?"

"자네, 소음기 갖고 있나?" 새미는 지휘부 4인조에게서 눈을 떼지 않았다.

"그럼요." 할란이 대답했다.

"그럼 저 망할 놈의 시끄러운 개 좀 쏴버려."

할란이 문 쪽으로 걸어갔다. 한 손은 갑자기 나타난 쇳덩어리를 들고, 다른 손은 재킷 주머니에 집어넣으면서.

"*뭐하는 거요!*" 지휘부 4인조가 합창했다.

"취소야, 할란." 새미가 말했다. "이분들 말이 맞아. 이건 내 사건이 아냐. 이분들이 사람들 관심을 끌어모으는 개를 죽일 정도로 충분히 영리한 분들이 아니었을 경우에만 이 사건이 이분들 사건인 거지."

"그러니까," 새미가 그를 노려보는 상관들을 향해 말했다. "여러분 모두가 어떤 분들인지 압니다. 여기 계신 이분은 국토안보부에서 NROD로 파견된 죽은 남자의 지휘관이죠. 유감입니다. 부하를 잃는 게 어떤 기분인지 저도 잘 압니다. 옆에 계신 분은 FBI 소속 감독관인 벡텔 특수 요원이시죠. 다시 뵙게 돼서 반갑습니다, 리치. 마르티네즈 부국장님은 처음 뵙는군요. 하지만 부국장님에 대한 소문을 듣자하니 휘하에 있는 국가정보국 난장판을 다루는 법을 잘 아시는 분 같더군요. 그런데 우리 질문은 이겁니다. 여러분은 이 일을 저에게 맡기실 겁니까, 그러지 않으실 겁니까? 우리의 행운은 이 작전구역에 곧바로 배치해도 좋다는 허가를 받은, 그리고 우연히도 이와 같은 난장판에 대응하는 훈련을 제대로 받은 최상의 헤드헌터 19명을 내가 거느리고 있다는 겁니다. 제가 지금 여기에서 본 바에 따르면, 여러분은 ABC에서 이미 뒤쳐져 있습니다."

새미에 대한 전설들을 아는 유일한 인물인 국가정보국 소속 마르티네즈 부국장이 그에게 물었다. "그 알파벳들은 무슨 뜻인가요?"

"A," 새미가 말했다. "액션(Action). 이건 우리가 벌인 작전이 아닙니다. 따라서 우리가 하는 액션은 무엇이건 다른 누군가가 일으킨 인과관계 사슬의 일부입니다. 그들이 취한 액션을 보십시오. 어느 누구도 행방을 모르는 곳으로 사라진, 고도의 경계 인물인, 장애를 가진 베테랑 요원의 거처 벽에 한 남자가 못 박혔습니다. 우리 액션이 무엇이건, 뭔가 도움을 얻으려면 다른 놈들이 만든 사슬을 깨뜨릴 필요가 있습니다. 그러니까 극단적인 편견 수준에까지 효과가 미칠 대규모의 빠르고 강한 액션을 취해야 합니다."

"B," 새미가 말했다. "바운스(Bounce). 이 일이 앞으로 어떻게 튀어 다니건, 우리가 모든 사람의 모든 일을 어떻게 통제해나가건, 필요 이상으로 망가지는 것은 없어야 합니다. 그런데 여러분이 가장 걱정하는 건 C입니다. 커버(Cover). 이 사건이 미국(U.S.)의 국가 안보를 해치지 않도록, 또는 우리(us)의 철자를 이루는 U와 S를 해치지 않도록 우리는 어떻게 이 사건을 커버해나가야 할까요? 수사를 시작하기를 원하십니까? 그렇다면 여기 있는 사람의 절반은 내보내십시오. 그들을 다시 소집할 학교 주차장이 근처에 있습니다."

그의 그룹에 속한 금발 여자가 학교 이름과 주소를 큰 소리로 알렸다.

"밖에 있는 시민들 무리가 더 커지기 전에 요원 대부분을 내보내세요." 새미가 말했다. "그리고 앰뷸런스를 부르세요."

국가정보국의 마르티네즈 부국장이 말했다. "저 요원은……"

"죽었죠." 새미가 말했다. "그를 저기서 내려줍시다. 그를 존중해주자는 말입니다."

"과학수사대(CSI)가 아직 도착하지 않았어요."

"그들이 오는 도중이라면, 오지 말라고 하세요. 우리는 경찰이 아닙니다. 여기 있는 리치가 이 사건은 FBI 관할이라고 주장하지 않을 경우, 이 사건이 변호사들과 망할 공개 재판에 적용되는 증거 수집 규정의 적용을 받아야 한다고 생각하는 분이 정말로 계신가요?"

국가정보국의 마르티네즈 부국장이 눈을 깜빡거렸다.

앰뷸런스를 부르라는 명령이 내려졌다. '필수인력 말고는 다' 나가라는 명령이 내려졌다.

"잠깐." 새미가 페이를 바라봤다. "이 사건에 자네와 함께 투입된 사람이 누군가?"

"접니다." 전직 브루클린 경찰 데이비드가 말했다.

재수 없는 해리스가 두 손을 올리며 애원했다. "나는 이 친구들 출동하는 데 같이 따라온 것뿐입니다."

새미가 그에게 말했다. "이제 자네들은 심폐소생술(CPR)에 투입됐네."

"뭐라고요?" 해리스가 물었다.

"앰뷸런스가 도착할 거야." 새미가 말했다. "그러면 자네들이 내 부하하고 한패가 되는 거야. 당신이 그 친구 위에 올라타. 들것에 올라타고는 앰뷸런스까지 내내 들것을 타고 가는 거야. 우리 쓰러진 요원의 양옆에 무릎을 꿇고는 그의 가슴을 압박하는 CPR을 실시하는 대형 쇼를 연출하는 거지."

전직 경찰 데이비드가 얘기를 알아듣고는 자원했다. "제가 호흡용 백을 짜는 일을 하겠습니다."

아무도 –페이도, 해리스나 전직 브루클린 경찰 데이비드도, 국가 안보 기관의 간부 네 명 중 어느 누구도– 새미의 말에 반박하지 않았다.

그가 말했다. "내 팀하고 페이를 제외한 사람들은 모두 여기에서 나가도록 해요. 밖에서 대기해요. 여러분은 걱정이 됐습니다. 속이 상했습니다. 여러분은 장애를 입은 베테랑 요원이 민간회사로 보낸 도와달라는 비상 경보에 반응을 한 겁니다. 그가 전직 FBI라면 여기에 몰려온 배지들과 총들, 그리고 엿같이 많은 비상등들이 설명이 됩니다. 우리 친구의 작전명이 뭐였나?"

"우웩!" 정장을 입은 요원 하나가 피터의 왼손에서 칼을 뽑아내면서 앓는 소리를 냈다. 대머리 남자의 몸뚱어리가 바닥으로 풀썩 쓰러졌다.

창백해진 그의 국토안보부 NROD 보스가 말했다. "칼에 맞은 요원은……"

"그 사람 말고요." 새미가 말했다. "콘돌의 작전명이 뭐였나?"

페이가 큰소리로 말했다. "빈이요."

페이가 얼굴을 찡그리고는 새미에게 물었다. "그를 아세요?"

"빈이라……" 새미는 살인이 일어난 집 안에 있는 요원들에게 말했다. "TV를 보는 사람이라면 누구나 '요원 피습' 경보가 발령되면 온갖 배지가 몰려온다는 걸 알아. 그게 우리가 이렇게 여기에 많이 몰려와서 현관문을 걷어찬 이유야. 우리는 우리 요원 빈을 찾아냈어. 바닥에 누워 있는 우리 동료, 여러분의 친구를. 칼은 없었어. 심장마비야. 아직 살아 있어. 이제 빈이 여기에서 들것에 실려서는 응급실로 가는 거야. 노인네, 심장마비. 일상적인 뉴스지. 저 밖에 있는 휴대폰 카메라처럼 행동하도록 해. CPR을 받으면서 앰뷸런스에 실리는 노인을 구경하는 그들을 지켜보면서 위험한 정보가 누설되는 게 있는지 귀를 기울이고, 구경꾼들 사이에서 오가는 가십을 파악해봐. 부드러운 태도로, 하지만 확실하게 따라다니도록 해. 현관문이 부서졌기 때문에 경찰협회들이 빈의 물건들을 지켜줄 자원 인력—우리들이 될 거야—을 요청하고 있다는 소문이 돌게 만드는 거야. 자, 출동!"

미국 안보기관과 정보기관 요원들 무리가 공식 지휘 계통에 있는 간부들의 확인을 기다리지도 않고 새미가 말하는 대로 행동했다.

베이루트의 저격수가 들끓는 거리에서 10대 시절을 제대로 자랐던 그 전직 해병이 하나같이 그보다 계급이 높은 미국인 동포 네 명을 향해 몸을 돌리고는 말했다. "하실 말씀이 있지 않으신가요?"

정보기관 지휘관 네 명은 그들 앞에 있는 전설을 바라봤다.

그들은 더 이상 전화를 걸 시간이 없다는 걸 알고 있었다.

그들이 상황의 중심에 있다는 걸 알고 있었다.

만만한 호구 신세가 되지 않는 법을 알고 있었다.

상부기관인 국가정보국의 마르티네즈가 사람들이 보내는 신호를 알아차리고는 새미에게 말했다. "그린라이트."

"모든 권한." 새미는 아무것도 묻지 않았지만, 쏘아보는 그의 눈빛은 확인을 요구했다.

"그러도록 해요." 마르티네즈가 말했다.

새미는 2분 이내에 현장에 있는 모든 사람이 그가 설치한 지휘 센터의 전화번호를 숙지했는지 확인했다. 하지만 그가 거느린 요원들을 가득 채운 차량들이 여기에서 콤플렉스 제드까지 질주하기 전까지는 센터를 활성화하지 않았다.

"나는 여기에서 이미 작업하고 있는 2인조 팀들을 갖고 있다." 새미가 말했다. "그들은 무리를 이뤄 이동하고 있다. 이 집에서부터 나가는 길을 진취적으로 뚫고 있지. 그들은 어제 작성한 가정방문 보고서에서 얻은 아이패드 사진들과 콘돌에 대한 데이터를 갖고 있다."

그는 철길과 지하철 입구, 푸드 코트, 버스들이 볼티모어와 뉴욕과 보스턴으로 떠나는 곳인 상층 주차장을 커버하라면서 팀들을 유니언 역으로 파견했다. 지역 공항들에 있는 교통안전청(TSA)이 콘돌의 사진을 소속 인력들의 휴대전화와 경보용 스크린에 배포했는지 확인했다. 콘돌의 사진이 연방과 주(州), 지역의 빅 브라더 카메라들이 속한 그리드에서 가동되는 안면 인식 소프트웨어의 최우선 검색 등급을 받았는지 확인했다.

"주위 다섯 개 블록에 원을 그리도록 해. 그래야 여기 있는 구경꾼들을 공격하는 일이 생기지 않을 테니까." 새미가 말했다. "D.C. 경찰들을 포섭해서 FBI 친구들을 도와줘. 배지 보여주고, 콘돌 인상착의 설명하고, 그가 오늘 밤에 여기를 돌아다니고 있는 걸 본 목격자가 있는지 확인해봐. 그를 과거에도 본 적이 있다는 신빙성 있는 증언은 훼손하지 마. 그런 증인을 찾아내면 사진을 보여줘서 확인하도록 해."

"노숙자 쉼터에도 우리 사람들을 보내." 그가 내린 명령을 조율하고 있는 그룹 중 한 명에게 새미가 말했다. "한 명은 쉼터 안에, 백업은 바깥에. 밤중에 그러는 거야. 밖은 추워질 거야. 비가 내릴 거고. 그는 다리 아래에 숨지는 않을 거야. 지나가는 경찰차들이 스포트라이트를 비춰댈 거라는 걸 그도 아니까. 그래도 경찰한테 그런 식으로 순찰하라고 확실히 말해두도록 해. 병원, 박물관, 콘돌이 퇴근한 후에도 문을 열고 있던 곳은 어디든 찾아가. 네 시간마다 복귀하도록 하고. 게이트키퍼들에게 공식적으로 접근하는 요원들은 반드시 사회복지부 소속이라고 둘러대도록. 알츠하이머에 걸린 실종 관광객을 찾는 거야. 손자들을 따먹겠다고 워싱턴을 방문했다가 몰래 빠져나간 노인네 관련 사건일 뿐인데, 그 때문에 가짜 언론 보도를 만들어내고 싶지는 않다고 둘러대라고."

할란이 물었다. "비상 등급은 어느 레벨로 할까요?"

실내에 있는 사람들이 숨을 멈췄다.

새미가 말했다. "우리 중 한 명이 칼에 베어 쓰러졌다. 우리는 더 이상은 인력을 잃지 않을 거다. 악당들은 한 놈도 도망가게 놔두지 않을 거다. 각자 위치에 가서 수사하고 팀에 보고하고 백업하도록. 콘돌이 살인자라는 걸 입증하는 확실한 증거는 하나도 없다. 그가 미치광이들만 사는 환각의 세계를 헤매고 돌아다닌다는 데는 의심의 여지가 없지만 말이야. 그는 극도의 요주의 인물이다. 우리는 그를 원한다. 나는 그와 얘기하고 싶다. 하지만 그가 도망가게 놔두지는 마라."

새미가 휘하에 있는 여자 한 명을 가리켰다. "여기 오는 길에 사망한 우리 친구가 어제 작성한 방문 보고서를 훑어봤는데, 흰색 차와 도둑질한 번호판에 대한 얘기가 있더군. 정복 경찰들과 함께 거기로, 버지니아 교외로 가봐. 조용히 수사해. 하지만 그 번호판하고 관계있는 관련자 전원에게 흰색 차에 대해 물어보고, 그들의 진짜 정체가 뭔지 냄새를 맡아보도록 해. 수확이 없으면, 웃으면서 고맙다고 인사하고는 통상적으로 하는 수사라고 말하면서 떠나도록 하고. 하지만 무슨 일이 있더라도, 전체 지역을 다 수사하고 행동 프로필을 작성하도록. 그들을 100퍼센트 수사하도록 해."

요원 세 명을 이 집을 지키는 일에 임명한 그는 볼티모어 출신의 전직 강력반 형사에게 '청소부 노릇을 하면서 현장을 빨아들이라'고, 피터의 손바닥에서 뽑아낸 피 묻은 칼 이상 가는 물리적 증거는 뭐든 수거하라고 지시했다.

그러고는 벽에 기대고 있는 페이에게 와서 말했다. "자네 상태는 어떤가?"

"그가 한 짓이 아니에요." 페이가 말했다. "그는 미쳤지만, 이런 짓을 할 사람보다는 더 영리한 사람이에요."

"그의 기록을 감안하면, 어느 쪽으로건 되기 쉬운 사람이지."

"무슨 기록이요?" 그녀가 물었다.

"자네가 지금 알고 있는 건 중요한 정보야. 우리는 자네 본부 건물에 돌아가서 그 문제를 검토할 거야. 자네는 격리 대상이야. 자네 아파트에는 이미 매복 팀이 배치돼 있어."

그리고 다람쥐 팀도 있지, 그녀는 생각했다. 그들이 거기에서 그녀가 감당하지 못할 물건을 하나도 찾아내지 못할 거라는 걸 그녀는 알고 있었다. 거기에 크리스하고 관련된 건 하나도 없어.

페이가 말했다. "현장 일을 하고 싶어요."

"일단 우리한테 보고를 한 다음에." 그가 말했다.

그녀가 물었다. "콘돌을 아세요?"

"자네가 모르는 내용이 자네 일을 방해하지는 않을 거야." 그가 그녀에게 말했다. "나는 자네가 나한테 해줄 수 있는 말을 하고 난 다음에 자유롭고 힘차게, 전력을 다해 뛰어다니기를 원해."

페이가 말했다. "심폐소생술 쇼를 하면서 앰뷸런스에 태운 내 동료 둘 말고, 나하고 같이 여기에 들어왔던 건장한 국토안보부 요원이 두 명 있었어요. 가느다란 금발 염소수염을 한 남자하고, 다른 남자는……"

"그들이 나한테 콘돌과 관련된 얘기를 하나라도 해줄 수 있나?"

"이유를 모르겠어요."

"그럼 그들을 그냥 길거리에 놔두자고. 우리는 총기 소지 요원 전원이 콘돌을 찾아 나서기를 원하니까."

"배지 가진 모든 요원을 말하는 거군요."

"내가 태스크포스 지휘 센터로 복귀한 후에 얘기 좀 하지."

새미가 허리 높이의 들것 위에 난도질된 시신을 수습하느라 애쓰는 앰뷸런스 요원을 지나 걸어갔다.

할란이 그녀에게 다가왔다. 그녀는 그가 손을 내밀기도 전에 그에게 차 열쇠를 건네야 한다는 사실을 잘 알고 있었다. 구급 요원과 브루클린 경찰 데이비드, 재수 없는 해리스가 들것 위에 시신을 올려놓고 사이렌 소리를 요란하게 퍼뜨리는 앰뷸런스로 가면서 CPR 코미디를 연출하는 동안, 페이는 유혈이 낭자한 거실에서 할란과 함께 대기했다.

그녀는 콘돌의 정신 사나운 콜라주 벽을 응시하는 새미 곁을 지나쳤다.

그가 속삭이는 소리가 들렸다. "당신은 무슨 말을 하려고 애쓰고 있는 거요?"

11

"외로운 이의 비밀스러운 마음-노래의 원래 가사를 잘못 들은 콘돌은 이 노래의 가사를 항상 이렇게 오해했다(원래 가사인 'sick at heart and lonely'를 'secret heart of lonely'로 잘못 알아들었다는 뜻이다)-."

-야드버즈, 〈영혼이 가득 담긴 마음(Heart Full of Soul)〉

누군가가 비명을 지르고 있어! 축축한 피가……

콘돌은 깨달았다. 지금 비명을 지르고 있는 사람은 바로 나야.

그는 축축한 비닐봉지와 재킷들을 입은 몸을 벌떡 곧추세웠다. 모자를 쓴 채로 어스레한 여명 속에 묘지의 콘크리트 바닥에 앉았다. 노란 고무장갑을 낀 두 주먹.

모든 관절, 모든 근육, 모든 곳이 아팠다. 한데서 하룻밤을 더 보냈다가는 목숨을 부지하지 못하겠군.

아침 햇살이 묘지의 묘비들을 씻어줬다. 그는 축축한 풀 냄새를 맡았다.

너는 지금 네가 결국에 오게 될 곳에 있는 거야. 그냥 여기 머무르도록 해.

당신의 캔버스 쇼핑백에는 드러그스토어에서 산 가위가 있어.

여기 당신 손목들이 있군.

바로 여기서, 지금 당장, 당신에게 수갑을 채운 사람들이 누구건 그 수갑에서 스스로 자유로워지란 말이야.

콘돌은 무척이나 많은 누군가가 그가 죽거나 침묵하기를 원했던 곳, 또는 그가 그들이 합리적이라고 말하는 것의 노예가 되기를 원했던 곳인 대리석 꿈들의 도시에서 묘비들이 이룬 정원 가운데에 그를 따라다니는 유령들과 함께 서 있었다. 바람이 나무를 흔들었고 하늘은 푸르렀으며 그는 저 멀리로 훨훨 날아갈 수가 없었다.

네가 거짓말쟁이가 되지 않는 유일한 방법은 참된 존재가 되기 위해 싸우는 것뿐이야.

당신은 망할 놈의 패자가 되는 길을 선택하지는 않을 거야.

유령들은 빈이 전날 먹다 남긴 중국 음식을 먹는 걸, *건강에는 도움이 되지만 치료는 하지 못하는 약을 먹는 걸 지켜봤다.*

신발 깔창 세 짝을 가위로 손질했지만, 스니커 비슷한 검정 신발에 넣었을 때 그의 발에 잘 맞는 건 두 짝뿐이었다. 그는 키가 커졌다고 느꼈지만, 몸의 균형 감각은 조금도 나빠지지 않았다.

일본식 정원에서 가져온 돌멩이로 로이 오비슨 선글라스에 있는 짙은 색 렌즈를 깼다. 콘돌은 렌즈 구멍 위에 비닐 랩을 건너편이 투명하게 보일 정도로 팽팽하게 늘어서는 테이프로 붙였다. 보안 검색 수단들은 렌즈 없이 테만 있는 안경이나 선글라스를 위장용 소품으로 판단한다. 카메라 스캔은 그가 만든 '렌즈'를 실제로 존재하는 렌즈로 인식한다. 그런 와중에도 그는 뒤틀린 반투명 렌즈를 통해 세상을 볼 수 있었다. 큼지막한 검정 테가 그의 얼굴을 장악하면서 그의 얼굴 윤곽을 바꿔줬다.

콘돌은 보온내의를 파란 셔츠와 블랙 진 아래 그대로 받쳐 입고는 파란 레인코트를 쓰레기봉투에 넣었다. 정보기관 사람들은 살해당한 요원과 페이가 이틀 전 월요일에 방문했을 때 찍은 그 코트 사진들을 갖고 있다. 의회도서관 사무용 빌딩에서 어제 찍힌 감시 화면은 그의 회색 스포츠 재킷을 보여줄 것이다. 그는 스포츠 재킷을 쓰레기봉투에 떨어뜨렸다. 지금쯤, 다람쥐 팀들이 그의 벽장에 든 물건들을 카탈로그로 작성했을 것이다. 없어진 재킷과 코트 두 벌은 그들이 BOLO를 위해 보유해야 할 데이터를 두 배로 늘렸다.

콘돌은 캥거루 러브 베이비 캐리어를 몸에 묶었다. 복부 위에 위치한 유아를 담는 주머니에 검정 가죽 재킷을 넣었다. 그러고는 그 캐리어를 빨간 나일론 재킷 아래에 감췄다.

아마도 눈썰미 좋은 사람은 이 재킷이 엄청 많은 맥주와 햄버거를 덮고 있는 게 아니라는 걸 알아차리겠지. 하지만 시내 주위의 보안 카메라에 설치된 안면 인식 소프트웨어는 이 뚱보 남자를 0이나 1로 인식할 거고, 그리드에 '일치점 없음'이라는 신호를 보낼 거야.

그는 야구 모자를 썼다. 아마추어들이나 하는 짓이지만, 잘못 인식된 정보는 제 아무리 사소한 것이라도 도움이 된다.

그가 정자 주위를 순찰 돌 때 재킷 주머니에 든 메이크업 병들이 부딪히면서 쨍그랑 소리를 냈다. 약병 때문에 셔츠 주머니가 불룩했다. *캥거루 러브나 주머니에 넣지 않은 물건은 모두 그가 나무 뒤에 버린 쓰레기봉투로 들어갔다. 두 손을 계속 자유롭게 해둬.*

콘돌은 도심 복판에 있는 묘지를 가로지르는 포장도로를 느릿느릿 걸었다. 잠겨 있는 사무용 빌딩을 찾아냈다. 빌딩 창문에 이 망자의 제국이 반사됐다. 그가 힙걸즈 커버업을 얼굴에, 양손에 문지르자 그 창문들에 낯선 인물이 등장했다. 그는 역겨운 색을 띤 진흙으로 살갗에 변화를 줬다.

너 참 꼬락서니가 끝내주는구나!

그들은 그렇게 말하더니 **폭소를 터뜨렸다.**

8시 2분에 건물의 다른 쪽에서 금속 출입문이 삐걱거리는 소리와 함께 열렸고, 일꾼들이 안으로 들어갔다.

콘돌이 묘지를 걸어서 떠나는 모습을 유령들만이 봤다.

공식 하나가 이치에 맞았다.

놈들을 갖고 놀아봐.

난장판 속에서 기회를 찾아내도록 해.

당신이 기억할 수 없는 것이나 모르는 것을, 누가 그랬는지, 왜 그랬는지를 알아내.

그걸 바로잡아. 아니면 적어도 맞서 싸우러 가.

그는 오렌지색 비닐로 포장된 『워싱턴 포스트』가 지금도 여전히 20세기인 양 어느 집 앞에 던져져 있는 걸 발견했다. 모닝커피용 물이 스토브 위에서 끓는 동안 집으로 배달된 이 현실을 가져가려고 나오는 사람은 아무도 없었다. *지금 나는 커피 한 잔을 위해서라면 살인도 할 수 있어.* 그러니 누군가의 신문을 훔치는 건 그런대로 괜찮은 불법행위인 듯 보였다.

콘돌이 이 인생을 시작했을 때, 그가 『워싱턴 포스트』를 훑어보는 데는 20분쯤 걸렸었다. 그날 아침에, 그는 한 블록을 걸어가는 데 걸린 시간 이내에 신문 살피는 걸 끝마쳤다.

아프가니스탄에서 벌이는 전쟁은 공식적으로는 거의 끝났다. 이라크에서 일어난 자동차 폭발들은 공식적으로는 전쟁과 관련이 없었다. 시리아에서 벌어진 살육은 아랍에 봄이 오기를 희망하는 행위에서 비롯됐다. 러시아의 철권 통치자가 강력한 움직임을 취했다. 북한이 호통을 쳤다. 유럽인들이 거리에서 격렬히 분노를 터뜨렸다. 청년들이 상원에서 고함을 쳤다.

홍콩에 기침하는 닭들이 생겨났고, 세계는 이상기후에 시달렸다. 월스트리트의 급여가 31년 연속으로 올랐다. 인디애나의 공장 한 곳이 문을 닫았다. 교통은 엉망이다. 이혼한 할리우드 스타들이 친구로 남기로 맹세했다.

콘돌은 십자가형을 가하듯 연방 요원을 못 박은 스파이나 실종된 의회 도서관 직원을 찾으려는 수색에 대한 기사를 신문 어느 곳에서도 보지 못했다.

모퉁이 슈퍼의 스크린 도어 위에 손 글씨로 쓴 표시판이 붙어 있었다.

커피

카운터 뒤에 있는 머리가 희끗희끗한 흑인 남자가 가게에 들어서는 해괴한 몰골의 손님을 보며 눈을 깜박거렸다.

"커피가 필요합니다." 콘돌이 말했다.

카운터의 남자가 주전자에서 커피를 따라 컵을 채웠다. "내가 사는 거니까 이거 갖고 가쇼."

빈은 노스 캐피톨과 평행하게 난 거리로 느릿느릿 내려갔다. 여기에는 중고가구 매장이 있었고, 저기에는 현금을 지급하는 연방 직업 훈련 프로그램들에서 몇 센트라도 뜯어내려는 '미용 학생들'을 제외하고는 단골로 다닐 사람이 있을 거라는 생각이 들지 않는 네일숍이 있었다. 공구 벨트를 찬 히스패닉 남자가 교통신호가 바뀌기를 기다리고 있다가 그의 뒤에서 커피를 홀짝이는 섬뜩한 몰골의 백인을 쳐다봤다. 남자는 눈을 돌려 거리 건너편에 설치된 비계 위의 동료 일꾼들을 바라봤다. 신호가 파란불로 바뀌었다. 남자가 비계 쪽으로 서둘러 갔다. 그러면서 콘돌이 공구 벨트에 달린 주머니에서 휴대전화를 훔치는 걸 느끼지 못했다.

철거된 주택에서 나온 잔해를 운반하는 픽업트럭이 빨간불 신호를 받고 멈춰 섰다.

콘돌이 멈춰 선 트럭을 향해 서둘러 움직이면서 훔친 휴대전화에다 위기에 처한 CIA 요원을 위한 비밀 전화번호를 누를 때, 빨간 나일론 재킷 아래의 패딩이 흔들렸다.

교통신호가 바뀌고 있어……

성공했어. 픽업트럭 뒤에서, 무단 횡단하는 그를 향해 경적을 울려대는 차 앞에서, 그는 발신 버튼을 누른 휴대전화를 픽업트럭 짐칸에 던져 넣었다.

랭글리에 있는 패닉 라인(Panic Line) 센터는 발신자의 신원을 인식하지 못할 것이다. 걸려온 전화에서 목소리를 듣지도 못할 것이다. 그들은 GPS 추적에 나설 것이다. 콘돌을 사냥하는 헤드헌터들을 이쪽으로 보낼 것이다. 아마도 여전히 켜져 있는 휴대전화를 찾아낼지도 모른다. 아마도 거기에서 지문을 찾아낼지도 모른다. 아마도 오전 내내 많은 '아마도'를 추적할 것이다.

네가 처음으로 패닉 라인에 건 전화는 공중전화로 건 거였어.

콘돌은 눈을 깜박거렸다. 그가 든 종이컵 속에서 식어가는 블랙커피가 출렁였다.

기억하고 있어. 너는 기억하고 있어.

앞쪽에서 전면이 유리로 돼 있는 매장 밖으로 남자 한 명이 나왔다.

'사이버 웹 D.C. 사이버 카페'라는 포스터가 붙어 있었다. 매장 유리에는 이런 내용의 오렌지색 손 글씨가 붙어 있었다.

신형 컴퓨터와 중고 컴퓨터! 랩톱, 컴퓨터, 휴대전화를 여기에서 수리하세요! 일회용 휴대전화! *SE HABLA ESPANOL*(스페인어 가능합니다)!

그 남자는 매장 밖에 서서 담배를 피우며 두 눈으로 거리를 훑었다.

시카고의 캘리포니아 스트리트. 금요일 밤에 싸구려 술집의 테이블에 까무잡잡한 피부의 에셀버트(Ethelbert)와 앉아 있다. 완벽한 정장 차림의 그는 캐리 그랜트 같은 자신감을 풍긴다. 그가 네게 마시라고 고집한 스카치의 두 번째 숏을 네가 홀짝이는 걸 지켜보다가 말한다.

"당신은 왕년에 잘나갔던 U.S.하고 A에서 저 바깥에서 벌어지는 행복한 1976년의 독립 200주년 기념행사에 내가 관심을 가질 거라고 생각하나? 나는 거래 내용을 이행하는 중이야. 당신 같은 아마추어한테 간단한 신용 사기 수법을 가르치면서 2년을 보냈지. 그리고 난 지금, 나는 감옥행 재킷을 벗게 됐어."

"나는 아마추어 신세를 면한 강인한 작전 요원이오."

그게 너야. 그게 콘돌이야.

"하지만 당신은 나한테 당신 좆이 크다는 걸 보여주려고 방금 전에 위장막을 날려버렸어." 에셀버트가 그의 스카치를 다 비웠다. "그래도 당신은 요령도 조금 습득했지. 내가 당신을 여기로 데려왔는데도 기겁하지 않았어. 주위에는 백인들만 있어. 그래 맞아. 그런 시절은 지났을 거야. 하지만 이 일은 피부색하고는 전혀 관련이 없어. 당신이 어디 소속인가와,

인사이더인지, 아니면 아웃사이더인지와 관련이 있지. 이 사람들은 강경파야. 감정이 격해진 상태지. 그들은 원하는 걸 쉽게 이루면서, 당신도 똑같은 일을 하기를 기대해. 당신은 당신 볼기를 두들겨 팰까 고민하고 있는 못된 개자식 두 놈을 발견했어. 그들은 오늘 밤에 누군가를 두들겨 팰 거야. 그러니 그들을 적당히 다독여서 그들이 아웃사이더를 두들겨 패게 만드는 편이 나을 거야. 당신은 무일푼이야. 총도 없고 칼도 없어. 만화에서 우리가 언젠가 갖게 될 거라고 줄기차게 약속하는 쌍방향 손목 무전기도 없지. 당신 주머니에는 공중전화로 걸 동전 한 닢도 없어. 내가 당신을 여기 붙잡아두고 걸어 나가면 우리가 마신 고급 스카치의 술값을 낼 수도 없지. 당신은 배우고 싶어 해. 당신은 그래야만 하지. 그런데 당신은 그럴 수가 없어. 나는 당신을 가르칠 수 없어. 그러니까 우리 보스한테 당신이 유치원 다니는 걸 그만두겠다고 말해. NOC, 'Non-Official Cover(신분 위장 정보 요원)'라니…… 젠장, 여기 길거리에서는 모든 게다 공식적이야. 이제 다운타운에서 한밤중까지 안전하게 사기 치면서 당신 길을 개척하도록 해. 명심해. 당신이 아웃사이더라면, 샛길로 빠져나가려고 노력해야 한다는 걸."

'쌍방향 손목 무전기'가 있는 시대, 워싱턴 D.C.의 수요일 오전.

사이버 스토어 밖에 선 남자가 태운 담배에서 피어오른 연기가 허공을 떠다녔다.

콘돌은 그에게 걸어갔다. "강도를 당했소."

"그래서 나보고 어쩌라는 거요?"

"당신은 중고 폰을 팔잖소." 콘돌이 말했다. "그것들 중에 내 폰이 있을 가능성이 커요."

"우리는 그런 가게가 아닙니다. 일회용을 팔지. 버너(burner, 잠시만 사용하고 처분하는 전화기) 말이오."

"내가 당신한테서 사는 물건이 무엇이건, 당신은 내가 빼앗긴 물건에 치른 돈의 값어치에 해당하는 물건을 나한테 줘야 해요."

남자가 폭소를 터뜨렸다. 담배를 떨어뜨렸다. 그걸 신발로 비비는 쇼를 연출했다.

'혼쭐을 내주겠어' 하는 눈빛을 괴이한 몰골의 사내에게 던졌다.

콘돌은 번뜩이는 눈빛을 되돌려줬다. 어쩔 건데?

그가 말했다. "당신한테 전화기를 사려고 해요. 20달러면 적당하겠지. 하지만 내가 정말로 사고 싶은 건 그놈들이 훔친 다른 물건이오."

샛길로 빠지는 수법이 그 흡연자를 낚았다.

그러자 남자가 말했다. "찾고 있는 다른 게 뭐요?"

"내 총."

"어떤 총을 잃어버렸는데?"

그래, 그렇게 나와야지. "군용 45구경. 베트남에서 무단으로 반출해서 갖고 온 거요."

"센티멘털한 분이시군."

"현실적인 사람이지." 레드스킨스 모자와 망가진 안경 차림에다 살갗이 기이하게 짙은, 밤색 재킷 아래에 부드러운 살집을 가진 남자가 말했다. "제대로 작동되기만 하면 뭐든 괜찮소."

"우리가 설령 총을 판다고 해도, 우리는 법을 준수할 거요. 여기서는 팔지 않아요."

"하지만 당신은 연줄이 있을지도 모르잖소. 그들이 당신에게 리베이트를 찔러준다고 해도 신경 쓰는 사람 아무도 없을 거요."

흡연자가 어깨를 으쓱했다.

"여기 20달러요. 내가 저기서 당신 키보드를 두드리다가 당신이 나한테 판 전화기가 제대로 작동하는지 확인해보겠소."

콘돌에게서 20달러 지폐를 넘겨받은 흡연자가 그에게 들어오라는 몸짓을 했다.

콘돌은 안에 사람이 없는 게 훤히 보이는 사이버 스토어 쪽으로 손을 쓸었다. 그쪽 먼저.

흡연자는 정체를 알 수 없는 이 괴물 같은 남자에 대한 경계심을 더욱 키우면서도, 매장의 뒷방으로 들어가 시야에서 벗어났다.

일이 일어날 방식대로 일어날 거야.

콘돌은 뒷방이 잘 보이는 컴퓨터 워크스테이션을 골랐다. 그가 짐작한 것처럼, 데스크톱 컴퓨터는 패스워드를 입력할 필요가 없었다. 이런 적법한 특징이 소득세 부정 신고와 자금 세탁, 회계 부정에 써먹을 기록을 만들어냈다.

그가 검색 엔진에서 처음 얻은 검색 결과는 캐피톨 힐을 관할하는 시(市) 정부의 지역자문위원회 웹사이트의 '우리에게 물어보세요!' 페이지로 그를 안내했다. 그는 컴퓨터 스크린에 뜬 윈도우에 이렇게 입력했다. *'간밤에 써틴(Thirteen) 스트리트 SE에 있는 국토안보부 요원의 집에서 벌어진 살인 사건 관련 무슨 일이 일어난 겁니까?'*

두 번째 검색은 상원 특별 정보위원회 웹사이트로 그를 빠르게 데려갔는데, 거기서 그는 미국의 모든 유권자를 보호하는 정통한 수호자로서 위원회가 벌이는 활동을 할리우드 영화 수준의 하이라이트로 보여주는 30초짜리 영상을 건너뛰었다. 그러고는 '위원회에 연락하세요' 메뉴를 클릭했다. "*간밤에 캐피톨 힐에서 일어난 국토안보부 요원 살해 사건을 CIA가 관할지역을 넘어와서 수사하는 이유가 뭡니까?*"

세 번째 검색 결과에서 아홉 번 클릭하자 대중적인 검색 결과의 상위권을 차지한 '음모 센터' 웹사이트가 등장했다. 그리고 이어진, 각자가 '시민 리포트'를 게시하는 '현재 벌어지는 일들!' 게시판 시스템은 불평불만과 다른 웹사이트에 교차 링크되는 코멘트들을 클릭할 수 있게 돼 있었다. 콘돌은 입력했다. "*지난밤에 캐피톨 힐에서 D.C.의 국토안보부 요원이 살해된 사건을, 어쩐 일인지 CIA가 관련돼 있기도 한 그 사건을 은폐하려는 공작은 누가 벌이는 건가요?*"

그다음 두 번을 검색하자 전화번호를 찾을 수 있었다. 콘돌은 그 번호들을 메모지에 적었다.

흡연자가 휴대전화를 흔들면서 뒷방에서 나왔다. "제일 싼 게 30달러요. 그러니까…… 네 시간을 쓸 수 있어요. 전화기 번호는 뒤에 붙은 흰색 띠에 있어요."

"정확히 네 시간이라." 콘돌은 그가 검색한 내용이 기록된 브라우저의 히스토리를 깨끗이 지웠다. 그러고는 그가 가진 다른 지폐 몇 장과 휴대전화를 교환했다. "만약에 그렇지 않으면 열 받을 거요. 그리고 다른 물건은, 오늘 오후 4시쯤에 돌아와서 받아가겠소. 그게 어떤 물건이고 누가 여기 있는지 확인하러 말이오."

"그러거나 말거나 알아서 하쇼."

콘돌은 가게를 떠났다. 그러거나 말거나 알아서 하쇼. 저기서 무슨 말을 더 하겠나?

10분 후, 그는 버스 정거장에 서 있었다. 플렉시글라스가 둘러쳐진 삼면이 스페인어로 작성된 공공 서비스 안내 포스터들로 꽉 차 있었다. 콘돌은 긴급 상황이 벌어지면 911로 전화하라고 촉구하는 포스터의 상단 문구는 이해했지만, '*Jamas tendras que pagar!*'라는 문장이 뜻하는 바는 몰랐다. '요금은 절대 청구되지 않습니다!'

그는 거리 아래편에 있는 메트로-D.C.의 지하철-역 입구를 응시했다.

저기 분명히 보안 카메라가 있을 것이다. 그는 그 문제와 관련해서 자신이 취할 수 있는 조치를 모두 다 취했었다.

워싱턴의 지하철은 24시간 운행되지는 않는다. 간밤에, 위장 팀들이 마지막 열차에 올라 메트로 경찰들과 함께 문을 닫은 역들을 탈탈 털었을 것이다. 스파이 기관 헤드헌터들은 동트기 전에 지하철역이 문을 열었을 때도 다시 시스템을 털었을 것이다. 하지만 오전 러시아워인 지금은 2교대로 근무하는 스파이 기관 헤드헌터들이 교대할 시간이고, 주간조에 속한 일반 경찰들은 정규적인 고위험등급 BOLO만을 대상으로 작업하고 있을 것이다.

교통카드를 긁으며 오렌지색 회전문을 통과하는 통근자들을 살피며 서 있는 정복 경찰은 없었다. 플랫폼으로 올라가는 에스컬레이터 옆에서 *얌전한 옷차림을 하고는 날카로운 눈매로 사람들을 뜯어보는 남자나 여자는 없었다*. 그가 보지 못한 순찰 경찰이나 위장 팀들이 있을 수도 있지만, 지금 그를 찾는 사냥은 빅 브라더의 그리드에 있는 안면 인식 프로그램과 다른 수색 프로그램들에 초점을 맞추고 있을 수도 있었다.

콘돌이 있는 정거장에 버스 한 대가 멈춰 섰다. 문이 열리면서 버스에서 내린 오전 통근자들이 무리지어 지하철역으로 향했다. 콘돌은 배낭을 짊어진 전문가들과 안전모를 든 근육질의 남성, 연금을 받는다는 희망도 품지 못한 채로 다운타운 로비의 책상 뒤에 앉아 있는 누군가를 바라보는 파란 블레이저 차림의 백발 남성이 형성한 무리에 미끄러져 들어갔다.

콘돌은 고개를 계속 숙이고 있었다. 그가 역으로 들어설 때, 에스컬레이터에 오를 때 그의 모자는 그의 얼굴을 모호하게 만들어줬다. 누군가가 배가 볼록한 그의 빨간 재킷을 건드릴 것처럼 보이면, 그는 두 팔을 급히 올려 막았다.

열차 플랫폼 위에 있는 시멘트 차양에 보안 카메라가 연달아 달려 있었다. 콘돌은 카메라들 바로 아래에 섰다. 그곳이 사각지대이기를 바라면서.

그 빨간 타일 위에서 100여 명이 그와 함께 열차를 기다렸다. 군중은 두 그룹으로 나뉘어 있었다. 각각의 그룹은 트랙 두 세트 중 하나를 차지하고는 맞은편 그룹을 마주봤다. 그리고 낮은 건물들과 나무들, 블록 저편의 고층 사무실 창문이 보이는 확 트인 공간이 있는 상대 그룹 너머를 바라봤다.

하지만 지하철 플랫폼 위에서 열차가 들어오기를 마냥 기다리기만 하는 사람은 정말이지 아무도 없었다.

사람들은 한 손에 든 스마트폰을 들여다보고 있었다. 태블릿 화면은 TV 방송이나 영화, 베이컨을 좋아하는 개들을 찍은 유튜브 클립들을 내보내며 그들의 얼굴을 총천연색으로 물들였다. 귀를 막은 이어폰과 게슴츠레한 두 눈. 콘돌의 눈에 보이는 휴대전화에 대고 말을 하는 사람 10여 명, 그의 눈에 보이지 않는 휴대전화에 대고 더 시끄럽게 떠드는, 그들 자신도 유령을 경험했던 것처럼 혼잣말로 수다를 떠는 것처럼 보이는 10여 명. 수십 명이 문자메시지를 보내려고 엄지와 다른 손가락을 썼다. 주변 승객들은 모두 스스로가 통제하고 있다고 믿는 데이터의 흐름 속에 존재했다.

콘돌은 다른 사람들과 비슷하게 보이려고 비어 있는 왼 손바닥을 얼굴 쪽으로 모아 쥐었다.

오른손 손가락으로 왼 손바닥을 톡톡 쳤다. 칠 때마다 생각했다. *이게 나야.*

은빛의 쌩쌩 소리가 트랙들 위에 비친 햇빛을 칼날처럼 갈랐다.

이게 '지금'이라는 열차야. *쌩쌩 소리, 윙윙거리는 소리, 전류처럼 낑낑 거리는 이 소리가 지금이야. 우디 거스리(Woody Guthrie, 밥 딜런에게 영 향을 준 미국의 포크 가수)의 딱딱거리는 리듬이 아니야. 미시시피 출신 블 루스 맨들이나 샤이엔 인디언들로부터 전리품으로 빼앗은 초원을 향해 서쪽으로 떠나는 정착민들이나 베를린 장벽을 감시하는 업무를 마치고 집으로 돌아오는 병사들을 실어 나르는 철제 레일 위를 덜커덕거리는 소 리가 아니야. 지금이라는 열차가 이 신세계를 통과하며 내는 쌩쌩 소리와 씽씽 소리, 윙윙 소리와 함께 역으로 미끄러져 들어왔다 나갔다.*

벨이 울린다. 열차 출입문이 열린다. 야구 모자와 우스꽝스러운 안경을 쓰고, 큼지막한 배를 똑딱단추로 잠근 빨간 나일론 재킷 차림의 피부가 갈 색인 남자가 열차에 올랐다.

콘돌은 열차가 향하는 방향을 바라보는 자리를 찾아냈다. 통로에 선 통 근자들이 있었지만, 그의 옆에 앉는 걸 선택한 사람은 아무도 없었다.

확성기에서 로봇 같은 여자의 목소리가 터져 나왔다. "문이 닫힙니다." 전자 벨이 울렸다. 슬라이딩 도어가 승객들을 객차 안에 가두었다. 열차가 속도를 높이자, 콘돌은 자신이 오렌지색 패딩 좌석으로 빨려들어간다고 느꼈다.

이동 표적 이상 가는 존재가 돼야 해.

콘돌은 새 휴대전화를 켰다. 통신사 매장에서 얻은 『워싱턴 포스트』 번호로 전화를 걸었다. 음성 안내 메뉴에 따라 번호를 눌렀다.

열차가 승객들이 기다리는 플랫폼으로 들어가며 속도를 늦췄다.

암살자들이 타려고 기다리고 있을 수도 있어…… 서둘러!

콘돌이 탄 객차에 로봇 같은 여자 목소리가 말하는 "문이 열립니다!"가 메아리칠 때, 콘돌의 휴대전화 안에서 『워싱턴 포스트』를 위해 일하는 또 다른 로봇 같은 여자 음성이 말을 했다. "삐 소리가 나면 메시지나 뉴스를 위한 정보를 남겨주세요."

"그래, 당신들, 지난밤에 서틴 스트리트에서 무슨 기관인가에 소속된 연방 요원이 살해당한 사건에 대해 캐피톨 힐 지역자문위원회가 어떤 식으로 속임을 당하고 있는지를 취재하기는 할 거요?"

"문이 닫힙니다!"

아무도 그를 쏘지 않았다. 열차가 쌩하고 역을 떠났다.

여행객들이 객차를 가득 채웠다. 돌봐야 하는 아이를 데리고 있는 보모, 아이를 보모에게 맡겨둔 부모. 환경보호청(EPA)과 국립보건원(NIH)처럼 이니셜로 식별되는 건물에서 일하는 남녀, 법무부 같은 좋은 곳으로 자리를 옮기려고 최선을 다하는 남녀, 의사당의 직원으로서 법률과 법률상에 존재하는 개구멍을 제거하려고 열심히 일하는 흥분한 20대 무리들과 함께 배회하는 남녀, 그리고 거금이 들어가는 선출 과정을 거쳐 이 도시로 파견된 미소 짓는 얼굴들을 통해 미국의 유권자들이 승인한 공격들을 감행하는 이름 없는 남녀. 녹색 작업복 차림의 군인이 열차에 올라타 통로에 서면서 머리 위의 봉을 붙잡았다. 그의 가슴에 있는 계급장에는 대위임을 알리는 작대기 두 개가 있었다. 여기저기에서 학생들과 길거리 건달들이 올라탔다.

저들 중 일부가 우연히 내 말을 들었으면 좋겠군. 이런 내용을 이메일로 보내거나 트위터나 페이스북에 올렸으면 좋겠어. "어젯밤에 힐에서 살해당한 짭새에 대해 아는 사람?"

콘돌은 두 번째 전화번호를 눌렀다.

또 다른 로봇이 대답했다. "『뉴욕 타임스』입니다."

그들은 너를 알아.

어떻게? 누가? 왜?

열차가 어두운 터널을 고속으로 질주하는 동안 아무 대답도 들려오지 않았다.

그는 자동화된 전화 메뉴를 통과하는 길에 다시 올랐다. "『워싱턴 포스트』에 있는 당신들 친구들은 어째서 지난밤에 캐피톨 힐에서 살해당한 연방 요원에 대한 이야기를 무시하는 겁니까? 그 사건에는 하원의원과 관련한 뭔가도 관련돼 있어요. 폭스 뉴스는 벌써 어떤 여자를 보내서 정보를 캐고 있단 말이오."

열차가 지하 정거장으로 으르렁거리며 들어갔다.

벨이 울렸다. 로봇 여성이 주의를 환기시켰다. 문이 열렸다가 닫혔다. 사람들이 느릿하게 열차에 오르고 내렸지만 그에게는 여전히 아무도 총을 쏘지 않았다.

그렇게 오전이 지나갔다. 콘돌은 지하의 역들을 무작위로 골라 한 열차에서 다른 열차로 바꿔 탔고, 군중과 함께 이동했다. 한 열차를 오래 타는 법은 결코 없었고, 얼굴은 항상 이동하는 방향을 향했으며, 도착하는 역을 가장 잘 볼 수 있는 창문을 확보하려고 애썼다.

저기! 다가오는 플랫폼에 캐주얼 차림의 헤드헌터 두 명이 숨어 있어!

콘돌은 신발 끈을 묶으려고 그가 앉은 지하철 객차 좌석에서 몸을 굽혔다.

"문이 닫힙니다!"

열차가 움직였다.

그가 자리에서 몸을 꼿꼿하게 세웠다.

두 명의 헤드헌터는 이 객차에 타지 않았다. *그들이 진짜 헤드헌터가 맞기는 한 걸까.*

그는 이 열차를 라인 종점에서 탔다. 콜롬비아 특구의 경계선에서는 바깥쪽에, 그러면서도 벨트웨이의 안쪽에 해당하는 지점에 카운티 관료들을 위해 지어놓은 나무토막 같은 석조 건물들이 딸린 환승 플라자에서 탔다. 오전 11시에 이 종점에서 열차에 오르는 사람은 드물었다.

또 다른 지하철의 고가 플랫폼, 빨간 타일, 한낮의 태양 덕에 따스함이 더해 가는 차양 아래에서 보는 파란 하늘. 열차에서 내린 그는 소나무 향기가 나는 암모니아 냄새와 충돌했다.

녹색 점프 슈트를 입은 환경미화원이 에스컬레이터 근처의 빨간 타일을 대걸레로 닦고 있었다.

하향 에스컬레이터로부터 두 걸음 떨어진 곳에서, 콘돌은 옆에 있는 상향 에스컬레이터에 오르는 메트로 정복 경찰 두 명을 발견했다.

"문이 닫힙니다!" 그가 내린 빈 열차가 그 없이 포효하며 떠났다.

지하철 플랫폼의 양옆으로 뛰어내리는 건 트랙으로 향한다는, 살인적인 제3레일(third rail, 전차에 전기를 공급하는 레일)로 향한다는, 그리고 그걸 넘어선 곳에 있는 철책 울타리로 향한다는 뜻이었다. 그러고 나면 9미터 높이에서 콘크리트 바닥으로 추락한다는 뜻이었다.

메트로 경찰들이 탄 에스컬레이터가 절반쯤까지 올라왔다.

콘돌은 대걸레질을 하는 미화원에게 몸을 돌리고는 미소를 지었다. "이봐요, 잘 지내쇼?"

미화원은 눈을 깜빡거렸다. "아아…… 그럼요, 잘 지내요."

"가족들도 여전히 무고하시고?"

에스컬레이터에서 내리는 두 메트로 경찰의 벨트에서 무전기들이 찌지직거렸다. 그들이 야구 모자와 레드스킨스 나일론 재킷 차림을 한 괴상한 행색의 뚱뚱한 남자 뒤로 걸어왔다. 뚱뚱한 남자는 그에게 "그래요, 우리 식구들도 잘 지내요"라고 말하고 있는 미화원의 친구인 게 분명했다.

"잘됐군요." 경찰들이 지나갈 때 뚱보가 말했다.

경찰들이 미화원을 지나 다섯 걸음쯤 갔을 때, 미화원이 자기를 우호적으로 대하는 낯선 남자에게 속삭였다. "얼굴이 어떻게 된 거요? 줄이 그어진 것처럼 보이네. 어디서 울었거나……"

"화상 자국이오." 콘돌이 적당히 둘러댔다.

"저런, 세상에, 미안하게 됐수다."

경찰들이 마지막으로 본 뚱보의 모습은 그가 미화원과 악수하는 모습이었다.

기차역 밖으로 나온 콘돌은 거리를 건너, 롤링 스톤스의 노래를 따서 가게 이름을 지은 프랜차이즈 레스토랑으로 갔다. 콘돌의 얼굴을 본 웨이트리스는 기겁을 했다. 여자는 그에게 가게 뒤쪽에 있는 부스를 내줬다. 그러고는 흰 셔츠에 검정 타이를 맨 웨이터를 보냈다―"그 사람 좀 어떻게 해봐, 제발!"―. 콘돌은 스프와 샐러드가 있는 바에 가고픈 생각이 굴뚝

같았지만, 자기 모습을 드러내는 종류의 노출은 감당할 수 없었다. 그래서 주문할 형편이 되는 가장 큰 치즈버거와 우유를 주문하고는 남자 화장실로 뒤뚱거리며 갔다.

그를 쏴! 쏘라고! 여기가 네가 그를 쏜 곳이야!

콘돌은 욕실 거울을 보며 눈을 깜박거렸다. 유령들은 사라졌다. 눈물이나 땀 때문에 줄이 그어진 갈색 얼굴을 응시하는 그만 남겨두고, 그는 마지막 남은 메이크업베이스를 써서 그의 이미지를 다시 색칠했다.

때로는 덜 괴물다운 존재로 있는 게 네가 할 수 있는 일의 전부야.

그는 점심을 먹으러 온 사람들이 그를 남겨두고 떠나기 전부가 되도록 오래 치즈버거를 먹고 싶었다. 그 말고 식당에 남은 사람은 성공한 인생이 되는 신세를 피하면서 몇 시간이고 땡땡이치는 척하며 바에 앉아 있는 심각한 술꾼들뿐이었다. 하지만 그는 종업원이 주변을 맴돌다가 "그 부스가 필요한데요"라고 말하면서 다가오는 위험을 감수할 수가 없었다. 그는 식대를 치르고는 한낮의 태양 속으로 나왔다가 옆에 있는 스타벅스로 들어갔다.

그녀가 여기에서 너를 기다리고 있지는 않을 거야. 그건 한참 전인 어제 일이었어!

콘돌은 거리 건너편의 메트로 역을 볼 수 있는 곳인, 전망창에서 그리 멀지 않은 의자를 차지하는 걸 정당화하기 위해 작은 커피를 샀다.

커피 잔에서 여전히 김이 피어오를 때, 그는 그들을 발견했다.

미제 세단이 역 입구 근처 인도 쪽으로 미끄러져 들어왔다. 차 뒷문에서 나온 남자 한 명과 여자 한 명이 메트로 역으로 들어갔다. 둘은 앞을 채우지 않은 재킷 차림이었고, 걸어갈 때는 각자의 오른손을 옆구리에 대고 있었다. 그들은 계속 주위를 둘러봤다.

세단은 주차 금지 구역인 역의 정면에 주차된 채 있었다. 그들은 점멸등을 켜는 수고조차 하지 않았다. 관찰자 두 명이 앞자리를 채웠다.

저런 걸 보면 그들은 사람들에게 보여줄 배지를 갖고 있을 거야.

37분 후, 세 번째 열차가 들어왔다 떠난 후, 얼룩말 팀—백인 남자와 흑인 남자—이 역에서 나와 세단으로 성큼성큼 걸어갔다.

위장 팀들이 메트로 정차장 사이를 양방향으로 돌아다니고 있어. 그리고 이제는 다음 작전을 위해 계획된 열차 순찰에 나설 거야.

그런데 백인 헤드헌터가 주차된 세단에서 내려 스타벅스로 뚜벅뚜벅 다가왔다.

컵을 쥐어, 뒤쪽으로 뛰어가지는 말고……

"실례합니다!" 그러자 바리스타가 카운터 끝을 가리켰다.

콘돌은 거기 있는 열쇠 두 개 중 하나를 잽싸게 낚아챘다. 서둘러 홀을 내려가 매장 뒤쪽으로 갔다. 매장 출입문에 달린 종이 딸랑거릴 때 그는 슬그머니 여자 화장실로 들어갔다. 그는 화장실의 환한 칸막이 안에 몸을 숨겼다.

그게 네가 마로닉을 쏜 곳이야! 그의 두 눈을 쳐다보지도 않으면서 그가 있는 칸막이의 금속 벽 너머로 총알들을 난사했었지.

다른 화장실에서 물 내려가는 소리가 들렸다. 가능할 때면 언제든 볼일을 봐두라는 것이 위장 팀의 행동 강령이다.

콘돌은 5분을 기다렸다. 화장실을 떠났다. 천천히 홀을 가로질러……

바리스타만 보였다.

그가 말했다. "손님이 가셨다고 생각했어요."

"나도 그렇소." 콘돌은 정면 창밖을 살폈다.

거리 건너편 메트로 역 앞에 주차된 위장 팀의 세단은 없었다.

역 안으로 순찰하러 들어가는 정복 경찰은 없었다.

그는 거기서 다음 열차를 탔다.

마로닉이 네 앞에 있는 자리에서 몸을 돌리는군. 오른뺨에 총알구멍이 있는 데도 미소를 짓고 있어. "우리는 네가 있는 곳이 어디인지를 정확히 알아."

열차를 탄 콘돌은 도시를 관통하는 트랙과 터널을 지나다녔다. 파란 줄무늬 정장은 K 스트리트를 의미한다. 끈을 질끈 동여맨 관광객 신발은 세상사가 실제로 돌아가는 법을 두 눈으로 확인하려는 미국인들을 지하 통로 밖으로 안내하는 스미스소니언과 캐피톨 힐, 백악관 역들을 의미한다. CIA의 자금을 받은 D.C. 경찰들이 베트남전을 반대하는 싱크탱크의 건물을 털고 시위자들에게 최루탄을 쏜 곳에서 가까운 듀퐁 서클(the Dupont Circle) 역은 지금은 요가 매트를 들고 동양 문자를 문신으로 새긴 밝은 눈의 젊은 여성들을 열차에 공급한다. 어느 열차에 오른 콘돌은 2교대를 마친 파란 수술복 차림의 간호사 옆자리에 앉았다.

유니언 역을 벗어나 붉은 저녁 햇빛 속으로 들어가는 어느 노선에서, 콘돌이 탄 열차가 그래피티로 덮인, 기다란 튜브 모양의 버려진 콘크리트 건물을 지나쳤다. 비틀스가 그들의 첫 미국 콘서트를 열어서 미국을 뿅 가게 만든 곳인 워싱턴 콜리세움(Coliseum).

검은 정장과 흰 셔츠를 입고 객차의 중간 출입문의 리듬에 맞춰 춤을 추고 있다.

총알구멍이 난 마로닉. 그들이 맨 검정 타이 윗부분에 있는 목을 베인

대머리 피터와 케빈 파웰. 콘돌의 생명을 구해준 젊은 해병.

그들이 노래를 부르고 있다.

"죽여, 너를 죽여,

너는 그들이 널 죽일 거라는 걸 알아.

그들의 목표는 진실이야.

그러니 제-에-에-발…… 너를 죽여."

[비틀스의 노래 〈러브 미 두(Love Me Do)〉를 개사했음]

열차가 계속 질주했다.

사람을 납치해서 그 사람의 거처에 은신하는 놀이를 향해.

콘돌이 남겨놓은 유일한 놀이를 향해.

너는 전에도 그런 놀이를 했었잖아.

당신 표적을 찾아내. 여자 한 명을 골라 어떤 사람인지 가늠해봐. 연약한 몸매. 홀몸. 결혼반지 없음. 어둑해진 밤. 열차에도, 플랫폼에도 승객이 거의 없군. 노선의 종점. 자기들 일에만 신경 쓰는 낯선 이들이 사는 교외. 그림자가 돼서 역을 빠져나가. 첫 기회를 포착했으면, 표적의 척추 맨 아래에 주먹을 날려. 그들에게 선제공격을 가하고 호흡을 뱉어내게 해서 비명을 지르지 못하게 만들어. 그들을 거머쥐고는 뻥을 쳐. "총을 갖고 있다." 그 통신사 매장으로 돌아가는 *위험을 감수해야 하나*. 강도를 당한 시민이 너를 그/그녀의 집에 숨겨두게 만들어.

얼간이를 죽여.

아냐! 그 사람은 아냐……

174

그가 탄 열차가 어두운 터널에서 맹렬히 빠져나와 콘크리트 동굴의 어스레한 빛 속으로 들어갔다.

그리고 창문들을 통해, 정차장의 빨간 타일 깔린 플랫폼에서, 그를 기다리고 있는 건……

콘돌은 자신이 어떻게 죽게 될지를 봤다.

12

"고생하다 넋을 놓아버린 개."
-중국 삼합회가 쓰는 속어, 산지아쿠안(散架犬)

페이가 새미에게 말했다. "나한테 약을 먹일 필요까지는 없었잖아요."

콤플렉스 제드의 어마어마하게 큰 창고에 있는 방음 유리가 설치된 부스 안에서 두 사람은 카드 테이블을 사이에 두고 회색 금속 접의자에 앉아 있었다.

검은색 곱슬머리인 새미는 구겨진 흰 셔츠의 소매를 걷어붙이고는 쇼핑몰에서 산 카키색 바지 차림으로 거기에 앉았다.

그가 어깨를 으쓱했다. 그가 아홉 살일 때 민병대원을 가득 태운 픽업 트럭들이 그가 살았던 레바논 동네로 굴러와 그들의 이동 경로 주위를 에워싼 어린 소년들이 열정적으로 흔드는 손에 공짜 AK-47을 건네주지 않았더라면 중년의 베이루트 비즈니스맨으로 성장했을 새미의 모습을 페이는 상상해봤다.

"어젯밤에 우리한테 보고한 후에," 새미가 그녀에게 말했다. "자네는 길거리를 뛰어다니면서 여섯 시간을 보냈어. 자정이 한참 지난 후에는 제정신이 아니었지. 자네는 그의 아파트에 있는, 그의 사무실에 있는 위장 팀들을 믿지 않았어. 자네의 몸속에서 아드레날린이 활활 타오르고 있다는 걸 그때 알게 됐지. 나는 자네가 –정신적으로, 그리고 육체적으로– 스스로 피워낸 연기를 말끔히 걷어내기를 원했던 것뿐이야."

"그래서 내 야전침대 옆에 서서 내가 수면제를 먹게 만든 건가요?"

"그런 다음에 내 야전침대로 가서 내 수면제도 먹었어."

페이가 말했다. "내가 먹은 약이 그게 다였나요, 새미? 의식을 잃게 만드는 약이 다였어요?"

"나는 데이트 강간이나 하는 그런 작자가 아냐."

"하지만 대단한 프로페셔널이잖아요. 그런 식의 공포를 조성해서 내 관심을 돌린 탓에 내가 명백한 질문을 못하게 됐잖아요."

"명백한 게 뭔데?"

"심문용 약물이요."

새미는 머리를 곧추세웠다. "나를 제대로 봤군, 페이. 그래, 나는 그렇게 기만적인 인간이야. 분명한 건, 자네도 그렇다는 거야. 그게 내가 자네를 필요로 하는 이유야. 하지만, 이봐, *진심으로 하는 얘기야?* 자백유도제 (truth serum)를 먹었다고 생각하는 게?"

"만약에 그 약이 뭔가 특별한 거였다면," 새미가 말했다. "그걸 신뢰 테스트를 치른 걸로 치도록 해. 나는 자네한테 약을 줬어. 자네가 그걸 먹는 게 중요한 임무라고 말하면서. 자네는 필요한 휴식을 취했어. 자네가 나를 신뢰했으니까 그럴 수 있었던 거야. 그리고 나도 자네가 임무를 수행하는 데 필요한 일들을 다할 거라는 신뢰를 확인했고."

"나는 꿈도 꾸지 않을 정도로 푹 잤어요. 그리고 내가 처리해야 했던 일들은 모두 내가 응당 해야만 하는 일들이었어요."

"꿈나라는 우리 관할구역이 아냐, 페이. 우리는 해야 할 일을 실행해야 하는 세상에 살고 있어."

"그러면 이제 나는 무슨 일을 *해야 하는* 거죠, 보스?"

"나는 벌어지고 있는 일들에 대해서는 모든 걸 알면서도 앞으로 일어날 일에 대해서는 하나도 아는 게 없어."

새미가 손목시계를 들여다봤다. 아무리 짙은 어둠 속에서도 녹색 빛을 발하는 야광 문자반이 있는 검정 금속 크로노미터였다.

"수요일 저녁 6시가 돼가는군." 그가 그녀에게 말했다. "그리고 이제 우리한테는 새 문제가 생겼어. 랭글리 7층에서 호출이 왔어. 소문이 돌아."

"소문이요?"

"가십, 전화 통화, 웹 트래픽, 기이한 경보들, 복도의 수군거림, 주류 미디어를 벗어난 언론사에 소속된 일부 기자들. 모르겠어. 아무튼 입소문이 돌아.

"우리는 지난밤에 빈이라는 전직 FBI 요원이 심장마비를 일으키면서 이름이 비밀에 붙여진 병원에서 심각한 상태로 있다는 위장 정보를, 혼란을 일으켜서 유감이라는 입장을 고수하고 있어. 그래서 지금 우리는 그 이야기에 맞춰서 일을 해나가고 있어. 사람들이 모순된 이야기를 일단 믿고 나면, 그 이야기는 웹상에서 밈(meme, 모방 등에 의해 유전되는 문화적 요소)이 돼버리지. 우리는 은폐 공작을 벌이는 거짓말쟁이 개자식들이 되고, 사실들은 대중이 터뜨리는 분노하고는 무관한 게 돼버리는 거야."

"이해를 못하겠어요."

"확실하게 이해하면서 왜 그래? 그렇지만 자네 파트너가 콘돌의 거처로 돌아가서 살해당한 이유가 뭔지는 우리 둘 다 이해하지 못하고 있어. 자네가 그의 이름을 내걸고 쓴 거라고 밝힌 보고서의 후속 정보와 관련해서 그가 자기 휴대전화로 NROD 시스템에 로그인해서 올린 문자메시지가 있어."

"그건 피터가 쓴 게 아니에요. 그는 그런 일에 *신경 쓰는 사람이 아니었어요.*"

"하지만 그가 거기에 있었잖아. 게다가 행정 시스템에 로그인했고, 자네 팀에 로그인한 게 아니라."

새미가 고개를 설레설레 저었다. "오, 콘돌."

페이가 말했다. "당신, 그를 아는군요."

페이는 그녀의 명줄을 쥐고 있는 검정 머리 새미의 모습이 그녀의 두 눈을 채우게 놔뒀다.

야광 초침이 그의 시계를 한 바퀴 훑게 놔뒀다.

그가 생각하는 바를 과감하게 밝힌 얘기가 그들이 있는 유리 부스의 침묵을 채우게 놔뒀다.

"우리가 이 얘기를 다시 하는 일은 결코 없을 거야."

"나는 내가 우리를, 당신을 돕게 될 것인지 여부를 알아야겠어요."

"나를 신뢰하는 거, 맞지?" 새미가 미소를 지었다. "한때는 말이야, 내가 세상에서 콘돌보다 더 신뢰하는 사람은 없었어."

"그가 당신 파트너였군요. 아니면 당신의 케이스 오피서였거나."

"그는 그 이상 가는 존재였어. 그는…… 전설 중의 전설이었어."

새미가 그 남자의 이름을 말했다.

페이가 말했다. "잠깐만요, 나는……"

"그 이름을 내세운 그는," 새미가 말했다. "워터게이트 스캔들이 터진 이후 진실과 정의, 미국적인 방식이 통하던 시절에 CIA의 내부 고발자였어."

"그는……"

"『뉴욕 타임스』에 갔었지. 진짜 상세한 내용은 나도 몰라. 신문사도 마찬가지였고. 헤로인과 관련된 사건이었어. 중동에서 벌인 작전들하고 관련된 사건이거나, 아니면 석유가 있는 어딘가를 침공할 이유에 대해서 CIA가 지어낸 거짓말이거나. 어딘가에 있는 어떤 위장 시설에서 살해당한 많은 사람들에 대한 어떤 사건이거나. 신문은 그 사건의 기본적인 뼈대만 보도했어. 콘돌의 민간인 이름을 이용해서. *하지만 어느 누구도 신경을 쓰지 않았어!* 그 사건은 밀물처럼 밀려오는, 정보국이 암살을 위해 마피아를 동원했다는 이야기와 정보를 입수하려고 시민들의 거처를 불법 침입한 이야기, LSD(강력한 환각제) 비밀 테스트 이야기, 정부 전복 이야기에 쓸려버렸어. 콘돌은 단역배우로 전락해버렸고. 그는 상원 처치(Church) 위원회의 청문회(1975년에 정보기관들의 활동을 조사하기 위해 활동한 위원회)에서 증언을 하라는 호출도 받지 못했고, 그들의 최종 보고서에 언급되지도 않았어. 자네는 콘돌과 관련한 현실이 무엇이었건 그게 엄청나게 큰일일 거라고 생각하겠지만, 충분히 많은 올바른 사람들이 *야유*를 보내지 않는다면, 현실은 공식적인 입장에 파묻혀서 사라지고 말아. 그렇지 않더라도, 웹이 대체현실들을 더욱 수월하게 만들어내기 이전 시절에, 상황은 적어도 그런 식이었어."

페이는 고개를 저었다. "정보국은 절대로 잊지 않을 거예요. 그들은 아마도 비밀 유지 법률이나 서약을 위반했다는 죄로 콘돌을 기소하지는 않기로 결정했겠죠. 하지만 그는……"

그녀는 상황을 알아차렸다.

그녀는 속삭였다. *"젠장."*

"책을 출판해서 위장 중인 우리 요원 100명의 정체를 폭로한 필립 에이지(Philip Agee, CIA 요원 출신으로, 자신의 CIA 경험을 상세히 다룬 책을 1975년에 출판한 작가)와 꼭 비슷하게, 악당들이 판치는 길거리에 있는 모든 놈들이 콘돌을 그의 민간인 이름으로 알게 됐어. 그가 CIA의 적(敵) 리스트에 올랐다는 것도 알게 됐고, 내 적의 적은……"

"그건 순전히 그를 그들에게 심어 넣으려는 위장 작전이었군요!"

"아냐." 새미가 말했다. "그가 큰 자극을 받을 정도로 엉망이 돼버린 피투성이 작전이 무엇이었건, 그건 실제 작전이었어. 그는 딱 알맞은 시기에 딱 알맞은 곳에서, 대학을 갓 졸업하고 처음으로 취직한 사회 초년병처럼 활동을 시작했어. 작전 후 평가는 그가 천사들 편에 서려고 노력했다는 거였어. 정보국은 그를 다시 채용했어. 그는 완벽한 위장 요원이었지. CIA의 검증을 받은 적. 그가 해온 일을 모두 아는 사람은 세상에 없어. 그는 미국 내에서 최소 한두 번의 대간첩 작전을 수행했어. 나는 그중 하나는 중국과 관련된 작전이었다고 생각해. 그는 전쟁에 반대하는 미군 병사들과 징병 대상자들을 자기들 편으로 끌어들이려고 노력하던 소련 요원하고 테러리스트를 표적으로 삼은 작전을 수행하면서 유럽에 거주하는 미국인 징병 기피자들하고 어울렸어. 인생은 할리우드가 아냐. 크롬으로 만든 고층 빌딩 사령부와 연금 계획을 갖추고는 세상을 지배하겠다는 과대망상에 빠진 조직들이나 테러리스트들이 아니라고. 하지만 내 생각에 그는 70년대에 마르크스주의에 물든 그룹을 이용하기 시작했어. 붉은 여단(Red Brigades, 이탈리아의 극좌파 조직) 유형들. 일본의 적군파. 그리고 그가 언젠가 런던의 부두에서 나에게 얘기해준 국민전선당(National Front, 백인만 당원으로 받은 영국의 극우 정당) 같은 네오나치들. IRA(아일랜드 공화국

군) 친구들 일부하고, 파리에서 벌어진 일부 사건들하고도 연관이 있었을 거야. 초기에는 마약 카르텔도 추적했었지. 대다수 국가에서 그 조직들은 정치적인 면에서 더 중요했으니까. 그는 파리 잡는 끈끈이로 쓰기에 완벽한 인물이었어. 놈들이 그에게로 몰려들었지. 그의 진실이 그의 위장막이 돼줬던 거야."

"하지만 그는 한동안은 빈이었어요······"

"그가 메인(Maine, 미국 동북부에 있는 주)에 있는 CIA 비밀 정신병원을 퇴원한 이후로 그랬지."

페이의 찡그린 얼굴이 그녀가 묻고 싶은 걸 물었다.

"아냐. 그는 정말로 미쳤었어, 아니면 미쳐갔거나. 분명한 건, 지금도 그는 여전히 미쳐 있다는 거야."

"자네가 말한 드론 루머." 새미가 그녀에게 말했다. "그 작전은 9·11 이후에 그가 고안해낸 가장 규모가 큰 작전에 속했어. 그가 제일 잘하는 게 그거였지. 터무니없는 아이디어를 구상하고는 실행에 옮기기. 요점만 말하자면, 그래, 그는 궁지에 몰렸어. 그는 세상에 갓 나온 아이패드 중 한 대를 그 자신에게 드론 공격을 가하라고 호출하는 데 썼어. 일부 알카에다 추종자들이 그가 예전에 그랬던 인물, 즉 CIA가 심어놓은 인물이라는 결론을 내렸거든. 그를 고문하고 죽이려고 악당들이 몰려들고 있었는데, 우리는 그를 탈출시키고 대피시킬 수가 없었어. 그가 지하로 몸을 숨길 수도 없었고. 그래서 우리는 그들이 바로 그의 위에 위치할 때까지 기다렸어······ 드론은 악당들을 죽이면서 그들의 생각이 틀렸다는 걸 증명했어. CIA가 콘돌을 죽이려고 드론을 보낸 걸 보면 그가 CIA의 적이라는 게 분명해졌지. 그러면서 그가 창안해낸 작전은 안전한 상태를 유지했어."

"그가 어떻게 목숨을 부지한 거죠?"

"다른 사람을 제거하라는 교육을 받고 나면 자살은 그리 어려운 일이야."

새미가 테이블 너머로 몸을 기울였다. 그가 내뿜는 인력(引力)이 페이를 그에게로 가까이 잡아당겼다.

우리는 방음 유리가 설치된 박스 안에서 속삭이고 있어, 그녀는 생각했다. *그런데 어쩐 일인지, 그게 미친 짓처럼 보이지를 않아.*

"세계의 그쪽 지역에서는," 새미가 말했다. "비가 내리면 엄청난 폭우가 쏟아져. 대량의 빗물이 시내 공원들의 배수로로 흘러가는 거야. 그런 도시들에는 대형 폭풍을 감당할 빗물 배수관 구멍들이 설치돼 있어. 7층에서 오간 논쟁은 이거야. 드론을 호출했을 때 그는 거기에 배수관 구멍이 있다는 걸 사전에 알고 계획을 세웠던 건가, 아니면 드론을 호출한 다음에 갑자기 그 구멍을 보고는 가미카제가 되겠다는 마음을 고쳐먹은 건가?"

"당신 생각은 어떤데요?" 페이가 물었다.

"내 생각은 중요치 않아." 새미가 대답했다. "그가 어떤 결정을 내렸건, 그는 그 일을 해냈어. 이걸 생각해봐. 드론 공격을 호출하는 건 정말로 어려운 일이었을 거야. 그가 있던 세계가 폭파된 후 그가 그 아래 빗물 배수관 안에 있었을 때, 사방이 먼지투성이고 햇빛은 구멍을 통해 조각조각 끊어져 들어오며 생존자를 찾아 질주하는 구조대원들의 소리…… 거기에 그대로 갇힌 채로 있는 거야. 구해달라고 소리를 질렀다가는 자신의 진실이 밝혀질 테니까 소리도 지르지 못한 채로…… 그런 상황을 떠올린 나는 망할 놈의 '당신을 감옥에서 *영원히 꺼내주겠소*' 카드를 그에게 사주고야 말았어. 밤이 왔어. 그는 포복으로는 길을 헤치고 나갈 수가 없었지. 빗물 배수관 속으로, 도시의 하수관 속으로 폭발 잔해와 덩어리가 떨어졌어. 아마 그는 그 아래에서 열네 시간쯤 있었을 거야. 다른 빗물 배수관에 쏟아지는 햇빛을 본 그는 생쥐들과 함께 거기에서 기어 나왔어. 어떤 여자에게서 휴대전화를 빼앗기 위해 그 여자를 폭행해야 했지. 그는 그걸로 패닉 라인에 전화를 걸고는 똥물에 흠뻑 젖은 채로 악취를 풍기면서 숨어 있었어."

새미가 유리벽 바깥쪽을 응시했다.

그는 눈빛으로 페이를 꿰뚫어버리려는 듯 그녀를 노려봤다.

"우리가 그를 데려왔을 때, 그는 부상을 입었지만 운신은 가능한 듯 보였어. 물론 공식적으로는 사망한 상태를 유지해야 했지. 얼굴에 수술─드론 공격으로 손상을 입은 그를 예전의 모습에서 *최대한 수습 가능한* 모습으로 복구하는 수술─을 조금 받아야 했지만 말이야. 어쨌든 그가 나이를 먹으면서 외모도 바뀌었어. 내가 그를 제일 잘 알았던 시기가 그때였어. 블랙워터(Blackwater)처럼 자네도 아는 다른 10여 개 업체랑 자네가 전혀 들어본 적이 없는 다른 10여 개 업체 같은 민간 하청업체가 판을 치던 시기였지. 하청업체는 지금도 여전히 미국이 벌이는 스파이 활동의 4분의 1쯤을 차지하고 있지만, 그들의 영향력은 줄어들고 있어. 콘돌은 나를 아웃소싱된 작전에 끌어들였어. 자네가 작전 책임자나 그들이 벌이는 쇼가 어떻게 전개될지를 믿지 못하겠거든, 의지할 수 있는 선수 옆에 바짝 달라붙도록 해. 나는 내 일을 했고, 그에 따른 대가를 치렀고, 지금은 그 일을 전혀 신경 쓰지 않아. 내가 그 일에서 완전히 벗어났을 무렵 ─얼굴을 꼿꼿이 세우고 엉클 샘(미국을 의인화한 캐릭터)의 품에 복귀했을 때─ 콘돌은 공식적으로 미치광이가 돼 있었어."

새미가 말했다. "조직에서는 그가 호전되고 있다는 걸 내가 확인하는 것조차 허용하지 않았어."

"호전되지 않았는지도 몰라요." 페이가 말했다. "그런데 무슨 일이 일어나고 있는 거예요?"

"내가 알고 싶은 게 바로 그거야."

"보스는 당신이잖아요."

"정말?" 새미가 미소를 지었다. "소문은 어때? 우리가 우리 ABC를 계속 다시 써온 '기록'은 어떻고? 랭글리 7층이나 백악관의 웨스트 윙(West Wing, 대통령 집무실과 비서진이 있는 건물)은 어때? TV 카메라를 받을 만한 일이면 무엇이건 찾아다니는 모든 사기꾼들은 어때? 자신들만큼이나 솜씨 좋은 킬러라고 생각되는 도망자를 쫓아다니는 저 밖의 우리 인력들은 어떻고?"

"그들은 먼저 총질부터 하고 보겠죠."

"그들 입장에 서봐." 새미가 말했다. "그 입장이 되면 자네도 그럴 테니까."

새미는 그녀를 바라봤다. "자네는 내가 신뢰할 수 있는 사람인 콘돌을 가장 마지막으로 접촉한 사람으로 알려져 있어."

"내가 그를 찾아내기를 원하는군요."

"오호, 그는 발견될 거야. BOLO를 온 세상에 공개할 거라는 생각은 잊도록 해. 우리는 저 밖에서 그를 쫓아다니는 대단한 그림자 헤드헌터들을 보유하고 있어. 그는 그 정도로 뛰어나지는 않아. 오래 버티지는 못할 거야.

하지만 그런 일이 일어나기 전에, 그가 체포되거나 총에 맞아 쓰러지기 전에, 내 통제권 밖에서 그 두 가지 일이 벌어지기 전에, 나는 *자네가* 그에게 발견되기를 원해."

페이는 눈을 깜박거렸다. "무엇 때문에 그가 나를 찾아다닐 거라고 생각하게 된 거죠?"

"미친 생각이지. 그의 현재 상태로 알려진 것만큼이나 미친 생각이야. 하지만 그는 그렇게 미치지는 않았을지도 몰라. *그가 자네를 찾아다니지는 않을 거라는 뜻이야. 하지만 그가 자네를 발견하면……* 그의 입장에서도 자네는 그와 공식적으로 접촉한, 얼굴을 아는 마지막 인물이야. 그가 하수관을 탈출할 방법을 찾고 있다면, 그가 보기에 자네는 빠져나갈 길을 알고 있을지도 모르는 사람이야. 물론 그 길은 바로 나한테로 오는 길이지."

"무슨 일을 해야 할지 감도 안 잡혀요."

"발품을 팔아. 자네가 가는 길에 총알이 날아오고 있다는 걸 자네 머리가 알려주기 전에 그 총알을 피하게끔 해주는 게 있으면 무엇이건 따라가봐."

"저 밖에는 전혀 엉뚱한 곳으로 이어지는 길이 100만 마일은 돼요."

"그렇지." 새미는 눈을 깜박거리지 않았다. "자네한테 위장 팀을 줄 수는 없어. 그는 그 팀을 보는 순간 알아차리고는 도망칠 거야. 피로 목욕을 하거나 은신처로 돌아가겠지. 그러면 내 입장에서, 우리 입장에서 성공 가능성은 형편없이 떨어질 거야."

새미가 의자에 몸을 기댔다. "내 전화번호 갖고 있지? 난 자네 번호를 갖고 있어. 나는 콘돌이 체포됐다는 말을 전하려고 전화를 거는 사람이 되고 싶지는 않아."

"그는 당신 친구였어요. 당신도 그를 좋아해요. 그를 신뢰하죠. 당신은 그가 살아 있기를 원하죠, 맞죠?"

"내가 알고 싶은 걸 알고 싶어. 그리고 이 모든 일이 올바른 방식으로 일어나기를 원해."

페이가 일어섰다. "피터는 어떻게 생각해요? 당신은 그의 인생을 완전히 뒤집어놓았어요."

"그의 죽음과 관련해서 가장 슬픈 건 그가 세상이 알아줄 만한 가치가 있는 일을 하나도 남겨놓지 못했다는 거야. 내 개인적인 생각에, 피터는 누군가의 잘못된 시간에 잘못된 장소에 가는 잘못을 저지른 사내였어."

"콘돌은 어떤가요?"

"그도 비슷하지, 뭐."

그녀가 유리문 손잡이에 손을 올렸다.

그를 뒤돌아봤다. "뭐예요? 작별의 ABC도 없는 거예요?"

"항상 조심해(Always Be Careful)." 그가 어깨를 으쓱했다. "그렇지 않으면, 십자가형 당하는 걸 받아들여(Accept Being Crucified)."

그녀는 콤플렉스 제드의 창고를 가로질러 걸었다. 창고에는 휴대용 워크스테이션과 데이터 검사용 구역, 접이식 테이블이 가득했고, 그 뒤에는 하드웨어로 가득한 거대한 철제 트렁크들과 빛을 발하는 유리 부스가 있었다.

페이는 생각했다. *미치광이 이상으로 미쳐 날뛰어라(Act Beyond Crazy).*

그녀는 책상 옆에 놔둔 출동용 가방에서 꺼낸, 샤워를 마친 후에 입는 복장을 입었다. 짙은 색 바지, 회색 블라우스, 벨트에 찬 글록 40구경을 덮으면서 공식 신분증과 배지가 담긴 폴더들을 소지할 수 있는, 사무용 복장으로도 괜찮은 블레이저. 페이는 라커룸 안에 있는 자신의 라커로 뚜벅뚜벅 걸어갔다. 그녀의 라커를 수색한 다람쥐들은 거기를 다녀간 사람이 아무도 없었던 것처럼 꾸미는 것으로 그녀를 모독하지는 않기 위해 라커를 충분히 어수선하게 놔두고 떠나는 정도의 전문가다운 예의를 차렸다. 그녀는 그들이 발견한 것들을 모두 알고 있었다. 그들이 무엇인가를 거기에 심어두지만 않았다면 말이다. 그들이 무언가를 심어뒀을 경우, 그런 걸 모른다는 대답은 거짓말 탐지기 조사나 성직자처럼 성스러운 심문관들이 심문을 하면서 사용하는 모든 종류의 자백유도제들 아래에서도 믿음직스러워 보이는 반응일 가능성이 높았다.

어쩌면 어젯밤에 그들이 나한테 준 약과 비슷할지도……

라커 수색이 문제가 되지는 않을 거라는 걸 그녀는 알고 있었다. 그녀는 임무 수행에 필수적인 물건들 중에서 숨겨야 할 게 하나도 없었다.

지금까지는.

그런데 그들이 나로 하여금 크리스를 제물로 바치게 만든다면……

세상에는 고민하고 싶지 않은 일들이 있다.

그녀는 탄창이 두 개 들어 있는 주머니를 재킷 아래 벨트 왼쪽에서 낚아챘다. 스프링이 둔탁한 소리를 내며 날을 펴는 금속 잭나이프에는 손잡이가 납작한 쪽에 벨트 클립이 있었다. 그녀는 그걸 척추 위의 벨트에 찼다. 의자에 앉더라도 잭나이프는 *견딜* 만했다.

세상 물정에 밝은 영리한 스파이라면 최신 유행인, 스웨이드 가죽으로 지은 배낭형 백에 든 짐을 꺼낼 때 *깊이 고민했을* 것이다. 거기에 든 내용물을 라커 선반에 체계적으로 올려놓을 것이다. 그녀가 다시 돌아올 거라는 걸 믿는다는 뜻으로 깔끔하게 물건들을 진열하면서 말이다. 그녀가 떠난 후 그녀의 라커를 열어볼 프로파일러들과 다람쥐들을 위한 신뢰할 만한 단서로서 말이다.

그녀는 배낭형 백을 라커에 털썩 내려놓고는 임무용 세면용품 파우치만 백에 집어넣은 후, 콘돌을 면담할 때 입었던 짧은 검정 레인코트를 움켜쥔 다음 라커 문을 힘차게 닫았다.

휴대용 보관 기구와 운반용 트렁크들로 만들어진 캠프의 윗부분에 걸린 수작업으로 만든 포스터에는 이렇게 적혀 있었다. '장비 불출 특무대 (Equipment Disbursement Detail, EDD)'. M4 카빈을 멘 SWAT 경비원 두 명이 EDD의 접혀지지 않은, 교회 친목회에 어울릴 법한 테이블 뒤에 앉은 흰 셔츠와 타이 위에 방탄조끼를 입은 산타(Santa) 근처를 서성거렸다.

산타의 휴대용 망막 스캐너를 통해 자기 신분을 확인해 준 페이는 그녀의 식별자와 작전 암호를 테이블 위의 랩톱에 입력하는 것으로 그녀의 접속/작전 레벨을 밝힌 다음, 산타가 밝힌 보유 물품과 제공 가능한 물품들 중에서 그녀가 원하는 것을 놓고 협상을 벌였다.

가짜 여성의 이름이 박힌 신용카드 두 장이 눈도 깜빡하지 않는 그에게서 건너왔다.

현금은 아무 문제없었다. 20달러와 50달러 지폐들, 10달러짜리 두 뭉치와 5달러짜리 두 뭉치를 포함해서 총 2,500달러.

페이는 블라우스 단추를 풀었다.

산타는 그들이 그의 아이패드에 입력한 리스트를 응시했다.

그가 말했다. "전쟁하러 가나요, 요원?"

"나는 내가 무슨 일을 하고 있는지 잘 알아요." 페이는 거짓말을 했다.

산타는 잠겨 있는 보관용 트렁크들이 이룬 협곡으로 모습을 감추기 전에, 그녀에게 정부의 모든 우수한 스파이 우두머리가 비밀 요원들에게 수여하는 조언을 건넸다. "영수증은 반드시 챙겨요."

그녀는 블라우스를 테이블에 올려놓고 속옷 차림으로 거기에 섰다.

산타는 그녀의 휴대전화를 위한 충전기와 보조 배터리, 그녀가 입기에는 너무 사이즈가 큰, 튀지 않는 연한 파란색 나일론 재킷과 방탄조끼를 그녀에게 건넸다.

"무게는 3.2킬로그램이에요." 그녀가 방탄조끼를 입는 동안 그가 말했다. 페이는 블라우스의 벌어진 옷깃 너머로 드러날 방탄조끼의 천이 최신 유행 티셔츠에 잘 어울릴 거라고 혼잣말을 했다. "금속판은 들어 있지 않아요. 하지만 대부분의 전투용 권총을 막아낼 거라는 평가예요. 불평불만은 하나도 제기되지 않았어요."

"불만을 제기하고 싶어도 그럴 수가 없었겠죠."

산타는 어깨를 으쓱하는 것으로 그 주장을 인정했다. 그는 그가 구할 수 있는 장비를 가져오기 위해 장비들이 담긴 트렁크의 협곡으로 돌아갔다. 돌아온 그는 그녀가 배낭형 백에 무거운 장비들을 정리하는 걸 도왔다.

"우리가 이것들을 가지고 있다는 점에서 당신은 운이 좋은 거예요." 산타가 어깨를 으쓱했다. "나라는 인간이 좀 감상적이에요."

"나라는 인간은 흡족한 쇼핑객이고요." 거짓말을 한 페이가 엘리베이터 쪽으로 걸어갔다.

그녀는 화장실을 들르는 건 쓸모없는 짓이라는 걸 잘 알고 있었다. 그녀는 두 손으로 자기 몸을 쓸었다. 잭나이프를 사용해서 그녀의 폴더에 들어 있는 배지의 뒤쪽을 확인했다. 막 바른 접착제 냄새가 나는지 확인하려고 스니커 비슷한 그녀의 검정 신발 밑창의 냄새를 맡아봤다. 새미, 또는 NROD나 국토안보부나 CIA에 있는 그녀의 보스들은 그녀에게 추적 장치를 심을 필요가 없었다. 그들은, 그리고 아마도 온 세상은 그녀의 휴대전화에 있는 GPS로 그녀의 위치를 확인하고 있을 것이다.

네가 어디에 있는지 그들이 알더라도 그들이 거기에서 너한테 손을 댈 수 없다면 아무 문제없어.

엘리베이터가 그녀를 메인 로비에 내려줬다.

유리로 된 벽 너머에서 다른 세상이 기다리고 있었다.

페이는 회전문을 밀고는 그녀의 길을 나아갔다. 광장을 가로질러 인도로 걸어가서는 택시를 잡으려고 손을 들었다.

그는 아마 걸어 다닐 거야. 그러니까 나도 그렇게 해야 해.

택시 한 대가 인도로 미끄러져 들어와 멈췄다. 택시에 탄 그녀는 가고자 하는 목적지를 기사에게 말했다. 택시기사는 새미가 거느린 병사 중 한 명인 것 같지는 않았다. 하지만 새미가 굳이 그러겠다고 마음을 먹었다면, 그는 그녀가 모르는 얼굴을 이용했을 것이다.

결국 그녀는 그녀를 지원하는 위장 팀을 갖지 못하게 돼 있었다.

배낭이 그녀의 옆자리에 무겁게 놓여 있었다.

배낭 때문에 속도도 느려지고 체력도 떨어질 거야. 하지만 저 무게는 그것 때문에 치러야 할 그런 대가보다 더 큰 가치가 있어.

"러시아워예요." 기사가 말했다. 나이지리아 억양으로 판단되는 영어를 구사하는 흑인이었다. "손님이 가려고 하는 데를 가려면, 거기까지 데려다 주려면 항상 러시아워예요."

"그래요." 그녀는 백미러에 비친 그녀의 얼굴이 그들이 빠르게 지나치는 인도를 향하고 있다는 걸 그가 볼 수 있도록 고개를 돌렸다. 더 이상의 대화는 없었다. 그녀는 두 눈으로 그의 사이드미러를 훑었다.

기사가 선택한 경로는 그들을 위스콘신 애비뉴 한참 아래로 데려간 다음에, 까다로운 좌회전을 해서 해군성 천문대(Naval Observatory)의 울타리 쳐진 구내와 부통령 관사 옆에 있는 매사추세츠 애비뉴로 데려갔다.

부통령 관사 아래에 있는 매사추세츠 애비뉴는 외국 공관 거리다. 윈스턴 처칠이 손가락으로 V자를 그리는 청동상이 영국 대사관 앞에 있고, 페이가 태어나기 이전에는 초현대적인 것처럼 보였던 브라질 대사관의 성채 크기만 한 검정 유리 박스가 있었으며, 유럽 강대국들을 위한 석조 맨션들이 있고, 1977년에 과격한 하나피(Hanafi) 무슬림들이 브네이 브리스(B'nai Brith, 유대인 문화 교육 촉진 협회) 본부와 D.C.의 정부청사를 따라 유혈 인질극을 벌였던 이슬람 센터가 불규칙하게 퍼져 있다.

두 블록을 지난 후, 그녀의 택시는 하나피 포위가 있기 1년 전인 미국 독립 200주년에 아이오와 주 워털루 출신의 전직 CIA 요원이 포함된 암살단이 전직 칠레 외교관을 살해하기 위해 러시아워 동안 자동차를 원격 폭파했던 셰리든 서클(Sheridan Circle) 주위로 흘러들어갔다. 미국인 한 명의 목숨을 앗아가고 그녀의 남편에게 부상을 입힌 그 사건은 남미의 우익국가 6개국이 협력해서 수행한 비밀 스파이 작전인 콘돌 작전의 일환이었다.

페이는 써드 스트리트와 펜실베이니아 애비뉴 SE가 만나는 모퉁이에서 택시를 세워 내렸다. 의사당이 그녀의 뒤에서 기다리고 있었다. 콘돌이 일하는 의회도서관 사무실이 그녀의 왼쪽 몇 블록 건너에 어렴풋이 보였다. 의회의 영역에서부터 시작된 펜실베이니아 애비뉴가 카페와 술집과 레스토랑들이 있는 몇 블록이나 멀리 펼쳐졌다. 스타벅스가 있었고, 세 개의 상이한 집단들이 쓰는 사무실들의 명단이 길가 출입문에 붙어 있는 2층짜리 벽돌 건물이 있었다. 모두 공공정책과 관련된 일을 하는 것처럼 들리는 집단들의 이름은 그들이 실제로 하는 일에 대해서는 하나도 보장하지 못했다.

여기가 당신 구역이었어, 콘돌.

페이는 자기가 한 말을 정정했다. *당신 구역이야.*

나를 봐요, 그녀는 거기에 서서 소망했다. 러시아워 끝물의 차량들이 그녀의 옆을 쌩하고 지나쳤다. 일을 마치고 어딘가로 향하는 의회 직원들의 행렬이 이제는 가늘어지고 있었다.

그녀가 전망창을 통해 빠르게 훑어본 후 내부에 문제가 없다고 확인한 스타벅스 말고도, 콘돌의 신용카드 청구서에 자주 등장했던 '사교용 영업장'들이 포스 스트리트 가까운 블록에 기다리고 있었다.

튠 인(the Tune Inn). 정면이 납작한, 맥주와 버거를 파는 그 살롱은 코트와 타이 차림들이 친숙하게 여기는 레스토랑과 바가 있는 그 블록의 벽면에 수직 갱도처럼 오목하게 들어가 있었다.

튠 인 안쪽으로 두 걸음을 내딛은 순간, 페이는 콘돌이 왜 거기에 왔는지를 알게 됐다.

살롱으로 세 걸음 들어간 그녀는 왼쪽에 있는 바에 폴라스키가 앉아 있는 걸 발견했다. 그녀는 화장실과 주방 앞에 있는 부스의 뒤쪽 끝을 향해 걸었다. 폴라스키는 특수 임무만 수행하는 요원이었다. 가느다란 수염을 기르고 잠복근무 위장 팀 임무를 수행하는 그는 지금 당장 카불의 길거리에 떨어뜨려 놓더라도 문제가 없을 정도였다. 더러운 청바지, 그리고 어깨에 멘 권총집에 든 권총 두 정을 덮고 있는 게 분명하다고 페이가 확신하는 때 묻은 윈드브레이커 같은 의상을 다른 옷으로 바꿔 입히는 식의 사소한 정도의 변화만 주면 말이다. 그는 밀러 맥주병에 눈을 고정시키고 있었다.

폴라스키가 앉은 의자에서 세 번째 의자에는 조지아가 앉아 있었다. 앨라배마 출신의 전직 경찰인 그녀는 앞에 놓인 반쯤 찬 화이트와인 잔에서 눈을 뗄 수 없는 불행한 술꾼처럼 차려입고는 두 손을 그녀의 휴대전화 옆의 상처투성이 봉 위에 가볍게 올려놓고 있었다.

새미는 그녀를 홀로 길거리에 내보냈다는 바로 그 이유 때문에, 표준적인 작전 절차에 따라 투입되는 개들을 철수시키지 않았다. 헤드헌터 순찰대 말고도, 콘돌의 집에, 그의 사무실에, 그리고 그가 자주 다닌 곳으로 알려진 방문 빈도 상위권에 해당하는 장소 다섯 곳에 위장 팀들이 있을 것이다. 페이는 스타벅스에서 그녀가 알아보지 못한 사람이 있었는지 궁금했다. 하지만 작전 계획에 그 위장 팀은 외부에 나와 있는 위치 감시팀으로 명시됐을 것이다. 감시자들이 스타벅스 출입문들을 커버할 수 있는 위치에 밴 한 대가 주차해 있으면서 표적 지역에 대해 더 많은 걸 훑고 있을 것이다.

그녀는 그들을 알아봤다는 걸 표 내지 않으면서 동료들을 지나쳤다.

그들 중 한 명이 통제실에 그녀가 현장에 있다는 문자를 보낼 것이다. 보스들이 그녀의 휴대전화에서 날아오는 위치 정보를 이미 알고 있지 못하다는 듯이.

"부스에 앉을래요, 아가씨?" 60대 웨이트리스가 물었다. 그녀의 머리와 얼굴은 10대 시절에 메릴랜드의 소도시에 지나가는 픽업트럭을, 그녀를 여기 멀리까지 태우고 온 픽업트럭을 모두 서행시켰었지만, 지금은 강인한 기운을 여전히 풍기면서도 너무 늙어버려서 부스스하기만 했다. "아가씨가 앉고 싶은 데 아무 데나 앉아요."

이게 콘돌이 좋던 거야, 페이는 생각하면서 검정 쿠션이 놓인 빈 부스를 차지했다. 갈색 패널로 덮인 튠 인의 벽에는 박제된 동물의 머리들과 작동하지 않을 게 분명한 총이 걸린 총걸이, 미국 야외의 고속도로들을 따라 놓여 있는 트럭 정차장에서 가져온 그림과 명판, 맥주 표시판이 걸려 있었다. 그녀는 주방 출입문 너머의 주방에서 나는 식용유와 맥주 냄새를,

도시의 거리에 저녁 무렵에 떠다니는 냄새를 맡았다.

이곳은 미국인이 집이라고 부를 수 있는 술집이었다. 모든 일이 여전히 가능한 듯 보였던 2차 세계대전 이후의 시절처럼 느껴지는 곳. 여기에서는 찢어진 티셔츠도 입을 수 있었고, 턱시도도 입을 수 있었다. 어쩌면 주중에는 그런 차림 중 하나로 여기에 들어올 수 있을 것이다. 어느 표지판은 이 술집이 캐피톨 힐에 있는 다른 술집들보다 더 오래 이 자리에 있었다고 말했다. 페이는 그 말을 믿었다. 풀라스키와 조지아가 앉은 바에 있는 다른 의자 대부분에는 평탄한 인생길에 오르지 못한 사람들이 앉아 있었다.

다른 부스에는 내일모레면 쉰 살이 되는 여자 두 명이 있었다. 그들의 염색한 금발과 하얀 모헤어 스웨터, 진주 목걸이는 그들이 이혼수당을 듬뿍 받았다는 걸 보여줬지만, 대학 다닐 나이가 된 그녀들의 아들들은 따분하거나 창피한 기색을 보이지 않으려고 애쓰면서 왕년에 일어났던 일들에 익숙한 장소에 당당하게 모습을 드러내고 있었다. 그들이 냉담함을 유지하려고 애쓰는 동안, 페이는 그 대학생들이 그들보다 기껏해야 두세 살밖에 많지 않은, 세 개로 흩어져 있는 의회 보좌관 그룹들을 눈으로 계속 쫓고 있다는 걸 알았다. 가정환경의 불리함을 극복하고 일자리를 따낸, 아버지가 주는 장학금으로 하버드를 다녔거나 앞으로 몇 십년간 갚아나갈 학자금 대출을 받아 내륙의 주립대학들을 나온 보좌관 남녀들. 어쨌거나, 그들은 성공했고, 그들은 여기, '더 힐(the Hill, 미국 국회의사당)'에 있다.

그들 모두가 믿고 싶었던 것이 그들의 핏줄 속에 흘렀던 미국처럼 느껴지는 술집에.

콘돌이 행크 윌리엄스와 더스티 스프링필드, 브루스 스프링스틴, 그리고 페이가 이름으로만 알고 있는 로레타 린과 다른 아이콘들과 같은 하늘을 날고 있는 여러 컨트리 앤 웨스턴 가수들의 노랫소리 가운데에서 클롱들이 들리기를 희망하며 여기에 왔다는 걸 알기 위해, 페이는 굳이 바에서 오가는 수다와 주크박스 돌아가는 소리를 덮는 음악에 귀 기울일 필요가 없었다.

"뭘 갖다드릴까, 아가씨?" 부스스한 머리의 웨이트리스가 페이가 앉은 부스 뒤에 몸을 기대고는 손님에게 진심 어린 미소를 보냈다—젠장, 우리는 여기에 처박힌 신세야. 우리가 얻을 수 있는 행복을 찾아 다른 곳으로 떠나는 편이 나을 거야—.

페이는 햄버거와 콜라를 주문했다. 단백질과 카페인. 연료와 불꽃.

"다이어트는 안 하는 거네, 맞지? 잘 생각했어, 아가씨." 웨이트리스는 주방을 향해 큰 소리로 음식을 주문하고는 페이에게 음료수를 갖다주려고 바 쪽으로 향했다.

내가 갇혀 있는 방법들을 판단하게 해줘, 주크박스가 도는 동안 페이는 생각했다.

어디로 가야 할지를 몰라. 내가 했어야 할 일을 하는 법을 몰라. 살인자—어쨌든 올바른 살인자—에게 발견되는 법을 몰라. 여기서 어떻게 결말을 맞게 될지 몰라…… 으음, 어쩌면 여기서 이와 비슷한 결말을 맞게 될지도 모르지.

날 사랑하는 남자에게 나를 떠나라고 경고할 수 있는 방법을 몰라.

오래전에, 이 술집에는 공중전화가 있었을 것이다. 하지만 공중전화가 지금도 있더라도, 페이는 여전히 그걸 사용할 수 없었다. 위장 팀은 그걸 포착할 거고, 공중전화로 통화하는 상대 전화의 좌표를 재빨리 지휘 센터에 넘길 것이며, NSA의 메인웨이(MAINWAY) 컴퓨터들은 페이가 전화한 사람 또는 장소를 요원들에게 엄청난 속도로 전송할 것이다. 동일한 이유에서, 그녀는 크리스에게 전화를 걸어 직장에 있는 그에게 메시지를 남기거나 그의 휴대전화로 통화하려고 자기 휴대전화를 사용할 수가 없었다. 페이는 약간 취한 수준에서 맥주 한 잔 정도를 더 마신 의회 직원 중 한 명에게서 전화기를 훔칠까 고려해봤다. 하지만 임무를 수행하는 중에 맞닥뜨리는 모든 문제는 리스크를 증대시킨다. 그리고 휴대전화 절도 시나리오의 리스크는 그녀가 전화기를 훔치고 싶어 하는 이유와 비등했다. 크리스가 이 모든 일에서, 그녀에게서 벗어난 상태를 계속 유지하게 만들기.

그녀는 무슨 일이 있어도 그렇게 해야 한다고 혼잣말을 했다.

그가 안전하다는 걸 아는 것, 그가 거기 있다는 걸 아는 것, 그가 여전히 관심을 갖고 있다는 걸 아는 것하고, 내가 연락을 취하고 그를 만지고 싶어 하는 것하고는 아무런 관련이 없어.

내가 어쩔 도리가 없을 때가 돼서야 할 일은, 그녀는 좌석에 쿠션이 설치된 술집 부스에 앉아, 주크박스가 사라 리 거스리와 조니 아이언의 노래를 몇 곡 연주하는 동안 콜라를 홀짝이며 혼잣말을 했다. 그가 나를 걱정하고 있다고 걱정하는 거야.

일몰이 바 끝에 있는 앞 유리창을 분홍색으로 물들이고 있었다. 그동안 그녀는 맛을 느낄 수 없는 햄버거와 갈증을 달래지 못하는 콜라를 억지로 해치웠다.

배에서 꼬르륵 소리가 났다. 그녀는 신경이 곤두선 탓에 그런 게 아니라고, 술집 음식 때문인 게 분명하다고, 어쩌면 전날 밤에 삼킨 약 때문일 거라고 혼잣말을 했다.

그녀는 무거운 배낭형 백을 들고 '여성'이라는 레이블이 붙은 지저분하고 흠집 많은 갈색 나무문을 열고 들어갔다.

후크를 걸어서 잠그는 자물쇠는 예의 바른 손님이 당기는 힘 정도는 막아주겠지만, 그 이상은 막지 못할 것이다.

콘돌이 저 문을 열고 들어온다면 얼마나 좋을까!

하지만 그런 일은 없을 것이다. 그런 일이 있더라도, 바에 있는 동료 두 명이 그를 먼저 차지할 것이다. 그녀가 아니라. 그녀와 새미와 그들 두 사람이 필요로 하는 사람이 아니라.

그녀는 칸막이 안으로 들어가 해야만 하는 일을 하는 동안 금속 칸막이의 문을 잠그지 않았다. 누군가가 화장실을 급습할 경우, 앞이 가로막히지 않은 상태에서 총을 쏠 기회를 갖고 싶었다.

하얀 세면대에서 손을 씻은 그녀는 눈을 들어 거울을 봤다.

그녀의 얼굴을 향해 뒤쪽을 응시하라고 명령하는 얼굴을 봤다.

기회를 봤다.

멍청해, 분명 그렇지. 미쳤어, 분명 그래. 진부해, 분명 그래. 위험해. 설령 그렇더라도 그녀는 여전히 최선을 다할 셈이었다.

그녀는 배낭형 백에서 임무 수행용 세면도구를 찾아냈다. 페이 자신이라면 절대로 바를 일이 없는 종류의, 목격자의 인지감각을 장악할 '나를 주목하세요' 종류의, 그녀가 결코 사용할 일이 없는 싸구려 야전 행동 요령에 속하는 싼 티 나는 빨간 립스틱이 든 황금색 튜브를 찾아냈다.

그녀는 다이얼을 돌려 황금색 튜브에서 화려한 빨간 막대를 빼냈다.

눈에 확 띄는 밝은 체리 레드색으로 거울 위에 글을 썼다.

202-555-4097 크리스에게 전화해줘요.

그에게 여기 이 굽잇길에 더 나은 길들이 있다고 말해줘요.

고마워요. F.

그러고는 립스틱으로 쓴 메시지 주위에 빨간 하트를 그렸다.

거울에 그린 하트 밑에 기다란 핏빛 빨간 줄을 그었다……

그녀가 시도한 두 번째 시도를 봤다.

뛰지마.

화장실에서 걸어서 나가.

네 부스로 돌아가.

그녀는 미화원이 피곤한 눈으로 암모니아 세제를 뿌리고 대걸레질을 하기 전에 화장실을 사용할 이 술집에 있는 그녀의 *자매들*을, 오늘 밤에 아직 오지 않은 그녀들을 훑어봤다. 분명히 여자 몇 명이 그 거울 앞에 올 것이다. 낭만적인 영혼의 소유자가, 호기심을 용감히 행동으로 옮길 누군가가. 그리고 휴대전화를 가진 누군가가.

그녀는 저녁 식대를 후한 팁을 얹어 지불했다.

그녀는 거기에 서 있는 것으로, 마지막 프렌치프라이를 접시에 있는 케첩에 푹 찔러 넣는 것으로 자신이 서두르고 있는 게 아니라는 걸 보여줬다. 그녀는 콜라의 마지막 모금을 마시려고 빨대를 입술 사이에 꽂았다.

분명히, 술집에 앉아 있는 사람은 누구나 이 모습을 봤을 거야.

그녀는 그러고 나서 보고할 만한 가치가 있는 모습을 보이거나 말을 하지 않으면서 술집을 나왔다.

그녀가 인도에 걸음을 내딛을 때, 가로등 때문에 허약해진 어스레한 황혼이 그녀를 집어삼켰다. 오른쪽으로 방향을 꺾을 수도 있었지만, 그녀의 직감은 콘돌은 감상적인 사내라고 명령했다. 그래서 그녀는 통제실에 전화를 거는 동안 왼쪽으로 방향을 틀었다.

휴대전화로 들리는 새미의 목소리가 그녀의 귀를 눌렀다. "소득 좀 있나?"

"감이 왔어요." 페이는 깔깔거리는 사내아이가 탄 유모차를 밀고 가는 그녀 또래의 운 좋은 어머니를 잰걸음으로 지나쳤다. "나한테 뛰어놀 수 있는 공간을 주세요."

"어떻게?"

"위장 팀들에게 감시 작전구역에서 내가 눈에 띄더라도 뒤로 물러나라고 지시하세요."

"내가 할 수 있는 일은 다할게. 작전이 안전한 한도 내에서 가급적 많은 여유를 줄게. 이제부터 어떻게 할 건지 말해봐."

"당신이 아는 게 무엇이건, 내가 말을 하면 당신은 사전에 계획을 세우려고 애쓸 거고, 그러면 나는 상당히 곤란해질지도 몰라요."

"그런 식으로 활동할 작정이라면, 그를 절대로 놓치지 말아야 할 거야." 새미는 전화를 끊었다.

페이는 중얼거렸다. "*ABC나 먹어라, 개새끼야.*" 그녀는 그렇게 말하며 휴대전화를 방탄조끼 위에 걸친 셔츠 주머니에 다시 넣었다. 그게 그나마 그녀가 최선을 다해 예의를 갖춘 말이었다.

그녀가 유니언 역으로 뚜벅뚜벅 걸어가는 동안, 하얀 얼음 같은 의사당의 돔이 그녀의 심장 쪽을 지나쳐갔다. 그녀는 역에서 생각보다 다양한 용도로 사용되는, 넝마와 자투리들을 담은 쇼핑카트를 밀고 가는 홈리스 여자를 한 명 봤다고 생각했다. 상부에서 내려온 명령에 따라 뒤로 물러서는 헤드헌터일 수도 있었고, 밤중에 마주친 또 다른 민간인일 수도 있었다. 페이는 자신이 그런 사람들에게 관심을 갖게 놔둘 수가 없었다. 지하철 플랫폼으로 내려가는 유니언 역 외부 에스컬레이터를 탔다. 메트로의 지하철 노선을 보여주는 포스터 크기의 노선도 앞에 섰다. 정차장 이름들은 검정 글씨였고, 그것들을 잇는 지하철 노선은 오렌지색과 파란색, 녹색, 노란색의 두툼한 선이었다. 그리고 빨간색도 있었다.

피처럼 붉은.

립스틱처럼 빨간.

"나는 레드 라인이 좋아요." 그녀는 콘돌이 했던 그 미친 소리에 밑줄을 그었다.

이제는 그가 진실을 말했기를 바랐다.

페이는 파란 스웨터 어깨에 메트로 패치를 단 남자를 봤다. 그는 관광객 차림의 노인 두 명―심지어 콘돌보다 늙었다고 페이는 생각했다―에게 길을 안내하고 있었다. 페이는 관광객들과 메트로 직원 모두가 각자의 본분을 충실히 수행하고 있는 사람들이라고 믿기로 했다. 메트로 직원이 고마워하는 관광객들을 상대하는 일을 마쳤을 때, 페이가 그의 눈을 사로잡았다.

"도와드릴까요?" 그가 말했다.

"아버지 찾아뵙는 길인데요." 그녀가 말했다. 메트로를 일주일에 적어도 세 번은 타면서도, 그녀는 물었다. "아버지 말로는 러시아워가 지난 후에 레드 라인에 있는 정차장 중에 플랫폼이 황량해지는 곳이 있다면서, 내가 그 역의 다음 역에서 내려야 한다고 그러셨어요. 레드 라인 정차장 중에, 우리 아버지 얘기처럼, 지금 이후로 플랫폼에 사람이 많지 않은 데가 있나요?"

메트로 직원은 눈을 깜박거렸다. "정말요?"

그녀는 그에게 가장 우호적인 '무슨 일을 해줄 수 있나요?' 분위기로 어깨를 으쓱여 보였다.

"그럴 수도 있지만…… 잘 모르겠네요. 이 정차장하고…… 여기도…… 아마 이 정차장일 기예요."

페이는 그 정차장을 머릿속에 그려봤다. 지하 플랫폼. 에스컬레이터 한 세트, 열차 트랙 두 세트 사이에 있는 빨간 타일 깔린 플랫폼에서 보이는 회전문이 있는 위층 입구. 양쪽 방향에서 오는 객차들을 위한 어두운 터널들이 있는 회색 시멘트 동굴.

그녀는 고맙다고 인사했다.

거기서 처음 들어온 열차를 탔다.

"문이 열립니다."

페이가 있는 그 정차장에서 한 사람이 열차에서 내렸다. 상향 에스컬레이터에 올라 회전문을 통과해서 사라지는 동안 스마트폰으로 끝없이 밀려오는 이메일에 응답하느라 고개를 드는 일이 거의 없는 비즈니스우먼이었다.

그녀가 연출하려는 그림은 이렇다.

회색 콘크리트 터널에 있는 빨간 타일 깔린 플랫폼에 혼자 서 있는 여자.

나.

우리가 만났을 때 입었던 검은 레인코트 차림. 단추를 채우지 않은 코트. 콘돌은 그걸 기대하고, 그걸 믿을 것이다. 그가 탄 열차가 정차장에 서행으로 들어올 때 나를 볼 수 있을 것이다.

페이는 배낭형 백을 그녀의 신발 앞의 빨간 타일에 내려놓는 게 더 합리적일 거라고 계산했다. *분명해, 그렇게 하면 백이 그녀의 통제권에 있는 게 아닐뿐더러, 그가 감지하고 처리할 수 있는 특징이 하나 더 있는 거니까.* 그녀 입장에서는 걱정거리가 하나 더 생기는 거였지만, 그녀가 기다리는 동안 그 가방 무게 때문에 대가로 치러야 할 에너지를 생각하면 바닥에 내려놓는 편이 더 나은 듯 보였다.

'만약 그렇다면'이라는 가정들이 각각의 트랙들 세트로 끝없이 질주해 내려갔다. *만약 그녀 생각이 틀렸고, 그가 자신이 좋아하는 지하철 노선에서 위태로운 이동 표적이 되는 쪽을 선택하지 않았다면? 메트로 순찰대가 그를 먼저 낚아챘다면? 그들이 그러지 않았을 이유가 뭔가? 그가 플랫폼에서 기다리는 그녀를 보지 못하거나, 무슨 일이 있어도 계속 열차를 타고 가거나, 메트로 객차에서 뛰어나와 피터에게서 훔친 총을 난사해댄다면?*

그녀는 그 모든 걸 잊기로 했다.

철제 레일들이 그녀에게 가져오는 것을 처리하기 위해 기다렸다.

열차 한 대가 쌩 소리를 울리며 역으로 덜컹덜컹 들어왔다. 지켜보는 그녀의 두 눈을 미끄러져 지나가는 동안, 기다란 은빛 뱀의 비늘들처럼 점점이 찍히던 네모난 빛의 창문들이 멈춰 섰다.

"문이 열립니다!"

아무도 내리지 않았다.

그녀가 객차 창문 너머로 던진 시선을 되돌려준 세 사람 중 누구도 내리지 않았다.

"문이 닫힙니다!"

차가 떠났다.

그녀는 시계를 보는 걸 거부했다.

객차들이 역으로 들어와 멈췄다가 한 명이나 두 명이나 세 명을, 또는 대부분의 경우에 그렇듯 객차에서 내려 에스컬레이터에 올라 야경으로 들어가는 사람을 아무도 내려놓지 않는 횟수를 세는 것도 그녀는 하지 않았다.

쌩 소리와 함께 덜컹거리는 은색 열차가 정차장으로 미끄러져 들어왔다.

"문이 열립니다!"

아무도 내리지 않는다. 아무도……

그녀에게서 스무 보 떨어진 지하철 객차의 열린 문간에 그가 서 있었다.

야구 모자를 쓴, 갈색 피부에다 양손을 옆구리에 두고 있는 뚱보 괴물.

손이 비어 있나? 비어 있는 거야?

괴물이 객차 밖으로 걸음을 내디뎠다.

13

"용들이 들판에서 싸우니……"
-『주역』의 곤(坤)괘 효사(爻辭)

남자 한 명과 여자 한 명이 빨간 타일이 깔린 지하철 플랫폼에 둘이서만 서 있다.

남자가 등 뒤 트랙에 있는 은색 객차에서 내린다.

여자는 부드럽고 차분한 자세를 유지하면서, 야구 모자와 우스꽝스러운 안경을 쓴, 갈색 피부의 빨간 재킷을 입은 배가 불룩한 유령을 마주보고 있다. *그녀가 알아챘다는 걸 그는 안다.*

"문이 닫힙니다!"

끝부분에 고무를 댄 문들이 그의 등 뒤에서 둔탁한 소리를 내며 닫혔다.

은빛 객차들이 역에 줄무늬를 남기고 떠난다.

여자가 말했다. "내가 당신이 죽기를 바랐다면, 당신은 지금쯤 저세상으로 가는 중일 거예요."

그녀의 두 손이 옆구리에 머물러 있다. 손이 *비었다*는 걸 보여주려고 손가락들을 활짝 벌렸다. 그들 사이에 있는 빨간 타일이 깔려 있는 9미터 거리는 권총으로 상대를 살상할 수 있는 구역에 해당한다.

여자의 발 근처 타일에 놓인 저 백은 무엇일까? 원격으로 폭발시킬 수 있는 섬광탄? 가스?

"어떻게 지내요, 빈?"

"콘돌이라고 불러요. 우리가 여기에 있는 이유가 그거니까."

"내가 누군지 기억해요?"

"당신의 작전 신분은 페이 머시기요."

"페이 도지어예요. 그리고 그건 작전명이나 위장 신분 이상 가는 이름이에요."

"그래, 당신은 지금은 누군가요?"

"당신을 구조하러 온 사람. 당신의 인솔자. 당신을 모실 경호원. 당신을 안전한 곳으로 데려갈 사람."

"전에도 그런 얘기를 들었던 기억이 있는 것 같소."

여자 쪽으로 한 걸음 더 다가가.

여자는 움직이지 않았다. 위치를 바꿔. 여자의 무게중심을 이동시켜. 여자의 총을 꺼내.

한 걸음 더 가까이 가. 거리를 좁혀.

여자가 말했다. "내 파트너가 당신 거처에서 살해됐어요. 나는 그 일과 관련한 모든 걸 알아야만 해요."

"당신은 내가 그 일에 대해 안다고 생각하는군요."

"흰색 차." 그가 그녀를 가격할 수 있는 거리에서 조금 더 떨어진 세 발짝 거리에 당도했을 때 여자가 말했다. "그 차 때문에 나는 당신이 충분히 많이 알고 있는 건 아니라고 생각하게 됐어요. 그러니까 우리는 동일한 과녁 한복판에 꽂혀 있는 신세예요."

그는 그녀에게서 두 걸음 떨어진 곳에서 걸음을 멈췄다. 그녀는 그가 공격할 수 있는 거리 바깥에 있었다. 그렇지만 그 정도 거리도 가깝기는 하다. 그녀가 무기를 꺼내려고 움직인다면, 이론적으로, 최소한 그에게 지금은 기회다.

콘돌이 물었다. "가방 안에 뭐가 있나요?"

"당신이 나를 신뢰할 수 있다는 걸 보여주는 증거요."

속이 빈 갈색 금속 기둥에 걸린 전광판이 줄지어 등장하는 빛나는 글자들을 내보이며 열차 스케줄을 안내했다. 러시아워는 지나갔다. 다음 열차는 19분 후에 들어올 예정이고, 건너편 트랙의 열차는 그보다 3분 후에 들어올 예정이다. 비어 있는 에스컬레이터들이 그들 두 사람만 서 있는 플랫폼을 윙윙거리며 오르락내리락했다.

그는 그의 빨간 나일론 재킷 아래에서 천둥치듯 쿵쾅거리는 심장소리를 그녀가 들었을 거라고 상상했다. 그가 그녀가 내는 소리 죽인 천둥소리도 들었다고 상상했다. 그녀의 검정 코트 안쪽에 적어도 권총 한 자루가 감춰져 있다는 데에는 의심의 여지가 없었다. 그리고 그는 그녀의 블라우스 아래에 두툼한 방탄조끼가 있는 걸 봤다.

그들이 서 있는 곳은 지하철역에서 가장 낮은 층이었다. 그 플랫폼과 머리 위 6미터 높이에 있는 입구층을 연결하고, 둔탁한 소리를 내며 열고 닫히는 오렌지색 회전문 내부의 빨간 타일 깔린 광장으로 연결하는 에스컬레이터가 있었다. 그 가까운 곳에, 지상에 위치한 도로로 이어지는 '장애인 접근 가능' 엘리베이터의 닫힌 오렌지색 출입문이 있었다. 회전문 너머에는 교통카드 발급기가 있었고, 그 뒤로 불과 몇 걸음 떨어진 곳에는 지상에 있는 세계를 지하의 핏줄로 연결해주는 41초 길이의 에스컬레이터가 있었다. 콘돌은 입구층으로 올라가는 에스컬레이터 꼭대기 너머는 그리 많이 볼 수가 없었다. 오렌지색 회전문을 볼 수가 없었다. 밑으로 올라가는 메인 에스컬레이터들을 볼 수가 없었다.

페이가 물었다. "우리, 얼마나 오랫동안 이렇게 서로를 그냥 지켜만 보고 있을 건가요?"

"내 인솔자님." 그녀는 나에 대해 무슨 생각을 할까. 짙은 색 피부, 야구 모자와 큼지막한 안경, 뚱보 재킷? "나는 고등학교 다닐 때 느린 춤을 좋아했어요."

"여기는 고등학교가 아니에요, 콘돌." 그녀가 말했다.

그녀는 내가 돌아버릴까 봐 걱정했어.

다음 열차는 18분 후.

콘돌의 뚱보 복장보다 다섯 배나 두꺼운 콘크리트 기둥들이 빨간 타일로부터 휘어진 회색 천장까지 솟아 있었다. 그는 FBI 요원 두 명과 은행 강도 두 명이 *마이애미*에서 벌인 일을 기억했다. 그들 네 명은 주차된 차량 한 대를 빙빙 돌며 서로를 쫓아다니면서 반자동 권총들을 난사했었다. 두 명은 달리면서 재장전을 했지만, 그들이 쏜 총알은 모두 빗나갔다. 이 지하철 플랫폼에 있는 기둥 두 개의 둘레를 돌 때 필요한 걸음은 주차된 차량 한 대를 돌 때 필요한 걸음과 별반 다르지 않았다. 그리고 이 터널 아래에서, 빗나간 총알들이 물체에 맞고 튀어나올 수도 있는 위험성은 콘크리트가 갖고 있는 총알에 뚫리는 자동차 금속보다 유리한 이점들을 상쇄시켰다.

"이봐요, 인솔자님." 콘돌이 말했다. "느린 춤을 추는 거요."

그가 뒤로 두 걸음 걸었다.

그가 그들 사이의 거리로 선택한 거리를 유지하기 위해 페이는 앞으로 두 걸음을 내디뎠다.

그녀의 신발들이 빨간 타일 위에 놓은 배낭형 백 옆에 멈췄다.

콘돌이 말했다. "그걸 집어요, 두 손으로."

정말로 천천히, 그녀는 그렇게 했다.

쾅 소리는 나지 않았다. 눈을 멀게 만드는 섬광탄의 불빛도 없었다. 최루가스나 연기도 뿜어져 나오지 않았다.

"봤죠?" 그녀가 말했다. "현재까지는 괜찮아요."

녹색 눈동자, 그는 생각했다. 그녀의 눈은 녹색이야.

"네 앞에 있는 것만 보지는 마."

나한테 그걸 가르쳐준 게 누구였지? 그건 잊어. 유령은 흩어지게 놔둬.

페이가 말했다. "이제는 뭘 할까요?"

"지퍼를 열어요. 가방 입구가 내 쪽이 아니라 당신 얼굴 쪽을 향하도록 확실히 해둬요."

지퍼가 배낭형 백의 입구를 느리게 벌렸다.

콘돌이 말했다. "나한테 보여줘요……*조심스럽게.*"

그녀는 그가 가방 안을 살짝 들여다볼 수 있도록 배낭을 기울였다. "원하는 걸 가져가세요."

그는 가방을 보던 시선을 재빨리 들어 그녀의 두 눈을 봤다.

"내 생각이 맞았군요." 그가 말했다. "어떤 식으로건, 내가 죽는다면 당신 때문일 거요."

"지금은 아니에요." 그녀가 말했다. "나랑은 아니에요. 내가 도울 수 있다면 그런 일은 없을 거예요."

"이게 당신이 주는 도움이요?"

그녀는 어깨를 으쓱했다. "내 진실성을 증명해주는 증거죠."

그는 그녀에게 충분히 가까워지려고 마지막 걸음을 내디뎠다.

그가 오른손을 배낭에 밀어 넣었다. 그녀는 배낭을 닫지 않았다. 그를 함정에 빠뜨렸다. 그녀는 합기도나 유도의 던지기 기술을 시도할 수도 있었지만 그냥 그가 그러도록 놔뒀다.

차가운 쇳덩어리, 특별한 질감이 느껴지는 목재, 그녀가 선택한 끔찍한 무게감이 느껴진다.

콘돌은 백에 넣은 오른손으로 총신이 짧은 38구경 리볼버를 쥐었다.

그는 손 크기만 한 권총을 꺼냈다. 권총에 나 있는 죽음의 구멍이 무심하게 허공을 여기저기로 떠다니게 놔뒀다. 휠 실린더에 든 황동 탄약통이 금빛으로 반짝거리는 게 보인다는 건 이 총에 사용 가능한 총알이 들어 있다는 뜻이었다.

페이가 말했다. "나는 거기서는 당신이 45구경을 좋아할 거라고 생각했어요. 1911년형 최신식을요. 그런데 여전히 당신이 말한 것처럼 당신이……"

푹! 총신이 짧은 리볼버의 싸늘한 철제 총구가 그녀의 이마를 쑤셨다.

"……좋아하는 건." 그녀가 말을 끝맺었다.

그녀는 녹색 눈을 깜빡거렸다.

하지만 그녀는 물러서지 않았다. 몸을 황급히 돌리면서 팔을 휘두르면 그녀의 뇌를 노리는 총알을 물리칠 수 있었다.

남자 한 명과 여자 한 명이 빨간 타일이 깔린 지하철 플랫폼에 외로이 서 있었다.

죽음의 총구로 그녀의 제3의 눈을 누르려고 그가 팔을 쭉 뻗었다.

"나는 내 파트너 피터의 무기로 살해당하는 쪽이 더 마음에 드네요." 그녀가 말했다.

"미안하지만, 그건 나한테 없어요."

"그렇다면 당신이 나를 쏘는 건 멍청한 짓이 될 거예요."

"멍청한 짓을 하는 건 쉬운 일이오."

"여기서 보니 당신은 터프가이라는 생각이 드네요. 당신이 내 파트너의 총을 갖고 있지 않다면, 당신은 그를 죽이지 않았고 누군가가 당신을 무장한 위험인물로 만들려고 그걸 가져간 거겠죠."

"위대한 사람들은 같은 생각을 하는 법이지." 그가 말했다. "놈들 생각도 그렇고, 당신들 생각도 그런가 보군요."

철제 총열이 그녀의 두개골에서 천천히 멀어졌다.

그런데도 그녀는 반격하지 않았다.

콘돌이 리볼버를 자기 재킷 주머니에 넣었다.

그러더니 미소를 지었다.

권총집에 든 45구경 반자동 권총을 배낭에서 들어올렸다. 총은 예비용 탄창 두 개가 든 주머니와 함께 나왔다. 그는 탄창 주머니와 권총집에 든 45구경을 그의 벨트에 모두 채우기 위해 재킷 아래에 있는 짐 덩어리를 어색한 몸놀림으로 옮겼다.

그녀는 고개를 저었다. "당신 모습이 정말 우스워 보여요."

전광판이 다음 열차가 도착하기까지 14분 남았다는 걸 알렸다.

"움직일게요." 그녀가 그에게 말했다. "전화기를 꺼내려는 거예요."

그녀는 왼손 엄지와 검지를 써서 심장 위에 있는 블라우스 주머니에서 휴대전화를 꺼내려고 몹시 딱딱한 동작으로 전화기를 집어 올렸다.

콘돌이 말했다. "스피커 모드로 작동시키도록 해요."

빈 에스컬레이터가 빨간 타일이 깔린 플랫폼을 윙윙거리며 오르락내리락했다.

휴대전화 발신음이 한 번 울렸다. 두 번 울렸다.

콘돌은 전화기에서 들려오는 희미한 배경 소음을 들었다.

페이가 손에 든 전화기에 대고 말했다. "여기에 당신하고 통화하려는 사람이 있어요."

"누군데?" 남자가 말했다.

그 목소리! 여기! D.C. 내셔널 공항. 어린 소녀······ 에이미. 폭탄.

틀림없다. "무슨 얘기를 해봐."

전화기에서 들려오는 남자의 목소리에서는 열의가 느껴졌다. "항상 냉정하라(Always Be Cool)! 콘돌, 저 새미예요!"

콘돌의 뼛속 깊은 곳에서 질문이 솟아났다. "자네, 어디 있었나?"

"당신을 집에 데려가려고 애쓰고 있어요. 어디 있어요, 두 사람 다?"

콘돌은 페이의 대답을 막으려고 손을 거칠게 내밀었다. "여기야. 거기는 어딘가? 랭글리인가?"

"아뇨, 우리 친구 페이가 내가 있는 데를 알아요. 장소가 뭐가 중요하겠어요. GPS 말로는 14분이면 우리 탈출 팀이 당신이 있는 곳에 도착할 거라는군요."

"우리는 이만 사라지겠네. 나중에 보세."

콘돌은 여자의 손에서 전화기를 낚아챘다. 여자는 그가 그렇게 하도록 놔줬지만, 그가 전화기 여기저기를 엄지로 만져대는 동안 그녀는 눈으로 질문 여러 개를 쏘아댔다.

전화기에서 새미의 목소리가 말했다. "페이, 이리 와서……"

콘돌은 통화를 끊었다. 그는 그녀에게 전화기를 돌려줬다.

"전원을 꺼요." 그가 말했다.

그녀는 그렇게 했다.

"우리는 이제 떠나야 해요."

"새미는……"

"그는 여기에 없어요. 우리는 여기에 있지만."

콘돌은 그녀에게서 한 걸음 물러났다. 그의 두 눈은 하나의 이미지로서 존재하는 그녀를 응시했고, 빨간 나일론 재킷 주머니 가까이에 있는 그의 손은 총의 무게 때문에 축 늘어져 있었다.

그녀가 그에게 고개를 끄덕이기 전에, 그는 그녀의 녹색 눈동자가 결정을 내리는 걸 봤다.

"좋아요, 콘돌. 주인공은 당신이니까."

전광판은 다음 열차가 들어올 때까지 12분 남았다고 그들에게 알렸다.

"자동차 있소?" 그가 말하면서 그녀에게 등을 보였다.

그리고 그가 에스컬레이터를 향해 서둘러 가는 동안 그녀는 그에게 총을 쏘지 않았다.

"아뇨." 페이가 말했다.

그는 에스컬레이터가 움직이는 동안에도 걸어서 올라갔다.

바로 뒤에서 그녀의 발소리가 들렸다.

그들은 오렌지색 회전문을 향해 입구층을 서둘러 가로질렀다. 콘돌과 페이가 그들의 스마트립 카드를 나란히 선 회전문에 설치된 데이터 판독 스트립에 털썩 올려놨다. 회전문들이 그들을 내보내려 열렸다.

역에는 아무도 없었다. 두 남녀는 농구장 세 개 길이의 바닥을 잰걸음으로 가로질렀다. 비스듬하게 놓인, 거대한 콘크리트 빨대를 통과하는 41초 길이의 에스컬레이터들이 네온으로 파랗게 물든 D.C.의 밤하늘로 뻗어 있었다.

콘돌은 머뭇거렸다. 올라가는 금속 계단에 걸어 올라가서는…… 거기에 머물렀다.

한숨을 쉬었다. "몸이 좀 더 좋았으면 좋을 텐데."

"아니면 젊거나." 페이가 그의 아래에 있는 계단에 오를 때 그가 덧붙였다. 그는 그녀의 내부를 빠르게 흘러 관통하는 에너지를, 계단을 달려서 올라가고픈 번뜩거리는 충동을, 계속 움직이려는, '해치우려는' 충동을 느꼈다.

"우리는 우리 길에 오른 거예요." 콘돌이 계단 아래에 있는 그녀와 서서히 뒤로 밀려가는 그들이 있었던 터널을 뒤돌아 바라보는 동안, 그녀가 그녀의 사냥감에게, 경호 대상자에게, 사실상 파트너에게 장담했다. 콘돌은 그녀의 얼굴을 환하게 밝히는 생각을 읽었다. 또 다른 파트너를 잃지는 않을 거야!

그는 앞으로 몸을 돌렸다.

네온으로 파랗게 물든 밤으로 그들을 싣고 가는 긴 계단을 올려다봤다.

그가 말했다. "너무 늦었어."

14

"너를 제대로 쏴버릴 거야……"

-존 리 후커, 〈붐붐(Boom Boom)〉

페이는 콘돌과 그녀를 파란 밤을 향해 계속 위로 신고 가는 에스컬레이터 꼭대기에서 그들을 발견했다. 조명을 등지고 있는 네 명, 아니, 여섯 명.

페이의 왼쪽으로 운행되는 하향 에스컬레이터가 시작되는 터널 꼭대기에서 두 개의 형체가 군인의 몸놀림 같은 분위기를 풍기며 움직였다. 남자한 명과 여자 한 명. *우리처럼,* 페이는 생각했다.

페이가 속삭였다. "냉정하게 행동해요!"

아무 소리도 없다! 콘돌은 대답하지 않고 있다! 그가 내 말을 들은 걸까? 그는 무슨 소리를 듣는 걸까?

그의 오른손이 빨간 나일론 재킷의 주머니로 미끄러져 들어갔다.

안 돼! 그가 나를 신뢰하게 만들어야 해! 그는 악당이 아냐! 미치지도 않았고!

그녀는 정체 모를 사람 네 명을 향해 올라가는 에스컬레이터 계단에서 콘돌의 뒤에 발목 잡혔다.

그녀 옆에 위치한, 그녀를 향해 내려오는 에스컬레이터가 낯선 사람 두 명을 더 신고 내려왔다.

그들은 모두 무고한 사람들일 수도 있었다. 총원 여섯 명. 리볼버에 든 총알 여섯 발.

위로 올라가는 에스컬레이터가 페이의 몸을 흔들었다. 바깥의 차가운 공기가 그녀의 얼굴 위로 흘렀다. 에스컬레이터에서 기름칠한 쇳덩이와 비슷한, 검정 고무 핸드레일 같은 냄새가 났다.

하향 에스컬레이터에 탄 사람들이 가까워지고 있다. 흑인 남자, 그 뒤에 선 백인 여자.

6미터, 그리고 2~3초 거리, 4.5미터, 3미터……

흑인 남자는 역도 선수 같은 근육질의 체구에 엉덩이까지 내려오는 갈색 가죽 코트를 걸쳤다.

백인 여자는 머리카락 색깔이 미국 중서부 지역 주민 분위기를 풍기는 갈색이었다.

그 여자가 갑자기 두 손을 올려 콘돌에게 무기를 겨눴다.

테이저! 전선에 연결된 탐침 두 개가 발사됐다.

탐침들이 콘돌이 입은 빨간 나일론 재킷의 볼록한 배를 맞췄다. 중서부 지역 분위기의 머리카락을 가진 여자의 얼굴에 '잡았다!'는 흥분된 분위기가 어렸지만, 그녀가 5만 볼트의 전기를 흘려보내려고 테이저의 컨트롤 핸들을 당기는 동안 그 분위기는 어리둥절함으로 바뀌고 있었다.

테이저의 전기는 콘돌의 빨간 나일론 재킷 아래에 있는 비(非)전도성 패딩으로 흐른 탓에 아무 소용이 없었다.

콘돌은 주머니 안에서 총신이 짧은 38구경을 발사했다.

총소리가 터널 안에 요란하게 진동했다. 중서부 여자의 가슴을 강타한 총알 때문에 그녀는 미끄러져 내려가는 에스컬레이터 계단에서 중심을 잃었다.

피가 뿜어져 나오지 않아! 방탄조끼야. 저 여자는 방탄복을 입고 있어!

중서부 여자가 그녀의 흑인 파트너에게 부딪힐 때 그 남자가 꺼낸 건……

총이야! 소음 권총! 그의 파트너가 그에게 굴러떨어지는 바람에 그가 넘어질 때 그는 총을 겨누고……

페이는 *기침 소리를 들었다. 총알이 우는 소리를 내며 그녀의 얼굴을 지나쳤다.

글록을 찾아서 쥔 페이는 쓰러지는 남자에게 두 발을 발사했다. 방탄복이 보호하지 못하는 살집에 총이 맞는 바람에 피가 뿜어져 나왔고, 남자는 내려가는 에스컬레이터 위에서 시야 밖으로 굴러떨어지고 있었다.

탕! 콘돌이 위쪽에 있는 터널 입구에 총을 쐈다.

페이는 황급히 몸을 돌렸다. 그녀가 올려다보는 에스컬레이터의 시야 밖으로 사람 형체 네 개가 급히 몸을 날리는 게 보였다.

콘돌이 다시 사격했다. 그가 쏜 총알이 에스컬레이터 꼭대기에 있는 금속을 강타하고는 밤의 어둠 속으로 칭얼대며 떠났다. *하나님, 팅겨나간 저 총알이 아이들한테 맞지 않게 하소서!*

"그만!" 그녀가 외쳤다. "멈춰요!"

총이다! 에스컬레이터 통로로 불쑥 들어온 깜빡거리는 불꽃, 총알이 그녀의 옆을 쌩하고 지나갔다. 그녀는 계단 꼭대기에 있는 금속을 향해 두 발을 쐈다. 총을 든 자가 뒤로 물러섰다.

"콘돌!" 그녀가 외쳤다. "다른 에스컬레이터로, 내려가는 에스컬레이터로 옮겨가요!"

페이는 에스컬레이터 중 길거리와 가장 가까운 입구 근처에서 움직임을 포착했다. 그녀는 철제 계단들이 기계 안으로 접혀 들어가는 곳 옆에 있는 에스컬레이터의 금속 샤프트에 총알을 한 발 날렸다.

콘돌은 상향과 하향 에스컬레이터를 나누는 금속 테두리 너머로 돌진했지만, 움직이는 고무 핸드레일을 붙잡지 못하면서 하향 에스컬레이터의 샤프트로 털썩 쓰러졌다. 야구 모자가 날아갔고, 가짜 안경이 빙그르 돌며 떨어졌으며, 테이저 탐침들이 그에게서 빠져나갔다. 철제 계단의 모서리가 그의 오른팔을 씹었다. 그는 고통 때문에 비명을 지르면서 미끄러지는 계단 아래로 굴러떨어졌다.

총신이 짧은 38구경이 콘돌의 손에서 날아가 움직이는 철제 계단 아래로, 방금 전에 제 값어치를 입증한 방탄조끼를 입은, 엎어진 채로 숨을 헐떡거리는 여자 위로 튕겨 내려갔다.

콘돌은 그 중서부 여자에게로 몸을 날렸다. 그녀의 몸 위를 구르면서 그녀를 지나친 그의 두 발이 바닥 속으로 미끄러져 들어가는 철제 계단들의 아래쪽을 가리켰다. 그의 미끄럼질이 멈췄다.

그는 사그라지는 보름달이 뜬 파란 밤으로 이어지는 철제 샤프트 통로를 올려다봤다.

콘돌의 머리 위를 획 하고 날아난 것이 금속에 부딪혀 쨍그랑 소리를 냈다.

그의 옆에 있는 에스컬레이터에서 페이의 총이 포효했다.

그녀가 위로 움직이는 에스컬레이터의 계단들을 뒷걸음질로 달려 내려가는 동안 쏜 거였다.

중서부 여자가 콘돌 앞에서 스프링처럼 벌떡 몸을 일으켰다. 계단에 걸

터앉은 그녀가 검정 권총을 움켜쥐고 콘돌에게 총구를 겨누면서 그가 올려다보는 터널 쪽 시야가 막혔다.

그녀의 머리 뒤에 있는 반짝거리는 쇳덩이에서 나는 빛만이 희미하게 빛나는 어둠 속에서, 진홍색 물보라가 꽃을 피웠다.

여자가 앞으로 쓰러졌다. 방탄조끼의 탄력 때문에 다시 몸을 일으킨 여자가 콘돌과 사수(射手) 사이에 있는 하향 에스컬레이터 계단 위에 꼿꼿한 자세로 앉았다. 소도시에서 탈출한 여자의 머리카락에서 뿌려진 빨간 안개가 빛을 받아 반짝거렸다. 여자는 '내게로 오라'며 팔을 벌린 마돈나처럼 낮게 달랑거리는 두 팔을 양옆에 늘어뜨리고 앉아서는 내려가는 계단을 올라타고 있었다.

또 다른 총알이 날아왔다는 건 콘돌 입장에서는 죽은 여자 쪽으로 푹 쓰러져야 한다는 걸, 그녀의 두개골 뒤쪽이 아니라, 조끼에 덮인 그녀의 척추와 부딪힌다는 걸 뜻했다.

그는 여자가 떨어뜨린 총을 쥐었다. 그가 밤의 어둠을 향해 총을 쐈다.

콘돌은 하향 에스컬레이터를 달려 내려갔다.

두개골을 맞은 마돈나가 계단에 푹 쓰러지면서까지 그를 쫓았다.

콘돌 앞에 있는 에스컬레이터 계단에 왼쪽 어깨에 짙은 얼룩이 묻은, 갈색 가죽 코트를 입은 흑인 남자가 있었다. 흑인의 왼쪽 귀는 걸쭉한 액체로 덮여 있었다. 콘돌이 그의 옆을 비틀거리며 지나갈 때 그가 발길질을 했다. 콘돌은 그의 얼굴을 짓밟았다. 흑인 남자는 푹 쓰러졌다. 콘돌은 아래로 움직이는 계단의 끄트머리에서 지하철의 진입 플랫폼 바닥으로 뛰어내렸다. 몇 초 후, 에스컬레이터가 의식을 잃는 흑인 남자를 바닥에 내동댕이쳤다.

콘돌이 페이에게 고함을 쳤다. "내가 당신을 엄호하고 있소!"

그는 죽은 여자의 글록으로 두 발을 쐈다.

페이가 에스컬레이터 사이에 놓인 금속 경계물을 뛰어넘었다. 그 금속 경계물에는 페이가 시도하려는 미끄럼질을 막는 주먹 크기만 한 동그란 금속 옹이들이 설치돼 있었다. 그래서 그녀는 재빨리 몸을 놀리며 돌진하다가 에스컬레이터를 뛰어내려 콘돌 너머에 있는 빨간 타일로 착지하는 동작을 즉흥적으로 해냈다.

그들은 지하에 있는 역의 깊은 곳으로 달려갔다.

오렌지색 회전문을 뛰어넘은 그녀는 급히 몸을 돌렸다. 그녀는 하행 에스컬레이터가 바닥에 쓰러진 마돈나를 의식을 잃은 흑인 남자의 몸 위로 내동댕이치는 방향으로 도망쳐야 하는 그들을 엄호했다.

"이동해요!" 그녀가 콘돌에게 소리쳤다.

그는 오렌지색 회전문을 뛰어넘을 수가 없었다. 그래서 그는 비상 출입구를 이용했다.

"가요!" 지하철 플랫폼으로 내려가는 에스컬레이터를 향해 후진하면서 그녀가 소리쳤다.

그가 그녀의 앞에서 달렸다. 투박한 몸놀림으로 에스컬레이터를 내려가 빨간 타일 위에 섰다. 회전문 쪽으로 몸을 돌려 겨냥하면서 고함을 칠 수 있도록 플랫폼 복판으로 비틀거리며 갔다. "이제 당신 차례요!"

페이가 마지막 에스컬레이터를 뛰어 내려갔다.

지하철 스케줄 전광판을 봤다.

5분 안에 다음 열차 도착.

맞은편 방향의 열차는 그보다 3분 지난 후에 도착한다.

남자 한 명과 여자 한 명이 빨간 타일이 깔린 지하철 플랫폼 위에 외로이 서 있다.

두 사람 다 그들 눈에는 거의 보이지 않는 오렌지색 회전문을 향해 입구층으로 총을 겨누고 있었다. 그들은 쉬운 표적이 될 수 있는 하나의 집단으로 뭉쳐 있지 않으려고 옆걸음질을 쳐서 서로에게서 멀어졌다.

"최소한 네 명 남았어요." 페이가 말했다. "놈들은 아마 흩어져서 움직일 거예요."

"당신은 그러지 말아요." 콘돌이 말했다.

그들 위의 전광판에 다음 열차 도착 시간까지 4분 남았다고 떴다. 하지만 그들은 사수들이 나타날지도 모르는 곳에서 눈을 떼지 않았다.

당신들의 열차는 들어올 때가 되어야 들어오는 것이다.

위쪽의 출입구층에서 형체 두 개가 회전문을 뛰어넘고 있다.

페이가 콘돌보다 먼저 사격했다. 그런 후 그들은 새로운 방어 자세를 취하려고 앞으로 이동했다.

무엇인가가 콘크리트 동굴의 허공으로 날아올랐다.

상층의 출입구층에서 던져진 검정 돌멩이가 위로 솟구치는 곡선을 그리다가 페이와 콘돌이 웅크리고 있는 빨간 타일 깔린 플랫폼에 떨어졌다.

"섬광탄이에요!" 페이는 몸을 보호해줄 만한 에스컬레이터의 튼튼한 벽을 따라 서둘러 이동했다.

콘돌은 두꺼운 콘크리트 기둥 뒤로 점프했다.

두 사람 다 수류탄이 있는 쪽으로 등을 돌렸다. 눈은 질끈 감았다. 폭발 압력을 줄이기 위해 입을 벌리고 턱을 가급적 아래로……

눈이 멀 것 같은 흰색 섬광이 그들의 질끈 감은 눈꺼풀을 화끈거리게 만들었다.

귀를 찌르는 '쾅!' 소리가 그들의 균형을 뒤흔들었다.

페이는 억지로 눈을 떴다.

지하철 플랫폼이 어른거리며 시야로 들어왔다.

보이지 않는 거대한 진공청소기가 귀 안에서 윙윙거렸다.

화약 연기가 콘크리트 동굴에 자욱했다.

에스컬레이터의 튼튼한 금속 측면에 등을 누르고는……

콘돌은 콘크리트 기둥 옆에서 바로 위층을 겨냥하고 있다. 그의 총이 두 개의 불꽃을 뱉어낸다. 그가 뒤에 숨어 몸을 날린 콘크리트 기둥에서 팡 소리와 하얀 먼지가 꽃을 피운다.

누군가가 응사하고 있어!

돌진하는 발소리가 쿵쾅거리며 에스컬레이터를 내려왔다.

첫 공격자가 계단을 내려왔다. 남자였다. 그는 달리면서 콘크리트 기둥을 향해 리듬감 있는 사격을 해대는 것으로 콘돌을 기둥 다른 쪽에 계속 못 박아뒀다. 킬러가 그들에게 가까워지는 동안……

두 번째 공격자. 젊은 남자가 에스컬레이터 너머로 돌진하더니 사격을 하려고 총을 내밀었다.

페이는 자신을 공격하는 상대를 움켜잡았다. 그가 엘리베이터 측면 너머로 넘어지면서 그녀를 들이받았고, 그 바람에 두 사람은 빨간 타일 위에 쓰러졌다.

놈의 총이 너를 겨누도록 놔두지 마! 놈도 같은 생각으로 네 오른 손목을 붙잡았어!

페이는 그녀의 몸 위에 있는 남자에게 무릎을 날렸다.

숨을 제대로 쉬지 못하는 남자가 그녀에게서 자기 몸을 힘껏 떼어냈다. 그들의 손이 서로를 움켜쥔 탓에, 그들의 몸놀림의 관성을 힘껏 이용한 그가 그녀를 획 던져 두 발로 서게 만들었을 때, 그들은 그녀의 할머니 시대에서 날아온 지터버그(jitterbug) 댄서들과 비슷했다.

그녀는 자신이 움켜쥔 남자가 허공에서 반원을 그리게끔 남자를 내던졌다.

그들은 지하철 플랫폼 모서리 아래로 날아갔다.

그들은 열차 트랙 위로 떨어졌다.

제3레일! 제3레일! 망할 놈의 제3레일이 어디 있지……

두 사람은 서로를 놔주지 않으려고 기를 쓰면서 힘겹게 몸을 일으켰다.

저 소음은 뭐지……

페이가 남자의 복부에 드래건 킥을 날리려고 발을 굴렀다.

킥에 맞아 뒤로 날아간 그가 레일 –정기적으로 이용되는 철제 레일– 위에 쓰러졌다.

그의 등이 플랫폼의 콘크리트 모서리에 부딪혔다.

그녀는 보디슬램으로 그를 튕겨냈지만 그녀의 두 발도 허공으로 뜨고 말았다. 그녀는 터널의 먼 쪽 벽을 따라 설치된 백색 조명들을 보호하는 안전망 위에서 가까스로 균형을 잡았다. 그러는 동안 그녀는 상대가 전투 사격 자세를 취하면서 권총을 크게 돌리는 걸 봤다.

열차가 그녀를 공격하는 자를 거세게 떠밀었다. 은빛 뱀이 철제 주둥이 아래로 그의 몸을 먹어치우고 그에게서 뿜어져 나온 피가 기관석 앞 창문을 흘러내린 후에야 열차는 툴툴거리며 멈춰 섰다.

열차 때문에 페이는 휘어진 회색 콘크리트 벽에 등을 바짝 붙인 채로

몸을 고정시켜야 했다. 그녀는 두 팔을 양옆으로 쭉 뻗었다. *마치 십자가*
형을 당하는 것 같아.

열차 창문에서 나온 빛이 그녀의 앞을 요란하게 후려치고 지나갔다.

후끈한 철제 브레이크의 냄새가 났다.

젖은 햄 냄새가 났다.

"문이 열립니다!"

그녀의 머리 위 열차 창문에 총알구멍이 뚫렸다.

사격이 두 번 더 가해졌고, 플라스틱 창문에 구멍이 뚫렸다. 우주의 순
리에 따라, 그녀는 기관사가 총소리를 들었다는 걸 알았다. *그러니 어서*
여기서 빠져나가도록 해!

"문이 닫힙니다!"

페이는 열차가 포효하며 그녀를 지나는 동안 콘크리트 벽에 바짝 몸을
붙였다.

나를 빨아들여 발이 떨어지게 만들고 나를 내동댕이쳐 벽에 던져버리
고는 으깨서 죽일 거야……

쿵, 그녀는 열차의 후미를 봤다. 빨간 불빛이 터널 저쪽으로 사라지고
있었다. 그녀의 두 발은 터널 벽의 바닥에 설치된 조명 위의 철제 안전망
위에 놓여 있었다.

페이는 그녀가 서 있는 트랙 베드(track bed)에서 트랙 건너 허리 높이
의 빨간 타일 깔린 플랫폼을 응시했다. 전사 한 명이 콘돌을 쓰러뜨리려고
콘크리트 기둥 주위를 서서히 돌아가고 있었다.

페이는 그 전사의 머리를 쐈다. 그 사격으로 그를 죽였다.

페이가 트랙 베드에서 플랫폼으로 몸을 올리는 동안, 콘돌은 은신처로

쓰던 기둥을 떠났다.

"네 명 해치웠어요!" 그녀가 헐떡거리며 콘돌에게 말했다.

에스컬레이터 옆에 있는 장애인 접근 가능 엘리베이터에서 딩동 소리가 났다!

메트로 엘리베이터는 인도에서 지하철 플랫폼까지 수직 통로를 한 번에 내려온다. 벽이 금속으로 된 엘리베이터는 휠체어 탄 여행객 네 명을 수용할 정도로 충분히 커다란 폐쇄된 상자다. 흐릿한 금속 벽은 내부에서 거울 역할을 한다. 엘리베이터의 바깥쪽 문은 오렌지색이다.

더 어려운 일을 네가 맡도록 해, 그렇게 생각한 페이가 콘돌에게 말했다. "내가 뒤를 맡을게요!"

페이는 중앙 출입구를 겨냥했다.

오렌지색 엘리베이터 문이 미끄러져 열렸다.

페이는 콘돌이 그들의 탈출로가 될 수도 있는 엘리베이터로 빠르게 이동하는 걸 느꼈다.

느린 춤. 그녀는 그의 자취를 따라 뒷걸음질을 쳤다. 그러는 동안에도 그녀가 겨냥한 총이 흔들리는 일은 결코 없었다.

빠르게 사방으로 시선을 돌린 페이는 엘리베이터에 도착한 *그가* 총열을 열린 문 쪽으로 움직이고 있는 걸 봤다. 그녀는 조준기 너머에 있는 어둠을 샅샅이 훑기 위해 다시 몸을 돌렸다.

콘돌은 엘리베이터 문의 고무 보호대가 닫혔다가 그의 신발에 튕겨서 열리도록 엘리베이터와 지하철 플랫폼의 빨간 타일 사이 틈바구니 위로 왼발을 천천히 옮겼다. 그러는 동안 앞으로 이동한 *그가* 총열을 드는 순간……

콘돌 위로 하늘이 무너졌다.

멍키 맨(Monkey Man)이 엘리베이터 천장에서 날개를 펼친 독수리처럼 떨어졌다. 키가 크고 채찍처럼 호리호리하며 강인한 그 남자는 밤색 나일론 재킷을 입은 늙은 사내를 기습할 수 있는 완벽한 기회를 놓쳤다. 그렇지만 여전히 권총을 쥐고 있는 멍키 맨은 사격을 했다. 탕!

페이는 급히 몸을 돌렸다.

멍키 맨이 콘돌을 그녀에게 떠미는 바람에 그녀는 두 발이 허공에 뜬 채로 나자빠졌다. 콘돌을 붙든 멍키 맨은 콘돌에게 돌진하며 합기도의 던지기 기술을 써서 콘돌의 손에서 글록이 날아가게끔 만들었다. 그러는 동안 콘돌은 허공으로 날아가 빨간 타일 위에 떨어졌다.

멍키 맨은 축이 되는 발을 중심으로 초승달 모양을 그리는 킥을 날려서 페이가 쭉 뻗은 총을 든 팔에 신발을 명중시켰다. 이 킥 때문에 그녀의 총이 멀리 날아가 타일들 위로 덜커덕거리며 떨어졌다.

하지만 초승달 킥을 날린 멍키 맨이 착지해서 균형을 잡고 다시 자세를 잡으려면 심장박동 몇 번과 약간의 공간이 필요했다. 그는 *그런 후에야* 추가 공격을 가할 수 있었다.

은빛 줄무늬가 쌩 소리와 함께 지하철역으로 들어왔다.

충분히 많은 격투, 그리고 복싱이나 무술 대련에서 살아남은 사람 입장이 되면 시간이 흐르는 속도는 느려진다. 그건 공포 본능과 갑작스러운 놀라움이 주는 자극이 완화되고 억제되면, 당신이 당신 앞에서 당신의 머리를 떼어내려 애쓰고 있는 남자에게서 생겨난 데이터가 높은 속도로 흘러드는 것을 인식하고 처리하고 반응하게 되는 것일 뿐이라고 의사들은 주장한다. 과학은 지렛대의 원리와 활동 범위와 반작용에 대해 정통한, 강인함과 스피드와 지구력을 소유한 경험 많은 노장을 편애한다. 멍키 맨이 페이를 건드린 순간부터, 그녀는 이 지하철 플랫폼에서 살아남으려면 그녀에게 과학 이상의 것이 필요하다는 걸 알았다. 그가 그녀가 올린 가드를 덮칠 때, 그녀는 시적이고 예술적인 구원의 손길을 내려달라고 기도했다.

그녀는 스냅 킥을 날렸다. 대체로 속임수 동작이었는데, 멍키 맨은 거기에 넘어가지 않았다. 그는 돌격하는 그녀의 몸을 조금이라도 더 자기 쪽으로 끌어들이려고 뒤로 물러난 다음, 주먹을 날리는 기다란 두 팔 중 하나를 그녀의 가드 사이로 날려 넣었다. 하지만 그녀는 옆으로 그걸 피하면서 공격 방향을 바꾼 다음, 주먹을 세 번 날리고 발차기를 한 번 하는 식의 조합으로 그에게 접근했다.

"문이 열립니다!" 그가 합기도인지 유도인지 무슨 기술을 써서 그녀의 머리를 빨간 타일로 곧바로 힘껏 박을 때, 그녀는 자신의 몸이 멍키 맨 너머로 젖혀졌다는 걸 느꼈다. 하지만 그녀는 몸을 뒤틀어 접어서 둥글게 만든 다음에 발을 딛고 착지했다. 충격을 받았는데도 여전히 그에게 잡힌 신세인 그녀는 자신이 엉덩방아를 찧을 때에만 효과가 있는 종류의 기술을 써서 그의 팔에 반격을 가했다. 그가 뒤로 비틀거리다 균형을 잡는 순간······

탕!

멍키 맨이 그의 뒤에 있는 지하철 객차로 튕겨져 나갔다.

페이는 은빛 뱀의 비어 있는 창문에서 발산되는 노란 빛을 등진 멍키 맨이 비틀거리며 일어서서는 *피가 한 방울도 나지 않은* 가슴으로 손을 올리는 걸 봤다. 그러고는 짧게 깎은 지저분한 금발과 가느다란 염소수염을 봤다–*현장에 있던 수염 기른 특수 요원*–. 그녀가 심안으로 손에 쥔 권총 조준기 너머의 그를 바라봤을 때, 그는 파란 나일론 국토안보부 재킷을 입고는 프로토콜을 주장했었다.

탕!

빨간 타일 위에 큰대자로 누워 있던 콘돌이 광신적인 무슬림인 모로족(Moro, 필리핀 남부의 이슬람 주민) 전사들이 병력 면에서 압도적인 미군 병사들을 향해 비명을 지르고 칼을 휘두르며 돌진하는 것을 막으려고 제작된 1911년형 45구경을 또 한 발 발사했다.

방탄조끼에 총을 맞은 멍키 맨이 몸을 뒤틀면서 비틀거리며 뒷걸음질을 치다가, 지하철 객차의 열린 문 사이로 날아가서는 오렌지색 카펫 위에 떨어졌다.

"문이 닫힙니다!"

빵! 콘돌이 세 발째 45구경을 쓰러진 멍키 맨의 발밑을 향해 객차의 닫히는 금속 문틈으로 우격다짐으로 밀어 넣었다.

쌩. 열차가 로켓처럼 역을 떠났다.

남자 한 명과 여자 한 명이 빨간 타일이 깔린 플랫폼에 큰대자로 외로이 누워 있다.

페이가 먼저 일어섰다. 두 번째 총을 꺼내 위층 플랫폼을 훑고는 —눈에 띄는 위협요인은 없다!— 콘돌이 일어서는 걸 도와주러 다가갔다.

그녀가 말했다. "당신이 마지막에 쏜 총알이 그놈한테 새 똥구멍을 뚫어줬기를 바라요."

"엘리베이터." 콘돌이 숨을 헐떡이며 말했다.

엘리베이터 문이 닫히는 걸 본 그녀가 버튼을 눌렀다.

오렌지색 문이 열렸다.

콘돌이 말했다. "때로는 우리가 선택할 수 있는 게 우리가 갇힐 곳밖에 없는 경우가 있어요."

페이가 그를 도와 엘리베이터에 올랐다.

'거리'라는 표식이 붙은 버튼을 눌렀다.

페이는 공허함으로 가득한 회색 동굴이 미끄러져 닫히는 문들 너머로 사라지기 전까지 엘리베이터 출입구에 권총을 겨냥했다. 엘리베이터 바깥은 오렌지색이었지만, 이 케이지 안의 지저분한 얼룩이 묻은 은빛 거울 같은 철제 벽은 페이의 미쳐 날뛰는 모습을 반사해서 보여줬고, 콘돌의 헐떡거리는 기괴한 모습을 보여줬다.

엘리베이터가 휘청하더니 그들을 싣고 올라갔다.

"에스컬레이터 꼭대기 옆에 적어도 한 명 이상의 적이 배치돼 있었어요." 페이가 말했다. 총을 옆구리로 내린 그녀의 심장이 방탄조끼를 쿵쾅거리며 쳐댔다.

"기갑부대를 부른 사람이 누군지 전혀 감이 안 잡히나요?" 콘돌이 말했다.

"누구네 기갑부대요?" 페이가 중얼거렸다.

휘청. 흔들림. 멈춤.

페이가 엘리베이터 출입구 한쪽 옆으로 몸을 붙였다.

콘돌이 다른 쪽에서 그렇게 했다.

서늘한 D.C.의 파란 밤에 두 번째 데이트에 나선 헤더와 마커스는 메트로 역 근처의 거리에 선, 에스컬레이터에서 18미터 떨어져 있는 엘리베이터 옆에 선 스물네 살짜리는 모두 그렇듯이 요령이 있었다. 이곳은 오렌지색 스탠드업 핸들 자전거를 임대해서 탑승한 후 반환하는 곳으로, 도시 전역에 자전거 보관 시설을 설치하려는 D.C.의 환경친화적 자전거 공유 프로그램을 위한 완벽한 장소였다. 마커스가 내놓은 아이디어는 헤더가 그들의 두 번째 데이트 장소를 잡지책이나 완벽한 데이트 장소를 소개하는 웹사이트가 아닌 다른 곳에서 찾아내기를 바라는 것, 다운타운에 있는 사회 초년병인 그들 각자의 직장들 사이에 있는 자전거 보관대에서 만나는 것, 옷차림은 출근 복장이었지만 *그런 것에는 개의치 않는 것*, 그들은 젊으므로 자전거를 타고 포토맥 부둣가로 가더라도 비지땀을 흘리는 바람에 몰골이 망가지지는 않으리라는 것, 그가 그녀에게 목제 부두에 뜬 채로 묶여 있는 보트나 레스토랑 중 한 곳에서 생선 샌드위치를 사주는 것, 소프트 쉘 크랩이 제철이 아니라는 걸 애석해하는 것, 너무나 맛있는 흰 빵과 타르타르소스를 음미하며 갈매기들이 꽥꽥거리고 해가 지는 동안 드넓은 회색 강물 위를 앞뒤로 출렁거리는 계류된 요트들을 바라보며 벤치에 앉는 것이었다. 마커스는 헤더가 지껄이는 온갖 얘기에 다 귀를 기울였다. 그가 하는 말이라고는 그리 영리하지 못한 한두 마디가 전부였다. 그런 일을 마치고 그녀가 사는 곳 가까이로 페달을 밟아 돌아온 그들이 지금 거기에 서 있었다. 어색한 분위기 속에 그들 각자는 다음에 어떤 움직임을 취해야 할지를 가늠하려고 애쓰고 있다. 으음, 있잖은가. 지금은 그들의 겨우 두 번째 데이트에 불과했다. 그들이 서로에게 호감을 느끼고 있는 건 맞지만, 그들 사이의 공통점이 아직은 그리 많지 않다는 점을 감안해야 한다. 따라서 그들은 철제 선반에 자전거를 집어넣고 잠그는 대신, 꾸물거리면서, 에스컬레이터 꼭대기 옆에서 벌어지고 있는 뭔가 이상한 일을 지켜보고 있었다. 에스컬레이터 꼭대기에는 20명쯤 되는 사람들이 서서 아래에서 벌어지고 있는 것 같은 일에 대해 얘기를 나누기만 할 뿐, 아래로는 내려가지 않고 있었다. *에스컬레이터 밑바닥 근처에 있는 저건 뭐지? 저 섬광들 봤어요? 총소리 들었어요?* 사람들은 동영상을 찍으려고 휴대전화를 들고 있었다. 아무것도 볼 수 없던 헤더와 마커스는 에스컬레이터 옆에 서서 유난히도 초조해하는 트렌치코트 차림의 수염 기른 남자를 봤다. 그러고는……

딩!

헤더와 마커스 옆에 있는 메트로 엘리베이터의 오렌지색 금속 출입문이 미끄러져 열렸다.

엘리베이터 밖으로, 누군가의 멋진 언니 같은 사람이 쏜살같이 튀어나왔다.

그리고 맙소사! 그녀의 바로 뒤에서 온통 백발에다 똥색으로 더럽혀진 얼굴을 한, 기괴한 몸뚱어리에 빨간 나일론 재킷을 입은, 금요일 밤에 상영하는 슬래셔 무비에 나올 법한 괴물이 비틀거리며 나왔다.

그 언니가 지하철 에스컬레이터 옆에서 아래를 내려다보는 수염 기른 남자를 발견했다.

하지만 수염 기른 남자는 터널 아래에서 벌어지는 무슨 일인가를 응시하느라 그녀가 그를 보는 걸 보지 못했다.

언니는 빠른 몸놀림으로 헤더와 마커스에게 곧장 다가갔다. 세상에! 저건 망할 놈의 진짜 총 같아. 언니가 말했다. "우리한테 자전거를 줘야겠어요. 서로 손을 잡아요. 우리가 두 사람을 다 볼 수 있도록 서로를 붙잡고 저 길 쪽으로 걸어서 가요. 뛰지 말고."

총을 가진 언니가 고개로 지하철 출입구의 반대 방향을 가리켰다.

"비명 지르지 마요. 휴대전화도 쓰지 말고, 아무 짓도 하지 말고 손을 붙든 채로 졸라 움직여요!"

헤더와 마커스는 그 두 번째 데이트를 평생 기억할 터였다.

페이는 몸을 날려 오렌지색 자전거에 올라탔다. 고개를 돌린 페이는 콘돌이 자기 자전거에 오르느라 진땀을 빼는 모습을 봤다.

지하철 에스컬레이터 쪽으로 잽싸게 눈길을 던졌다. 모여 있는 군중 가운데로······

트렌치코트를 입고 수염을 기른 사내와 그녀의 눈길이 마주쳤다.

"가요!" 그녀는 콘돌에게 고함을 쳤다. 후방에 배치된 총잡이들이 이 소규모 군중 사이로 확신이 덜 가는 총질을 해대려고 시내 길거리에서 행동에 나서지는 않을 거라는 데 도박을 걸면서.

페이는 페달을 밟아 도로로 자전거를 몰았다. 그녀가 지하철에서 멀어지는 쪽으로 페달을 밟는 동안 차는 한 대도 없었다. 뒤를 돌아본 그녀는 그녀를 따라오려고 애쓰는 콘돌의 기괴한 이미지를 봤다.

거리 아래쪽 건너편에서 메트로 버스 한 대가 느릿느릿 다가왔다.

그녀는 콘돌을 확인하려고 어깨 너머를 살폈다.

짙은 색 세단 한 대가 그들 뒤에 있는 모퉁이를 미끄러져 돌아 나오는 게 보였다.

세단 뒷부분이 좌우로 흔들렸다. 세단은 토끼를 쫓는 노란 눈의 용처럼 헤드라이트에 자전거 운전자 두 명을 가뒀다. 세단이 엔진 회전속도를 높였다.

주위를 급하게 살핀 페이는 거대한 메트로 버스가 이제는 차량 네 대 거리만큼, 세 대 거리만큼 다가와 있는 걸 봤다. 그녀는 소리쳤다. "콘돌!"

질주하며 다가오는 버스의 이동 경로 안으로 페이가 재빨리 들어갔다.

쌩. 그 차선을 건넌 그녀는 페달을 딛고 꼿꼿이 서서는 핸들을 왼쪽으로 틀었다. 이런 식이라면 자전거가 흔들거리고 미끄러지다가 운전자를

토해낼 거야!

하지만 주차된 차를 밟고 몸을 튕겨낸 그녀는 그녀가 온 길로 페달을 밟아 돌아갔다.

콘돌이 버스 뒤에서 방향을 돌렸을 때, 용의 눈을 가진 세단이 몸을 떨면서 그의 옆을 지나쳤다. 브레이크등이 밤을 빨갛게 태우고 있었다. 콘돌은 페이를 따라가려고 페달을 마구 밟았다.

그들 뒤에서 자동차 경적들이 울려 퍼졌다. 세단은 자전거들을 추격하기 위해 유턴을 시도하는 동안 맞은편에서 오는 차량들과 충돌할 뻔했다.

시 소속 경찰차, 앰뷸런스, 소방서 트럭이 쏟아내는 빙빙 도는 빨갛고 파란 불빛들이 지하철역 입구를 밝혔다. 페이는 그 아수라장에서 먼 쪽으로 자전거를 몰았다. 골목에서 속도를 낮춘 그녀는 자갈이 으드득거리는 소리와 콘돌이 그녀를 쫓아 자전거를 몰면서 내뱉은 욕설을 들었다.

용의 노란 눈들과 으르렁거리는 엔진 소리가 그들보다 한 블록 뒤에 있는 골목을 채웠다.

두 자전거 운전자는 골목에서 빠져나가 옆길을 건넌 다음, 그들의 자취를 쫓아 포효하며 달려오는 노란 눈을 가진 괴물보다 반 블록 앞에 있는 반대편 골목으로 들어갔다.

저기야! 오른쪽에 멀리 떨어진 곳. 노란 빛을 쏟아내는 열린 문!

주방 노동자 특유의 흰색 유니폼을 입은 히스패닉 남자 한 명이 그가 서 있는 문간을 향해 돌진해오는 자전거 두 대를 발견했다. 그의 두 눈은 동그래졌고, 입은 떡 벌어졌다. 그가 길 바깥으로 몸을 날리는 동안 검정 비닐 쓰레기봉투들이 그의 손에서 날아갔다. 그를 지나친 자전거 두 대가 열린 뒷문으로 쏜살같이 들어갔다. 뒷문 위에 있는 파란 네온사인이 알리는 가게 이름은 이랬다.

나인 너바나 누들스(Nine Nirvana Noodles)

『워싱턴 포스트』리뷰는 땅콩 소스를 곁들인 팟타이와 라자냐, 로메인, 마카로니 앤 치즈, 우동을 주메뉴로 삼고 날마다 세 가지 특선 메뉴를 선보이는 나인 너바나 누들스를 '21세기 요리의 계시'라고 불렀지만, 레스토랑 평론가들은 예전에 멋들어진 곳으로 유명했던, 좁고 어둑어둑한 가게의 진짜 주인이 누구인지에 대한 단서를 조금도 갖고 있지 않았다.

반짝이는 주방에 들이닥친 페이가 머리를 수그리면서 자전거를 멈춰 세웠다.

저 채소 써는 테이블에서 방향을 틀어. 칼질하는 사람이 길 바깥으로 몸을 날리고 있잖아!

비틀거리는 페이가 발을 그릴에 대고 밀었다.

그녀의 그슬린 신발 밑창에서 나는 검정 고무 연기가 음식에서 나는 기분 좋은 냄새를 더럽혔다.

빨강 머리 웨이트리스가 김이 피어나는 노란 면 요리를 담은 쟁반을 떨어뜨렸다.

쾅! 페이의 앞 타이어가 식당으로 이어지는 쌍둥이 문을 충돌해서 열었다. 흰 천을 뒤집어쓴 테이블들이 놓인 긴 박스형 식당 위에는, 옛날 TV 드라마들, 달 착륙과 대통령 연설 장면, 「블레이드 러너」와 「카사블랑카」와 「닥터 스트레인지러브」같은 영화들에서 따온 소리 없는 클립들이 섞인 페이스북과 유튜브를 계속 틀어대는 컴퓨터 모니터들이 설치돼 있었다.

웨이터 한 명이 풀쩍 뛰어 페이가 달리는 길에서 벗어났다가 데이트를 하는 이혼 남녀가 앉은 테이블에 쓰러졌다.

떨어진 접시들이 깨졌다. 쏟아지는 뜨거운 차 때문에 비명들이 터졌다. 페이는 뒤에서 콘돌의 자전거가 식당으로 요란하게 들어오는 소리를 들었다.

웨이터 한 명과 손님 한 명이 자전거를 모는 이 미치광이 여자를 붙잡으려고 몸을 웅크렸다.

"경찰 비상사태예요!" 페이는 GPS 해킹을 당하는 그녀의 휴대전화를 시민 두 명에게 던졌다.

"병원으로 가게 그 망할 놈의 문을 활짝 여세요!" 페이가 흰 블라우스에 검정 가죽 재킷을 입은 여주인에게 소리쳤다. '병원'이라는 말이 출구 앞을 비우게 만들기를 바라면서.

실제로 힘을 발휘한 게 무엇인지는 몰라도, *효과가 있었다*. 앞문이 열렸다.

페이는 그 문을 통해 쏜살같이 나와 레스토랑 밖으로 미끄러진 후 자전거를 세우고는 뒤를 돌아봤다.

충돌 때문에 박살나는 유리들이 비명을 지르고 있는 테이블들을 봤다. *"그 사람 건들지 마요. 환자예요!"*

레스토랑 정문 밖으로 자전거를 밀고 나온 콘돌이 정문에 몸을 기대고는 소리쳤다. "놈들이 우리를 도보로 쫓고 있어요!"

그들은 너바나를 급히 떠났다. 페달을 밟아 두 블록을 더 갔다. 골목길을 이용해 지그재그로 방향을 틀면서.

페이는 콘돌의 자전거가 미끄러지며 멈추는 소리를 들었다.

몸을 돌리자, 때마침 힘이 *다 빠진* 구부정한 자세로 씩씩거리며 그녀에게 손을 흔드는 그가 보였다.

미국 시민들이 거주했던 구부정하게 선 주택들 뒤의 쓰레기통 골목에서 두 사람이 비틀거렸다. 페이 가까이에, 껍질이 벗겨진 그녀 어깨 높이의 나무 울타리에, 문 하나가 문틀에서 부서진 채 매달려 있었다. 몸을 날려 자전거에서 내린 그녀는 그 문 안으로 천천히 들어갔다.

누군가의 뒤뜰. 수수한 1950년대 중산층을 위한 주택으로 존재를 시작했던 곳이 60년쯤 지난 지금은 주택의 실질 가치보다 더 높은 가격에 매매되는 곳이 됐고, 이 블록에 같이 있는 다른 집들은 모두 새 집을 짓기 위해 팔려나갔을 것이다. 뒷문으로 시계 불빛이 새 나왔다. 그녀는 뒤쪽 창문을 통해 1층 깊숙한 곳에 램프 하나가 밝혀져 있는 걸 봤다. 2층에는 불빛이 하나도 없었다. 그녀에게 누군가가 집에 있을 거라는 믿음을 주는 건 하나도 없었다.

그녀는 자전거를 잔디밭에 두고 골목으로 돌아가 콘돌과 그의 자전거를 뒤뜰에 들이느라 힘쓴 다음, 그것들을 봄철 밤중의 잔디 위로 팽개쳤다.

내 배낭을 여전히 메고 있어!

페이는 그 장비 가방을 잔디밭에 떨어뜨렸다.

그녀 앞에 널브러진 나일론 재킷 입은 지저분한 사람을 응시했다.

뱀 같은 정원용 호스가 콘돌 근처 잔디에 누워 있었다. 스프링클러를 푼 그녀는 수도꼭지로 걸어가 물을 틀었다. 그녀의 손에 있는 호스가 차가운 물을 쏟아냈다.

페이는 호스에서 나오는 물을 마시고 또 마셨다. 찬물을 얼굴에 뿌렸다.

호스에서 물이 쏟아지는 동안 그녀는 잔디에 큰대자로 누운 남자를 향해 느릿느릿 걸어갔다. 페이는 그의 얼굴에 물을 뿌렸다. "일어나요! 아직은 죽으면 안 돼요."

콘돌이 숨 막혀 하다가, 헐떡거리다가, 드러누웠다가…… *앉았다.* 콘돌
은 잔디에 앉았다.

그녀는 호스를 그에게서 돌렸다.

그가 말했다. "나는 이 짓거리를 하기에는 너무 늙었소."

"이 짓거리는 당신이 얼마나 늙었는지 따위는 신경 쓰지 않아요."

근처 집들과 가로등에서 나온 희미한 빛 덕에 서로를 볼 수 있었다.

그가 말했다. "내 얼굴에 메이크업이 얼마나 많이 남았나요?"

"구역질 날 정도로 더럽게 남아 있어요."

"물을 쏴서 다 벗겨줘요."

그가 거기 앉아 있는 동안 그녀가 그렇게 했다. 그도 두 손을 들어 얼굴
을 씻었다.

"그 정도면 됐어요." 그녀가 말했다.

그는 몸을 굴려 손과 무릎으로 땅을 짚더니 몸을 일으켜 비틀거리며 섰다.
페이처럼, 그는 마시고 또 마셨다.

그녀는 물을 잠갔다.

그가 밤색 나일론 재킷과 베이비 캐리어를 벗는 동안 그녀가 그에게로
돌아왔다. 그 유아용 파우치에서 검정 가죽 재킷이, 그의 블랙 진이나 파
란 셔츠보다 덜 축축한 재킷이 나왔다.

권총집에 넣은 45구경은 그의 오른쪽에, 탄창 주머니는 그의 왼쪽에 놓
였다.

콘돌은 약병들을 확인하면서 약들이 모두 거기 있는 것 같다고 중얼거
렸다.

콘돌이 그녀를 바라봤다.

페이가 속삭였다. "우리가 방금 전에 죽인 게 누구였나요?"

"누가 우리를 죽이려 애쓰고 있는 거요?" 콘돌이 물음으로 대답했다.

"지금요?" 그녀가 말했다. "세상 사람 전부죠."

15

"……내가 늘 하는 방식."

-워렌 제본, 〈변호사들과 총들과 돈〉

택시. 당신들은 노란 택시의 뒷자리에 있다.

타버린 커피 냄새와 소나무 향이 섞인 암모니아 냄새, 승객들이 흘린 땀 냄새가 난다.

당신들의 땀.

기사가 열어놓은 창문에서 들어온 시원한 산들바람이 당신들의 끈적거리는 얼굴을 씻어준다.

손잡이를 돌려 열고 닫는 창문 너머를 살펴라.

가로등 조명을 받은 밤 속을 초현실적인 이미지들이 흘러 다닌다. 인도들. 가게들. 네온 조명을 내건 성지로 서둘러 입장하는 술집 애호가들. 택시 창문은 당신이 거의 알지 못하는 누군가의 옆에 앉아 있는 당신의 모습을 희미한 상으로 포착한다. 당신의 쿵쾅거리는 심장에서 시작된 떨림이 유리를 진동시킨다.

콘돌과 페이는 세븐일레븐을 향해 골목길을 몇 블록이고 비틀거리며 걸었다. 페이가 손을 흔들어 집에서 멀리로 떠나온 택시를 잡았을 때에야 그들은 휴식을 취할 수 있었다.

콘돌은 목적지에 대해 기사에게 거짓말을 했다.

기사는 그들을 거기로 데려가는 최단경로에 대해 거짓말을 했다.

기사는 차를 조지타운을 관통하는 길로 몰았다.

노란 택시는 부티크와 술집, 레스토랑, 대부분 영업을 마치고 귀가한 듯 보이는 의류 프랜차이즈, 매력보다 현금을 더 중요하게 여기는 인도가 있는 지역을 미끄러지듯 관통했다. 이 상업용 도로에서 뒤쪽으로 떨어져 있는 주택들은 몇 백만 달러 가격에 팔렸다. JFK가 구현한 카멜롯의 영광을 위해 조지타운을 개척했던 생존자들이 백발이 된 채로 여전히 여기에 거주하고 있었지만, 이제 이 거리들은 홍콩과 하노이에 공장들을 가진 프랜차이즈 업체의 소유물이었다.

기사가 라디오 볼륨을 높였다. 미국산이 아닌, 요란하고 듣기 싫은 음악.

콘돌은 창밖을 응시했다.

무심한 눈으로 인도에 있는 낯선 이들을 쳐다본 그가 그 사람들 틈에서 빨간 꽃을 든 **남자**를 봤다.

"로즈 맨." 콘돌이 중얼거렸다.

"뭐라고요?" 페이의 눈이 이쪽 인도에서 저쪽 인도로, 이쪽 사이드미러에서 저쪽 사이드미러로, 백미러로, 택시의 앞 유리로, 그러고는 다시 뒤쪽으로 번개같이 움직였다.

"지미 카터가 대통령이던 시절의 일이오. 중동 출신 사내들이 조지타운 레스토랑들에 불쑥 들어와 테이블을 돌아다니며 장미 한 송이를 1달러에 팔았었소. 그들은 스파이였어요. 사바크(Savak). 샤를 위해 일하면서 반체제 인사와 망명자, 협력자 들을 추적하는 일을 하는 이란의 비밀경찰 똘마니들이었죠."

"내가 태어나기 한참 전 일이군요." 페이가 말했다. "나는 레이건 시대에 태어났어요."

"그러면 지금은 누가 로즈 맨인가요?"

"몰라요."

택시는 덜컹거리며 어둠에 덮인 주거지역 거리를 달렸다. 아파트 건물로 구성된 블록들이 중심가에 도열해 있었다. 타운하우스와 비슷한 참전용사용 주택들이 옆길을 채웠다.

그들은 진짜 목적지를 두 블록 지난 곳으로 차를 몰았다.

콘돌과 페이는 도로 경계석을 따라 주차된 차들을 살폈다. 밴이 있나 찾아봤다. 덤불 속에 거구들이 숨어 있나 찾아봤다. 골목 안이나 지하로 이어지는 계단을 오래 지켜봤다. 보안 카메라들이 있나 돌아봤다. 어두운 하늘 아래에 보이는 실루엣이 있는지 지붕 윤곽을 따라 시선을 옮겼다.

기사가 콘돌이 요청한 교차로에 차를 세웠다.

기사가 말했다. "가시려는 데가 여기인 게 확실한가요?"

"그래요." 검정 가죽 재킷을 입은 노인이 말했다. 그러는 동안 그의 딸일 수도 있는 여자가 차에 탄 사람 모두가 부당 요금이라는 걸 아는 돈을 지불했다. "여기가 이 애가 자란 곳이라오."

"왠지 친숙하게 느껴져요." 부당 요금을 지불하고 남은 거스름돈이 팁이 될 거라고 생각하는 기사가 머뭇거리는 동안 자기 배낭에 손을 밀어 넣는 여자에게서 나온 말에는 *참과 거짓*이 엉켜 있었다.

콘돌과 페이는 택시기사가 야경 속으로 차를 몰고 가는 걸 지켜봤다.

두 사람은 뒷걸음질을 쳐서 길모퉁이 가로등에서 뿌려진 빛의 깔때기에서 벗어났다.

페이가 주위를 둘러싼 어둠을 살폈다. "여기가 우리가 가야 할 곳이라는 게 확실해요?"

"당신과 관련한 모든 것이 십자선에 맞춰진 채로 조명을 받게 될 거요." 그가 말했다. "당신이 얘기해준, 새미의 헤드헌터들에게 제공된 나에 관한 표적 데이터에 여기와 관련한 내용은 하나도 없어요."

"이게 올바른 할 일이라고 생각해요?"

"이게 나한테 남은 유일한 할 일이오." 그가 그녀에게 말했다. "그 이상은 묻지 마요. 여기에 가기 싫으면 더 나은 아이디어를 빨리 내놓든지. 여기 서 있자니 죽을 지경이오."

"아직은 그러면 안 돼요." 그녀가 말했다. "내가 지켜보는 동안에는 안 돼요."

그런 후 그녀는 그가 한 번도 와본 적이 없는 곳으로, 그가 꿈꾸던 곳으로, 그가 데자뷔로 이미 봤다고 느끼는 곳으로 그녀를 안내하게 놔뒀다.

"익숙한 것처럼 느껴지는 게 하나도 없군." 그들이 어둠을 뚫고 걸어가는 동안 그가 중얼거렸다.

그녀가 입을 열었을 때 그는 그녀의 목소리에 담긴 걱정을 느꼈다. "지금 여기에 집중하도록 해요."

이 주거지역은 전날 밤에 내린 비가 남겨놓은 축축한 덤불과 잔디와 인도의 냄새를 풍겼다. 대로변에 도열한 갓 싹을 틔운 나무들은 두꺼워지는 가지들을 페이와 콘돌이 걸어가는 곳 위에 그물처럼 벌리고 있었다.

열린 창문에서 TV 소리가 흘러나왔다. 누군가가 리모컨으로 채널 서핑을 하고 있었다. 시트콤의 폭소, 범죄 드라마의 사이렌, 시청자들이 신뢰할 수 있는 허구의 캐릭터들이 내뱉는 대사.

거리를 건너 그들에게 다가오는 사람이 있었다. 그녀가 쥔 줄 끝에서 날쌔게 움직이는 잡종 개에게 격려의 말을 중얼거리는 노란 레인코트를 입은 여자. "자, 할 수 있어. 그래, 할 수 있다니까."

그들의 목적지에 이웃한 아파트 빌딩에서 콘돌이 입은 검은색이 아닌, 갈색 가죽 재킷의 지퍼를 채운, 깔끔하게 면도한 남자가 나왔다. 그 남자가 빨간 후미등이 달린 차를 몰고 떠날 때까지 두 사람이 걸음을 늦추는 걸 남자는 알아차리지 못했다.

"이게 맞는 주소인 게 확실해요?" 그들이 한국전쟁 기간 동안 지어진 7층짜리 아파트 빌딩의 유리로 된 로비 문 밖에 섰을 때 페이가 물었다. 그들은 유리 출입문을 통해 로비에 아무도 없다는 걸 확인했다. 엘리베이터를 기다리는 사람도 없었다.

콘돌은 513호로 연결되는 버저에 붙은 레이블을 가리켰다.

M. 마디지언

세상일은 모르는 것이므로, 페이는 이 유리 현관문을 당겨봤다. 잠겨 있었다.

그녀는 'M. 마디지언' 레이블을 툭툭 쳤다. "우리가 버저를 눌렀는데 아무 대답도 못 들으면, 우리는 좆된 거예요."

그들은 밤에 잠긴 거리를 뒤돌아봤다.

"은신처를 확보할 기회를 노리면서 여기에 노출된 채 서 있을 수는 없어요." 그녀가 말했다.

콘돌의 엄지들이 7층으로 연결되는 버저 버튼 두 줄을 누르며 내려왔다.

인터폰에서 흘러나온 어떤 남자의 목소리가 "누구세요?"라고 말할 때 자물쇠에서 삐 소리가 났다.

페이가 육중한 유리문을 급히 열면서 인터폰에 대고 말했다. "됐어요, 고마워요. 별일 아니에요. 열쇠 찾았어요!"

콘돌과 페이는 서둘러 로비로 들어갔다.

"당신은 사람들이 지금쯤은 스파이들이 쓰는 수법들을 다 터득했을 거라고 생각하는군요." 페이가 말했다.

"만약에 사람들이 그걸 제대로 배웠다면, 우리는 추위 속에서 꼼짝도 못하는 신세였을 거요."

은색 철제 엘리베이터 문이 열렸다.

그는 망설였다. 그녀도 똑같은 기분일 거라고 느꼈다.

그러자 그녀가 말했다. "어서요. 우리는 올라가는 것 말고는 갈 데가 아무 데도 없어요."

엘리베이터에 오른 그들은 5층 버튼을 눌렀다.

철제문이 미끄러져 닫혔다. 은색 케이지가 천국을 향해 올라갔다.

일이 제대로 굴러가게 만들도록 해. 너는 이게 제대로 굴러가게 만들 수 있어. 그리고 아무도 다치지 않을 거야. 다 괜찮을 거야.

페이는 회의적인 시선으로 그를 지켜봤다.

엘리베이터가 멈추자 관성이 그들의 두개골로 몰려올라왔다. 은색 문이 미끄러져 열렸다.

라임빛 녹색 복도. 검정 문들, 핍홀(peephole, 문에 나 있는 작은 유리 구멍) 위에 부착된 황동 재질의 아파트 호수들. 교체 기한이 한참이나 지난 듯한 냄새를 풍기는 실내외 겸용의 진한 녹색 공업용 카펫.

513호. 명패도 없고 문에 붙은 장식물도 없다. 이 기다란 녹색 복도에 사는 낯선 이들의 삶으로 들어가는 다른 문짝들하고 구분되는 특징도 없다. 동그란 플라스틱 핍홀이 그들을 응시했다. 황동 아파트 호수 아래에 있는 반투명한 외눈.

여기가 내가 오고 싶었던 데야. 내가 절대로 오고 싶지 않았던 데야. 이 데자뷔는 절대로 해서는 안 될 일이야.

시적이다. 클롱.

콘돌이 페이에게 속삭였다. "평범한 여자처럼 보이려고 노력해요."

그는 검정 문짝을 마주봤다.

주먹을 올렸다.

노크를 했다.

16

"생존은 규율이다."
-미합중국 해병대 교본

우리를 들여보내줘요.

페이는 퀴퀴한 냄새가 나는 녹색 복도에 서서 그녀 앞에 있는 검정 문이 안쪽으로 열리는 걸 지켜봤다. 돌진해 들어가서 총을 뽑거나 아니면…… 그녀는 무엇인가를 하려고 남몰래 몸을 풀면서 미소를 지었다.

우리를 들여보내줘요!

하지만 문을 열어준 여인은 입구를 막고 그 자리에 그대로 서 있기만 했다.

M. 마디지언.

그녀는 쉰세 살보다 젊어 보인다. 콘돌이 그녀의 데이터를 캐낸 걸 사람을 오싹하게 만드는 짓으로만 볼 건 아니었다. 그런 짓을 할 만했다. M. 마디지언의 머리카락은 희끗한 머리를 부분 염색한 금발이었다. 그리고 워싱턴에 있는 대다수 여성들과 달리, 그녀는 그 곱슬머리를 어깨뼈 아래까지 길렀다. 그녀는 콘돌이 그렇다고 얘기한 것처럼, 파트타임 요가 강사처럼 보였다. 몸놀림은 느릿했지만 물 흐르듯 부드러웠고, 섬세해 보였지만 다부지고 강인했다. 그녀의 얼굴은 호감을 주는 각진 얼굴이었고, 코는

컸으며, 멋진 입술에는 화장기가 없었다. 두 눈 사이의 미간은 넓었다. 그녀는 복도에 서 있는 두 방문객이 파란 눈으로 강렬한 시선을 던지게끔 봐뒀다.

"*와우,*" 그녀가 정색을 했다. "살다 보면 누가 현관문을 노크할지는 절대로 알 수가 없는 일인가 보네요."

페이는 빈 복도에 감도는 자신과 콘돌의 불안한 기운을 느꼈다.

다른 집의 핍홀들이 그들을 지켜보고 있는 것처럼 느껴졌다.

우리를 들여보내줘요!

요가 강사는 페이를 꼼꼼히 살폈다. 그런 후, 그녀의 파란 눈빛은 콘돌에게 고정됐다. 그녀가 이마에 주름을 지으며 말했다. "여기에 따님이랑 같이 나타난 건가요?"

"우리는 그 정도로 운이 좋지는 않아요." 콘돌이 말했다.

"'우리'가 누구예요?"

페이는 그녀가 가진 신분증 세 개의 세트 중 하나를 번개같이 보여주고는 집어넣었다. "국토안보부예요. 안으로 들어가게 해줘요, 미즈 마디지언. 당신이 무슨 곤란한 일에 휩싸인 건 아니에요."

"당신들이 여기에 있다면, 지금 한 말 중 일부는 사실이 아니라는 걸 우리 모두 알잖아요."

콘돌이 문을 가로막은, 희끗희끗한 금발 여성에게 물었다. "당신을 메를이라고 불러도 될까요?"

그녀는 그를 응시했다.

그녀가 말했다. "당신은 스파이 비슷한 일을 하는 사람이라는 말이 사무실에 돌아요."

급습해. 밀치고 들어가. 그녀를 덮쳐 쓰러뜨려. 10, 9, 8……

메를이라고 불리는 여자가 문에서 뒤로 물러서면서 콘돌을 그녀가 있던 자리로 끌어당겼다.

페이는 메를과 검정 현관문 사이로 살살 이동하면서 잠금 버튼이 달려 있는 손잡이를 주먹으로 감싸고는 세상과 단절하기 위해 검정 문짝을 닫았다. 페이는 열쇠로 여닫는 문을 잠그고, 집 안을 살펴보기에 충분히 오랜 시간 동안만 여주인에게서 눈길을 떼서 주위를 살핀 다음, 문에 달린 걸쇠를 채웠다.

메를이 허스키한 목소리로 말했다. "왠지 모르지만 그렇게 하니까 내가 안전하다는 느낌이 없어지네요."

"미안하지만," 콘돌이 말했다. "당신은 안전하지 않아요."

"당신 덕분에요?"

"내 죄가 맞아요. 적어도, 개인적인 의미에서는 그래요."

"이게 개인적인 건가요?" 그녀는 눈길을 페이에게 던졌다. "그래서 나한테서 원하는 게 뭔가요?"

벌써 얻었어요, 여기 들어와 있는 거요. 페이는 생각했다. 통제력을 확보한 상태를 유지할 필요가 있어.

"부탁 하나만 들어주실래요, 미즈 마디지언? 저기 카우치에 앉아주세요."

요가 강사는 황금색 풀오버와 짙은 색 청바지 차림이었다. 맨발이었다. 그녀는 카우치에 자리를 잡았다. 페이는 여자가 마음을 진정시키려고 애쓰는 모습을 봤다. 여자는 검정 가죽 소파 모서리에 균형을 잡고 앉아 잘못된 건 하나도 없다는 듯 행동했다.

페이는 콘돌의 리드를 따랐다. "고마워요. 당신을 메를이라고 불러도 괜찮을까요?"

"당신은 내가 탐탁하게 여기지 않아 하는 일들보다 훨씬 더 많은 일을 할 신분증들을 갖고 있잖아요."

콘돌이 메를이 앉은 커피 테이블 건너편에 놓인 회전의자 두 개 중 하나를 차지했다.

좋았어, 페이는 생각했다. 문에서 제일 가까이 있는 의자. 메를이 탈출을 시도할 경우, 메를을 붙잡을 수 있었다. 그녀가 자물쇠와 걸쇠를 열기 전에 그녀를 붙잡을 게 분명했다.

"내가 절차를 따르는 동안 콘-빈이 말동무가 돼줄 거예요. 당신 아파트를 신속하게 살펴볼게요. 우리만 있는 건지 확인하기 위해, 우리가 안전한지 확인하기 위해서요."

"안전이 영장하고 같이 왔나요?"

"그 문제는 걱정하실 필요 없어요." 페이가 말했다.

그녀의 두 눈이 부엌을 훑었다. 눈에 띄는 칼은 없다. 벽에 유선전화가 있다.

5층의 창문들은 야경을 보여줬다. 망할, 10시밖에 안 됐잖아! 메를이라고 불리는 여자의 집에는 올라서기에, 또는 거기서 뛰어내리기에 충분할 정도로 큰 발코니가 있었다. 암살단이 옥상에서 라펠을 타고 하강한 다음 기관총을 난사해 유리를 뚫으면서 요란하게 침입하는 게 가능했다.

페이가 침실로 걸어가는 동안 메를이 콘돌에게 물었다. "나에 대해 아는 게 뭔가요?"

침실의 하얀 문을 계속 열어둔 덕에 페이는 그가 하는 대답을 들을 수 있었다. "충분히 많이는 몰라요."

침실 안. 투신자살이 가능한 크기의 또 다른 발코니가 딸린 창문들. 퀸 사이즈 침대. 서랍장. 옷들이 걸려 있는 벽장 바닥에 줄지어 놓여 있는 신발 10여 켤레. 주인의 선택을 받으려고 기다리는 잘 정돈된 신발들.

페이가 옷장 서랍을 당겨 여는 동안 목소리들이 허공으로 떠밀려왔다.

메를이 다시 물었다. "나한테서 원하는 게 뭐예요?"

콘돌이 대답했다. "그건…… 복잡해요."

속옷, 레오타드, 스웨터, 청바지, 요가복 타입의 상하의. 총은 없다.

"복잡하다는 건 내가 원하는 대답이 결코 아니에요."

"페이를 기다립시다. 그녀가……"

"그러니까 그녀가 보스인 건가요? 내가 주의를 기울여야 하는 사람이 누구예요?"

침실 서랍장 위에 놓인 액자에 든 사진들. 어머니. 아버지. 벨트웨이 너머 어딘가에 있는 중산층 주택. 줄넘기를 하는 1960년대의 어린 소녀. 30대를 눈앞에 둔 시절의 메를이 의사당 건물의 계단들을 성큼성큼 내려오면서 강렬한 빛을 발산하고 있다. 수강생들이 지켜보는 가운데 몸을 뻗어 요가 자세를 취하는 지금 나이의 그녀를 휴대전화로 찍은 사진.

"당신은 영리한 일에 주의를 기울여야 해요."

"'영리하다'는 결정은 누가 내리는 거죠? 당신인가요?"

결혼사진은 없다. 아이들 사진은 없다. 남자들 사진은 없다. 여자들 사진도 없다. 사무실 파티에서 찍은 단체 사진은 없다. 친구의 아이들이나 조카들을 찍은 스냅사진도 없다.

유선전화를 연장해 놓은 전화기와 그 옆의 충전기에 꽂힌 휴대전화가 놓여 있는 침대 옆 탁자 위에 사진엽서들이 압정으로 꽂혀 있다. 이탈리아

일부 도시들의 광장. 런던 극장 지역의 밤 풍경. 파리 노트르담 성당의 괴물 석상들.

파리의 엽서를 보는 순간 페이의 복부에 있는 흉터가 화끈거렸다. 훈련된 미국인 스파이는 파리 엽서의 모퉁이를 들어올렸다. 그런 후 다른 엽서들도 각각 들어올렸다. 뒷면에 우표는 하나도 붙어 있지 않았다. 손 글씨나 메를의 주소도 없었다. 그녀가 거기에 가서 직접 구한 엽서들일까?

"제발, 우리를 믿어줘요."

"어머나, 세상에! 예전에 그런 말을 한 사람은 아무도 없었어요."

전화기들이 놓인 침대 옆 탁자에 책이 두 권 있었다. 두 권 다 소설책으로, 제스 월터가 지은 『아름다운 폐허』와 메일 멜로이가 쓴 『양쪽 길이 내가 원하는 유일한 길이다』였다. 침대 옆 테이블의 맨 아래 서랍에는 이것저것 담아둔 튜브와 병들, 모이스처라이저, 비타민 E 오일이 덜거덕거렸다. 두통약이 담긴 병들, 처방전 없이도 살 수 있는 수면보조제들.

"내가 당신을 신뢰하는지 여부는 중요하지 않아요."

"나한테는 중요해요."

페이는 의상점에서 가져온 하얀 판지 박스를 침대 아래에서 찾아냈다. 그걸 꺼냈다. 사진과 편지, 오래전에 문을 닫은 카페의 메뉴판이 가득했다. 기억들을 담은 관의 뚜껑을 닫고는 침대 아래로 밀어 제자리에 돌려놨다. 베개 아래에서는 아무것도 찾지 못했다.

"얼굴은 어떻게 된 거예요? 얼굴이…… 얼룩이 묻은 것처럼 보여요."

"그건 내가 되지 않으려고 애쓰다가 남은 거예요."

"그게 무슨 일을 해줬는데요?"

"나를 여기에 데려다줬어요."

벽장 옆에 있는, 침대의 다른 쪽에 있는 침실용 탁자에는 랩톱 컴퓨터가 놓여 있었다. 페이는 이메일을 클릭했다. 메를이 임시 강사로 취직해서 '일요일 성인 고급반 세미나'를 가르치는 어떤 스튜디오의 수석강사에게서 온 요가 클래스 관련 메시지들이었다. 페이스북이나 다른 SNS 계정은 없었다. 페이는 재무 관련 기록들을 염탐하는 수고는 하지 않았다. 그녀는 랩톱이 꺼지면서 속삭이는 소리를 낼 때까지 전원 버튼을 눌렀다.

"그래서 지금 당신은 누군가요?"

"전보다 더 나은 사람이요."

페이는 침실용 테이블의 맨 아래 서랍을 당겨 열었다. 잡동사니들, 아르데코 스타일의 유리 파이프에, 양이 얼마나 될까, 녹색 마리화나가 4분의 1쯤 담긴 컵이 들어 있는 비닐봉지.

그녀는 서랍을 닫고 생각했다. 좋았어, 메를은 무법자처럼 살기로 선택했군.

"그리고 이 모든 게 당신의 '더 나은' 계획인가요?"

"한 시간 전까지만 해도 이 중 어느 것도 계획에 없었어요."

벽장은 허전한 느낌을 줬다. 스커트와 드레스, 블라우스, 바지, 재킷 들이 걸린 옷걸이 사이의 공간. 상단 선반의 빈 공간. 대부분이 사무실용인 신발 여러 켤레 사이의 빈 마룻장. 그 뒤쪽에는 유행이 지난 하이힐 세 켤레가 있었다. 한때 거금을 모으는 이벤트에서 작은 검정 드레스를 입은 여자를 그리 조용하지 않은 밤의 끄트머리로 실어 날랐던 모조 다이아몬드가 박힌 신발이었다.

"그러니까 내가 당신 계획의 일부가 아니었다면, 당신이 나를 감시해온 이유는 뭔가요?"

"나는 꿈꾸는 것 이상의 일을 하려는 용기를 끌어내려고 애쓰고 있었어요."

페이는 침실을 완전히 뒤집어엎는, 다람쥐 팀이나 하는 짓을 할 수는 없었다. 그럴 필요가 있다는 생각도 하지 않았다. 그녀는 책이 꽂힌 선반 위를 천천히 훑었다. 수술을 받은 몸을 병원 1인실에서 회복하고 있었을 때, 페이는 침대 상단에 설치된 TV를 피했다. TV보다는 자신이 통제할 수 있는 마법을 부리는 책을 선택했다. 그녀가 살았던 곳과 목숨을 잃을 뻔했던 감춰진 세계의 사실들을 담은 책이 아니라, 그녀가 공허한 것들이라는 걸 잘 아는 사실들을 담은 두꺼운 책이 아니라, 소설을 택했다. 지금 그녀는 메를의 벽에 놓인 책 수십 권을 응시하면서, 그것들이 두세 권만 빼면 모두 소설이라는 걸 알아차렸다. 그러니까 그녀는 읽는 사람이 뭔가 진실한 것을 느끼게끔 만들 비전을 찾고 있어. 역사라고 불리는 버전에 독자와 함께 갇힌 다른 사람들에 대한 데이터가 아니라. 탈출구를 찾고 있고, 또……

무엇이건 찾고 있었다. 어쩌면 메를은 그냥 훌륭한 이야기가 안겨주는 스릴을 좋아하는 것일 수도 있었다.

"이건 꿈이 아니에요. 이건 악몽의 가장자리예요."

"이게 내가 가진 전부예요."

페이는 메를의 휴대전화를 그녀의 검정 코트 주머니에 떨어뜨렸다. 랩톱을 닫고는, 그것과 왼손에 쥔 유선전화용 수신기를 들고 다녔다.

벽장 옆의 문을 통해 들어간 욕실. 샤워기가 달려 있는 욕조. 페이는 자유로운 오른손으로 거울 달린 약품 수납장을 열었다. 손톱가위, 치명적인 흉기이지만 사용자가 운이 좋은 데다 가위 다루는 법을 잘 알고 있을 경우

253

에만 그렇다. 더 많은 튜브와 로션들. 콘돌의 약품 목록을 통해 특별한 상품명이 없다면 우울증 치료제라는 걸 알게 된 처방약이 절반쯤 든 병.

거실에서 들려오는 목소리는 이 파란 욕실에서는 웅얼거리는 소리로만 들렸다.

페이는 세면대 아래 수납장을 발가락으로 열었다. 화장지, 다른 쓰레기. 수건이 쌓여 있는 선반. 욕실 문 뒤의 고리에 걸린 하얀 목욕 가운.

그녀는 더욱 더 무고한 구경꾼처럼 변해가는 여자의 맞은편에, 그들이 가둔 여자의 맞은편에 콘돌이 앉아 있는 거실로 돌아갔다.

메를은 페이가 자신의 전자장비들을 팔에 끼고 있는 걸 알아차렸다. "필요한 걸 얻었나요?"

페이는 전자장비들을 유리 커피 테이블에 올려놨다.

거실에 있는 닫혀 있는 문 두 개를 열었다. 대형 벽장, 모든 계절을 위한 코트들, 부츠, 상단 선반에 놓인 베개 하나와 담요 여러 장. 두 번째 문, 작은 욕실.

페이는 배낭형 백과 검정 코트를 벗고는, 꺼림칙해하는 집주인의 전화기와 랩톱 위에 무게 나가는 그것들을 얹었다. 메를의 눈이 그녀의 허리에 찬 권총과 탄창 주머니로 향하는 걸 느꼈다. 매복 공격을 당한 여자의 눈이 자신을 따라오는 걸 느꼈다.

페이는 다른 의자에 앉았다. "우리 상황을 이해해주셔야 해요."

"아니, 이해가 안 돼요." 메를이 말했다. "나는 그냥 이 상황을 견뎌서 살아남아야만 하는 신세잖아요."

콘돌이 말했다. "그 이상을 시도해야 해요."

상황을 장악해. 페이가 말했다. "저는 연방 요원이에요. 국토안보부에

파견된 CIA 요원이요. 콘—빈은…… 그는 우리랑 일해요. 어떻게 그렇게 된 건지까지를 당신이 알 필요는 없어요. 누군가가 시스템에 침투해서 빈에게 누명을 씌웠어요. 지금은 그가 죽기를 바라는 것 같아요. 나도 마찬가지고요."

"도움을 요청해요. 백업을요. 구조대를요. 여기는 미국이고, 여기는 우리 거리예요."

"우리가 전화를 걸거나 이메일을 보내면, 우리는 시스템 내부에 들어가게 돼요. 누가 그걸 듣고 우리를 먼저 발견할지 우리는 알지 못할 거예요. 여기는 미국인지도 몰라요. 하지만 이 거리는 우리를 도망 다니게 만드는 누군가의 것이에요."

"도망이요? 내가 카우치를 내려가 여기서 곧장 걸어 나가면……"

"메를, 미안해요." 페이가 말했다. "그런 일은 일어나지 않을 거예요."

페이는 검정 카우치에 앉아 있는 나이 든 여인을 사냥꾼의 눈빛으로 뚫어져라 쳐다봤다.

"아하," 메를이 속삭였다. "알았어요. 이해했어요."

메를은 눈을 깜박거렸다. "그런데 저 사람을 왜 계속 '콘'이라고 부르는 거예요?"

신뢰를 얻으려면 믿음을 줘. "그게 그의 기밀 코드네임이에요. 콘돌."

"세상에 자신들의 존재가 이런 사람이라고 자기 입으로 말하는 사람들이 있나요?" 메를이 말했다.

"그는 그런 사람이에요." 페이가 말했다. "예외가 있다면……"

콘돌이 선수를 쳤다. "나는 미쳤어요. 가끔씩 정신이 멍해져요. 유령들을 봐요. 나는 공식적으로는 기억을 하면 안 되는 사람이에요. 그래서 내가 지금 시도하려고 하는 일이 그거예요."

"뭘 기억한다는 거예요?" 메를이 말했다.

"그런 게 있어요." 콘돌이 말했다.

그녀를 집중시켜, 페이는 생각했다. *그녀가 감당할 필요가 있는 일들을 이해하게 만들어.*

페이가 말했다. "진실이 그래서 유감이지만, 아무튼 그래서 당신은 이제 우리 곁에 머무르게 됐어요. 우리는 몸을 숨길 곳이 필요해요. 다른 데는 모두 위태로운 상태예요. 우리는 해야 할 일을 알아낼 필요가 있어요. 휴식을 취하면서요. 당신은 우리에게 납치당한 셈이에요. 당신이 무슨 짓을 저질러서 그런 게 아니라, 우리가 떠올린 사람이 당신이라서 그런 거예요. 그리고 다시 한 번 더 미안한데요, 우리는 여기를 떠날 수 있을 때까지는 계속 그렇게 할 거예요. 당신에게 협조해달라고 부탁하는 거예요. 누군가에게 전화를 걸거나 이메일을 보내거나 그런 비슷한 일은 무엇이건 시도하지 마세요."

"알아들었어요. 그런데 말이에요, 나 혼자만 그냥 호텔로 옮겨서……"

페이가 말했다. "우리는 그런 위험을 감수할 수 없어요. 당신을 여기서 혼자 내보내는 위험을요."

"당신들이 나한테 몰고 온 위험이 어떤 건가요?"

"거짓말은 하지 않을게요. 조금 전에 전투가 있었어요. 사망자도 몇 나왔고요."

"사망자도 몇 나왔다고요?"

콘돌이 말했다. "어느 것도 우리가 원했던 게 아니었어요. 우리가 피할 수 있었던 일도 아니었고요."

메를은 고개를 저었다. "사망자. 전투. 당신들은 지금 나를 그러니까…… 민간인 사망자로, 부수적 피해로 만들어버렸군요."

"아뇨." 페이가 말했다. "우리가 여기에 있다는 건 아무도 몰라요. 우리가 좋은 사람들하고 같이 돌아가기 전까지는 당신에 대해서는 아무도 모를 거예요."

"당신의 약속은 눈 깜빡할 사이에 *아무도(nobody)*에서 *누군가(somebody)*로 옮겨갔어요." 메를이 젊은 여자에게 서글픔이 담긴 미소를 보냈다. "내가 서 있는 곳이 어디인지를 아는 건 좋은 일이에요."

"당신은 몰라요." 페이가 말했다. "우리도 모르고요. 하지만 우리는 우리가 여기에 있다는 걸 알고, 우리랑 같이 있을 때 당신이 보호를 받는다는 것도 알고, 우리가 당신을 그렇게 보호하기 위해 우리 목숨을 바칠 거라는 것도 알아요."

"첫 데이트에서 받은 약속 치고는 끝내주는 약속이네요." 메를은 눈을 깜박였다. 그녀는 자신의 눈빛이 자기 집에 있는 낯선 두 사람 모두에게 말을 걸게 놔뒀다. "그게 당신들이 원하는 전부인가요?"

"솔직히 말해서," 페이가 말했다. "우리는 우리가 얻을 수 있는 건 전부 원해요."

"세상에."

메를은 그녀가 집이라고 부르는 곳을 둘러봤다. 몸서리를 쳤다. 몸이 쪼그라지는 듯 보였다.

그런 후, 페이는 그녀가 이 새로운 현실을 받아들이는 모습을 봤다.

메를이 속삭였다. "우리 이제는 무얼 하죠?"

"할 일이 그리 많지 않아요." 페이가 말했다. "이대로 쪼그리고 앉아 있으면 돼요. 우리는 안전하지만, 둘 다 녹초가 됐어요.

"배고파요?" 메를이 어깨를 으쓱였다. "특대형 냉동 라자냐를 사둔 게 있어요. 그걸 굽고 잘라서 요리한 다음에 다시 얼려뒀어요. 무얼 위해서냐면……"

그녀가 어깨를 으쓱했다. "내 오래되고 평범한 일상생활을 위해서요."

"그건 지금 우리가 있는 곳이 아니에요." 페이가 말했다. "그래도 여전히 배는 고프네요."

"그럼 우리 그 문제를 해결해요." 메를이 말했다. "내가…… 괜찮겠어요?"

페이는 고개를 끄덕여 늙은 여자에게 카우치에서 내려가 부엌으로 가서 냉장고를 열어도 된다고 허락했다. 메를이 토마토와 미트소스, 파스타가 4분의 3 정도 들어 있는 오븐용 알루미늄 통을 꺼내 조리대에 올려놨다.

메를이 갑자기 얼어붙었다.

속삭였다. *"세상에!"*

드디어 왔군, 페이는 생각했다.

"당신들이 등장하고 사람들이 죽고 당신들은 총을 가졌고 나는 그냥……"

페이가 말했다. "숨을 쉬어요. 그냥 숨을 쉬라고요. 당신은 이걸 해낼 수 있어요."

"내 평생, 나는 그런 말만 계속 들어왔어요." 메를의 눈이 이 부엌이 아닌, 이 아파트가 아닌, 낯선 이들과 총들이 있는 이 시간이 아닌 다른 어딘가를 떠다녔다. "당신은 이걸 할 수 있어. 당신은 이걸 할 수 있어. '당신은 이걸 하고 싶어 해'가 아니라…… 아무튼 당신은 이걸 할 수 있어."

"당신은 정말 잘하고 있어요." 페이가 메를이 폭발할 경우를 대비하며 말했다. 히스테리를 한껏 부리면서 라자냐가 든 알루미늄 통을 하얀 벽이 있는 부엌의 갇힌 공기 속으로 던지고는 현관문으로 돌진해서 이웃들을 부르며 도와달라는 비명을 지르는 것에, 거기서 그녀의 소리를 들을 누군가를 찾아 비명을 지르는 것에 대비했다.

허스키한 목소리의 여성이 중얼거렸다. "내가 정말 잘하고 있다면, 나는 왜 여기 있는 거죠?"

콘돌이 부엌에 있는 메를에게서 두 걸음 떨어진 데로 걸어갔다. 여전히 검정 가죽 재킷을 입은 백발의 남자가 그가 스토킹한 여자를 응시하며 말했다. "당신은 나 때문에 여기 있는 거예요. 내가 정말로 원하지 않았던 일이 당신이 이렇게 여기 있는 거였어요. 하지만 당신은 내가 가진, 내가 아는 전부예요. 내 유일한 기회예요. 당신은 중요한 사람이에요."

메를이 속삭였다. "어제 커피를 사러 가지 말았어야 해요."

"우리의 '그러지 말았어야 했어'들이 어디서 시작됐는지를 그 누가 알겠어요?" 콘돌이 말했다. "우리가 가진 거라고는 우리가 하는 일들이 전부예요."

메를은 흰 벽이 있는 부엌에 힘들게 숨을 쉬며 서 있었다.

콘돌은 그녀를 건드리지 않았다.

그리고 내가 여기에 있어, 페이는 생각했다. 두 낯선 사람이 죽임을 당하지 않도록 구하려고.

메를이 말했다. "먹다 남은 샐러드가 있어요."

전자레인지의 삐 소리가 다섯 번 나고, 접시들이 달그락거리고, 의자들이 아일랜드 조리대까지 이어지는 체스판 크기의 하얗고 네모난 부엌 타일들을 가로지르며 긁는 소리를 냈다. 그리고 그들이 거기에 있었다. 메를은 스토브와 카운터 사이의 의자에 걸터앉았고, 콘돌은 라자냐와 그린 샐러드가 담긴 자기 접시와 물컵을 갖고 그녀의 맞은편에 앉았다. 페이 앞에도 같은 음식이 있었다. 페이는 현관문과 제일 가까이 있는 의자에 문을 등지고 앉았지만, 이 아파트의 개방형 부엌의 의자에 앉은 나이 든 커플의 모습은 볼 수 있었다.

우리 모두가 갇혀 있는 곳.

메를이 "무슨 일이 일어난 건가요?"라고 물었을 때, 페이와 동료 도망자는 다른 때였다면 조금 더 맛이 좋았을지도 모르는 음식을 거의 다 먹은 참이었다.

콘돌이 말했다. "아는 게 적을수록, 당신에게는 더 좋을 거예요."

"정말요? 무식과 안전이 동일하다는 거예요?" 메를은 고개를 저었다. "나를 구원삶으려는 시도는 그만둬요. 내가 우리 집 현관문을 내 발로 걸어서 나갈 수 없는 동안에는 그러지 마요."

페이는 콘돌의 눈을 봤다. 피곤에 찌들어 축 늘어진 그였지만, 그럼에도 그의 눈은 포로로 잡은 여자가 *아니라*며 고개를 젓는 동안 그 여자의 흔들리는 머리카락을 따라다니고 있었다.

"무슨 일이 일어난 거예요?" 메를이 속삭였다.

페이는 한숨을 쉬었다. "다시 말하지만, 우리가 이 문제에 대해 말해줄 수 있는 건……"

"아뇨." 메를이 말을 끊었다. "내가 지금 말하는 건 그게 아니에요."

"*무슨 일이 일어났던 거예요?*" 그녀가 물었다. "당신들 그런 생각해본 적 있어요? 당신들은 여기에 있어요. 당신들이 지금까지 존재했던 모습으로만요. 당신들이 저지른 짓들로만요. 당신들이 생각했던 건 앞으로 일

어날 일, 그리고 당신들이 절대로 하지 않은 일들이죠. 당신들이 지금 할
수 있는 정말로 적은 일들과요. 시간의 큼지막한 덩어리가 당신들 뒤쪽
에 떨어졌어요. 그리고 당신들은 여기 어떤 집주인의 쥐구멍에 갇혀 있어
요……"

그녀는 고개를 저었다. 조리대를, 그리고 그녀가 아직 마시지 않은 물컵
을 바라봤다.

"당신은 지금 걷고 있어요." 콘돌이 말했다. "자동차와 다른 사람들의
모습을 반사하는 가게 창을 봐요. 하지만 그 거울에서 당신 자신의 모습은
보지 않아요. 그러다가 당신은 그걸 봐요. 당신이 거의 알아보지 못하는
얼굴을요."

메를이 물었다. "당신이 앓는 정신병은 어떤 종류인가요?"

"늙는 거요."

두 사람은 폭소를 터뜨렸다.

페이는 콘돌이 의자에 털썩 앉는 모습을 눈여겨봤다. 그들이 붙잡은 여
자의 약품 수납장을 떠올렸다. 그녀가 백발의 동료에게 물었다. "당신 약
들 갖고 있어요?"

"그것들 중 어느 것도 나를 세상을 보지 못하는 상태로 돌려놓지 못할
거요." 그가 말했다.

콘돌은 셔츠 주머니들에서, 거실에 있는 검정 가죽 재킷에서 약병들을
꺼내 빨간 소스로 더럽혀진 저녁 접시 옆의 조리대에 늘어놓았다.

페이는 메를이 여러 개의 병에 붙어 있는 레이블을 살피는 걸 지켜봤
다. 메를이 콘돌의 방광을 통제하는 약에 붙은 레이블을 읽는 걸 지켜봤
다. 그의 다른 능력도 증대시키는 약이었다. 메를이 그 지식을 번뜩 떠올

리는 걸 봤지만, 나이 든 여자에게 그 지식이 무슨 뜻인지는 말할 수가 없었다.

페이가 물었다. "의회도서관에서 일하세요?"

"와우," 메를이 말했다. "당신은 엉덩이에 총을 꽂고, 누군가를 상대로 문을 걸어 잠근 상황에서도 여전히 워싱턴 사람이라면 벗어날 수 없는 질문을 하네요. '무슨 일 하세요?' 재미있네요. 20년 전만 해도 나를 도서관 타입으로 보는 사람은 없었어요. 이제 나는 은퇴해도 될 나이예요. 내 사소한 인생에 남은 사소한 것들과 함께 여기에 앉아 갇혀 있는 신세예요."

메를이 고개를 저었다. "미안해요. 나는 이런 식으로 사람들의 기분을 잡치는 편이 아닌데, 하지만…… 맞아요. 나는 의회도서관에서 일해요. 활동사진 아카이브에서요. 나는 옛날 흑백영화들을 봐요. 그것들의 카탈로그를 만들어요. 세상에 종말이 닥치더라도 살아남도록 디지털 작업이 필요한 영화의 대기 명단을 작성하면서 그것들의 랭킹을 매겨요. 예술적인 가치를 기준으로 프린트의 품질을 감안하고, 또……"

"신경 쓰지 마요." 메를은 어깨를 으쓱했다. "나는 어두운 방에서 작고 하얀 스크린에 펼쳐지는 다른 사람들의 아이디어를 감상하면서 하루하루를 보내요. 나는 내가 아닌 존재들을 감상해요."

콘돌이 말했다. "우리 대다수하고 비슷하네요."

메를이 그를 바라봤다.

그녀는 페이에게 눈을 돌렸다. "그래서, 여기서 벗어나 당신들이 원하는 것을 얻을 곳으로 갈 방법을 어떻게 협상할 건가요? 그게 아니면 적어도 목숨을 잃지 않는 방법을요."

"협상은 그리 많이 일어나지 않아요." 페이가 말했다.

"헛소리." 메를이 말했다. 메를은 그런 말을 한 당사자이면서도 자신의 말에 담긴 기운과 솔직함 때문에 그녀를 붙잡고 있는 사람들만큼이나 자기가 뱉은 말에 충격을 받았다. "이 동네는 순전히 협상 하나로 뒤엉켜 있어요. 당신들이 할 수 있는 일을 하게끔 방치할 권력을 가진 사람이 누구건, 당신들은 그 사람을 설득하기 위해 해야만 하는 일을 해야 해요."

"그 이상 가는 일이 있어요." 콘돌이 말했다.

"나한테 그 이상에 대해서는 말하지 마요." 메를이 말했다. "나는 의사당에서, 하원의원 사무실에서, 상원의원 사무실 매니저로 12년을 보냈어요. 그러면서 알게 됐어요. 권력이, 그리고 당신들이 그 권력에서 얻을 수 있는 게 가장 중요하다는 걸요."

"우리는 아직까지는 거기에 도달하지 못했어요." 페이가 말했다.

메를은 턱으로 그녀의 부엌 의자에 털썩 앉아 있는 백발 남자를 가리켰다. "당신은 저 사람이 당신을 어딘가로 데려갈 거라고 생각하나요?"

"그는," 콘돌이 말했다. "당신을 놀라게 만들지도 몰라요."

"현재까지는," 메를이 말했다. "맞는 말이네요."

"하지만 나는 당신을 빈이라고 부를 거예요." 그녀는 덧붙였다. "콘돌이 아니라요."

페이는 그의 미소를 봤다. 하지만 기진맥진한 상태에서 간신히 짓는 미소였다.

"이런, 당신 좀 씻어야겠어요!" 메를이 땀과 화약 냄새를 지독하게 풍겨대며 얼굴과 팔목에 끈적거리는 갈색 얼룩이 묻은 빈에게 말했다.

"우리한테 필요한 건 그 무엇보다도 잠이에요." 페이가 말했다. "당신도 마찬가지고요."

메를은 설거지할 접시들을 싱크대에 넣는 동안 스파이들에게 등을 보였다.

페이는 그들이 붙잡은 포로의 등에 대고 말했다. "여기 옵션들이 있어요."

옵션들…… 소리를 낮춘 그런 솔직함.

"최상의 옵션은," 페이가 말했다. "그를 샤워기에 던져 넣고는 그가 가진 약들을 한꺼번에 먹이는 거예요."

"나 지금 여기에 있어요." 콘돌이 말했다. "나는 여전히 여기에 있단 말이오."

"그리고 우리는 여기에 머무르기를 원해요." 페이가 말했다. "하지만 당신이 제대로 잠을 자지 못한다면……"

"침대가 우리 옵션이에요." 페이가 말을 이었다. "최상의 옵션은 그를 침대에 넣고 침대를 원래 디자인된 용도로 쓰는 거예요. 차선책은 바닥에 그를 위한 매트리스를 깔아주는 거예요. 나는 카우치를 쓸게요. 카우치는 그가 편안하게 몸을 뻗기에 충분할 정도로 크지는 않으니까요. 만약에 그가 쥐가 나면……"

메를이 고개를 돌렸다. "나는 어떻게 하고요?"

"당신은 당신 침실을 써요." 페이가 말했다. "당신에게서 침실까지 뺏고 싶지는 않아요."

"더불어 내가 집 밖으로 나가려면 문을 하나 더 통과해야 하겠군요."

"더 안전해지는 거예요."

"오호, 물론이죠." 메를이 어깨를 으쓱했다. "그가 침대를 쓰게 해줘요. 나는 바닥에서 잘 수도 있어요. 아니면…… 그의 옆에서 잘 수도 있고요."

"나는 정신이 나갈 거요. 무슨 일이 일어날지를 나는 전혀 몰라요." 콘돌이 말했다.

"오케이. 어찌 됐건," 페이가 말했다. "콘돌-빈, 당신은 총을 여기 밖에 나한테 맡기세요."

"만약을 위해서요?" 메를이 말했다. "어떤 경우를 위해서요? 아니면 누구를 위해서요? 나?"

페이는 콘돌이 45구경이 담긴 권총집을 벨트에서 끄르는 걸 도왔다. 페이가 그에게 샤워 후에 복용해야 할 약이 어떤 건지를 묻고 그것들을 컵에 넣어 넘겨준 후 그의 다른 손에 물컵을 쥐여주는 걸 메를은 지켜봤다.

"그가 잠옷으로 입을 만한 게 있나요?" 페이가 물었다.

메를이 어깨를 으쓱했다. "있을 거예요."

콘돌이 말했다. "우리가 당신한테 고맙다는 인사를 했던가요?"

메를이 무슨 대답을 하기도 전에, 그는 고개를 저었다. "고맙다는 말로는 부족하다는 거 잘 알아요."

콘돌이 느린 걸음으로 침실로 들어갔다.

페이는 그를 따라가는 메를의 팔을 붙잡아 만류했다.

메를은 펄쩍 뛰지도 않았고 저항하지도 않았다. 하지만……

기다림, 감지, 훈련을 받은 게 아니라, 순전히…… 영리하기 때문에 보이는 태도.

페이가 말했다. "어찌됐든, 그는 우리에게 여기에서 벗어나는 길을 열어줄 열쇠예요. 우리의 모든 길을요. 그러니까 우리는 그가 되도록 최상의 상태를 유지하게끔 해줄 필요가 있어요. 그래서 당신한테 그를 계속 눈여겨봐달라고 부탁하는 거예요. 그의 의식이 더 희미해지면, 그가 제 기능을 못하기 시작하면……"

265

"제 기능을 못한다고요? 그가 무엇을 위해 기능하고 있는데요?"

"당신이 할 수 있는 일을 하세요. 그에게서 일어나는 일을 나한테 분명히 알리고요."

"그리고 그의 총을 만지면 안 되고, 맞죠?" 메를이 미소를 지었다. "아참, 그래요. 총은 당신이 가져갔었죠."

페이는 의사당 계단에서 찍은 사진에 포착됐던 그 맹렬함이 메를의 파란 눈동자들에 번뜩이는 걸 봤다. 단 한순간만일지라도, 예전에 그랬던 일의 기억과 비슷한 것일지라도.

침실로 걸어간 메를이 등 뒤에 있는 흰 문을 쾅 하고 닫았다.

페이는 거실에 있는 욕실을 이용했다. 그곳의 약품 수납장에서 치실을 끊어서는 닫혀 있는 침실 문손잡이와 부엌 조리대에 놓인 기다란 음료용 유리잔을 팽팽하게 묶었다. 그런 후, 페이는 자기 입으로 *잠자리*라고 불렀던 검정 카우치로 갔다. 카우치의 위치를 그녀가 깨어나 벌떡 일어섰을 때 현관문을 바라보도록 조정했다. 그녀의 글록과 콘돌의 45구경을 손을 뻗으면 잡을 수 있는 유리 커피 테이블 위에 올려놓았다. 페이는 거실의 검정 회전의자 중 하나를 밀어 현관문에 기댔다. 그게 SWAT(FBI 산하 경찰특공대)이 들이닥치는 걸 고작 1초, 길어야 2초 정도 지연시킬 거라는 걸 알면서도.

하지만 1초, 어쩌면 2초는……

그녀는 거실의 조명 스위치를 내리기 전에, 부엌의 불을 꺼서 부엌을 어둠 속으로 밀어 넣은 후 1초쯤, 어쩌면 2초쯤 침실의 하얀 문을, 그 닫혀 있는 하얀 문을 응시했다.

17

"내 베개가 되어줘……"

-제시 콜린 영, 〈어둠, 어둠(Darkness, Darkness)〉

그녀의 침실에서는 이런 냄새가 났다. 포근한 코튼 시트에서는 사향 냄새가 풍겼다. 바닐라 향이 피어올랐다. 아니, 바닐라 향이 아닐지도 모른다. 다른 목욕용, 미용용 로션의 향기. 더불어 아픈 근육에 바르는 연고에서 나는 냄새, 뭔가 현실적인 물건에서 물씬 풍기는 냄새. 하지만 그녀의 냄새였다. 여기의 냄새였다.

피곤에 전 모든 것을 빙빙 회전시키는 밤이 피부를 구역질날 만큼 심하게 축축하고 아프게 만드는군!

그의 뒤에서 메를이 말했다. "유령을 보고 있는 거예요?"

그녀가 저기에 서 있어. 네가 몸을 돌렸더니 저기에 그녀가 있었어. 너를 바라보면서.

그녀가 다시 말했다. "유령들이요? 지금 유령들을 보고 있는 거예요?"

그녀에게 말해. "아뇨, 네."

당황한 그녀가 눈을 깜박였다. 그녀의 얼굴이 빨개졌다. "우리, 당신이 살인자나 미치광이가 아니라 시인인 척해요."

"나는 당신에게 필요한 사람이 될 거예요."

"원하는 건 어떻게 하고요?"

"그건 약속할 수 없어요."

"하긴 세상에 어느 누가 그럴 수 있겠어요." 그녀는 얼굴을 찡그렸다.

그녀가 그의 손에서 약이 든 컵을 빼앗았다.

"당신은 이 일에 필사적으로 매달리고 있어요." 그녀가 그에게 말했다.
"그러다 다쳐요."

"당신은 그 아픔을 멈춰줄 수 없어요."

"아마도 그렇겠죠. 하지만 그 일을 그만두면 당신은 약간의 평온을 얻
을 수 있어요. 마음에 들건 그렇지 않건, 그게 지금 당신에게는 최상의 선
택이에요. 당신은 지금 서 있는 그 자리에서 의식을 잃을 수도 있어요. 그
러지 않고 당신이 당신 안에 충분히 많은 의식을 갖고 있다면, 샤워를 할
수도 있어요. 나는 그걸 권하겠어요. 그런 다음에 약을 먹고 침대에 드는
걸 권하겠어요."

"딱 잠을 자는 용도로만 쓰이는 침대예요." 그녀의 파란 눈동자가 불타
올랐다. "당신은 총이 없어요."

"나는 그런 식으로 총을 사용할 수는 없어요. 그러지도 않을 거고요."

그녀는 고개를 끄덕였다. 그녀는 자기 자신을 납득시키려고 그의 의견
에 동의했다.

"셔츠 벗어요." 그녀가 말했다.

그는 그렇게 했다.

구겨진 파란 셔츠를 그녀에게 건넸다.

그녀는 그걸 문 옆에 있는, 닫혀 있는 흰색 문 옆에 있는 의자에 걸쳤다.

그는 그녀가 원하는 얘기를 할 때까지 기다리지 않았다.

그는 신발을 급히 벗었다.

블랙 진을 벗었다.

그녀는 그가 벗은 바지를 들었다. 그의 주머니에 들어 있는 게 무엇이건 그것의 무게를 느꼈다. 그의 벨트에 걸린 파우치에 든 탄창들의 무게…… 그녀는 블랙 진을 의자에 던졌다.

"입고 있는 게 뭐예요?" 그녀가 그가 드러낸 제2의 피부를 응시하며 말했다.

"보온내의요." 그가 말했다. "저 밖이 얼마나 추워질지 몰랐거든요."

그녀는 영화의 슬로모션처럼 방의 먼 구석에 있는 갈색 판지 상자로 걸어갔다. 그녀가 몸에 무슨 변화를 줄 때마다 그녀의 모든 것이 움직였다. 희끗희끗한 금발이 어깨 위에서, 탄탄한 등 위에서 부드러운 물결처럼 출렁였다. 두 팔은 분명한 목적 아래에서 부드럽게 움직였다. 평생 청바지 속에서 팽팽함을 잃지 않았던 동그란 엉덩이가 걸음을 내딛을 때마다 흔들렸다. 그런 후, 그녀가 허리를 굽혀 갈색 판지 상자에서 물건들을 집어 올릴 때, 그는 그 엉덩이가 솟아오르는 걸 봤다.

그녀는 다 해진 검정 스웨트셔츠와 가느다란 회색 스웨트팬츠를 그에게 가져왔다.

"여기요." 그녀가 말했다.

그녀는 옷을 던질 수도 있었지만, 그걸 너한테 건네는 쪽을 선택했어.

"50세 이상 클래스를 가르치는데, 사람들이 장비랑 옷, 책, 물을 놓고 가요. 그 옷들을 빨아서 유실물 상자에 담아 강의실에 가져가지만, 옷이 자기 거라고 나서는 사람이 없으면 2주에 한 번씩, 마음에 드는 물건을 가져가는 자선 행사를 열어요."

그는 검정 스웨트셔츠를 건네받아 거기에 찍힌 금빛 로고를 읽었다. 룩스 에트 베리타스(LUX ET VERITAS, '빛과 진리'라는 뜻의 몬태나대학의 교훈). 그 문구가 뜻하는 게 무엇이건, 우주를 그것보다 더 잘 의미하는 것은 그가 읽은 검정 바탕에 금빛으로 새겨진 문구에서 제외된 존재였다.

"몬태나," 그가 말했다. "당신이 그걸 어떻게 아는 거요?"

그녀는 고개를 저었다. "나는 그냥 그 스웨트셔츠를 찾아낸 것뿐이에요."

"이것보다 엄청난 일도 없을 거예요. 클롱도 이렇지는 않을 거예요."

"뭐라고요? 왜요? 당신, 거기 출신이에요? 몬태나?"

"거기가 내가 나였다는 걸 알아낸 곳이에요."

"당신은 스파이예요." 그녀가 말했다. "살인자예요, 시인이 아니라요."

"그래요."

"가서 샤워해요." 그녀가 말했다. "선반에 파란 수건이 있어요. 당신은 컨디셔너를 쓰는 남자는 아닌 것 같지만, 그래도 욕조에 있는 병들 중 하나가 샴푸예요. 그리고 세면대 아래 선반에 뜯지 않은 칫솔이 있어요. 대형 마트에서 5개 묶음으로 파는 거예요."

"나도 칫솔 갖고 있어요. 그렇다고 생각해요. 저 밖에요." 그가 닫혀 있는 하얀 문을 가리키며 말했다.

"우리는 여기 있잖아요. 저기로 돌아가지 마요. 당신이 저기로 돌아가면, 우리는 당신이 향하고 있는 곳에 절대 도착하지 못할 거예요."

그녀는 욕실을 가리켰다.

저기에서 쓰러지면, 네 등은 문을 누를 거고, 양말은 작은 흰색 타일을 움켜쥘 거야. 두 눈을 감아. 그녀는 저기에 없어. 그녀는 너를 볼 수 없어. 너는 잊을 수 있어. 잊어.

들숨이 날숨으로 이동하는 것처럼, 그의 정신은 명료함과 혼란함을 오락가락했다. 그 밝은 욕실에서 그의 의식을 붙들어 맨 건, 그가 있는 곳을 알려주는 향기들, 깨끗한 느낌의 소나무 향 암모니아, 원기를 회복시켜주는 바닐라 향, 그리고 여기와 지금과 현실의 단단한 느낌을 주는 축축한 금속과 자기였다.

보온내의 상의를 벗느라 고생한 일은 그가 수행할 수 있는 일의 차원을 벗어나기 직전 단계에 속하는 일이었다. 그는 상의를 가슴 위로 올렸다. 셔츠를 얼굴 위로 올릴 때 셔츠 손목 안쪽에 양손이 갇히는 바람에 그는 욕실 주위를 비틀거렸고, 오른쪽 정강이가 변기에 부딪쳤다. 숨이 막혔다. 두 팔이 몸에 달라붙은 스웨터 안에 있는 머리를 가로질러 꼼짝을 못하면서……

벗겨졌다. 윗도리가 바닥으로 떨어지면서 얼굴 앞이 깨끗해졌다. 그는 바닥에 놓여 있는, 그가 거둔 작은 승리를 응시했다.

네가 얻을 수 있는 걸 가져.

그는 기다란 아랫도리를 벗었다. 양말도 벗었다. 변기에 앉는 게 아니라 누운 듯이 앉아, 그가 해야만 하는 일을 했다. 그러는 와중에도 눈이 감기게 놔두지는 않았다.

그가 다음으로 아는 것은 그가 샤워기 아래 있었다는 것, 뜨거운 물이 그에게 쏟아질 때 비닐 샤워 커튼을 잡아당겨 닫으려고 뒤로 손을 뻗었다는 것이었다.

「싸이코」, 앨프레드 히치콕 영화. 재닛 리가 비닐 커튼 뒤에서 샤워를 하고 있다. 앤소니 퍼킨스가 정육점 칼을 들고 그녀의 욕실로 들어오는 걸 보지 못하고 있다.

마로닉이 네가 그가 있는 화장실 칸막이 안으로 발사한 총알들에 맞아 휘청거린다.

콘돌은 샤워 커튼을 그냥 열린 채로 놔뒀다.

물, 무척이나 반가운 물. 그의 두개골과 얼굴과 감은 눈을 쿵쾅거리며 때려대는 물과 그의 콧구멍과 땀구멍을 열어주는 김. 배수구로 소용돌이쳐 내려가는 갈색 리본들. 샴푸 통과 비누 토막을 찾아낸 그는 두 가지 모두를 두 번인가 세 번을, 아니 횟수를 헤아리지 못할 때까지 썼다.

그가 부드러운 파란 수건을 찾아 몸을 말리는 동안 두 팔이 화끈거렸다. 회색 스웨트팬츠를 입었다. 너무 컸다. 끝이 닳은 허리끈을 묶어 간신히 바지를 고정시켰다. 검정 스웨트셔츠를 입느라 고생했다. 룩스 에트 베리타스가 김이 서린 거울 쪽을 가리켰다. 옷소매로 거울에 서린 김을 닦았다.

거기에 네가 있군. 여기에 네가 있어.

"와우." 콘돌은 중얼거렸다.

세면대 아래에서 찾아낸 칫솔은 빨간색이었다. 그녀의 치약은 민트 프레시였다.

그가 욕실 문을 열자 침대에 앉아 있던 메를이 일어났다.

그녀는 몸에 달라붙는 녹색 요가 바지 차림이었다. 앞면에 단추가 하나도 없는 펑퍼짐한 파란 스웨트셔츠. 여자가 약이 든 컵을 내밀었다.

그녀가 말했다. "진통제를 하나 더 넣었어요. 처방전 없이도 살 수 있는 약이에요. 효험이 있어요."

그에게 알루미늄 병을 건넸다. 뚜껑은 열려 있었다.

"내가 수강생들을 위해서 많이 만드는 음료예요." 그녀가 말했다. "종이컵을 쓰면 이걸 만든 원래 의도가 퇴색될 거예요. 가게에서 저칼로리 레모네이드를 사서 거기다가 농축 비타민 C를 넣어 녹였어요. 우리 강좌에 감기 환자가 생기는 걸 막는 건 수강생들뿐만 아니라 나한테도 도움이 되니까요."

레모네이드. 차갑고, 시큼하다.

그는 약을 삼켰다. 그녀가 컵을, 이제는 빈 알루미늄 병을 받았다.

"침대에서 욕실 가까운 쪽을 써요. 침대로 들어가요. 곧 돌아올게요."

그녀가 욕실로 가서 문을 닫았다.

그는 그녀가 양치하는 소리를 들었다. 변기 물이 내려가는 소리. 세면대에서 물이 빠지는 소리.

그러더니 그녀가 나왔다. 그녀는 욕실 문을 열어둔 채 욕실의 불을 껐다.

콘돌은 침대 커버 아래로, 영원토록 느껴보지 못한 듯한 따스함 속으로 빠져들었다.

그녀가 침대의 발치를 돌았다.

천장을 봐, 위를 봐, 그녀가 아니라 천국을 봐.

침대가 푹 꺼지고 커버들이 펄럭였다. 그는 그와 함께 거기에 있는 그녀의 온기를 느꼈다.

"깜빡했네요." 메를이 말했다.

콘돌은 고개를 오른쪽으로 돌렸다.

단추 없는 파란 스웨트셔츠를 입은 그녀가 침대 쪽에서 몸을 굽히는 걸 봤다.

똑바로 앉은 그녀가 침실용 탁자에 알루미늄 병을 올려놓고 그를 향해 몸을 돌렸다. 그녀의 손에 들린 두 번째 알루미늄 병. 그녀가 손을 뻗었다. 몸을 기울였다……

내 위로.

그는 그녀의 파란 스웨트셔츠가 램프 조명을 받는 하얀 천장을 막는 동안 그녀 아래에 누워 있었다. 그는 그 파란 스웨트셔츠만 봤다. 흔들림을, 그녀 가슴의 흔들림을 믿었다.

쾅. 그의 귀에 그의 옆에 있는 침실용 탁자에 금속 병을 내려놓는 소리는 요란하게 들렸다.

그녀가 그의 램프를 껐다.

그녀가 자기 몸을 그의 몸 위에서 다시 당겨……

사라졌다. 그녀가 사라졌다. 압력과 온기와 냄새는 여전히……

메를이 그녀의 램프를 껐다. 그들을, 이 방을, 이 침대를 어둠 속으로 떨어뜨렸다.

그는 이불 아래에서 그녀가 몸을 쭉 펴는 걸 느꼈다. 손을 뻗으면 만질 수 있을 정도로 가까운 곳으로.

그는 화끈거림과 통증을 관통하며 떨어지고 있었다.

아직은 안 돼! 아직은 안 돼!

메를이 속삭였다. "왜 나예요?"

"당신은 내가 당신 계획에 없었다고 했어요." 그녀가 옆에 누운 남자에게 말했다. "당신은 '개인적'이라고 말했어요. 당신은…… 몇 달 동안이나 나를 눈여겨봤어요. '용기를 끌어내려고'요. 왜 나인 거예요?"

진실 말고는 남은 게 없어. "당신은 내가 벗어날 수 없는 중력이니까요."

그의 화끈거리는 심장이 어둠 속에서 힘겹게 고동쳤다.

"그렇다면 내가 무슨 일을 해야 하나요?" 그녀가 말했다.

"당신이 할 수 있는 일," 그가 말했다. "당신이 원하는 일을요."

그녀가 그의 이름을 속삭였다.

그녀가 말했다. "당신은 의회도서관 웹사이트의 직원 명단에 있는 유일한 빈이에요."

그가 말했다. "거기에 있는 사진은 별로 잘 나오진 않았어요."

따뜻해, 여기 아래는 무척 따뜻해.

메를은 그 말이 다시 입 밖에 나오게 놔뒀다. "빈."

그러고는 속삭였다. "콘돌."

소용돌이치는 따스한 어둠이……

18

"당신 인생은 실패했다고 말해요."

-리처드 휴고, 『필립스버그의 회색 등급들(*Degrees of Gray in Philipsburg*)』

내가 무슨 짓을 한 거지?

페이는 누군가의 어두운 아파트에 있는 검정 소파에 있었다. 그녀는 꼼짝도 않고 누워 있었다. 그렇게 하면 시간이 멈출 것처럼. 가만히 있으면 지난 이틀을 사라지게 만들 수 있다는 듯이.

조용히 누워 있어. 손을 떨거나 몸서리치거나 토하거나 울먹이지 마. '절대로 그러지 마.'

아니면 울음을 터뜨리든가.

유리잔 하나가 부엌 조리대에서 보초를 섰다. 현관문의 핍홀은 그녀가 어둠에 묻힌 검정 가죽 카우치에서 일어나려고 애쓰는 동안 살해당하지 않도록, 기관총 세례를 받지 않도록 1초를, 어쩌면 2초를 벌어주려고 닫힌 출입구에 밀쳐진 의자 위에서 왜곡된 빛을 뿜어내는 눈이었다.

퓰리처상을 수상한 기자 데이비드 우드는 그해 연말에 이라크와 아프가니스탄의 전투에서 살아남아 귀국한 미군 병사들을 괴롭히는 가장 흔한 의학적 트라우마를 평범한 영어로 옮기면 '깊은 슬픔'이 된다고 보도할 터였다.

내가 무슨 짓을 했지? 우리가 무슨 짓을 한 거지?

적대 세력. 적들. 그녀와 콘돌을 표적으로 삼은 암살단.

그게 지하철 전투에 있던 자들이었다.

각자의 일을 하고 있는, 나와 같은 일을 하고 있는, 각자의 임무를 수행하는, 올바른 임무를 수행하는 우리 요원들이 아니었다.

전투를 되새겨봤다.

"경찰이다!"나 "연방 요원이다!"나 "꼼짝 마!"라고 외친 사람은 아무도 없었다. 매복인가, 실수인가?

에스컬레이터에 서 있던 여자가 콘돌을 먼저 쐈다. 하지만 그건 치명적이지 않은 테이저 건이었다.

교과서적인 공격은 아니다. 납치하려는 움직임이었을까? 최상의 선택은 무효화였을까?

콘돌이 그녀를 쐈고, 나는……

흑인 남자가 총을 뽑아 나를 쐈다…… 소음기가 장착된 권총으로.

포로로 잡으려고 소음기를 쓰지는 않는다.

그를 쏴서 쓰러뜨렸지만 그는 죽지 않았다. 내 총에 죽지는 않았다.

에스컬레이터 꼭대기에 있던 팀은 우리에게 총알을 날렸다. 그들이 공격할 대상을 선택해서 사격하지 않았다. 그들은 자기들 팀원을 오인 살상할 수도 있었다. 그들은 모든 일을 특급 비밀로 감싸고 은폐하는 일에는 신경을 쓰지 않았다. 우리를 쓰러뜨리는 것이 사상자 발생이나 난장판을 대가로 치르는 것보다 우선순위가 더 높았다─높다─.

열차에 치인 총잡이.

내가 빨간 타일 플랫폼에서 쏜 남자.

지하철 객차 안으로 날아가서 생사불명인 상태로 요란하게 실려 간 멍키 맨.

새미는 그가 우리 인력을 철수시켰다고 말했다. 아니다. 그는 자기가 할 수 있는 일을 할 거라고 말했다. 따라서 그는 그가 할 수 있는 일이면 그렇게 할 것이다. 그는 나를 그만큼 신뢰한다–*신뢰했었다*–.

그러니까 새미가 아니라면…… 놈들이다. 놈들의 정체가 무엇이건.

그리고 만약 새미가 그랬다면, 또는 지금도 그러고 있다면 새미는 어떤 존재가 되느냐면…… 우리는 완전 좆됐다. 죽은 목숨이다.

내 인생에 무슨 일이 생긴 걸까? 망가지기 시작한 게 언제부터였을까? 파리에서부터?

아니면 크리스와 함께 했을 때부터?

잃어버리게 될 무엇인가를 너 자신이 갖도록 방치했을 때가 그때였어.

페이는 닫힌 문 뒤에 콘돌과 메를을 수용하고 있는 침실을 응시했다.

그를 안전한 곳으로 데려가는 것. 그래, 그걸 목표라고 부르자. 하지만 임무는, 그녀의 임무는 그녀의 파트너를 살해한 자를, 그녀를 죽이려고 애쓰고 있는 자를, 그녀가 사람을 죽이게끔 만든 자를 잡는 거였다.

이 모든 짓거리가 무슨 가치가 있는 거지?

내 목숨. 이 일을 하겠다고 나섰을 때 내가 바치겠노라고 맹세한 것.

깊은 숨이 그녀에게 흘러들어가 그녀의 가슴을 방탄조끼 쪽으로 밀어 올렸다. 갑자기 아나콘다가 그녀의 갈비를 쥐어짜고 있는 것 같은, 거대한 뱀이 그녀를 으깨는 것 같은 기분이 들었다. *숨을 쉬어. 그냥 숨을 쉬어. 반드시……*

페이는 과호흡을 멈췄다.

너는 끝장났을 때 결딴나는 거야. 네가 지금 결딴나면 너는 끝장난 거야.

나는 아냐. 지금은 아냐. 아직은 아냐.

놈들을 엿 먹여. 그걸 엿 먹여.

오호, 그래야지. 그러나 그녀는 너무 피곤했다. 조끼가 너무 무거웠다. 그녀가 누운 이 검정 가죽 카우치 옆에 있는 유리 커피 테이블에서 기다리는 총 두 정의 무게도, 벽난로에 십자가형을 당한 남자와 열차에 치어 박살난 남자와 그녀의 권총에서 피어난 연기 너머에서 지하철 플랫폼의 빨간 타일 위로 쓰러진 남자의 무게도 무거웠다.

그녀는 카우치에서 둥둥 떠오르는 걸 상상했다. 방탄조끼가 그녀에게서 떨어져나갔다. 그리고 피곤함과 통증과 쓰라림과 얼룩진 기억들이 둥둥 떠서 멀어지더니 사라졌다.

페이는 자신의 알몸을 봤다.

그녀의 배에서 흉터는 지워졌다.

그녀는 이 아파트에 서 있었다. 바닥부터 천장까지 이어진 슬라이딩 창문에서 걷혀진 커튼들을 향하고 있었다. 반드시 뭔가를 해야만 한다는 압박감도 없고, 윤리 의식도 느끼지 않고, 임무 수행 가능성도 느끼지 않고, 누가 죽을 것인지 결과도 예측하지 않고, 임무도 작전도 의무도 없이 알몸으로 거기 서 있었다. 그녀가 믿을 수 있는 꿈과 함께. 그녀는 두 팔을 활짝 벌리고 가슴과 심장을 드러낸 채, 저격수의 총알에 산산조각나지 않을 유리를 향해 미소를 지으며 투명한 유리판 앞에 서 있었다.

설령 그런 일이 생긴다고 하더라도, 사람을 살해하기 위해 방아쇠에 걸친 손가락은 그녀의 것이 아닐 것이다.

그녀를 쥐어짜서 우리를 배신하게 만들지는 못할 것이다.

그녀는 거기에 서 있었다. 두 팔을 활짝 벌리고, 밤의 바로 앞에서 알몸으로.

유리가 박살나는 소리가 나기를 기다리며.

19

"망설일 시간……"

-도어스, 〈라이트 마이 파이어(Light My Fire)〉

네가 있는 어두운 침대의 옆에서 그녀가 말한다. "당신 깼군요."

콘돌은 그간 참아왔던 한숨을 내쉬었다. 그녀는 이미 깨 있었다. 이제는 그가 몸을 뒤척이더라도 문제없을 것이다.

그가 그녀에게 말했다. "그래요. 하지만 당신은 다시 자도 괜찮아요."

"동이 거의 다 텄어요. 당신 밤중에 일어났었죠? 화장실 가느라고요. 알아요, 괜찮아요. 가끔은 내가 혼자 있지 않다는 걸 알려주는 소리를 듣는 것도 좋은 일이에요. 당신, 괜찮아요?"

"장난하는 거요?"

두 사람의 소리 없는 폭소 때문에 침대가 들썩였다.

"당신, 다시 다녀와야겠네요." 그녀가 한 말은 질문이 아니었다. 사실이 그랬다.

그는 뒤돌아보지 않고 시트에서 미끄러져 나왔다. 화장실로 들어가 문을 닫고 불을 켠 후 볼일을 보고는 손을 씻었다.

거울을 들여다봤다.

너는 여기 있어. 이건 현실이야.

급히 불을 껐다.

화장실 문을 열었다가 그녀가 종야등(밤새 켜놓는 조명)을 켜는 걸 봤다.

"전보다 많이 좋아 보여요." 그녀가 그에게 말했다.

"전보다 좋다는 말만으로는 설명이 부족해요." 그는 어깨를 으쓱했다. "제대로 된 진짜 침대에서 여섯 시간 동안 잠을 잔 덕이에요."

너는 무슨 일을 해야 할까?

그는 침대로 돌아갔다. 이불 아래로 들어갔다. 오른쪽으로 모로 누웠다. 그녀를 마주보는 방향으로.

그녀는 베개 두 개를 몸 아래에 받치고는 왼쪽으로 모로 누워 그를 마주봤다. 파란 스웨트셔츠를 입은 그녀의 어깨가 시트 밖으로 나와 있었다.

"이게 내가 마지막으로 자는 단잠일 수도 있어요." 그녀가 말했다. "오늘 당신들이 말하는 모든 이것이 나를 죽일 수도 있으니까요."

"오늘은 항상 우리를 죽일 수 있어요."

그녀가 얼굴에 붙은 긴 머리카락을 떼어내려고 고개를 흔들었다. "무서워요?"

"그럼요."

"죽는 게요?"

"확실히 그래요. 하지만…… 나는 당신이 죽는 게 더 무서워요. 내가 할 수 있는 올바른 일을 하지 못할까 봐 무서워요."

"'할 수 있는 일을 *하는 것*'이 지금까지 어떻게 당신에게 도움이 되고 있나요?"

"썩 좋지는 않았던 게 분명해요. 내가 여기에 오게 됐으니까…… 내 말은, 당신을 이런 지경에 몰아넣었다는 거예요."

"나도 그걸 알아차렸어요." 그녀의 미소에는 기뻐하는 기색이 없었다.
"내 탓도 일부 있기는 하지만요."

"왜 당신 탓이라는 거요?"

"여기에 있지 말았어야 하고, 여기 있지 않을 수도 있었으니까요. 여기
가 아닌 다른 데 있었을 수도 있었으니까요."

"거기가 어디요?"

"골칫거리가 현관문을 두드리는 걸 기다리면서 홀로 처박혀 있는 이런
집이 아닌 다른 데요."

"당신은 왜 혼자인 거요?"

그녀가 그를 응시했다.

"아무리 애를 써봐도 그 이유를 가늠하지 못하겠더군요……"

"당신이 나를 스토킹할 때는요?"

"악의는 없었어요. 하지만…… 그래요, 나는 당신의 채용 관련 서류에
있는 인적 사항을 해킹했어요. 당신은 '독신'이라고 체크했더군요. 아이
없음. 결혼 이력 없고, 사별도 하지 않았고, 이혼도 하지 않았다고요. 나는
그 이유를 이해하지 못하겠어요."

"무슨 이유 말이에요?"

"당신처럼 대단한 여자가……"

그녀는 깔깔거렸다.

"당신 같은 여자가 독신이어야 하는 이유를요."

"내 또래거나 나보다 젊은 여자들 중에 나보다 더 영리하고 재주도 많
고 훨씬 더 예쁜 여자들을 10명 정도 알아요. 내 말 믿어요. 그들은 나보다
성격도 훨씬 더 좋아요. 하지만 그들은 자기들 그림자하고만 같이 다녀요.

나처럼요."

"그런데 당신은 왜 혼자인거요?"

"알고 싶은 거로군요." 그녀가 말했다. 질문이 아니었다.

"나한테 말하고 싶은 거로군요." 그가 말했다. 질문이 아니었다.

"당신 눈에 비친 내 이미지를 망치고 싶지는 않아요." 그녀가 말했다.
"위험할 수도 있으니까."

"당신의 진짜 모습을 보고 싶어요."

"당신의 진짜 모습은 미치광이잖아요."

그의 입술에 미소가 슬쩍 찾아왔다.

"나는 버림받은 정부(情婦) 클럽 회원이에요." 메를이 말했다.

"상대가 누구인지 알고 싶어요?" 그녀가 말했다.

콘돌은 어깨를 으쓱했다. "이미 떠난 남자, 누가 신경 쓰겠소?"

"그 남자의 정체가 이 사연을 만들었어요."

그는 짐작해봤다. 그러고는 말했다. "그 남자의 직업을 뜻하는 거로군요."

"아하, 제대로 맞혔어요. 그는 재수 없는 인간이지만, 이 도시를 위해 태
어난 남자라고 할 수 있어요. 나는 스물네 살이었어요. 나는 스스로를 영
리하다고 생각했었지만, 실제로는 결코 그 정도로 영리하지는 않았어요.
나는 JFK가 당선되던 해에 태어났는데, 그걸 왠지 모르게 아주 멋진 우연
의 일치라고 생각했어요. 레이건이 대통령이던 1984년에 여기에 왔어요.
세상만사가 '모두를 위한 미국'이라는 원칙을 기반 삼아 제대로 돌아가던
시절이었어요. 그는 어느 주를 대표하는 공화당 초선 하원의원이었어요.
멋져 보이기에 충분할 정도로 젊었고, 나보다 훨씬 더 실질적인 사람이라
고 느껴지기에 충분할 정도로 나이가 많았어요. 그의 지역구를 알아낸 나

는 데이비드를 위해 일하는 자리에 가려고 내가 하던 상원 인턴십 일을 활용했어요."

그녀는 콘돌에게 –빈에게– 그 남자의 이름을 말했다.

콘돌에게는, 빈에게는 아무 의미가 없는 이름이었다. 그에게 데이비드는 TV에 등장하는 또 다른, 분 바른 얼굴일 뿐이다.

"그의 아버지는 컨트리클럽에 가입할 정도의 부를 가진 사람이었어요. 데이비드는 진심이 담긴 외모를 꾸미는 법과 구김살 진 아이비리그의 품위를 마스터했어요. 조명을 받으려면 어디에 서야 하는지를 잘 알았어요. 헤어스타일도 끝내줬고요. 실내에 사람들이 가득할 때에도, 사람들 각자가 그가 말을 거는 대상은 자기라고 느끼게 만들 수 있었어요. 대학에서, 그는 같은 고향 출신의 공주님을 임신시켰어요. 그녀도 돈 많은 집 출신이었죠. 그래서 그들은 호화로운 순백의 결혼식을 올렸고, 재산을 합치고 아이를 가졌어요. 그들은 소도시에서는 거물이었지만, 그는…… 그에게는 스파이 전쟁도, 작전도, 임무도, 당신이 매달리고 있는 그 무엇도 없었어요. 그가 가진 아이디어들은 거창했어요. 실제로는 어땠는지 모르지만, 아무튼 나는 그렇게 생각했어요. 디지털 세대를 다루는 법을 데이비드보다 더 잘 아는 사람은 없었어요. TV 카메라에 대고 말을 하건 베개 건너편에서 말을 하건 상관없어요."

빈의 뺨이 그를 받치고 있는 베개 위에서 달아올랐다.

"그는 대중에게 정의롭고 곧은 이미지로 어필했어요. 그가 아내를 떠날 수 없었던 이유가 그거였어요. 이혼은 그의 재선을 좌절시킬 테니까요. 그는 당선 기회를 위태롭게 만들 수가 없었어요. 내가 어찌 감히 이기적으로 굴 수 있었겠어요. 당시 그는 첫 상원 선거를 치르고 있었어요. 그러고는 두 번째 상원 선거가 찾아왔죠. 그가 해야 할 일을 정말로 실행에 옮길 수 있도록 그의 주변 상황을 정해줄 선거였어요. 그 무렵이면 나도 그런 상황이 정해지는 게 무슨 의미가 있는지 궁금해하고 있었기는 했지만요. 그렇지만 나는 그래도 그의 곁에서 버텼어요. 그래요, 내가 타고난 이미지를 연출한 거라고 굳이 말하지 않아도 돼요. 그는 카메라 앞에서는 이혼 엄금, 낙태 엄금을 종교처럼 여긴다고 말했어요. 정작 그 자신이 그런 문제 때문에 돈을 지불해야 할 때가 됐을 때는 눈 한 번 깜박하지 않았으면서도요……"

그녀는 먼 곳을 바라봤다.

"나는 전화를 기다리거나 시계를 보면서 그를 기다리는 짓을 하지 않으려고 혼자 영화를 보러 가고는 했어요."

"그에게 엄청난 기회가 찾아왔어요." 그녀가 말했다. "그는 여기에 *행동하려고* 온 게 아니라 *존재하려고* 온 사람들 무리 중 하나라는 걸, 거액의 돈다발과 주목받는 것과 *올바른 종류의 사람들*만 좇는 사람이라는 걸 나는 결국 인정했어요. 하지만 '우리'를 위해, 나는 그에게 기회를 한 번 더 줬어요. 한 번 더…… 하루. 13년 세월을 끝장내는 데 드는 시간이 고작 그 정도였어요. 내가 가관을 연출하더라도 그 모습을 아무도 볼 수 없는 망할 놈의 지하 주차장에서 나눈 대화 한 번. '*살다 보면 이런 일들이 일어나고는 해요.*' 내 입장에서 최상의 상황은 내가 아는 유일한 일인 그의 상원 일자리를 떠나는 것, 의회 일자리를 떠나는 거였어요. '*당신은 영화를 좋아하잖아, 그렇지?*' 그는 의회도서관의 기록 보관 담당자 자리를 물밑으로 마련해줬어요. 심지어 내가 연금을 받을 수도 있는 자리였어요. 그가 예산 조정 테이블에서 내 자리를 보호해주는 한에는요. 그는 자기 제안이 친절하게 들리게끔 만들었어요. 두 달 후, 갑자기 그가 이혼을 해도 괜찮아졌어요. 그는 이혼하고 몇 주 후에 다른 이혼녀와 재혼했어요. 두 사람은 그의 첫 부인이나 내가 떠나기 훨씬 전부터 사귀어온 사이였어요. 그 쌍년의 첫 남편은 덜레스 공항 옆에 넓게 퍼져 있는 국방 분야 하청업체 출신의 인터넷 천재였어요. 고되게 일한 데 따르는 인생의 보상은 자기보다 아홉 살 어린 잘 빠진 모델이라고 생각하는 사람이었죠. 그 여자는 그가 건넨 수백만 달러의 위자료를 지참하고는, 내가 내 청춘을 바친 상원의원에게로, 이제는 기품 있어 보이는 백발이 된 상원의원에게로 곧장 걸어와 여왕 자리에 올랐어요."

그녀는 한숨을 쉬었다. "그런데도 여전히 내가 쳐다볼 가치가 있는 여자라고 생각해요?"

"당신은 많이 쳐다볼 가치가 있는 여자예요."

콘돌은 그녀가 부드러운 불빛 속에서 "당신의 예전 여자들은 어땠어요?"라는 말을 할 때 얼굴을 붉혔을 거라고 장담했다.

반짝 스쳐 지나가는 환영들.

"그들이 누구였건, 그들은 나를 여기에 데려다 놓았어요."

"곤경 속에, 도망 길에."

그녀가 눈을 감았다 떴다. "내가 이 일에서 무사히 벗어날 수 있을까요?"

"우리 모두가 운이 좋다면요."

"당신은 최상의 협상안을 찾아내야만 하는 거죠, 맞죠?"

"우리는 식탁에 올라간 고기 신세예요. 거기에 무슨 협상 같은 게 있을지 모르겠어요."

"여기는 워싱턴이에요." 그녀가 말했다. "그러니 협상은 항상 있어요.

당신이 영향력만 갖고 있으면요."

"나하고 저 밖에 있는 페이. 당신이 보는 모습이 우리가 가진 전부예요."

"그렇다면 당신은 상황을 보는 법을 모르는 것 같네요. 당신 편에 선 사람이 누구인지도 모르고요."

"페이 말고요?" 콘돌이 말했다.

"우리가 출발하는 곳이 거기라고 짐작해봐요."

"우리?"

"당신은 그 아가씨한테 선택할 수 있는 대안을 그리 많이 주지 않았어요."
그가 말했다. "당신은 왜 D.C.에 머무는 거요? 당신은 경험도 있고 교육도 받았잖아요. 데이비드에게서 얻어낼 수 있는 약간의 영향력도 있을 거고. 당신은 어디로건 떠날 수 있었어요."

콘돌은 눈을 깜박거렸다. "나는 샌프란시스코에서 살고 싶다는 생각을 항상 했었어요."

"LA." 그녀가 말했다. "따뜻하고 안개도 없어요. 뭔가 일이 잘못되면 그냥 차를 몰고 떠나면 되고요. 그리고 LA에 사는 사람들은 다른 사람인 척하는 것에 솔직하게 반응해요."

"왜 거기로 가지 않은 거요?"

"만사가 다 망가진 세월이었어요." 그녀가 말했다.

"나는 그런 세월을 잘 알아요." 콘돌이 말했다.

메를이 그에게 미소를 보였다. "당신도 그런 말을 하네요."

"나는," 그녀가 말을 이었다. "나는 교활하지는 않을지도 몰라요. 하지만 나도 데이비드와 함께 있었을 때는 요령 좋고 현실적인 사람이었어요. 그런 다음에는…… 우울증을 겪었어요. 자기 연민에도 빠지고, 내가 멍청하다고 느꼈어요. 당신이 그런 일을 겪는다면, 그런 일을 겪는 것만으로도 유죄예요. 해오던 일을 관성적으로 하고 윗사람들도 좋은 사람들이라서 나는 월급이 나오는 자리에 계속 머물렀어요. 거울로 둘러싸인 내 우리(cage)에서 막 나왔을 때, 엄마가 내가 이전에 보낸 세월을 대가로 모아놓은 걸 몽땅 가져갔어요. 엄마가 가진 거라고는 사회보장연금하고 내가 펜실베이니아로 송금할 수 있는 돈이 전부였어요. 우리 형편에서는 최상의 대안인, 주립 양로원에 가서 엄마가 훌쩍거리는 모습을 보고는 했어요. 엄마가 먹는 빨간 젤리들을 보고 쥐들이 돌아다니는 소리를 듣곤 했죠. 엄마를 모신 관에 흙이 떨어지는 소리가 여전히 허공에 메아리칠 때, 나는 운 좋게도 암에 걸렸어요."

"운 좋은 암이라는 건 세상에 없어요."

"아니, 있어요. 몸이 지나치게 상하지는 않으면서 나지막한 산처럼 쌓인 진료비 청구서만 갖고 살아남는 종류의 암이 그래요. 필수적으로 들어야 하는 직장의료보험 덕에 보험 혜택을 받았어요. 특별한 건 전혀 없어요. 1천만 명 정도 되는 우리 같은 사람들만 빼면요."

"그렇게……" 그녀는 자기를 빤히 쳐다보는 그에게 솔직하게 말했다. "나는 여기 있게 됐어요. 왜라는 내 모든 이유를 갖고요. 마술은 없어요. 제2의 기회들은 없어요. 남자들의 시선은 나를 지나쳐서 젊은 여자들한테 향해요. 아이를 가질 기회를 놓치지 않은 여자들한테요. 하지만 나는 싫지 않은 직업을 갖고 있어요. 살아가는 인생이 있어요. 모두 내 거예요. 어젯밤 전까지만 해도, 내가 무서워한 건 오로지 현실 세계뿐이었어요."

"그러다 내가 등장했군요."

"똑똑 노크를 하면서요." 그녀가 말했다.

시트가 바스락거렸다. 그는 그녀의 다리가 침대 어딘가에서 움직이는 걸 느꼈다.

"당신이 이겼다고 쳐요." 메를이 말했다. "그럼 어떻게 되는 거예요?"

"그렇다면 나는 누군가에 의해, 무슨 이유에서인지, 어떤 식으로건 표적이 되는 신세를 면하는 셈이에요. 그러면 내 인생은 새로운 자유를 얻게 될 거요. 내가 기억하는 것이 무엇이냐에 따라서요."

"그리고 당신이 잊은 게 무엇이냐에 따라서요."

그녀가 침대에 앉았다. 시트가 그녀의 무릎에 떨어졌다. 메를이 몸을 틀었고, 그래서 그는 희끗희끗한 그녀의 금발이 파란 스웨트셔츠의 등에 떨어지는 걸 봤다. 그녀가 그를 다시 향했을 때, 그녀는 알루미늄 병의 뚜껑을 돌려 열고 있었다. 그녀는 한 손에 뚜껑을 들고 내용물을 마신 다음, 딱딱한 병을 입술에서, 이제는 젖은 입술에서 내리고는 그에게 마시라며 건넸다.

그는 별다른 생각 없이 마셨다. 강화 레모네이드.

딱딱한 병을 그녀에게 돌려줬다. 그녀가 그걸 다시 마시는 모습을 지켜봤다.

"이제 우리는 똑같은 맛이 나요." 메를이 뚜껑을 돌려 닫으면서 말했다. 그녀는 반짝거리는 금속 병을 침실용 탁자에 놓고 그를 마주보며 앉을 수 있도록 몸을 돌렸다. 요가 바지를 입고 가부좌를 한 그녀의 다리 대부분이 침대 커버 밖으로 나왔다.

"당신이 지면 나는 엿 먹는 거죠, 맞죠?" 그녀가 물었다. "당신은 우리 이해관계를 일치시켰어요."

"그런데 당신이 이겨서 이 곤경에서 벗어나면," 그녀가 말했다. "그러면 나는 어떻게 되는 건가요?"

"그러면 나는 당신을 위해 할 수 있는 모든 일을 다할 거요."

"'모든 일'은 처음 당하는 납치치고는 상당히 큰 대가네요."

그는 그녀를 향해 무의식중에 미소를 짓는 자신을 느꼈다. 그의 심장이 갈빗대 아래에서 쿵쾅거리는 걸 느꼈다. 또한······

메를이 말했다. "내가 정말로 당신이 갈 수 있는 유일한 곳이었나요?"

"그래요."

"정말요?"

"그래요. 하지만······ 당신은 내가 가고 싶었던 유일한 곳이었어요."

"나는 어떤 사람의 유일한 존재였던 적이 한 번도 없었어요."

숨을 쉬어. 그냥 숨을 쉬어.

그녀의 침실 밖에 있는 어두운 밤이 아침의 어스름을 향해 희미해지고 있었다.

마지막으로 저걸 봤을 때, 나는 망자의 정원에 있었어.

근사하게 생긴 부처님처럼, 가부좌를 튼 메를이 그의 앞에서 침대 시트에 꼬여 있었다. 그녀의 요가 바지를 붙들고 있는 끈의 끄트머리가 흔들리는 둥근 엉덩이를 덮은 파란 스웨트셔츠 모서리 아래에 있는 무릎에서 달랑거렸다. 그는 거기서 시선을 거두고 위를 쳐다봤다. 아침나절에 헝클어진 그녀의 희끗희끗하고 두툼한 금발 머리를 봤다. 그녀의 레모네이드 입술이 부드럽고 얕은 호흡을 위해 갈라졌다. 그가 그녀가 앉은 침대 맞은편에, 손만 뻗으면 그녀와 닿을 거리에, 그의 손길에서 그 정도만 떨어져 있는 곳에 앉았을 때, 그는 자신의 얼굴을 마주보는 그녀의 얼굴을 최대한 크게 볼 수 있었다. 그는 그녀의 코발트처럼 파란 눈동자가 그를 저울질하고 있다는 걸 느꼈다.

그녀가 두 팔을 엇갈리게 만들어 파란 스웨트셔츠를 벗더니, 그걸 나비처럼 날아가게 놔뒀다.

그녀는 긴 머리를 고정시키려고 고개를 흔들었다. "당신은 내 현실의 나머지를 보고 싶어 해요."

진실, 질문, 모험, 간청, 제안, 모든 것.

그녀의 젖가슴은 시간과 중력이 남긴 눈물로 가득했다. *그리고 그래, 정말로 끝내주는 분홍빛으로 부풀어 있었다.*

그녀가 속삭였다. "다행인 건, 우리가 효과가 제대로인 약을 모두 갖고 있다는 거예요."

유령들이 폭소를 터뜨리는 것 같았다. 그녀가 그를 향해 몸을 풀지 않은 채로 요가의 우아한 자세로 앉아 있었을 때, 지금 그의 앞에, 활짝 열린 그의 두 다리 사이에 앉았을 때, 그녀의 팔이 그의 아픈 사타구니에서 한 숨결 떨어진 침대 위로 손바닥을 펼쳐 자신의 무게를 감당할 때, 그녀는 자신의 심장 쪽 손가락으로 그의 오른손을 쥔 다음 그녀의 따스한 가슴 쪽으로 옮겨 그의 손으로 그것을 쥐게 했다.

첫 진짜 키스의 레모네이드 불길.

20

"우리는 함께라면 어딘가로 갈 수 있어요……"
-트레이시 채프먼, 〈패스트 카(Fast Car)〉

노크하는 중이다.

침실 문을.

페이는 침실 건너편에 있는 화장실 세면대의 수도꼭지를 잠갔다. 그녀
는 화장실 문을 계속 열어뒀다. 밖을 보지 못하는 상태로 화장실에 갇히고
싶지 않았다. 아침 햇빛이 아파트를 채웠다. 콘돌의 45구경은 화장실 세면
대에 놓여 있다. 그녀의 글록은 엉덩이에 있는 권총집에 들어 있다. 그녀
는 방탄조끼와 어제 입었던 바지를 입었다.

어제였어. 그게 겨우 어제였어.

그녀는 손바닥을 바지에 닦아 말렸다.

콘돌의 권총을 척추 위의 벨트에 밀어 넣었다.

거울을 쳐다보지 않고 화장실을 걸어 나온 덕에, 그녀는 콘돌과 그녀
입장에서 탈출하고 생존하고 심지어는 승리를 거둘 최상의 기회를 더 잘
무시할 수 있었다.

노크하는 중이다.

"잠깐만요."

페이는 침실 문에 치실로 묶여 있는 물컵이 있는 부엌 조리대로 향했다. 줄에서 풀려난 컵을 들었다. 치실 한 올이 낚싯줄처럼 부엌 바닥으로, 침실의 하얀 문 옆으로 떨어졌다.

"됐어요." 페이는 돌격해오는 상대를 피하기 위해 뒤로 물러섰다. 사격하는 손을 비워뒀다.

침실 문이 천천히 열리더니 깨끗한 파란 블라우스와 갓 입은 청바지 차림의 메를이 나왔다. 그녀의 희끗희끗한 곱슬머리 금발은 축축해 보였고, 두 팔이 안고 있는 건……

"그건 콘돌 옷이잖아요." 페이가 말했다.

"맞아요."

메를은 페이가 침실 안쪽에서 많은 걸 볼 수 있기 전에 문을 당겨 닫았다. 그녀의 눈이 페이의 눈을 피했다. 나이 든 여자는 겁이 나는데도 용기를 내서 그녀의 부엌 아일랜드에 내장된 스테인리스스틸 세탁기로 걸어갔다. 그녀는 감춰진 무기가 있는지 페이가 이미 확인을 마친 세탁기 통에 세탁물을 넣는 동안 페이를 계속 등지고 있었다.

"노크하라는 얘기는 누가 해주던가요?" 페이가 물었다.

"우리는 그게 영리한 행동일 거라 생각했어요. 좋은 아이디어라고요."

우리, 페이는 그 단어에 주목했다.

"그리고 지금 당신은 그의 옷을 세탁하고 있군요."

"옷을 보니 그래야 하겠어서요. 다음에는 당신 옷을 빨 거예요. 커피 내릴 건데, 마실래요?"

"그는 저 안에서 뭘 하고 있죠?" 페이가 닫혀 있는 침실 문을 턱으로 가리키는 동안, 그녀의 인질은 커피 원두를 그라인더에 붓고는 유리 드립식

포트에 넣을 갈색 종이 필터를 찾았다.

그라인더가 30초간 윙윙거렸다. 그런 소음 속에서도 굳이 얘기를 하려고 시도하는 것보다 더 나은 방안을 아는 사람도 있었을 테지만, 여기에 그런 사람은 없었다. 페이는 30초간 대답을 끓여내는 메를의 얼굴을 지켜봤다.

메를은 간 커피를 빈 유리 커피포트 꼭대기에 있는, 필터를 넣은 깔때기 모양의 드리퍼에 흔들어 쏟은 다음, 페이가 던진 질문에 대답하는 동안 그녀가 논리적인 수순에 따라 하고 있는 일에 눈을 고정시켰다. "당신이 나한테 그에게 입힐 옷이 있는지 확인해달라고 했잖아요."

메를은 싱크대의 철제 수도꼭지에서 나온 물을 흰색 찻주전자에 채우는 자기 모습을 지켜봤다.

"그것 말고 뭘 봤죠?" 총을 가진 여자가 물었다.

메를이 물을 잠근 싱크대에서 스토브로 찻주전자를 옮겼다. 그녀는 흰 주전자를 검정 버너에 올려놓은 후 파란 불꽃이 확 하고 피어나도록 스토브 손잡이를 돌렸다.

메를이 젊은 여자의 눈에 시선을 고정시켰다. "뭘 묻고 싶은 거예요?"

"그가 저기서 비명을 지르는 소리를 들었어요. 두 번이나요."

"그런데도 당신은 파트너를 구하러 달려오지 않았군요." 나이 든 여자가 으쓱하고 올린 어깨가 미소 짓는 그녀의 입술을 더 위로 끌어올렸다. "두 번이라, 흥! 그는 아마 좋은 하루를 보내고 있을 거예요."

"두 번은 당신이 기억하는 게 좋을 두 개의 진실이에요." 페이가 말했다. "그의 하루는 좋은 것하고는 거리가 멀어도 한참 먼 지옥이 될 거예요. 그리고 당신의 하루는 그의 것보다 나을 게 하나도 없을 거고요."

"당신의 하루도 그렇겠죠."

"우리는 이 일에 함께 연루됐어요." 페이가 말했다.

"물이 끓는 동안 앉아도 될까요? 당신 기분도 나만큼 나쁜 것처럼 보이는데."

페이는 나이 든 여자가 거실에 있는 자기 의자를 선택하게 해줬다. 그러고는 초조해하는 기록 보관 담당자와 아파트 출입문, 그리고 그 하얀, 여전히 닫혀 있는 침실 문을 감시할 수 있는 카우치에 앉았다.

페이의 어머니뻘 되는 여자가 물었다. "잠은 좀 잤어요?"

"충분히 잤어요." 페이는 거짓말을 했다.

희끗희끗하고 축축한 금발머리가 닫혀 있는 침실 문을 향해 까딱거렸다. "그는 여섯 시간을 잤어요. 앞으로 엿새는 돌아다닐 수 있을 거예요."

"우리 모두는 그럴 수 없을 거예요."

페이가 말했다. "어렸을 때, 사람들은 나한테 이 세계가 만들어지는 데 엿새가 걸렸다고 말했어요."

"그런 종류의 신심을 지금도 갖고 있나요?"

"나는 그런 종류의 희망을 원해요."

"희망과 인내심, 그리고 어떤 일을 해야만 할 때 그 일을 예정돼 있던 방식대로 정확하게 실행하는 건 이 세상에서 우리가 -당신들이- 성공을 거둘 수 있는 최상의 기회예요."

"그리고 당신은 하기로 예정된 일의 책임자고요."

페이는 고개를 끄덕였다.

"나는 당신 직업은 원하지 않을 거예요."

그러지 않기를 희망합시다, 페이는 생각했다.

"아는 여경이 있어요. 2, 3년간 친구로 지냈어요. 그녀는 의사당 경비 경찰로 일하면서 대부분의 시간을 사복 차림으로 근무했어요. 대부분의 기간을 비밀 경비원으로 근무한 의사당 인력이었죠. 당신들처럼 배지를 소지한 스무 가지 넘는 종류의 요원 중 한 사람이었어요. 우리는 가끔씩 저녁을 먹으러 가고는 했어요. 서로의 안부를 물으면서요."

"그 여자가 누군데요?"

"그녀는 '마침내 은퇴하고 이혼한 자기 상관의 부인'으로 9년을 지냈어요. 그들은 남자의 고향인 오하이오로 이사 갔어요."

"지금도 안부를 묻고 지내나요?"

"내 안부를 묻는 사람은 아무도 없어요." 서글픈 미소가 나이 든 여인이 한 말보다 더 많은 진실을 드러냈다. "봐요, 나는 겁먹고 초조해하면서 당신이 어떤 사람인지 알아내려고 애쓰고 있어요. 이런 일도…… 이건 모두 당신들 몫이에요."

"그래요. 하지만 이건 순전히 그와 관련된 일이에요."

"그가 어떤데요?" 침실에서 나왔던 여자가 말했다.

"아마도 당신은 저 남자에 대해 내가 당신한테 말해줄 수 있는 것만큼을 나한테 말할 수 있을 거예요." 페이가 말했다. 그녀가 이렇게 덧붙였을 때 그녀의 목소리는 감정을 드러내지 않는 톤을 유지했다. "어쩌면 더 많은 걸 말해줄지도 모르죠."

찻주전자가 휘파람을 불었다.

"내가 말해줄 수 있는 건 당신이 해야 할 일에는 중요하지 않을 거예요." 메를이 말했다. 요가를 통해 얻은 우아함은 그녀가 겪은 세월과 두려움을 능가했다. 그녀는 그런 태도로 의자에서 일어나 부엌으로 걸어간 다음 흰색 찻주전자 아래에 있는 불을 껐다.

헛소리야, 페이는 생각했다. *당신은 그와 유대를 쌓고는 그 유대감에 의지하고 있어.*

그녀는 마음의 눈을 깜빡거렸다. *나는 그의 망할 놈의 일부분이라도 진심이기를 바라.*

그녀는 콘돌도 그렇게 희망할 거라는 걸 알았다. 그들 모두가 알고 있는 걸 알고 있었음에도 말이다.

메를은 유리 포트 꼭대기의 깔때기에 넣는 원두에 끓는 물을 부었다.

분쇄된 커피 위에 똑똑 떨어지는 물은 나이 많은 여자에게 신호를 보내는 듯했다. 몸을 급히 돌린 그녀가 방탄조끼를 입고 무기를 휴대하고 거기서 있는 페이를 보며 말했다. "어머니도 당신이 무슨 일을 하는지 아나요?"

"당신 어머니는 어떤가요?" 페이가 물었다.

"우리 어머니는 전혀 몰랐어요." 메를은 한숨을 쉬었다. "그리고 이제는 그걸 알려줄 기회를 절대 얻지 못할 거예요."

그녀가 눈을 깜박거리며 페이에게 물었다. "그가 얼마나 미친 거죠?"

"지나치게 많이요." 페이가 대답했다.

"아니면 충분히 많이 미친 게 아니거나요." 끓는 커피의 향기가 집 안을 가득 채웠다. "그는 이 모든 일이 일어난 건 그를 망각 상태로 몰아넣은 광기에 패배하기 시작했기 때문이라고 생각해요."

"아마도 그럴 거예요. 하지만 그와 관련한 진행 상황은 그만이 알 수 있는 종류의 정보예요."

"아니면 누군가가 가능성을 추론했을 거예요." 메를이 말했다. "그리고 때때로, 무슨 일이 일어날 법한 가능성은 누군가를 행동에 나서게끔, 선제

공격을 하게끔 동기를 부여하기에 충분해요."

"당신은 온순한 사서라고 생각했는데요." 여자가 부엌 수납장에서 컵을 한 개, 두 개, 세 개를 꺼내는 걸 지켜보며 페이가 말했다.

"나는 영화를 많이 봐요." 메를이 말했다. "그리고 나는 의회라는 제목을 가진 영화를 위해 일했어요."

"그들에게는 더 훌륭한 시나리오가 필요하죠."

여자들은 미소를 공유했다.

"일 얘기가 나왔으니 말인데," 페이가 물었다. "당신 직업은 어떤가요?"

메를은 손목에 찬 실용적인 시계를 쳐다봤다. "전화를 걸어서 병가를 낼 수 있겠어요…… 아니에요."

"아니라고요?"

"더 좋은 방안이 있어요." 워싱턴 D.C.에서 수십 년을 살아남은 나이 든 여자가 말했다. "보스한테 전화를 걸어서 병가일수를 저축하고 싶기는 하지만 지금은 그냥 잠깐 쉬고 싶다고 말할 수 있어요. 그가 의회 사람들이 우리한테 강요하는 예산 절감용 '시퀘스터(sequester, 자동 예산 삭감 제도)' 난장판에 나를 밀어 넣을 수 있게 해주는 거예요. 그가 나를 며칠간 일시해고해서 예산을 절감하면, 우리 예산 담당자에게 예산 감축 명령이 하달될 때 그는 빠져나갈 구실을 얻게 될 거예요. 그런 명령이 하달되면, 우리는 절감된 예산 때문에 개인적으로 피를 흘리게 될 건지 여부를 확인하려고 기다리는 신세가 될 거거든요. 나는 우리 팀을 위해서 개인적으로 불이익을 볼 상황을 감당했다는 칭찬을 듣게 될 거고, 누구도 내 행방을 묻거나 나를 찾아오지 않을 거예요."

그녀는 어깨를 으쓱했다. "그들은 나 없이도 어떤 식으로건 일을 해나갈 거예요."

메를은 드립을 끝낸 원두 가루로 채워진 깔때기를 이제는 갈색 액체로 채워진 유리 포트에서 들어올렸다. 그녀는 페이의 눈을 향해 끼얹을 수도 있었던 끓는 액체로 가득한 포트를 제자리에 내려놓기 전에 잔 두 개에 커피를 따르고는 물었다. "우유? 설탕?"

"블랙이요." 페이가 대답했다.

"스트레이트로 마시네요." 메를이 그녀를 억류한 여자에게 컵을 건네며 말했다. 냉장고를 열고 우유 통을 꺼낸 그녀가 자기 컵에 우유를 따랐다.

메를은 커피를 한 모금 마셨다. 그러고는 입을 대지 않은 컵들을 양손에 들고 말했다. "내가 또 도와줄 수 있는 일이 뭐가 있나요?"

"그러면 당신은 지금 우리 팀에 합류한 건가요?"

"당신네 두 사람이 징병제를 부활시킨 것처럼 보여서요."

"우리를 신뢰하는 건가요? 우리를 믿는 거예요?"

"당신들이 당신들의 정체라고 한 말을 내가 어떻게 아는지 묻는 건가요?" 메를은 어깨를 으쓱했다. "자신들의 정체가 이렇다고 말하는 사람들의 정체를 당신은 어떻게 아나요?"

그녀는 고개를 저었다. "우리는 우리가 보는 사람들에 대해 자신에게 거짓말을 해요. 스스로에게 우리가 어떤 사람들인지에 대해 거짓말을 해요. 그러고는 우리 자신이 한 거짓말을 납득하고는 그것을 우리 자신의 인생인 것처럼 써나가려고 애써요."

메를은 페이에게 미소를, 두 사람 다 재미있어서 짓는 미소가 아니라 아이러니해서 짓는 미소라는 걸 아는 미소를 지어 보이고는 말했다. "총은 현실을 확인하는 최상의 수단이에요. 당신은 그걸 가졌지만, 나는 그렇지 않아요. 하지만 그것들이 없더라도, 당신들 두 사람이 이렇게까지 특별한 미치광이일 가능성은 없는 것 같아요. 그러니까 당신들은 당신들이 밝힌 존재일 거예요. 대체로는요."

"노름을 하는 건가요?" 페이가 물었다.

"내가 얻을 걸 놓고 내기를 하는 거예요." 메를이 대답했다. "이제 내가 할 수 있는 일이 또 뭐가 있나요?"

"그 문제는 그가 온 다음에 얘기해요." 페이가 닫혀 있는 침실 문 쪽으로 턱을 까닥거렸다.

희끗희끗한 금발이 축축하게 젖어 있는 나이 많은 여자가 우윳빛 나는 커피가 든 컵을 들고 미소를 지으며 말했다. "당신은 그가 밖으로 나올 거라는 걸 확신하나요?"

21

"내가 숨을 수 있다면, 날개들 밑에……"
-존 스튜어트, 〈백일몽의 신봉자(Daydream Believer)〉

두 눈을 감아.

이 침대에 누워.

이 집에 사는 사람인 척해.

이런 대접을 받을 자격이 있는 사람인 척해.

너를 죽이고 싶어 하는 사람이 아무도 없는 척해.

홀로 알몸으로 침대에 등을 대고 누운 콘돌은 그가 쓰러진 헝클어진 침대의 부드러운 시트를 느꼈다. 그의 발목이 이 방 밖으로, 바다와 사향 냄새를 풍기는 이 끝내주는 방 밖으로, 그녀가 떠난 아파트 밖의 다른 곳으로, 페이와 총이 있는 곳으로, 거기에서 녹색 복도를 따라 내려가 엘리베이터나 계단으로, 워싱턴 주거지역의 거리로, 기념탑과 의사당과 백악관과 콤플렉스 제드와 신원이 알려진 사망자들이 모인 어떤 정원에 아무도 흩뿌리지 않을 재들을 만들어내는 화장장이 있는 버지니아 교외의 영안실로 이어진 도로들로 이어지는 바닥 위에서 달랑거렸다.

햇빛이 들어오는 이 침실에 머무르도록 해.

그런 다음, 두 사람이 시트 밑에 알몸으로 눕는 거야. 그의 머리를 그녀의 베개에 올리고, 그의 심장이 그녀의 베개가 되고, 그녀의 희끗희끗한 금발에서 물씬 풍기는 라일락 샴푸의 향기가 예전에 뿌린 향수에서 나는 사향 냄새와 그 따스한 바다 향기와 함께 떠다니도록.

메를이 물었다. "당신이 상상하던 것과 비슷했나요?"

"더 나았어요. 총에 맞을까 봐 지나치게 걱정한 탓에 지나치게 긴장할 수가 없었어요."

"재미있네요. 나도 총에 맞을까 봐 걱정했었거든요."

그는 그녀의 미소를 느꼈다. 그녀가 말했다. "탕."

그들이 가볍게 키득거리는 바람에 침대가 삐걱거렸다.

메를이 속삭였다. "내가 또 걱정해야 하는 게 뭐가 있나요?"

"총에 맞는 게 리스트 제일 위에 있는 항목이에요. 그것 말고 나머지 일 모두는 모든 게 정상으로 돌아갈 때까지는 그것보다 덜 중요해요."

"나는 그것도 걱정돼요." 그는 그녀의 손가락들이 그의 가슴 위를 옮겨 다니는 걸 느꼈다. "내 정상 상태가 변화하는 건 운 좋은 일이 될 거예요."

그녀가 속삭였다. "내가 당신 걱정도 해야 하는 건가요?"

"총에 맞을까 봐?"

"내 말이 무슨 뜻인지 알잖아요." 그녀가 말했다.

그는 몰랐다. 궁금해진 그가 말했다. "내가 어떤 사람이건, 바뀌기에는 너무 늦었어요."

콘돌은 몸을 돌렸다. 그래서 그녀는 그의 얼굴을 볼 수 있었다. 그가 표현하는 것을 신뢰하는 수준을 넘어설 만큼 많은 걸 그녀가 알고 있다는 사실을 그가 알고 있기는 했지만. 그가 말했다. "하지만 내 안에 있는 누구도 당신이 다치는 걸 원치 않아요. 어떤 식으로든 다치는 걸 원치 않아요."

그녀의 눈길이 그의 시선에서 아래로 떨어졌다. 그녀의 입술이 그의 맨 가슴에 부드럽게 키스했다.

그녀가 위를 올려다보지 않으면서 말했다. "내가 무슨 일을 해야 하나요?"

"당신의 진정한 현실을 확실히 이해하도록 해요." 콘돌이 말했다. "물론, 그게 당신이 그에 대해 무슨 일인가를 할 수 있을 거라는 뜻은 아니에요. 하지만 당신은 최소한 그와 관련한 최선의 시도를 할 기회는 갖게 될 거예요."

"그 모든 걸 당신 관점에서 말하고 있는 건가요?"

"총알은 당신의 관점에는 관심이 없어요. 당신이 서 있는 위치에만 관심을 가질 뿐이지."

그는 그가 네 번 호흡하는 동안 매트리스가 꺼졌다가 올라오는 걸 느꼈다.

그녀가 말했다. "우리 이제는 일어나는 게 좋겠어요."

메를이 몸을 급히 틀어 그에게서 멀어졌다. 희끗희끗하고 긴 금발이 그리는 소용돌이와 둥그런 살집과 맨발이 마룻바닥을 키스하고 있었다. 그녀의 발가벗은 등이 그를 향했다. 요가로 단련된 풍만한 엉덩이가 그의 눈 앞에서 곡선을 그렸다. 그러더니 그녀가 손을 등 뒤로 뻗었다.

"이리 와요." 그녀가 말했다. "우리는 씻어야 해요."

그녀는 새하얀 자기 욕조에 뜨거운 물을 뿌려대는 노즐 아래에 콘돌을 세우고는 그와 함께 욕조로 들어와 샤워 커튼을 닫았다. 커튼은 미술품이 그려진 회색 비닐 시트로, 모든 게 안전하게 통제되는 듯 보이는 공원을 산책하는 부유층 파리지엔들을 그린 19세기 그림을 반투명하게 복제한 거였다.

하얀 비누 거품과 물이 매끈한 그녀의 가슴을 씻어 내리면서 그녀의 낮게 걸린 풍만한 가슴을, 그 나이에도 운동을 통해 얻어낸 살짝만 나온 배를, 그녀의 둔부 아래를, 딱 알맞은 길이의 두 다리를 미끄러지는 동안, 그는 그녀와 부딪히지 않으려고 노력하며 비누칠을 하고 샴푸로 머리를 감았다. 그는 그녀의 얼굴에 물이 뿌려져 비누 거품과 어제가 남긴 향기들을 씻어내도록 뒷걸음질을 쳤다.

그런 후, 욕조 안에서 그녀는 자기 욕조와 벽과 비닐 샤워 커튼이 허용하는 최대한의 거리만큼 그에게서 멀리 떨어져 섰다. 그녀의 파란 눈동자가 그를 밀어대는 동안, 물이 그를 향해 떨어졌고, 물방울이 갈 길을 가로막는 그의 몸뚱어리 사방으로 튀면서 알몸으로 선 그녀에게 날아갔다.

그녀가 말했다. "당신의 걱정거리 하나를 알아요."

콘돌은 자기도 모르게 숨을 깊이 들이쉬었다. 그는 자기 맥박이 빨라졌다는 걸 느꼈다.

"그래요." 그녀는 말했다. "당신은 나를 여기에 당신과 함께 있게 만들었어요."

그녀는 무척이나 느리게 젖은 욕조 위에서 그를 향해 맨발을 앞으로 디뎠다. 그러고는 물이 두드리는 동안 알몸인 그들의 정면이 숨결이 느껴질 거리만큼 떨어져 있을 때까지 또 다른 걸음을 내디뎠다.

메를이 말했다. "그렇지만 나는 여기에 이렇게 있기로 선택했어요."

그녀는 두 팔로 그를 감쌌다. 그녀의 발가벗은 육신이 그의 육신을 안았다.

그들이 거기에 얼마나 머물렀고 몇 번을 호흡했는지 그는 몰랐고, 세지 않았고, 생각하지 않았다.

그러더니 그녀의 손길이 그의 등 뒤에서 움직였다. 수도꼭지가 잠기고 샤워꼭지에서 쏟아지던 물이 똑똑 떨어지는 몇 방울밖에 남지 않게 된 후, 침묵이 흘렀다.

그녀가 예술품이 인쇄된 비닐 커튼을 젖혀 열었을 때, 금속고리들이 샤워실 막대 위에서 귀에 거슬리는 쇳소리를 냈다.

"수건 가져올게요."

그녀는 그를 거기에, 그녀의 하얀 욕조 안에 물에 젖은 알몸 상태로 세워두고 떠났다.

그녀는 욕실 선반에서 수건 세 장을 꺼냈다. 그녀는 한 장을 머리에 둘렀는데, 그러면서 수건은 터번이 됐다. 두 번째 수건은 자기 가슴에 둘렀다. 그래서 보송보송하고 부드러운 하얀 천이 그녀의 가슴 윗부분부터 허벅지 중간까지를 덮었다. 세 번째 수건을 그에게 던진 그녀는 그가 놀라면서 엉겁결에 수건을 잡아채자 미소를 지었다.

"빨래를 해야겠어요." 그녀가 침실로 돌아갔다.

욕조에서 나온 콘돌은 그녀와 함께 있으려고 서둘러 몸을 닦았다.

콘돌은 그녀를 침실에서 발견했다. 그녀는 그의 옷을 의자에 쌓고 있었다. 근처 테이블에 있는 무더기는 그의 블랙 진 주머니에서 나온 돈과 잡다한 영수증, 손수건이었다.

메를이 중얼거렸다. "당신 보온내의 세탁법이 어떻게 되는지 모르겠지만, 그것들도 그냥 세탁할게요. 앞으로 2, 3일 정도는 4월의 봄날하고 비슷해야 할 거예요. 집에 남자 셔츠는 없지만, 당신의 파란 셔츠는 충분히 오래 세탁을 해야겠어요. 옷깃에 묻은 갈색 얼룩들이 꼴불견이잖아요. 세탁하면 어떻게 될지 보자고요. 나는 다림질 솜씨는 별로예요. 그런데도 셔츠에 주름이 너무 심하면, 유실물 상자에 있는 지저분한 검정 스웨터가 당신한테 맞을지도 모르겠어요. 그리고……"

그녀는 그가 거기에 서 있다는 걸 깨달았다.

그녀를 응시하며.

아니면 최소한…… 그녀를 향해.

"왜요?" 그녀가 물었다. 웃음을 지었다.

얼굴을 찡그렸다. "빈? 당신…… 여기 있는 거예요? 괜찮아요?"

"내 빨래를 할 필요는 없어요. 우리 빨래를요. 당신은……"

"그 사람들이 당신이 접근하는 걸 냄새로 알아차릴 수 있다면 나는 살아남지 못할 거예요." 그녀가 말했다.

"놈들이 누구건." 그가 그녀에게 말했다.

"그런 일이 벌어지면 그게 당신의 최후가 될 거예요."

그녀는 의자에 있는 세탁물 더미에서 몸을 돌려 콘돌을 마주보고 섰다. 수건 터번을 풀고, 희끗희끗한 금발의 젖은 머리를 문질러 말리고는 수건으로 긴 머리카락 뭉치를 짠 후 수건을 세탁물 더미에 떨어뜨렸다.

메를은 눈을 감았다. 고개를 이쪽저쪽으로 흔들었다. 젖은 장발이 이리저리 흔들리면서, 머리카락에서 튕겨 나간 물방울들이 명령을 받아 움직이는 빗방울처럼 떨어졌다. 그녀가 몸을 흔드는 바람에 몸에 두르고 있던 수건이 떨어지면서, 흔들리는 가슴과 배꼽과 물에 젖은 무릎이 드러났다. 그녀는 오른손으로 수건을 잡았다. 머리를 흔드는 걸 멈췄다. 눈을 뜬 그녀는 자신의 알몸이 그의 눈을 가득 채운 걸 봤다.

그가 거기 서 있는 동안.

어깨에 수건을 걸치고.

침대 끄트머리 옆에.

그녀가 그에게서 보이는 것을 보는 동안 그녀의 미소가 오랫동안 느리고 달콤하게 그를 찾아왔다.

"으음," 그녀가 말했다. "그것 참 놀라운 일이네요."

말을 못하겠어. 움직이지 못하겠어. 생각을 못하겠어. 내가 할 수 있는 건 내가 할 수……

그녀는 들고 있던 수건을 바닥에 떨어지게 놔뒀다. 고개를 저었다. 그녀는 그에게 미소를 짓는 동안 손으로 얼굴에서 떼어낸 젖은 머리카락이 어깨를 지나 맨 등으로 늘어지게 놔뒀다. 그녀가 그를 향해 방을 가로지르며 말했다. "하지만 우리는 벌써 샤워를 끝냈잖아요."

그녀의 두 팔이 뱀처럼 그의 목을 감았다.

그녀의 육체가 풍기는 축축한 따스함이 그를 눌렀다.

젖은 정수리가 그의 턱으로 다가왔다. 그는 그녀의 정수리에 입을 맞췄다. 그녀의 희끗희끗한 금발머리에서 라일락 향 샴푸 냄새를 맡는 동안, 그의 두 손은 떨림과 통증을 느끼면서도 그녀를 만지려고 자신의 발가벗은 옆구리를 떠났다. 그가 그녀의 머리 옆에 키스했다. 뺨으로 그녀를 조심스레 밀어 그녀의 입술을 그의 입술 쪽으로 돌리려 애썼지만, 그녀의 얼굴은 그의 가슴을 파고들었다.

그녀가 속삭였다. "우리한테는 시간이 없어요."

그러더니 얼굴을 들어 키스를 했다.

그가 그녀를 가까이 당기는 동안, 그의 두 손이 그녀의 둥근 엉덩이를 감싸 안았다.

그의 손이 그녀의 옆구리를 부드럽게 올라가 팽팽해진 그녀의 풍만한 가슴을 손 안에 채우는 동안, 그녀의 팔은 그의 목을 힘껏 감싸고 있었다.

키스를 멈춘 그녀가 그의 가슴에 입술을 비빈 후 그의 목에 입술을 눌렀다. 그의 심장에 입을 맞추는 동안, 그를 향해 몸을 굽히는 동안, 그녀가 그의 엉덩이를 두 손으로 감쌌다. 자신의 엉덩이가 침대 끄트머리를 건드렸을 때, 그녀가 말했다. "우리, 서둘러요."

그녀가 그에게 입을 맞추고 그를 가까이로 당기며 침대에 앉았을 때, 그는 거기에 서서 그녀를 보면서 그녀가 하는 일을, 그녀가 하고 있는 일을 지켜봤다. 그리고 그 순간이 찾아왔을 때, 입에서 연달아 터지는 교성을 억누를 수가 없었다.

다시금 일을 마친 후, 그녀가 그와 함께 침대에 누웠다. 그렇지만 그것도 잠깐 동안 만이었다. 그녀는 그를 거기에 남겨두고 화장실로 갔다. 그는 그녀가 양치질하는 소리를 들었다. 그녀가 돌아와 침대로 들어오며 말했다. "욕조 끝에 있는 내 면도기를 써요. 그리고 당신 칫솔도요."

그녀는 미소를 지었다. "당신이 준비됐을 때요."

그녀는 검정 브래지어와 색을 맞춘 팬티를 헐렁한 청바지와 파란 셔츠 아래에 입었다. 여전히 축축한 머리카락에 다시 수건을 둘렀다. 의자에서 빨랫감을 집었다. 그에게 말했다. "커피 내리러 갈게요."

"손잡이에 손을 대기 전에 노크를 하도록 해요."

"하지만 여긴 내 아파트잖아요."

"더 이상은 그렇지 않아요."

메를이 말했다. "여자가 자기만의 인생을 누리려면 무슨 일을 해야만 하는 건가요?"

하지만 그녀는 미소를 지었다.

빨랫감을 두 팔에 옮긴 그녀는 그녀 자신의 침실 문에 노크를 했다.

기다렸다가 다시 노크를 했다.

그 닫힌 문을 통해, 메를과 콘돌은 페이가 하는 말을 들었다. "잠깐만요."

콘돌이 판단하기에 1분도 채 되기 전에, 페이가 호출했다. "됐어요."

문을 열고 침실에서 나온 메를은 그녀가 방을 나가는 동안 콘돌이 그의 사실상의 파트너를 보지 못하도록 등 뒤에 있는 문을 닫았다.

그가 욕실 세면대의 거울을 보면서 비누칠한 얼굴을 면도기로 긁을 때, 파란 일회용 면도기는 최상의 상태가 아니었다. 그녀의 치약에서 민트 프레시 맛이 났다.

침실로 걸어 온 그는 유실물 신세가 된 옷을 찾다가……

몸이 쓰러지는 걸 느꼈다. 침대 위에 엉덩이로 몸을 지탱한 그는 천장을 보고 쓰러졌다. 그의 두 눈에는 그가 누운 곳을 내려누르는 튼튼한 천장이 가득했다.

여기 머물러. 존 스튜어트의 노래. 그가 해야만 하는 일과 할 수 없었던 일에 대한 계산들. 바로 여기에, 바로 지금 머무르는 꿈. 그리고 아마도……

"'아마도'가 너를 미치게 만들지."

그는 그 유령이 누구인지 또는 무엇인지 확인하려고 천장에서 눈을 돌리지 않았다.

그가 말했다. "너무 늦었어, 나는 지금 거기에 있어."

"서둘러."

그 말들…… 콘돌은 생각했다. *그녀는 죽지 않았어. 그녀는 지금 다른 방에 있어.*

"확실해?"

"나는 지금 내가 가질 수 있다는 걸 알길 원한다고 확신해."

"네 진정한 현실을 확실하게 이해하도록 해."

"엿이나 먹어." 콘돌이 앵무새처럼 종알대는 유령에게 말했다.

하지만 확신은 없었다.

그리고 유령도 그걸 알고 있었다.

그녀를 죽게 놔둘 수는 없어.

누군가를 죽이는 것도 마찬가지야, 그는 유령들이 그를 괴롭힐 수 있기 전에 덧붙였다.

메를의 미소. 둥글게 휘어져서 열린 그녀의 입술. 그녀가 찾아낸 완벽한 단어들. 그녀가 안다고 그가 생각했던 것. 그가 그녀를 안게끔 그녀가 놔둔 방식. 그녀가 그 대가로 그를 안은 방법. 그걸로 충분했다. 그렇지는 않더라도, 거의 충분했다. 그렇지 않더라도, 최소한 그가 그런 상황을 기대할 수 있는 권리를 가진 것보다는 훨씬 나았다. *그녀가 내 마지막 그녀일까?* 그는 그 생각을…… 적절하지 않은 생각으로 놔뒀다.

메를을 그녀의 새로운 평범한 생활로, 안전한 생활로, 살려서 데려가도록 해.

그 외의 모든 건……

"당신은 이미 그 외의 모든 걸 알아."

하지만 그 말을 한 건 그였다. 유령이 아니었다.

콘돌은 일어나 알몸으로 앉았다. 두 발을 바닥에 딱 붙였고, 그가 감출 수 있는 환상들로부터 그의 정신을 구해냈다.

그는 큰 소리로 말했다. "이제 만족하냐?"

대답이 없었다.

어떤 유령도 대답하지 않았다.

이상하군.

커피 향이 그를 유혹했다.

그는 침대를 벗어났다. 옷을 입었다. 앞에 놓여 있는 문으로 걸어갔다.

22

"큰 사건이 터졌소."

-도널드 럼스펠드 전 미국 국방부 장관

침실 문이 열렸다.

부엌에 있는 그녀와 메를에게 합류하려고 걸어 나온 사람을 본 페이는 눈을 깜박거렸다.

그녀가 말했다. "당신 모습이……"

"우리가 원했던 것만큼 보기 좋은 상태에는 근처에도 못 갔네요."

페이가 자신의 목숨을 바칠 기세로 보호했던 남자는 지나치게 작은 회색 스웨트팬츠와 지나치게 큰 검정 대학 스웨터팬츠를 입고 있었고, 맨발에다 일그러진 미소를 짓고 있었다.

"걱정 마요." 그가 말했다. "커피를 마시고 나면 이것보다 위장을 더 잘할 수 있으니까. 이제 겨우 오전 9시잖소."

메를이 대답했다. "내가 사무실에 전화를 걸기 원한다면, 지금이 그럴 때예요."

페이는 메를이 통화할 전화로 유선전화를 택했다. 희끗희끗한 금발의 기록 보관 담당자와 그녀의 의회도서관 보스가 스피커폰으로 통화를 했다. 페이는 통화 내용이 메를이 예상한 대로 전개되는 동안 콘돌이 상황을 이해하는 모습을 지켜봤다.

그녀가 약속했던 것처럼.

"이제 우리에게 위장막이 생겼군요." 콘돌이 말했다.

"우리한테는 이미 지붕 달린 거처가 생겼었잖아요." 페이가 대답했다.

콘돌이 납치에 나선 페이를 도와서 납치한 여자를 보며 미소를 지었다.

아니면, 그가 그녀를 납치하는 걸 내가 도운 걸까?

그가 메를에게 물었다. "당신, 집에서 신문 보나요?"

페이가 말했다. "온라인에 가면 뉴스를……"

"구닥다리 방식." 콘돌이 말했다. "의문을 제기하는 창구에서 신문을 빼놓고 싶지는 않아요."

"『포스트』 봐요." 메를이 말했다. "아래층 로비에 배달되는 신문 더미에서 가져와서요."

콘돌은 페이를 쳐다봤다.

그녀는 등으로 손을 뻗어 45구경을 그에게 넘겨줬다. 엉덩이에 있는 총을 감추고 몸에 두른 철갑의 형태를 모호해 보이게 만들기 위해 코트를 움켜쥔 페이는 메를이 말한 아파트 열쇠를 가지고 두 사람만 남겨두고 떠났다.

리스크 낮은 거, 맞지?

그들만 남겨뒀어. 무장한 상태로, 전화기들과 함께.

파트너들을 위한 적절한 선택. 콘돌에게 만약의 경우에 대비한 최상의 기회를 제공하기.

페이는 계단 다섯 층을 천천히 내려갔다. 로비의 문을 열 때 날카로운 금속성 소리가 났다.

아무도 보이지 않았다. 잘못된 건 하나도 없었다.

그녀가 아파트 건물의 앞쪽 출입 통로로 걸어갈 때 그녀에게 총을 쏘는 사람은 아무도 없었다.

그녀가 엘리베이터 맞은편 신문 선반으로 뚜벅뚜벅 걸어가 신문 한 부를 집어 들었지만, 그 모습을 포착한 보안 카메라는 복도에 없었다. 엘리베이터 호출 버튼을 누른 그녀는 문이 열리고 그녀가 올라탈 엘리베이터가 비어 있는 것을 보고 안도감을 느꼈지만, 그런 기색을 겉으로 드러내지는 않았다. 메를의 아파트보다 위층의 버튼을 누른 그녀는 엘리베이터에서 내린 후 비상계단을 걸어 내려가 513호 문을 노크했다. 그녀는 활짝 편 오른손을 옆구리에 올렸다.

콘돌이 그녀를 들어오게 한 다음 신문을 건네받는 동안, 그녀는 문을 다시 잠갔다.

그가 사람들 앞에서 신문을 흔들었다. "나는 보도가 철저하게 통제됐다는 데 돈을 걸겠소."

"아뇨." 페이가 말했다. "거리에서 벌어진 사건이 지나치게 많았어요. 기껏해야 베일을 드리운 정도일 거예요."

콘돌은 어깨를 으쓱했다. "그럴싸한 의견을 토를 달아 제시하면서 그러겠지."

메를이 거실 의자에서 말했다. "두 사람, 무슨 얘기를 하는 거예요?"

"인쇄하기에 적합한 모든 뉴스." 콘돌이 『워싱턴 포스트』의 마지막 남은 진정한 라이벌 신문사(『뉴욕 타임스』를 가리킨다)의 모토를 반복해서 읊조렸다.

『포스트』의 메트로 섹션 1면.

페이의 손 크기만 한, 어쩌면 전날 밤 마감 시간 직전에야 인쇄기에 투입됐을 박스 기사 내용은 이러했다. 지하철 플랫폼에서 마약 거래가 잘못 풀리는 바람에, 친족들이 신원을 확인해줄 때까지는 신원이 공개되지 않을 무고한 여성 행인 한 명이 유탄에 맞아 사망했고, 경찰에 의해 거리 폭력배 한 명이 살해됐으며, 비밀 요원 한 명이 심각한 상태이고, 경찰 한 명이 가벼운 부상을 입었다. 그렇지만 오전 러시아워의 교통에 지체가 있을 것으로는 예상되지 않는다.

"시신 수가 늘어나지는 않았군." 콘돌이 말했다.

"그건 세야 할 대상을 보는 사람이 누구냐에 따라 다르죠." 페이가 말했다.

"레드 라인." 콘돌이 말했다. "환경미화원들이 은밀하게 객차를 청소하고 폐기물을 제거하기 위해 다음 열차를 징발했을 거요."

"저들이 이 정도 비용을 치렀으니⋯⋯" 페이가 말했다.

"우리 머리에 붙은 가격이 계속 올라가고 있소." 콘돌이 말했다.

페이는 집주인의 랩톱을 썼다. 『뉴욕 타임스』 웹사이트에서 D.C. 메트로에서 벌어진 총격전에 대한 기사를 하나도 찾지 못했다. 워싱턴에 있는 모든 보도기관의 온라인판을 다 읽어보고 지역 TV와 라디오 방송국의 웹사이트를 확인했다. 그중 다수는 『포스트』의 오리지널 기사를 변형한 기사들이거나 수사 상황에 일부 진전이 있다는 걸 암시했지만 새로운 세부 사항은 하나도 제공하지 못하는 '업데이트'를 실었다. 그래도 두 개의 사이트는 지하철역 입구에 주차된 앰뷸런스와 경찰차 여러 대를, 그리고 그들의 회전하는 빨강과 파랑 불빛이 깜깜한 밤을 강타하는 모습을 휴대전화로 찍은 사진을 실었다. 그녀는 그 지역의 리스트서브(listserv, 리스트에 있는 사람들에게 전자우편으로 메시지를 발송하는 소프트웨어)에서 '공공기물 파손자들'이 '접시를 엄청나게 깨뜨리면서' 레스토랑 안을 자전거로 질주했다는 게시물을 발견했다. 리스트서브에는 쨍그랑거리는 그릇과 알아듣기 힘든 비명을 담은, 깜짝 놀라는 손님들을 지나 카페 정면으로 향하는 자전거 위에서 빨간 재킷을 입은 어느 남자의 등짝이 흔들리는 모습을 보여주는 11초짜리 휴대폰 동영상이 실려 있었다. 댓글 중 하나는 이 '폭력 행위'를 지역의 담벼락에 스프레이로 그려지는 그래피티의 증가와 '연관' 지은 반면, 다른 댓글은 "이 사건은 미국이 더 발전해야 한다는 걸 보여준다. 자전거를 탄 사람 중 한 명은 백인이고 한 명은 흑인이라는 점에서 이것은 인종 문제가 아니기 때문이다"라고 언급했다. 그런 후 온라인상의 논의는 레스토랑들 때문에 쥐가 들끓고 있다는 불평으로 방향을 틀었다.

"그러니까 무슨 일이 벌어지는지 아는 사람은 아무도 없는 거네요." 메를이 말했다.

"우리를 포함해서요." 콘돌이 말했다.

"지식은 그 소유자의 수준에 알맞은 수준으로 찾아오는 거예요." 페이가 말했다.

"다음에는 압도적인 분량의 데이터가 몰려올 거요." 콘돌이 말했다. "사전에 철저하게 계산을 마친 상태에서 엉뚱한 방향으로 산탄총을 난사하는 거지. 모든 '사실들'로, 그 많은 데이터로 사람들이 훤히 볼 수 있는 곳에 엄청난 비밀을 숨기는 수법을 쓸 거요."

"그러면 이제 우리는 뭘 하나요?" 메를이 말했다.

페이가 그녀를 쳐다봤다가 콘돌을 쳐다봤다.

콘돌은 페이를 쳐다봤다가 메를을 쳐다봤다가 다시 페이를 쳐다봤다.

그가 어깨를 으쓱했다.

메를이 말했다. "안 돼요."

23

"사람들이 아는 게 많으면 많을수록…… 이상한 것이 점점 많아지기 시작한다."
-『도덕경』 57장

"당신들 두 사람이 *다음에* 할 일을 나를 빼놓고 결정하게 놔두지는 않을 거예요." 메를이 말했다.

영리해, 콘돌은 생각했다. *대담해.* 그는 그녀에게 느끼는 자부심을 감추려고 혼잣말을 했다.

페이가 말했다. "우리는 당신이 가진 선택권과 관련한 문제에 연루되고 싶지는 않아요."

"우리가 지금 처한 문제가 바로 그 문제잖아요." 메를이 반박했다. "우리는 그 문제를 늘 갖고 있어요. 바로 지금, 바로 여기에서, 나는 당신들의 포로이거나 그 이상 가는 존재예요."

"어떤 식으로요?" 페이가 물었다.

"내가 처한 문제에 이름이 있다고는 생각하지 않아요. 나는 당신들이 처한 곤경에서 벗어나기를 원하는, 당신들에게 납치된 여자예요. 나는 내가 해야만 하는 일을 할 거예요. 당신들은 당신들의 문제가 아닌, 당신들의 문제를 해결해줄 해결책의 일부로서 나를 원해요."

"당신은 총알 한 방에 해결되는 문제일 수도 있어요."

콘돌은 긴장했다.

메릴이 말했다. "나뿐만 아니라, 우리 모두가 총알 한 방이면 해결되는 문제예요."

의사당 직원이 그녀의 빈 커피 잔을 유리 테이블에 올려놨다.

그러고는 그녀의 거실에 있는 스파이들에게 말했다. "당신들은 당신들 상대가 누구인지 몰라요. 당신들이…… 죽기를 원하는 그들의 마음 한복판에 무슨 생각이 있는지도 몰라요. 그리고 이제 당신들에게 일어나는 일은 나한테도 해당되는 일이에요."

메릴이 짓는 미소에서는 상황을 수긍하는 분위기와 상황에 도전하겠다는 분위기가 풍겼다. 하지만 그녀가 이렇게 덧붙였을 때, *그녀가 빈이라고 부르는 남자는 그녀의 입술이 그리는 곡선이 담고 있는 모든 것을 알게 됐으면 하고 바랐다.* "나는 당신들이 당신들 편으로 확실하게 확보했다는 걸 알고 있는 유일한 협력자예요."

"협력자는 징집된 인력을 가리킬 때 쓰기에는 너무 센 단어예요." 페이가 말했다.

"어쨌건," 메릴이 말했다. "당신들은 우리를 안전하게 해주는 법을 가늠해내야 해요. 증인 보호 프로그램 비슷한 걸요."

페이와 콘돌은 폭소를 터뜨렸다.

그가 말했다. "당신 식견에는 꼼짝도 못하겠군요."

"그러니까 더 나은 프로그램을 찾아내요." 메릴이 쏘아붙였다. "당신들은 ─우리는─ 당신들을 노리는 놈들이 다음에 무슨 일을 하건 그걸 마냥 기다리고만 있을 수는 없어요. 놈들이 당신들 말처럼 그렇게 힘이 센 자들이라면, 우리 눈에 보이는 것처럼 막강한 자들이라면 더욱 더 기다리고 있을 수만은 없어요."

콘돌이 말했다. "당신은 우리를 어딘가로 데려가려고 애쓰고 있군요."

"당신이 안건을 찾아낸 거네요." 페이가 말했다.

"우리 모두는 안건을 갖고 있어요. 그런데 그 안건들에 망할 놈의 차이점이 존재한다는 게 문제죠." 메를이 말했다. "내가, 우리가 해야 하는 일은 목숨을 부지할 최선의 방법을 떠올리는 거예요. 정치의 대상은 당신들이 하는 일이에요. 그리고 워싱턴은 당신들이 당신을 도와달라고 설득할 수 있는 사람들을 설득하는 데 공을 들여요."

메를이 콘돌에게 눈길을 던지고는 말했다. "나한테는 상원의원을 상대로 전혀 써먹지 못했던 일생일대의 기회가 있었어요. 그 기회를 부르는 이름은 부탁이에요. 그 기회의 또 다른 이름은 그가 부탁을 들어주지 못하겠다고 할 경우 내가 저지를까 봐 두려워할 일에 대한 보상이고, 그의 죄책감이에요. 이름이야 아무럼 어때요. 나는 부탁할 기회를 한 번 갖고 있어요. 그는 권력을 가졌어요. 그러니 계산을 해봐요."

"그걸 하려는 건가요?" 콘돌이 말했다.

"그게 내가 가진 선택권이에요."

"상원의원들은 가만히 앉아서 실행 버튼을 누르는 사람들이지, 사람들을 살아 있는 상태로 집에 데려가는 사람들이 아니에요."

"그는 여기저기에 전화를 걸어서 자원을 얻을 수 있어요……"

페이가 말했다. "그가 적절한 사람에게만 전화를 한다고 쳐요. 그가 전화를 건 상대가 누구건, 그 사람은 그들이 할 수 있는 일과 그들이 할 일에 관련된 정치와 법률을 놓고 가늠을 해봐야만 해요. 그가 당신이 손가락으로 딱 소리를 내면 허공으로 점프를 하는 사람이라고 하더라도, 그는 그와 함께 허공으로 뛰어오를 다른 사람을 확보하기 위해 정치적으로 행동해야만 해요."

콘돌이 말했다. "그의 권력은 그가 머무는 스위트룸에 있지, 길거리에 있는 게 아니에요."

"하지만 우리가 내부에 들어갔을 때를 위해 그를 계속 염두에 두고 있도록 해요." 페이가 나이 많은 여자에게 말했다.

"어디 내부요?"

"많은 천사들이 있는, 그렇지는 않더라도 최소한 중립적인 저격수들이 있는, 그래서 과녁 한복판에서, 실제로 벌어지고 있는 사냥에서 우리를 벗어나게 해줄 좋은 사람들을 우리가 얻을 수 있는 우리 시스템 내부요."

"당신들, 그런 일을 하려는 나보다 더 나은 방안을 갖고 있는 건가요?" 메를이 페이에게 물었다.

콘돌이 그의 파트너를, 동료 프로페셔널을, 그를 구해내고 싶다고 말했던 정부 스파이를, 엉덩이에 글록을 차고 있는 젊은 여자를 바라봤다.

그는 페이가 침묵으로 '예스' 소리를 질러대는 동안 그녀의 얼굴이 떨리는 걸 봤다.

24

"바퀴들이 돌고 또 돌고……"
-스틸리 댄, 〈그걸 다시 해봐(Do It Again)〉

메를의 아파트 건물 너머에 있는 블록에 주차된 차의 뒷자리에서 페이는 몸을 웅크렸다. 그녀가 메를을 내보낸 후 17분이 지난 시점에 최대한 소리를 줄여 깨뜨린 앞 좌석의 인도 쪽 창문에서 그녀의 몸 위로 선선한 공기가 흘러들었다.

홀몸으로 떠난 메를. 혈혈단신, 자기 차를 타고, 그들의 통제권에서 벗어난 채.

메를이 출발한 이후 흐른 시간. 2시간 43분, 그리고 페이가 차고 있는 손목시계의 문자반 주위를 초침이 4분의 1만큼 쓸고 지나간 시간.

D.C.의 현실 세계에서 현재 날짜와 시간. 4월의 평범한 목요일 오전 11시 23분.

상쾌한 파란 하늘. 봄철 신록의 내음. 이 주거지역의 도로 경계석을 따라 놓인 주차 공간들은 운 좋은 거주자들이 출근하고 나서야 구체적인 모습을 드러냈다. 이 차 타이어의 양쪽 아래에 쌓인 갈색 낙엽들이 바스러지지 않았고, 앞 유리가 녹색 꽃가루로 더럽혀졌다는 걸 발견한 페이는, 이 차가 간밤에 레드 라인에서 일어난 *사건* 때문에 교통 정체가 일어날 일은 전혀 없고 경제적인 측면에서도 더 유리한 대중교통으로 출근한 누군가의 소유물일 거라고 판단했다.

우리가 방아쇠를 당기기 전까지 그녀에게는 17분의 시간이 있어, 페이는 생각했다.

그녀를 떠나보낼 때 그들은 메를의 휴대전화를 챙겼다.

"그러다 일이 잘못되면 어떻게 해요?" 그녀가 물었다.

콘돌이 말했다. "그러면 일은 이미 잘못된 거요. 이건 당신이 일을 제대로 해내려고 시도하는 거요."

"아니," 메를이 말했다. "내 말은……"

"당신이 무슨 말을 하는 건지 알아요." 페이가 말했다. "계획을 고수하세요."

"마땅히 일어나야 할 일을, 우리가 할 필요가 있는 일을 고수하도록 해요." 콘돌이 덧붙였다.

메를이 두 사람 모두를 응시하다가 그에게 초점을 맞추고는 말했다. "최선을 다할게요."

그들은 메를에게 현금 1,000달러를 줬다.

페이는 메를이 콘돌과 포옹하고 키스하는 모습을 보게 될 거라고 예상했었다. 그렇기 때문에 나이 많은 여자가 두 팔을 그녀에게 둘렀을 때, 페이는 깜짝 놀랐다. 메를은 페이가 그녀에게 포옹으로 화답할 때까지 페이를 감싼 두 팔을 풀지 않았다.

"또 봐요." 메를이 말했다.

그녀는 등 뒤의 문을 딸깍 소리가 희미하게 날 정도로 살짝 닫고는 아파트를 떠났다.

심장박동 한 번.

두 번.

페이는 메를의 랩톱을 배낭형 백에 밀어 넣고, 메를의 휴대전화를 유선전화에서 뽑아낸 배터리들과 함께 백에 떨구었다. 유선전화는 배터리가 없더라도 번호가 여전히 살아 있고 메시지도 녹음되겠지만, 배터리가 없으면 어느 누구도 20세기 스타일의 통신수단으로 전화를 걸거나 911에 신고하거나 메를이 하는 말은 무엇이건 귀담아들으려는 누군가와 통화하지 못할 것이다.

콘돌은 검정 가죽 재킷과 블랙 진, 주름진 파란 셔츠를 입었다. 그가 파란 셔츠 아래에 보온내의를 입고 있는 걸 페이는 얼핏 봤다. 스니커 비슷한 검정 신발은 등산가들과 특수부대 팀들이 선호하는 풀기 어려운 매듭으로 묶여 있었다. 권총집에 든 45구경 권총은 스프링으로 펴지는 나이프와 함께 그가 찬 벨트의 오른쪽 옆구리에 있었고, 벨트의 왼쪽 옆구리에는 가득 장전된 예비용 탄창 세 개가 든 주머니가 있었다. 그가 재킷의 지퍼를 채우지 않는 한, 숨겨둔 무기의 윤곽은 겉으로 드러나지 않았다.

페이는 그녀의 글록과 예비 탄창 두 개를 몸에 묶었다. *너는 지하철에서 총잡이들을 쐈어야만 했어. 그들을 죽였어야만 했어.* 페이는 배낭에 델타포스에게 새로 지급된, 대중에 아직 공개되지 않은 손바닥 크기만 한 섬광 수류탄 두 개와 그녀의 권총을 위한 소음기, 광택이 나는 검정 플래시, 담배 크기의 록 픽(lock pick, 자물쇠를 따는 데 쓰는 도구)과 텐션 바(tension bar, 물체를 잡아당기거나 늘어뜨리는 힘을 받는 역할을 하는 바)가 든 알루미늄 튜브를 갖고 있었다. 그녀는 이미 잃어버린 38구경 리볼버용 스피드 로더(speed loader, 리볼버를 빠르게 재장전하려고 사용하는 기구)는 유리 커피 테이블에 남겨뒀다.

그들은 세상을 향해 나아갔다.

억지로 문을 딴 차 안에서 웅크려 있던 페이는 시계를 확인했다. 15분 남았다.

그녀는 차의 앞 좌석 너머를, 메를의 아파트 건물로 이어지는 인도를 지나친 곳을, 교차로를 지나는 곳에 있는 언덕 위쪽을, 사슬로 묶인 그네들이 비어 있는 채로 얌전히 있는 놀이터의 나무들을 응시했다. 콘돌은 그 나무들 안에 몸을 숨겼다. 어떤 보모가 어린아이들과 함께 거기에 왔다가 섬뜩한 모습으로 놀이터를 배회하는 늙은 남자를 발견하고는 경찰에 신고할 경우에 대비해서, 그는 위장용 알리바이도 몇 개 생각해두고 있었다. 하지만 오늘 오전 중 지금까지, 페이는 인도에서 한 명의 아이도 보지 못했다. 그네와 놀이터는 어쩌면 거기에 있었던 것들의 유물이거나 거기에 존재할 수 있었던 것들을 상징하는 토템인지도 몰랐다.

그것들에 대해서는 생각하지 마. 그것들은 그저 빈 그네들일 뿐이야.

그녀의 시계가 이제 14분 남았다는 걸 알렸다.

그녀는 주차된 차의 후방이 –다가오는 차량과 더불어, 주차된 차들을 방패 삼아 쪼그려 앉은 전투형 자세로 몰래 접근하는 사람들은 볼 수 없지만 평범한 걸음걸이로 인도를 통해 접근하는 사람들이– 보이도록 조정해둔 백미러 쪽으로 시선을 빠르게 돌렸다. 조수석 사이드미러가 그쪽 인도를 감시하는 데 도움을 줬다. 거리 건너편의 경우, 그녀가 운전석 사이드미러를 들여다보는 것에 그치지 않고 그쪽으로 시선을 돌리기까지 했는데도 그녀의 눈에 보이는 건 주차된 차들뿐이었다.

완벽한 시야는 결코 확보할 수 없어.

콘돌은 언덕의 놀이터에 있는 은신처에서 다른 방향에서 오는 차량이나 교차하는 거리의 양쪽 방향에서 이 길로 회전해 들어오는 차량들을 모두 살펴볼 수 있었다.

11분 남았다.

10분.

9분. 빨간 포드 한 대가 한낮의 허공을 향해 브레이크등을 깜빡거리며 아파트 빌딩 정면에 멈춰 섰다. 운전석 문이 열렸다. 메를이 내렸다.

혼자서.

메를은 평범하게 행동하고 있었다. 평소에도 항상 난민처럼 엉거주춤한 자세로 차에서 내리는 양 행동하고 있었다. 그녀는 왔던 길을 되돌아본 다음, 페이가 숨어 있는 곳을, 페이가 숨어 있다는 걸 알지 못한 채로 거리 아래의 다른 방향을 쳐다봤다. 그녀는 누군가를 기다리고 있는 듯이 행동하지 않았다. 잘했어요.

그런데 그녀가 손에 들고 있는 봉투는 왜 두 개지?

메를은 주차해놓은 그녀의 차를 떠나 그녀의 아파트 빌딩으로 이어지는 인도를 따라 걸었다. 어색한 걸음걸이. *용기를 내요, 자연스럽게, 그렇게 자연스럽게.* 그녀는 정문으로 들어갔다.

엘리베이터가 메를을 5층까지 데려가는 데 2분이 걸릴 것이다. 페이는 거리와 인도를 훑으면서 메를을 따라붙은 사람이 없는지 확인했다.

그녀는 자기 아파트가 비어 있다는 걸 알게 될 거야. 우리가 떠났다는 걸 알게 될 거야. 그러면 그녀는 무슨 일을 할까?

그녀에게 7분을 더 줘. 그녀가 아파트에 머무르는지 확인하기 위해. 그녀가 밖으로 뛰어나와 도망치면서 누군가에게 신호를 보내려고 애쓰는지 확인하기 위해. 그녀가 부른 위장 팀들이 그녀에게 휴대전화를 건넸는지 여부를, 그녀가 표적 실종을 보고하려고 전화를 걸었을 때 위장 팀이 돌진해오는지를 확인하기 위해.

그녀가 자기 집에 혼자 있게 7분을 줘.

그게 페이가 콘돌과 짠 계획이었다.

그는 더 이상은 기다릴 수가 없었다.

아니면 시간을 달리 알고 있었다.

페이는 그가 계획보다 2분 일찍 놀이터를 떠나는 걸 봤다. 그가 아파트 빌딩을 향해 걸음을 내딛을 때마다 그의 모습이 점점 커져서 그를 알아보기가 더 쉬워졌다. 반항적 기질이 있지만 여전히 프로페셔널한 그는 페이가 있는 쪽을 쳐다보지 않았다. 그녀가 있는 쪽을 쳐다보지 않는 척도 하지 않았다.

그를 납치하려는 팀을 도로에 내려놓기 위해 정오의 태양 아래를 포효하며 달려오는 차는 없었다.

그가 메를의 건물에 들어설 때 그를 쓰러뜨리는 총알도 없었다.

그에게 5분을 줘.

그녀가 기다리며 지켜보는 동안 작전 팀은 하나도 모습을 보이지 않았다. 페이는 그녀가 파손한 차에서 천천히 내려 아파트에 있는 콘돌과 메를에 합세했다.

나이 든 여자가 페이를 노려봤다. "당신은 나를 믿지 않았군요."

"우리가 놓인 상황을 믿지 않는 거예요." 페이가 말했다.

"내가 당신한테 한 얘기처럼," 콘돌이 덧붙였다. "당신은 체포를 당할 수도……"

"아니면 당신들을 배신하려고 누군가에게 전화를 걸었을 수도 있죠." 메를이 쏘아붙였다. "당신들 생각이 그거잖아요."

"그게 우리가 해야만 하는 생각이에요." 페이가 말했다.

콘돌이 말했다. "그 전부가 영리한 행보요. 그게 우리를 위한 영리한 행보였어요."

"내가 나를 위한 영리한 움직임을 생각해냈을 거라고 짐작해봐요." 메를이 말했다. "우리를 위한 움직임을요."

"분명 그랬겠죠." 페이가 말했다. "그리고 당신은……"

"점심 가져왔어요." 메를이 봉투들 중 하나를 부엌의 기다란 테이블 위에 올려놨다.

페이는 다른 봉투에서 나온 일회용 전화기 넉 대에 주목했다.

"현금도 더 찾았어요." 메를이 말했다. "내 거래은행 ATM에서요."

페이가 얼굴을 찡그렸다. "그건……"

"그녀가 우리와 함께 있다는 게 발각되기 전까지는 위험하지 않아요." 콘돌이 말했다. "영리했어요. 지금이 아니면 절대로 못할 일이었어요."

"그럼요!" 메를이 저항적인 눈빛을 페이에게 보내며 말했다.

페이는 값나가는 전화기 세 대의 전화번호 등록 기능에 이니셜을 등록했다. C, F, M.

"영수증도 보고 싶어요?" 메를이 물었다. "당신이 말한 것처럼, 그것들을 따로따로 현금을 주고 샀어요. 싸구려 전화기는 다른 가게에서 구했고요. 야구 모자 쓰고 선글라스도 꼈어요. 거스름돈을 놓고 영수증하고 대조해보면 확인할 수 있을 거예요. 그리고 점심 값을 냈어요."

"우리가 당신을 상대로 회계 감사를 할까 봐 걱정하는 거예요?" 페이가 말했다.

메를이 미소를 지었다. 메를의 눈이 그녀의 반응을 살피는 페이의 눈과 마주쳤다. "유비무환이잖아요."

그들은 고급 슈퍼마켓에서 사온, 테이크아웃 접시들에 담긴 음식을 먹었다.

페이는 그녀가 먹은 차가운 면 요리가 참깨 누들이라는 걸 알았고, 브로콜리가 여전히 아삭거린다는 걸 알았다. 나이 든 커플이 상대방의 접시에서 가져온 음식을 베어 먹는 모습을 지켜봤다. 페이는 점심 쓰레기와 휴대전화기 포장을 봉투 하나에 쑤셔 넣었다. 그것과 그녀의 배낭형 백, 그리고 메를의 지갑에서 슬쩍한 신용카드를 침실로 가져가며 말했다. "우리 장비하고 소각용 봉투에 넣을 쓰레기를 확인한 다음에 잠깐 샤워를 할게요."

"내가 보초를 서겠소." 콘돌이 말했다.

그런 다음 그와 메를이 예상한 것처럼, 페이는 그 흰색 문을 닫고 그 뒤에 혼자 남았다.

아파트 건물 바깥에서 불법 침입한 자동차에 앉아 대(對)감시 활동을 하며 찾아낸 웹사이트에 로그인한 페이가 메를에게서 훔친 신용카드를 사용해서 할 일을 하기까지 11분이 걸렸다. 페이는 그 일이 효과가 있기를 소망했다. 쓰레기를 봉투에 쑤셔 넣은 그녀는 내키지는 않았지만 제대로 된 샤워를 했다. 뜨거운 물이 그녀의 얼굴을 두드리는 동안, 잠시 동안만 눈물줄기들을 해방시켜 그녀의 뺨을 씻게 만들고는 그녀의 척추에 가해지는 압력과 심장을 움켜쥔 무게감을 완화시켰다.

마음을 진정시킨 뒤 장비와 배낭을 꾸린 그녀는 동료들에게 다시 합류했다.

그녀는 작은 여행 가방을 꾸리라며 메를을 침실로 보냈다.

나이 든 여자가 시야에서 사라지자, 메를의 지갑에 신용카드를 돌려놓았다.

콘돌은 페이를 보고 얼굴을 찡그렸지만, 말은 한마디도 하지 않았다.

반항적이지만 프로페셔널.

세 사람은 7분 후에 아파트를 걸어 나갔다.

4월의 평범한 목요일 오후 2시 17분이었다.

아름다운 록 크릭 파크웨이는 예전에 스파이 센터들을 자체적으로 보유했던 해군 공창부터 시작해서 포토맥 강변을 따라 워싱턴 D.C.를 휘감아 돈다. 그 과정에서 대공황 때문에 쇠약해졌음에도 2차 세계대전의 공포와 영웅적인 행위를 통해 스스로 부활했던 영혼들과 FDR(프랭클린 D. 루스벨트)를 추모하는 정원을 지나고, 마틴 루터 킹과 에이브러햄 링컨 같은 암살 희생자들을 위해 만들어진 대리석 기념탑을 감싸며, 베트남전쟁 재향군인 기념관의 참전용사 이름들이 새겨진 거울 같은 검정 벽과 강변에 심긴 나무들을 유령처럼 통과하며 행진하는 한국전 참전 미군 병사들의 조각상에서 얼마 떨어지지 않은 곳을 흐른다. 파크웨이는 암살당한 대통령 중 한 명의 이름을 딴 강당이 여러 개 있는 새하얀 복합건물 아래를 지나가고, 한때 워터게이트라고 불렸던 아파트·호텔·사무실 복합단지였던 곳이자 그 스캔들의 똘마니들이 은밀한 작전 하나를 연출했던 재건축한 예전 호텔 자리를 지나간다. 파크웨이는 메릴랜드 교외로 향하면서 로즈 맨이 출몰하던 조지타운 거리를 지나간 다음, 동틀 무렵이면 사자들이 포효하는 소리를 들을 수 있는 곳인 동물원으로 다가간다. 동물원에서 오른쪽 방향에는 이제는 고급 주택가가 된 마운트 플레전트가 보이는데, 이 지역은 갈색 피부의 라틴계 남자들이 20세기의 마지막 나날들에 흑인이 대부분인 D.C.

경찰들을 상대로 폭동을 일으켰던 곳이다. 그런 후 파크웨이는 가로수가 늘어선 도로에서 도시의 협곡으로, 자전거 운전자와 조깅하는 사람들을 위한 통로가 있는 푸르른 계곡으로, 테이블이 놓여 있는 피크닉 장소이자 배구를 할 수 있는 초목이 무성한 구역으로, 일 잘하기로 유명했던 살인 사건 피해자와 영원히 잊힌 신세가 된 살인 사건 피해자 모두를 유기하는 장소를 은폐하는 그늘진 공터로 확장된다. 파크웨이가 디스트릭트 라인과 교차하기 전에, 계곡에서 빠져나온 도로들은 1백만 달러를 상회하는 주택들이 있는 지역으로, 검정 철제 펜스들과 눈에 보이지 않는 전자 커튼들에 둘러싸인 대사관들로, 남쪽으로는 백악관으로 북쪽으로는 메릴랜드로 향하는 쭉 뻗은 도로를 창출해낸 식스틴스(Sixteenth) 스트리트와 파크웨이 사이의 수풀에 자리한 퍼블릭 골프 코스로 이어진다. 그리고 그 도로는 월터 리드 육군의료센터의 가로수들이 늘어선 전설적인 부지를 지나간다. 오늘날 이 병원은 미국에서 가장 유명한 군 병원이라는 100년에 걸친 치세를 '상업적 재개발'을 위해 끝내기로 예정돼 있다. 페이는 이 재개발이 시설이 낡아서라거나 세금을 아껴 쓰려는 경제적인 목적보다는, 도시에 거주하는 정책 입안자들이 그들이 내린 결정에 따라 휠체어 신세를 지거나 팔다리를 절단했거나 화상을 입게 된 참전용사들이 영광스러운 수도의 거리를 배회하는 모습을 더 이상은 일상적으로 보고 싶지 않아서 추진된 거라고 믿었다.

메를은 그녀의 빨간 포드를 록 크릭 파크웨이 북쪽으로 몰았다.

콘돌은 조수석에 탔다.

페이는 뒷자리에 가로로 누웠다.

이 차를 힐끗 본 사람은 무고한 민간인 노인 두 명이 드라이브를 나온 거라고 여겼다.

빨간 포드가 파크웨이에서 벗어나 골프 코스 도로로 올라갔다.

페이는 콘돌이 "*이상 무!*"라고 외치는 소리를 들었고, 메를이 서행하려고 브레이크를 밟는 걸 느꼈다.

페이는 빨간 포드가 멈춰서기 직전에 뒷좌석에서 뛰어내렸다.

스피드를 올린 포드가 그녀를 홀로 도로에 남겨놓고 떠났다.

2분 후, 페이는 골프 코스 도로와 식스틴스 스트리트의 교차로에서 파크웨이 밖으로 걸어 나왔다. 오른쪽으로 방향을 튼 그녀는 209미터 떨어진 곳에 있는 월터 리드의 유령과 그곳의 보안 카메라들을 등지고 오십 블록 떨어진 백악관 방향으로 걸어가, 그녀가 지나가는 모습을 기록하는 어안렌즈가 하나도 없는 듯 보이는 아파트 빌딩 블록들을 지나쳤다. 그 방향으로 2백 걸음 정도 걸은 그녀는 북적거리는 도시를 분할하는 도로를 무단 횡단한 다음, 그녀가 왔던 방향으로 되돌아 걸어갔다. 하지만 이번에는 휴대전화 기지국 추적 분석을 피하기 위해 도로의 다른 쪽에서 북쪽으로 향했다.

그녀는 싸구려 일회용 휴대전화를 사용했다. 그녀는 암기한 지 채 마흔여덟 시간도 되지 않은 전화번호를 누르는 동안에도 계속 걸었다.

상대는 그녀가 건 전화를 전화벨이 두 번 울린 후에 받았다. 하지만 상대는 아무 반응도 보이지 않고 침묵으로만 응대했다.

그녀는 계속 걸으면서 전화기에 대고 말했다. "당신이 아니라고 말해요, 새미."

"자네 어디 있나?" 그의 목소리가 말했다. "괜찮은가? 자네 무얼……"

"왜 나한테 암살단을 보낸 거예요, 새미?"

"우리 사람들이 아니야! 그들이 선수를 쳤어. 자네, 콘돌을 데리고 있나? 자네는……"

"그들이 누구였는데요?"

"신원 불명이야."

"거짓말! *당신*은 거대한 야수의 한복판에 있어요. 당신이 야수예요. 그들은 훈련받았고 장비도 갖췄어요. 표적을 부여받고 상황 브리핑까지 받은 프로들이었어요. 그런데 망할, 당신은 모른다고요!"

"이런 경우는 한 번도 본 적이 없어. 남자 한 명이 이런 작전을 편 건 본 적이 있어. 분명해. 두 명이 이런 것도 본 것 같아. 하지만 우리한테는 시스템상에서 찾을 수 없는 시체가 네 구나 있어. 나토(NATO)와 인터폴을 포함한 어느 시스템에도 없었어. 지문도 없고, 안면 인식도 마찬가지야. 법의학 정보도 없고, 작전 중 실종자(MIA) 관련 보고를 가로챈 것도 없었어. 장비는 살균된 거였고, 이렇다 할 일관성도 찾아내지 못했어. 우리에게 있는 건 순전히 유령들이야."

"무슨 일이 벌어지고 있는 거예요, 새미?"

"나도 모르겠어. 하지만 우리 둘 다 알잖아. 우리가 여기에서 할 수 있는 건 세상이 산산조각 나는 걸 막고 세상이 폭발하지 않도록 보호막을 씌우는 거라는 걸 말이야."

거리에서, 그녀의 오른쪽 꽤 먼 어느 곳에서, 페이는 아련하게 울리는 경찰 사이렌을 들었다.

별일 아냐, 별일 아닌 거야. 통상적인 일이야. 연락을 받고 나를 표적으로 삼기에는 너무 일러.

워싱턴 범죄특구에 사이렌이 하나 울렸다고 해서 그녀와 새미가 하는

통화를 엿듣는 청취자가 그녀를 곧바로 과녁에 올려놓았다고 판단하는
건 다소 무리한 일이었다.

"밖에는 상대편 총잡이가 적어도 두 명 이상 있어요, 새미."

"그걸 자네가 어떻게 알아?"

"그걸 당신이 어떻게 모를 수가 있어요?"

"콘돌은 괜찮나? 제 기능을 하고 있나? 정신 상태는 어때? 어디에……"

"그리고 여기서 나는 당신이 나한테 신경을 써줬다고 생각했었어요."

"우리는 똑같은 일들에 신경을 써, 페이. 자네도 그걸 알잖아. 나를 알잖아."

그녀는 아무 말도 하지 않았다.

새미가 말했다. "생각해봐, 페이. 나는 자네에게 뭔가가 망가지고 잘못
됐고 이상하다고 말했어. 내가 자네를 거기에 보낸 이유가 그거였어. 그리
고 내 판단이 맞았어!"

"축하해요."

"우리가 앞으로 어떻게……"

"'우리'가 뭐죠, 새미? 이건 순전히 당신하고 나만 연관된 일이었어요.
그러더니 그 우리에 암살단도 포함됐어요."

"우리가 어떻게 침투당했는지는 나도 몰라. 우리가 침투를 당했는지 여
부도 확실치 않아. 어쩌면 적들이 운이 좋았던 걸 수도 있고. 어쩌면 자네
가……"

"내가 모르는 걸 내놔봐요, 새미. ABC(All Bullshit Considered, 고민해
본 모든 거짓말)."

"그들이 누구건, 그들이 왜 그러건…… 나도 짜증이 나. 내가 확인할 수
없는 방식들로 침투당하지 않았다는 걸 자네한테 약속할 수가 없어서 짜

증이 난다고. 그러니까 자네가 말해봐. 우리는 지금 무얼 하고 있나?"

"나는 들어가고 있어요."

"그래, 그거야! 어디로? 어떻게? 콘돌과 같이 오는 거지, 맞지? 내가 어떻게……"

페이는 전화를 끊었다. 전화기에서 배터리를 떼어낸 후 부품들을 쓰레기통에 던지고는 거리를 건너 골프 코스와 파크웨이의 도로로 걸어서 내려갔다.

그녀가 숲속으로 스무 걸음쯤 걸었을 때 같은 도로로 빨간 포드가 굴러와 그녀가 탈 수 있도록 서행한 다음 속도를 높였다.

"부인하는 것 말고는 얻은 게 없어요." 그녀가 뒷자리에 누우면서 콘돌에게 말했다. "그는 거짓말을 하거나 진실을 말하고 있어요. 적에게 감염됐을지도 모르고 그렇지 않을지도 몰라요. 하지만 최소한 그와 그가 신뢰하는 사람들은 지금쯤 내가 –우리가– 본부로 들어가고 있다고 짐작하고 있을 거예요. 그들은 거리를 무리 지어 돌아다닐 거예요. 분명해요. 그 지역으로 걸려오는 전화들을 추적할 거고요. 하지만 그들은 내가 가장 잘 활용할 것 같은 장소 두 곳에 집중할 거예요, 콤플렉스 제드와 랭글리의 CIA 본부. 착한 사람들은 구역을 설정해서 우리를 구역 내부에 확보하려 들 테고, 나쁜 사람들은 우리가 모습을 보였을 때 우리를 저격하려고 그곳들을 감시할 거예요."

메를이 속삭였다. "우리가 뜻하는 건……"

"그들이 당신에 대해 안다고는 생각하지 않아요."

"그러면 나는 그냥……"

페이와 콘돌은 침묵하는 것으로 그녀의 생각을 마무리 지었다.

"나는 그냥 운전만 하면 되겠네요." 메를이 말했다. "당신들이 말하는 곳으로요."

그들은 표적에서 두 블록 떨어진 곳에 있는 시간 단위나 일 단위, 월 단위로 요금을 매기는 지하 주차장을 찾아냈다. 페이는 멍한 눈으로 바라보는 직원에게 사흘 치 주차비를 선불로 냈다.

그들에게 할당된 노란 줄이 쳐진 구역에 주차한 빨간 포드의 문을 닫는 소리가 잇달아 지하 콘크리트 동굴에 메아리쳤다. 그들은 깜박거리는 인공조명 안에 섰다. 이 층에 웅크린 다른 차량 10여 대에서 가스 타는 냄새, 석유 냄새, 차가운 금속 냄새가 났다. 그림자들이 멀리 있는 시멘트 벽의 형체를 모호하게 만들었다.

"이런 곳은 단 한 번도 마음에 들었던 적이 없어요." 메를이 속삭였다.

페이가 말했다. "여기는 적어도 드론에게 발견 당할 일은 없어요."

"그들이 우리 위에 있는 빌딩을 이미 조준하고 있지 않을 때나 그런 거요." 콘돌이 말했다. "잔해들은 아래에 있는 건 무엇이건 파묻어버려요."

"당신들은 정말로 쾌활한 사람들이에요." 메를이 말했다.

최상의 작전 대형은 메를이 인도의 도로 쪽을 걷고, 페이가 그녀와 콘돌 가운데를 걷는 거였다. 콘돌은 검정 가죽 재킷의 옷깃을 올렸지만, 그것만으로는 그들이 지나친 보안 카메라를 추후에 확인했을 때 그의 얼굴이 모호해 보이게 만들기에 충분치 않았다. 하지만 그들이 지나는 워싱턴의 이 고급스러운 거리에 있는 매장의 정면에 설치된 렌즈, 그리고 건물 정면이 납작한 현대적 빌딩들에 설치된 렌즈들은 NSA의 그리드와 연결돼 있지 않을 가능성이 있었다.

두 블록. 그들은 두 블록을 지나면서 발각되거나 잡히거나 총에 맞지 않아야 했다.

　오후 중반에 걸어 다니는 보행자는 그리 많지 않았지만, 그들의 존재가 두드러져 보일 정도로 행인이 적은 것도 아니었다. 표적으로 삼은 주소에 도착한 그들은 그곳을 침입했다. 건물 안내 데스크에는 주간 근무를 서는 경비원이 없었고, 로비에 도사린 사람도 없었으며, 그들을 본 집배원도 없었다.

　"집배원." 콘돌이 말했다.

　"뭐라고요?" 메를이 물었다.

　"별거 아니오." 그가 말했다.

　페이는 그들을 엘리베이터 안으로 몰고 들어가서는 층 버튼을 눌렀다.

　"장비 갖춰요." 그녀가 콘돌에게 말했다.

　그녀가 포용했던 남자가 손에 45구경을 들자 메를의 눈이 휘둥그레졌다.

　콘돌은 권총을 오른쪽 다리 낮은 곳에 계속 누르고 있었다.

　페이는 그가 안전장치를 엄지로 해제할 때 나는 딸깍 소리를 들었다.

　엘리베이터가 멈췄다.

　문이 미끄러져 열렸다.

　페이가 먼저 빠르게 밖으로 나와 양쪽 방향을 확인하는 동안, 콘돌이 그녀의 뒤에서 급히 몸을 돌렸다. 그의 두 눈은 그녀가 "이상 무!"라고 속삭일 때까지 그녀가 보는 반대쪽을 날카로운 눈으로 점검했다.

　메를이 엘리베이터에서 불안한 모습으로 걸어 나왔다.

　"우리 옆에 붙어 있어요." 그들이 닫힌 문들이 있는 복도를 서둘러 내려가는 동안 페이가 그녀에게 말했다.

　옆에 붙어 있어요, 옆에 붙어 있어요, 옆에 바짝 붙어 있어요!

표적으로 삼은 문에서, 콘돌은 메를에게 복도 맞은편 벽에 기대서라는 신호를 몸짓으로 보내고는 표적으로 삼은 출입구 가까운 곳에 확고하게 자세를 잡고 선 다음, 총을 몸 앞에 들고 그들이 죽일 필요가 있는 상대가 어느 방향에 있건 그쪽으로 빠르게 몸을 돌릴 채비를 했다.

페이가 록 픽과 텐션 바로 30초쯤 작업을 하자 첫 딸깍 소리가 났다. 두 번째 자물쇠를 여는 시간은 처음 시간의 절반밖에 걸리지 않았다. 그런 후 그녀는 문을 밀어 열고 안으로 들어가 다른 사람들에게 속삭였다. 메를이 서둘러 안으로 들어갔고, 콘돌이 후방 호위를 맡았다. 천천히 문을 닫은 페이는 문을 다시 잠그는 딸깍 소리로 복도의 침묵을 어지럽혔다.

하지만 그들은 실내에 들어와 있었다.

메를이 속삭였다. "솜씨가 좋네요."

페이가 말했다. "전에도 해본 적이 있는 일이에요."

25

"당신을 총알과 표적 사이에 세워……"

—시티즌 코프, 〈총알과 표적(A Bullet and a Target)〉

콘돌이 45구경을 금발 남자의 얼굴에 겨냥하고 말했다. "내 예상과는 다른 사람이군요."

자기 아파트에 서 있는 금발 남자의 파란 눈이 안경 뒤에서 깜박거렸다. 그의 눈은 낯선 남자가 들이민 총에 고정돼 있었다. 그의 눈은 그를 깜짝 놀라게 만든, 퇴근하고 들어선 출입문 뒤에서 그 문을 밀어서 닫은, 그러고는 정장과 타이 차림의 금발 남자인 그가 이후로 영원토록 '*이 망할 놈의 우주에서 제일 큰 검정 구멍*'으로 여기게 될, 그를 겨냥한 총에 고정돼 있었다.

콘돌은 금발 남자가 눈을 다시 깜박이며 말하는 모습을 봤다. "당신도 내가 예상한 사람과는 다른 사람인데요."

방 건너에서 페이가 말했다. "당신들 모두 맞는 남자들이에요."

콘돌은 오른쪽 멀리서 메를이 속삭이는 소리를 들었다. "그 남자를 쏘지는 마요."

"당신이 무슨 일을 하는 분이건, 숙녀분," 금발 남자가 말했다. "저는 당신 편입니다."

그런 후 그가 페이에게 말했다. "정말로, 나는 당신 때문에 여기에 온 거야."

그러자 콘돌이 활짝 웃었다.

"크리스 하비," 페이가 말했다. "인사해. 저분은 콘돌이라고 해. 이쪽 분은 메를이야."

"부탁인데…… 모르겠어요. 이제는 총 좀 내려줄 수 있나요?"

그래, 그는 쿨하군.

콘돌은 45구경을 권총집에 넣고는 자기보다 젊고 키도 큰 남자에게 악수를 청했다.

페이는 왜 뒤에서 망설이는 거지? 그녀 모습이…… 민망해하는 듯했다. 부끄러워하는 듯했다. 무서워하는 듯했다.

"당신이 보낸 문자에 적힌 대로," 크리스가 그의 가까이에서 떨고 있는 녹색 눈동자의, 글록을 소지한 여자에게 말했다. "일 끝나고 곧장 집으로 왔어."

"아무한테도 얘기 안 했지?" 페이가 속삭였다.

그는 안 했다고 고개를 저었다.

그러자 그녀가 그에게로, 그의 품으로 달려가 그의 가슴에 얼굴을 파묻고는 그들에게 알려져 있는 우주에 존재하는 모든 사람이 들을 수 있는 큰 소리로 말했다. "미안해!"

크리스가 그녀의 이마에 입을 맞추고 또 맞추고는 말했다. "무슨 일인지는 모르지만, 이젠 괜찮아."

그는 지금 여기에 서서 그를 바라보며 "아니, 그렇지 않아"라고 말하는 페이의 모습을 이전에 딱 한 번 본 적이 있었다. 그나마도 잠깐 동안이었다.

나도 당신 같은 입장인 적이 있었어. 콘돌은 생각했다.

그들 네 사람은 크리스가 고급스러운 고가의 사운드와 사이버 시스템으로 만든 벽 앞에 놓인 중고 재활용 사무용 의자에 앉았다.

페이가 말했다. "미안해. 하지만 당신과 당신 인생, 당신 커리어를 끔찍한 위험에 몰아넣은 이런 결정이 우리에게는 최상의 선택이었어…… 진담이야."

"큼지막한 총을 보니까 그 말에 믿음이 가는군." 크리스가 말했다.

"이건 웃고 넘길 문제가 아냐!" 페이가 웃음을 꾹 참으며 주장했다.

"우리는 이 문제를 웃음거리로 삼아야 해."

페이가 말했다. "당신은 변호사야. 그런데 우리는 아마도 법규나 안보 관련 규정들을 위반하고 있을 거야. 그렇지만 당신은 우리가 *왜* 이러는지를 충분히 알아야만 해."

그런 후 그녀는 진실한 이야기의 뼈대를 밝혔다. 그러면서 콘돌의 정체는 충분한 정도만큼만 드러냈고, 메를을 변호하면서 그녀에게는 책임이 없다는 걸 밝혔으며, 유혈 사태의 책임은 순전히 자기 탓으로 돌렸다.

"그리고 이제 우리는 당신이 필요해." 그녀가 크리스에게 말했다.

콘돌이 끼어들었다. "내일이요, 그 일을 내일 해야만 해요."

"뭐가……" 크리스가 손을 들어 페이와 콘돌이라고 불리는 남자를 저지했다.

그가 찡그린 얼굴로 상대를 바라보며 물었다. "내가 당신의 예상하고는 다른 사람이라는 게 무슨 뜻입니까? 이건 내 아파트고, 내 집이고, 그녀는 내…… 나는 그녀 것이란 말입니다."

콘돌이 말했다. "페이 얘기를 들으면서 당신이 실제보다 키가 더 클 거라 생각했었거든."

콘돌이 웃자 크리스는 입술을 씰룩거렸다. 그는 당황해서 얼굴을 붉히며 바닥을 내려다봤다.

페이의 두 눈도 같은 곳을 헤매 다녔다.

그들만의 시간을 갖게 해줘.

그들에게 서로를 느낄 시간을 줘.

크리스가 눈을 들었다. 그가 말하는 동안 그의 몸짓은 다른 모두의 눈길을 그에게로 끌어왔다. "알겠습니다. 자, 나는 그런 일을 하는 게 내 직업이라는 이유로 내가 해야 할 일을 하지는 않습니다. 그리고 나는 어딘가 '더 좋은' 직장으로 나를 데려가 줄 탑승권을 끊기 위해 이 직업을 택하지 않았습니다. 그러니까 내가 중요한 존재로서 이 자리에 함께 있는 게 아니라면, 나는 이 일에 전혀 가담하지 않을 겁니다."

페이가 말했다. "나는…… 당신도 알잖아."

"그래," 크리스가 말했다. "나도 알아. 하지만 지금 중요한 건 이 일이야…… 우리가 연루된 *사건* 말이야."

그가 콘돌을 쳐다보며 말했다. "정말로 명확한 어마어마한 현실은 제쳐두고라도, 왜 우리가 다음에 벌일 일을 내일 해야만 하는 겁니까?"

"금요일이니까요." 콘돌이 대답했다.

페이가 목에 두른 타이를 푸는 금발 남자에게 *왜*와 무엇을과 어떻게를 말했다.

"그렇군," 크리스가 말했다. "내일이어야만 하겠군."

메를이 말했다. "오늘 밤은 어떻게 해요?"

오늘 밤은 냉동 피자, 지역 양조장에서 생산되고 그의 냉장고에 보관된 차가운 맥주 6병, 추측과 초조한 침묵, 입 밖에 낸 얘기와 그러지 않은 얘기, 응시, 질문으로 가득한 눈동자와 희망으로 가득한 단어들이었다. 그들은 작전 계획을 짜기 위해 크리스의 컴퓨터를, 미래에 보게 될 풍경을 유심히 살피기 위해 구글 스트리트 뷰와 위성 이미지를 이용했다.

구운 피자 크러스트의 향기와 끓인 토마토소스, 부글거리는 치즈, 피자 중심부를 향해 말려들어가는 동그라미 형태로 놓여 있는 동전 크기의 페퍼로니와 소시지 냄새가 작은 원룸 아파트를 가득 채우는 동안, 콘돌은 그가 죽기를 원하지는 않는 곳인 이 아파트를 상세히 조사했다.

특별한 총각의 집. '특별한,' 그래, *이 사내의 내면에 있는 것처럼 특별한, 하지만 어떤 여자에게 선택돼서 그 여자의 소중한 짝이 된 사내의 내부에 있는 더욱 '특별한' 사내.*

나랑 거의 비슷하군.

또는, *상황이 달랐다면 당신이 그렇게 됐을 수도 있는 그런 사람하고 비슷하군.*

전자 장비들로 채워진 벽. 대단히 좋은 스피커들, 돈을 걸신들린 듯 먹어치우는 컴퓨터와 음향 시스템, 섬세하게 구분한 카테고리에 따라 정리된 CD 선반. 엄마와 아빠와 남동생과 누나와 여동생을 찍은 사진 두 장. 벽에는 액자에 담긴 사진들과 더불어, 보라와 빨간 크레용을 휘갈겨 공룡을 그리는 재주를 가진 창작자가 그린 오리지널 미술품이 걸려 있었다. 그 그림은 콘돌에게 조카라고 크게 외쳤다. 어느 액자에는 아이콘이 된 『뉴요커』 잡지의 표지가 들어 있었다. 9·11이 벌어진 후, 온통 시커먼 스카이라인이 그보다도 더 시커먼 트윈 타워의 실루엣을 뒤덮고 있는 광경이었다. 또 다른 액자는 콘돌과 크리스가 평일마다 인도에서 보는 미국 국회의

사당의 반짝이는 돔을 드물게 쪽빛에 물든 야간에 항공 촬영한 모습을 보여줬다. 책 무더기가 여러 벽에 줄지어 있었다. 카뮈의 책 두 권, 두꺼운 법전과 역사책들, 소설들. 콘돌이 알아본 제목 중에는 도스 파소스의 『USA 삼부작』과 『에덴의 동쪽』, 『뉴로맨서』, 『게임의 본질』, 『크라임게이트』 등이 있었다. TV는 자그마했고, 몇 개 안 되는 DVD가 그 옆에 쌓여 있었다. 케이블 배선. 페이가 그 집에 침입해서 그들을 들인 후에 그가 그녀와 함께 아파트 곳곳을 신속하게 수색했을 때, 콘돌은 하나밖에 없는 침실, 정장 여섯 벌에다 스포츠 재킷과 타이, 세탁소에 맡긴 셔츠에서 나온 비닐봉지와 많은 운동화—페이가 '얼티미트'라고 중얼거렸는데, 콘돌은 무슨 말인지 이해하지 못했으면서도 그들이 짤 전략과는 무관한 말로 여기고 그 말을 그냥 흘려보냈다—가 들어 있는 벽장을 살펴봤다. 그들의 행운은 냉동 피자를 뜻했다. 그것마저 없었다면, 황량하리만치 비어 있는 냉장고에는 먹을거리가 없었다.

너는 이렇게 살 수도 있었어.

거의 그랬었다.

하지만 네가 갖고 다니는 광기가 이 정교한 질서를 망가뜨릴 거야.

콘돌이 남아 있는 피자 다섯 조각에서 크리스가 페이 옆에 앉아 있는 바닥의 공간으로 시선을 돌리며 말했다. "당신을 지켜보고 있던 사람이 있었나요?"

"아……아뇨."

"사무실에서 이상한 시선들은요? 갑자기 낯선 사람들이 돌아다니지는 않았나요? 친숙한 얼굴들이 예상치 못한 때에 불쑥 나타났다든지?"

"당신 말고 다른 사람들을 말하는 건가요?" 크리스는 고개를 저었다.

"나를 지켜보는 사람은 아무도 없었습니다."

"누군가는 항상 당신을 지켜보고 있어요. 중요한 건 누가 지켜보고 있느냐, 왜 그러느냐, 그리고 그들이 지켜보는 게 무엇이냐 하는 거죠."

"크리스." 페이가 말했다. "만약에 우리가 –만약 내가– 여기에 없었더라도, 일이 이렇게 됐을까?"

"당신 말은, 내가 평범한 프로필을 유지하는 것, 그러면서도 세상에 잘 알려져 있는 내 행동 패턴들을 나한테 관심을 가질 정도로 정신이 나간 누군가가 경각심을 느끼게 만들 방법으로 깨버리지는 않는 것을 말하는 거야?"

"나는 관심을 가져요." 콘돌이 말했다.

크리스가 고개를 곤추세웠다. 그가 확언한다는 과장된 표정을 보이며 말했다. "정확하군요. 하지만 아니에요. 지금 우리가 하고 있는 일은, 목요일 저녁에 내 아파트 마룻바닥에서 일어난 일은, 친구들과 피자를 먹는 일은 내가 퇴근하고 나서 하는 일상적인 일이 아니에요. 나는 평소에는 피자는 한 입도 먹지 않고 게임이나……"

그가 페이에게 미소를 보였다. "하지만 최근에는 지금하고 비슷한 일을 하면서 더 많은 시간을 보내왔어요. 기다리면서요."

콘돌이 말했다. "지금과 그때의 차이점이 뭐요?"

"소음이요." 크리스가 말했다. "NPR, 음악, 심지어 게임에서 나는 소음. 그때는 무엇인가가 항상 켜져 있었거든요."

"그럼 그런 상황을 만듭시다." 콘돌이 말했다.

크리스가 사운드 시스템에 서둘러 명령을 입력하자 컨트리, 포크, 록 송라이터들을 중심으로 무작위로 연주가 이어지는 플레이 리스트가 생겨났다. 거기에 마일스 데이비스 같은 재즈와, 한때는 엄청나게 유명했지만 지금은 고상하게 잊힌 음악들이 사이사이 등장했다.

그런 팝송 중 한 곡은 전자 기타와 바이올린과 그 곡조를 세 번 이상 들어본 사람의 기억을 촉발시키는 단어들을 흐느끼듯 읊조리는 상업적 영혼이 가득한 남성의 목소리를 스튜디오에서 녹음한 곡이었다. 어떤 노래의 유치한 가사에 담긴 의미는 이 순간과는 연관성이 전혀 없거나 심지어는 아이러니한 의미를 담고 있기까지 했다. 그 가사는 우주가 보내는 메세지인 클롱 근처에는 가지도 못했다. 그저 느린 비트로 흐르는 록큰롤의 시간을 타고 흘러가는, 귀에 잘 걸리는 3분짜리 음악적 코러스일 뿐이었다.

콘돌, ─툴툴거리면서 안간힘을 쓰는 노인네, 하지만 빠르지─ 자리에서 일어선 그가 손을 아래로 뻗어 메릴이 본능적으로 들어 올린 팔을 찾아 쥐었다.

"나랑 한 곡 춥시다." 그가 말했다.

요가를 하듯 우아한 자세로 앉은 그녀가 크게 뜬 눈으로 그를 훑어보며 말했다. "뭐라고요?"

"이건 우리한테 주어진 기회요, 나랑 춥시다."

그녀의 두 눈에는 습기가 가득했지만, 그녀에게는 자기 품으로 그녀를 당기는 그를 거부할 힘이 하나도 없었다. 그는 그녀의 오른손을 자기 심장쪽 손으로 쥐었다. 그가 스텝 스텝 슬라이드, 스텝 스텝 슬라이드로 그들의 몸을 흔드는 동안, 그의 총을 쏘는 손이 그녀의 블라우스를, 브래지어 끈을, 척추를 눌렀다. 음악이 흘렀다. 그녀가 그의 파란 셔츠에 얼굴을 묻었다. 그녀가 흘린 눈물이 파란 셔츠에 점들을 찍었다. 그가 그녀의 가슴과 희끗희끗한 금발의 냄새와 이 순간이, 그러면 절대로 선곡하지 않을 저속한 음악에 맞춰 춤을 추는 이 순간이 자신을 압박하는 걸 느끼는 동안,

음악은 오직 이 춤만을 위해 존재했다. 그들의 자식뻘 되는 남녀 한 쌍이 마룻바닥에 맥주병과 형편없는 피자를 놓고 앉아서는 두 사람이 시간과 함께 흘러 다니는 걸 지켜보는 이 아파트에서 그들이 추는 이 춤만을 위해 존재했다.

"당신이 돌아오지 않을까 봐 겁이 났었소." 그는 그녀만 들을 수 있도록 속삭였다.

그녀는 그의 가슴을 향해 *아니라*며 고개를 저었다.

"우리는 지금 여기에 있소." 그가 말했다.

"노력하는 중이에요." 그녀는 속삭였다. "최선을 다하려고요. 나대로 최선을 다하려고요."

그녀가 그를 안고 춤을 췄다. 그들이 춤을 췄다.

노래가 끝났다. 노래는 항상 끝난다.

그가 멈췄다. 그녀가 멈췄다. 그들이 멈췄다. 그들의 것이 아닌 집에 선 채로.

콘돌은 바닥에 앉은 페이가 잠이 들지 않으려 기를 쓰는 걸 봤다.

그가 말했다. "우리가 위험을 감수할 필요가 있는 게 지금 저기 있군요."

"뭐라고요?" 메를이 그에게 바짝 붙어 선 채로 속삭였다.

"학교를 열어야겠소." 깜박하면 잠의 세계로 넘어갈 뻔한 절벽 모서리에서 정신을 차린 페이를 지켜보며 콘돌이 말했다.

크리스가 메를이 한 얘기를 메아리로 돌려보냈다. "뭐라고요?"

"당신들은 알아둘 필요가 있는 게 무엇인지를 전혀 모르고 있소." 콘돌이 말했다.

그래서 37분간, 콘돌과 페이는 전국라이플협회(NRA)와 산업안전보건청(OSHA)이 승인한 안전 행동 범위에 포함되지 않는 짓을 하는 위험을 감수했다. 처음에는 콘돌의 45구경으로, 그런 다음에는 페이의 글록으로 그렇게 했다. 크리스와 메를은 겨냥하고 사격하고 총알을 약실에 채우는 법과 ─콘돌의 권총으로─ 안전장치를 해제하는 법을 배웠다. 스파이들은 민간인에게 탄창에 총알을 장전하는 법을 가르쳤다. 민간인이 그런 일을 해야 할 필요성이 제기되는 시나리오는 하나도 상상하지 않았으면서도 말이다. 하지만 훈련은 메를이나 크리스가 전날 밤까지도 아는 게 하나도 없던 무기들을 명확하게 이해하는 데 도움을 줬다. 그들은 쓰리 포인트 조준과 호흡 및 격발, 위버 스탠스(the Weaver stance, 미국 경찰 위버가 창안한 사격 자세), OSS(전략정보국)가 창안한 벨트에서 총을 뽑아 속사하는 동작을 배웠다. 그런 일들은 무기를 장기적으로 잘 보관하기 위해서는 조언할 만한 일이 아니었지만, 이 무리의 입장에서 장기간이란 내일 정오까지가 전부였다. 그래서 크리스와 메를은 장전되지 않은 권총으로 사격 훈련을 했다. *찰칵! 찰칵!*

콘돌과 페이가 사용 준비를 완벽히 마친 권총들을 다시 권총집에 넣은 후, 콘돌은 이튿날 실행에 옮길 최상의 시나리오로 그들을 다시 안내했다.

안내를 마친 후에는 계획을 역방향으로 처음부터 끝까지 설명해보라고 크리스와 메를에게 시켰다.

그들의 얼굴에서 그가 설명한 시나리오를 제대로 이해했다는 기색이 보이는 순간, 콘돌은 그들을 대상으로 그가 대답해줬던 '만약 이런 경우에는 어떻게 할 것인지'를 묻는 시험을 실시했다.

그는 페이의 집중한 얼굴을 봤다.

그는 자리에 누우면서 말했다. "우리는 준비를 마쳤소."

크리스와 메를은 거실 바닥을 치워 크리스의 누이 부부가 방문했을 때 남기고 간 자충식(self-inflating) 공기 매트리스를 깔 공간을 마련했다. 메를은 여분의 시트와 보송보송한 파란 특대형 이불과 베개 두 개를 이용해서 자신과 콘돌을 위한 잠자리를 마련했다.

이 아파트에 한 개밖에 없는 욕실은 홀에 있었다.

크리스가 먼저 욕실을 이용했고 다음 사람은 페이였다.

페이가 메를에게 그녀 차례라는 몸짓을 보였다. 나이 든 여자가 욕실에 들어갔다.

콘돌이 크리스가 기다리는 침실 쪽으로 고갯짓을 했다.

그가 페이에게 말했다. "당신은 할 수 있는 모든 걸 다했어요. 저기에서 당신이 얻을 수 있는 걸 얻도록 해요."

침실 문이 그녀 뒤에서 닫혔다.

메를이 욕실에서 나와 피곤에 전, 눈물 가득한 웃음을 지으며 콘돌을 지나쳤다. 그는 그녀가 옷을 벗고 바닥에 마련된 침대에 드는 소리를 들었다.

욕실 문을 닫은 후, 콘돌은 변기를 사용했다.

두 손을 씻고 이를 닦고 입을 헹구고는 뱉었다.

그가 먹기로 선택한 ─심장과 방광, 통증, 신경을 곤두세우는 불면증을 위한─ 밤중에 먹는 약들을 하나씩 세고는 세면대 수도꼭지에서 두 손에 받아 담은 물과 함께 삼켰다. 그는 욕실 안에 그와 함께 있는 산 사람이나 죽은 사람이 아무도 없다는 걸, 그 혼자만 있다는 걸 주목했다.

콘돌은 거울 속에 있는 남자를 응시했다.

그러고는 말했다. "당신이 거기 있군."

349

26

"사랑의 본질은 배신이야."

-크리스 하비

여기서는 안 돼, 지금은 안 돼, 페이가 크리스 하비의 침실로 들어서며 생각했다.

하지만 그녀는 그게 소용없는 거짓말이라는 걸 잘 알고 있었다.

그녀 뒤에서 문이 닫혔을 때, 그가 그들 뒤에 있는 출구를 닫았을 때, 페이는 그가 읽고 있는 책들이 놓인, 상처투성이 목제 테이블에 놓인 램프에 의해 밝혀지는 실내를 꼼꼼히 훑었다. 그녀와 가로등의 조명을 받은 살인이 일어난 밤 사이에 놓인 유리창, 침입자가 들이닥칠 경우 박살날 처지에 놓인 유리창 너머로 밤의 그늘이 다른 존재의 방해를 받지 않고 깔끔하게 땅바닥으로 떨어져 내리는지 확인했다.

그녀가 그의 편안한 품을 향해 몸을 돌리고는 말했다. "미안해!"

그가 그녀의 얼굴을 감싸고는 그녀의 눈물을 향해 미소를 지었다. "당신이 달리 어쩔 수 있었겠어?"

"당신을 연루시켜서는 안 되는 거였어, 절대. 처음부터 말이야."

"우선, 나는 당신을 사랑해. 그다음, 우리가 여기에 있게 된 건 순전히 운이 이렇게 풀린 탓에 이렇게 된 거야."

그녀는 그의 품으로 미끄러져 들어가면서 용기를 내 큰 소리로 말했다.
"사랑해."

"나도 알아." 그가 그녀의 이마에, 젖은 두 뺨에, 건조한 입술에 입을 맞
췄다.

"자, 이제 침대에 가서 꿈나라로 가." 그가 말했다. "당신은 피곤해서 죽
기 일보 직전……"

"이런, 내가 말실수를 했어." 그가 엉겁결에 말했다.

"괜찮아." 그녀가 말했다. "정확한 표현이야."

페이가 검정 바지에서 파란 블라우스 자락을 꺼냈다. 그녀의 두 손이
흰색 단추들이 늘어선 줄을 타고 단추들이 모두 끌러질 때까지 올라갔다.
그녀는 블라우스를 펼쳤다. 사타구니부터 하얀 복부까지 팽팽하게 그어진
일그러진 하얀 흉터를 만졌다.

"당신은 내가 어쩌다 여기까지 오게 됐는지 알아도 될 자격이 있어." 그
녀가 크리스에게 말했다. 그녀의 손가락 끝이 그녀의 복부에 외로운 도로
처럼 그어진 흉터를 스치고 지나갔다. "당신은 이 흉터에 대해 알아도 될
만한 자격이 있어."

그에게 말해.

파리, 작년의 일을, 그리고 당신은 모든 걸 제대로 하고 있었노라고.

센 강, 인간이 만들 수 있는 가장 뛰어난 교통로 위로 솟은 아파트 건물
들이 이룬 아름다운 벽 사이로 흐르는 회색 리본을 가로지르는 돌다리들.
박물관들. 인도 옆 카페들. 여자들은 하나같이 아름답다. 그들이 당당해 보
인다고 믿어지는 모습을 연출하는 법을 찾아냈기 때문이다. 하나같이 잘
관리한 남자들의 몸은 탄탄하다. 빛의 도시에 선글라스 대신 거울들을 가

겨온, 이따금씩 보이는 관광객을 제외하면, 멍청해 보이는 사람은 아무도 없다. 그 관광객은 살코기를 먹는 괴물 석상들의 거처인 석조 성곽에 구원의 십자가들이 같이 솟아 있는 이 코스모폴리스를 방문한 운 좋은 수백만 명 중 대다수와는 다르다. 에르메스 서류 가방을 소지하고 휴대전화로 통명스러운 지시를 내려 10억 유로 상당의 금융 패키지 거래를 마무리하는 잘 차려입은 여성이 북아프리카산 가죽 제품을 파는 노점들을 지나쳐 당당하게 걸어 다니고 있다. 수익성 좋은 영화관들은 관객 중 90퍼센트 가까이에 속하는 사람들의 나이보다 더 오래된 프랑수아 트뤼포와 존 포드 영화들을 상영한다. 그리고 스탈린그라드라고 불리는 광장에 있는, 다국적 카르텔과 신디케이트들을 위해 운영되는 소매 판매처에서 헤로인을 구입할 수 있음에도, 파리지엔 딜러들은 결코 행복을 보증하지 않는다.

하지만 당신의 파리는 좁고 포장이 깨진 길거리에, 수백 가지의 '누가 그런 걸 신경 쓰나' 방식으로 주택 건축 규정을 위반하고 있는 비좁은 아파트 건물들에, 염소를 조리하는 냄새와 북아프리카산 산물과 물에 있다. 세상에, 당신은 물 한 잔을 얻기 위해서는 살인이라도 할 것이다. 당신은 그럴 수 있다. 검정 바지를 입고 뜀박질이나 발차기에 적합한 밑창이 평평한 신발을 신은 당신은 모로코식 블라우스 아래에 있는 매끈한 배에 손잡이를 아래로 향하게끔 붙여놓은 권총집에 넣은 글록 한 정을 소지하고 있다. 좁은 인도에서 당신을 지나쳐가는 사람들 중 누구도 서로를 쳐다보지 않는다. 아니면 엑스레이 같은 시력을 가진 일부 남자들이 모든 사람을 살핀다. 당신은 갈색 콘택트렌즈를 끼고 있다. 녹색 눈동자는 당신의 정체를 들통나게 만들기 때문이다. 하나님께 감사하게도, 당신은 예쁘지 않다. 그래서 행인들 중 누구도 당신을 눈여겨보지 않을 것이다. 당신의 얼굴을 감추려고 둘러쓴, 그리고 당신과 당신 신분을 증명하는 서류들에 적혀 있는 알제리 · 프랑스 혼혈 혈통의 증거인 염색한 머리를 감추려고 둘러쓴 머리 스카프를 싫어하는 사람들을 제외하면 말이다.

당신이 교과서로 배운 프랑스어를 갈고닦게 해준, 랭글리에서 받은 6주 간의 언어 연수.

알제리에서 NOC 팀과 함께 몰입 친숙화 프로그램을 받은 17일.

당신이 동영상으로만 알고 있는 파리의 주소를 향해 타고 온 보트와 열차, 버스, 그리고 도보 여행.

당신의 작전명은 자밀라(Djamila)다.

진짜 자밀라는 다른 CIA 요원들이, 어쩌면 펜타곤에서 파견된 인력들이 벌인 또 다른 작전에서 꼬리표가 달리면서 표적이 됐다. 그녀가 예멘으로 '가족' 여행을 떠났을 때 그녀를 납치한 정보국은 그녀의 낡은 서류 가방 에서 폭발물을 찾아냈다.

알카에다 연계 세력은 여자를 거의 믿지 않았다. 그래서 그녀가 가진 폭발물에 알맞게 설계 제작된 기폭 장치에는 추적이 가능한 부품들이 들 어 있었다. 그런 탓에 단서가 들어 있는 그 기폭 장치는 UATT(Unknown At This Time, 현재 불명)-'유앳'으로 발음한다-인 수단 방법들에 의해 파 리로 보내졌다.

악당들은 작전의 보안에 집착한다. 스파이 활동에 필요한 탁월한 요령 들을 갖고 있다.

시간이 4주 걸렸다. 하지만 우리가 보유한 최고 실력의 심문자들은 그 녀가 알고 있는 상당히 많은 정보의 조각들을 짜 맞추기 위해 자밀라에게 서 충분히 많은 거짓말과 얼버무림과 사소한 지식들을 짜내려고 애를 먹었다. 그런 다음, 그들은 그녀에게 우리가 어쨌든 사태의 전모를 다 파악했다고 생각하게끔 만드는 식의 허풍을 쳐서 남은 정보를 다 뽑아냈다. 그녀가 모든 걸 우리에게 털어놓지 않을 경우, 우리가 이미 알고 있다고 그녀가 생각하고 있는 내용과 그녀의 진술이 일치하지 않을 경우, 우리는 그녀에게 우리보다 더 무서운 존재인 말레이시아나 이스라엘, 또는 그 누군가에게 그녀를 넘기겠노라고 뻥을 쳤다.

자밀라에게 무슨 일이 일어났는지 궁금하다.

하지만 당신은 그런 걸 생각해서는 안 된다.

당신의 작전을 수행하는 중에 그래서는 안 된다.

그녀가 파리에 있는 미국이 타깃이라고 밝혔을 때는 안 된다.

당신이 만사를 제대로 해나가는 동안에는 안 된다.

당신의 작전 계획은 전형적이다. 당신이 자밀라가 된다. 그녀를 랑데부 장소로 호출하는 휴대전화를 받기 전까지는 파리에서 조용히 지낸다. 접선 장소는 몽프리—프랑스의 프랜차이즈 매장—다. 화장품 골목에 있다. 당신은 이름이 뇌프(Neuf, 프랑스어로 '9'를 뜻한다)인 남자를 만난다. 맞다. 9, 작전 조직의 규모를 암시하는 숫자다. 당신이 어떻게 행동하느냐에 따라 보너스 같은 정보일 수도 있고 허접한 쓰레기일 수도 있다. 하지만 현재까지 당신은 만사를 제대로 해나가고 있다. 교과서적이다. 요령 좋게 해나가고 있다.

뇌프는 자밀라를 만난 적이 없다. 당신이 아는 거라고는 그의 팔목에 흉터가 하나 있는데, 거리에 있는 감시 카메라로는 그 흉터를 볼 수가 없다는 것뿐이다. 그는 그녀에게 —당신에게— 공격 시점을 알려준다.

내일.

명심하라, 당신은 NOC 작전 중이다. 주재국 대사관에 있는 정보국 책임자에게 작전을 통고하지 않았고, 프랑스의 대외 안보총국(DGSE)이나 국내정보 중앙총국(DCRI), 군사정보국(DRM), 국방 보호 및 안보총국(DPSD)에 연락하지도 않았으며, 프랑스 정부가 보유한 비공식 안보 조직들에게조차 알리지 않았다-프랑스 정부는 그 조직들의 이름을 공개적으로 밝히려 들지 않을 것이다-. 이 작전에는 당신과 당신의 팀밖에 없다. 당신이 아는 것이라고는 표적이 미국인이거나, 아니면 프랑스인일 가능성이 높은 나토 간부일 거라는 게 전부다. 왜냐하면 진짜 자밀라를 비틀어 짜서 파악한 용의자들이 주고받은 수다를 NSA가 감청한 결과, 악당들은 그들이 프랑스 정보기관과 안보기관의 관련 움직임에 관해 기관 내부에 어느 정도 연줄을 갖고 있고, 그들이 작전을 수행하면 프랑스인들이 동맹국들에게 열 받게 될 거라고 생각한다는 걸 알게 됐기 때문이다.

악당들이 파리에 있는 미국의 일부 작전 기지를 표적으로 삼은 폭탄 공격으로 분할 정복을 하고 싶어 한다는, 그리고 우리 동맹국들이 감염됐거나 침투를 당했다는 힌트도 감지된다는 분석 결론을 내린 랭글리는 이 사안의 복잡성 때문에 초조해졌다. 그래서 정보국은 새미에게 이 작전을 단순하게 수행하라고 지시했다. 동맹국은 절대 개입시키지 말고, 비밀을 철저히 유지하라.

파리의 그 드러그스토어 골목. 저급한 프랑스 음악이 확성기에서 재생되는 동안, 뇌프는 내일이면 자신은 '다른 사람'이 될 거라고 말한다. 당신은 그가 신분을 위장할 거라는 뜻이라고 짐작한다. *자밀라*를 위한 계획은 안가로 가서 그가 확인할 수 있도록 폭발물을 전달하는 것이다. 그래서 작전 팀은 진짜 폭발물을 가짜 폭발물과 바꿔칠 수가 없다. 우리는 놈들이 폭발물을 확인할 거라는 걸 알았다. 그 폭발물이 가짜라는 걸 그들이 알게 될 경우, 그들은 바람처럼 사라져서는 우리가 침투하지 못한 다른 방법을 통해 우리에게 되돌아올 것이다.

그는 당신의 배달물을 확인한 후에야 셉트(Sept)―숫자 7―라는 다른 사람에게 기폭 장치를 가져오라는 전화를 걸 것이다. 그들은 폭탄을 사용 준비 상태로 만들 것이다. 그리고 당신들 세 사람은 그때에야 밝혀진 표적을 향해 이동할 것이다. 당신은 위장 감시를 수행하면서 휴대전화로 상황 전체를 촬영하기로 돼 있다. 그런 후 그 촬영 화면을 당신에게 부여될 번호로 이메일로 전송하기 위해, 아마도 거기에서 유튜브로 업로드하기 위해 전화가 걸려올 때까지 기다리기로 돼 있다.

뇌프가 모르는 건 당신에게 도청 장치가 달려 있고 당신이 위치 추적을 당하고 있으며 비밀 작전 백업 팀과 접속돼 있다는 것이다. 당신이 표적을 확인하면 백업 팀이 급습할 것이고, 그러는 동안 당신은 폭탄을 들고 있는 사내를 쏠 것이다. 부상을 입히는 게 낫겠지만, 불가피할 경우에는 해야 할 일을 할 것이다. 그게 당신이 셉트와 뇌프 둘 다와 싸워야 한다는 뜻이기는 하더라도, 어쨌든 당신 근처에는 백업 팀 구출대가 있다.

하지만 그들은 망설여야 했다. 악당들은 작전과 관련해서는 빼싹하다. 토끼처럼 튈 준비가 돼 있다. 따라서 당신의 팀이 폭탄과 기폭 장치, 상대 요원들을 확보할 최적의 순간을 포착할 때까지 기다리는 일이 당신에게 달려 있다.

그리고 지금까지, 당신은 모든 걸 제대로 해나가고 있다.

접선 장소에 왔다. 당신은 엉클 샘이, 거리가 약간 떨어져 있기는 하지만, 당신의 뒤를 봐주고 있다는 걸 안다.

뇌프가 등장한다. 정장과 타이 차림으로, 면도를 깔끔하게 했다. 그는 증권 브로커들이 좋아하는 운동용 가방과 서류 가방을 소지하고 있다–둘 중 어느 쪽이건 폭탄을 담기에 좋다–. 그는 당신을 데리고 18구에 있는 아파트로 걸어간다. 아파트 내부의 하얀 벽에는 아무것도 덮여 있지 않고 가구도 없다.

그리고 당신이 기다리는 동안, 그가 말한다. 그가 천국에 가면, 당신이 거기서 그를 기다리고 있는 축복받은 처녀들 중 한 명이기를 바란다고.

당신이, 자밀라가, 그 누가 거기에 대해 뭐라 말할 수 있겠는가? 순교하러 가는 길에 오른 폭탄 테러범이 당신에게 홀딱 반했다.

당신은 그가 그런 꿈을 꾸는 타이밍에 주의를 기울여야 옳았다.

셉트가 모습을 나타낸다. 서구적인 외모의 거구다. 뇌프처럼 그도 정장과 타이를 맨 도시적인 스타일이다.

하지만 당신은 기다린다. 기다려야만 한다고 속으로 되뇐다. 백업 팀이 깔끔한 급습을 위해 아파트로 접근해서 신속하게 아파트에 침입할 수 있는 방법은 전혀 없다. 뇌프가 표적이 어디인지를 밝힌 후 거리로 나간 다음에 출동 암호를 말하도록 하라.

뇌프가 당신이 가져온 폭발물을 셉트가 가져온 타이머와 결합시킨다. 폭탄의 외피는 서류 가방에 들어 있다. 뇌프가 자물쇠를 따고 외피를 열어 기폭 장치를 누르는 데는 5초가 필요하다. 비밀 작전 팀 요원들이 그를 쓰러뜨리지 않을 경우, 그를 먼저 쏘고 셉트를 쏘려면 많은 시간이 필요하다. 당신이 먼저 출동하라는 신호를 보내야 그들이 달려올 것이기 때문이다. 당신은 폭탄 케이스를 움켜쥘 수 있다. 당신의 목숨을 앗아갈 폭발은 전혀 일어나지 않을 것이다. 정보기관이 연루된 스캔들도 없을 것이다. 착한 사람들이 다시 승리할 것이다.

당신이 모든 일을 제대로 해나가고 있을 때, 그 무슨 일이 잘못될 수 있겠는가?

당신은 60초쯤 뭔가를 중얼거린다. 출동하라는 암호는 아니다. 하지만 당신 목에 부착된 마이크는 그걸 '준비하라'는 신호로 전송한다. 당신의 백업 팀이 어떻게 움직일지를 잘 아는 당신은 그들이 가까이 이동하고 있을 거라고 짐작하고는 준비를……

뇌프가 서류 가방을 셉트의 두 팔에 거칠게 밀어 넣더니 당신을 향해 재빨리 몸을 돌린다.

칼이다! 놈이 저 망할 놈의 칼을 어디서 구해서 찔러대는 걸까……

그는 멀티태스킹을 하고 있다. 그의 숫처녀를 보상품으로 만들면서, 당신이 꿈에도 예상하지 못했던 명령들을 따르고 있다. 자밀라는 이 아파트에서 죽을 예정이었다. 그녀는 보안을 지키기 위해 희생할 쉬운 희생물이자 소모용 골칫거리였다. 그녀가 당신이 원하는 물건을 제자리로 운송하게끔 만들어라. 그녀가 잡힌다면, 그녀는 소모품이므로 그리 큰 손실은 생기지 않는다. 그녀가 임무를 완수한다면, 그녀를 제거하라. 그걸 그녀를 배신하는 거라고 보지 말고, 작전의 보안을 위한 조치나 더 위대한 대의를 위해 봉사하는 거라고 봐라.

하지만 자밀라는 자밀라가 아니라, 당신이다.

훈련. 연습으로 보낸 수많은 시간. 부에노스아이레스에서 보낸 하룻밤. 당신은 찔러 들어오는 칼을 든 손목을 잡아 돌리고는 손바닥 끝부분으로 뇌프의 팔꿈치를 가격한다. 칼이 바닥에 떨어지는 소리가 들린다.

뇌프가 주먹을 날린다. 그 주먹이 당신이 거친 숨을 내뱉기에 충분할 정도의 타격을 준다. 그래서 당신 목에 부착된 전송기를 통해 들리는 소리라고는 앓는 소리밖에 없다. 당신의 손가락이 뇌프의 두 눈을 스치고, 당신이 그의 엉덩이에 날렵한 킥을 꽂는다.

당신 뒤에서 셉트가 당신의 척추에 주먹을 날린다. 하지만 그는 싸움에 뛰어들기 전에 폭탄을 내려놓을 정도로 충분히 영리하다. 그리고 그 영리한 시간 지체 덕에 당신은 급히 몸을 돌려, 균형을 잃은 그의 공격을 엉덩이를 써서 튕겨 올린 다음에 그를 바닥에 내동댕이칠 시간을 얻는다.

그가 나동그라진 자리에서 칼을 집어 들고 벌떡 일어나 당신을 찔러 상처를 입힌다.

나를 벴다……

당신의 사타구니에서 배까지 벴다. 시간을 찢는 것처럼. 당신은 뒤로 자빠진다. 솟구치는 피를 손으로 막고, 총을 움켜쥐고는 수년간 받은 훈련처럼 빵! 빵!

셉트가 엉덩이를 찻주전자에 박고 쓰러지면서 칼을 떨어뜨린다.

뇌프가 서류 가방을 움켜쥐고 문밖으로 달아난다. 당신이 총을 쏜다. 총알이 벽을 때린다.

바닥에 나뒹굴다가 당신을 향해 고함을 치는 셉트를 겨냥하려고 글록을 휘두르는 동안, 당신의 복부에서 불길이 타오른다.

셉트가 당신을 향해 영어로, 영국식 억양으로 고함을 친다. "씨발, 쌍년이!"

가구가 없는 파리의 그 아파트에서 두 사람 다 바닥에 누워 있다. 당신은 그가 런던에서 파견된 스파이라는 걸 깨닫는다. 그는 SAS(Special Air Service, 영국 특수부대)인 것으로 판명됐다. 모든 게 뇌프의 작전을 저지하기 위해 그들 쪽에서 침투해서 벌인 연출이었다. 하지만 지금, 폭탄을 가진 남자는 문밖으로 달아났다. 나중에 우리는 SAS가 보낸 조직원 두 명으로부터 자세한 내용을 알게 된다. 뇌프가 향한 곳은 CIA가 당신과 당신의 팀이 아는 게 하나도 없는 NOC 작전을 벌이던 인근 아파트 건물이었다는 것을. 그 CIA 비밀 기지가 폭발로 날아가는 건 미국이 파리에 킬러들이 표적으로 삼을 만한 곳을 설치했다는 점 때문에 프랑스인들을 열 받게 만들 뿐 아니라, 그들에게 알리지도 않고 그들 영토에 스파이들을 배치했다는 점에서도 그들을 자극할 터였다. 더불어 사람들이 목숨을 잃고 부상을 당하는 난장판이 고스란히 공개될 터였다.

당신의 두 손에서 총이 미끄러져 떨어진다. 쾅!

당신의 백업 팀이 뇌프를 포위하지만, 그는 인도에, 좁은 거리에 있다. 케이스에 든 폭탄을 손에 들고 달리고 있다. *그들이 나를 체포할 것이라는 걸 그가 알아차린다면……*

쾅! 그는 순교자다. 쾅! 쓰레기 트럭과 주차된 자가용 두 대. 쾅! 파편이 백업 팀 사격수 세 명에게 부상을 입힌다. 쾅! 검정 코트를 입은 일흔세 살 난 파리지엔 여인이 깽깽거리는 강아지와 산책하다가…… 쾅.

그래, 상황은 훨씬 더 나빴을 수도 있었다. 한 명이 사망하고 당신의 백업들이 부상을 당했고 당신은 당신이 흘린 피가 고인 웅덩이에 누워 위우 위우 하고 울리는 고전적인 프랑스의 사이렌 소리를 듣고 있다.

그런 후 당신은 의식을 잃는다.

그래서 지금 나는 공식적으로는 반역자야. 승인을 받지 않은 상대에게 비밀을 털어놓았으니까.

페이는 크리스의 침대에, 크리스 옆에 앉았다.

그녀가 말했다. "나는 죽지 않았어. 모두가 열 받았지. 언론은 이 이야기를 고약하게 보도했어. 프랑스 정부, 영국 정부, CIA의 모든 간부들은 손가락질할 상대를 찾아다녔어. 정보국은 ―새미는― 진실을 담은 이야기 버전 하나를 의회에 가서 말해야 했어. 난장판을 일으킨 것을 용인하는 일종의 통행권을 받아낼 수 있게 운이 좋은 방향으로 전개되기를 바라야 했어. 나는 사건이 터지자마자 곧바로 쓰러지지 않았다는 이유로, 영국 요원을 썼다는 이유로, 뇌프와 그의 폭탄을 막아내지 못했다는 이유로 비난을 받았어. 프랑스 정부는 그들이 악당들에게 감염됐다는 걸 부인했고, 우리가 달리 한 말은 우리가 그 사실을 어떻게 알게 됐는지를 밝히고 싶지는 않다는 주절거림뿐이었어. 하지만 새미는 나를 옹호했어. 나는 조직 내부로 돌아올 길을, 중요한 사람이 누구인지를 아는 사람이 되는 길을, 뭔가를 아는 사람이 되는 길을, 무슨 일을 하는 사람이 되는 길을 찾기 시작해야 했어. 새미는 당신이 일하는 위원회 사무실 내부에 있는 방음 유리방의 문을 열어줬고, 나는 밖으로 나와서 커피를 한 잔 얻어 마셨어."

"그리고 나도 얻었지." 크리스가 말했다.

"그리고 당신도. 당신은 나를 믿어줬어. 나한테 당신의 꿈들을 털어놓았지. 내가 당신에게 빠지게끔 해줬어. 당신을 믿게 해줬어. 그런데 지금 나는 당신을 배반했어. 당신을 이런 지경에 몰아넣었어. 그래서 미안해, 미안해!"

"여기는 내가 사는 데야." 그들이 침대에 앉아 있는 동안 크리스가 그녀의 뺨에서 눈물을 닦아냈다. 그가 활짝 웃었다. "이 동네에서 끝내주는 아파트 찾는 게 얼마나 힘든 일인지 당신도 알지?"

진심이 담긴 웃음이었다. 그녀가 그의 품으로 몸을 기울였다.

페이가 말했다. "나는 파리에서 무고한 시민을 죽게 만들었어. 그런 일을 다시 할 수는 없어. 여기서 그럴 수는 없어. 나는 그럴 수 없어. 당신에게 그런 일을 하지는 않을 거야."

"잊어." 크리스가 말했다. "나는 민간인도 아니고 무고한 사람도 아냐."

"거짓말쟁이." 그녀는 마음 깊은 곳에서 우러난 사랑을 담아 속삭였다.

잊어, 그냥 잊어.

"당신이 튠 인의 화장실 거울에 남긴 메시지를 받았어." 크리스가 그의 품에 안긴 스파이에게 말했다. "그걸 본 여자가 나한테 전화를 걸었어. 그걸 나한테 세 번 읽어줬어. 질문은 하나도 하지 않으면서. 그녀는 자리로 돌아가기 전에 그걸 닦아내겠다고 약속했어. 내가 그녀에게 하는 고맙다는 인사를 받지도 않더군. 오히려 우리의 일부가, 우리 이야기의 일부가 될 수 있게 해줘서 나한테 고맙다고 말했어. 이런 걸 믿게 해줘서, 언젠가 그녀가 립스틱으로 화장실 거울에 메시지를 남길 수 있도록 해줘서 고마운 건 자기라고 하면서. 그녀는 나한테 나는 정말 운 좋은 사람이라고 말했어. 그래서 그녀에게 그렇다고, 나는 운 좋은 놈이라고 말해줬지."

크리스가 페이를 재우려고 눕히면서 침실 조명의 스위치를 내렸다.

27

"……더 나은 길들."
-화장실 거울에 립스틱으로 쓴 낙서

너는 지금 운전 중이야.

봄날 아침. 금요일. 워싱턴 D.C.

공이를 당기고 안전장치를 잠근 45구경이 당신이 운전하는 중에도 총을 쏠 수 있도록 지퍼를 채우지 않은 검정 가죽 재킷의 왼쪽 주머니 안에 자칫하면 심장마비를 일으키게 만들 정도로 무겁게 들어 있다.

도시의 거리. 러시아워. 메트로 버스들과 짙은 색 SUV들의 흐름과 함께 미끄러진다. 미니밴들, 패밀리 세단들. 택시들. 가미카제처럼 질주하는 자전거 운전자들은 플라스틱 헬멧과 사무용 복장 차림이다. 열린 창문 틈으로 자동차 경적 소리, 거리의 고함 소리, 증폭된 음악 소리가 들어온다. 당신은 피곤함의 냄새, 도시에 깔린 포장도로의 냄새, 두려워서 흘린 땀의 냄새를 맡는다.

메를이 당신 뒤에 앉았다. 그녀의 두 손은 비어 있다. 그녀의 재킷 아래에는 희망 말고는 아무것도 없다. 그녀는 자신이 왼쪽 관측병 노릇을 할 수 있다고 말한다. 그녀는 무엇을 봐야 할지는 훈련받지 않았다.

페이는 메를 옆의 뒷좌석에, 조수석에 우측 관측병으로 앉았다. 글록을

363

쥐고, 수상한 차량이 있으면 곧바로 사격할 최적의 위치를 점하고 있다.

크리스 하비는 자신 소유인 이 차량의 앞자리 조수석에 앉았다. 그는 길을 안다. 그는 배지와 총을 소지한 사람들을 향해 미소를 지어야 할 때 필요한 얼굴일지도 모른다.

이것은 듀크 엘링턴이 한때 걸었던 거리들에 솟아 있는 아파트 건물의 지하 차고에 주차된 차가 있는 곳에서 2.7킬로미터 떨어진 곳으로 가는 드라이브다.

19분짜리 이동이다.

너는 *검은색 패드를 댄 운전대를 잡고 있어.*

앞에 있는 교통신호가 빨강색으로 바뀐다.

"각자의 담당 구역을 잘 지켜봐요!" 페이가 신경을 곤두세우고는 말한다.

당신이 앉은 운전석의 사이드미러 너머 모퉁이에 그가 서 있다.

눈처럼 하얀 머리카락을 덮은 빛바랜 검정 야구 모자. 듬성듬성 자란 흰 수염. 녹색 후드가 달린 아주 더러운 옷, 해진 청바지. 주름이 자글자글한 진홍색 피부, 공허한 파란 눈동자들, 흰 종이에 검정 매직펜으로 흘려 쓴 표지판을 든 더러운 손들. **홈리스**(Homeless).

콘돌은 모퉁이에 있는 그 남자가 실제로 거기에 있는 사람이라는 걸 잘 알았다.

그는 생각했다. *아무도 그를 사냥하지 않고 있어.*

그날 아침 이른 시간.

크리스의 아파트.

준비를 갖추고는 페이가 말한다. "그들이 여기 있는 우리에 대해 알고 있다고는 *생각하지 않아요.* 그들이 우리 플레이를 짐작할 거라고 *생각하*

지도 않아요. 착한 사람들은 콘돌과 내가 움직일 거라고 예상하고 있어요. 우리는 나쁜 놈들에 대해서는 아는 게 없어요. 우리가 관심을 가져야 할 놈들의 유일한 안건은 놈들이 우리가 죽기를 원한다는 거예요."

메를이 말했다. "당신 말은 당신하고 빈 얘기인 거죠?"

"빈이 누구죠?" 크리스가 물었다.

"지금은 나요." 콘돌이 말했다.

알아들은 크리스가 콘돌에게 물었다. "지혜로운 말씀을 한마디 하신다면?"

"사람은 누구나 죽는 방법이 필요한 법이오." 콘돌이 말했다.

"당신은 끔찍한 리더로군요." 미국 상원을 위해 일하는 남자가 말했다.

콘돌이 말했다. "또한 우리는 살아갈 방법도 필요해요. 그리고 이게, 이것이 우리가 하는 최선의 시도요." 콘돌이 말했다. 그의 미소는 모두를 한데로 감싸 안았다.

페이가 말했다. "이제 가죠."

"기다려요!" 메를이 얼굴을 붉혔다. "미안해요, 저기…… 화장실 좀 다시 다녀와야겠어요."

신경이 곤두섰군.

5분 후, 그들은 크리스가 사는 아파트의 엘리베이터에 올랐다.

지하 차고의 콘크리트 동굴에 문을 힘껏 닫는 소리가 울려 퍼졌다.

주차된 차들의 지붕. 비어 있는 주차 구역들. 콘크리트 벽에 그림자들을 물결치게 만드는 형광등 불빛들. 기름 자국들. 보이지 않는 곳에서 변질된 쓰레기들.

문을 힘껏 닫는 건 별일이 아니다. 평범한 일이다. 차의 할당된 좌석에 타고, 각자의 문을 힘껏 닫아라. 문을 잠가라. 당신이 할 일은 엔진을 깨어

365

나게 만드는 것이다. 출동.

도로의 교통 흐름에 있는 지금, 머리 위 신호등이 녹색으로 반짝거린다. 매사추세츠 애비뉴의 동쪽에 있는 캐피톨 힐로 운전하라.

거울들을 확인하라. 당신과 함께 차선을 변경하는 차는 없다. 당신의 자취를 쫓아 밀고 들어오는, 창에 뿌연 색을 넣은 SUV는 없다. 당신을 확인했다는 기색을 보이면서, 또는 빠르게 총을 쏘면서 쌩하고 지나가는 오토바이는 없다.

매사추세츠 애비뉴는 노스 캐피톨 스트리트로 이어지다가, 열차와 지하철, 메트로 버스, 관광객들을 주로 태우는 2층 버스를 탈 수 있는 거대한 유니언 역 센터 정면에서 곡선을 그린다.

하지만 콘돌은 그들의 차의 방향을 틀어서 노스 캐피톨에 곧바로 올랐다. 그러고는 이동하는 차량의 오른쪽에 솟아 있는 정면이 납작하고 거울 같은 유리창이 있는 다층 사무용 빌딩을 가득 채운 의회 직원들과 로비스트들, 정책 연구자들과 다른 화이트칼라 일꾼들에게 봉사하는 아일랜드식 펍을 지나쳤다. 미식축구 운동장 절반 정도를 지난 후, 그는 좌회전을 해서 써드 스트리트로……

재빨리 우회전을 해서 사람 높이의 검은색 철망 담장이 있는, 경비원이 없는 자동차용 출입구를 통과했다.

11번 주차장

SAA 허가자 전용

U.S. SAA(Senate Sergeant At Arms, 상원 무장경위)

허가받지 않은 차량은 견인 조치할 것임

콘돌이 크리스의 지시에 따라 비어 있는 주차 구역으로 차를 몰 때, 페이가 말했다. "의회는 군대 규모의 경찰력을 자체 보유하고 있잖아. 그런데도 이 출입문에 경찰이 없는 이유가 뭐야?"

크리스가 어깨를 으쓱했다. "이건 직원용 주차장이야. 경찰들은 대체로 빌딩들 경비를 서."

"그리고 의회 구성원들 경비를요." 뒷자리에서 메를이 말했다. "상원의원들 말이에요."

주차하는 차의 앞 범퍼가 검정 철망에 거의 부딪힐 뻔했다. 콘돌이 말했다. "창문들 올려요. 그리고 평범하게 보이도록 행동해요."

네 사람 모두 크리스의 차에서 내렸다.

열린 보행자용 출입구 옆의 주차장 건너편에는 2층짜리 목제 키오스크가 있었다. 비어 있었다. 흰 셔츠를 입은 경찰도, 너무나 지루한 신분 확인 절차가 진행되더라도 한결같은 모습을 유지하는 민간의 선출직 정치인도 없었다. 그 출입구 근처에 파란 조명이 상부에 설치된, 전화기가 들어 있는 철제 상자가 있었다. 전화 상자 옆면 아래쪽에 두꺼운 파란 글씨가 쓰여 있었다. '비상용.'

"카메라는?" 페이가 물었다.

크리스는 무심한 표정으로 주위를 둘러봤다. "아마도."

"공식적으로는," 페이가 말했다. "BOSS(Biometric Optical Surveillance System, 생체인식 광학 감시 시스템)는 앞으로 2년간은 가동하지 않는 걸로 돼 있어요. 하지만 공식적으로는라는 말이 무슨 뜻인지는 우리 모두 알잖아요. BOSS가 없더라도 실시간 안면 스캔 결과는 빠르게 그리드로 전송돼요. 놈들이 우리가 여기에 오고 있다는 걸 알고 신속하게 출동하거나 이 구역의 카메라들을 해킹한다면 놈들이 우리를 먼저 발견할 거예요."

"그랬다면 놈들은 벌써 우리에게 왔을 거요." 콘돌이 말했다. "우리는 지금 우리의 본래 모습 그대로니까."

"3분 걸으면 되는 거야?" 그들이 크리스의 주차된 차 옆에 서 있을 때 페이가 물었다.

"많이 잡아야…… 당신도 지도랑 구글 스트리트 뷰를 봤잖아."

"막상 실제 지형을 보면 항상 깜짝깜짝 놀라고는 해." 페이가 말했다.

콘돌이 말했다. "갑시다."

그들은 동틀 때 계획했던 대형을 취했다.

크리스가 선봉을 맡았다. 정장 차림인 그의 상원 직원용 신분증이 목에서 달랑거렸다.

페이는 그의 뒤에서 오른쪽으로 두 걸음 떨어져 걸었다. '전방 사격 위치.'

비무장상태인 메를은 젊은 여자 뒤에서, 왼쪽에서 걸었다.

콘돌은 후위를 맡았다. 그의 두 손이 지퍼를 채우지 않은 검정 가죽 재킷 양옆에서 달랑거렸다. 예비 탄창 두 개가 블랙 진의 왼쪽 뒷주머니를 채웠고, 빈 탄창 주머니와 45구경 권총집은 페이의 검정 코트 아래에 있는 북적거리는 벨트에 채워졌다.

내 권총이 벨트에서 갑자기 튀어나오게 만들지는 마.

계획은, 배지를 소지한 페이가 금속 탐지기들 앞에서 45구경과 탄창을 꺼내는 것이다.

그때까지는 내 총이 필요하게 만들지 마.

"우리가 걸어서 이동할 때 선택할 수 있는 대안은 두 가지예요." 그들이 컴퓨터 스크린을 놓고 연구하면서 그의 아파트에 여전히 안전하게 있던 그날 아침에 크리스가 설명했었다. "글쎄요, 두 가지 논리적인 선택이라고 해야겠네요. 11번 주차장 밖 행인용 출입구는 루이지애나 애비뉴의 대각선 방향에 있어요. D 스트리트에서 스무 걸음쯤 떨어져 있을 거예요. 왼쪽으로 두 블록을 가요. 오른쪽으로 짧은 블록이 있어요. 흰색 대리석 계단을 올라가면 러셀 상원 사무 빌딩이에요. 대다수 사람들은 그 경로를 택해요. 아니면, D 스트리트를 따라 놓인 공원을 통과하는 우회로가 있어요. 그 길을 택하면 우리는 11번 주차장에서 벗어나서 대각선 방향으로 놓인 십자가 형태로 난 인도를 따라 공원을 가로지르게 돼요. 그 길에는 다른 행인이나 관광객, 유니언 역으로 통근하는 사람들, 직원들, 조깅하는 사람들, 자전거 이용자들이 있을 수도 있어요. 가끔은 홈리스들이 잠을 자거나 풀밭에 구부정하게 앉아 있는 모습도 보여요."

"보안 카메라는?" 페이가 물었다.

"그건 나도 어떨지 모르겠어. 공원 안에 그걸 설치할 만한 장소는 없어. 9·11 이전부터 존재하던 기둥이나 구조물도 없고. 그 부지 전체가 역사 보존지구야." 그는 어깨를 으쓱했다. "D 스트리트는 넓어. 사람들이 많이 다니는 인도야. 다른 데보다 빨리 이동할 수 있고, 직선으로 뻗어 있어. 지나치는 차량들을 자세히 살필 수도 있고. 두 블록 너머에 첫 번째 경찰 검문소가 보일 거야. 다가오는 사람들 모습도 볼 수 있어."

"우리는 네 명이나 돼." 페이가 말했다. "사람들 눈에 띌 거야. 쉽게 알아차리고는 신원을 파악할 거야."

"오케이." 크리스가 말했다. "공원을 가로질러 한 구역을 가서 인도를 지그재그로 가면 D 스트리트에서 벗어나게 돼. 하지만 거기서 우리는 경찰 검문소의 감시망에 곧바로 들어가게 될 거야."

"공원 산책(A walk in the park, '아주 쉬운 일'이라는 뜻을 가진 관용어)." 메를이 말했다. "하트의 중앙 출입구로 가는 산책, 맞죠?"

"그래요, 직원용과 일반인용 출입문이에요." 크리스가 그날 아침에 자기 커피 잔을 비우면서 말했었다. "보안 검색대 앞에, 흰 셔츠를 입은 경찰들과 금속 탐지기 아치들 앞에 긴 줄이 서는 러시아워를 지난 후에 도착하도록 시간을 맞춰야 해요. 가끔은 수색견이 있기도 해요. 9시 20분과 9시 30분 사이에 거기 도착해야 해요."

지금은 아름다운 봄철의 금요일 오전 9시 15분이다.

그들이 서 있는 공원 부지에서 두어 블록 떨어진 곳에 있는, 흰색 시멘트로 만든, 높이 30미터에 너비 9미터인 로버트 A. 태프트 기념탑 꼭대기에서 카리용(종을 음계 순서로 달아놓고 치는 타악기) 종소리가 울렸다.

"태프트가 누구요?" 크리스가 종소리의 출처의 이름을 대자 콘돌이 물었다.

"누가 신경 쓰는 사람이 있겠어요?" 페이가 말했다.

그들은 잘 손질된 도시의 오아시스를 가로지르기 위해 11번 주차장 밖으로 당당히 걸어 나왔다. 동그라미 형태의 정원이 봄철의 꽃과 면도날처럼 잘린 에메랄드 잎이 난 호랑가시나무 덤불이 있는 공원의 복판을 채웠다. 덤불들과 나무들이 그들이 택한 경로의 측면에 도열했고, 간간이 피어난 나뭇잎들로 이뤄진 터널형 벽은 햇볕에 그을린 그 인도를 뚜벅뚜벅 걸어 헤드 샷이라는 잘 알려진 불가피한 결과를 향해 행군하는 콘돌과 페이와 메를과 크리스의 모습을 보일락 말락 하게 만들었다.

콘돌은 무리의 뒤쪽 끝에 있는 사람을 가리키는 카우보이 용어인 후위(drag)에서 걸었다.

미국이 *9·11* 이후로 미국의 유산을 망각했노라고 말한 자 그 누구인가.

메를이 그의 이 보 앞에서 걸었다. 청바지를 입은 그녀의 둥근 엉덩이가 흔들리는 걸 지켜보는 건 전술적으로 어리석은 일이라는 것을 그는 알았지만, 젠장. 총알 한 방으로 이들 순찰대 요원 두 명을 쓰러뜨리지 못하게끔 만들기 위해, 페이가 메를의 앞에서, 그녀에게서 조금 떨어진 왼쪽에서, 대열 밖에서, 배낭형 백 아래에 입은 검정 코트 차림으로 그들이 따라가고 있는 비어 있는 경로를, 크리스가 선봉으로 지나간 위치를 따라 쭉 뻗은 경로를 자세히 훑으며 걸어갔다.

아프가니스탄에 있던 그 해병들처럼 뛰어나지는 않지만, 이들도 행군 대형을 잘 이해하고 있어, 콘돌은 생각했다.

자전거 운전자 한 명이 공원 가운데에 있는 정원을 둘러싼 원형 시멘트 구조물에서 갑자기 방향을 바꿨다. 운전자는 10단 변속기가 달린 자전거의 페달을 그들 쪽으로 밟았다. 40미터, 39미터, 38미터 떨어진 곳에서도 콘돌은 그 운전자가 남자라는 걸, 안전 헬멧을 쓰지 않았다는 걸, 아래로 수그린 두개골 위에 검정 스웨트셔츠의 후드만 뒤집어쓰고 있다는 걸 알아차렸다.

쌩 소리를 내며 가까워지는 자전거 운전자가 32미터쯤 떨어진 곳에서, 뻐기기 좋아하는 중학교 1학년 학생처럼 핸들에서 두 손을 뗀 채 자전거에 앉아 있었다.

콘돌과 페이는 그들 사이에서 걷고 있는 영화 기록 담당자 메를이 중얼거리는 소리를 들었다. "이 영화 본 적 있어."

29미터 떨어진 곳에서 가까워지는 운전자를 봤다. 손을 자전거에서 뗀 채로 자전거를 몰고 있었다. 그 남자의 정면에서 한데 모아진 그의 두 손이 든 건……

"총이다!" 콘돌이 고함을 쳤다.

메를을 뒤돌아보고 있던 페이가 전방을 보려고 몸을 급히 돌렸다.

회심의 일격과 맞서기 위해.

검정 후드를 쓴 남자, 핸들에서 손을 떼고 있고, 자전거 위에서 균형을 잡고 있다. 앉은키가 컸다. 그는 주요 위협 인물—우선순위 두 번째인 표적-을 향해 27미터, 26미터 거리까지 질주해왔다. 표적이 된 그녀는 다른 곳을 바라보다가 몸을 다시 급히 돌리려고 남자가 예상했던 행동을 그만뒀다. 그러자 남자는 두 손으로 소음기라는 핸디캡을 가진 9밀리미터 권총을 사격했다. 추진력을 받아 앞으로 나아가는 총잡이가 방탄조끼를 입은 것으로 보이는 피신하는 표적에게 총을 쏘면서 풋 하는 소리가 났다.

총알이 페이의 두개골 오른쪽을 찢었다.

그녀의 비명을 듣고 뒤를 돌아본 크리스는 그녀가 2연발로 발사된 두 번째 총알을 가슴에, 방탄조끼에 맞고 비틀거리는 모습을 봤다.

크리스가 공격자에게 돌진했다. "안 돼!"

자전거 운전자가 콘돌의 오른쪽 귀를 지나쳐간 총알을 풋 소리와 함께 재빨리 발사했다. 그런 후, 검정 후드를 입은 총잡이는 그의 자전거로 돌진하는 정장과 타이 차림의 남자를 겨냥할 필요가 있었다.

풋! 풋! 풋! 조용히 발사된 총알들이 크리스의 무게중심에 빨간 구멍들을 뚫었다.

인도에 구겨진 크리스의 몸이 그가 흘린 피로 생겨난 적갈색 호수에 둘러싸인 섬이 돼버렸다.

자전거 운전자의 몸이 쓰러진 남자를 지나쳐 날아갈 때도 그의 한 손은 핸들을 붙잡고 있었다. 그가 처음에 쏜 표적은 비틀거리고 있었다. 그는 우선순위 첫 번째 표적을, 경로에서는 벗어났지만 몸을 제대로 숨겨주지도 못하고 방탄이 될 리도 없는 나뭇잎들이 있는 덤불을 향해 요란하게 몸을 날린 검정 가죽 재킷 입은 사내를 노리려고 주위를 훑었다. 그런데……

메를이 자기 앞을 지나쳐 몸을 날리는 자전거 운전자를 거세게 밀쳤다.

전진하는 가속도에 더해진 관성과 잘 훈련된 운동신경. 그러나 그것들만으로는 충분치 않았다. 검정 후드를 쓴 살인자는 허공으로 몸이 젖혀질 때 자전거 핸들 위에서 공중제비를 돌았다. 그는 땅에 떨어질 때 유도에서 쓰는 낙법을 썼다. 하지만 콘돌이 몸을 날린 나뭇잎 벽의 맞은편 덤불로 그가 떨어질 때, 땅바닥이 그가 쥔 권총을 때렸다.

페이가 전투 자세를 취하려고 비틀거리며 오른손으로 글록을 집어 들었다. 그러다가……

진홍색 호수에 쓰러진 크리스를 발견했다.

콘돌이 두 발로 일어섰다. 45구경을 쥔 그는 뿌리 덮개로 덮인 덤불 두 곳 너머의 땅에서 종종걸음을 치는 검은 형체를 향해 한 발을 발사했다.

페이가 공격자를 향해 총을 한 발 쐈지만, 그녀의 사격은 콘돌의 사격보다 훨씬 더 엉망이었다. 메를이 그들의 사정 범위 안으로 뛰어 들어왔다.

콘돌은 45구경의 검정 총열을 메를에게서 돌렸다. *검은 후드 쓴 자전거 운전자는 어디에 있는 거야?* 콘돌은 왼쪽을, 뒤를 흘낏 봤다. 페이가 크리스가 있는 곳으로 비틀거리며 가고 있었다.

크리스는…… 죽었다.

의심의 여지가 없다.

페이의 오른쪽 머리카락에는 진홍색 얼룩이 떡이 져 있었고, 두 눈은 멍했다. 그럼에도 그녀는 조준하려고, 사격하려고 애쓰고 있었다. *그녀가 난사했다가는 우리가 죽을 수도 있어!*

콘돌은 자전거를 타고 온 암살자를 본 마지막 장소로 총을 계속 겨냥하면서 메를을 그의 등 뒤로 잡아당겼다.

다른 사격이 없어! 다른 사격수들이 없어! 그들은 어디 있는 거야? 어디에 있는 거야?

"페이를 붙잡아요!" 그가 메를에게 소리쳤다.

메를이 크리스를 둘러싼 끈적거리는 붉은 호수에서 페이를 힘껏 잡아당겼다.

콘돌은 두 여자를 잡아당기면서 공원을 가로질러 후퇴했다.

페이는 킬러가 있어야 옳은 곳을 향해 돌격했다. 그녀의 글록에서 두 발이 발사되면서 불꽃이 튀었다. 총알들은 덤불을 뚫고 나가 무엇인가에 충돌했고, 총소리는 그들 뒤에 있는 유니언 역 블록들의 대리석에 맞아 메아리치다 의회의 대리석 빌딩 쪽을 향해 아스라이 사라졌다.

45구경을 벨트에 쑤셔 넣은 콘돌은 페이에게서 글록을 빼앗은 다음, 용을 쓰는 메를과 함께 머리카락에 피떡이 진 흐느끼는 젊은 여자를 공원에서 데리고 달아났다.

아무도 우리에게 총질을 않고 있어! 여전히 아무도 우리한테 사격하지 않고 있어!

사이렌 소리가 허공을 갈랐다.

그들의 신발이 11번 주차장의 포장도로를 긁었다. 크리스의 차. 콘돌에게 열쇠가 있었다. 암살자들은 그들의 바로 뒤에 있어야, 전투 팀이 이동·피신·사격이라는 공격 모드를 취해야 마땅했다. 크리스의 차 뒷좌석에 메를과 페이를 밀어 넣은 콘돌은 운전대 뒤로 몸을 날린 다음, 열쇠를 꽂아 엔진을 살려냈다.

금방이야! 나쁜 놈들이 금방이라도 우리 뒤에서 사격을 개시할 거야!

변속기어를 힘껏 후진으로 놓은 그는 액셀을 밟았다가 브레이크를 밟았다. 차가 노란 줄이 쳐진 주차 구역에서 뒤쪽으로 날아갔다가 끼익 소리를 내고 엄청나게 흔들리며 멈췄다. 콘돌은 변속기어를 운전으로 급히 이동시키고는 액셀을 힘껏 밟았다.

차가 원래 주차된 곳으로 로켓처럼 돌아갔다.

차가 검정 철망을 뚫고 나갔다.

11번 주차장을 날아서 벗어났다. 타이어들이 인도에서 통통 튀었고, 쳇덩이들이 콘크리트를 긁었으며, 차체가 도로로 휘청거리며 들어갔다. 양방향에서 오던 차들이 경적을 울려대고 브레이크를 밟았다.

콘돌과 살아남은 부대원들은 D.C.의 다운타운을 향해 위태롭게 달렸다. 엔진이 덜커덕거리는 그들의 도주용 차량은 뜨거운 금속과 기름이 섞인, 악취 나는 검은 매연을 뿜어내고 있었다.

28

"……더 이상 영원은 없다."

-조지프 추장(Chief Joseph)

머리, 내 머리…… 죽었어, 그는 죽었어. 왜 내가 아닌 거지, 그가, 내가 아니라, 머리……

페이는 자신의 오른손이 머리에서 떨어졌을 때 그 손에 희미하게 초점을 맞췄다. 그리고 그녀의 깨달음이 메아리처럼 찾아왔다. "내 손에 피가 묻어 있어."

자신도 모르게 걷고 있는 페이는 그녀의 몸이 관성에 따라 내던져지는 걸 느꼈다.

여자한테, 어떤 여자한테, 메를에게 붙잡히고 붙들렸다 멈춰선 페이가 이제는 그녀의 품에 안겼다.

뒷자리, 페이는 생각했다. 우리는 앉아 있어. 차 뒷자리에 타고 있어.

그리고……

불타오르는 밝은 햇빛이 모든 창문에서 파랗고 하얗게 번쩍이고 있어.

그리고……

소리, 아무 소리도 안 들려, 왜 아무 소리도 나지 않는 걸까?

콘돌은 운전 중이었다.

지옥에서 쏜살같이 튀어나오는 박쥐처럼, 그녀의 마음에 그런 생각이 떠올랐다. 다음 순간…… 박쥐가 아냐, 그는 콘돌이야.

갑자기 꺾은 우회전이 페이를 소리의 소용돌이 안으로 빨아들였다. 자동차 경적, 고함, 비명을 지르는 타이어, 열린 창문으로 쌩쌩 불어오는 바람, 그리고 땀투성이인 뜨거운……

"그를 쐈어." 페이는 자신이 중얼거리는 소리를 들었다. "놈들이 그를 쐈어."

"페이!" 콘돌이 모퉁이에서 차를 돌리며 소리쳤다. "집중할 수 있겠소?"

메를이 부상당한 여자를 붙잡고 있던 손을 풀고는 말했다. "괜찮아요?"

"놈들이 내 머리를 쐈어요." 페이가 속삭였다.

그녀는 피가 얼룩진 손바닥을 응시했다.

그녀가 욱신거리고 화끈거리는 머리를 건드리지 못하게 메를이 막았다.

"당신은 괜찮아요." 메를은 거짓말을 했다. "총알이 옆을 살짝 스치고 지나갔어요. 머리에 상처를 남기고 피가 나기는 했지만…… 뼈가 부서지거나 머리를 뚫고 들어가지는 않았어요!"

콘돌이 운전석에서 소리쳤다. "뇌진탕을 일으킨 거요!"

메를은 검정 동공이 급격히 커지는 페이의 녹색 눈동자에 시선을 고정시켰다.

"맞아요." 자신이 흘린 피로 떡이 져 있지 않은 희끗한 금발머리를 가진 나이 많은 여자가 말했다. "어쩌면요."

엔진 밸브들이 덜커덕거렸다. 질주하던 차가 덜컹거리더니 경련을 일으켰다.

페이가 말했다. "냄새가 나요. 기름이, 뭔가 타는 냄새가, 뭔가가."

차가 전투기처럼 느껴졌다. 차가 다른 차들이 쌩쌩 달리는 도로 밖으로 나갔다. 콘돌이 인도 옆의 빈 공간으로 급격히 방향을 틀었지만……

버스 정거장이야. 우리는 버스 정거장에 차를 세웠어.

차 문이 열리더니 콘돌이 그녀의 눈과 앞 유리 사이에서 사라졌다.

페이가 말했다. "크리스가 죽었어요."

그녀의 옆에 있는 인도 쪽 문이 빠르게 열렸다.

콘돌은 페이를 뒷자리에서 인도로 안내하는 메를 도왔다. "그래요, 그는 죽었어요. 우리도 움직이지 않으면 그렇게 될 거예요. 당신은 움직여야 해요. 페이, 어서요!"

하지만 안 돼.

페이는 마치 그 인도에 서 있는 그들의 모습을 자기 눈으로 볼 수 있는 양, 자기 시선이 빠르게 자신에게로 돌아오는 걸 느꼈다.

덫에 걸린 독수리처럼 그녀 옆에서 조바심을 내는, 검정 가죽 재킷을 입은 콘돌.

겁에 질려 늙어 보이는 메를.

그리고 찢어진 머리에 짙고 빨갛고 끈적거리는 피떡이 진 그녀, 나.

우리는 차이나타운에 있어.

세 개의 탑을 얹은 웅장한 아치가 도시의 거리 위에 보였다. 무슨 의미가 있을 수도 있고 아무 의미도 없을 수도 있는 금으로 쓴 붓글씨가 걸린 녹색 주련(柱聯)이 있었고, 모조 금박으로 덮인 가짜 입구가 있었다. 아치를 지난 페이는 하늘을 찌를 듯한 녹슨 첨탑이 있는 거대한 빨간 벽돌 예배당을 발견했다. 이 오전 이른 시간에, 이 초봄에, 관광 시즌의 초입에, 플라스틱 불상들—웃으며 서 있거나 침울하게 좌선하는—과 용이 새겨진 새틴 재킷들, 검은색 쿵푸용 슬리퍼들, 모든 신용카드를 판독하는 전자 장비들, 약초와 향신료, 빨갛고 하얗고 파란 기념품들을 담은 통들, 벤저민 프랭클린의 전통 우편 제도를 여전히 믿는 사람들을 위한 그림엽서들, 그리고 우산들을 -매장 점원들이 당신의 심장에서 욕구가 솟구치게끔 만들 수 있는 건 무엇이건- 살 수 있는 매장들과 동양식 식당들이 있는 정면 인도에 상인들은 아직 모여 있지 않았다.

"어서!" 콘돌이 말했다.

하지만 그는 페이의 팔을 붙드는 일, 그러니까 부상당한 여자를 돕는 일을 메를 몫으로 남겨뒀다.

그는 총을 위해 두 손에 아무것도 쥐지 않은 채 양옆으로 팔을 늘어뜨리고 있어, 페이는 깨달았다.

"총잡이들!" 그들이 그녀를 H 스트리트의 인도를 따라 비틀거리며 걷게 만들었을 때 페이가 중얼거렸다.

그녀는 벨트를 만져봤다. *총이 없어! 내 총은 어디 있는 거야!*

"암살자들, 적들, 놈들은 어디에…… 어디에……"

"놈들은 밖에 있소." 콘돌이 H 스트리트를 건너는 길로 이끌어, 그들을 브루스 스프링스틴 콘서트와 하키 게임들이 열렸던 커다란 실내 원형 극장으로 데려갔다. "거기로 가야만 해요."

그녀는 그가 인도를 걸어 다니는 다른 사람들의 머리 위쪽 허공을 유심히 살피는 걸 봤다.

뭘, 그는 뭘 찾고 있는 거지? 뭘…… 카메라들, 폐쇄회로 감시 장치들.

그 폐쇄회로 안에는 누가 있을까?

콘돌은 회반죽을 바른 창문들에 '커밍 순(Coming Soon)!'이라는 표지가 내걸린 방치된 가게의 출입구로 걸음을 옮겼다.

그런데 뭐가, 뭐가 곧 온다는 거야? 페이는 콘돌이 그녀를 세로로 세운 관(棺) 크기만 한 출입구로 당기며 생각했다.

"피가 난 쪽이 거리에서 보이지 않도록 고개를 돌려요." 그가 말했다. "울고 있는 것처럼 행동해요."

페이는 그가 메를에게 하는 소리를 들었다. "저기 드러그스토어. 거기 가서 유아용 물티슈를 사와요, 살균된 걸로. 그리고 저기, 옆에 있는 가게, 어디든 가서 그녀에게 입힐 후드 달린 스웨트셔츠를 사요. 그녀 사이즈보다 큰 걸로!"

페이가 할 수 있는 일이라고는 관 크기만 한 출입구에 서 있는 것뿐이었다.

머리가 욱신거려. 오오, 하나님의 불길이 내 뇌 오른쪽에서 타오르고 있어!

숨을 쉰다. 들숨. 날숨. 말한다. "놈들이 어째서 우리를 아직까지 죽이지 않은 걸까요?"

"나도 모르겠소." 콘돌이 말했다.

페이가 아는 유일한 시간은 지금이었지만, 세상에는 더 많은 시간이 있었던 게 분명하다. 메를이 전에는 없던 쇼핑백들을 갖고 지금 여기에 있기 때문이다. 페이는 머리 오른쪽 부분을 손길이 토닥이는 느낌과 톡톡 쏴대는 느낌을 받았다. 그리고 아아아! 그녀의 머리카락을 잡아당기는 손길과 냄새가 났다…… 레몬 냄새가. 메를이 쓰고 있는 물티슈에서는 레몬 냄새와 알코올 냄새와…… 그리고……

"조심해요!" 콘돌이 출입구에 숨어 있는 여자에게서 메를을 잡아당겼다.

페이가 번개처럼 앞으로 튀어나와 구토를 했다.

페이는 비틀거렸다. 그녀는 메를이 붙잡은 가운데 두 발로 선 후에야 자세가 안정됐다.

또 다른 욕지기가 몰려왔다. 그런 후에야 페이는 기분이 한결 가볍고 깨끗해졌다.

메를이 그녀의 얼굴을, 입술을, 입 안을 닦는 걸 느꼈다. 구토물 냄새가 나는 콘크리트 출입구로 떨어지는 물티슈의 펄럭거림. 쓰레기를 버리면 안 되지. 페이는 콘돌이 나이 많은 여자에게 하는 말을 들었다. *"얼굴을 밖으로 향하고 내 옆에 서서 우리를 막아줘요. 관측병이나 총잡이가 있는지 잘 살펴요."* 페이는 그가 그녀의 배낭을 벗기는 걸 느꼈다. 그가 그녀의 검정 코트의 주머니들이 비어 있는지 확인했다. 그는 옷을 벗겨 그녀를 편안하게 해주고는 그 코트를 그녀의 내장에 있던 내용물이 고인 웅덩이 위로 던졌다. 콘돌은 자신의 45구경 권총집과 탄창 주머니를 그녀의 벨트에서 빼냈다.

그런 후, 오오, 그런 후, 그녀가 수년 동안 갖고 다니던, 그녀의 오른쪽 엉덩이 위에 걸린 권총집의 무게. 에너지가 그녀의 팔에 흘렀다. 그녀는 손을 풀었다. 콘돌이 무엇인가의 부드러운 소매들을 그녀에게 입힐 때, 지퍼를 올리려고 팔을 둘렀을 때, 그의 손이 크리스가 *키스하던* 그녀의 가슴을 스쳤을 때, 그리고 그 손들이 거리를 바라보도록, 콘돌의 얼굴을 보도록, 눈을 *깜박거리도록*, 그리고 그녀가 *지금 여기에 있다는* 걸 인식하도록 그녀의 어깨를 돌렸을 때, 그녀는 그걸 방해하기보다는 순순히 움직였다.

메를이 레몬 물티슈로 페이의 얼굴을 닦고는 그것들을 불쾌한 냄새가 나는 출입구에 던졌다. 네모난 흰색 물체가 또 다른 인생의 사연을 담은 검정 코트 위로 펄럭이며 떨어졌다.

그녀가 물 한 병을 페이에게 건넸다.

페이는 물을 가득 머금고 입을 헹군 후 인도에 있는 내용물 위에 뱉었다.

"웨에엑!" 10대 소녀 두 명이 그들의 남은 인생을 향해 활보하며 지나갔다.

"오케이." 페이가 말했다. 그녀는 긍정의 고갯짓을 끄덕이기 시작했지만, 그 끄덕임이 가져온 통증은 지나치게 컸다.

콘돌이 그녀의 부상당한 머리를 지금 그녀가 입고 있는 스웨트셔츠의 후드로 가렸다.

핑크. 나는 캔디핑크 후드 옷을 입고 있어.

콘돌이 그의 조종사 선글라스를 페이에게 씌웠다.

손을 흔들어 택시를 세우고는 메를에게 택시에 오르라고 손짓을 했다. 그가 페이를 차 안으로 안내하는 걸 메를이 도왔다. 그의 두 눈이 거리를 꼼꼼히 살폈다. 택시에 뛰어오른 그가 기사에게 말했다. "갑시다!"

차가 굴러가고 있어, 택시가 우리를 D.C. 다운타운으로 데려가고 있어.

콘돌은 택시 기사에게 자신들을 국립동물원으로 데려가달라고 말했다.

페이가 속삭였다. "우리 동물들을 보러 가는 거예요."

택시에 있는 누구도 그게 질문을 하는 건지 사실을 그대로 말하는 건지를 알지 못했다.

그건 중요치 않았다. 택시가 달리는 동안 콘돌이 거울들과 길옆을 확인하며 5분을 보낸 후, 나치로서도 실패하고 록 뮤지션으로도 실패했던 부유한 백인 청년이 흠모하는 무비스타에게 깊은 인상을 심어주기 위해 로널드 레이건 대통령을 살해하려고 시도했던 -그리고 실패했던- 호텔을 택시가 막 지났을 때, 콘돌이 말했다. "세워줘요. 날이 무척 좋군요. 여기서

부터는 걸어서 가겠소."

세 사람은 공산주의 중국의 첫 대사관이 있던 자리 근처의 인도에 섰다.

콘돌은 떠나는 택시의 거울에서 그들의 모습이 사라졌다는 걸 확인할 때까지 기다렸다.

"어서 갑시다." 그가 말했다. "다리를 건너야 해요."

나는 머리가 욱신거리지만 뚜렷하게, 그의 선글라스를 통해 뚜렷하게 세상을 볼 수 있어.

페이가 말했다. "지금까지 나한테 장난친 거죠? 나는…… 그는 죽었고……"

"우리는 살아 있어요." 그가 말했다. "거기에 집중해요. 우리는 살아 있어요. 피도 보고 별꼴을 다 봤지만, 우리는 여전히 살아 있어요…… 그리고 이제, 우리는 저 다리를 건너야 해요."

"파리에는 끝내주는 다리들이 많아요." 아직 페이의 통제력 안으로 돌아오지 않은 그녀의 정신 중 일부가 중얼거렸다.

하지만 여기는 파리가 아니었다.

여기는 워싱턴 D.C.였다.

코네티컷 애비뉴 다리. 윌리엄 하워드 태프트 다리라고도 불리는 곳. 종들이 울리는 의사당 기념탑에 관해 크리스가 우리한테 가르쳐준 사람 이름이 뭐였더라? 페이는 자신이 그 긴 다리를 걸어서 건널 수 있을 거라는 확신이 들지 않았다.

메를이 속삭였다. "그들이 우리를 볼 수 있게 되면 어떻게 해요?"

그럴 수도 있었다. 하지만 페이는 그녀가 서 있는 자리에서 워싱턴 D.C.의 심장부를 관통하는 이 10억 마일 길이의 다리에 난 인도를 따라 앞으로 겨우 한 걸음만 느릿하게 내딛을 수 있을 뿐이었다. 그녀는 다른 쪽 먼 곳에 있는, 국립동물원 지하철역 근처에 있는 2층짜리 매장 겸 카페들을 봤다. 백금 같은 머리칼을 가진 경이로운 마릴린 먼로의 초상 벽화가 그려진 알록달록한 높은 벽을 그녀가 실제로는 볼 수 없다는 걸 알았다. *마릴린 먼로도 M.M.이고, 메를도 M.M.이야. 하지만 머리가 희끗한 금발인 콘돌의 여인은 지금 내 팔을 잡고 있어.*

거대한 청동 사자상들이 다리의 양 모퉁이를 지켰다.

페이는 그들이 걸어서 지나치는 사자를 힐끔 봤다. "사자가 눈을 감고 있어요."

록 크릭 파크웨이에 심어진 나무들 꼭대기 위로 30미터 높이에 지어진, 콘크리트 아치들의 지지를 받는 돌다리를 절반쯤 가로질러 걸어간 페이가 부식돼 녹색으로 변한 난간 너머를 굽어봤다.

현기증 때문에 아득해진 그녀는 비틀거리며 메를의 품에 안겨서는 우주가 빙빙 도는 게 그칠 때까지 콘돌의 선글라스 뒤에 있는 두 눈을 감았다.

그녀가 스스로 앞을 볼 수 있게 놔둬.

난간의 다른 쪽을 차량들이 쌩하고 지나갔다. 차량이 질주하며 지나가는 소리도 나무 꼭대기와 까마득한 높이를 내려다보는 것만큼이나 페이의 정신을 어지럽혔다.

페이는 파란 하늘을 올려다봤다.

날개를 활짝 편 녹색 금속 천사들로 꼭대기를 장식한 녹색 가로등 기둥들.

하지만 그들은 결코 날아갈 수가 없었다.

저기야! 다리 다른 쪽, 우리는 도착했어. 우리는 지금…… 여전히 살인자들의 사정거리 안에 있어.

우리 꼴이 얼마나 볼만할까.

검정 가죽 재킷 위에 배낭형 백을 맨 백발의 우락부락한 남자.

여전히 몸은 움직일 수 있지만 갈 곳이 아무 데도 없는 희끗한 금발의 왕년의 미녀.

머리에는 떡이 지고 구토의 악취를 풍기는, 캔디핑크 후드 옷과 조종사 선글라스로 감춘 몸을 잘 가누지도 못하고 걸음도 잘 못 걷는 패배자 쌍년.

콘돌은 그들을 지하철 출입구와 실외 카페 테이블들이 있는 길모퉁이에서 멀리로 이끌면서, 록 크릭 파크웨이로 접근하는 길을 향해 캘버트 스트리트의 비탈을 내려갔다. 그 방향으로 멀리 떨어진 곳에 컨벤션 참가자들과 단체 관광객들, 접대비 사용 고객들, 그리고 다가오는 여름에 야외 수영장을 이용할 꼼수를 찾아낼 지역 주민들에게 봉사하는, 건물들이 무계획적으로 퍼져 있는 호텔 단지가 어렴풋이 보였다. 그는 페이와 메를을 파크웨이 입구와 출구 도로와 호텔의 금속 창살 울타리 사이에 있는 우거진 풀밭으로 이끌었다. 가깝게 자라는 나무 세 그루가 만든 초목 우거진 비탈의 그늘로 그들을 이끌었다. 그들이 앉거나 풀썩 드러누울 수 있는, 그리고 남의 눈에 쉽게 띄지 않는 곳에 있는 그 살아 있는 키다리 보초병들의 다른 쪽으로 그들을 이끌었다.

메를이 차이나타운에서 구입한 마지막 물병을 건넸다.

콘돌은 벌컥벌컥 물을 들이켰다. 병을 페이에게 보냈다. "기운 좀 차려요."

그녀는 남아 있는 물의 절반을 마시고는, 나머지를 메를 몫으로 아껴뒀다.

메를은 세 모금을 마셨다. 더 마시고 싶은 갈망이 분명 있었지만, 만약의 경우에 대비해서 아껴두려고 물병 뚜껑을 돌려 닫았다.

콘돌이 말했다. "사수가 왜 한 명뿐이었을까?"

"그게 무슨 말이에요!" 메를이 외쳤다. "몇 명이나 필요한 건데요!"

페이가 말했다. "새미는 부대를 거느리고 있어요."

"우리 엉클 샘도 군대를 갖고 있고 있는 건 분명해요."

"엉클 새미가 아니었다면," 페이가 말했다. "그렇다면 누굴까요?"

"어쩌면 그건 우리일 거요," 콘돌이 말했다. "그렇지 않을지도 모르고."

느리게 지나가는 몇 초가 흐른 후, 페이가 물었다. "도대체 무슨 얘기를 하는 거예요?"

콘돌이 속삭였다. "V들."

29

"아주 쉬운 일."

—1972년에 백악관 건너편 거리에서 대통령 보좌관들이 비밀 작전 회의를 열었는데, 작전 중에는 스캔들 폭로 전문 저널리스트 잭 앤더슨을 살해하려는 (성공하지 못한) 작전도 있었다.

마음이 너무나 혼란스럽고 복잡해.

봄날 오전의 청명하고 파란 하늘.

초목이 우거진 둔덕에 앉아 있다.

"무슨 얘기를 하는 거예요?" 페이가 콘돌에게 물었다.

메를이 그들을 노려봤다. "당신들 도대체 어떻게 된 사람들이에요? 그녀는 총에 맞았어요. 크리스는 죽었고, 우리는…… 당신 때문에 우리는 거의 죽을 뻔했어요! 나는 할 수 있는 일을 다 했지만 효과가 없었어요. 이제 우리 상황은 더 나빠졌고 그는 죽었어요. 그리고 나는 무슨 일을 할 수가……"

그녀의 불평이 바닥났다. 그녀가 심호흡을 하고는 속삭였다. "우리는 도대체 누구인가요?"

"그건 중요한 게 아니에요." 페이가 그를 똑바로, 콘돌을 똑바로 쳐다보며 물었다. "V들이 누구예요?"

그들은, 콘돌이 일주일 전까지만 해도 얘기조차 나눠본 적이 없던 두 여성과 그는 그 4월 오전에 도시 공원의 냄새를 풍기는 우거진 둔덕에 앉아 있었다.

그러자 그가 물었다.

"당신들이라면 어떻게 하겠소? 뉴욕 시티의 고층 빌딩 두 동이 연기에 휩싸였소. 펜타곤 벽에 비행기가 처박혔소. 시체들이 펜실베이니아의 들판을 덮었소. 소설가 두 명과 벨트웨이 바깥쪽에 거주하는 전직 스파이 한 명을 제외하면, 우리의 미래를 짊어진 사람들이, 앞을 바라보며 무엇이 다가오고 있는지를 확인해야 할 모든 사람들이 그들의 눈으로 앞을 보지 못하거나 내뱉는 말을 무시당하거나 그들의 손으로 공포를 중단시키지 못했소. 그래서 우리가 지금은 좀처럼 믿지 못하는 많은 일이 행해졌소. 고문, 용의자 송환, 비밀 감옥, 9·11과 아무 관련도 없는 나라를 침공하는 따위의 일은 잊어요. 그건 고릿적 뉴스고, 이건 새로운 상황에 대한 얘기요. 당신이라면 새로운 스파이 기관을 어떻게 창설하겠소? 우리는 국토안보부와 국가정보국을 창설하면서 퍼즐 상자 꼭대기에 새로운 퍼즐 상자를 올려놨소."

페이가 따져 물었다. "그게 V들인가요?"

"증기들(Vapors). 그건 모두 증기들이오. 이름도 없고 본부도 없고 장비도 없고 신분증도 없고 웹사이트나 이메일 주소도 없고 데이터 연쇄도 없고 업무 흐름도도 없소. 조직도 없고 예산도 없고 그 조직을 언급하는 곳이 한 곳도 없기 때문에 그렇소. 경비 초소도 없소. 칭찬도 듣지 않고 비난도 받지 않지. 존재가 없으며, 인력도 없소. 어쩌면 V에 대해 아는 건 정책을 입안하는 차르 일곱 명뿐일 거요. 어쩌면 지금쯤 V는 100퍼센트 자동화됐을 거요. V는 증기이기 때문이오. 소프트웨어이고, 논리적으로 과도적인 단계에 있는 100경(quintillion)개의 데이터 포인트 덩어리이며, 다크 웹(Dark web, 공개적인 인터넷망을 이용하지만 특정한 소프트웨어나 인증 과정을 거쳐야만 접속이 가능한 심층 웹으로 불법적인 정보가 거래되곤 한다)과 딥 웹(Deep web, 표준적인 검색 엔진으로는 검색되지 않는 콘텐츠를 가진 WWW의 일부분들)과 히든 웹(Hidden Web, 딥 웹의 동의어)이기 때문이오. 증기들은 그걸 모두 꿰뚫으면서 운영되고 있소. 정상적인 정보국의 좋은 요원은 악당들을 위협의 사다리(threat ladder)나 감시 리스트에 올려놓아요. 식별된 위협으로 말이오. 소프트웨어는 그 악당이나 그룹, 자금 세탁을 하는 은행을 대상으로 작업을 시작해요. 또는…… 상대가 무엇이건, 누구건 작업을 시작해요. 그는 기계 내부에서 표적이 된 거요."

메를이 말했다. "기계들은 사람에게 총질을 하지 않아요."

"그건 어디까지나 사전적인 정의가 그렇다는 거요. 군대와 사서들은 모두 연금 크레디트(pension credit)와 미사일을 장착한 드론들을 보내는 어떤 기계의 일부분일 뿐이오. 소프트웨어가 세바 페차니(Seba Pezzani)란 이름을 가진 사내가 자라나는 위협이라고 계산해내는데, 우리 '현실 세계'에 있는 스파이 기관이나 안보기관들 입장에서 실제의 그 남자가 실행 가능한 작전 대상 프로필에 맞아떨어지지 않는 경우가 있소. 그럴 경우, 그 남자가 몇십 억 달러 규모의 연방 계약을 체결하러 가기 위해 예약한 항공기 탑승권이 갑자기 사라지는 거요. ATM이 활성화돼요. 권총 한 정이 공군 기지에서 로마의 카페로, 자신에게 필요한 모든 신분증이나 권한을 가진, 그리고 지식을 가진 행동 유닛 V에게 배달돼요. 우리 명령이 어디에서 비롯되는지를, 누가 진짜 책임자인지를, 우리가 필요로 하는 것들 전부가 실제로 어떻게 창출되는지를 아는 사람이 세상에 누가 있겠소. 그건 '알 필요'가 없는 일이오. 그런 지식은 그럴 필요가 있는 것처럼 보이는 것만 아는 거요. V는 임무를 완수하기 위해 인력과 시스템을 사용하지만, 사람들은 그걸 절대 깨닫지 못해요. 군인이나 경찰이나 사무실에 있는 관리자들, 길거리 사내들은 누가 그들을 거기에 파견했는지를 절대 알지 못해요. 그들은 그들이 하기로 예정돼 있는 일을 수행해요. V가 통제하지 않는 보너스 지급은, 완벽한 정보는, 거시적인 그림은 없어요. 가장 뛰어난 꼭두각시는 자신에게 줄이 달려 있다는 걸 모르는 법이오. 1레벨 행동 요원은 아마도 자신이 V라는 건 알 테지만, 전체 시스템에 대해서는 전혀 몰라요. 그는 자신이 상부의 승인을 받은 특수작전을 수행하기 위해 델타(Delta)에서 파견됐다고 생각할 거요. 어쩌면 그는 문자를 받기 전까지는 미주리 YMCA에서 개인 트레이너로 일하는 전직 네이비실(Navy SEAL, 미군 해군 특수부대)일 거요. 그녀의 케이스 오피서가 담당하는 사람이 자기라고 생각하지만, 실제로는 그녀가 아닌 다른 대상을 담당하는 케이스 오피서를 둔 CIA의 말단 요원일 수도 있소. 멕시코 장성에게 정기적으로 건네지는 뇌물의 일부로 기록되고 국세청 컴퓨터에서 모두 정상적으로 회계 처리되는 CIA 비밀 계좌에서 나온 돈을 한 달에 1천 달러 정도 별도로 수령하는 은퇴한 FBI 요원과 강력계 형사일 수도 있어요. 1레벨 V들이 돈 때문에 이 일을 하는 건 아니지만 말이오. 그들은 신념 때문에 이 일을 하는 거요. 그리고 일들이 실행에 옮겨지는 거요. 극단적인 사건들만, 무척이나 필요한 일들만 말이오."

"표적 살인들." 페이가 말했다. "불법적인 암살. 다른…… 무효화들. 말썽꾼들을 정신병원에 던져 넣거나 누명을 씌우는 일처럼 말이군요."

"아름다운 시스템이오." 콘돌이 말했다. "정보 지원 활동이 출발하게 된 방법에서부터 진화해온 거요. V가 펜타곤 사무실이 되는 일은 결코 없을 테지만 말이오."

메를이 말했다. "그런 조직은 결코 제대로 작동하지 않을 거예요."

"페이스북은 사람들에게 보여줄 광고가 무엇인지를 알아요. 마케팅 담당자들은 당신이 원할 상품들의 개요를 작성해요. 안면 인식 시스템과 행동 분석, 재가공된 경찰 보고서와 항공사의 유지 보수 스케줄이 결합되면…… 알겠죠? V들과 연결되면, 당신은 수행할 필요가 있는 일이 무엇인지, 당신이 수행할 수 있는 일이 무엇인지 알 수 있을 거요. 경이로운 일들을 말이오. 자주 있는 일은 아니지만, 당신이 그런 일을 하더라도 그게 당신이 한 일이라는 걸 아무도 모를 거요. 그게 *행해졌다*는 사실 자체도 아는 사람이 없을 거요. 당신은 기록을 변화시키는 동안 기록을 다시 쓰는 거요. 우리가 사는 현실은 데이터가 그렇다고 말하는 상황이 되는 거요."

"케이스 오피서." 페이가 말했다. "그린라이트, 결정권자, 거기에는 반드시……"

"데드맨 스위치(A dead man's switch, 인간 조종자가 여러 가지 이유로 조종 능력을 상실할 경우 자동적으로 조치를 취하게끔 만들어진 장치)? 기계의 뇌에 둘러싸인 심장? 인간적인 느낌?" 콘돌은 고개를 끄덕였다. "거기에 그런 게 있을 필요는 없을 거요. 하지만 우리는 여전히 그런 걸 만들었어요. 딱 하나를. 프로그램 전체에 대한 지식을 갖추고 최종 결정권을 가진, 자동 안전장치 역할을 하는 0레벨 통제부에 딱 한 명의 인간을 배치했어요. 그 사람에게 지불되는 급여는 어떤 회계 감사에도 걸리지 않아요. 미국의 전형적인 동네의 평범한 주택에 있는 책상에 앉아 직관력을 발휘하면서 살아가는 조용한 삶. 그게 21세기 모델이오. 그는 집에서 근무해요. 동네 사람 모두가 그에게 손을 흔들어 인사하지만 그의 정체를 아는 사람은 아무도 없어요."

"누가 이런 짓을 한 건가요?" 메를이 속삭였다.

콘돌이 말했다. "나는 그런 짓을 한 게 나였다고 생각해요."

그가…… 그가…… 무엇인가로 불렀던 여자, 메를이 콘돌을 응시했다.

그의 목숨을 위해 자기 목숨을 희생하려던 여전사가 콘돌을 응시했다.

"길거리에서 지내던 시절이었소." 그가 말했다. "9·11이 일어나기 일주일 전이었소. 나는 조직을 떠날 준비가 돼 있었소. 나이를 먹어서 그런 게 아니라, 순전히 상처를 너무 많이 입은 탓에 감당이 되지를 않아서였소. 그러던 중에 그 사건이 터졌소. 그리고 내가 어느 힘든 작전에서 회복됐을 때, 나한테는 끝내주는 아이디어와 명성, 영향력이 있었소. 모두가 해답을 얻고 싶어 하는 곳에 접근할 수도 있었고."

"하지만 당신은 미쳐버렸잖아요." 페이가 말했다.

"으음, 맞아요." 콘돌이 말했다. "나한테 엄청나게 쏟아져 들어왔어요. 내가 할 수 있었던 일과 해야 했던 일과 했던 일들에 대한 인식이……"

"그런데 그들이 어째서 지금은 당신이 죽기를 원하는 거죠?" 페이가 물었다. "젠장, 지난 화요일까지만 해도, 그들은 당신이 미치광이 살인자로서 어딘가에 영원히 갇히는 신세로 돌아갔으면 그런 대로 만족했을 거예요."

콘돌은 어깨를 으쓱했다. "아마 누군가가 전체 시스템을 끝장내고 있는 것 같아요."

"그렇지 않으면, 전체 시스템이 어느 누구도 자신을 끝장내지 못하게끔 만들려고 노력하는 중이겠죠." 페이가 말했다. "그리고 당신을, 그들이 건넌 망각 약물들과 맞서 싸우는…… 당신을 분석한 데이터 분석치는 당신을 고위험군으로 등록할 거예요. 그런데," 그녀가 말했다. 수사관이 최종적으로 던지는 질문을 물었다. "당신은 그걸 어떻게 알게 된 건가요?"

"자전거를 탄 외로운 총잡이." 콘돌이 말했다. "음악만 없는 클롱하고 비슷했어요. 그를 보면서 깨달았소. 새미나 엉클 샘이 보낸 요원이 아니라는 걸 말이오. 그들이 총잡이를 딱 한 명만 보냈으니까. 시스템에 인력이 딸렸던 게 분명해요. 소규모 작전, 소규모 팀…… 그 상황을 보면서 V에 대한 기억이 번뜩 떠올랐어요. 우리는 지하철역에서 여섯 명 중 네 명을 쓰러뜨렸어요. 대체 인력은 없었어요. V가 정지되는 중이라면 특히 더 그랬을 거요. 나를 쫓은 위장 팀이 첫 움직임에 나서게 만든 것도 전부 들어맞아요. V는 처음에는 나를 무효화하려고 그들이 보유한 길거리 요원 전원을 투입했어요. 모든 1레벨 행동 V를 배치해서 준비 태세에 들어가고, 당신과 새미와 실제 요원들보다 먼저 행동에 나선 거요. 그들의 일부가 아니면서도 그들 내부에서요."

페이가 말했다. "당신 집에 나타났던 국토안보부 요원, 내가 하마터면 쏠 뻔했던 놈! 그놈이 지하철 플랫폼에서 도망간 총잡이였어요! 자전거 탄 놈도 그놈이었고요!"

"당신 파트너가 V가 만들어낸 명령을 작업하게 만든 다음에 그를 죽이고는 기다렸어요. 내가 퇴근해서 집에 올 거란 걸 알고 있었던 거요. 당신이나 팀이 올 거라는 것도 알았고, 나는 착한 사람들에게 잡혀서 모처로 모셔졌을 거요."

"그렇지만 오늘 아침에," 페이가 말했다. "우리가 오늘 아침에야 짠 작전을 놈들은 어떻게 알게 된 걸까요? 우리는 모든 그리드에서 분리돼 있어요. 그들이 도중에 낚아챌 데이터는 하나도 없어요. 우리 앞에 나타난 인원이 딱 한 명이라고 하더라도……"

"아마 두 명일 거요." 콘돌이 말했다. "여섯 명이 지하철에서 공격했고, 둘이 남았어요. 어딘가에 있는 관측병, 그리고 자전거를 탄 총잡이. 어쩐 일인지 우리가 오고 있다는 걸, 크리스가 우리를 상원 정보위원회 사무실로 데려가고 있다는 걸 안 거요. 그곳에는 시스템에 접속된 사람이 너무 많아서 납치나 통제를 할 수가 없어요. 그래서 우리가 거기에 도착했다면 공격을 당하지 않으면서 새미에게 안전하게 당도했을 거요. 시스템은 이 모든 걸 판단했을 거요."

"두 명이라……" 페이가 말했다. "어떻게요?"

메를이 속삭였다. "나예요."

페이와 콘돌이 동시에 외쳤다. "뭐라고요?"

"맙소사, 미안해요! 나예요, 나, 나라고요!"

메를이 말했다. "자신들의 총과 비밀들을 가진 사람들, 내가 아는 세상은 진짜 세상이 아니라는, 아니었다는 사람들의 주장들. 하지만 당신들이 온 이후로는 그렇지 않았어요. 내가 아무리…… 우리가 아무리…… 나는 영리해요. 요령이 있어요. 정치에서는, 인생에서는, 늘 남 탓을 해야 해요. 나는 당신들을 믿었고 당신들과 같이 있고 싶었지만, 나 자신을 보호할 방책만큼은 스스로 마련했어요. 외부에 있는 동맹 세력요. 당신들은 나한테 전화기를 넉 대 사라고 시켰지만, 나는 거래 은행 ATM에 가서 돈을 찾은 다음에 다섯 대를 샀어요."

그녀가 말했다. "나는 내가 가진 부탁할 수 있는 권리 하나를 실행에 옮겼어요. 내가 가는 길에 놓여 있는 아수라장으로 고분고분 따라갈 게 아니라 영리한 일을 하자는 생각이었어요. 나는 효과가 있을 법한 일을, 우리의 성공 가능성을 높여줄 일을, 아마도 나를 보호해줄 일을 했어요. 당신이 나를 차버리거나 속이거나 누명을 씌울 경우에 나를 보호해줄 일을요."

콘돌이 말했다. "그에게 전화했군요."

"누구한테요?" 페이가 물었다.

"나한테 신세를 진 상원의원이요." 메를이 말했다. "어제 그에게 전화했어요. 그에게 준비가 됐다고, 그가 나랑 CIA 소속 내부 고발자를, 내가 의회도서관에서 만난 남자를 도와줘야 한다고 말했어요. 이 일은 상원의원인 그를 영웅으로 만들어줄지도 모른다고. 하지만 그렇게 일이 풀리지 않더라도 그는 보신을 할 수 있을 거라고 말했어요."

"그러곤 말했군요……"

"그러곤 말했어요. 콘돌이라고. 그 단어를 말했어요. 그가 어떻게 행동할 건지 짐작했어야 하는 건데. 그는 자기 보신을 했어요. 아마 전화를 걸어서 콘돌에 관한 질문을 하는 것으로 그와 관련된 데이터 연쇄를 만들어냈을 거예요. 그래서 지난밤 무렵에 그리드로 데이터를 찾아 나선 당신의 V가 접속했다는 걸 알게 됐을 거예요."

"그래도 그들은 우리가 어떻게 행동할지는 몰랐을 거요." 콘돌이 말했다.

"오늘 아침에 우리가 크리스의 아파트를 떠나기 직전에 팬티에 휴대전화를 숨겨서 화장실에 갔어요. 상원의원에게 문자를 보냈어요. 무슨 일이 있어도, 청문회나 유권자 모임이나 후원금 모금 미팅이 있더라도, 9시 15분에는 하트(Hart) 빌딩의 중앙 출입구에 와서 나와 내 동행들을 정보위원회 사무실로 에스코트하기 위해 대기해야 한다고 그에게 말했어요. 인원수가 많으면 안전하잖아요, 맞죠? 그중 한 명이 미국 상원의원일 경우는 특히 더 그렇잖아요. 그건 정말로 영리한 방안이었어요. 그의 뒤에 숨는 건요."

"당신 전화!" 콘돌이 메를에게 말했다. "놈들은 당신이 상원의원에게 문자를 보내자마자 그걸 추적하고 있었어요. GPS는 우리가 주차장에 있는 걸 알았고, 우리가 도보로 이동하는 걸 알았어요. 랩톱으로 데이터를 받아 내용을 전달하는 관측자 한 명과 다른 놈이 어떻게 자전거를 구했는지……"

메를이 무척이나 매끄러운 동작으로 일어난 탓에 콘돌이나 페이는 그녀를 만류할 틈도 없었다.

"오, 맙소사. 놈들이 이제 우리한테 오고 있어요!" 메를이 말했다.

"전화기! 그걸 버려요. 그걸 꺼내……"

"안 돼요." 그녀가 말했다.

"안 돼요." 그녀가 속삭였다.

메를이 말하는 동안 그녀의 두 눈의 초점은 저 멀리에 맞춰졌다. "나는 크리스를 죽게 만들 정도로 영리해요. 나는 당신들이 목숨을 부지하게 만들지도 모를 정도로 영리해요."

메를의 두 뺨이 반짝거렸다.

콘돌이 그녀를 다독이려고 앞으로 나가 그녀의 손을 잡았다. 그녀가 두 손으로 그의 얼굴을 감싸고……

메를이 그의 가랑이 사이에 무릎을 꿇었다.

콘돌은 수풀이 우거진 둔덕에 털썩 무릎을 꿇었다.

앞이 보이지 않아, 아파, 목이 막혀, 숨이 막혀……

메를이 하는 얘기가 들렸다. "내가 당신이 함께 있기를 바라는 사람이 될 수 있었으면 했어요!"

그가 눈을 떴을 때, 핑크색 후드 옷을 입은 페이가 일어서려고 기를 쓰는 모습이 눈물에 젖어 흐릿하게 보였다.

그때 메를이 수풀이 우거진 둔덕의 비탈을 달려 올라갔다. 그녀가 분주한 D.C.의 거리를 향해……

사라졌다.

그녀가 떠났어.

"어서요." 페이가 콘돌을 잡아당겼다. 부상자가 절름발이를 돕고 있었다. "당신은 그녀를 붙잡을 수 없어요. 그녀는 사고를 쳤어요. 그리고 이제 그걸 만회하려고 노력하고 있어요. 그녀는 놈들이 자기가 가진 전화기를 추적하고 있다는 걸 알아요. 놈들은 그녀를 쫓을 거예요. 메를는 그래서 도망가는 거예요."

페이는 숨을 골랐다. "메를 때문에 크리스가 죽었어요. 그리고 그녀는 우리에게 시간을 벌어줬어요."

그녀와 콘돌은 메를이 그들에게 사준 휴대폰에서 배터리를 떼어내 숲으로 던졌다. 그들이 수풀 우거진 둔덕을 비틀비틀 내려갈 때, 늦은 오전의 태양이 그들을 따스하게 데웠다. 부상자가 늙은 절름발이에게 몸을 기대고 있었다.

"그녀를 쏘고 싶어요." 페이가 걸음을 뗄 때마다 그에게 몸을 더 심하게 기대며 고백했다.

"나는 나를 쏘고 싶소." 사타구니에서 느껴지는 통증을 더욱 심한 통증이 대체할 때 콘돌이 말했다.

콘돌이 페이를 도와 택시와 셔틀버스로 북적이는 말발굽 모양 호텔 진입로로 향할 때, 그들은 권총집에 든 그들의 권총이 사람들 눈에 띄지 않도록 노력했다. 그는 그녀 머리의 엉망이 된 부위를 가리려고 핑크색 후드를 매만졌다. 그녀에게 고개를 계속 숙이고 있으라는 말을 할 필요는 없었다. 그녀가 고개를 거의 들지 못하면서 그의 옆에서 간신히 걸음만 떼고 있었기 때문이다.

신경이 곤두선 가족들 천지군, 호텔의 슬라이딩 유리문을 향해 느릿하게 걷는 동안 콘돌은 생각했다. 그의 왼팔은 핑크색 후드를 걸친 여자 한 명의 몸뚱어리를 감싸고 있었고, 오른손은 검정 가죽 재킷을 누르고 있었다. *아빠들. 엄마들.*

비행기 탑승용 복장을 한 군중 속에서 정장과 타이 차림인 대여섯 명이 조바심을 내고 있었다. 군중은 *관광객 이상* 가는 존재들이었다. 콘돌은 짐을 과하게 실은 카트를 잽싸게 피하면서 시끌벅적한 가족들 틈을 통과했다.

대학생들, 그는 생각했다. *아냐, 대학 입학 예정자들이야.*

학교 방문. D.C.에는 종합대학과 전문대학이 많다. 사람은 누구나 워싱턴에 와봐야 마땅하다. 온 가족을 데려와 휴가를 여기서 보내야 한다. 아니, 우리는 우리 가족을 창피하게 만들지 않을 것이다. 우리는 우리 미래를 저당 잡힐 곳을 볼 자격이 있다. 그 덕에 당신들은 세상이 돌아가는 방법을 배울 수 있고, 급여와 약속들로 구성된 미래로 가는 공인된 여권을 얻을 수 있다.

청바지 차림에 눈곱이 붙어 있는 누군가의 아홉 살짜리 동생이 군중 속을 질주했다. 학교를 상징하는 색깔을 띤 끈과 플라스틱 신분증이 사내아이에게서 떨어져 날아갔지만, 아이는 전혀 뒤돌아보지 않았다. 콘돌이 그 신분증을 드넓은 호텔 정면 로비 바닥을 서둘러 가로지르는 신발들에 짓밟힐 신세에서 구해내는 걸 전혀 보지 못했다.

끈이 달린 이름표에는 이렇게 적혀 있었다. '방문자.'

우리 모두 그런 신세 아닌가.

로비 깊숙한 곳에 카우치와 패딩을 댄 의자들, 호텔 바에서 가져온 칵테일이 놓인 작은 테이블이 여러 개 있었다. 체크아웃 시간인 오전 11시가 가까워지면서, 여행 가방을 지키는 배우자나 -빈도는 덜 하지만- 고향으로 돌아가는 것도 그리 나쁜 일은 아닐 거라는 고민에 홀로 잠긴 고등학생들이 의자 대부분을 채우고 있었다. 멸종 위기에 몰린 종이로 된 폐기물들 -브로셔, 고객용 꾸러미, 그리고 종이 시대가 남긴 다른 유물들-이 작은 테이블들에 어수선하게 놓여 있었다.

어느 나이 많은 여자가 로비 의자에서 일어나려고 지팡이를 짚었다.

콘돌은 그 여자가 떠나면서 생긴 빈자리에 페이를 앉혔다. 후드가 그녀의 고통스러워하는 얼굴 대부분을 가리도록 그녀의 앉는 자세를 조정했다. 어깨를 으쓱거려 차이나타운에서부터 메고 온 그녀의 배낭형 백을 벗은 그는 무거운 배낭을 페이의 무릎에 올려놨다.

그는 속삭였다. "사람들이 당신 얼굴을 보지 못하게 해요. 어려 보이려고 애쓰고요."

그는 신분증 끈을 자기 목에 걸었다.

나는 내가 나라고 말하는 사람이야.

그는 여기를 떠돌았다. 저기를 떠돌았다. 군중 속을 헤집고 다녔다. 바리스타가 초콜릿과 커피로 만든 과자와 케이크를 팔기 위해 로비에서 밀고 다니는 카트를 지나쳤다. 검정 정장 차림의 직원들이 공항으로 향하는 손님들 무리를 상대하는 프런트 데스크를 지나쳤다.

그는 목에 건 방문자 이름표에 표시된 것과 동일한 대학에서 배포한 홍보물 뭉치를 손에 넣었다.

엘리베이터 문이 열렸다. 한눈에 봐도 참을 만큼 참았다는 기색이 역력한 어머니에게 손을 잡힌 채 입술을 삐쭉 내민 열 살짜리 딸을 데리고 초췌한 아버지가 서둘러 내렸다. 근처에 있는 대학생으로 보이는 딸은 손을 뻗으면 그녀를 낳은 여자를 만질 수 있었음에도, 여기가 아닌 다른 세상에 있는 사람인 양 구부정한 자세로 서 있었다. 어머니가 자신에게 이 두 딸을 안겨준 남자에게 고함을 쳤다. "빨리요, 스티븐스네가 우리를 공항에 데려다주려고 저 앞에 차를 세워두고 있잖아요!"

뜀박질하는 가족에게서 네 걸음쯤 뒤쳐진 아버지가 전자 키를 정면 벽에 있는, '열쇠 놓는 곳'이라고 적힌 구멍이 있는 무인 카운터에 털썩 내려놨다. 가족을 따라 호텔을 서둘러 벗어나는 동안 남자는 충분히 만족스럽다는 기색을 보였다.

콘돌이 카운터에서 키 카드를 슬쩍하는 걸 본 사람은 아무도 없었다.

붐비는 프런트 데스크 위에 걸린 시계는 10시 57분을 알렸다.

공항으로 가는 스티븐스네 차를 향해 떠난 어느 누구도 호텔의 유리 슬라이딩 도어를 통해 돌아오지 않았다. 저 밖에서, 말발굽 모양 진입로에서, 가느다란 띠를 이룬 택시와 셔틀버스들 가운데서, 콘돌은 초조하게 자가용을 주차시키고 짐을 꾸리는 사람을 한 명도 보지 못했다.

검정 스커트가 딸린 사무용 정장을 입은 30대 중반의 자신감 넘치는 여성이 로비 건너편의 안내 데스크에 자리를 잡고는 데스크톱 컴퓨터를 클릭했다.

콘돌과 아이폰을 쥔 상류층 여성이 동시에 도착했지만, 콘돌은 팔을 과

장되게 흔들어 미즈 아이폰에게 먼저 일을 보시라는 신호를 보냈다.

당연히, 그녀가 말했다. "고맙습니다."

여자가 자리에 앉아 컨시어지와 대화를 시작했다. 컨시어지는 그 여자의 얘기에 미소로 화답하면서, 친절하게 옆으로 비켜서주고는 지금은 고마워하는 컨시어지의 마음씨를 고마워한다고 말하는 기색을 보이면서 검정 가죽 재킷 위로 팔짱을 끼고 기다리는 백발의 신사를 몇 분의 1초 정도 쳐다봤다.

11시 4분에 상류층 여성이 호텔의 말발굽 모양 진입로에서 밖으로 향하는 택시에 올랐고, 대기하던 자상한 신사가 컨시어지 맞은편 의자를 차지했다.

손님을 접대하는 일을 하는 전문가라면 누구나 그의 몰골이 끔찍하다는 걸 알 수 있었다.

D.C.의 어느 종합대학을 방문한 부모들이 사용한 신분증 끈을 목에 두른 남자는 대학에서 그에게 준 홍보물 뭉치를 책상에 올려놓더니 한숨을 쉬었다. "미안해요. 이런 곤경은 예상하지 못했거든요."

"무엇을 도와드릴까요, 손님?"

"혹시 호텔에 고객용 타임머신이 있나요? 아니면 딸을 다른 사람 딸하고 바꿔줄 수 있나요? 내 농담이 좀 과했죠? 그래도 나는 그 애를 사랑해요. 온 세상을 다 준대도 그 애를 내주지는 않을 거예요, 하지만…… 사람들이 하나같이 올해는 힘든 해라고 하더군요."

컨시어지의 공손한 미소가 이해한다고 말하면서 그를 격려했다.

"나도 알아요, 내가 늦었다는 걸. 하지만 프런트 데스크에 사람이 너무 많았어요. 게다가 당신이 여기에 있는 걸 못 봤어요." 이제 *그녀를 낚싯바*

늘에서 *꺼내줘.* "먼저 여기를 떠날 필요가 있었던 그 여자 분을 보기 전까지는 말이에요. 그리고 어제, 오리엔테이션에 갔을 때만 해도 우리한테 이런 일이 생길지 어떻게 알 수 있었겠어요? 나이를 먹을 만큼 먹은 여자애가 새 룸메이트와 그녀의 부모와 함께 밤을 보내지 못하게 막아야 할 이유가 뭘까요? 오늘 아침에 그 애는 여기 로비에서 마땅히 그래야 하는 모습으로 우리를 기다리고 있었어요. 하지만…… *쳐다보지 마요, 그래도 저기 보이죠? 분홍 후드 쓴 애?*"

컨시어지가 재빨리 눈을 굴리는 것으로 그렇다고 대답했다. 분홍 후드, 여성, 사람들 눈에 보이지 않으려고, 여기에 있지 않으려고 애쓰면서 의자에 널브러져 있다. 데이터 확인 끝.

"우리는 내일 덜레스 공항에서 비행기를 타기 전에 버지니아에 있는 스티븐스네 집으로 가려고 로비로 내려왔어요. *그런데 젠장,* 저기 앉아서 머리에 생긴 구역질나는 피멍을 감추려고 애쓰는 저 애가 스티븐스네하고 같이 가지 않겠다고, 여기 있는 학교에 다니지 않겠다고, 그냥 집에 가고 싶다고, 자기 어머니랑은 말도 하지 않을 거라고 말하지 뭡니까. 저 꼬맹이가…… 그걸 '요구 조건'이라고 부릅시다. 아무튼 저 애한테는 같이 갈 어머니가 필요해요. 여기에 칼리하고 머물면서 *지금 벌어지고 있는 일*을 막장까지 몰고 가는 사람이 아니라요."

컨시어지가 그를 향해 립스틱 바른 입술을 찡그렸다. "손님, 따님께 의료적 관심이 필요한가요?"

"아뇨, 나는 의무병이었어요. 베트남전 동안에 우리 전우들은 무슨 수를 써도 살아남을 수가 없었죠. 아무튼 요점은, 우리는, 아내하고 나는 일을 갈라서 맡기로 했어요. 그래서 나는 아내가 사전 체크아웃을 하는지 데스크에서 체크아웃을 하는지 관심을 갖지 않았어요. 그러다보니 이런 상황이 벌어졌네요. 데브와 내 아내가 스티븐스네랑 같이 가고 있어요. 나는 여기에 머물면서, 칼리가 나한테 돌아와 도대체 무슨 일이 벌어지고 있는 건지 말하게 만들 거예요. 그리고 나서 우리는 내일 덜레스에서 만날 거예요. 그런데……"

백발의 아버지는 컨시어지에게 자신의 키 카드를 건넸다.

현실을, 진실을, 증거를 담은 딱딱한 조각을.

"당신과 상담하려고 기다리는 바람에 체크아웃 시간을 놓쳤어요. 아내가 자동 체크아웃을 했는지 프런트 데스크에서 체크아웃을 했는지는 모르겠지만, 아무튼 내 키가 여기 있어요."

컨시어지가 손님이 자발적으로 내놓은 전자 키 카드를 책상에 놓인 판독기 슬롯에 긁은 다음 얘기했다. "그렇네요, 미스터 코딩리, 자동 체크아웃을 하셨다고 나오네요."

"당신 말이 맞아요. 그리고 그게 문제예요. 나한테는 언제 터질지 모르는 울음보를 참으려고 애쓰는 10대 딸이 있었어요. 게다가 내일 집으로 가는 비행기를 타기 전까지 대답을 들어야 하고요. 또 11시 이전에 체크아웃을 했어야 하죠. 그런데 방금 전까지는 당신이 여기에 있지 않았고, 나는 기다리다가……"

"예약을 연장하고 싶으신 건가요?"

"맞아요, 부탁해요. 쓰던 방을 그대로 쓰면 좋겠지만, 다른 방을 잡아야 할 경우……"

그들은 다른 방을 잡았다. 전에 쓰던 것보다 작은 방, 트윈 베드들, 웨스트 729호실, 동일한 신용카드로?

물론이죠.

호텔방의 정적.

콘돌은 갓 정돈된 침대에 누웠다.

페이는 다른 침대에 누웠다.

그녀가 울기 시작했다.

내 심정도 그래.

의식이 사라졌다. 그런 후 쌩하고 돌아왔다. 그는 잠을 잤을지도 모르고 그러지 않았을지도 모른다. 오후의 햇빛이 호텔방 창문들을 채웠다. 그의 시계가 4시를 가리켰다.

그리고 그는 페이가 하는 말을 들었다. "잠깐만요."

콘돌은 그녀가 일어나 앉는 걸, 그를 보려고 바닥에 발을 붙이는 걸 보려고 침대에 앉았다.

그녀가 말했다. "배낭과 메를의 랩톱, 당신이 가지고 있나요?"

그는 랩톱을 그녀에게 넘겨줬다.

"고백할 게 있어요." 그녀가 말했다. "혼자 있을 때, '프로텍트 유어 키즈(Protect Your Kids)' 프로그램을 내려받았어요. 메를의 신용카드에 2백 달러가 부과되게 만들었어요. 부모들이 10대 자식들을 염탐하려고 구입하는 GPS 추적기를 우리 일회용 전화기에 다운받고는 이 랩톱에 시스템을 설치한 거예요. 정보국에서 그녀의 전화기를 철저하게 분석하면 그게 설치됐다는 걸 알아차리겠지만, 그 프로그램은 요령 좋은 10대들에게서도 존재를 숨기도록 설계돼 있어서……"

"그러니까 V들은 그녀가 우리에게 숨긴 비밀 전화를 추적했지만, 당신이 나하고 메를에게 숨긴 사실 때문에 당신과 내가 그녀의 비밀 전화를 비밀리에 추적할 수 있다는 거요?"

페이가 어깨를 으쓱했다.

"그걸 역추적할 수도 있소? V가 우리를……"

"아마도요," 페이가 말했다. "하지만 그건 누군가가 그렇게 해야겠다고 작정을 했을 경우에만 가능한 일이에요."

"만약에 놈들이…… 메를 붙잡았다면, 놈들은 전화기를 분명 소각로에 버릴 거요. 놈들은 우리가 사전에 입력해둔 번호들을 알아낼 거요. 하지만 우리는 그 전화기들을 버렸고, 전화기에는 배터리도 없는 데다 신호도 가지 않으니까……"

3분 후, 그들은 랩톱 스크린에 뜬, 넓게 펼쳐져 있는 미국의 수도권 지역 중에서 벨트웨이 바로 바깥에 있는 지역을 보여주는 거리 지도를 응시하고 있었다.

스크린의 지도에서 파란 점이 고동쳤다. 주소가 떴다.

"그녀가 저기 있군." 콘돌이 속삭였다.

"전화기가 저기 있는 거예요." 페이가 랩톱을 조작했다. "2시 7분부터 저기에 있었어요. 그 이전에는…… 봐요, 지도가 그녀의 이동 경로를 추적하고 있어요. 여기 근처에서 한 번 멈췄다가……"

"동물원이오." 콘돌이 말했다. "그녀는 동물원으로 달려갔어요. 앉을 자리를 찾았겠죠. 곰 우리 같은 데서요. 동물들을 지켜보는데…… 놈들이 와서 그녀를 데려간 거요. 놈들은 저기서 그녀를 죽이지는 않았어요. 아니면……"

그는 랩톱을 움켜쥐었다. 『워싱턴 포스트』 웹사이트를 클릭해서 들어갔다.

"상원 보좌관이 의사당에서 피격되다. 차량 도난." 그는 클라우디아 샌들린 기자가 쓴, 여섯 문단짜리 기사를 읽었다. 의사당 경비대, FBI, 여성한 명을 포함한 용의자들, D.C. 다운타운에서 오일 팬이 타버린 채 발견된도난 차량. 그보다 이른 오전 시간에 여섯 블록 떨어진 곳에서 구타당해의식을 잃은 환경보호청 직원에게서 자전거를 훔친 강도가 이 사건과 관련이 있는지 여부는 알려지지 않았다.

콘돌이 속삭였다. "놈들이 통제력을 잃었군요."

"누가요?"

"모두가요. 새미와 정보국과 V가 말이오. 정보가 너무 많고, 너무 빠르고, 너무 공개적이오."

그는 클릭을 해서 지도와 고동치는 파란 점으로 랩톱 스크린을 채웠다.

페이에게 진실을 말해.

"이건 아수라장 치고도 도가 지나친 아수라장이오." 그가 말했다. "V는여기에 너무 깊이 몰두하고 있어요. 우리가 패닉 라인이나 다른 방법을 이용해서 정보국으로 가서 새미를, 간부들을 만날 수 있는 좋은 기회요. 설령 탈출 과정에서 부상을 당하더라도 말이오. 살아서 돌아가서는 착한 사람들한테, 시스템에, 제대로 작동하게 돼 있던 것에 박수를 쳐주는 거요."

그녀는 동공이 이제는 정상으로 돌아온 녹색 눈으로 그를 응시했다.

하지만 그녀는 나를 보고 있는 게 아냐.

파란 점이 고동쳤다.

콘돌이 말했다. "그녀는 죽었거나 잡혀갔을 거요. 하지만 그녀의 전화기는 놈들이 갖고 있는 게 확실해요. 어느 쪽이건, 저기가 내가 갈 곳이오."

"우리가 정보국에 간다면……"

"정보국 사람들이 우선적으로 하려는 일이 무엇일 것 같소?" 콘돌이 물었다. "놈들이 누구건, 우리가 신뢰할 수 있는 사람이 누구건 말이오, 새미? 여전히 낚아챈 공식 기록을 활용하고 있는 V? 우리가 모습을 드러내는 순간, 우리는 누군가에게 로그인을 허용할 거고, 당신은 어떤 순진한 법률 추종자가 그 일을 할 거라는 걸 알아요. 그러면 저 파란 점은…… 그렇다면 V 입장에서 저 파란 점으로 선택할 영리한 대안은 딱 하나밖에 없소."

그가 침대에서 45구경을 집어 들었다. 그가 자신의 검정 가죽 재킷을 찾아 주위를 돌아봤다.

"메를의 파란 점보다 더 중요한 게 있소." 그가 말했다. "그녀는 충분히 할 만큼 했어요. 하지만…… *진실은?*"

페이는 고개를 끄덕거렸다.

"내가 이 일을 마무리하지 못하고 간다면, 나는 그저 프로그램의 일부분일 뿐이오." 콘돌이 말했다.

"당신은 구닥다리 노인네일 뿐이에요." 그녀가 일어서서 비틀거렸다. "놈들은 최소한 두 명일 가능성이 커요. 그리고 놈들은 솜씨가 좋아요. 놈들은 아마 자다가 일어나서도 우리를 진압할 수 있을 거예요. 당신도 그걸 알죠? 얼굴에 그렇게 쓰여 있어요. 젠장, 내 컨디션이 최상이라고 해도……"

"당신은 뇌진탕에 걸렸소."

"프로 미식축구 선수들은 뇌진탕을 당하고도 게임을 뛰러 돌아가요."

"그러고는 젊은 나이에 세상을 하직하죠."

"이제 죽는 건 더 이상 문제가 안 돼요. 이건 내가 감당하면서 살아야만 하는 문제예요."

그녀는 걸음을 뗐다.

침대에 걸터앉으려고 돌아가다가 콘돌과 부딪쳐 그를 침대로 쓰러뜨렸다.

그들은 그들이 피할 도리 없이 봐야만 하는 것을 응시했다.

그녀가 말했다. "당신은 나 없이는 놈들의 상대가 안돼요. 그리고 나도 혼자서는 성공할 수 없어요. 지금은 그래요."

파란 점이 고동쳤다.

페이가 말했다. "메를 입장에서 최악의 일이 무엇이건, 그 일은 벌써 일어나는 중이거나 이미 일어났어요. 또는 절대로 일어나지 않을 거예요. 놈들이 그녀를 붙잡고 있으니까요. 어쩌면 극단적인 조치나 극악한 만행은 하나도 가하지 않았을 거예요. 우리가 지금 저 문을 걸어 나간다고 하더라도, 우리가 거기까지 가는 데는 가장 빨라야 40분이 걸려요. 이런 식으로는요. 지금 우리 신세로는요. 우리는 준비도 안 돼 있고, 구글 스트리트 뷰로 정찰을 하지도 않았어요. 우리가 가진 거라고는 상태가 엉망인, 제멋대로 작동하는 총들뿐이라고요. 그 정도 가능성이 마음에 드나요?"

그녀 말이 옳다는 말은 하지 마.

그녀가 말했다. "우리를 기다리고 있는 게 전화기뿐이라면, 어떤 시민이 발견한 무슨 물건일 뿐이라면, 우리가 지금 가더라도 우리는 이런 식으로 나자빠질 거예요. 우리는 거기 가서 그런 결과만 보여줄 가능성이 커요."

"언제 갈 거요?" 그가 말했다.

"우리가 더 심한 난장판이 펼쳐지는 걸 봤을 때요. 놈들이 하는 모든 행동을 우리가 더 많이 볼 수 있을 때요. 우리한테 기회가 생겼을 때요. 당신하고 내가, 우리가 변신할 수 있는 최대한 엿 같은 인간으로 변했을 때요."

"그게 언제요?" 그가 다시 물었다.

"언제인지 알잖아요." 그녀가 말했다.

그들이 샤워를 했을 때, 룸서비스를 시키고 그녀가 토하는 일 없이 식사를 마쳤을 때, 뉴스를 시청하고 기사를 읽었을 때, 컴퓨터로 정찰하고 전략을 짰을 때, 그가 나갔다 돌아왔을 때, 통증과 싸우고 잠을 잘 달래서 불러오는 약들을 그가 그녀와 공유했을 때, 그들이 떨어져 있는 침대의 커버 아래 누웠을 때, 전원을 끈 랩톱을 선반 위에 있는 검정 스크린의 TV 근처에 놓았을 때……

깨어 있을 때와 꿈속에서, 그리고 악몽 속에서 그가 아는 건, 그가 느꼈던 건, 그가 보고 들은 건 외로운 사람의 심장처럼 고동치는 파란 점이었다.

30

"사람은 누구나 죽는 방법이 필요하다."

-콘돌

  토요일 아침의 교외. 페이가 훔친 차에 앉아 있다. 젠장, 엿이나 먹어라, 세상아.

  나를 엿 먹여봐.

  앞 유리 바깥은 막다른 골목이다. 원형 교차로에서 벗어난 곳에 있는 키 낮은 벽돌 주택 일곱 채. *지금, 오전 11시에 당신은 여기 내리막길 끝의 막다른 곳으로 이어지는 도로에 있다. 지금은 당신이 동틀 때 떠난, 거짓말로 투숙했던 호텔의 체크아웃 타임이다. 순진하게 속아 넘어간 호텔 관계자 분들, 안녕히 계세요.*

  여기는 메릴랜드 주 실버 스프링이다. 벨트웨이 바깥에 있지만, 여전히 미국의 죽음의 도시 내부에 속해 있는, 봉급 생활자들이 교외에서 인간적인 삶을 누리는 지역이다. 운 좋은 세대들은 주택 한 채에 두 명만 거주한다. 그럭저럭 살아가는 것이 신속히 이사 가는 것의 바로 위 단계에 해당하는 이 지역에서는 쥐꼬리만 한 급여나 눈곱만큼의 봉급으로 살아가는 가정이 무척 많다.

  4월의 푸르른 나무들이 많다.

벽처럼 늘어선 나무들, 그걸 지나면 표적 지역(TZ, Target Zone)의 뒤쪽 주변에 있는 높은 목제 울타리, 낮은 덤불 두 개, 현관으로 이어지는 인도, 검정 철책, 빨갛게 페인트칠된 콘크리트 계단 다섯 단, 그런 다음 윗부분 절반이 열리는 창문 달린 덧문, 그리고 그 뒤에 있는 튼튼한 백색 문이 있다. 나무로 만든 문일 수도 있고 강화 금속으로 된 문일 수도 있다. 하지만 어느 쪽이더라도, 이 집의 주인은 피해망상증 환자인 게 분명했다. V는 안전이 영구하게 보장된 안전 가옥을 선택하지는 않을 것이기 때문이다.

TZ는 병원(Crash House)이라고 불러도 무방했다.

정말이다. 장난이 아니다.

뒷문 쪽으로 가봤다. 하지만 뒷문에 간다는 건 뒤뜰 울타리를 뛰어넘어야 한다는 뜻이다. 몸도 좋아야 하고 스피드도 뛰어나야 넘을 수 있는 나무 방벽을 콘돌이 극복할 수 있는 방법은 전혀 없다.

막다른 길 외곽의 도로 경계석에 웅크리고 있는, 페이가 훔친 차의 창문은 모두 열려 있다. 표적이 아닌 주택 여섯 채 중 두 채 근처에는 여전히 차들이 있다. 이렇게 선선하고 푸르른 4월의 오전에 슈퍼마켓에 쇼핑을 하러 가거나 아이들 축구 경기를 보러 가거나 무슨 일이 됐건 진짜 가족들이 있는 진짜 사람들이 하는 일을 하러 차를 몰고 가는 대신에 말이다. 시커먼 구름들이 막다른 골목을 덮는다. 비가 약간만 내리더라도 사람들이 죽어나갈 수 있는 시대다. 반면에 며칠간 실내에 머무는 건 곤경이 몰려와서 소리를 지르더라도 당신은 안전하다는 뜻이다. 그 곤경이 당신 이웃집, 막 이사 온 참이라 당신이 전혀 알지 못하는 사람들이 공격당한다는 뜻일지라도 말이다.

몇 명이지?

남자 둘, 더 이상은 아닌 게 분명해, 어쩌면 더 적을지도.

그리고 한 명 더.

제발, 한 명 더 있기를.

그리고 *제발*, 비가 이 거리들을 청소하게 놔두지는 마. 아직은 안 돼.

주택의 창문들은 흰색을 칠해놓은 탓에 시야가 차단돼 있다. 흰 문. 빨간 계단 다섯 개.

열어놓은 창문들을 통해 페이가 들으려고 안간힘을 쓰는 소리들과 라일락 향이 쏟아져 들어왔다. 그녀는 운전대 뒤에 늘어져 앉았다. 두 눈은 밖을 꼼꼼하게 감시하고 있었다. 아무것도 움직이지 않는, 아무도 집에 있는 것 같지 않은 TZ에만 시선을 고정해놓지는 않았다. 그녀는 시선을 앞좌석으로 떨어뜨렸다. 랩톱 스크린, 그리고 꾸준하게 고동치는 파란 점, 단어들. 거리 70.7미터.

그리고 그 주소.

그 집.

TZ.

그녀의 두 다리 사이의 좌석에 놓인 40구경 글록을 왼쪽 허벅지가 눌렀다.

어서요, 콘돌! 내가 여기 계속 머물러 있으면 놈들이 나를 발견하고 말 거예요!

지난밤에 그는 그녀를 97분간 호텔방에 혼자 남겨뒀었다.

그녀를 의자에서 쓰러지지 않게 잘 앉혀뒀다. 그녀가 잠들어 쓰러지거나 그릇된 순간에 뇌진탕 때문에 발작을 일으키거나 쓰러져 있는 동안 출입문이 발길질을 당하는 일이 벌어졌을 때 사용할 글록이라는 구급상자를 그녀 손에 흰 테이프로 붙여뒀었다.

택시를 세 번 갈아타고 차를 두 번 세웠다고 그는 말했다.

망할 놈의 순찰 위장 팀들. 이 거리는 우리 거야. 전부 우리 거라고.

호텔방 출입문에 암호로 정해놓은 노크 소리가 나더니 "*당신이군*"이라는 그의 목소리가 뒤를 이었다.

그가 그녀에게 쇼핑백에 들어 있는 내용물을 보여줬다.

우리가 지금 가진 게 뭔지 봐요, 그가 말했다. 우리가 이제 할 수 있는 일이 뭔지 봐요.

지금이다, 개자식들아! 페이가 훔친 차에 앉아 생각했다. *지금이란 말이다.*

막다른 골목으로 이어지는 이 교외의 거리에서 엔진 하나가 그녀 뒤에서 윙윙거렸다.

페이는 훔친 차의 대시보드 뒤에서 몸을 말았다.

그녀의 뒤에 있는 트렁크에 갇힌, 덕트 테이프로 손발이 묶인 남자가 쿵쾅거리는 소리를 냈다.

부수적 피해. 민간인 사상자. 무고한 자의 피.

세상에 쉬운 일은 하나도 없다. 자유로운 건 하나도 없다. 세상에 성인 군자는 없다.

우리는 모두 죄인들이다.

우리 모두는 훔친 차 트렁크에 갇힌, 테이프로 묶인 사람이다.

그렇기는 해도…… *미안해요.*

윙윙거리는 엔진이 훔친 차 너머에서 벽처럼 흘러갔다. 페이는 흐릿한 갈색 금속 형체를 봤다. 형체는 잠시 후 사라졌다. 비명을 지르는 엔진 소리가 형체와 함께 흘러갔다.

속도를 줄여요. 지금이 딱 좋아요. 눈은 대시보드 위에 두고 막다른 골목을 관찰하도록 해요.

사람들은 미국의 길거리에서, 유럽에서, 중국과 인도에서 그런 갈색 배달용 밴을 1천 대쯤 보아왔다. 한 나라의 시스템을 넘어서는 글로벌한 택배 서비스. 사이버를 통해 발송되는 물건들. 사람들은 그걸 원하고, 거기에 돈을 지불하고, 갈색 차량은 그걸 사람들의 현관문까지 가져온다.

세상 사람 누구나 아는 특대형 스텝 밴(step van)이 윙윙거리더니, 근처에 주차된 차가 한 대도 없는 집에 속하는 TZ가 있는 막다른 골목 건너편의 어느 가정집 앞에 멈췄다.

갈색 밴의 엔진이 꺼졌다.

안 돼요! 그러다 시동이 다시 걸리지 않으면 어떻게 할 거예요? 움직일 수 없으면 어쩔 거냐고요?

걱정하지 마, 페이는 혼잣말을 했다. *운전자는 프로야.*

갈색 밴의 운전사가 막다른 골목의 포장도로에 걸음을 내디뎠다. 반 블록이나 떨어져 있었음에도, 페이는 예상했던 대로 운전사가 입은 갈색 유니폼 바지와 셔츠를 알아봤다. 그녀는 그의 민머리, 당구공처럼 반들반들한 핑크색 머리를 봤다. 사람들은 그의 민머리를 눈여겨볼 것이다. 더불어, 그는 최신 유행하는 검정 뿔테 안경에 장착된 이상하게 생긴 플립 업 선글라스를 꼈다. 심지어 이 정도 떨어진 거리에서도, 콘돌의 조종사 선글라스를 끼고 있는 그녀의 두 눈으로도, 페이의 시선은 운전사의 목 왼쪽에 있는 괴상한 검정 얼룩으로 분산됐다. 그녀는 그것의 정체를, 거미줄 문신이라는 것을 알아보지 못했다.

갈색 옷을 입은 운전사가 밴의 화물칸 뒷문을 덜컹거리며 열었다. 그녀는 SWAT 팀이 모여 있을 수도 있는 곳인 밴의 화물칸에 실린 게 무엇인지를 볼 수 없었지만, 막다른 골목에 있는 집들에서는 그곳을 볼 수 있었다. 운전사가 상당히 많은 쇼핑백과 포장물, 상자들 가운데에서 패딩을 댄 배달용 봉투를 꺼냈다. 그가 정면에 차를 세운 가정집의 인도를 서둘러 올라간 그는 초인종으로 보이는 것을 눌렀다.

그는 5초를 채 기다리지 못하고 노크를 한 다음, 알루미늄 덧문을 열고는 패딩을 댄 봉투를 현관문 두 개의 사이에 있는 좁은 선반에 올려놓았다. 그러고는 대기하고 있는 갈색 밴 쪽으로 종종걸음으로 갔다. 그는 시간을 조금도 허비하지 않았다.

갈색 밴의 엔진이 포효하며 살아났다. 기어가 움직였다.

갈색 스텝 밴이 그 배달 주소를 떠났다.

밴이 막다른 골목의 입구를 따라 회전했다.

운전사가 모는 차가 TZ에 고정해놓은 페이의 시선을 막 지나쳐 갔다.

망할 놈의 밴이 멈췄어.

밴의 엔진이 다시금 숨을 거뒀다.

거미줄 문신을 한 대머리 운전사가 밴에서 껑충 뛰어내렸다.

뒤쪽 화물칸을 덜커덩거리며 열었다. 갈색 종이로 포장된 서류 가방 크기의 상자를 꺼냈다. 왼손으로 상자의 한쪽 모서리를 움켜쥔 그가 서둘러······

TZ의 인도에 올랐다. 빨간 다섯 계단을 올랐다. 바깥쪽의 알루미늄 문으로 갔다. 초인종을 눌렀다. 다시금, 그는 채 5초가 지나기도 전에 알루미늄 덧문을 노크했다. 그걸 활짝 열고, 무거운 상자를 비좁은 모서리에 놓으려고 허리를 굽혔다. 하지만 그가 알루미늄 문을 천천히 닫았을 때, 문이 완전히 닫히지는 않았다. 호기심 많은 시민이나 순찰하는 경찰이 알아차리기에 충분할 정도로 틈이 벌어져 있었다. 대머리 기사는 그런 데는 신경 쓰지 않으면서 자기 밴으로 서둘러 돌아가 엔진에 불을 붙이고는 막다른 골목 밖으로 차를 몰아 좌회전을 한 후 페이가 훔친 차 운전대 뒤에 웅크리고 있는 곳을 지나쳐 갔다.

밴의 엔진이 왔던 길로 다시 윙윙거리며 갔다. 원래 있던 곳인 시야 밖으로 나갔다.

페이는 알루미늄 문이 벌어져서 열려 있는 TZ에 시선을 계속 고정시켰다.

조용한 교외 지역의 토요일 오전.

콤플렉스 제드에서 새미가 그녀를 파견했을 때가, 그녀를 세상에 풀어놓았을 때가, 그리고 그녀가 장비 지출 특무대로 갔을 때가, 산타가 그녀에게 현금과 신용카드를 줬을 때가, 그녀에게 그녀가 소지한 총을 위한 탄약과 지금 입고 있는 방탄조끼와 콘돌이 사용한 38구경과 45구경을 줬을 때가 지난 수요일이었다. *세상에, 그게 겨우 사흘 전인 수요일이었단 말이야?*

그때 산타가 말했었다. "전쟁하러 가나요, 요원?"

페이는 거짓말로 말했었다. "나는 내가 무슨 일을 하고 있는지 잘 알아요."

그때로 돌아가서 뭔가 다른 말을 할 수 있으면 좋을 텐데.

산타에게 말한다. "전쟁하러 가는 게 아니라, 전쟁을 끝내러 가는 거예요."

교외의 토요일 오전인 지금, 그녀가 꾸리는 걸 산타가 도와줬던 배낭형 백이 훔친 차 뒷좌석에 구겨져 납작하게 누워 있다. 산타가 건네준 델타포스의 소형 섬광 수류탄 두 개 중 하나가 망할 놈의 핑크색 후드 옷 아래에 입은 방탄조끼 왼쪽 옆구리에 덕트 테이프로 *얌전하게* 붙어 있다.

TZ에 시선을 고정시켜.

문—흰색 문, 집 안에 들어가기 전에 있는 마지막 문—을 천천히 열었다.

짧게 깎은 갈색 머리에 특수작전 요원처럼 수염을 기르고 단추를 채우지 않은 셔츠 차림의 다부진 남자가 보였다. 이제는 주택 입구 통로에 선 TZ의 남자가 배달된 소포 때문에 열려 있는 바깥쪽 알루미늄 문의 다른 쪽에 서서 저격수가 있는지 확인하려고 사방을 훑어보고 있다.

아무도 보이지 않는다.

그가 갈색 밴이 배달한 소포를 집어 들었다.

하얀 섬광이 쾅! 배달된 상자 밑바닥에 테이프로 붙여진 델타포스 수류탄 급조폭발물(IED)이 수염 기른 남자를 집 안으로 날려버렸다.

훔친 차 운전대 뒤에서 몸을 일으킨 페이가 열쇠를 돌려 시동을 걸고 액셀을 밟은 다음, TZ 정면의 정거장을 향해 막다른 골목으로 급하게 우회전을 했다. 오른손에 글록 40구경을 들고, 왼손에는 매장에서 구입한, 자석을 이용해서 돌아가는 비상 회전등을 들고 페이가 차에서 뛰어내렸다. 훔친 차 지붕에서 빙빙 돌며 빨간 불빛을 내뿜는, 공권력의 상징인 비상등을 본 막다른 골목에 있는 민간인들은 경찰차일 수도 있는 차가 주차되어 있는 집에서, 분홍 후드 옷을 입은 여자가 유리가 박살나고 알루미늄이 찌그러진 바깥쪽 문으로 돌진하고 있는 집에서 섬광이 터지고 큰 폭발음이 난 이후에도 911에 전화할 필요는 없다고 믿을지도 몰랐다.

이제는 블랙 진에 검정 가죽 재킷 차림인 대머리 남자가 빨간 빛이 회전하고 있는 훔친 차 쪽으로 달려왔다.

페이는 두 걸음 만에 빨간 다섯 계단을 뛰어올라 찌그러진 알루미늄 문을 옆으로 밀친 다음 그녀의 글록을 겨냥하려고 재빨리 움직였다.

비어 있는 거실 바닥에 있는 남자! 태아처럼 웅크리고 있던 자세를 풀고 있다! 수염을 기른 갈색 머리, 숨을 헐떡거린다. 얼굴에 화상을 입은 그가 자신이 듣지도 못하는 소리를 지껄이면서……

총이야, 놈이 총을 가졌어, 소음기가 붙은 권총을 더듬고 있어. 두 손이 총을 몸 앞으로 돌리고 있어!

앞을 못보고 귀가 먼 데다 화상까지 입은 남자는 자기가 쓰는 무기에 정통한 전사였다.

소음기가 달린 소시지 모양의 총열을 자기 입에 밀어 넣는 법에, 차가운 검정 총구를 두개골 쪽으로 찔러 넣는 법에 정통했다. *풋!*

진홍색 피가 주방 입구 옆의 하얀 벽에 뿌려졌다.

입에 총을 문 남자의 몸이 꿈나라로 간 어린아이처럼 구겨졌다.

당신은 어떤 거짓말에 넘어갔던 거야?

당신이 직시할 수 없었던 진실이 뭐였던 거야?

시간이 없었다. 총을 들어 올린 페이가 비어 있는 거실의 오른쪽에 있는 홀을 겨냥했다.

홀 오른쪽에 열린 출입구가 두 개 있었다. 아마 침실일 것이다.

홀 끄트머리, 열린 문, 세면대 위의 약품 수납장이 있는 곳은 화장실.

홀 왼쪽, 열린 문, 힐끔 보니…… 수도꼭지들, 건조기를 꽂는 플러그, 기계들은 없다. 세탁실, 수납용 벽장.

콘돌, 그녀의 옆, 지난밤에 드러그스토어에서 구입한 전자 가위와 면도날로 밀어버린 머리, 지난 핼러윈에 팔지 못한 재고품을 떨이로 파는 상품이 가득 놓여 있는 아동용 제품 통로가 있는 가족용 상점. 빗물 같은 물로도 씻어낼 수 있는 임시 문신은 오늘은 아직 벗겨지지 않았고, 그의 목에 눈을 사로잡는 잉크 얼룩 같은 거미줄로 남았다. 45구경을 켠 채 전투를 벌이듯 집중한 그가 주방을 확인하라는 그녀의 제스처를 따랐다.

그가 그의 사격지대로 이동할 때, 그녀는 열린 화장실을 향해 홀을 천천히 내려갔다.

그녀가 쥔 글록의 총열 너머로 보이는 복도.

맨 앞에 있는 침실 문.

벽을 따라 살살 전진한다.

페이는 무릎을 꿇고 두 손을 땅에 짚었다.

등과 배를 굴려 맨 앞에 있는 열린 침실 문으로 들어갔다. 얼굴을 들고 총을 겨눴다. 빙글빙글 돌면서 뒤죽박죽인 광경을 지켜봤다.

슬리핑 백, 열려 있는 여행 가방, 더러운 옷가지들, 물병, 텅 빈 채로 열려 있는 벽장……

아무도 없었다.

그녀는 벽을 기대고 앉으면서 두 다리를 몸 아래로 당겼다. 두 번째 침실 문이 오른쪽에 열려 있었다. 세탁실이 *비어 있다는* 게 잘 보였다. 홀 끄트머리에 있는 욕실의 내부 대부분이 *비어 있다는* 게 보이니까, 두 번째 침실도 그래야만 한다!

수류탄 하나가 남았다. 그걸 침실에 던진 다음 눈을 감고 귀를 막고 입을 열고……

하얀 섬광. 쾅!

페이의 세상이 15초 정도 타오르면서 종소리가 울렸다. 그런 후 그녀는 앞을 볼 수 있었고 비틀거리며 일어설 수 있었다. 그녀가 날려버린 방으로 전투 자세로 돌진할 수 있었다.

텅 빈 하얀 벽에 몸을 바짝 붙이고 앉은 남자는 상태가 엉망이었다. 앙상한 염소수염을 기른 얼굴에 난 찰과상들, 짧게 깎은 더러운 황동색 머리카락 아래에 있는 이마에 붙인 반창고. 그는 목이 타원형으로 파인 흰 티셔츠와 회색 스웨트팬츠 차림이었고, 발은 맨발이었다. 병원에서 감아준 게 아닌 기다란 하얀 붕대가 왼쪽 쇄골에서부터 족히 심장 아래에까지 이르는 근육질의 가슴까지 감겨 있었다. 45구경 총알 때문에 깊이 팬 상처를 덮고 있는 듯했다. 그의 멍든 눈과 부어오른 입술은 전날 동물원을 서성거릴 때 사람들의 시선을 끌었을 게 분명했다. 하지만 그때도 그는 임무 수행에 성공했었다. 성공한 덕에 지금 여기에 앉아 있었다. 하지만 그의 총—소음기가 달린 검정 자동 권총의 프로토타입 유형—은, 어제 그를 스타로 만들어 준 권총은 지금은 방 저편으로 날아가 누워 있었다.

페이는 그의 눈이 멍한 건 야전용 키트에 들어 있는 진통용 모르핀 때문이라고 짐작했다.

그는 그녀의 재수 없는 파트너를 칼로 십자가형에 처한 집행자였다.

그는 콘돌의 집 밖에 있던 국토안보부 프로토콜 요원이었다.

그는 지하철 플랫폼의 멍키 맨으로, 콘돌이 총을 쏴서 질주해 빠져나가는 열차로 쓰러뜨린 자였다.

그는 자전거 운전자였다.

그는 맨 발꿈치를 카펫이 깔린 바닥에 대고 바닥을 밀었다. 도망가려는 게 아니라, 흰색 벽에 똑바로 기대앉으려고 그런 거였다.

그러면서 그는 페이가 든 총의 총구를 응시했다.

그녀는 자신의 시야가 그가 생활하던 곳으로 확장되게 놔뒀다. 바닥에 있는 슬리핑 백, 캠핑용 램프와 다른 장비, 그의 옷가지가 담긴 싸구려 여행 가방, 전투용 장비가 가득하다는 걸 그녀가 본능적으로 알아차린, 고급스러운 검정 천 소재 가방 두 개.

캠핑용 베개 옆의 바닥에 누워 있는 페이퍼백 한 권. 소설 몇 권.

이 집을 무단 점유한 V들은 외지 사람들이었어. 암흑 속에서 데려온 사람들이었어.

심한 충격을 받은 V가 그의 명줄을 겨냥한 총 너머에 있는 여자를 응시했다.

그러고는 말했다. "그러니까…… 헤이."

"*헤이*," 페이가 말했다.

검정 총열이 하얀 벽에 기대앉은 남자를 똑바로 겨냥했다.

남자가 그녀에게 말했다. "당신 차례야."

페이가 그의 머리를 쐈을 때, 그녀는 그녀의 글록에서 불꽃이 튀는 것을 보지도, 포효하는 총소리를 듣지도 않았다.

저기에 그가 있어, 제3의 눈으로 피를 흘리는 신세로는 더 이상 아무도 쏘지 못할 거야.

그녀는 전투 자세로 빈 주방을 훑었지만, 주방에 있는 유일한 서류는 이 팀이 무단 점유를 하러 이 집에 들어올 때 흰색 현관문에서 떼어낸 퇴거 통고문뿐이었다.

지하실로 이어지는 계단을 천천히 내려갔다.

콘돌은 지하실 천장을 지지하는 기둥 옆 바닥에 앉아 있었다. 옛날에, 지하실의 다른 방은 재택 사무실이었다. 컴퓨터들과 대형 스크린 TV를 위한 전선들이 있었지만, 카펫 깔린 그 방은 지금은 비어 있었다. 인접한 화장실도 마찬가지였다. 콘돌이 앉아 있는 여기는 주택 소유자가 설치한 바

닥용 타일 위에 깨끗한 페인트 받이용 비닐이 깔린 비어 있는 *지하실일 뿐*
이었다. 그 비닐 위에 콘돌이 앉아 있었다.

메를과 함께.

그녀는 알몸이었다. 천장 지지용 기둥에 척추를 기대고 늘어져 있었다.
두 팔은 양옆에 처져 있었으며, 손목들은 하얀 테이프로 꼰 끈들에 의해
고정돼 있었다. 콘돌이 칼로 그녀를 기둥에서 해방시켰다. 그녀의 입에 붙
어 있던 흰 테이프를 찢어내자 그녀의 뺨이 빨개졌다. 희끗한 금발 머리카
락이 엉킨 채로 그녀의 축 늘어진 맨 어깨 위에 헝클어졌다. 페이는 메를
이 그녀 자신의 배설물을 깔고 앉아 있다는 걸 냄새로 알았다. 페이가 총
을 앞세워 지하실로 이어지는 계단을 내려갈 때, 콘돌은 메를에게 속삭이
는 중이었다. 하지만 페이가 그들에게 합세했을 무렵, 그는 속삭임을 멈췄
다. 메를은 눈을 뜨고 있었지만, 그녀가 보는 게 무엇이건 그것은 거기에
없었다.

"놈들이 그녀에게 약을 먹인 건가요, 아니면……" 페이는 더 이상 말을
잇지 못했다.

"그건 중요하지 않아요." 갑작스레 늙어 보이는 남자가 속삭였다. "그
녀는 떠났어요."

페이는 그가 힘겹게 한숨을 쉬는 소리를 들었다. 아니, 그건 흐느낌이었
을 것이다.

그가 그녀에게 말했다. "아마도 메인(Maine)일 거요. 병원일 거요. 아마
도 그녀는 거기로 돌아올 거요."

그러더니……

오, *그러더니!*

그가 부드럽게, 무척이나 부드럽게 메를의 이마에 입을 맞췄다.

그는 쿵쾅거리며 계단을 올라갔다. 무력한 45구경이 그의 손에서 축 늘어져 달랑거렸다.

그들은 주방 조리대에서 메를의 전화기를 찾아냈다.

페이는 도저히 영문을 알 길이 없는 이유로 냉장고 문을 열었다.

어쨌든 그녀는 냉장고를 열었다.

찬바람이 쏟아져 나오는 냉장고에서 그녀가 발견한 유일한 물건이 꼭대기 선반에서 그녀를 기다렸다.

분홍빛 레모네이드 비슷한 액체 안을 떠다니는 눈알 두 개가 들어 있는 깨끗한 유리병.

그녀는 콘돌이 곁에 와서 서는 걸 느꼈다.

그가 말했다. "당신 파트너로군요. 놈들이 그를 십자가형에 처한 다음에 나한테 누명을 씌우려고 가져온 거요."

페이가 속삭였다. "이놈들은 누구죠?"

콘돌이 그녀 주위로 팔을 뻗어 냉장고를 닫고는 말했다. "놈들은 우리요."

그녀가 그를 쳐다보자 그가 덧붙였다. "우리가 놈들보다 뛰어나고 운도 더 좋기만 바랍시다."

"이건 내가 되고 싶었던 존재가 아니에요." 페이가 말했다.

"나도 마찬가지요. 하지만 우리는 지금 여기에 있소."

페이가 말했다. "우리는 결정했어야 했어요······"

콘돌이 자살한 시체 옆에 손을 짚고 무릎을 꿇고는 몸을 말고 있는 시체의 냄새를 쿵쿵거리며 맡았다. 마치 늑대인간 같군, 페이는 생각했다. 아니면······ 벌처(vulture, 콘돌)처럼.

"가솔린 냄새가 나는군요."

죽은 남자의 앞주머니가 볼록하다는 걸 알아차린 그가 거기서 아이폰을 꺼냈다.

"안에 GPS가 들어 있는 거, 맞죠?" 그가 젊은 여자에게 물었다.

그녀는 그에게 GPS 접속법과 검색 요청 방법을 보여줬다. 그녀는 침실로, 전사한 다른 적에게로 갔다. 그 남자의 침대 옆에서 휴대전화를 집어들면서도 그를 쳐다보지 않았다. 그녀가 한 짓 때문에 그렇게 된 상대를, 아니, 그녀가 하지 않은 짓 때문에 그렇게 된 상대를 보지 않았다. *저런 꼴 당해도 싼 놈이 죽은 거야. 크리스도 죽었어.*

페이가 거실로 돌아왔을 때, 콘돌은 정문을 향하고 있었다. 카운터에서 낚아챈 자동차 열쇠를 한 손에 들고, 다른 손에는 자살한 남자의 아이폰을 들고 있었다.

검정 가죽 재킷 아래에 있는 게 권총집에 든 그의 45구경인가?

사이렌 소리가 점점 가까워지고 있었다.

이웃들.

그렇게 평범한 교외의 토요일은 아니다.

"잠깐만요!" 콘돌이 걸어서 나갈 때, 그녀가 그의 뒤를 쫓으며 말했다.

그가 빨간 콘크리트 현관에 섰다. 그가 전날 밤에 정찰을 마친 후 드러그스토어에서 장비들을 장만한 다음, 동이 틀 때 호텔에서 세 블록 떨어진 평화로운 동네에서 페이와 함께 문을 따서 훔친 차 말고, 다른 주차된 차량들을 향해 자동차 전자 키를 겨냥했다. 콘돌은 전자 키의 로케이트(LOCATE) 버튼을 눌렀다.

미국인들을 정치적으로 달래기 위해 일본에서 디자인하고 테네시에서 생산한 신형 모델 자동차의 불빛이 깜박거렸다. 페이는 운전석 문이 팅 하고 열리는 소리를 들었다.

페이는 콘돌에게 물었다. "우리가 납치해서 훔친 차 트렁크에 실은 택배차 운전사는 어떻게 할까요?"

대머리 콘돌이 말했다. "숨을 쉬게 해줘요."

그런 후 그는 조금 전까지만 해도 킬러들의 것이었던, V들의 것이었던 차를 몰고 으르렁거리며 떠났다.

사이렌 소리······ 아마도 다섯 블록 떨어진 곳.

페이는 국토안보부 신분증이 든 폴더를 꺼내 왼손에 펼쳤다.

오른손 엄지를 써서 그녀가 죽인 남자에게서 가져온 휴대전화를 조작했다. 나는 그를 죽였어, 내가 그를 죽였어. 그녀는 잘 아는 번호로 전화를 걸었다.

전화벨이 두 번 울린 후 −그는 그 사이에 발신자를 확인하고 번호를 추적하라는 명령을 내렸을 것이다− 새미가 전화를 받았다.

페이가 말했다. "누구게요?"

뱅뱅 도는 빨간 불빛을 머리에 인 경찰차가 사이렌을 울리며 막다른 골목으로 들어왔다.

31

"누군가를 쉽게 이길 거야……"
-리처드 톰슨, 〈기분이 무척 좋아(I Feel So Good)〉

당신은 가야만 하는 곳을 향해 훔친 차를 몰고 있다.

휴대전화에서 목소리를 내는 로봇 여성이 그러라고 말한다.

"15미터 후에 우회전하세요."

이 전화기가 보여주는 지도에 표시된 최근 방문 위치 일곱 곳 중 다섯
곳은 벨트웨이로 들고나는 나들목에서 가까운 주유소였다.

여섯 번째 주소는 콘돌이 이 차를 훔친 곳인 병원 주소였다.

메를이 있는 곳.

일곱 번째 장소가 분명 그곳일 것이다.

눈에 익은 거리들.

그는 자신이 있던 곳을 기억하는지 여부가, 만약 그렇다면 언제였는지
가, 또는 그가 이제는 모두 똑같아 보이는 거리들이 있는 미국의 교외 지
역을 너무 많이 운전하고 다닌 탓에 그렇게 느끼는 것은 아닌지 확신이 서
지 않았다. 이 차의 창문 밖에 있는 그 어느 것도 지리적이거나 문화적인
개별성을 보여주지 않는다는 것은, 못 보고 지나칠 수가 없는 두드러진 정
체성을 보여주지 않는다는 것은, 이 '소도시'가 CIA 본부와 펜타곤으로 이

어지는 고속도로 주변 영역을 차지했다는 쉬운 단서를 보여주지 않는다는 것은 분명했다. NSA로, FBI 본부로, 콤플렉스 제드로 이어지는 쉬운 단서를 보여주지 않는다는 것은 분명했다.

옛날에, 이 거리에는 월터 리드 산하의 상이군인병원 부속병동—소문에 따르면, 정신병동—이 있었다. 하지만 그 시설은 폐쇄됐다. 미래적이고 새로운 이미지로 대박을 친 디즈니랜드라는 장소를 이 지역에 어울리게 변조한 사기꾼 버전처럼 보이는, 여전히 난간들을 설치해서 마무리한 회색 시멘트로 둘러싸인 빌딩 두 동이 있는 1950년대의 모조 성(城) 단지도 마찬가지였다.

운전석 창문 밖으로 보이는 콘돌의 시야에 기차 철길이, 그가 외로운 호루라기 소리를 들은 것 같다고 생각하게끔 만든 철길이 미끄러져 지나갔다.

당신은 환각을 느끼는 건 다 끝마쳤어.

이 현실을 고수해.

로봇 여성이 묘지를 안내하는 것으로 그를 과거로 안내했다.

망자의 정원들이 사방 어디에나 있다.

그가 모는 훔친 차에서, 그 차의 승객용 좌석에서 가솔린 냄새 비슷한 냄새가 났다.

그게 무슨 냄새인지 파악해봐.

그는 낡은 주택들을 운전해서 지나쳤다. 어떤 주택은 활기가 없었고, 어떤 주택은 아이를 가졌기에 희망에 부푼 신세대 엄마 아빠들에 의해 재건된 곳이었다. 그래서 거기에는 놀이터가 있었고, 또 다른 비어 있는 그네 세트가 있었다. 현관들, 연한 라임색 치장 벽토를 바른 옛 모텔을 개조해서 만든 지저분한 아파트 단지. 잔디밭이 거리에서부터 뒤쪽으로 이어져 있다. 주택들 사이의 공간이 넓다. 이웃집에서 무슨 일이 일어나더라도 소리를 듣기 어렵다.

"목적지에 도착했습니다. 왼쪽 30미터 지점입니다."

그는 목적지에서 반 블록 떨어진 거리에서 맞은편 도로 경계석에 차를 주차했다.

미국의 수도(首都)가 주변에 키워놓고는 망각한, 공포영화에 나올 법한 시골 주택처럼 보였다. 2층짜리 가정집. 아마도 위층에 침실 세 개, 아래층에 식당과 서재, 응접실, 주방, 욕실. 보일러를 놓기 위한 지하실. 그 외의 여러 시설.

거의 진짜 가정집처럼 보였다.

당신이 안에 들어가서 그렇다는 것을 두 눈으로 확인하기 전까지는.

도시 주택의 표준적인 부지보다 두 배 넓은 부동산의 주위를 둘러싼, 엉덩이 높이의 검정 철제 펜스를 봤다. 뛰어넘어보라고 부추기는 사람들의 눈빛이 쏟아지지 않는 한, 그걸 뛰어넘어볼까 생각하는 사람들의 의지를 꺾어버리기에 충분한 높이였다. 또 다른 건축물에 코팅재로 바를 수도 있을 것처럼 보이는 그 집의 벗겨지는 페인트를 꿰뚫어 본 결과, 전체 구조물에서 광택이 나는 게 보였다. 아무 철물점에서나 쉽게 구입하기는 힘든, 빛을 반사하는 광택제였다. 그리고 1층 창문들은 색을 넣었다는 표현은 적절하지 않았다. 햇빛 아래에서나 은은한 달빛 아래에서나 차분한 파란색으로 빛나기는 했지만, 그 창문들은 빛을 받아들이기만 할 뿐, 밖으로 내보내지는 않았다. 안에서 바깥은 볼 수 있었지만 밖에서 안을 들여다볼 수는 없었다. 유리는 두툼했다. 바윗덩어리도 집어던질 동네 깡패들의 근육도 그 유리를 깨는 데는 모자랐다. 현관에 있는 문 두 개는 범죄에 대한 경각심이 높은 미국의 동네들을 운전하며 지나칠 때 보이는 문보다 어마어마하게 튼튼한 문으로 보이지는 않았지만……

괜찮아 보였다. 보이는 것만큼 괜찮아 보였다.

콘돌이 훔친 차를 주차한 곳에서 본 그 외의 것은 로봇 여성이 그를 여기에 데려온 게 실수가 아니었다는 걸 알게 해줬다. 그날 아침에 몰았던 갈색 밴보다 두 배나 큰 헛간이 집에서 꽤 떨어진 곳에 보였다. 헛간과 주택을 연결하는 두툼한 검정 전선은 없었지만, 콘돌은 창문이 없고 번개가 치더라도 전기 충격을 받지 않도록 바닥 공사를 한 헛간에 비상 발전기가 들어 있고, 넓은 지하에는 연료 탱크가 있다는 걸 알 수 있었다. 전략적으로 심은 나무들 틈에서 그가 간신히 볼 수 있는, 주택 옥상에 있는 유리로 된 직사각형들에 대해 아는 것처럼 말이다. 저 유리 패널들은 만약의 경우에 대비해서 설치한 태양광 변환기였다. 그리고 알아보지 못하고 지나칠 수 없는 게 하나 있었다. 아니, 세 개 있었다. "예스, 예스, 예스"라고 항복하는 달콤한 목소리가 나오기를 기다리는 침실들이 있는 맨 위층 창문들 위에서, 하늘을 가리키는 박공들 사이에 있는 위성접시 세 개.

생산된 지 9년 된 찌그러진 황갈색 미제 세단 한 대가 자갈 깔린 진입로에 있었다.

드넓은 도로를 좀처럼 구경하지 못한 차처럼 보였다.

네가 저기에 이미 와있을 때 떠나야 하는 이유가 뭐야.

여기다. 0단계(Tier Zero).

영화감독처럼, 콘돌은 속삭였다. "그리고…… 액션."

훔친 차의 문을 열고 거리로 내려갔다.

보안 카메라들이 집으로 걸어가는 그를 지켜보고 있다는 걸 알았다.

그리 심하게 걱정하지는 않았다. 여기로 차를 몰고 왔을 때, 그는 이미 자신이 저세상으로 떠나는 신세가 될 수도 있다는 걸 알고 있었다.

배지와 검정 작전용 총을 가진 모든 요원이 지금 현재는 여기에서 멀리 떨어진 곳으로 파견된 게 분명해.

그런 생각을 했음에도, 그는 검정 철제 울타리의 문을 따고 현관까지 자갈이 깔린 길을 뽀드득 소리를 내며 걸은 다음, 45구경을 움켜쥐었다.

당신이 꽃다발을 가져온 게 아니라면······

왼손 손가락으로 알루미늄 덧문의 손잡이를 슬쩍 건드렸다.

전기 충격은 가해지지 않았다.

그를 까마득한 바닥으로 삼키려고 발밑에서 갑자기 열리는 트랩도어도 없었다.

경보음도 들리지 않았다.

알루미늄 문을 열자 삐걱거리는 소리가 났다. 그는 총을 들지 않은 왼손으로 안쪽 문의 황동 손잡이를 감쌌다. 그리고 그걸 돌려 문을 열었다.

역한 기솔린 냄새가 현관문으로 쏟아져 나왔다.

그런 후 ―몸을 심하게 고생시킨 60대 대머리 남자가 보여줄 수 있는 가장 빠르고 매끄러운 몸놀림으로― 콘돌은 집 안으로, 길고 넓은 현관 홀로 돌진했다. 등으로 안쪽 문을 거칠게 닫은 그는 45구경을 왼쪽으로, 오른쪽으로 급하게 돌리다가 2층으로 이어지는 빈 계단을 겨냥했다.

홀 벽에 있는 고리들에는 레인코트 한 벌, 갈수록 따스해지면서 강설량이 줄어드는 겨울들 때문에 은퇴자 신세가 된 파카 한 벌, 빛바랜 갈색 후드 옷―캔디핑크가 아니라―과 뉴욕의 디자이너가 고급 가죽으로 지은 엉덩이 높이의 갈색 코트 한 벌이 걸려 있었다.

보안 카메라 몇 대가 여기에 검정 가죽 재킷 차림으로 총을 들고 웅크린 네 모습을 보여주고 있을 거야.

가솔린이라는 레이블이 붙은 5갤런들이 빨간 플라스틱 통 두 개가 홀 한쪽 벽에 놓여 있었다.

전투 자세로 홀을 성큼성큼 내려갔다.

45구경 총열 너머로 당신의 표적이 놓인 환경을 꼼꼼히 살피도록 해.

갈색 하드우드 바닥. 긁힌 홈집들이 있지만 포트 미드에서 그리 멀리 떨어져 있지 않은 NSA 본부에서 파견한 비밀 청소 인력들 덕에 먼지 없는 상태를 유지하고 있다. 그들은 자신들이 D.C. 근처로 차를 몰고 와서 민간인 주택을 청소하기 위해 가짜 '가정부 기계(Maid Machine)'에 올라야 하는 이유를 감도 잡지 못했다. 하지만 이 직무에 대해 발설했을 경우, 그 행위가 그들이 *재판을 건너뛴 채로* 사형 처벌을 당할 수도 있다는 벌칙이 들어 있는, 1917년에 제정된 간첩법(the Espionage Act) 조항들에 해당된다는 걸 그들은 잘 알았다.

벽은 사람을 진정시키는 아이보리 색조로 칠해져 있었다.

바로 앞에, 십 보 길이의 복도 끄트머리이자 2층으로 난 계단 바로 앞에 벽이 열린 공간이 있었고, 그 네모난 주택 내부 천장에 있는 아치는 오른쪽 멀리에 격식에 맞춰 꾸며진 식당이 있다는 걸 알려줬다. 한편 왼쪽 멀리에는 가족이 모이는 거실이 있을 터였다. 하지만 사람들이 그 거실을 무슨 명칭으로 부르건, 여기에 있는 공간은 그 명칭에 부합하는 곳이 아니었다.

콘돌은 홀 벽에 계속 등을 기대고는 입구가 열려 있는 문들을 향해 천천히 나아갔다.

오른쪽에 있는 그 방에서 그가 본 것은 깨끗하게 닦인 20세기의 화이트보드, 파일 캐비닛들, 컴퓨터 디스크 더미, CPU들 아니면 인터넷 서버들이었다.

베트남전 시대에 쓰던, 5갤런들이 금속 석유통 두 개가 사이버 노예들 근처를 무단 점유하고 있었다.

콘돌은 무거운 총을 양손 그립으로 부드럽게 잡고 팔꿈치를 굽혔다. 그래서 100년 넘게 미국을 위해 봉사해 온 그 45구경이 천장을 가리켰다. 차가운 검정 총열이 얼굴 중심선을 지나갔고, 그의 두 눈은 철제 총열에 뚫린 구멍 위를 바라봤다. 그가 두툼한 손잡이를 두 손으로 붙들고 그의 손이 휘어진 방아쇠를 말아 쥐었을 때, 총기에 바른 기름과 발사된 총알들이 남긴 냄새, 금속 특유의 톡 쏘는 맛이 그의 입술과 키스하기에 충분히 가까운 거리로 다가왔다.

지금이 아니면 결코 못할 거야.

그는 거실이었을 가능성이 높은 곳으로 몸을 날렸다. 45구경을 겨냥했다. *그녀에게.*

그녀는 터치스크린 데스크가 있는, 책상 바닥이 C자 모양으로 앞으로 튀어나온 책상에 동그랗게 몸을 말고 앉아 있었다.

그 납작한 C자 모양의 데스크 표면은 그녀의 눈을 향해, 그리고 빨간색을 칠했지만 키보드를 치기 위해 손톱을 짧게 깎은 두 손을 향해 위로 비스듬히 기울어져 있었다. 데스크톱의 터치스크린이 수면 모드일 때, 바로 *지금과 비슷한 때,* 데스크톱은 시커멓게 변하는 게 아니라 투명해졌다. 그래서 콘돌은 대부분의 공간이 다 보이는 그녀의 데스크에 양날 단검이 놓여 있는 걸 볼 수 있었다.

종이가 한 장도 없는 책상에 놓인 편지 개봉용 칼.

그녀의 머리카락은 녹슨 쇠처럼 보였다. 은빛 새치들이 간간이 보였고, 늘어진 머리카락이 얼굴 양옆에 부드러운 곡선을 그렸지만…… 빗질을 자주 한 것 같지는 않았다. 영예로운 날이 될 수도 있는 오늘은 그러지 않은 것 같았다. 그녀의 피부는 창백했다. 그녀가 입은 진청색 의상은 비즈니스 드레스였다. 목이 트여 있고 허리는 늘씬하게 재단됐으며, 검정 스타킹을 신은 날씬한 두 다리를 드러내기 위해 무릎 바로 위에 매달리는 법을 잘 아는 편안한 스커트였다. 그녀에게 총을 겨냥하며 서 있는 그 방의 열린 아치형 출입구에서, 콘돌은 그녀에게 여전히 주근깨가 있는지를 확인할 수가 없었다. 그녀가 웃을 때 얼굴에 잡히는 주름들과 높이 솟은 광대뼈, 깔끔한 턱선, 불타오르는 파란 눈동자들을 세월이 그녀에게서 앗아가는 일은 절대로 없을 테지만 말이다. 그녀가 지은 엷은 미소 덕에, 콘돌은 그녀가 한밤중의 어둠 같은 진홍색 립스틱을 이제 막 발랐다는 걸 알 수 있었다.

그녀는 지금 이 순간을 위해 격식에 맞게끔 옷을 차려 입었다.

너를 위해.

모든 위대한 전략은 상대의 주의를 다른 곳으로 돌리는 데서 시작된다.

그녀의 목소리는 강렬한 테너였다.

"자네는 록큰롤 스타가 될 수도 있었겠어." 한때 그는 그녀에게 그런 말을 하곤 했었다. 그녀는 그 소리를 들으면 미소를 짓곤 했었다.

지금 여기에서, 그녀는 미소로 이렇게 말했다. "당신은 항상 큰 총(big gun, '거물'이라는 뜻도 있다)을 원했었죠."

"내 손에는 나한테 알맞은 게 있어."

"그걸로 충분하기를 바라요."

그녀의 책상에는 그녀의 손에서 적어도 15센티미터쯤 떨어진 곳에 있는 단검 말고는 아무것도 없었다. 방을, 벽을 살폈다. 책장들, 골동품처럼 진열된 책들, 장식용 예술품 또는 기념품들, 양쪽 다일 수도 있는 것들, 그리고 총은, 눈에 보이는 총은 없었다.

가느다란 파란 창문들이 나 있는 벽 근처에 있는 석유통.

그녀가 말했다. "그러니까, 당신이 늙으면 그런 모습이 되는군요. 머리는 빠지지 않을 거라고 생각했었는데."

"세상에는 떠나가야 하는 것들이 있는 법이야."

"돌아오는 것들도 있는 법이죠."

총을 든 손을 왼쪽으로, 오른쪽으로, 그런 다음에 한 바퀴를 다 돌렸다. 당신의 조준기 너머에서 온 세상이 소용돌이친다. 그런 후 당신의 총이 그녀를 향해, 그녀에게로 돌아왔다. 그녀는 움직이지 않았다. 그녀가 당신을 똑바로 쳐다본다.

그녀가 말한다. "여기에는 당신하고 나밖에 없어요, 키드(kid)."

"이제는 누구도 꼬맹이가 아니야."

"거기에 갔다가 체포된 걸 모두 내 탓으로 돌리는 건가요? 모든 어른들 탓으로? 모든…… 정신 나간 사람들 탓으로?"

"내 상태는 예전보다 더 심해졌어."

"그게 문제가 될까요?"

"자네는 그렇다고 생각하잖아." 콘돌이 말했다. "그게 나를 죽이려고 애쓰는 이유잖아."

"억지 부리지 마요. 이번 작전은 당신을 안전하게 보살피면서 당신이

스트레스를 받지 않을 곳으로 데려가려는 거였어요. 당신을 죽인다는 작전은 당신이 프로그램을 망친 후에야 나왔을 뿐이에요."

"솔직히 말해봐요." 그녀가 말을 이었다. "당신은 실수를 저지른 적이 한 번도 없었나요?"

콘돌은 그녀를 응시했다.

그는 겨냥한 과녁 한복판에서 45구경을 떨어뜨렸다.

그는 무기를 권총집에 넣었다.

그의 심장이 갈빗대를 쿵쾅거리며 쳐댔다.

그녀가 말했다. "그러니까 나를 죽이려고 여기에 온 건 아니군요."

"나는 여기에 죽으려고 온 게 아냐."

"그럼 여기에 왜 온 건데요?"

그가 숨을 한 번 쉬고, 두 번 쉬고는 말했다. "내가 오고 있다는 걸 알고 있었잖아."

"당신 데이터가 사이버 스페이스에 훤히 보였어요."

"자네는 내가 예전부터 여기에 오고 있었다는 걸 잘 알고 있었잖아." 그가 말했다. "그래서 내 표적 지수를 최고 수준에 그대로 유지해 놓았던 것 아닌가?"

"당신이 여기에 이렇게 모습을 나타냈으니, 내 생각이 옳았던 게 아닐까요?"

"자기 충족적인 예언일 뿐이야."

"당신이 당신 자신을 충족시킬 수 없다면, 누군가가 당신을 위해 그 일을 해줄 거예요."

콘돌은 얼굴을 찡그렸다. "내가 가늠하지 못했던 건 자네가 너무나 기만적인 사람이라는 것, 권력에 도취했거나 미쳐가는 사람이라는 것, 또는 프로그램이 실행 가능한 과업 내부로 자네를 완전히 삼켜버렸다는 거야."

"당신이 상관할 일이 아니에요."

"옛날에는 상관할 일이었지." 그가 말했다.

"어디까지나 옛날 일이에요." 그녀가 말했다.

"고백하자면," 그녀가 말했다. "감시 화면으로 본 당신은 근사해 보였어요. 나는 대머리는 신경 쓰지 않아요. 당신의 진정한 모습을 드러내는 방식이 마음에 들어요."

그녀가 새빨개진 얼굴로 그에게 찡그린 표정을 지었다. "그 메를이라는 여자, 그 여자가 내 후임자인가요?"

"그 여자는 승진한 동료였던 적이 결코 없어. 우리처럼 갈등 관계였거나 같이 무슨 일을 하는 사이였던 적이 없어."

"그저 공모자인 거로군요. 협력자인 거예요."

"그녀는 남에게 관심을 갖고 배려하는 사람이었어."

"그리고 콘돌이 가는 길을 어쩔 도리 없이 방해한 사람이었죠. 그 여자, 죽었나요? 내 눈으로 확인하지 못해서 묻는 거예요."

"거기에 당신이 봐야 할 건 전혀 없어."

"당신 입장에서는 어떤데요?" 아, 당신을 잘 안다는 듯한 그 미소.

당신을 잘 알았었다는 투의 미소.

콘돌이 그의 왼쪽으로 ―그녀의 오른쪽으로― 천천히 움직였다. 그녀는 오른손잡이다. 그래서 단검이 됐건 무슨 무기가 됐건, 그녀는 데스크톱에 납작하게 올려놓은 비어 있는 오른손으로 무기를 쓰는 걸 선호할 것이다.

"왜 도망치지 않은 건가?" 그가 말했다. "키보드를 열 번만 두드리면 호사스러운 바닷가에서 일광욕을 즐기는 부유한 과부로 변신해서는 세상에서 자취를 감출 수도 있었을 텐데."

"내가 세상 모든 곳에 있을 수 있는 바로 여기에 있을 수 있는데 왜 어딘가로 떠나야 하는 건가요?"

"시간과 공간은 환상 그 이상의 존재야."

"그건 당신이 가진 데이터가 무엇이냐에 달려 있어요.

"게다가," 그녀가 말했다. "나는 어쩌면 당신을 기다리고 있던 건지도 몰라요."

"왜?"

"사람은 누구나 얘기를 나눌 상대가 필요해요. 삶은 상호 연주(call and response)예요."

"그게 자네가 나한테 원하는 거로군, 지금."

"나는 내가 얻을 수 있는 걸 원해요. 당신은 이런저런 방식으로 그걸 나한테 주게 될 거예요."

"저건 어떻게⋯⋯" 그는 그녀의 데스크톱에 있는, 세상으로 뚫려 있는 포털(portal)을 고개로 가리켰다.

"내가 ―우리가― 얻는 게 무엇이건, 그것들은 할 수 있는 최선을 다해 변화를 일으킬 거예요."

"사람들이 긴장하고 있나? V에 대해 역겨워하고 있나? 내가 갑자기 임박한 위협이 된 이유가 그건가? 그 혼란스러운 상황에서도 내가 *제정신을 차려가고* 있었기 때문에?"

"사람들은 늘 긴장하고 있어요. 그들이 나를, 그리고 당신을 처벌한 이유가 그거예요."

"우리를 함께 처벌한 이유 말이군."

"다시 그런 일을 한 거예요." 그녀는 어깨를 으쓱했다. "통제는 딱 한 사람이 수행하기에는 항상 너무 복잡한 일이었어요. 우리는 그 시스템을 작동하게 만들었어요. 새로운 *우리(us)*는 재미있을 수도 있었어요. 그리고 물론, 우리는 이 작업에 필수적인 존재들이었죠."

"저 석유통들은 다 뭐지?"

"나는 조심성이 많은 여자예요."

"만약에 자네가 통제력을 유지할 수 없다면, 그러면……"

"그걸 다른 사람에게 넘겨줘야겠다는 소망을 내가 왜 품어야 하는 건가요?"

"나를 제외한 다른 사람에게 넘겨주는 소망 말인가?"

그녀가 미소를 지었다. "아니면 우리를 제외한 사람들에게 넘겨주는 소망을요."

"아니면 한동안 우리만 통제권을 갖는 소망을 품도록 해봐. 선택 대안들을 계속 열어두라는 말이야. 리부팅할 준비를 하고 있어."

"내 인생에는 이뤄야 할 목적이 있어요. 내 인생은 중요한 것을, 이뤄야 할 필요가 있는 것을 위해 존재하는 거예요."

"내 집에서 그 요원에게 십자가형을 가한 건……"

"그자는 무능한 얼간이나 술꾼보다도 훨씬 더 나쁜 놈이었어요. 놈은 민간 하청업체에 정보의 출처와 입수 방법을 팔고 있었어요. 민간 분야가 어떤 식으로건 5년 안에 이 업계를 장악하게 될 거라는 판단을 바탕으로 현금을 벌어보겠다는 멍청한 생각을 한 거예요. 그는 그렇게 형편없는 요원이라서 그의 정보를 구입하는 자들이 테러리스트 그룹과 연계된 위장 요원들이라는 걸 깨닫지 못했어요."

"그래서 자네는 그를 종결하고 그걸 나한테 누명을 씌우는 데 사용했군. 십자가형 한 번으로 두 마리 새를 잡은 거야. 그런데 크리스를 죽인 건 어떻게 된 거지? 메를하고, 모든 요원을 페이에게 돌격시킨 건?"

"그들은 그저 이름보다 조금 더 많은 걸 가진 존재들일 뿐이에요."

"맞는 말이야." 콘돌이 말했다. "하지만, 그들은 인간이야."

"그들은 원인과 결과를 이루는 데이터 포인트예요. 위협 매트릭스를 계산해서 얻은 결과가 통제권을 약간 벗어났던 것 같아요. 그런데 그건 누구 잘못일까요?"

"누구건 그들을 1들 아니면 0들로 선택하게끔 만든 사람 잘못이지." 콘돌은 고개를 저었다. "내 잘못은 아냐."

"정말요? 그것들은 당신이 창조해낸 무엇인가의, 당신이 저지른 무슨 짓인가의 결과물들 아닌가요?"

"자네가 그걸 넘겨받았잖아."

"당신이 이상한 행동을 했을 때, 거기에는 나도 있었어요. 당신이 나를 거기에 밀어 넣었어요. 바로 이 자리에요. 그리고 내가 하는 일, V가 하는 일, 당신이 했던 일, 당신은 그것들이 참된 일이라는 걸 알아요. 우리가 그 일을 하지 않았다면, 우리는 그 일이 우리 자신에게 벌어지도록 만들 거예요. 우리는 거기서 기획된 최악의 일이 현실화되기 전에 막았어요." 그녀가 말했다.

그녀가 앉은 자리에서 자세를 바꿨다. 당신이 그녀의 책상 주위를 이동하는 동안 그녀는 눈을 계속 감고 있었다.

어린아이처럼, 그녀가 말했다. "당신이 내가 하는 걸 좋아했던 일을 하는 걸, 나는 결국 좋아하게 됐어요."

석유통들, 총, 단검, 감춰진 버튼…… 그녀가 선택한 무기는 뭘까?

"그리고 이제 당신이 여기에 있어요." 그녀가 말했다. "하지만 당신은 우리 둘 다 당신이 그런 사람이라는 걸 아는 '만약 그렇다면 어떨까 *(what-if)*' 미치광이가 되는 대신, 당신이라는 존재를 보여주면서 당신의 행동을 예상하는 데 바탕이 됐을지도 모르는 데이터처럼 행동하고 있어요. 당신이 미쳐갔을 때, 그러니까 지난번에 실패했을 때처럼 시스템을 파괴하고 비활성화할 기회를 당신이 제대로 가진 것처럼 보이는 건 이번뿐인 것 같아요. 당신은 지금도 미쳐 있나요?"

"그걸 누가 알겠나." 그가 말했다. "자네는 어때?"

"그걸 누가 신경 쓰겠어요." 그녀가 그에게 말했다. 그녀는 한숨을 쉬었다. "외로워요. 하지만 당신도 내가 그렇다는 걸 알잖아요." 그녀가 말했다. "그게 당신이 날 선발한 이유였잖아요."

"아니." 그가 반박했다. "자네는 걸스카우트들 중에서 최고였어. 자네가 나하고 일하러 온 이후로, 자네는 빈 라덴을 담당한 CIA의 그 모든 여성 분석관들 중 최고였어."

"아마도요." 그녀는 인정했다. 그녀가 다리를 꼴 때 나일론 스타킹이, 그녀의 스커트에서 매끄럽게 빠져나온 호리호리한 다리를 감싼 남색 스타킹이 치직 소리를 냈다. *오, 맙소사 그녀는 검정 가터벨트를 차고 있어.* 그녀가 말했다. "무척이나…… 감동적이었어요. 당신이 내 다리들을 눈여겨보지 않으려고 정말로 열심히 애를 썼다는 건 말이에요."

당신은 이제 책상 끄트머리 주위에 있다. 그녀에게 돌진하기에 충분할 정도로 가깝다. 그녀의 오른쪽에 서 있다. 그녀의 두 눈이 그녀의 정면을

바라보고 있다. 하지만 그녀가 지켜보고 있는 대상은, 그녀가 보고 있는 대상은 당신이다.

단검이 그녀의 플렉시글라스 데스크톱에 놓여 있다. 그가 자기 손가락들이 허공을 떠돌게 놔둔다. 반짝거리는 칼날을 길이 방향으로 쓰다듬는다. 단검 옆에서 쉬고 있는 그녀의 손이 떨렸다.

향기, 그녀에게서 꽃들이 피어날 때의 향기와 잡지에 실린 꿈들의 냄새가 난다.

"지금은 어때?" 그가 그녀가 앉은 의자 뒤를 걸으며 말했다.

이제 당신은 그녀의 뒤에 있다. 그녀의 머리에서 나는 냄새, 그녀가 염색해야 했던 짙은 색 모근들, 뛰어난 스파이라면 하지 않는 짓, 그녀의 목 아래에 있는 부드러운 하얀 살결이 그리는 V자 모양 위에 놓인 가느다란 황금 줄. 그 목걸이에 걸린 게 무엇인지는 그의 눈에 보이지 않지만, 당신은 다르푸르의 난민 캠프에 갇혀 있던 쇠약한 여성이 그녀에게 준 부적이 거기에 달려 있다는 걸 안다.

그녀는 그 이야기를 당신에게 해주면서 울음을 터뜨리지 않으려고 애썼었다.

우리는 우리 시대가 부르는 노래들에 함께 붙잡힌 신세야.

"이제 당신이 여기 있네요." 그녀가 등 뒤에서 자신을 내려다보는 남자에게 말했다.

그녀는 그를 쳐다보지 않았다. 그가 있는 곳에 그대로 있도록 놔뒀다. 그건 중요한 일이 아니라는 듯, 그것도 좋은 일이라는 듯.

콘돌은 그녀가 앉아 있는, 등받이가 높은 검정 가죽 의자의 뒷부분을 손가락으로 긁었다. 그녀 앞에 놓인 휘어진 터치스크린 책상은 그걸 구입하라고 세금을 낸 국민들의 시야에서 사라진 지 몇 년이 지난 거였다. 그는 손가락에 긁히는 가죽을 느끼면서, 브래지어 끈 가까이에 있는 살을 만지는 손가락의 압력을 그녀가 등에 느끼는지 궁금했다. 그녀가 브래지어를 하고 있을 경우에 말이다.

그런 후 그는 그녀의 심장 쪽에 있었다.

그녀가 위를 힐끔 올려다봤다. 파란 눈동자와 부드러운 미소가 그를 초대했다.

그가 그녀의 데스크톱에 구현된 기술적인 경이를 살피는 모습을 봤다.

6학년짜리도 조작할 수 있을 정도로 간단하게 우주를 관찰할 수 있게 만드는 터치스크린에 대해 그가 했던 얘기를 그녀는 잘 알았다. "우리는 항상 최신 업그레이드에서 한 발짝씩 뒤처져 있는 것처럼 보여."

"내 느낌이 어떨지 생각해봐요." 그녀가 말했다.

그는 그렇게 했다.

"결국," 그녀가 말했다. "나는 이 바닥에 당신보다 조금 더 오래 있었어요."

그녀는 그녀의 책상으로 허리를 굽힌 남자 쪽으로 군살이 없는 V자형 얼굴을 돌렸다. 하늘색 눈을 가리며 떨어진 빨간 머리를 빗질하기 위해 천천히 —너무도 천천히— 왼손을 들었다.

그녀가 말했다. "나이를 먹는 것이 더 흥미로워요. 당신이 나이 먹는 것에 조금도 신경을 쓰지 않아서 기뻐요."

그가 총이 없는 오른손을 들었다. 손바닥이 기울어진 데스크톱 스크린을 향하도록 손을 들었다. 그가 말했다. "이런 식으로 말인가?"

오른손 손바닥 앞에 있는 스크린이 인간의 체온을 감지해서 밝아질 때에도 그는 그녀가 자세를 바꾸면서 달라지는 기운을 느꼈다. 그녀가 예전에도 그녀의 살을 쓰다듬은 기억이 있는 그의 손을 더 잘 보려고 천국을 향해 고개를 쭉 뻗었을 때 그녀에게서는 긴장감이 흘러나왔다.

콘돌은 그녀의 목을 향해 가라데 춉(karate chop)을 날렸다.

그녀의 진홍빛 머리가 임원용 검정 가죽 의자에서 흔들리며 빠져나왔다.

그녀의 두개골과 턱을 잡고 비틀어 돌려!

그는 그녀의 척추가 뚝 하고 부러지는 소리를 들었다. 그런 후 그는 그녀를 놔줬다. 의자에서 비틀거리며 떨어지게 *놔줬다.*

그리고 그가 한 일. 그가 위임받지 않은 일. 그게 프로그램의 일부라서 그런 일을 한 건 아니었다. 그가 가진 건 솔직한 인간성, 선택할 수 있는 용기였다.

더 잘 작동했던 것.

너 말고 누가 그런 짓을 하겠나.

콘돌은 비틀거리며 뒷걸음질을 쳤다. 엉덩이가 벽에 부딪쳤고, 권총집에 든 45구경이 둔탁한 소리를 냈다. 왼발이 뭔가 흔들리는 것에 부딪쳤다. 5갤런들이 석유통.

집 안 구석구석 석유를 부었다. 어느 전사에 의해, 무명의 영웅 추종자에 의해, 그가 바깥에 주차해놓은 차를 타고 여기로 이동해온 석유를. 이제는 전쟁 잉여품인 금속 석유통과 갓 생산된 빨간 플라스틱 통 안에서 죽은 공룡이 남겨놓은 유물이 우리 인류가 이룩할 수 있는 가장 영리한 것들이 뒤섞여 있는 이 공간에 쏟아지고 뿌려져서 철벅거리게 되기를 기다리고 있었다.

맹렬히 타오르는 오렌지색 불덩이와 검정 연기가 가득한 영화가 그의 마음속에 상영됐다.

어찌된 일인지 그의 손에 45구경이 들려 있었다.

그는 자세히 바라보려고 그걸 들어올렸다.

소리가 들렸다. 이제 쏴야 할 상대가 누가 남아 있나?

32

"그의 눈의 진공 속으로……"
-밥 딜런, 〈구르는 돌처럼(Like A Rolling Stone)〉

페이는 미국의 전형적인 현관에 앉았다.

따갑고 피떡이 진 머리가 지는 해에 그대로 노출됐음에도 그녀는 핑크색 후드 옷을 입고 있었다.

그녀는 지난 사흘간 입었던 방탄조끼는 벗어던졌다.

지금은 무표정한 핸들러(handler, 정보기관 요원과 교류하는 일을 하는 경찰)들이 현장을 장악했다. 그들은 경찰들이 범행현장 체류요원 응대규정을 준수하려고 무전을 보낸 후 17분 후에 나타나서는 이 가정집으로 파견된 911 요원들과 거리를 두고 머물렀다. 나중에, 집 안에서, 운동복을 입은 의료 요원이 그녀의 상처를 치료했다. 페이는 그 요원이 갈 때까지 기다리는 수고 따위는 하지 않고 흰 붕대를 떼어버렸고, 그는 그녀에게 그러지 말라는 말을 하는 헛수고를 하지 않았다. 평범하게 보이는 이삿짐 트럭 한대가 모습을 나타냈다. 자기들 집 현관과 창문을 통해 이 집을 지켜보는 이웃들은 그 트럭에 탄 요원들이 아이스박스와 세탁기, 건조기 박스를 바퀴에 실어 내리는 걸 지켜봤다.

메를……

그들은 매트리스라는 레이블이 붙은 가로로 긴 상자에 메를을 실어 갔다.

그들은 그걸 감출 수 있는 밴 깊은 곳으로 가져가자마자 그 판지를 열었다.

분명히 그렇게 했을 거야.

페이는 짐꾼들이 냉장고에 있는 눈알 담긴 유리병을 제거하는 걸 보지 않았다. 그것에 대해서는 알고 싶지 않았다. 그것의 일부가 되고 싶지 않았다.

하지만 나는 그것과 관련이 있어. 나는 그 사건의 일부야.

페이는 새미의 팀에 속한 지칠 대로 지친 여자가 이 막다른 골목의 *구경꾼들과 거리에서 쫑긋 세운 귀들과 말 옮기기 좋아하는 혓바닥들과* 들이밀어진 휴대전화들을 상대로 질질 흘려낼 위장용 이야기를 퍼뜨리는 걸 귀 기울여 들었다. 페이는 핑크 후드 옷을 입은 여자가 됐다가, 이사 들어올 사람들을 위한 준비를 하려고 찾아온 *부동산 중개인*이 됐다. 그러던 중에 그녀는 무단 점유자들을 봤다. 아마도 필로폰에 중독된 사람들일 것이다. 무단 점유자들이 뒷문을 박차고 나가 울타리를 넘어 어딘가로 사라졌을 때 번쩍하는 섬광이 보였다. 아무도 모르는 그들의 행방을 찾아 경찰이 숲을 수색했다. 이웃들이 그 이야기를 얼마나 많이 수긍하고 믿는지는 중요하지 않았다. 경찰이 무전으로 주고받은 내용을 바탕으로 기사를 작성할 수 있는 실제 저널리스트들이 흥미를 가질 만한 이야기는 하나도 없었다.

페이는 핸들러들이 그녀의 무기를 요청했을 때 안 된다고 말했다.

그들이 무슨 일이 일어난 거냐고 물었을 때 모른다고 답했다.

그들이 떠날 시간이 됐다고 말했을 때 아니라고 말했다.

그녀의 거부에 안 된다고 말한 사람은 아무도 없었다.

그리고 911 요원들이 떠났다.

이삿짐 트럭도 떠났다.

무표정한 핸들러들도 떠났다.

새미 밑에서 일하는 지칠 대로 지친 여자와, 청바지와 티셔츠와 의료용 마스크 차림으로 스펀지와 물 양동이와 세제로 하얀 벽을 오래도록 닦았던 미화원 두 명을 제외하고는 모두 떠났다. 미화원 한 명은 여전히 벽을 닦고 있었다. 다른 한 명은 페이를 주시하는 지칠 대로 지친 여자를 지켜보기만 하는 듯했다.

우리 모두는 각자 할 일이 있어요.

페이가 말했다. "밖에서 기다릴게요."

페이는 4월의 서늘한 오후 공기로 걸어 나가서 빨간 콘크리트 현관 계단의 꼭대기에 앉았다. 그녀의 모습은 더 나은 갈 곳을 갈망하는 핑크 후드 옷 입은 10대와 비슷했다.

그녀는 기진맥진한 여자나 청바지를 입은 미화원이 집 안에서 그녀를 주시하고 있다는 걸 알고 있었다.

페이는 이웃들이 그들의 집 안에서 그들을 기다리는 것을 위해, TV나 컴퓨터 스크린이나 당신을 사랑하는 누구와 당신이 사랑하는 누구를 위해 집회를 중단하고 떠나는 걸 지켜봤다.

교외에 있는 막다른 골목의 회색 포장도로 건너에서 나무들과 전신주들의 그림자가 길어지는 걸 지켜봤다.

그들이 우리가 훔친 차를 가져갔어.

그리고 트렁크에 테이프로 묶여 있던 남자도. 그가 이 사건과 관련한 이야기를 그의 상관들을 포함해 어느 누구에게도 절대 발설하지 않겠다고 다짐하게 될 어딘가로 갔다는 데에는 의심의 여지가 없었다.

누군가가 막다른 골목 건너편의 집으로 왔다. 그 사람은 택배 서비스가 남겨놓고 간 상자를 발견하고는 얼굴을 찡그렸다. 하지만 그가 그걸 돌려줄 수 있는 갈색 밴은 어디에도 주차돼 있지 않았다.

저녁의 한기가 토요일 오후의 늘어진 햇빛을 뚫고 도착했다.

오늘 밤에 묘지에서 한뎃잠을 자는 건 힘든 일일 거야.

막다른 골목으로 운전해 들어오는 차는 누군가의 이동용 기계일 수 있었다.

은빛 페인트, 고정적인 급여를 받는 사람에게는 유별날 게 전혀 없는 4, 5년쯤 된 차. 페이는 앞 유리를 통해 운전대 뒤에 앉은 사람을 본 후, 유리와 쇠로 만들어진 그 기계에 혼자 있는 사람을 본 후, 번호판을 확인하는 짓은 군이 하지 않았다. 은색 차는 막다른 골목 근처에서 급격히 좌회전을 한 후 막다른 골목 복판을 마주하는 자리에서 브레이크를 밟았다. 그 차에 표준형 변속기가 달려 있다면, 운전자는 더 매끄럽게 운전할 수 있었을 것이다. 기어를 바꾸지 않았는데도 흰색 후진등들이 빨간 브레이크등에 합세했다. 차는 페이가 핑크색 후드 옷을 입은 채 앉아 있는 빨간 시멘트 계단이 다섯 단 있는 집 정면의 도로 경계석을 뒤 타이어로 건드리면서 주차됐다.

차를 운전한 나이 많은 남자가 차에서 내려 그녀에게 걸어왔다.

페이는 등 뒤의 실내에 있는 사람들이 창문에서, 집 밖 현관에서 얘기되는 내용을 들을 수 있는 곳에서 멀찌감치 떨어지는 걸 느꼈다. 그녀는 은색 차에서 내린 남자가 계단 밑에 도착할 때까지 기다렸다.

그러고는 말했다. "왜 이렇게 오래 걸렸어요?"

"그래도 우리는 지금 여기에 있잖아." 새미는 그녀에게 슬픈 미소를 보냈다. "어때, 페이?"

"졸라 환상적이에요."

"자네 애인 크리스는 좋은 남자였어. 정말 좋은 남자였지. 우리가 느끼는 유감을 말로는 어떻게 표현할 길이 없군."

"우리가 느끼는 유감이요? 그게 당신이 가진 전부인가요? 여기까지 오는 데 왜 이렇게 오래 걸린 거예요?"

"출동하는 차에서 이십 보 떨어진 곳에서 휴대전화가 맛이 가버렸어. 그 바람에 걸려오는 전화만 받아야 했단 말이야. 그러고는 내가 반드시 가봐야만 하는 곳들을 다니다가 늦은 거야." 그는 어깨를 으쓱했다. "사실은 몇 군데 안 됐어."

페이가 물었다. "콘돌은 어디 있어요?"

"이 난장판이 다 그의 행방 때문에 일어난 거잖아." 새미가 말했다.

그는 서늘한 공기를 맞으려고 쇼핑몰에서 산 황갈색 윈드브레이커의 지퍼를 그럴싸하게 열어두고 있었다. 그가 걸친 셔츠와 카키색 바지는 인터넷과 갈색 밴을 통해 그에게 전달됐을 수도 있었다. 페이는 그 평범한 윈드브레이커 아래에 벨트가 있고, 그 벨트에 권총을 넣을 권총집이 있으리라는 걸 알고 있었다. 엿 먹으라고 그래. 그는 거기 서 있었다. 큰오빠보다는 나이가 많고 아버지보다는 나이가 적은, 새치가 듬성듬성 보이는 곱슬머리 단발의 남자. 10대 때 레바논에서 도피해서 해병대원에 의해 디트로이트에서 자란 사람. 발목 권총집에도 총이 들어 있을 것이다. 당신의 심중을 찌를 수 있는 그의 부드러운 슬픈 미소에 담긴 진정성. 그 진정성이 실제로 당신의 심중을 찔러대고 있을 수도 있었다.

새미가 물었다. "콘돌이 누구야?"

"장난치지 마요."

"장난치는 거 절대 아냐." 그가 말했다. "하지만 자네에게 선택권을 줘야만 하겠군."

"그는 죽었나요?"

"우리, 그 식별자를 쓰는 누군가가 있거나 있었다고 치자고. 그 식별자는 너무 많이 사용됐기 때문에, 자네의 질문에는 '예스'와 '노'가 모두 정답이야."

"젠장, 당신은 자기 몸을 보신하기 위해…… 또는 이유를 아는 사람의 보신을 위해, 콘돌에게 최대한의 위장막을 씌울 수 있었어요. 그 모든 상황이 현실보다 소설이나 영화하고 더 비슷해질 때까지, 당신은 그가 실제로 어떤 사람이었고 그가 정말로 어떤 의미를 가진 사람인지를 모호하게 만들 수 있었어요. 그런데 왜 그렇게 애를 쓰는 거예요? '도망친 사악한 스파이 등등' 같은 스캔들을 막으려는 거라고 하더라도 말이에요. 우리, 그걸 V라고 불러요. 하지만……"

페이는 눈을 깜박거렸다.

새미의 모습이 페이가 맞춘 초점으로 다시 돌아왔다.

"당신은 증인이에요." 그녀가 말했다. "그게 그 사람 대신에 당신이 여기에 있는 이유예요. 그래서 나는 믿을 거예요. 그래서 나는……" 페이가 속삭였다. "그는 돌아갔어요. 그는 V를 제거했고, 정보기관 커뮤니티는 그를 다시 받아들였어요."

"사건 종결해." 새미가 말했다.

"종결 따위는 없어요." 페이가 말했다. "그는 *그것들을* 또는 *그것을* 이 겼어요."

"*그녀를* 이긴 거야." 새미가 페이가 하는 말에 끼어들었다.

페이는 자기도 모르게 입을 쩍 벌렸다.

새미는 말을 멈추지 않았다. "그가 V와 *그녀를* 제거했거나 그들이 그를 제거했거나 둘 중 하나야. 자네가 여기에 온전하게 있는 걸 보면, 그가 이 긴 거야. 그런데 그는 살아 있나?"

"그래요."

일몰이 그녀가 입고 있는 옷보다 더 빨간 분홍빛으로 하늘을 물들였다.

"자네에게 중요한 건 깨닫는 거야." 새미가 말했다. "자네에게 중요한 건 그가 살아 있느냐 여부야. 자네가 사랑했던 남자에게 무모하게 그린라 이트를 보내고는 위험에 빠뜨린 남자 말이야. 그 사람하고 그 여자는……… *죽었어.*"

"그래서 나는 그에게 빚을 한 번 졌어요."

"자네에게서 그 얘기를 들으니 좋군." 새미가 말했다.

페이의 배 안이 서늘해졌다.

"자네는 자네 자신에게도 빚을 졌어." 그가 그녀에게 말했다.

분홍색 후드 옷을 입고 미국의 전형적인 현관에 앉은 여자는 거기에 찾 아온 남자의 말에 귀를 기울였다. 그는 무슨 일을 하러 온 거지?

"V는," 새미가 말했다. "우리 정보기관 커뮤니티 전체에 단 한 명도 없 어. 그런데도 V는 세상 어디에나 있지. 그리고 그 사실은 무엇인가를 말해 줘. 우리 정보기관 커뮤니티의 1년 예산은 500억 달러야. 그게 바뀔 수도 있어." 그가 어깨를 으쓱했다. "약간 삭감되겠지. 이런 일들에는 사이클이 있어. 이 일들은 전쟁과 위기에 적합한 일들이야. 그렇지 않으면 우리는 길거리에서 험한 꼴을 보게 될 거야…… 불쌍한 크리스처럼."

"당신이 무슨 일을 하건," 페이가 말했다. "그 사람 이름은 들먹이지 마요. 당신은 나한테 많은 걸 빚졌어요."

인정한다는 눈빛이 그들 사이를 미끄러져 오갔다.

"우리가 사이클 얘기를 하고 있었지?" 새미가 말했다. "V는 그걸 예측했어. 그런 까닭에 신문에 이름이 실리는 분들이 기겁을 했고, 나는 자네 전화에 응대하는 대신 그분들을 만나야 했어. V가 한 일은 사이클 하나를 한 방향이나 다른 방향으로 보내기 위해 사건 하나를 촉발시킨 게 다야. 콘돌은 V와 V의 실체를 다뤄야 하는 시스템을 작동시키는 방아쇠였을 수도 있어."

"그게 하는 일은—했던 일은—," 페이가 말했다. "모두 불법이에요."

"불법은 법원들과 대통령의 서명에 의해 내용이 결정되는 법률 용어일 뿐이야." 새미가 말했다.

"당신은 그런 말로 나를 졸라 갖고 노는 거잖아요."

"뭐라고? 자네 '도덕적 권위(moral authority, 성문법과 무관하게 원칙이나 근본적인 진리들에 근거한 권위)'를 주장하는 거야? 그게 베이루트 뒷골목에서 승리하는 일은 드물어."

"콘돌과 크리스를 표적으로 삼은 건 베이루트 뒷골목에서 일어난 일이 아니에요. 그건 사람들을 죽이는 방법과 이유에 대한 책임을 지고 싶지 않으려 했던 V가 한 짓이었어요."

"높은 가치, 높은 위험, 강한 충격, 적대적인 표적들."

"그런 식으로 때때로 누군가를 살해하는 종류의 일을 세상 사람 모두가 당할 수 있어요." 페이가 말했다. "세상에는 법이 있어요. 정당한 법 절차가 있다고요."

"지당한 말씀이야." 새미가 말했다. "절차들이 하는 일은 이런 거야. 사이클에 있는 방아쇠들 중 하나는, 아마도 내일, 아마도 모레, 일부 스캔들이나 정보 누설이 정보기관 커뮤니티로 나 있는 창문을, 예를 들면 모든 이메일과 모든 전화 통화와 모든 웹사이트와 트래픽을 빨아들이고 있는 NSA를 강타할 거야. 대중적으로 엄청난 소란이 일어나겠지. 나는 그리 큰 소란이 벌어질 거라고는 생각하지 않지만 말이야. 대중–그 위대한 누군가들–은 이 모든 일들이 일어나고 있다고 이미 생각하고 있어. 하지만 그 일들이 그들 자신에게 일어나고 있다고는 생각하지 않지. 그러니 *자네*가 할 수 있는 일에 누가 신경을 쓰겠나. 그리고 V는 소프트웨어와 필요성과 개연성을 통합함에 따라 논리적으로 진행된 끝에 도달하는 과정이야."

"데이터는 진실이 아니에요." 페이가 말했다.

"맞는 말이야. 하지만 우리는 데이터만 알고 있어야 하는 저주를 받았어. 그와 관련한 무슨 일인가를 해야만 하는 저주를 받았고. 아니면 우리한테 행해진 일에 대한 무엇인가를 가져야만 해. V 같은 그토록 경이로운 능력이 폐기된 적이 역사적으로 언제 있었지? 그 사실을 인식하기 위해서는 현실적으로 영리하기만 하면 돼."

"빅 브라더가 되기를 원하는 거예요, 새미?"

"빅 브라더는 세상에 없어. 빅 어스(Big Us)만 있을 뿐이야. 그리고 그 우리에는 당신(*u*)하고 *s*가 있는데, *s*는 *시스템(system)*을 뜻할 수도 있고, 반드시 존재를 알면서 살아야 할 필요까지는 없는 똥 덩어리(*shit*)를 뜻할 수도 있어. 하지만 자네가 선택할 기회를 가질 경우, 숫자로 세어지는 사람이 되기보다는 숫자를 세는 사람이 되기를 바라도록 하라고. 이보게, 내 친구, 내 전우, 내 동료. 그냥 u가 되는 건 엿 같은 일이야. 하지만 s에 연결되는 u가 되는 건, 그렇게 us가 되는 건…… 그건 할 만한 가치가 있는 무슨 일인가를 할 수 있는 곳에서 살아가는 인생이야."

"V를," 페이가 속삭였다. "콘돌은 그걸 이기지 못했어요. 파괴하지 못했어요."

"그가 V야." 새미가 말했다. "지금은 말이야. 하지만 부분적으로만 그럴 뿐이지."

"맞아요." 페이가 말했다. "그는 당신을 사로잡았어요."

"아직도 이해를 못하는군." 새미는 페이 가까이 몸을 기울여 비밀을 털어놓을 수 있도록 빨간 시멘트 계단 밑바닥에 한 발을 올려놓고는 현관의 검정 철제 난간에 몸을 의지했다.

"V는 사람들 손에서 벗어나지 않았어." 그가 그녀에게 말했다. "V는 잘못된 사람들 손에 들어갔는데, 그건 바로잡았어. 우리가 저지르는 인간적인 실수 때문에 우리가 불가피하게 갖고 있는 능력을 무시하게 만들어서는 안 된다는 걸, 우리가 아는 것을 아는 모든 사람이 인식하고 있어."

"인간적인 실수는 항상 존재해요, 새미. 모든 걸 기계들에게 맡기지 않는 한."

"우리는 어떤 존재지? 미치광이들인가?"

그는 쏘아보는 그녀의 눈길에 맞서 손을 내밀었다. "또 다른 특이한 시나리오를 나한테 내놓지는 마. 중요한 건 us의 정신과 혼을 대표하는 사람이 누구냐, 통제하는 사람이 누구냐 하는 거야. 전체적인 상황이 얼마나 끔찍하게 잘못될 수 있는지를 아는 누군가가 그 일을 맡아야 하는 거야."

"콘돌." 그녀가 속삭였다.

"그리고 자네." 새미가 말했다.

해가 지는 토요일의 교외 막다른 골목에서.

"그게 무슨 뜻이에요, 나라뇨?"

"그게 얼마나 잘못될 수 있는지를 자네보다 더 잘 아는 V가 누굴까?"

"콘돌…… 그리고 당신?"

"그리고 자네. 우리 세 사람. 삼각형. 가장 튼튼한 형태."

"가장 튼튼한 건 구(球)예요." 페이가 말했다.

"자네의 비유랑 마인드 게임은 엿이나 먹으라고 해." 새미가 말했다. "자네는 시스템이 저기에 있다는 걸 알아. 그게 잘못을 저질렀다는 걸 알아. 그게 폐기될 일은 절대로 없다는 걸 알아. 우리가 연간 수행하는 200건 이상의 공격적인 일급비밀 사이버 작전은 잊도록 해. 불량국가의 핵폭탄 프로그램에, 항상 우리를 공격하는 중국인들의 TAO(Tailored Access Programs, 맞춤 접속 프로그램)들에 풀어놓은 벌레 같은 것들은 잊어버리라고. V는 그 수준을 넘어서서 진행된 프로그램이야. 우리는 전쟁 전체를 이런 식으로 싸워나가게 될 거야. 인생 전체를 이런 식으로 살아가게 될 거야. 우리는 모두 한데 접속돼 있어. 꽤 이른 시간 내에 우리(the we)보다 접속(the wire)이 더 중요해질 거야. 자네가 그건 그리 영리한 일이 아니라고 생각하더라도, 자네 생각은 중요치 않아. 우리 인류는 환경 변화에 적응할 수 없었던 공룡들로부터 만들어진 불타는 석유를 놓고 전쟁을 벌일 정도로 영리해. 그 인화물질들은 극지대의 만년설을 녹이게 만드는 오염을 일으키지. 그래서 큰 덩어리의 빙산이 떠다니고, 우리는 휴대전화로 세상에서 벌어지는 모든 일을, 빙산 덩어리가 다가오는 걸 볼 수 있어. 바로 지금, 자네는 무슨 일인가를 할 기회를 잡았어. 자네는 크리스 같은 사람들이 총에 맞지 않게 해줄 절차의 일부가 될 수 있어. 자네는 권력을 형성할 수 있거나……" 새미가 말했다.

"또 뭐요, 새미?" 벨트에 찬 글록의 무게가 느껴졌다. "아니면 삭제되거나요?"

"그런 일은 절대 일어나지 않아. 내가 이 자리에 있는 동안에는. 콘돌이 존재하는 동안에는. 자네는 영웅이야, 페이. 하지만 V나 자네의 가장 열성적인 팬들인 콘돌과 나를 막는 똥 덩어리 같은 짓은 할 수 없어. 누구한테 말할 거야? 누가 자네 말을 믿어줄까? 누가 자네가 반역자 신세로 도망 다니도록 방치할까? 자네는 정보국으로 돌아갈 수 있어. 현실 세계에서 자네가 원하는 어떤 자리든 얻도록 해. 자네는 우리가 없어도 스타가 될 거야. 자네는 그들이 벌이는 전투를 모두 자네 것으로 차지할 수 있어. 그러기 싫으면, 가서 바닷가에 모래성을 짓도록 해. 크리스가 아닌 다른 운 좋은 남자를 얻고, 자식들 낳고, 늙어서 머리가 희끗희끗해지도록 해. 그러면서 자네가 어디에 와 있는지, 자네가 했던 짓이 얼마나 훌륭했는지는 전혀 인식하지 말도록 해."

"또는요?"

"또는, 직접 알아내봐." 새미는 미소를 지었다. "우리는 자네를 원해. 우리와 함께 있는 자네가 필요해."

"당신은 왜 이런 짓을 하고 있는 거죠?"

"나는 오늘 밤 저 밖에 존재하는 일부 길거리들을 알고, 해야 할 일이 무엇인지를 알아."

"왜 그인가요? 왜 콘돌인 거예요?"

"그는 자기가 항상 이런 종류의 미치광이였다는 걸 알게 됐다고 나는 생각해."

새미는 뒤로 물러나 몸을 꼿꼿이 세우고는 말했다. "하지만 결정은 자네 몫이야. 끝내주지 않아? 그게 우리 모두가 얻으려고 싸우면서 목숨을 바치는 대상이야. 그러니 결정은 자네 몫일 수 있어."

무엇인가가 내 위에 있는 공기를 걷어내는 것 같아. 나를 지켜보고 있는 것 같아.

그녀를 구하려고, 그녀를 붙잡으려고 파견된 남자가 뒷걸음질을 쳐서는 이 교외 막다른 골목의 바깥쪽을 가리키며 주차된 은색 차에 올랐다. 페이는 그가 시동을 거는 소리를 들었다. 차가 부르릉거리는 소리를 들었다. 그리고 어스름한 빛 속에서, 그녀는 그가 차의 앞좌석을 가로질러 몸을 기울이는 걸 봤다.

철컹 소리를 들었다. 느릿하게 흔들리며 벌어지는 금속이 그녀를 위한 선택 대안을 창조해내는 걸 봤다.

대기하는 엔진이 그 어스름한 빛 속에서 윙윙거렸다.

그녀가 차의 비어 있는 앞자리 조수석을 응시할 때.

그 차의 열려 있는 문을 응시할 때.

콘돌의
다음 날

NEXT DAYS OF THE CONDOR

제임스 그레이디 지음
윤철희 옮김

그들이 그를 CIA의 비밀 정신병원에서 데리고 나온 것은 메인 주의 가을 숲 위로 태양이 질 때였다.

브라이언과 덕이 그의 양옆에서 걸었다. 브라이언은 그의 오른쪽 반 발짝 뒤에, 그러니까 패키지(package, 호송 대상자를 소포라는 의미로 빗대어 쓴 것)가 힘을 강하게 쓰는 쪽의 반 발짝 뒤에 있었다. 앞으로 문제될 일이 하나도 생기지 않을 거라고 하더라도, 만반의 준비 태세를 갖추고 있어야만 하기 때문이다. 여전히 명줄이 붙어 있을 때에만 수령이 가능한, 정부에서 지불하는 급여는 그가 그런 준비 태세를 갖춘 데 따른 대가였다.

브라이언과 덕은 기분이 좋은 듯 보였다. 그들은 당연히 그보다 젊었고, 머리는 실용적이면서도 유행에 뒤처지지 않은 단발이었다. 덕은 최근에 면도를 하지 않은 탓에 수염이 까칠하게 자라 있었다. 그에게 쉐마그(shemagh, 사막에서 모래와 열기를 막기 위해 착용하는 두건)를 두르게 하고 지금 입고 있는 미국 쇼핑몰에서 구입한 의상을 조금만 손보면, 그는 내일 당장 카불에 던져놓더라도 현지인들과 구별하기가 쉽지 않을 터였다. 브라이언과 덕은 메인에 있는 성채의 정면 보안 데스크에서 패키지에게 자신들을 소개했다. 그는 그들에게 부여된 임무가 그를 데려가겠다고 말한 곳으로 데려가는 것이기를, 숲속에 있는 버려진 배수로로 데려가는 게 아니기를 바랐다.

그와 그를 호위하는 대원들 뒤에서 두 사람의 발소리가 들렸다. 하지만 그가 실제로 세상에 존재하는 발소리라고 받아들일 만한 건 투박한 신발을 신은 보행자의 발소리뿐이었다. 소리를 내지 않는 발걸음은 그의 우주를 더욱 강력하게 뒤흔들었다.

투박한 신발은 닥터 퀸튼의 것이었다. 살해당한 닥터 프리드먼의 후임자인 그는 전임자가 채택했던 방침, 정신과 의사인 닥터 퀸튼 자신이 보기에는 그리 미덥지 않은 방침인 환자 중심적 접근 방식을 폐기하라고, 그리고 그걸 대체하는 퍼포먼스 프로토콜(Performance Protocols)을 실행하라고 명령했었다. 책임감이 따르는 이 새로운 접근 방식을 도입하기 위해, 비극이 일어난 탓에 생겨난 그 기회를 활용하지 말아야 할 이유가 뭐란 말인가?

결국, 올바른 성과를 올린 사람은 틀릴 수가 없는 법이다.

소리 없는 걸음은 금발 간호사 비키가 지저분한 스니커즈를 신고 내딛는 거였다.

그녀는 보는 사람을 짜릿하게 감전시킬 것 같은 새빨간 립스틱을 바르고 있었다.

그녀가 끼고 있는 결혼반지는 고등학교 시절부터 사귀어온 연인과 그녀를 연결시켜줬다. 그런데 그녀의 연인은 죽음에 굴복하기를 거부하는 듯이 병세가 호전될 기미가 보이지는 않는 그의 뇌파와 심장박동을 추적하는 삐 소리 내는 기계들에 연결된 채로, 그리고 튜브를 꽂은 채로 지난 8년간 하루도 빼놓지 않고 뱅거(Bangor, 메인 주에 있는 도시)의 참전용사 요양원 침대에 누워 있었다.

연인의 가슴에서 뛰는 심장의 박동은 진정한 모습을 알아봐주는 이가 아무도 없는 그녀의 부드러운 걸음들을 오래도록 따라다니며 괴롭혔다.

그녀의 본모습을 알아봐준 유일한 사람은 지금 그녀 앞에서 이 비밀 성채 밖으로 걸어 나가는 백발 남자뿐이었다.

그런데 그 남자는 제정신이 아니었다. 그러니……

사위가 어둑해지면서, 이 다섯 명의 공복(公僕)이 나온 성채의 벽이 둘러쳐진 주차장에 설치된 센서들이 활성화됐다. 브라이언과 덕은 일행들을 캠핑용 밴 쪽으로 이끌었다. 옆 유리에 새까맣게 선팅이 된 회색 밴은 병렬 주차를 하기에 충분할 정도로 작았지만, 기울어진 앞 유리를 바라보는 방석 깔린 앞 좌석 두 개 뒤에서 '도로 생활'을 하기에 충분할 정도로 컸다. 유타 주 번호판이 정부 소유 차량이 아니라는 거짓을 암시하며 붙어 있었다.

덕이 말했다. "10월 날씨치고는 평소보다 따뜻한 편이네요."

브라이언은 패키지가 걸친 꾀죄죄한 검정 가죽 재킷이 탐난다는 듯한 눈빛으로 바라봤다. "꽤나 멋진 사나이처럼 보이는군요. 몸놀림도 백발만 보고 생각했던 것보다는 제법 좋은 편이고요."

덕이 우르릉 소리를 요란하게 내면서 밴의 측면 뒷문을 밀어서 열었다. 비좁은 통로 양옆에 빌트인 침대들이 설치된 차내 뒷부분에 불이 들어왔다.

브라이언이 물었다. "이 사람을 어떻게 해야 하는 건가요?"

닥터 퀸튼이 한 걸음을 내디뎠다가……

간호사 비키 옆에서 걸음을 멈췄다. 그녀는 정신과 의사의 가슴을 한 손으로 거칠게 밀치고는, 다른 손으로 여성용 작은 지갑과 비슷하게 생긴 검정 가죽 가방을 의사의 손아귀에서 빼냈다.

"프로토콜의 지시에 따르면……"

"여기는 여전히 미국이에요." 비키가 말했다. "이 나라에 독재자는 없어요."

닥터 퀸튼은 할 말을 찾지 못하고 눈을 깜빡거리기만 했다. 그녀는 그를 무시하고는 코발트처럼 파란 눈을 가진 패키지 앞에 서서 그를 똑바로 쳐다보며 말했다. "준비됐나요?"

"그게 중요한가요?"

그녀가 짓는 루비 빛 미소는 '예스'라고 말하고 '노'라고 말했다.

그는 양쪽 모두의 그녀에게, 그리고 평상복 차림인 두 병사에게 말했다. "내가 어디로 가기를 원하나요?"

"저 간호사분 얘기처럼," 덕이 대답했다. "여기는 자유국가예요. 그러니까 아무 침대나 마음에 드는 쪽을 택하도록 하세요."

패키지는 조수석 쪽 침대를 택했다. 운전자를 제거하려고 앞 유리를 뚫고 들어오는 총알을 맞을 가능성이 낮은 쪽이기 때문이었다.

간호사 비키가 그의 뒤를 따라 밴에 올랐다.

그녀가 말했다. "재킷을 벗으셔야겠어요."

"재킷을 벗은 채로 있는 편이 더 편할지도 몰라요." 운전석에 오른 브라이언이 운전석 문을 힘껏 닫으며 말했다.

검정 가죽 재킷은 지금껏 그의 *과거*였었다. 하지만 지금 그의 심장 위에 놓인 재킷의 안주머니에는 한 번도 사용된 적이 없는 신분증들과 신용카드들이 담긴, 정보기관의 실험실에서만 세월을 보낸 지갑이 들어 있었다. 오랜 친구인 검정 가죽 재킷을 벗자니 슬픔이 느껴졌다. 그 안에 담긴 새로운 거짓말들의 무게를 벗어내니 기분이 좋았다.

그는 가을날의 숲에 적합한 검정 긴소매 보온내의 위에 사무실에 적합한 파란 긴소매 셔츠를 입었다. 셔츠의 단추들을 더듬거리며 채웠다. 그가 보온내의를 벗는 걸 도와주지 않으려고 간호사가 억지로 참고 있다는 걸 감지했다.

그는 침대에 앉았다. 상반신은 알몸이었다. 몸이 떨렸다. 저녁의 한기 때문일 수도 있었고, 입술을 빨갛게 칠한 젊은 여자가 가까이 있기 때문일 수도 있었다.

여자는 간호사라는 본분에 집중하면서 그의 몸에 난 흉터들을 응시했지만, 지금 그녀가 그것들을 위해, 그를 위해 해줄 수 있는 일은 하나도 없었다. 그녀 혼자 힘으로는 어쩔 도리가 없었다. 그녀는 그 정도의 능력을 가진 사람이 아니었다.

또는 능력이 아예 없는 사람이거나.

그녀가 의료용 가방의 지퍼를 열자 가방이 함정의 아가리처럼 열렸다. 한쪽에는 피하 주사기 바늘들과 알코올, 탈지면이 있었고, 다른 쪽에는 약병들이 있었다.

"당신은 당신이 먹을 약의 마지막 복용량을 병실에서 이미 먹었어요." 그녀가 말했다.

"나한테 지급된 약은 다 먹었어요. 그게 *마지막* 약이 아니기를 바라요."

진홍색 입술이 미소를 지으며 감겨 올라갔다. 그녀의 녹색 눈동자가 촉촉해졌다.

그가 말했다. "나한테 주사를 놔주는 사람이 당신이라서 기뻐요."

"당연히 제가 해야 하는 일이잖아요." 그녀가 속삭였다.

그녀가 그의 왼쪽 어깨의 맨살을 탈지면으로 닦았다.

그의 살에 주삿바늘을 밀어 넣었다.

주사기의 끝을 밀어 내용물을 주입했다.

그러고는 말했다. "오래 걸리지는 않을 거예요."

셔츠를 입은 그는 셔츠 끝자락을 청바지 안으로 쑤셔 넣기 위해 자리에서 일어섰다.

간호사 비키는 그가 선택한 침대에 놓인 담요를 접어서 젖혔다.

"신발을 신은 채로 있고 싶으면 그렇게 해도 괜찮아요." 밴 바깥에서 덕이 말했다.

패키지는 침대에 등을 대고는 몸을 쭉 뻗었다. 베개를 머리 아래에 받쳤다.

"힌트를 하나 드리자면," 덕이 말했다. "안전벨트를 먼저 매는 게 더 편안할 거예요."

비키-슈퍼마켓에서 계산원으로 일하며, 미동도 하지 않는 환자들이 누워 있는 병상 옆에 앉아 철야 간호를 하며 야간학교를 마치는 데 성공했던 여자-가 안전벨트를 누워 있는 남자의 몸을 가로질러 매주고는 담요를 그의 턱까지 밀어 올렸다. 그녀는 그가 그녀의 아버지뻘이라는 걸 잘 알았다. 그녀가 그를 아버지로 모실 수도 있었다는 걸 잘 알았다. 하지만 그러겠다는 결정은 중요한 게 아니었다는 것을 -지금도 아니라는 것을- 잘 알았고, 그녀가 결정을 내리더라도 그 결정이 저항과 탈출과 안락함과 갈망과 야수가 뿜어내는 열기로 점철된 도둑맞은 심장박동 이상 가는 존재가 결코 될 수 없다는 것도 잘 알았다.

이쯤 해두자. 이쯤에서 그만 잊자.

"당신이 고른 새 이름 기억하죠?" 그녀가 그에게 물었다. "콘돌 말고요."

"내가 어떻게 나 아닌 다른 존재가 될 수 있겠소?"

"그게 당신을 여기서 내보내는 거래의 일부였어요. 현실 세계로 돌아가게 해주는 거래의 일부요."

"그러니까 내가 가는 데가 거기로군요." 그가 짓는 미소는 음흉했다.

"그 사람들이 나한테 그렇다고 말했어요." 그녀가 짓는 미소는 정직했다. "콘돌, 당신은 누군가요?"

"빈(Vin)이오."

"V가 *비키*의 머리글자라서 그 이름을 택한 거군요." 그녀는 별일 아니라는 투로 말했다.

"맞아요." 그는 그가 줄 수 있는 모든 것을 그녀가 가질 수 있게 해주려고 거짓말을 했다.

그녀가 진홍색 입술을 그의 입에 눌렀다. *마지막 입맞춤.*

그녀는 허공을 둥둥 떠다니는 듯한 기분으로 밴에서 내렸다. 시야가 흐렸다. 밤의 어둠이 빙빙 도는 동안 덕이 옆문을 씽 소리를 내며 닫고는 조수석에 올라 문을 힘껏 닫았다.

콘돌은, 빈은, 또는 이름이 무엇이건 그는 블랙홀 속으로 떨어졌다.

약 기운에 취해 잠이 들었다. 심장박동의 리듬에 맞춰 어떤 광경이, 어떤 소리가, 어떤 꿈들이 불쑥불쑥 그를 찾아왔다.

야간 도로의 헤드라이트들 틈으로 휙휙 그어지는 하얀 줄무늬들…… 브루스 스프링스틴의 노래 〈주 경찰관(State Trooper)〉의 기타 소리…… 껍데기만 남은 채로 병상에 누운 해병에게 거미줄처럼 연결된 삐 소리를 내는 기계들…… "예스, 예스, 예스"를 쥐어짜내는 발가벗은 허벅지들…… 딸깍 소리와 함께 약실이 채워지는 45구경…… 빨간 입술…… 아랍의 봄을 요구하는 군중이 *"자-아-유! 자-아-유!"* 외치는 소리…… 파리의 자갈길을 걷는 당신의 뒤에서 나는 발소리…… 자신의 우편 행낭을 붙잡은 집배원…… 도시의 광장을 향해 고속으로 클로즈업되는 드론의 시야…… 화장실 칸막이 안에 털썩 주저앉은, 바지를 걸치지 않은 채로 "오케이, 나 여기 있어"라고 말하는 어떤 사내…… 골목으로 걸어 들어가는데 어떤 친구가 당신에게 이리 오라며 손을 흔들고…… 정신이 번쩍 들었다. 잠에서 깨어났다. 그는 자신이 깨어 있다는 걸 느꼈다. 시커먼 유리 창문들을 통해 햇빛이 쏟아졌다.

눈을 깜박였다. 그는 밴 내부에 있는 침대에 등을 대고 누워 있었다. 밴이 멈췄다.

커피, 그 경이로운 향기.

"오케이, 저기요, 손님." 말한 사람은…… 덕이었다. 그의 이름은 덕이다. "안전벨트를 푸세요. 일어나 앉으셔서 안에서 가져온 좋은 것 한잔 드세요."

어디 안에서? 내가 어디에 있는 거지?

스타벅스 로고가 박힌 종이컵을 받은 그는 우유가 섞인 커피를 홀짝였다.

"다시 볼일 보러 가야 할 것 같아요?" 주차된 밴의 운전대 뒤에서 브라이언이 물었다. "우리가 당신을 태운 건 밤중이었어요. 하지만 이봐요, 당신은 나이도 그렇고, 당신 의료 보고서를 보면…… 대박이네! 당신, TV 광고에 나오는, 남자랑 여자랑 욕조에 나란히 앉아 있는 약을 날마다 먹는군요."

"우리가 세상과 만나기 전에 볼일부터 보도록 하세요." 덕이 말했다.

특수작전 요원들은 그가 밴 내부에 있는 화장실에 몸을 우겨 넣을 수 있게 해줬다.

"명심해요." 덕이 닫혀 있는 화장실 문 저편에서 말했다. "당신 이름은 빈이라는 걸요."

그가 밴에 설치된 변기–참으로 *괴상한 개념이야!*–의 물을 내린 후, 침대 사이에 있는 비좁은 통로에서 덕이 그를 맞았다. 그가 기억해서는 안 될 것들을 잊는 걸 도와줄, 그리고 그가 다른 사람들 눈에 보이는 모습일 거라고 믿는 모습으로 행동하는 것을 도와줄 약들이 담긴 종이컵을 덕이 그에게 건넸다.

로스앤젤레스의 어느 호텔에서 가져와서는 다른 용도로 사용해온, '건 망증이 있는 우리 손님들을 위해!'라는 레이블이 붙은 비닐 봉투가 금속 세면대 옆에서 그를 기다렸다. 봉투에는 일회용 칫솔과 TV 애니메이션에 등장하는 악명 높은 다람쥐를 트레이드 마크로 삼은 작은 치약 튜브가 들어 있었다.

"우리가 판단한 바로는," 덕이 말했다. "기분이 산뜻해야 새 출발도 산뜻하게 할 수 있을 거예요."

브라이언이 밴의 운전대 뒤에서 큰 소리로 외쳤다. "그런 말에 감명받을 것 없어요. 저 녀석, 이동하는 내내 고민한 끝에 친 대사니까요."

박하 향이 나는 치약이 입 안을 가득 채웠다.

세면대의 수도꼭지가 작동했다. *놀랍군!* 그는 입을 헹구고는 뱉었다.

거울처럼 사물을 반사하게끔 광택을 낸 금속판을 향해 시선을 들었다.

백발에다 얼굴이 우락부락하고 흉터가 많은 파란 눈의 남자가 그를 응시하고 있는 모습을 봤다.

속삭였다. "당신 이름은 빈이야."

생각했다. "콘돌."

밴의 계기판에서 들려오는 라디오 소리.

"……뉴저지 퍼블릭 라디오가 보내드리는 러시아워 런다운(Rush Hour

Rundown)의 이번 에디션을 소개드렸습니다. 이어서 오늘 하루 종일 저희가 소개할 스토리는 오큐파이 월스트리트(Occupy Wall Street, 월가를 점령하라) 운동을 미국 중부로 확산시키려는 시도들, 카다피가 사망한 후 리비아 국민들의 삶, 야생동물들을 풀어놓은 후에 자살한 오하이오 동물원 사육사의 마지막 며칠, 미국 정치의 큼지막한 덩어리를 돈으로 사들인 억만장자 형제 이야기 등이 있고, 더불어 가장 최근에 슈퍼맨을 연기했던 배우가, 으음, 그녀의 실제 모습하고 비슷한 어떤 사람을 연기하기 위해 리얼리티 TV에 고용됐었던 균형 잡힌 몸매의 사교계 명사와 결별한 것에 대해 밝힌 이야기, 그리고 두 명밖에 남지 않은 비틀스의 생존 멤버 중 한 명이 –다시– 결혼한다는 이야기도 있습니다. 마지막으로, 명심하십시오. 오늘 우리는 두려움에 떨어야만 합니다. 공포를 향해 떠나십시오."

뭐라고?

"다음 프로그램은 기후변화의 영향을 다룬 우리의 6부작 시리즈 중 3부……"

딸깍 소리를 내며 브라이언이 라디오를 껐다. "조금 전에 무슨 말을 한 거죠?"

덕이 검정 가죽 재킷을 빈에게 내밀고는 말했다. "나갈 준비 됐나요?"

그런 후 밴의 뒤쪽 옆문을 밀어서 연 덕이 낙하산 부대원의 향수를 불러일으키는 모습으로 서늘하고 어슴푸레한 햇빛 다발 속으로 풀쩍 뛰어내렸다.

백발 남자는 그의 검정 가죽 재킷을 걸쳤다.

햇빛 속으로 걸음을 내디뎠다.

내가 있는 곳이 주차장이로군.

낮고 어스레한 하늘, 웅크린 용처럼 생긴 황갈색 시멘트 건물을 둘러싸고 줄지어 주차된 차량들 위에 반짝이는 서늘한 태양. 차들이 쌩쌩 달리는 소리가 물결치듯 지나갔다.

용처럼 생긴 건물에서 좀비 트리오가 어기적거리며 나왔다.

"말도 안 돼!" 빈이 중얼거렸다. 콘돌이 중얼거렸다.

좀비들의 메이크업과 코스튬이 너무 엉터리라서 그들이 좀비가 아니라는 것은 한눈에 알 수 있었다.

"해피 핼러윈." 브라이언이 빈 옆에 자리를 잡으며 말했다.

좀비들은 뉴저지 번호판을 단 5년 된 자동차에 올랐다.

덕이 말했다. "오늘은 우리 빼고 세상 사람들 모두가 코스튬을 입고 있군요."

그의 파트너가 고개를 절레절레 저었다. "저런 말에 감명 받을 것 없어요. 저 대사도 차 타고 오는 내내 고민한 거니까요."

"이해가 안 돼." 덕이 말했다. "지금은 2011년인데, 사방 어디를 봐도 보이는 건 좀비들뿐이잖아."

"만약에 우리가 좀비들에게 둘러싸일 경우를 생각해서 묻는 건데," 콘돌이, 빈이 말했다. "당신들, 총은 갖고 있나요?"

서늘한 아침 공기 속에 잠시 침묵이 흘렀다.

그런 후 덕이 대답했다. "우리는 전권을 허가받았어요."

콘돌은 어깨를 으쓱했다. "당신 정신이 온통 상부로부터 전권을 허가받는 데만 쏠려 있었다는 얘기로 들리는군요."

호위 요원들이 돌멩이처럼 딱딱한 시선을 그에게 던졌다.

"곤란한 일이 벌어질 거라고 예상하는 건가요?" 브라이언이 물었다.

"항상 그래요. 절대로 그렇지 않아요." 콘돌은 고개를 저었다. "내가 먹는 약들의 용도는 내가 하는 예상들을 질식시키는 거예요."

"당신이 필요한 건 아침밥일 뿐이에요." 브라이언이 말했다. "잠깐만 여기에 서 있도록 해요. 두 다리를 아래로 내리고 숨을 쉬고 있도록 해요. 그러면 우리가 먹을 걸 갖다 줄게요."

"태극권 수련하고 싶어요?" 덕이 주차장 모퉁이에 있는 하얀 정자(亭子)를 몸짓으로 가리켰다. "무술 자세를 취하고 싶어요?"

"그렇게 하면 사람들 눈길이 쏟아질 거요." 빈이, 콘돌이 말했다. "시민들이 나를 괴짜라고 생각할지도 몰라요."

"정말로," 브라이언이 물었다. "사람들이 당신을 괴상한 사람으로 보는 건 순전히 그런 짓을 하기 때문인 것 같다고 생각하는 건가요?"

"명심해요, 빈." 덕이 말했다. "우리는 우리가 누구인지 아는 사람이 아무도 없는 한에만 우리가 원하는 짓을 무엇이건 할 수 있어요. 어떤 작전이 됐건, 그게 반드시 고수해야 할 핵심 사항이라는 걸 잘 알잖아요. 그러니까 쿨하게 행동하세요. 사람들 이목이 쏠리지 않도록 절제된 행동을 하세요. 절대적으로 평범하게 행동하세요."

"지금껏 그놈의 평범함이 문제였어요."

"지금 당신은 그런 시절은 지났어요." 브라이언이 말했다. "기억해요?"

"그건 그렇고," 덕이 말했다. "뉴저지 유료 고속도로의 닉 로가(Nick Logar) 휴게소에 오신 것을 환영합니다."

"지금은 2011년 핼러윈인 월요일 오전," 브라이언이 말했다. "9시 33분입니다."

덕이 얼굴을 찡그렸다. "그런데 닉 로가(인물과 휴게소 모두 허구다)가 누구야?"

"그 사람이 누군지 신경 쓰는 사람이 어디 있겠냐?" 브라이언이 대꾸했다.

그리고 콘돌이 한 다음과 같은 얘기에 그들은 깜짝 놀랐다. "시인이오. 영화가 흑백이던 시대를, 험난한 시대를 산 사람이오. 그 시대 사람들은 입에 풀칠을 하려고 고되게 일하고 있었고, 부유한 자들은 주식시장이 붕괴한 이후에도 여전히 전성기를 누렸으며, 악당들은 세계에 맹공을 퍼붓고 있었어요. 휴게소 이름에 닉 로가의 이름을 붙인 건 별난 일이오. 그는 반항적인 정치인이자 세상을 방랑하는 미치광이였으니까요. 하지만 그의 그런 측면에 대해 언급하는 걸 좋아하는 사람은 아무도 없어요. 그저 그가 받은 명예훈장과 아무도 읽지 않는 시에 수여된 퓰리처상 얘기만 떠들어댈 뿐이죠. 그래도 사람들이 읽는, 그렇지만 깃발처럼 퍼덕거리지는 않는 유명한 시도 한 편 있어요. *하나님, 그저 말을 할 수 있는 것만으로도 기분이 좋습니다!*"

"이 양반, 대단한 분이네!" 덕은 감탄했다. "문학 같은 그런 헛짓거리에 대해 박식한 양반이로구먼."

"내가 했던 첫 스파이 업무가 그런 것들을 아는 거였소."

브라이언이 어깨를 으쓱했다. "내 첫 업무는 테헤란에서 테이크아웃으로 저녁을 사오는 거였어요. 그런데 우리가 지금 저녁밥 얘기를 할 때가 아니에요."

"아침밥 얘기나 합시다." 덕이 말했다.

"옛 같은 수다는 이쯤에서 접고," 브라이언이 말했다. "뭐 좀 먹죠."

백발 남자가 검정 가죽 재킷의 앞면을 두 손으로 훑었다. 그 아래에 감춰진 총을 찾아내지 못한 데 따른 걱정을 서투르게 드러내는 몸짓이자, 몇 년간의 감금 생활이 그를 콘돌이 아닌 빈으로 만드는 데 성공했다는 걸 암시하는 몸짓이었다.

"쌀쌀하네." 브라이언이 말했다. "모든 게 정상이고 괜찮군요. 그냥 세상 돌아가는 걸 보기나 하죠."

콘돌은 그를 호위하는 요원들에게 정상(normal)과 괜찮음(Okay)은 동의어가 아니라는 말은 하지 않았다.

하지만 그는 세상을 보기는 했다.

주차된 회색 밴은 휴게소의 북쪽 경계선 노릇을 하는 철조망 울타리와 마주하고 있었다. 울타리 너머에는 노란색으로 물든 습지가 고속도로의 북행 차선과 남행 차선의 중간 지대를 채우고 있었다. 그들의 밴은 남행 차선에 가까이 있었고, 그 차선에서 휴게소로 들어오는 출구는 하얀 정자 뒤에 있는 비탈진 경사로에 있었다.

밴의 후방 범퍼는 휴게소의 웅크린 용 같은 '편의시설' 건물의 한쪽 옆에 있는, 하얀 줄이 쳐진 공간에 주차된 차량들 네 줄을 마주하고 있었다. 황갈색 시멘트 벽으로 구성된 건물은 뉴멕시코와 홍콩의 스타일이 뒤섞인 녹색 지붕을 얹고 있었다. 편의시설 건물은 땅 위를 흐르는 빗물보다 높은 곳에 머물기 위해 주변보다 높은 둔덕에 자리 잡고 있었다. 유리문들이 건물의 정면과 중앙에 자리하고 있었고, 용의 얼굴에서 돌출된 콘크리트 계단이라는 혓바닥이, 비탈진 경사로 두 곳에 해당하는 수염 사이에 있는 아래쪽 포장도로로 이어졌다. 유리문들은 앞에 놓인 주차장의 거의 전부를 반사했다.

사람들. 많고 또 많은 사람들.

분홍 모헤어 스웨터를 입은, 표백 염색을 해서 머리를 금발로 물들인 여자가 한 손으로는 그녀의 자동차의 열린 트렁크를 뒤지면서 다른 손으로는 짖어대는 테리어의 목에 꽉 조여진 가죽 줄을 쥐고 있었다. 개의 털색과 표백 염색한 금발 여자가 입은 분홍 스웨터의 색깔이 잘 어울렸다.

젊은 사내 하나가 패딩을 댄 것처럼 푹신해 보이는 검은 옷을 입고 있었다. 유행이라서 그렇게 입은 건지 공포감을 조장하려고 그렇게 입은 건지 콘돌은 알 길이 없었다. 아무튼 그 사내는 큼지막한 갈색 종이 봉투를 들고 편의시설 뒤쪽으로, 그리고 공중에서 맴도는 갈매기들 아래에서 대기 중인 녹색 대형 쓰레기통 쪽으로 걸어갔다. 그다음에는 스튜어트 리틀이라는 이름을 가진 생쥐가 온전히 그 자신의 것이라 부를 사랑과 삶을 찾으려고 택한 방향인 북행 차선으로 이어지는 입구로 향했다.

웃고 있는 일본인 관광객 가족 무리가 그들 중 한 명이 휴대전화로 찍는 사진을 위해 주차장에 모였다.

열아홉 살로 보이는 스물네 살 남자. 야구 모자를 거꾸로 쓰고는 회색 스웨트셔츠와 골반까지 내려 입은 청바지, 스니커즈 차림인 남자가 편의시설로 느릿느릿 걸어가고 있었다.

정장 차림의 두 남자가 그들이 타고 온 짙은 색 차를 주차시켰다.

자신들 차의 백미러를 통해 50년간 서로를 보아온 부부 한 쌍이 주차된 차에서 내려 문을 힘껏 닫고는 화장실을 가려고 느릿하게 걷는 동안 한숨을 쉬었다.

지금 저 사람들의 모습이 내 다음 모습이겠군, 콘돌은 생각했다.

브라이언이 말했다. "그전에 뭔가 먹읍시다."

"무슨 일 전을 말하는 거요?" 그를 호위하는 요원들이 그를 시설 쪽으로 걷게 만들 때 콘돌이 물었다.

덕이 대답했다. "당신을 옮겨 태울 차가 등장하기 전을 말하는 거예요. 차가 벌써 여기 와 있어야 옳은데."

"그다음에 당신들은 어떻게 할 거요?"

"가볼 데가 있어요." 브라이언이 말했다. "만나볼 사람들이 있고요."

"이번에는 멍하니 쳐다보기만 하는 것 이상의 일을 할 작정이야?" 덕이 물었다.

"주둥이 닥쳐." 그의 파트너가 말했다. 사랑이 넘치는 어조로.

콘돌과 호위 요원들이 유리로 된 정문으로 가려고 택한 경사로 근처에 카페인과 설탕, 화학적 혼합물을 담은 병과 캔을 판매하는 음료수 자판기 세 대가 초병처럼 서 있었다. 일행은 고등학교를 막 졸업했을 걸로 보이는 소녀 세 명이 앉아 있는 벤치를 지나쳤다. 그중 두 명은 머리에 히잡을 두르고 있었고, 세 명 모두 담배를 피우고 있었다.

휴게소 편의시설 내부가 콘돌에게 인상적이었던 건 밀폐된 느낌, 감금된 것 같은 분위기였다. 자욱하고 답답한 실내 공기에서 나는 냄새는…… 바닥 타일 냄새, 타닥거리며 타는 고기의 기름 냄새, 뜨거운 설탕 냄새, 레몬 향이 나는 암모니아 냄새.

출입문 앞에는 남성용 공간과 여성용 공간으로 통하는 입구가 열려 있었다. 화장실 사이에 있는 벽에는 당신의 현재 위치를 보여주는 지도, 그리고 화장실로 서둘러 들어가는 여행객들이 힐끔 쳐다보고는 지나가는, 하지만 콘돌은 꼼꼼하게 읽은 구절들이 적힌 황동 명판이 있었다.

운전해, 계속 운전해. 이것들이 우리 인생들이 달리는 고속도로야.

우리 집단 영혼의 날카롭고 조용한 광기에 대해서는 오래 곱씹지 마.

우리를 뉴저지 전체라고 부르도록 해. 우리를 미국인 전체라고 부르도록 해, 우리가 홀로 함께 나아갈 때.

닉 로가

콘돌의 왼쪽 먼 곳에 기념품 가게가 있었다. 유명인을 다루는 잡지들과 캔디를 올려놓은 선반들이 벽에 있었고, 달달한 카페인을 담은 캔으로 가득 채워진 유리 냉장고가 있었으며, 녹색 플라스틱으로 만든 자유의 여신상이 달랑거리는 열쇠고리가 전시돼 있었고, 하트 모양의 뉴욕을 상징하는 이미지가 새겨진 티셔츠와 버튼, 그리고 더 이상은 부치는 사람이 없는 엽서도 있었다.

그는 오른쪽으로 방향을 틀어 푸드 코트로 향했다. 우리가 목숨을 부지할 수 있게 해주는 물질들을 돈과 교환할 수 있는 매장들 각각의 상단에 화려한 네온사인이 설치된 확 트인 긴 복도가 있었다.

커피를 중심으로 세계를 정복하겠다는 의도를 가진 프랜차이즈인 스타벅스가 있었다.

그 줄에 있는 다음 매장인 댄디 도넛도 커피를 팔았는데, 스타벅스에서 파는 것과 본질적으로 동일한 혼합물이었지만, 어쩐 일인지 가격이 그곳만큼 비싸지는 않았다.

대다수 공항과 기차역, 휴게소에서 볼 수 있는 사코스 이탈리아를 대표하는 빨강과 하양, 파랑 로고가 푸드 코트 벽 한복판에 자리 잡고 있었다.

이탈리아 분위기의 녹색이 하얀 배경에 브로콜리의 녹색으로 적힌 문자들에 길을 내줬다. 자연식과 프로즌 요거트. 전시된 케이스는 비닐을 씌운 샐러드를 담고 있었고, 은빛 기계들이 카운터 뒤에서 윙윙거렸다.

식당가의 마지막 매장은 버거 보난자였다. 콘돌이 젊었을 때 햄버거와 프렌치프라이와 콜라를 파는 랭킹 3위의 드라이브 인 체인이었던 이곳은 부패 혐의로 기소당하지는 않은 전(前) 주지사와 체결한, 이 주의 유료 고속도로 휴게소들을 50년간 독점적으로 임대한다는 계약에 부분적으로 힘입어 전국 매출 랭킹의 그 순위를 여전히 유지하고 있었다.

"어서 와요." 브라이언이 콘돌에게 말했다.

식당가의 벽과 천장부터 바닥까지 통짜로 이어지지는 않은 창문들 사이에 깔린 빨간 타일들 위에 회색 테이블들이 줄지어 놓여 있었다. 여행객들은 슬쩍 훔쳐가기가 쉽지 않은 검정 금속 의자에 앉았다.

브라이언은 정면 창문을 마주보는 의자를 차지했다. 콘돌은 푸드 코트와 정문을 모두 볼 수 있는 곳에 앉았다. 왼쪽으로는 창문으로 이뤄진 벽을 통해 주차장 정면을 볼 수 있었고, 오른쪽으로는 서비스를 받으려는 사람들의 행렬 속에서 덕이 느릿하게 움직이는 걸 볼 수 있었다. 콘돌 뒤에는 비상구라고 쓰인 빨간 표지판이 빛을 발하는 곳 아래쪽에 사무실이라는 레이블이 붙은 문이 있었다.

"지금 몇 시요?" 콘돌이 물었다.

"걱정할 건 하나도 없어요." 브라이언이 말했다. "우리는 우리가 속해 있는 곳에 있고, 우리가 있어야 마땅할 때에 있으니까요."

덕이 웨이터로 일하면서 대학을 마친 남자처럼 판지로 만든 트레이들의 균형을 잡으면서 그들에게로 다가왔다. 트레이에는 스타벅스의 컵들과 하얀 요거트를 담은 플라스틱 잔, 딸기, 건포도와 그래놀라를 담은 용기, 바나나, 수저, 냅킨, 누군가의 목을 긋는 일에는 거의 쓸모가 없는 하얀 플라스틱 나이프가 담겨 있었다.

"그리고 도넛 여섯 개?" 브라이언이 물었다.

"제대로 된 인생을 사는 비법은 이것저것을 잘 섞는(mix and match) 방법을 아는 거야." 그의 파트너가 말했다. "건강을 위해 요거트를 뿌려서 영양분의 균형을 잡는 거지. 복귀하는 드라이브를 위해 필요한 에너지를 우리에게 어느 정도 제공해줄 거야. 전통적인 초콜릿 도넛 세 개하고 계절 특선인 호박 메이플 도넛 세 개. 양심이 올바르게 박힌 사람이라면 어떻게 그런 것들을 포기할 수 있겠어?"

"당신들, 메인으로 돌아갈 거요?" 콘돌이 물었다.

"브루클린으로 갈 겁니다." 브라이언이 그의 요거트에 바나나를 잘라 넣으면서 말했다.

"어떤 사람이 거기서 하룻밤을 보내자고 고집을 부리네요, 글쎄." 그의 파트너가 설명했다.

유치원에 다닐 나이의 사내아이 둘이 그들을 다그치는 엄마의 뒤를 쫓아 테이블을 지나갔다.

"지금 브루클린이 어떤지 당신은 믿지 못할 겁니다." 브라이언이 콘돌에게 말했다.

"나는 그 시절에도 브루클린을 믿지 않았소."

덕이 말했다. "거기 가면 엄청나게 멋진 커피숍이 있어요. 그리고 거기서 멀지 않은 곳에……"

"야!" 그의 파트너가 소리쳤다.

"제발," 덕이 그의 파트너에게 말했다. "그녀가 나타날 거라는 희망만 품고 거기에 가서는 안 되는 거잖아."

두 총잡이의 아버지뻘이라고 해도 무방할 정도로 나이를 먹은 백발 남자가 미소를 지었다.

그가 말했다. "우리는 그런 문제는 모두 졸업했어요."

"네가 그 여자한테 마침내 말을 걸었을 때 벌어질 최악의 상황이 뭘까?" 덕이 물었다.

콘돌은 어깨를 으쓱했다. "당신은 그녀의 눈 안에서 당신의 꿈이 숨을 거두는 걸 지켜볼 수도 있어요."

"나는 말이야." 덕이 말했다. "나는 이혼 수당 얘기를 할 생각이었어. 그런데 말이야, 군인 입장에서는 적하고 교전을 해봐야 성공할 가능성이라도 생기는 거지, 그러지 않으면 아무 일도 일어나지 않아."

그의 파트너가 속삭였다. "누가 적인데?"

"우리 자신들이오." 콘돌이 말했다.

브라이언은 백발의 전설적인 인물을 보며 눈을 깜박였다. "선배님, 복귀를 환영합니다!"

콘돌은 호박 메이플 도넛을 먹으면서 쇳덩어리 이동 수단을 오르내리는 창문 너머의 여행객들을 응시했다. 패딩을 댄 검정 옷을 입은 사내가…… 저게 뭐지? 그래, 낡은 검정 영구차의 문을 닫는 걸 봤다. 남자는 운동용 가방을 들고 휴게소의 남쪽 끄트머리 쪽으로 걸어갔다. 거기에는 주법(州法)에 의해 일자리를 보호받는 직원들이 통제하는 주유 펌프들이 줄지어 있었다. 노란 임대 트럭 한 대가 콘돌의 시야를 가로질렀다.

그를 호위하는 요원들의 주머니에서 휴대폰이 울렸다.

덕이 문자메시지를 확인하고 말했다. "합류를 위한 도착 예정 시간 12분."

7분 후, 세 남자는 편의시설 정문에 있었다. 덕이 앞장을 섰고, 브라이언이 후위에 있었으며, 콘돌은……

번쩍!

콘돌이 서 있는 유리문 반대편에 있는 곱슬머리 여자가 든 휴대전화에서 터진 플래시였다. *찍힌 사진은 기껏해야 뭉개진 사진일 터였다.* 분명, 그녀는 자기 핸드백과 커피 두 잔이 담긴 테이크아웃 트레이를 감당하려고 쩔쩔매는 순진한 사람처럼 보였다. 아마도 서투르게 손가락을 움직이다가 휴대폰을 잘못 눌렀을 것이다. 브라이언이 그녀의 차까지 쫓아가서 휴대전화로 그녀와 차의 번호판, 그리고 고정관념에 따르면 남편일 것으로 판단되는 운전자의 사진을 찍는 걸 그녀는 알아차리지 못한 듯 보였다. 그 부부가 워싱턴 D.C.와 수백 킬로미터 떨어진 곳에서 녹슨 검정 영구차를 바로 뒤에 두고 남행 차선으로 이어지는 출구로 차를 몰 때, 부부를 찍은 사진은 조사 후 감시(I&M, Investigate&Monitor) 대상으로 업로드됐다.

덕과 콘돌은 주차된 밴 근처에 자리를 잡았다.

브라이언은 ―그의 입장에서는― 권총으로 쉽게 사격할 만한 거리인 12미터 떨어진 곳에서 주차된 차량들 사이를 서서히 이동했다.

깨달음. 그들이 여기에 있었다. 그들이 지금 있었다. 그들은 기다리지 않았다. 존재하고 있었다. 행동하고 있었다. 대비하고 있었다.

북행 차선 출입구에서 들어온 빨간 자동차가 용처럼 생긴 편의시설 주위를 달렸다. 일본 브랜드가 테네시에서 생산한 그 차가 하얀 정자 근처에 주차된 회색 밴 옆에 선 두 남자에게 미끄러지면서 가까워졌다.

빨간 차가 멈춰 섰다.

여자가 운전석 문을 열었다. 여자는 자기와 함께 타고 온 사람은 ―그 사람이 뒷좌석 바닥에 누워 있거나 트렁크에 웅크리고 있지 않은 한― 아무도 없다는 걸 그들이 볼 수 있게 해줬다. 여자는 그들을 향해 걸어오는 동안 두 손을 계속 그들이 볼 수 있게 해뒀다. 맞다, 여자의 왼손에 들려 있는 건 휴대폰뿐이었다.

통계적으로 볼 때, 대다수 사람들은 오른손으로 총을 쏜다.

"안녕하세요." 여자가 말했다. "게리 페티그루의 친구분들 아닌가요?"

"그런 놈 몰라요." 덕이 대답했다. 그나 남자가 아니라 놈이라고 말했다.

"그렇다면 어디서 오셨나요?"

"우리가 가려는 데서요." 덕이 대답했다. 대화를 엿듣는 사람 입장에서는 ─주위에는 아무도 없었지만─ 평범한 대화처럼 들렸겠지만, 우연히 만난 낯선 사람에게서 나올 법한 반응 같지는 않았다.

"그러면 내가 제대로 온 거네요." 여자는 활짝 웃었다. "늦어서 미안해요. 차가 막히는 바람에……"

여자는 왼손을 들어 그녀의 휴대폰에 뜬 패키지의 사진을 그들에게 보여줬다.

"당신이 콘돌이겠군요." 그녀가 그와 악수하려고 오른손을 내밀며 말했다.

"빈이에요." 덕이 바로잡아줬다. "그렇지만, 당신 말이 맞아요."

여자는 어렸다. 짧은 검정 머리. 깨끗한 캐러멜색 피부와 반짝거리는 검은 눈동자. 짙은 색 바지와 단추를 채우지 않은 감청색 재킷 아래 받쳐 입은 하얀 블라우스.

그녀가 물었다. "내 신분증 보고 싶으세요?"

"그쪽이 만약에 가짜라고 해도, 인식 암호(recognition code)를 알고 있는 걸 보면 가짜 신분증도 갖고 있을 거 아뇨." 덕이 말했다.

"*젠장! 신분증을 번개처럼 꺼내서 자랑할 기회를 갖고 싶어 죽을 지경이었단 말이에요. 국토안보부다. 벽에 등 대고 서!*"

"초짜시로군." 덕이 말했다.

"여기로 당일치기 장거리 여행을 왔다가 D.C.로 돌아가는 임무를 맡으려는 사람이 초짜 말고 누가 있겠어요?"

그녀의 목소리는 편안한 어조를 유지했다. "말라티 차발리라고 해요. 저기 걸어오는 분도 우리 일행인가요?"

덕이 미소를 지었다. "그래요, 초짜. 저 녀석도 우리 일행입죠."

그녀의 빨간 차로 천천히 다가가 뒷자리를 흘낏 본 브라이언이 몸을 돌리고는 그가 오던 길을 우회했던 이유가 마치 이것 때문이었다는 투로 말했다. "저분의 가방 두 개를 어디로 실어가려는 건가요?"

"지금 무슨 얘기를 한 건가요?" 덕에게 물은 그녀는 콘돌을 쳐다봤다. "*미안해요!* 당신한테 물었어야 하는 건데 말이에요. 그런데 당신 분위기가……"

"평범한 패키지 같지는 않다?" 엄밀히 따지면 그녀의 할아버지뻘도 될 수 있을 만한 남자가 말했다.

"그리고 당신은 내가 당신을 빈이라고 불러주기를 원하는 거죠, 맞죠?"

그는 어깨를 으쓱했다. "그게 우리 임무가 요구하는 거잖소."

"얘기 중에 미안한데요," 브라이언이 말했다. "우리는 이만 떠나야겠어요."

"브루클린이 부른답니다." 그의 파트너가 농담을 했다.

콘돌의 여행 가방들이 빨간 차의 트렁크로 옮겨졌다.

그와 그를 데려갈 차를 운전할 말라티는 회색 밴이 주차장에서 빠져나가 북행 차선 경사로로 진입하고서는…… 사라지는 모습을 지켜봤다.

"부탁 하나 드려도 될까요?" 두 사람이 싸늘한 아침 공기 속에 서 있을 때 여자가 백발 남자에게 물었다. "당신의 새 아파트—실제로는 캐피톨 힐에 있는 연립주택—에 한시라도 빨리 도착하고 싶은 마음이 굴뚝같을 거라는 걸 알아요. 당신을 담당하는 정착 전문가가 거기에서 우리를 만날 거예요. 우리가 벨트웨이에 도착했을 때 그녀에게 전화를 걸 거예요. 그리고 중요한 건, 제가 커피를 마시고 싶어서 죽을 지경이라는 거예요."

"죽는 걸 원하지는 마시오." 콘돌이 물었다. "당신이 죽으면 내가 향하는 목적지에 어떻게 갈 수 있겠소?"

"그건 그러네요." 그녀가 말했다.

그들은 휴게소의 편의시설을 향해 걸었다.

"우리 얘기를 들을 귀들이 있는 데 당도하기 전에 물어봅시다." 그들이 반짝거리는 쇳덩이들이 줄지어 늘어선 주차 차량들 사이를 이동할 때 그가 말했다. "국토안보부 소속이죠? CIA가 아니라?"

"사실을 말하자면, 국가정보국의 국가자원활동사업부로 파견된 상태예요. 그 부서에는 CIA 요원들도 있지만 저는…… 맞아요, 저는 국토안보부 소속이에요. 지금 당장은요. 저는 조지타운에서 대학원을……"

"당신이 얻은 첫 기회에 당신의 위장 스토리(cover story) 전부를 토해내지는 말아요." 그들이 편의시설 정문에 가까워졌을 때 백발 남자가 말했다. "설령 그게 진실일지라도 말이오. 그게 진실일 경우에는 특히 더 그래서는 안 되는 거요."

그루초 막스(Groucho Marx, 미국의 코미디언) 스타일의 안경을 낀 일꾼 두 명이 깔깔거리면서 그들의 앞을 성큼성큼 지나쳤다.

말라티가 기어들어가는 목소리로 말했다. "죄송해요."

건물의 문을 연 그는 그녀를 위해 문을 잡아줬다. "살다 보면 엿 같은 일이 일어나기도 하는 법이오. 우리 같은 사람들이 하는 일에서는 특히 더 그런 법이고."

그녀는 노년의 신사를 지나치는 발걸음을 내딛으면서 고맙다는 미소를 지었다.

그랬다가 그가 하는 소리를 들었다. "나를 당신 등 뒤에 놔두는 게 옳은 일이라고 생각하는 거요?"

휴게소 편의시설 내부의 답답한 공기 가운데에서 오싹한 냉기가 그녀를 사로잡았다.

그녀는 대답했다. "모르겠어요."

콘돌은 어깨를 으쓱했다. "지금 와서 그 문제를 고민하기에는 너무 늦었소."

"나는 저기로 갈 거요." 그가 남자 화장실을 가리키며 말했다. "당신은 커피를 사도록 해요. 저 테이블에서 만납시다."

"책임자는 저라고 생각하는데요."

"그렇게 말을 한 건 잘한 일이오." 그가 말했다. 그는 거기 서 있는 그녀를 그대로 놔두고는 화장실로 걸어갔다. 혼자서.

5분 후, 그는 그녀가 화장실과 기념품 가게, 정문을 마주보는 푸드 코트 테이블에 앉아 있는 걸 발견했다. 전술적으로 보면 괜찮은 위치 선정이었다. 식당들로 이뤄진 벽이 그녀의 오른쪽에 대기했고, 주차장으로 난 창문들이 그녀의 심장 쪽에 있었다. 그녀가 스타벅스에서 가져온 컵 두 개를 올려놓고 앉아 있는 테이블로 그가 걸어올 때 그녀의 두 눈은 그에게 고정됐다.

"제발," 그녀가 말했다. "자리에 앉으세요. 그럴 시간은 있으니까요."

"확실한 거요?"

"아뇨, 하지만 그 정도 짬은 낼 수 있어요."

그는 그녀를 마주보는 검정 금속 의자에 자리를 잡았다.

"주위를 둘러보세요." 그녀가 말했다. "대다수 사람들은 우리가 무슨 얘기를 하건 신경 안 써요. 온통 자기들 휴대폰이나 태블릿에만 정신을 두고 있으니까요. 그 사람들은 실제로는 여기에 있지 않아요. 게다가 제 뒤에는 아무도 없어요, 맞죠? 당신 뒤에도 아무도 없고요. 우리가 조심성 없이 말을 주고받는다고 해도 그 말을 듣기에 충분할 정도로 가까이 있는 사람은 없어요."

그는 그녀에게 고개를 끄덕이고는 미소를 지었다. 그녀가 얻고 싶었던 반응이었다.

"우리 관계를 처음부터 다시 시작했으면 해요." 그녀가 말했다. "커피는 화해를 위한 선물이에요."

"오케이. 우리는 D.C.에 도착하기 전에 어쨌든 최소한 한 번은 쉬었다 가야 할 거요."

"당신이 쉬고 싶을 때 그렇게 할 수 있을 거예요." 그녀는 자기 컵에 든 커피를 한 모금 마셨다. 그녀는 컵에 립스틱 자국을 남기지 않았다.

빨간 립스틱에 대해서는 생각하지 마. 그건 떠나버렸어, 영원히. 이건 지금 일이야.

"왠지 당신이, 그러니까, 은퇴 프로그램 대상자로 정례적인 소재지 재배치가 필요한 우리 조직의 예전 자산이거나 KGB 출신 망명자일 거라는 생각은 들지 않네요."

"당신이 아는 내용이 뭐요?"

"제가 지금 사용해서는 안 되는 코드네임이요." 말라티는 어깨를 으쓱했다. "빈…… 이름치고는 괴상하지만, 어찌 됐건, 빈. 나는 *자기가 하겠다고 나서는 사람이 아무도 없는* 이 임무를 하겠다고 자원했어요. 추가 업무를 맡은 거죠. 내가 유능하고 믿음직한 데다 진취적인 팀 플레이어라는 걸 입증하려고 애쓰고 있는 거예요."

"원하는 게 뭐요?" 그가 물었다.

"내가 받는 봉급보다 가치가 더 큰 일을 하기. 조국에 봉사하기. 착한 일을 하기."

"그리고 그 바른생활 과제물 아래에 적힌 정답은?"

"실제로 벌어지는 일이 무엇인지를 모르는 사람이 되고 싶지는 않아요."

"현실이라……" 그가 말했다. "그것에 대한 얘기는 나도 많이 들어봤지."

그는 커피를 한 모금 마셨다. 그녀는 그가 알아서 선택하도록 블랙커피와 크림이 담긴 용기 두 개를 가져왔다. 그는 컵의 뚜껑을 열고는 크림을 따르며 생각했다. *내 얘기를 털어놓지 말아야 할 이유가 뭔가?*

"어제 우리 보스들이 내가 더 이상은 미친 사람이 아니라는 결정을 내렸소. 또는," 그는 덧붙였다. "적어도 자유로운 신분에 가까운 신분으로 석방하지 못할 만큼 미치지는 않았다는 결정을 내린 거요."

대다수 사람들은 아무것도 보지 못했을 테지만, 콘돌은 그녀가 잔뜩 긴장하고 있다는 걸 느꼈다. 하지만 그녀는 그 자리에 앉아서 묵묵히 얘기를 들었다.

"당신 상태가?"

"*그 정도로 미치지 않은 건지 아니면 자유로운 신분에 가까운 건지* 묻는 거요?"

"그런 대답을 하는 걸 보니 굳이 말하지 않아도 알 것 같아요."

그런 *태도* 때문에 그는 그녀가 마음에 들었다. 그녀는 그가 자신의 사연을 들려줄 가치가 있는 사람일지도 모른다는 생각이 들었다.

"두고 보면 될 것 같소." 그가 말했다. "당신은 내 운전사요."

"딱 이 여행을 위해서만 그런 거예요." 그녀가 불쑥 내뱉었다. "저는 우리 일에 대해 많이 배우고 싶어요."

그는 바깥에서 일어난 움직임 때문에 그녀에게서 눈을 떼 창밖을 바라봤다.

스쿨버스. 전형적인 노란 버스가 건물 정면을 서서히 지나갔다. 스쿨버스는 뒤뚱거리는 듯 보였다. 버스는 시민들이 주차해놓은 차량들이 줄지어 선 근처에서 간신히 멈춰 섰다.

그는 턱으로 스쿨버스를 가리켰다. "당신도 저런 버스를 탔었소?"

"내 위장 스토리를 토해내면 안 돼요. 설령 그 스토리가 진실일지라도요."

"첫 번째 가르침," 그가 그녀에게 말했다. "신뢰를 얻으려면 신뢰를 제공하라."

"그건 제가 당신한테서 얻은 첫 가르침이 아니에요." 그는 그녀가 그렇게 자신을 인정해준다는 점 때문에 그녀가 훨씬 더 마음에 들었다. 그녀는 덧붙였다. "맞아요, 저도 캔자스시티에서 스쿨버스를 타고 다녔어요."

"우리는 더 이상은 캔자스에 있지 않아요." 그는 「오즈의 마법사」의 대사를 인용했다.

"*이보세요!*" 그녀가 따지듯 말했다. "제가 얘기한 곳은 *미주리* 주 캔자스시티예요. 캔자스랑은 생판 다른 곳이라고요."

두 사람 다 폭소를 터뜨렸다. 그녀가 내 출신지는 이런 곳이라는 이야기를 늘어놓으며 긴장을 푸는 동안, 그는 그들이 있는 곳 주위를 둘러봤다.

그의 옆에 있는 테이블에는 마흔쯤 된 남자가 모닝 치즈버거를 우걱우걱 씹으며 앉아 있었다. 그런 식사를 너무 많이 한 탓에 남자의 셔츠는 이미 빵빵해져 있었고, 셔츠 위에 묶은 타이는 느슨하게 풀려 있었다. 프랜차이즈의 매니저인 그는 자기 보스가 그를 싫어하는 이유를 가늠할 수가 없었다. 두 테이블 건너에는 서른쯤 되어 보이는 여자가 한 손으로 이마를 받치고 몸을 기울인 자세로 앉아 있었다. 그녀의 다른 손은 귀에다 댄 휴대폰을 누르고 있었다. 그녀는 그녀와 딸 모두의 고향인 이곳을 떠나게 만든 문제인 10대 딸의 임신과 관련해서 학교 측에서 통보하는 내용을 듣고 있었다. 의료 기술자로 녹색 수술복 차림인 두 남자는 프라이드치킨을 먹고 있었는데, 한 명은 백인이고 다른 한 명은 흑인이었다. 두 사람 다 암과 싸우는 전사에게 모르핀과 더 많은 청구서밖에 줄 게 없는 곳인 병원으로 돌아가고 싶지 않았다. 하얀 스웨터 위에 오리털 조끼를 입은 금발 미녀가 앉아 있었다. 휴대전화에 *세상에(OMG)*라는 문자를 기관총 쏴대듯 입력하는 그녀는 열아홉 살 이후로 무슨 일이 일어날지에 대한 실마리를 하나도 갖고 있지 않기 때문에 죽고 싶을 만큼 겁에 질려 있다는 얘기를 입 밖에 내지 않으려고 엄청난 *조심성*을 발휘하고 있었다. 콘돌과 연배가 엇비슷한, 머리가 희끗희끗한 커플이 상대를 제외한 사방 모든 곳을 응시하면서, 그들이 갈 수 있는 더 나은 곳이 아무 데도 없다는 걸 확인하며 앉아 있었다. 대학을 졸업한 지 2년 된 남자가 연신 하품을 해대며 다이어트 코크를 마시며 앉아 있었다. 그는 학비를 내는 데 도움을 준 여름철 일자리에서 겨우 한 단계 상승한 일자리인 공장에서 야간 근무를 마치고 온 참이었다. 그는 내달 초하루인 내일, 그를 무척이나 사랑하는 맞벌이 부모님의 주택 지하에 나무판자를 엮어 지은 거처로 날아올 청구서들이 몹시도 두려웠다. 말라티가 언급했듯, 여행에 지쳐 멍해진 여행객 다수가 스크린이 거는 최면에 걸린 듯 보였다.

우리는 모두 어딘가에서 또 다른 어딘가로 운송되는 패키지들이다.

그럼에도, 콘돌은 생각했다. 우리는 이 이름 없는 환승 지대에 있는 테이블에서 우리 자신을 멀리 밀어내기 위해, 자리에서 일어나기 위해, 바깥으로 나가기 위해, 우리 차에 올라타서는 가고 또 가기 위해, 우리가 도착할 수 있는 곳에 도착하기 위해, 눈물을 흘리며 '예스'라고 말하기 위해, 그러면서 그 모든 것과 우리 자신에게 폭소를 터뜨리기 위해 희망이나 꿈이나 책임, 품격, 용기를 찾아다닌다. 적어도 이것이 우리가 오른 여행길이기 때문이고, 우리가 굴복하기를 거부했기 때문이다.

닉 로가 휴게소.

이것들이 우리 인생들이 달리는 고속도로야.

"……그래서 우리 부모님은 내가 경영 쪽 일을 하기를 원했어요. 그렇지만," 말라티는 어깨를 으쓱했다. "나는 이익과 관련한 일을 하면 그다지 흥분되지가 않더라고요. 대의명분하고 관련된 일을 하면 엄청나게 흥분되지만요."

아이들. 재잘거리는 소리. 쩍쩍거리는 소리. 어린애 대여섯이 정문으로 들어와 화장실로 뛰어갔다. 뒤에서 선생님이 고함을 쳤다. "흩어지지 마, 얘들아!"

콘돌과 말라티는 창밖을 바라봤다.

제멋대로 퍼져나가는 2학년짜리들을 봤다. 스쿨버스에서 내린 아이들이 주차장을 가로질러 행군했다. 일부 아이들은 자랑스러운 핼러윈 의상을 입고 있었다-마녀, 동화 속 공주님, 유령, 카우보이, 토요일 아침 만화영화에 나오는 의상들-. 아이들은 하나같이 오렌지색 '트릭 오어 트릿(Trick or Treat, 핼러윈에 아이들이 집집마다 다니며 하는 '과자를 안 주면 장난을 치겠다'는 말)!' 플라스틱 양동이를 갖고 있었다. 호박 모양 양동이에는 검은 두 눈과 이빨을 드러내고 웃는 모양과 드러그스토어 체인의 로고가 스텐실로 찍혀 있었다. 판매하기에는 지나치게 많은 양동이를 주문한 드러그스토어는 지역 초등학교에 양동이를 기부하는 영리한 행동을 취해서 세금을 환급받았을 테지. 아이들이 행진하는 동안, 앙증맞은 아이들의 손에 쥐어진 철사로 된 고리형 손잡이에 매달린 호박 머리들이 거칠게 흔들렸다.

"떠나야 할 시간이오." 콘돌이 말했다.

책임자가 누구인지는 중요하지 않았다. 두 사람 다 그의 말이 옳다는걸 알고 있었다.

정문에서 콘돌이-아니, 빈이다, 그의 이름은 빈이다-, 패키지가 그녀를길에서 살짝 밀어내고는 그녀보다 나이가 그리 많지 않은 한 남자를 위해문을 잡아줬다. 휠체어를 탄 그 남자는 순전히 자기 힘으로 경사로를 올라오는 중이었다. 제10산악사단에서 지급한 야전상의를 입은 필라델피아출신 참전용사 워렌 아이버슨이 소년 같은 얼굴에 미소를 지었다.

말라티는 다리가 쇠약해진 참전용사가 있다는 것을 빈이 그냥 알아차리기만 한 게 아니라는 걸 깨달았다. 빈은 그를 자세히 주시했다.

그녀가 말했다. "서두르는 게 좋겠어요. 당신 뒤에서 땅딸보들이 우르르 몰려오고 있어요."

"그거야 늘 있는 일이오." 휠체어를 탄 워렌이 검정 가죽 재킷을 입은 백발 남자를 지나갔다.

그들이 밖으로 나왔을 때, 말라티는 핼러윈 복장을 한 아이들 행렬이 이 경이로운 휴게소 오아시스로 쨍쨍거리며 들어설 수 있도록 옆으로 길을 비켜줬다.

그녀는 속삭였다. "그런 일을 계속하면, 당신이 보여주는 터프가이 이미지가 망가질 거예요."

"당신의 위장 신분에 걸맞은 사람이 되어라." 빈이 그녀에게 말했다.

"게다가, 그 참전용사는 우리가 우리 임무를 망쳤을 때, 또는 우리 임무를 개판으로 만든 일부 정치인이 우리 임무를 망쳤을 때, 그에 따르는 대가를 지불한 남녀들 중 한 사람하고 비슷해 보였어요."

그는 어깨를 으쓱했다.

"마땅히 해야 할 일을 하도록 해요. 그런 일과 관련해서 특별히 조심해야 할 건 하나도 없어요." 그녀에게 그렇게 말하는 그의 얘기에는 그녀의 아버지와 비슷한 분위기가 사뭇 많이 배어 있었다.

하지만 그가 이런 말을 했을 때 그의 귀에 들린 건 병상에 연결된 기계들에서 나는 삐…… 삐…… 삐 소리뿐이었다. "나는 아마도 저 참전용사 같은 이들에게 내가 할 수 있었던 일과 마땅히 했어야 할 일 이상의 무엇인가를 빚지고 있을 거요."

그녀는 그가 한 얘기는 이해했지만, 그가 그 말로 뜻하려던 바는 이해하지 못했다.

그녀는 그냥 그의 옆에서 걸으면서, 자신이 할 수 있는 일이 무엇일지 가늠해봤다.

"내 차가 여전히 저기 있네요." 그들이 주차장으로 이어지는 경사로를 내려가기 시작했을 때 그녀가 말했다.

저 멀리 떨어진 북쪽 울타리와 하얀 정자 근처에 쪼그리고 앉은 빨간 일본산 이동용 기계. 남행 차선에서 휴게소로 들어오는 출구가 있는 그쪽에서 검정 영구차 한 대가 들어왔다.

검정 영구차는 말라티의 빨간 차 근처에 주차된 차량 대열에서 멈춰 섰다. 영구차가 주차 구역으로 미끄러져 들어올 때, 콘돌은 화장실 벽 사이에 걸려 있던 당신의 현재 위치 지도를 머릿속에 그려봤다. 닉 로가는 양쪽 방향으로 이동하는 차량 모두가 이용하는 뉴저지 유료 고속도로의 몇 안 되는 휴게소 중 하나였다. 패딩을 댄 듯 보이는 검은 옷의 운전자가 영구차에서 내려 뒷문을 열었다. 앞선 시간에 남쪽으로 떠난 의심스러운 휴대폰 사진 커플의 뒤를 따라 그가 휴게소를 떠날 때 이 휴게소에 무엇인가를 잊고 간 게 있다면, 미스터 블랙 코스튬은 16킬로미터를 달린 다음에야 달리던 도로에서 빠져나갈 수 있었을 것이다. 그런 다음에 북행 차선으로 돌아와 여기로 차를 몰았을 것이다. *하지만……* 그가 남행 차선에서 여기로 들어오려면 그는 이곳을 *지나쳐* 가야 했을 것이다. 이곳으로 돌아와 남행 차선의 출구를 통해 휴게소로, 이곳으로 들어오기 위해서는 또 다른 출구가 나올 때까지 북쪽으로 한참을, 아마도 16킬로미터를 다시 갔어야 했을 것이다.

그는 무엇 때문에 그렇게 멀리 뻥뻥 돌았던 걸까?

저 소리는 뭐지? 그와 말라티가 건장한 남자 두 명이 불을 붙이지 않은 담배를 입에 달랑달랑 물고 있는 곳인, 주차장으로 이어지는 경사로 밑바닥 근처에 도착했을 때 콘돌은 생각했다. 카운티 스쿨(County Schools)

윈드브레이커를 입은 남자가 왼쪽 셔츠 주머니에서 은색 라이터를 꺼내 철컥 열고는 엄지로 휠을 돌려 불꽃을 일으킨 다음 흰색 종이로 감싼 발암 물질 막대에 불을 붙였다. 버스 기사가 잠깐 말을 멈췄다가 입을 열었다.

"믿어지지가 않아요. 학교에서 떠나고 20분쯤 됐는데, 차가 막히는 거예요. 지금도 막히고 있을 게 분명해요. 아무튼 내 뒤에서 도로가 폐쇄되고 차들이 후진하더라니까요. 그러니까 내가 그때 출발한 게 운이 좋았던 거예요. 그런데 갑자기 펑 소리가 나지 뭐예요. 버스가 흔들리기 시작하고요. *젠장, 이게 뭐야.* 이 출구까지 와서는 저기에 간신히 차를 댔어요. 적어도 애들이 쉬는 할 수 있는 곳에는 온 거죠. 그런데 버스 타이어에 조그만 검정 쇳덩이가 박혀 있더라고요. 별 모양이나 다른 뾰족하게 생긴 것들이 말이오. 타이어 세 개가 펑크가 났는데도 간신히 여기까지 왔어요."

말라티는 빈이 그들을 기다리는 그녀의 차에서 멀어져 정면 주차장으로 이동하고 있는 걸 깨달았다.

"들어봐요!" 그가 말했다. 두 사람은 걸음을 멈추고는 가만히 서 있었다. 미동도 하지 않았다.

"무슨 소리를 들으라는 거예요?"

"차들이 쌩쌩 달리는 소리가 전혀 나지 않아요."

그 자리에서는 보이지 않는 남쪽으로 뻗은 비어 있는 고속도로 쪽을 바라보던 그는 큼지막한 휴게소 편의시설 너머에 있는, 역시 보이지 않는 북쪽으로 뻗은 비어 있는 고속도로를 보려고 몸을 돌렸다.

그는 그 침묵을 느꼈다.

우레처럼 울려대는 자신의 심장박동을 느꼈다.

말라티의 내면 깊은 곳에서 속삭이는 소리가 들렸다. '우리 이제는 출

말해야 돼요.'

그들은 주차 차량의 대열들 너머를, 멀리 있는 그녀의 빨간 차 쪽을 쳐다봤다.

평범한 사람들이, 앞뒤로 거니는 보통 사람들이, 영구차에서 내려 편의시설 쪽으로 걸어가는 검정 옷을 입은 사내가 보였다. 신혼부부가 깔깔대며 웃었다.

새신랑이 그의 휴대폰 카메라를 겨냥했다.

행복에 젖은 신부가 확 트인 창공을 향해 얼굴을 들었다.

그녀의 몸이 주차장의 포장도로로 휙 젖혀질 때, 그녀의 두개골에서 빨간 분무가 뿜어져 나오면서 꽃을 피웠다.

새신랑은 파란 셔츠를 입은 가슴 밖으로 척추에서 뿜어낸 진홍색 분수가 터져 나오기 직전에 손에 들고 있던 휴대폰을 떨어뜨릴 뻔했다.

시간이 어린아이가 수영장에 떨어뜨린 깨끗한 구슬로 변해서는…… 천천히 가라앉았다.

내가 보고 있는 광경을 도저히 믿을 수가 없어! 말라티의 정신은 그녀의 패키지를, 그녀가 책임진 대상을, 그녀의…… 콘돌을, 빈이라고 불러야 하는 사내를 인식했다. 두 번째 총격의 탕 소리가 나기 전에 그가 그녀에게 달려들었다.

그녀가 평범한 가을철 핼러윈에 평범한 뉴저지 유료 고속도로 휴게소에서 대열을 이뤄 주차된 차량들 너머에서 본 것은 그녀에게서 그리 멀리 떨어져 있지 않은 검정 옷을 입은 사내였다.

그녀가 본 것은 돌격용 자동소총 뒤에 있는 평범한 미국의 동안(童顔)이었다.

버스 기사와 세일즈맨이 담배를 피우는 곳에서 고릴라 한 마리가 포효했다.

총잡이는 소리가 들리는 곳에 총알을 퍼부었다.

세일즈맨과 버스 기사가 아이들이 있는 곳으로 이어지는 콘크리트 경사로 근처에서 경련을 일으키며 쓰러져서는 피를 흘리고 신음하며 죽어가고 있었다.

콘돌은 젊은 연방 요원을 주차된 차량 두 대 사이로 잡아당겼다.

그는 소리쳤다. "사격 잘할 수 있소?"

"저는 총이 없어요! 저는 그런 종류의 스파이가 아니에요! 그리고 당신은 정신 나간 늙은이고요!"

기관총이 불을 뿜었다. 비명이 터졌다.

"망할 브루클린." 콘돌은 차량 두 대 사이에서 그녀에게 손짓을 했다. 그러고는 또 다른 차량 두 대 사이로 재빨리 이동하는 동안 낮은 자세를 유지하면서 쇳덩이로 된 피신처의 후드 위로 고개를 천천히 내놓았다.

총잡이는 죽음의 로봇과 비슷해 보였다. 그의 검정 셔츠와 바지 아래에는 패딩이 덧대어져 있었다. *방탄철갑인 게 분명해.* 자동소총을 쏴대더니 다 써버린 탄창을 엄지를 써서 주차장 포장도로로 떨어뜨리고는 또 다른 탄창을 꺼내 꽂으려고 파우치에 손을 집어넣었다. 무비스타처럼 재장전을 하는 그 모습 덕에 콘돌은 로봇의 가슴에 전투용 펌프 샷건(pump shotgun, 사격할 때마다 앞뒤로 당겨 사용한 총알을 밀어내고 새 총알을 장전하는 샷건)이 묶여 있는 걸 봤다.

로봇이 콘돌과 말라티가 숨은 곳으로 천천히 다가왔다.

잡았다! 다른 쪽으로 잽싸게 몸을 돌린 그는 탕탕 소리와 함께 창문들

로 이뤄진 푸드 코트의 벽을 관통하는 총알구멍들의 줄을 만들어냈다. 콘돌은 총잡이의 오른쪽 다리에 SWAT 대원 스타일의 권총이 묶여 있는 걸, 왼쪽 발목에 전투용 대검의 칼집이 묶여 있는 걸, 그리고 끈으로 묶은 파우치들이 있는 걸 봤다. 놈의 벨트에서 달랑거리는 건 태블릿 컴퓨터인가?

콘돌은 차량들 사이로 몸을 낮췄다.

말라티가 말했다. "놈이 무슨 짓을 하고 있어요?"

"사람들을 죽이고 있소."

"왜요?"

"그런 짓을 할 수 있으니까요."

기관총이 괴물이 날름거리는 혓바닥처럼 윙윙거렸다.

"그의 영구차 봤소?" 콘돌이 물었다.

말라티가 몸을 일으키다가 급히 몸을 낮췄다. "당신은 놈이 어디를 보고 있는지 모르잖아요! 놈의 주의를 분산시킬 수단이 당신한테는 하나도 없잖아요!"

그녀는 그의 손아귀에 잡힌 채로 몸을 떨었다.

콘돌이 말했다. "관이 실려 있어야 할 곳에 반짝거리는 금속이 있어요. 통(bin)들일 거요."

"통이요?"

"버스 기사가 타이어에서 검정 별 모양 쇳조각들을 빼냈어요. 그것들은 마름쇠요. 타이어에 박으려고 도로에 뿌리는 전술용 철제 대못이지. 주 경찰과 육군의 매복조들이 비상시에 고속도로에 그것들을 흩뿌리고는 해요."

주차장 어딘가에서 어느 여성이 도망치는 밴시(banshee, 아일랜드 민화에 나오는 여자 유령)처럼 비명을 질렀다.

말라티는 고개를 저었다. "그게 통들하고 무슨 관계가 있겠어요. 어디서……"

기관총이 포효했다.

밴시의 비명은 더 이상 들리지 않았다.

"아마도 놈은 아마존에서 대못들을 샀을 거요." 콘돌이 말했다. "잔뜩 사들였겠지. 관(棺)이 들어갈 공간에 맞게 금속 통을 설치했을 거고, 영구차 뒤쪽에 여러개의 구멍을 뚫고는 통에다가 운전사가 통제할 수 있는 뚜껑을 달았을 거요. 놈은 여기서 나가서는 모든 방향으로 뚫린 도로로 차를 몰고 다녔을 거요. 차가 다닐 만한 모든 아스팔트의 이 차선 저 차선을 누볐겠지. 대못을 뿌릴 지역들로는 휴게소 입구와 출구를 막 지난 곳이나 휴게소 직전인 곳을 골랐을 거요. 그런 걸 2천 개쯤 뿌렸겠지. 그 정도만으로도 타이어 몇 개가 펑크 나고 차량들이 서로 들이박으면서 교통이 막혔을 거요. 여기를 들락거리는 모든 방향에서 차량들이 후진한 이유가 그거요. 쇳덩어리로 장벽을 친 셈이오. 놈은 자신만의 살상 지역을 나머지 세상에서 분리해냈어요. 구조하러 오거나 탈출하려는 사람들의 움직임을 지연시킨 거요."

쾅! 로봇이 무기를 샷건으로 교체했다.

말라티는 팔을 흔들었다. "우리는 그가 다른 쪽으로 총을 쏠 때 고속도로를 향해 주차장을 가로지를 수 있을 거예요! 울타리가 낮으니까, 그걸 뛰어넘어 달려가서 몸을 숨기면……"

그녀는 콘돌이 눈길을 고정시킨 곳을 봤다.

비어 있는 스쿨버스.

그녀가 말했다. "저 많은 애들이……"

그가 말했다. "우리 모두가 다 그런 신세요."

기관총 총알들이 제트기가 뿜어낸 비행운이 싸늘하고 파란 하늘에 길을 내는 것처럼 그들의 머리 위에 줄을 그었다.

그녀의 척추가 팽팽해졌다. 그녀의 정신이 그녀의 이마를 힘껏 눌렀다.

그가 말했다. "휴대폰!"

휴대폰이 그녀의 귀를 눌렀다. "911은 통화량이 많아서……"

"여기 있는 사람 절반이 911에 전화를 걸고 있을 거요. 놈이 방해 전파 발신기를 갖고 있지 않다면 말이오."

"그런 걸 시중에서 구입할 수도 있어요?"

"나도 몰라요. 현실 세계에서 온 사람은 당신이잖소."

차의 창문들이 박살났다. 총알들이 칭얼거렸다.

왜 지금이야? 왜 여기야? 왜 나한테 이러는 거야?

그러면 안 될 이유는 뭔가.

그녀의 두 눈동자가 또렷해졌다. "놈은 어디 있는 거죠? 그가 오고 있는…… 잠깐요!"

말라티가 자기 휴대폰 스크린을 향해 급히 몸을 숙였다. 그런 후 휴대폰을 차량 위로 천천히 올렸다.

카메라 앱 덕에 폰은 총소리를 유심히 살피는 잠망경 렌즈와 비슷해졌다.

영화를 보는 것과 비슷했다.

"놈이 정문 쪽으로 이동하고 있어요!"

몸을 꼿꼿이 세운 그는 바보들이 모여 있는 곳으로 이어지는 깔때기 쪽으로 성큼성큼 걸어갔다. 아이고, 세상에. 주차장에 있는 뚱뚱한 남자가, 어디서 튀어나온 건지 모를 남자가 녹색 차의 조수석 문을 잡아당기는 순간 총알들이 쏟아졌다. 그는 춤을 추면서 빨간 피를 뿌려대다 넘어지며 숨이 끊어졌다.

휴게소 편의시설의 측면에 있는 방화문이 갑자기 열린다.

여섯 명이 뛰어나온다.

은색 SUV가 주차된 공간에서 튀어나오는 동안 *타이어들이 울부짖는다.*

말라티의 휴대폰은 총잡이가 포장도로에 납작하게 엎드린 모습을 보여줬다.

그는 벨트에 묶여 있는 책 크기의 컴퓨터 같은 걸 만지작거렸다.

은색 SUV가 그쪽으로 달려가는 여섯 명을 태우려고 속도를 늦추는데……

번쩍! 녹색 대형 쓰레기통 옆에서 섬광이 터지더니 쾅 소리가 이어졌다. 차고에서 배합한, 볼베어링을 외피로 삼은 폭발성 젤과 녹슨 못들로 만들어낸 종이봉투 폭탄이 폭발했다.

네놈들보다 내가 더 대단하지 않냐, 콜럼바인(Columbine, 1999년에 총기 난사 사건이 일어난 곳으로, 범인들은 사제폭탄도 터뜨렸다) *씹새들아!* 총잡이는 허리에 묶인 태블릿 키보드를 두드려서 그가 심어놓은 다른 폭탄들로 무선 신호를 전송할 준비를 했다.

박살난 앞 유리에서 떨어져 나온 유리 조각들 때문에 은색 SUV의 운전자는, 열심히 일하는 사무직 매니저이자 뉴저지 주 패터슨의 무료 급식소에서 활동하는 자원봉사자는 앞이 보이지 않았다.

폭탄 파편이 뛰어가는 사람 세 명을 때리면서 그들의 몸이 포장도로에 요란하게 떨어졌다. 다른 사람 세 명은 비틀거렸다. 팔…… 폭발은 법정에 증언하러 가는 길이던, 두 아이를 둔 변호사 어머니의 팔을 날려버렸다.

그녀는 피를 흘리며 쓰러졌다.

총잡이가 TV에 나오는 캣 퍼슨(cat person)처럼 포장도로에서 팔딱 몸을 일으켰다.

그는 방향을 잃고 헤매는 은색 SUV 옆에서 표적 두 명이 비틀거리는 걸 확인했다.

그는 그들에게 총알을 퍼부었다. 한 명을 확실하게 쓰러뜨렸고, 다른 한 명은, *망할 자식*, 비틀거리며 돌아다니게 놔뒀다. 그 사람은 총에 맞은 것 같았다. 부상을 입은 건 확실했다.

총잡이가 편의시설 옆의 방화문을 향해 돌멩이 비슷한 무언가를 던졌다.

펑! 보라색 연기를 뿜어내는 연막탄이었다. 구조 요청용으로, 주간(州間) 고속도로 근처에 있는 매장에서 구입한 정부 잉여물자였다.

"연막탄은 우리를 겁주려는 거요." 콘돌이 말했다. "사람들을 안에 계속 가둬두려는 속셈이오."

죽음의 로봇은 정문으로 이어지는 계단과 경사로들을 마주봤다.

말라티는 그녀 옆에 웅크리고 있는, 뭔가를 아는, 뭔가를 알아야만 하는 검정 재킷 입은 백발 남자를 응시했다. "우리, 앞으로 어떻게 할 건가요?"

"지금보다 더 미쳐버려야죠."

"당신 입장에서 그런 말을 하는 건 쉬운 일이겠죠."

죽음의 로봇. 버스 기사가 다른 흡연자의 시신 위에 큰대자로 누워 있는 경사로 밑바닥에 있다.

정문에서 돌진해 나오는 사람들이 있었다. 여성 두 명. 선생님들. 총잡이를 향해 곧장 경사로를 뛰어내려왔다. 그들은 명령했다. "그만해요! 이런 짓 그만두라고요!"

그들 뒤에서, 다른 쪽 콘크리트 경사로를 뛰어내려오는 사람들이 있었다.

티치 포 아메리카(Teach For America, 미국의 공교육 지원 프로그램)에서 파견된 젊은 남자와 다른 시민 몇 명이 아이들 스물한 명에게 앞으로 가라고, 달리라고 몰아대는 동안 겁에 질려 울먹이는 아이들이 서툰 발놀림으로 주차장으로 내달리고 있었다.

정문이 빠르게 열렸다.

워렌이 굴러 나왔다.

휠체어. 야전상의. '엿 먹어라, 이 새끼야'라는 표정.

그는 돌진할 준비가 돼 있었다. 시선을 분산시킬 준비가 돼 있었다. 놈과 맞서 싸울 준비가 돼 있었다.

계속 가, 애들아! 달려, 달려!

총잡이가 멈췄다. 가만히 서 있었다. 자동소총이 그의 몸에 매달려 있었다.

교사 두 명이 그에게 가까워졌다. 그들의 얼굴에는 어쩌면, 어쩌면 하고 기도하는 기색이 역력했다.

로봇이 권총을 꺼냈다. *탕! 탕! 탕!*

선생님들이 버스 기사가 있는 시신 더미 위로 쓰러졌다.

깔끔하군. 당신들은 내가 깔끔하기를 원하는군. 당신들은 깔끔한 걸 원해. 내가 당신들에게 깔끔한 걸 주겠어!

워렌은 고함을 지르면서 그에게 돌진하려고 방향을 틀어 경사로에 올랐다.

쾅! 총알이 워렌의 제3의 눈을 때렸다.

총잡이는 열다섯 발이 들어 있는 반자동 권총 전방의 V자형 시야를 티치 포 아메리카와 다른 사내들이 줄지어 있는 곳인 정문에 맞추고는 양손 그립으로 총을 쥐었다.

그중 두 명에게 다섯 발을 발사해서는 그들을 한곳으로 쓰러뜨렸다. *깔끔했다.*

목숨을 잃은 워렌을 실은 휠체어가 관성을 따라 경사로를 굴러 내려가다가 멈췄다. 총잡이가 야전상의 아래에 있는 갈비뼈들을 총으로 힘껏 치는 바람에 말이다.

이마가 빨갛게 곤죽이 된 야전상의 입은 사내에게 총알을 낭비할 이유가 뭔가?

놈이 휠체어를 떠밀었다. 놈의 힘을 받은 휠체어가 정문 밖에 있는 평평한 층계참으로 밀려 올라갔다. 짐을 실은 휠체어는 옆으로 회전하다가 멈춰 섰다.

그러는 동안 아이들 스물한 명이 주차된 차량들 사이로 우르르 몰려왔다.

자동소총에서 쏟아낸 총알들이 쌩쌩거리며 아이들에게 날아왔다.

하지만 아이들은 작았다.

총알들은 차의 창문들을 뚫으며 박살내고는 철제 창틀을 때려댔다.

총잡이는 땅바닥으로 몸을 낮췄다.

주차된 차량의 대열 아래를 응시했다. 머플러와 파이프들이 있는 자동차 하부를 응시했다. 타이어들은 포장도로에서 최소 15센티미터 높이까지 차체를 지탱했고, 그러면서 시선에 노출되는 틈이 생겼다.

저기야, 몇 줄 저쪽. 뜀박질하는 아이들의 다리와 발.

자동소총이 차량 아래를 총알로 길게 훑었다.

콘돌과 말라티가 숨어 있는 금속 아래가 찡 소리와 함께 찢겨졌다. 그들이 웅크린 곳 사이를 총알이 가르고 지나갔다. 오직 하나님만이 이유를 아실 만한 일이 일어났다. 쓰러진 말라티의 스타벅스 컵을 총알이 아슬아슬하게 스쳐간 것이다. 총알들이 또 다른 주차된 차량을 때려대면서 한쪽 문에 구멍을 뚫고 들어가서는 다른 쪽 문을 통해 나왔다. 타이어 하나가 터졌다. 총알들이 주차장 아스팔트를 맞고 튀어 다녔다.

저 냄새는……

어린아이 두 명. 주차된 차량들 사이에 있는 도로에 얼어붙어 있었다. 총알들이 아이들의 다리를 지나쳐 날아갔다. 남자아이는 엄마가 골라준 갈색 코르덴 바지 차림이었고, 여자아이는 자신이 좋아하는 청바지 차림이었다.

여자아이가 자기 급우를 총잡이에게서 먼 쪽으로 밀었다. "우리 흩어지자!"

아이는 악당이 손을 쓰지 못하도록 소년과는 다른 방향으로 뛰려고 몸을 돌렸다가, 자기를 향해 손을 흔드는 웅크리고 있는 어른 두 명을 봤다.

차량들 사이를 내달려 할아버지 같은 남자의 품에 안겼다.

"잘 왔다!" 아이가 그의 가죽 재킷에 얼굴을 묻는 동안 그가 말했다.

젖은 데도 없고 빨간 데도 없으니까 이 아이는 총에 맞지 않은 거야. 콘돌은 청바지를 동여맨 벨트에 걸려 있는 핼러윈 호박 양동이와 빨간 재킷과 하얀 블라우스를 봤다. "*이 코스튬은 이상하지 않단 말이에요!*" 그날 아침에 아이는 자기가 응당 해야 할 일을 하고는 스크램블 에그를 먹는 동안 고집을 부렸었다. "*이건 우리나라 국기에서 아이디어를 딴 거예요. 다른 사람들도 그렇게 생각하게 만들어야 옳아요!*" 그런데 일곱 살배기의 얼굴에서 반짝거리는 저건? 그건, 아이는 말했었다. "*그건 나예요.*" 아이

504

는 자기 엄마가 울지 않으려고 애를 쓰고 있다는 걸 알아차리지 못했다.

기관총의 포효가 허공을 갈랐다.

2학년짜리가 자신이 있던 곳을 돌아봤다.

속삭였다. "뛰어, 조니."

총잡이가 새로운 탄창을 철썩 쳐서 자동소총에 장착했다. 그는 그걸 봤다. 콧물을 흘리는 꼬맹이들이 닫혀 있는 스쿨버스로 몰려드는 모습을 주차장 건너에서 봤다. 이놈들, 나한테서 숨을 수는 없어. 그는 버스에 기관총을 갈겼다. 총알들이 노란 금속을 뚫었다.

말라티는 그들을 보호해주는 주차된 차량들 위로 휴대폰을 올렸다.

"놈이 몸을 돌리고 있어요. 건물로 들어가려는 것 같아요. 푸드 코트로요!"

운을 하늘에 맡겨보자. 콘돌은 차 너머를 살짝 훔쳐봤다. 검정 로봇이 편의시설 정문에 있는 걸 봤다. 목숨을 잃은 참전용사가 휠체어에 있는 걸 봤다. 경사로 아래에 있는 시신 더미를 봤다. 담배를 피우던 버스 기사, 여자들. 총알구멍이 난 푸드 코트의 선팅한 짙은 창문을 봤다.

그는 어린 소녀의 큼지막한 갈색 눈을 바라봤다. "이름이 뭐니?"

"필리스 아자르고요, 일곱 살이고, 사는 데는……"

아이가 집중하게 만들어.

"너는 여기 있는 거야, 지금은. 우리랑 같이."

일곱 살배기 여자아이가 고개를 끄덕였다. 백발 남자가 하는 말은 교장 선생님 말씀처럼 들렸다!

그들의 신뢰를 얻기 위해 네가 보유한 자산에게 권한을 부여하라.

콘돌은 물었다. "내가 너를 뭐라고 불렀으면 좋겠니?"

쾅! 쾅! 쾅! 안정적인 리듬의 총소리가 건물을 때렸다.

검정 옷을 입은 총잡이가 정문에 가까워지면서 총소리가 잦아들었다.

"아빠는 나를 펀킨(Punkin)이라고 불러요." 아이는 잃어버릴 일이 없도록 직접 무척이나 특별하게 벨트에 묶은 오렌지색 플라스틱 호박(pumpkin) 양동이를 보고는 어깨를 으쓱했다.

"펀킨, 나는…… 콘돌이란다. 빈이란다. 아무튼 이름은 중요치 않고. 이 언니는 말라티라고 해."

총알 한 발이 자동차 지붕을 때리고 튕겨나갔다.

펀킨이 물었다. "우리 괜찮을까요?"

덩치 큰 아가씨가 그렇다고 고개를 끄덕이는 동안 미스터 백발이 말했다. "우리는 어쩌면 다칠지도 몰라."

"죽을지도 모르는 거잖아요." 펀킨은 고개를 저었다. "그렇게 되면 왕 짜증일 거예요."

말라티는 휴대폰을 주시했다. "놈이 정문에 서 있어요!"

자동차의 금속으로 구성된 협곡의 다음 줄에서, SUV 한 대의 사이드미러가 거꾸로 뒤집혀 있는 게 보였다. 그 깨진 유리는 차량들 사이에 갇혀 있는 남자와 여자, 아이의 모습을 포착해서 반사했다.

말라티는 인생사의 어제와 오늘, 내일을 포착한 그 광경을 들숨으로 빨아들였다.

"콘돌!" 말라티가 소리쳤다. "저 냄새 맡아봐요. *세상에!* 어떻게 해요, 저것들이 조금 있으면……"

말라티가 한 말은 그의 정신 속에서 무겁게 쌓여 있는 약 기운을 폭발시키는 *피아노 화음*과 비슷했다.

번쩍거리며 지나가는 환영들.

그는 어린 소녀가 두른 벨트를 누구도 절대 그래서는 안 되는 방식으로 움켜쥐고는 그걸 재빨리 풀며 말했다. "50대 50 확률이 100퍼센트 지옥으로 가는 것보다는 낫잖니, *펌킨!*"

그가 말하는 동안 아이는 그에게서 눈을 떼지 않았다. "지금 우리에게는 누군가를 구할 수 있는 한 번의 기회가 있단다!"

펌킨이 그를 향해 고개를 끄덕일 때, 아이의 몸짓에는 진심이 가득 담겨 있었다.

"그런데 네가 해서는 안 되는 일을 하나 해줘야겠다."

펌킨은 눈을 깜박이지 않았다.

콘돌은 아이에게 말했다. "네가 해서는 안 되는 못된 말을 해줘야만 한다는 말이다."

총잡이는 정문 밖에서 잠시 걸음을 멈췄다. 왼쪽에는 그가 권총으로 쓰러뜨린 시신 더미가 있었다. *졸라 끝내주는 사격이었어.* 경사로 꼭대기 근처인 그의 뒤에는 야전상의를 걸친, 그보다 나이가 많은 죽은 사내를 채운 무기력한 휠체어가 있었다.

중요한 의문이 떠올랐다. *어느 총을 쓸까?*

쿨한 레벨로 올려. 이제 이건 네 게임이야.

폐쇄된 공간에서 전술을 펼칠 때 샷건에 비견할 무기는 아무것도 없었다.

그는 검정 군용 소총을 달랑거리게 놔두고는, 오른손으로 권총의 검정 철제 손잡이와, 미국의 공격용 무기 금수 조처가 1994년에 만료된 후에 이탈리아에서 제조된 플라스틱 샷건을 함께 감쌌다.

그리고 그 짧은 순간, 애석한 기분이 들었다.

그는 사격할 때마다 약실에 새 총알을 주입하는 반자동 12구경의 하이

테크 외양이 무척이나 마음에 들었지만, 구식의 '표준적인' 샷건에 새 총알을 펌프질해 넣을 때 나는 톱니바퀴가 철커덕거리는 소리는 정말로 끝내줬다. 하지만 펌프 샷건은 사격 속도를 늦추는 것 말고도, 그를 촌스러운 사람으로 보이게 만드는 단점이 있었다. 쿨한 사람이라는 평가를 받는 걸 대단히 중요시한 그였기에 그는 반자동 권총을 택하는 것이 스마트했었다는 걸 잘 알았다. 그래서 그는 구식을 놓고 신식을 잡았다. *제대로 된 장비가 있어야 제대로 일을 할 수 있는 법이지.*

그가 예상했듯, 닫힌 유리문 너머에서 서 있는 사람은 한 명도 보이지 않았다.

화장실로 통하는 문이 있는 벽이 있었다. 멍청한 그 명판이 있었다.

그는 이소룡처럼 멋들어진 자세로 할인 매장에서 구입한 검정 운동화를 옆으로 뻗었다. 그 발차기에 철제 회전문을 여는 압력판이 나가떨어졌다. 하품을 하는 것처럼 열리던 문들이 —*내가 등장하기 전까지는 으레 그래왔지*— 이제는 그를 위해 훤히 열렸다.

내 차례가 왔군.

그는 열린 문들 사이를 닌자처럼 미끄러져 들어갔다. 한국인 노파가 피신해 있는 카운터 뒤 기념품 가게에 산탄을 날렸다. 그렇다, 그 노인네는 이미 어딘가에 몸을 숨기고 있었다. *계속 엎드려 있으라고, 허니, 조금 있다 돌아올 테니까.* 발레를 하듯 한 발로 서서는 푸트 코트가 시야를 가득 채울 때까지 느릿하게 몸을 돌렸다. 쾅! 산탄이 커피와 탄 햄버거 비슷한 냄새가 나는 공기를 갈가리 찢었다. 엑스박스(Xbox)에서 구동되는 게임인 '슬로터 솔저(Slaughter Soldier) 2'에서처럼, 엉덩이에 있는 파우치에서 수류탄을 거머쥐어 꺼낸 그는 이로 핀을 뽑은 후 왼손으로 던져서 건강

식이라며 바가지를 씌우는 매장 옆의 타일에 그걸 떨어뜨렸다. 쾅! 보라색 연기가 푸드 코트 곳곳으로 급속히 퍼졌다.

그는 천장에 설치된 보안 카메라가 연기 때문에 잡지 못하는 광경이 지나치게 많지 않기를 희망했다.

그는 전투 자세를 취하며 남자 화장실로 뛰어 들어갔다. 화장실은 비어 있는 듯 보였다. 알루미늄 칸막이는 닫혀 있었다.

그런 허튼 꼼수로 나를 속일 수는 없어. 샷건을 권총으로 교체한 그는 제일 가까이 있는 칸막이벽에 총알 두 발을 날렸다.

남자 한 명이 비명을 지르면서 웅크리고 있던 변기에서 떨어졌다.

여자 화장실. 교외에 거주하는 어머니가 두 손을 들고 울먹이며 애원했다.

어머니는 우는 *갓난아기* 같은 얼굴 앞에 들어 올린 손바닥을 뚫고 나간 총알을 정통으로 맞았다.

그는 푸드 코트로 이어지는 출입구에서 그가 만들어낸 지옥 같은 왕국을 찬찬히 살폈다.

비상구라고 쓰여 있는 빛나는 빨간 글씨들이 보이는 저 멀리까지 보라색 연기가 자욱했다. 그런데 그 글씨들이 말하는 내용은 거짓이었다. *너희는 아무 데도 못 가, 귀 얇은 놈들아.* 쾅. 그는 그 구름을 향해 총을 쐈다. 어떤 사내가 그에게 동전들을 던지며 돌진했다. 그 바람에 총잡이는 움찔하며 쾅 하고 총을 쐈다. 샷건을 발사해서 그 동전 투척자를 쓰러뜨렸고, 그러면서 정면 주차장을 마주보는 창문도 박살냈다.

박살나는 유리. 그 소리가 무척이나 마음에 든 그는 창문을 세 개 더 박살냈다.

보라색 연기로 덮인 푸드 코트의 잔해로 차가운 공기와 햇빛이 밀려들어왔다.

그는 그가 뒷문을 사슬로 봉쇄했다는 사실을 발견한 사람이 누구일지 궁금했다.

경고음. 버거 보난자에 설치된 연기 감지기가 뜨거운 그릴에 올려진 채로 방치된 탓에 바짝 구워진 고기가 피워내는 검은 연기를 감지했다. 그가 푸드 코트를 살펴보는 동안 경고음이 주제가로 깔렸다.

어머니들은 각자의 아이들을 몸으로 감쌌다. 여행객들은 금속 테이블 뒤에서 몸을 웅크렸다. 바닥에 있는 사망한 남자는 창문들을 날려버린 첫 사격에서 얻은 보너스 점수인 게 분명하다. 빨간 바다 타일들 위에 짙은 색으로 고인 웅덩이와 뚝뚝 떨어지는 액체가 보였다. 기어갔거나 누군가에게 끌려간 누군가에게서 나온 피로, 그는 때가 되면 그 피의 주인들을 찾아낼 터였다.

그는 이 휴게소를 들고나는 도로들 옆에 심어둔 다른 폭탄들을 터뜨리기 위해 무선 태블릿을 조작하는 문제를 잠시 고민했다. 그렇게 하면 여기에 있는 판단력과 관찰력이 좋은 사람들이 이곳을 탈출하기 위해 비명을 지르면서 숨어 있던 곳에서 잽싸게 뛰쳐나오는 모습을 지켜볼 수 있기 때문이다.

아냐, 계획을 그냥 고수해.

후진하는 차량들과 도로에 뿌려진 대못들을 우회하면서 빨간 불과 사이렌을 울려대며 달릴 길을 찾아낸, 영웅이 되고자 하는 자들과 경찰들, 소방관들을 위해 폭탄들을 아껴두란 말이야.

산책을 나가야 돼, 친구.

그는 비어 있을 가능성이 있는 샷건을 교체했다. 그는 흥분에 도취된 나머지 몇 발을 쐈는지 세는 걸 놓쳤다. 새 탄창을 자동소총에 찰싹 꽂았다.

그가 딱히 누군가를, 이런 짓을 벌이게 된 이유인 누군가를, 내가 아닌 다른 사람을 찾고 있을 거라는 사람들의 절박한 희망을 잘 아는 그는 그 사람들 가운데로 걸음을 내디뎠다.

모두들 생각하고 있었다. *나는 이런 짓을 당해도 싼 사람이 아냐!*

네가 연출한 보라색 연기와 경고음 속을 의기양양하게 걸으면서 이 광경을 구경해봐.

관에 눕는 걸 기다리는 사무직 바보들에게 먹일 음식을 만드는 공장에 있는 현금이 흐르는 복도.

천장에 달린 TV들은 네 이름을 절대로 입에 담지 않는, 주둥이만 살아 있는 놈들을 보여준다.

로또 전광판은 네가 절대로 갖지 못할 행운을 안겨줄 당첨 번호들을 선보인다.

ATM 기계는 너에게는 절대로 주지 않을 돈을 담고 있다.

온갖 소스를 올려놓은 카운터 뒤에 두 남자가 숨어 있다. 두 사람의 지금 몰골은 쿨했던 고등학교 때 모습이 아니다.

대머리 사내, 하얀 셔츠, 타이, 이름표. 허공에 두 손을 치켜들었다. 그렇다면 이 상황에서 보스는 누구냐?

여대생, 개처럼 바닥에 엎드려 있다. 그래, 지금 너는 무슨 할 말이 있냐, 쌍년아?

벽 옆에 있는, 내장에 부상을 입은 검정 가죽옷 차림의 바이커, 오늘 같은 날 두려움에 떨 사람이 누가 있겠나?

아무도 신경 쓰는 이 없는 거대한 허공을 향해 누군가가 기도를 올리고

있다.

그러니까 다음 라운드에서 갖고 놀 상대는……

"이 밥맛없는 왕재수야!"

그는 연기 감지기가 내는 경고음 속에서도 그 소리를 들었다.

바깥에서 나는, 박살난 창문들을 통해 들어오는 소리였다. 주차장. 그리고…… 꼬맹이.

"겁쟁이 찌질아!"

버스에서 내려 저 밖에 주차된 차량들 사이에 숨어 있는 조그만 계집애.

"너랑 떡치려는 사람은 아무도 없어!"

총잡이는 고개를 곧추세웠다.

"이 듣보잡아!"

그는 두개골 안에 울리는 그 새로운 칭얼거림을 대면했다.

"코딱지만 한 듣보잡 고딩 새끼야!"

별일 아니다. 정말 별일 아니다. 콧물 찔찔 흘리는 조그마한 쌍년은 아는 게 하나도 없었다.

"떡치는 게 뭔지도 모르는 놈아!"

그는 주차장의 소리 나는 쪽을 향해 난 창문을 한바탕 갈겨 박살냈다.

푸드 코트에 울리던 총소리의 메아리가 사라지고 연기 감지기의 경고음이 울리는 동안에도 여전히 소리가 들렸다.

"나-나나-나-나, 아무것도 못 맞췄지롱!"

총잡이는 엄지를 움직여 자동소총을 반자동 모드로 바꿨다.

눈에 보이는 자동차 지붕들을 향해 세 발을 쐈다.

"나 잡아봐라!"

여기서는 못 잡겠군.

검정 로봇은 왼쪽으로 몸을 돌렸다가 오른쪽으로 몸을 돌렸다.

50대 50 확률.

왼쪽에 있는 측면 비상구로 나가 여전히 보라색 연기가 자욱하게 덮여 있는 건물을 따라 밖으로 나가는 방법. 머리 위를 맴돌며 죽은 고기를 찾아다니는 갈매기들은 검정 포장도로 위에 큰대자로 누운 것의 냄새는 맡을 수 있었지만 자욱한 연기 탓에 그걸 볼 수는 없었다.

아니면 정문을 통해 시멘트로 된 평평한 출입구 통로로 나가는 방법. 그렇게 하면 사격 가능한 영역이 보라색 연기에 덮인 지역에서부터 180도 넘게 펼쳐진다. 하얀 정자 위도 볼 수 있고, 정면 주차장 전역을 쉽게 굽어볼 수 있으며, 오른쪽으로는 멀리 떨어져 있는, 끝내주는 불기둥들을 뿜어낼 운명을 가진 주유 펌프들도 볼 수 있었다.

정문.

그는 거기에 있다. 반짝이는 금속으로 된 판인 자동문 오프너(opener)를 팔꿈치로 밀친다. 소총 총구가 위를 향하도록 들면서 경계 자세를 취한 후 개머리판을 어깨에 붙인다. TV에 나오는 SWAT 대원들과 무척 비슷하다. 총열 너머를 응시한다. 집중한다. 경사로를 막고 있는 죽은 사람들의 더미를 미끄러지듯 지나가고 있다. 그 자신이 밀쳤던, 두 번째 경사로 꼭대기 옆에 있는 계단을 거의 가로막은 휠체어에 푹 쓰러져 있는 야전상의 차림의 고깃덩이를 지나친다.

자동소총을 겨냥한 상태에서 계단을 오르내리는 건 까다로운 일이다. 그래서 그 SWAT 대원은 두 번째 경사로를 타고 망할 쌍년들이 꼭대기에 있는 시신 더미 쪽으로 미끄러지듯 내려간다.

"고자새끼야!"

주차장에서 나는 소리를 향해 두 발을 속사로 발사한다.

총잡이는 시야를 더 잘 확보하기 위해 총구를 낮췄다.

총소리가 그의 귀에 울려댔고, 연기 감지기의 경고음이 뒤쪽 푸드 코트에 울려댔다. 그는 고무 타이어들이 뒤로 다가오는 동안 그것들이 구르는 소리를 듣지 못했다. 야전상의를 입은 고깃덩이를 태운 휠체어가 굴러왔다. 경사로를 질주해 내려왔다.

철벅하는 소리가 그의 왼쪽 측면과 등, 머리를 때렸다. 두 눈이 따가웠다. 그 철벅거리는 것에 맞으면서 그의 두 발이 땅에서 떨어졌고, 그러면서 그의 몸은 사망한 여자들이 있는 시신 더미로 밀려났다.

냄새가 고약해, 뭐지……

비어 있는 오렌지색 플라스틱 양동이 호박이 그의 얼굴을 강타했다.

눈이 화끈거렸다. 그를 다시 때리려고 호박을 휘두르는 어떤 여자의 흐릿한 형체/속임 동작. 그는 그게 속임 동작이라는 걸 알았다. 여자가 가한 진짜 공격인 발차기를 자동소총으로 막고는 여자를 쓰러뜨렸다. 나한테서 왜 냄새가 나는 거지? 여자를 죽이려고 그의 총열이 여자를 찾았다.

총잡이의 등 뒤에 새로운 사람이 서 있었다.

그 사람은 이마에 워렌의 피를 바르고 있었다.

트릭 오어 트릿을 위해 워렌의 야전상의를 입고 있었다.

콘돌은 구르는 휠체어에서 몸을 일으켰다.

고함을 지르자 총잡이가 몸을 돌렸다.

축축한 게 가득 들어 있는 스타벅스 컵을 총잡이의 얼굴에 던졌다.

휠체어가 날아가는 데 따른 관성을 받으면서 몸을 날렸다.

콘돌은 두 무릎으로 땅에 착지했다. 그가 던진 컵이 콘크리트에 떨어지는 소리를 들었다.

그와 말라티와 펀킨이라고 불리기를 원하면서, 그런 짓을 해서는 안 되더라도 자신이 해야만 하는 일을 할 수 있고 그런 일을 하겠노라며 진심에서 우러난 고갯짓을 했던 아이를 보호해줬던 자동차의 아래에 있는, 총알 구멍 뚫린 철제 탱크에서 뿜어져 나온 액체 줄기들에 그가 밀어 넣었던 종이컵이었다.

그는 뿜어져 나오는 기름을 담아 펀킨의 호박 양동이를 채우는 데 스타벅스 컵을 사용했다. 양동이를 가득 채운 그는 이번에는 자신이 가져가기 위해 컵을 채웠다. 그는 휴게소 편의시설 내에서 사격하고 있는 로봇이 그를 보지 못하도록 몸을 웅크렸다. 독립기념일 피크닉에서 행하는 '쏘지 마세요' 콘테스트에서 하는 것처럼. 그는 정문 바로 밖에 있는 평평한 콘크리트까지 개구리 걸음으로 왔다. 보라색 연기가 푸드 코트 안에 급속히 퍼졌다. 콘돌은 컵을 내려놨다. 쏘지 마! 그는 워렌에게서 야전상의를 벗겼다. 고인이 된 참전용사에게 그의 검정 가죽 재킷을 입혔다. 워렌의 제3의 눈에서 나온 피를 그 자신의 이마에 발랐다. 다른 경사로를 막고 있는 시신 더미 위로 앓는 소리를 내면서 워렌의 시신을 옮겼다. 휠체어에 자신의 몸을 털썩 내려놓았다.

말라티는 운반하는 호박에서 석유가 쏟아지지 않도록 조심하면서 콘돌이 그녀에게 말한 곳을 더듬거렸다. 목에 총을 맞은 버스 기사의 셔츠 주머니였다. 찾았다!

은빛으로 반짝거리는 덩어리를 휠체어에 앉은 남자에게 토스했다.

말라티는 살해된 선생님들을 몸으로 감쌌다.

515

펀킨은 입에 담아서는 안 될 말들을 고래고래 소리쳤다.

저승사자가 경사로를 성큼성큼 내려왔다.

매복하고 있던 자가 가솔린으로 그를 적셨다.

악취 풍기는 액체에 젖은 살인자가 몸을 급히 움직인 탓에 콘돌은 무릎을 꿇어야 했다.

콘돌은 버스 기사의 뚜껑 열린 은색 라이터를 총잡이 쪽으로 내밀고는 엄지로 휠을 돌렸다.

확! 분수처럼 솟아나는 불길이 살인을 하려고 여기에 왔지만 이런 식으로 죽을 생각은 없었던 남자를 휘감았다.

비명. 인간 횃불이 아침을 환하게 빛냈다.

불타는 남자의 비틀거리는 두 발 사이로 몸을 낮춘 콘돌은 남자가 발목에 찬 칼집에서 전투용 대검을 뽑아 총잡이의 사타구니에 있는 구겨진 곳으로 칼날을 힘껏 쑤셔 넣었다.

콘돌에게 피가 뿜어졌다. 그는 총잡이에게서 재빨리 떨어지면서 야전 상의를 닦았다.

불길에 휩싸인 남자가 휘청거렸다.

총잡이는 활활 타오르는 고깃덩어리로 쓰러졌다.

불에 타서 지글거리는 살점과 가솔린이 뿜어내는 악취는 역겨웠다.

두 손과 두 발로 경사로를 기어올라 뒤집혀진 휠체어를 지난 콘돌은 그의 검정 가죽 재킷과 워렌의 시신이 있는 곳으로 향했다.

헬리콥터.

허공을 잘게 썰면서 낮은 고도로 빠르게 질주해오는, 하지만 미치광이를 죽이거나 포획하기는 어려운 헬리콥터.

516

어느 쪽 미치광이가 됐건 그를 포획하기는 어려운 헬리콥터.

"명심해요." 총을 소지했던, 덕이라는 이름을 가진 군인이 말했었다. "우리는 우리가 누구인지 아는 사람이 아무도 없는 한에만 우리가 원하는 짓을 무엇이건 할 수 있어요."

콘돌은 무릎을 꿇은 채로 고함을 쳤다. "펀킨!"

몸부림을 쳐서 피에 젖은 야전상의에서 벗어났다.

"펀킨! 다 괜찮아졌다! 프리 버드(Free Bird)! 프리 버드!"

저기다! 주차된 차량들 사이에서 정문으로 뛰어오고 있다.

아이의 얼굴은 울지 않겠다는 결의를 보여줬다. 달리겠다는, 달리겠다는, 달리겠다는 심정을 보여줬다.

콘돌―빈, 내 이름은 빈이다―은 워렌의 야전상의로 얼굴을 닦았다. 야전상의에 피가 묻은 걸 봤다. 그는 자신의 모습이, 누가 됐건 생존한 사람의 정상적인 모습에 가까운 모습이기를 바랐다.

빨강, 하양, 파랑이 섞인 옷을 입은 일곱 살배기 갈색 곱슬머리 여자아이가 자신이 해야 하는 일들의 범주를 혁명적으로 바꿔놓은 백발 남자를 향해 달려왔다.

콘돌은 워렌에게서 자신의 검정 가죽 재킷을 벗겼다.

워렌이 숨을 거둘 때 입고 있던, 가솔린과 피가 얼룩진 야전상의를 다시 입히기 위해 고인이 된 참전용사의 두 손과 몸을 요령껏 움직였다.

어깨를 으쓱거려서 전설의 무게가 실려 있는 그 자신의 검정 가죽 재킷에 몸을 밀어 넣었다.

어린 여자아이를 다시 만나서는 아이를 두 팔로 쓰다듬었다.

헬리콥터가 적의 사격을 유인하려는 저공비행을 하면서 그들 위로 포효하며 급강하했다.

말라티가 비틀거리며 그들에게 다가왔다.

패키지가, 그녀가 책임져야 할 대상아, 그가 감히 *꼬마 계집애*라고 부르지 말아야 할 아이를 두 팔로 힘껏 감싸고 있었다. 백발의 콘돌이 말라티에게 말했다. "당신은 스파이이니까 거짓말을 해야 해요."

그런 후 그는 두 사람이 서로의 눈을 응시할 수 있도록 일곱 살배기를 안아 올렸다.

"펀킨, 네가 너무 자랑스럽다! 네가 해냈어! 모든 걸 제대로 해냈어! 네가 많은 사람의 목숨을, 그리고 *우리*를 구한 거야. 네가 너하고 나하고 말라티를 구한 거야. 정말 대단했어! 하지만, 펀킨, 네가 반드시 해야 할 엄청난 일이 하나 더 있단다."

아이는 진심을 다해 고개를 끄덕였다.

"진실을 전부 털어놔서는 안 돼. 진짜 진실을 말이야. 너는 좋은 진실을 말해야 해. 네가 도왔던 사람은, 너를 구해줬던 남자는, 총에 맞은 차에서 가솔린을 얻어서는 저기에 몸을 굴려서 이 일을 해낸 남자는, 나쁜 놈에게 불을 붙이고 칼로 찔렀던 남자는…… 그 사람은 저 사람이야." 콘돌은 턱으로 워렌의 시신을 가리켰다. "야전상의를 입은 남자야. 다른 사람들도 아마 저 사람을 봤을 거야. 네가 앞으로 다른 사람에게 할 수 있는 말은 그게 다야. 저 사람이 해낸 거야. 저 사람이 가솔린을 구했고, 그걸 괴물에게 던지고는 괴물에게 불을 붙였어. 저 사람은 탈출하려고 휠체어를 굴렸어. 그런데 나쁜 놈이 총을 마구 쏴댄 거야. 야전상의를 입은 저 사람은 총에 맞은 게 분명하지만, 그건 너는 모르는 일이야. 네가 아는 거라고는 네가 일을 제대로 해냈다는 것뿐이야. 네가 마땅히 해야 하는 일을 해냈다는 것뿐이야."

모든 좋은 거짓말에는 *이유*가 필요하다.

"펀킨," 백발 남자가 말했다. "나하고 말라티는, 우리는 스파이야. 무슨 일이 있더라도, 우리는 너 말고는 아는 사람이 아무도 없는 특급 비밀이 돼야 해. 네가 할 수 있는 말은 우리가 여기에 너랑 같이 있었다는 것뿐이야. 그냥 도망쳐서 몸을 숨긴 덕분에 총에 맞지 않은 사람들로 말이야. 우리 모두는 네가 해낸 일과 관련된 진실한 부분이 들어 있는 똑같은 이야기를 말할 거야. 그리고 휠체어 탄 저 사람 얘기도 해야겠지. 너하고 저 언니하고 나. 우리는 서로가 영원히 하늘에 맹세하는 비밀이야."

펀킨은 고개를 끄덕여 엄숙한 맹세를 했다.

아이가 평생 겪은 중에 가장 심각했던 광란을 함께 겪은, 비밀로 남아야 할 스파이들은 다른 누군가가 이후로 그녀에게 해준 많은 얘기만큼이나 설득력이 있었다.

아이는 콘돌의 품에 다시 몸을 던졌다. 그는 아이를 힘껏 안아줬다.

이걸, 그는 그가 먹는 약들에게 기도했다. *이걸, 이걸 기억하게 해줘.*

헬리콥터가 세상을 진동시켰다.

살점이 타는 악취. 산산조각 난 유리. 보라색 연기가 소용돌이친다. 확성기가 지시를 내린다.

그들 세 사람이 아수라장이 된 휴게소 정면 인도에 큰대자로 눕기 전에, 말라티가 휴대폰으로 패닉 라인에 전화를 걸었다. 그러고는 프로페셔널처럼 그들에 대한 확실하게 설득력이 있는 위장 스토리를 만들어내기 시작했다. 그들은 공식적인 경찰 보고서에서는 신원이 확인되지 않는, 신문이나 방송사의 헬리콥터에서 모습을 나타낼 TV 스태프들에 의해 이름이 언급되지 않을 우연히 살아남은 *생존자*들이었다. 구급 비행기들이 흐느끼는 부상자들을 이송하는 동안, 얼굴을 아스팔트에 누르고 있던 말라티가 옆에 누워 있는 백발 남자에게 속삭였다.

"이 일은 항상 이런 식인가요?"

그는 그렇다고 대답했다.

할란 엘리슨(Harlan Ellison)을 위해

옮긴이의 말

'콘돌' 시리즈는 독특하다. 우선, 이 시리즈는 원래 시리즈가 될 운명이 아니었다. 제임스 그레이디는 『콘돌의 6일』의 후기에서, 콘돌의 이야기를 처음부터 시리즈로 쓸 의도는 없었노라고, 민간 항공기 두 대가 세계무역센터에 충돌한 사건이 일어난 후 콘돌을 다시 날아오르게 만들어야겠다는 생각을 하게 됐노라고 밝힌 바 있다. 이렇듯 콘돌 시리즈는 1편이 출간된 후 40년이라는 긴 세월이 흐른 후에야 2편이 나오면서 시리즈물로 재탄생했다.

1편과 2편 사이의 긴 시간적 공백 덕에 콘돌 시리즈에는 또 다른 독특한 특징이 부여됐다. 『콘돌의 6일』은 콘돌이라는 코드명이 풍기는 용맹한 이미지와는 거리가 한참 먼 책상물림이 어떻게 그 이름에 걸맞은 스파이로 탄생하는지를 보여주는 작품이다. 그러나 후속작에서의 콘돌은 20세기의 나머지 4반세기 동안 베일에 싸인 채 지내다가 21세기가 10년쯤 지난 후에야 세상에 모습을 드러낸다. 콘돌은 스파이로서 오랜 전성기를 보낸 후 정신적·육체적으로 쇠약해져서 하루하루 한 움큼의 약에 의지해야만 일상생활을 그럭저럭 해나갈 수 있는 인물로 그려지고, 그러면서 『콘돌의 마지막 날들』은 콘돌이 어떤 최후를 맞는지를 보여주는 작품이 됐다. 냉전이 한창이던 시대에 탄생한 콘돌이 소련이 해체되고, 걸프전이 발발했으며, 밀레니엄이 도래하고, 9·11이 벌어지고, 미국이 이라크를 침공하고, 사람들이 저마다 손에 스마트폰을 쥐고 있게 된 그 오랜 세월 동안 스파이로서 어떻게 성장하고 어떤 일을 겪었는지 작품 중간중간에 스틸 사진처럼 삽입돼 있기는 하지만 결국 『콘돌의 마지막 날들』은 콘돌이라는 스파이의 쇠망(衰亡)담이라 할 수 있다. 그렇게 콘돌 시리즈는 캐릭터의 성장보다 탄생과 쇠망을 집중적으로 보여주는 독특한 시리즈물이 되었다.

2편이 1편을 절묘하게 변주하는 방식으로 집필됐다는 점도 콘돌 시리즈의 특징이다. 『콘돌의 마지막 날들』은 얼개 면에서 『콘돌의 6일』과 크게 다르지 않다. 콘돌은 『콘돌의 마지막 날들』에서도 『콘돌의 6일』에서처럼 자신의 의도와는 무관하게 위기에 몰리고, 그의 목숨을 앗으려는 적들을 피해 도망 길에 오른다. 도주 중에는 사건과 전혀 관련이 없는 여성을 끌어들이고는 그녀의 거처에 몸을 숨겼다가 그녀를 위기에 빠트리며, 결국 같은 조직의 내부에 있는 것으로 밝혀진 적을 향한 최후의 반격에 나선다.

그레이디는 2편도 1편과 엇비슷한 얼개로 구성했지만, 그러면서도 너무 뻔하거나 유사해 보이지 않게끔 솜씨를 발휘한다. '디지털을 이용한 감시'라는 시사적인 소재를 도입하고, 여러 면에서 콘돌과 비슷해 보이는 여성 캐릭터 페이 도지어를 소개하며, 지하철역 총격전과 육박전 같은 다채롭고 화려한 액션 장면을 연출하는 것으로 전작과는 무척 다른 작품처럼 보이는 후속작을 만들어낸 것이다.

한편, 『콘돌의 마지막 날들』은 디지털과 네트워크와 모바일이 세계를 장악한 시대에 스파이와 정보기관이 어떻게 활동하는지, 그들의 활동이 아날로그 시대와 달리 어떻게 변모됐는지를 보여준다. 그리고 스파이라는 존재가 피치 못하게 맞을 수밖에 없는 숙명을 보여준다.

스파이는 끝없이 세상을 의심하며 살아갈 수밖에 없는 존재다. 콘돌은 스파이로서 빼어나게 활약하며 훌륭한 성과를 올려왔다. 임무를 위해서라면 그 자신의 목숨도 서슴없이 대가로 내놓을 정도였다. 하지만 작전 대상들에게 자신을 믿음직한 인물로 각인시키려는 목숨을 건 노력을 기울이는 한편으로 자신이 상대하는 외부 세계를 의심하고 또 의심하며 오랜 세월을 보낸 끝에 결국 그는 자신의 정체성조차 확신하지 못하는 지경에까지 이른다. 그는 누구인가? 시리즈 전반에 걸쳐 거의 언급되지 않는 탓에 생소하기만 한 본명인 로널드 말콤인가? 콘돌인가? 아니면, 그가 좋아하는 영화에서 스스로 따서 지은 이름인 빈인가? 의심이 거듭된 탓에 튼튼한 벽돌담처럼 단단하던 실체가 공중을 부유하는 증기처럼 모호해진 상황에서는 그의 존재조차도 한없이 흐릿하기만 하다. 『콘돌의 마지막 날들』의 결말에 이르러 그가 한 선택은 도저히 참을 수 없던 그런 흐릿함을 끝장내기 위한 건 아니었을까.

이 책을 번역하며 『콘돌의 6일』과 『콘돌의 마지막 날들』의 시대적 배경이 너무도 다르다는 걸 절감했던 건 전화를 거는 행위를 묘사한 문장을 마주할 때였다. 『콘돌의 6일』의 인물들은 '다이얼을 돌려서' 전화를 건다. 한편, 『콘돌의 마지막 날들』의 캐릭터들은 '번호를 눌러서' 전화를 건다. 사소한 것처럼 보이지만, 이런 차이점이 20세기 후반과 21세기 초반이 엇갈리는 시대상을 선명하게 보여준다고 생각한다.

이 책을 읽기 전에 『콘돌의 6일』을 먼저 읽어보시라고 권하고 싶다. 책을 읽노라면 뜬금없어 보이는 문장들이 불쑥불쑥 튀어나오는 이 책의 재미는 전작을 읽은 후에야 최대한으로 느낄 수 있다고 생각하기에 드리는 말씀이다. 독자들께서 그렇게 콘돌 시리즈의 재미를 만끽하신다면 번역자로서 더 이상 바랄 것이 없겠다.

윤철희

콘돌의 마지막 날들

초판 1쇄 인쇄 2017년 1월 10일
초판 1쇄 발행 2017년 1월 17일

지은이 | 제임스 그레이디
옮긴이 | 윤철희
펴낸이 | 정상우
주간 | 정상준
편집 | 이민정 김민채 황유정
디자인 | 박수연 김인경
관리 | 김정숙

펴낸곳 | 오픈하우스
출판등록 | 2007년 11월 29일 (제13-237호)
주소 | 서울시 마포구 동교로13길 34(04003)
전화 | 02-333-3705 팩스 | 02-333-3745
openhousebooks.com
facebook.com/vertigo.kr

ISBN 979-11-86009-95-6 04840
    979-11-86009-19-2 (세트)

VERTIGO는 (주)오픈하우스의 장르문학 시리즈입니다.

*잘못된 책은 구입처에서 교환해 드립니다.
*값은 뒤표지에 있습니다.

이 도서의 국립중앙도서관 출판예정도서목록(CIP)은 서지정보유통지원시스템 홈페이지(http://seoji.nl.go.kr)와
국가자료공동목록시스템(http://www.nl.go.kr/kolisnet)에서 이용하실 수 있습니다.
(CIP제어번호: CIP2016031741)